U0655810

百年广西多民族文学大系

BAINIAN GUANGXI DUOMINZU WENXUE DAXI

（1919—2019）

⑱

史料卷

（1949—2019）

（下）

总 主 编◎黄伟林　刘铁群

本卷主编◎黄伟林　李咏梅

GUANGXI NORMAL UNIVERSITY PRESS

广西师范大学出版社

·桂林·

1990年代

被遗忘的土地

张宗栻　黄伟林

A：清谈历来是文人的传统。这些年文坛上各种各样的沙龙、圆桌很不少，然而，广西这块土地却一直沉默着，寂寞着，当然，也写作着。

B：可就是写得不如意、不顺心。广西的沉默、寂寞、写作似乎从根本上就与外省文坛不是一回事儿，不是一个境界。别人一个螺旋式上升已经完成了，广西还在同一地平线上原地踏步、操练如初。

A：所以，那年莫应丰来，告诉广西作家，湖南作家如何聚在一起神聊、如何侃大山，从上午聊到下午、从黄昏聊到子夜，有吃有喝、有信息有情趣，常常是几句话触动了灵感，找到语感，于是短篇成型、中篇甚至长篇也有了眉目。广西作家便羡慕而神往，并遗憾自己为何没有这种聚会、这种沙龙。

B：据说上海作家一拿出作品，评论家的评论就成了铅字。对作家本人，这铅字是知音，是鼓舞；对读者同行，这铅字是广告，是鼓动。广西作家又佩服，又

作者简介

张宗栻（1946—），生于桂林。曾任《南方文学》副主编、桂林市作家协会副主席。有中短篇小说集《流金的河》，长篇小说《红土》《绿岸》，参与翻译美国作家西德尼·谢尔顿的小说《午夜情》。

作品信息

《文学自由谈》1990年第2期。

心向往之了。遗憾广西为什么不出现一批掷地有声的评论家，把他们的作品介绍出去，推荐给大众，让大都市的同行，让出够了风头的湘军、晋军、秦军、鲁军、川军瞧瞧，被遗忘的土地上也存在着一支桂军。

A：可冷静了往深处想，广西文坛的寂寞恐怕不仅是缺少了对话的沙龙。为了热闹起来，广西文坛不也办了几届文学院么？不也正儿八经地开过种种作品讨论会和创作笔会么？不也设立了多项文学奖励么？可这一切像大石落进深潭，竟无水响。广西的评论家是不行，但是，那湘军呢？鲁军呢？他们的光荣也是依赖评论家吹打出来的么？显然不是，广西作家又沉默了。

B：沉默并不等于广西作家就服气了，就认命了，就没话可说了，他们是憋着、压抑着这么多年了，他们没停止过写作，没停止过琢磨，但事实上他们很寂寞，很苦恼，他们知道，他们被遗忘了。

A：理智使他们清醒。即使排除其中个别不走运的因素，广西文坛从整体上看，也还是平庸。水涨船高，水落船也就落了。

B：文坛近些年风云变幻，从伤痕到反思到改革到寻根到后现代，各种思潮、主义层出不穷；一会儿海明威热、一会儿萨特热、一会儿弗洛伊德热、一会儿马尔克斯热、一会儿米兰·昆德拉热，所有热浪轮番扑面；开始大谈意识流，接着迷上朦胧诗，不久吹异化、侃集体无意识，什么都玩遍了说一声荒诞、问一声感觉怎样，最后索性世人皆醉我独醒地各自操练一句：媚俗。

A：可这些主义就没有特别激动过广西，这些热也没有过多灼烫过广西。这些概念、名词在广西文坛中有时说出都觉得别扭，因陌生而别扭，因陌生而永远都显得新、奇、怪。

B：别人激动过、骚乱过、浮躁过、反省过，然后冷静了，曾经沧海难为水了，你可以对这些激动、骚乱、浮躁、反省、冷静进行分析、阐释，甚至指责，说这只是赶时髦、是附庸风雅，认为这是风云变幻而终将烟消火灭。但别人毕竟有过这一切，哪怕是错误、是痛苦，但错误和痛苦积累起来成了财富。

A：而广西冷静、从容，冷静得无动于衷，从容得麻木不仁……

B：这话说得是否过分了？

A：由别人嘴里说出来也许过分了，由自己嘴里说出来则合乎实际，并且多了一层自省的意味。

B：广西有点儿像一潭死水。

A：这是否有地理的因素在起作用？丹纳谈文学时不是把地理环境看得很重要吗？

B：地理环境的影响是毫无疑问的。广西素有“山国”之称，石灰岩地层和红壤成为它有别于其他省份的显著特色。也许，恰恰是“山国”这一宏观特征，从实际上限制了广西像平原那样八面来风的视野，使广西处于闭塞之中的封闭状态。

A：广西作家老是念念不忘他们创造过刘三姐、奉献过百鸟衣这类过去，大概就是自我封闭的典型例证。当别人早已把某个时代搁置一旁不屑一顾之际，广西作家还在津津乐道昔日的光荣。保持对历史的记忆固然不是坏事，但把历史的成功作为一成不变的经典加以推崇，亦盲目地希望沿老路走去获得新的成功，这与古人揶揄的守株待兔做法并无二致。这一点连一些广西本土的青年作家、评论家也注意到了。他们把刘三姐和白鸟衣当作广西文学辉煌的经典加以批判，他们创造了两个概念，“刘三姐文化”和“百鸟衣圆圈”，这在概念贫乏的广西，已算是新颖别致的了。

B：地质特点和土壤特点也很能形象地说明广西文学的总体面貌。石灰岩地层的坚硬仿佛广西文学在整体艺术思维方面的呆板滞顿，缺乏充满生命内力的灵气和神韵；占绝大优势的红壤暗喻广西文学在整体哲学思维方面的单调一律，这曾经辉煌的流行色在广西现实的土地上是否已显得陈旧？作家在刘三姐文化面前的自我封闭和在百鸟衣圆圈上的自我停顿，是否正是这种流行色被普遍地固执到今天的结果？

A：不管对上述思考做出怎样的回答，广西文学从艺术和哲学全方位的自我反省已成刻不容缓的必要。广西文学要想真正地振兴，其出路并不在于对文坛各种热点形而下的追逐和对各种实验形而下的模仿，也不在于以老死不相往来的心态，以不变应万变的姿态对文坛上的风云变幻置之不理，而在于正视已经存在和即将出现的一切现象，在深刻认识的基础上，容纳现象并超越现象，获得本质的、从形而下达到形而下的吞吐自如、巧夺天工的创造能力。

B：要使广西文学改变这种被遗忘的局面，有一个很具体、很切实的工作可做，就是打破这双重封闭的局面，使内部信息获得相互沟通的渠道，更使外部信息能够无阻碍及长驱直入。

A：就像中国人要想获得诺贝尔文学奖，除了对世界文学要有本质了解，按国际水准增强自我实力外，还应加强把自己“推销”出去的力量。具体地说就是要加强对中国文学的翻译介绍的力量，以达到双向文流而非被动接受，从而达到这样的境界：让中国了解世界，让世界了解中国。

B：对广西文坛而言，这句话可换成：让广西了解全国，让全国了解广西。

A：尽管从整体上看，广西文坛近年来始终默默无闻，从未产生过任何“惊天动地”的影响，然而，具体地看，广西文坛也有为数不多的作家，拥有在全国文坛略领风骚的抱负。

B：抱负不等于现实。但从“不想当将军的士兵不是好士兵”这个逻辑推演，有抱负的作家比没有抱负、只想滥竽充数的作家更值得尊敬。

A：几乎与“寻根意识”同步，广西的青年诗人和小说家也联手提出了一个灿烂迷人的目标——“百越境界”。

B：韩少功发出疑问，灿烂的楚文化流到哪里去了？阿城提出命题，中国文化经历“五四”出现了严重断裂。他们拿出了显赫一时的作品《爸爸爸》《棋王》等。广西的青年诗人则在提出“百越境界”之后，拿出了《走向花山》，小说家拿出了《黑水河》。这些作品在广西已是足够重量级的作品，在全国还只能算轻量级，但总算有了自己的声音，这声音也被外面的世界很轻很轻地听到了那么一点儿。

A：在“百越境界”的旗帜下，还有一系列个性鲜明的作品诗：歌有《山之阿，水之湄》，小说有《河妖》《沼地里的蛇》《大鸟》《塔摩》等。

B：但像整个文坛的寻根热一样，广西的寻根热很快流产，并且先于全国的寻根热流产了。这次艺术思维方面的变革尝试，明显地受到巨大的阻力，主观和客观的阻力。它既体现了广西文坛自我封闭意识的坚固，也体现了那些具有革新意识的作家诗人本身素质上的欠缺。心有余而力不足，他们缺乏把自己推到一种全新境界的实力。

A：并且，他们也没有能在这种变革尝试冲击的一道缺口上结出另一种艺术果实。就像全国文坛，在《爸爸爸》《小鲍庄》自成体系难于突破的当口，另一种艺术果实借前驱开拓的沃土硕然结成，比如《红高粱》《冈底斯的诱惑》等，后面这些作品又为更后面的王朔、苏童、余华、格非开垦了更广阔的艺术空间。

B：广西文坛就缺乏这种前赴后继、长江后浪推前浪的开拓者、弄潮儿。

A：除了“百越境界”这个一度响亮过的宣言外，广西还有一批作家在默默开垦着另外一块具有流派色彩的田地。

B：就是漓江文化。

A：在这个尚未成为宣言、成为旗帜的风格笼罩下，已产生了一系列作品，像《漓水谣》《魔日》《石头船》《年轻的江》《河与船》《大戈山狂想曲》等。

B：无论是回顾历史还是观照现实，都能清晰地发现广西文学的两种流向。一种属于桂南，可以概括为百越境界。这是带着鲜明的原始色彩，具有浓厚的神话思维特征的文化。花山崖壁画是这种文化最形象的浓缩，红水河是这种文化物质形式的生命脉流。从中国多民族的角度看，这种文化的主体核心恰恰由壮、瑶两大少数民族构成。五十年代的《刘三姐》和《百鸟衣》，则是这种民族文化的原始精华——民族神话和社会现实成功结合的产物。另一种流向则属于桂北，可以概括为漓江文化，这是受中原文明影响很深的文化类型，可以说是正统文明和山水文化相结合的典型范例。与百越境界的原始特征相对，漓江文化具有浓郁的文人气质。考察漓江流域的各种神话传说，可以很强烈地感受到华夏正宗人文历史对它的渗透。

就如同广西其他地区，原始文明和现代文明的直接对比实际上就是有价值的文学素材。与广西这片被遗忘的土地在地质方面拥有丰富的矿产资源一样，广西文学也有巨大的素材储存，一旦拥有先进的开采条件，也就是现代的艺术眼光，这丰富的矿藏就能被解放出来，扩而充之，点石成金，化腐朽为神奇。

A：所以说广西的作家在文学上的平庸并非根源于自然地理的贫瘠，也非根源于人文历史的贫乏，关键还在于广西作家自身素质的欠缺。这种欠缺，具体地说，应该是学识的浅薄和胸襟的狭隘。

B：学识的浅薄限制了自我的发展，胸襟的狭隘容不了个性的张扬。

A：八十年代已经结束，广西被八十年代遗忘了。

B：但愿九十年代的广西文坛，不再是一片被遗忘的土地。

团结鼓劲，开拓奋进，争取我区文艺事业的更大繁荣

——在广西第五次文代会上的工作报告

武剑青

各位代表、同志们：

正当全区各族人民贯彻落实党的十三届七中全会和自治区第六次党代表大会精神，满怀信心地开始实施国民经济和社会发展的十年规划和“八五”计划的时候，广西第五次文代会召开了。这对于调动全区文艺界各方面的积极性，振兴广西的文艺事业，将有着重大的意义。

现在，我受广西文联第四届委员会主席团的委托，向大会报告第四次文代会以来的工作情况，请予审议。

广西第四次文代会是1986年底召开的。四年多来，我们的文艺工作随着整个国家，是在艰难曲折而又充满着胜利的道路上走过来的。我国的经济建设开展治理整顿、深化改革并取得了明显的成效，政治思想领域进行反对资产阶级自由化的斗

作品信息

《广西文学》1991年第5期。

争并取得了重大的胜利，形成了有利于文艺事业健康发展的新的政治气候和社会环境。在党中央和区党委的正确领导下，我们各级文联组织与各有关部门密切配合，坚持一个中心、两个基本点，团结广大文艺工作者，克服困难，排除干扰，围绕着“繁荣创作”这一中心任务积极开展各项业务活动。特别是经受了1989年春夏之交那场政治风波的严峻考验之后，我们文艺工作坚持“一手抓整顿，一手抓繁荣”，广大文艺工作者调整了创作心态，潜心艺术生产，使我区的文艺工作出现了新的转机和日趋繁荣的势头，较好地完成了第四次文代会所提出的各项任务。可以说，这四年，是我区文艺事业继续开拓前进的四年，持续繁荣发展的四年。

（一）

四年多来，我区文艺事业的各个方面都出现了新的变化，取得了新的成绩。

文艺创作空前繁荣，数量和质量都达到了新的水平。广大文艺工作者以高度的社会责任感和勤奋艰辛的创造性劳动，向社会和群众奉献了大量的文学、民间文学、音乐、舞蹈、戏剧、曲艺、杂技、摄影、美术、书法、电影、电视作品和节目。这些内容丰富、形式多样、风格各异的作品（节目），数量是相当可观的。仅已经出版的个人专著和作品集子，就达400多部，其中光长篇小说就有32部。有关协会举办或参与举办了美术作品展览11次，书法作品展览16次，摄影作品展览19次，音乐演唱、演奏会15次。创作的质量也有了明显的提高。许多优秀作品走向了全国乃至世界，有的被全国性出版物转载，有的入选全国性的展览，有的被翻译到国外，有的文艺节目到了10多个国家和地区演出，载誉而归。入选全国美展的作品有90多件，并有19件选送12个国家参展。不少作品有令人注目的多方面的创新和突破：一是题材选择的丰富性，显示了我区文艺家艺术视野的拓展。如反映中美建交、计划生育、桂系军阀等题材的作品，在我区甚至全国长篇小说（纪实文学）创作中还没人涉足的地方，留下了先行者的足迹。二是作品形式和表现手法的多样化，表明我区文艺家艺术追求的增强。三是对作品内涵发掘和人物形象的成功塑造，体现了我区文艺家艺术功力的提高。

大批作品在各种评奖中获奖，在一定程度上反映了我区文艺创作的成就是令人鼓舞的。据不完全统计，各协会会员创作、表演、编导和摄制的作品或节目，在省级以上各种文艺评奖中有800多件作品（人）获奖，其中在全国性评奖中获奖的有180多件（人）。如散文集《童心集》、报告文学集《归客》、小说集《白罂粟》等7部（篇）作品在第三届全国少数民族文学评奖中获奖；长篇纪实文学《毛泽东与尼克松在1972》获全国图书“金钥匙”一等奖；瑶族史诗《密洛陀》(中国民间文艺出版社版)获第二届全国少数民族民间文学作品评奖一等奖;《广西民间文学散论》等7部著作获首届中国少数民族文学研究成果奖；油画《北部湾·亚热带》获第七届全国美展铜牌奖；连环画《在深渊的边缘》获《中国连环画》十佳作品奖；剧本《羽人梦》获第二届全国少数民族题材剧本评奖金奖；桂剧折子戏《打棍出箱》等获第二届中国戏剧节“优秀剧目奖”;《她看他……》等两个故事在第二届全国新故事“嵩山杯”大奖赛中获铜牌奖；摄影《饮恨沙场》获“黄山杯”全国体育摄影大赛一等奖和亚运会全国体育摄影展览优秀作品奖；歌曲《无题》获全国“歌颂社会主义精神文明建设”征歌二等奖,《晨雾中牛铃在响》获全国“民族之声”征歌一等奖；电视剧《丹姨》获第七届全国优秀电视剧“飞天奖”三等奖,《绿风》获第四届全国少数民族题材电视艺术“骏马奖”二等奖；舞蹈《绣球梦》《永远十九岁》获全国少数民族舞蹈比赛表演二等奖；电影《共和国不会忘记》获1988年全国优秀故事片奖、1989年“百花奖”,《百色起义》获中国首届电影节优秀故事片奖；唐佩珠获全国第二届少数民族青年声乐比赛“金凤奖”，罗宁娜获全国第三届青年电视大奖赛二等奖。还有9个艺术作品在国际性评奖中获奖，如杂技《抖杠》获巴黎第十二届世界明日杂技比赛金奖头奖,《小跳板》获第二届中国吴桥国际杂技节目比赛银奖,《弧光》获1989年莫斯科电影节的生活地毯奖，等等。需要指出的是，一些因为各种原因没有获得过全国奖和国际奖的优秀作品，也有着众多的读者或观众，产生了广泛的社会影响。

文艺理论研究和评论工作有了较大发展，各种学术研讨活动十分活跃。据粗略统计，四年多来，我区文艺理论工作者出版的理论专著或合集共48部，数量之多，是前所未有的。各部门举办的理论研讨会、作家和作品讨论会100多次，广泛而深入地探讨各种理论和创作问题。一是加强了对马列、毛泽东文艺理论的研讨，对一些被资产阶级自由化思潮搞乱了的理论问题，进行了正本清源。有的同志为捍卫马列、毛泽东文艺理论，与各种错误思潮进行了坚决的斗争。二是加强了对重大问题的探讨。影响较大的有：文艺与改革讨论会、全国通俗文学座谈会、全区文艺创作主旋律讨论会、振兴广西文艺创作大讨论等。三是加强了对各文艺门类，特别是少数民族文艺的研究。如书学研讨会、广西电影发展战略研讨会、发展电视艺术笔谈讨论会、全区民族舞蹈创作座谈会等。有的艺术协会还组织编写了文艺理论丛书。其中，对一些艺术门类的研讨，在我区尚属首次。四是加强了对文艺家及其作品的讨论和评介。其中，有关部门举办了李英敏、周民震、蓝怀昌、陈敦德、黄继树、柯天国、丘行、莫之棪等20多位文艺家的作品研讨会，电视方面组织了各种讨论会10多次。各报刊发表了大量的评论文章，扩大了我区文艺家及其作品的影响面。不少协会健全了理论工作机构，逐步改变过去理论队伍人员缺少、各自为战的状况。

文艺报刊有所增加，为文艺创作提供了良好的园地。区文联现有5个文艺报刊，其中《广西文学》《小说世界》和《美术界》是原有的，《南方文坛》和《南国诗报》是第四次文代会后创办的。这些报刊改进工作，提高质量，扩大影响，在发现人才、培养作者、组织创作、为读者服务等方面，做了大量的工作，不断推出广受读者欢迎的优秀作品。《广西文学》1988年参与了全国百家刊物“中国潮”的征文活动，所刊载的报告文学《你好，桂林》获三等奖，该刊1990年被中国少数民族文学学会授予“园丁奖”。《美术界》被列为全国连环画美术刊物“金环奖”评委刊物，在1990年荣获“金环奖”的“栏目奖”。我区唯一的文艺理论刊物《南方文坛》，牵头组织了一些有影响的学术活动，积极评介广西的作家和作品。自筹经费创办的《南国诗报》坚持面向社会、面向大众，受到了好评。在报刊整顿中，《广西文学》《美术界》和《南方文坛》得到了区出版部门的通报表扬。

各部门通力合作，文化志和各类集成编纂工作进展顺利。《广西文化志》第一编辑室与各协会密切合作，完成了11本资料集，280多万字的编印任务，并已开始进行《广西文化志》初稿的撰写工作。有关协会会同兄弟单位，组织编纂工程浩瀚的各艺术门类集成（广西卷，下同），其中，《中国民间歌谣集成》《中国舞蹈集成》《当代中国杂技》等已复审定稿。民协几年来发动各地普查、搜集民间文学集成资料252册，约四千万字，《中国歌谣集成·广西卷》将作为全国歌谣集成的首卷出版。1989年，广西获全国民间文学集成荣誉奖。

会员队伍发展壮大，文艺新人不断涌现。四年多来，区文联各协分会新发展会员2089名，参加全国各协总会244名。现在，各协分会的会员总数为5895人，其中少数民族1586名；全国各总会会员755人，其中少数民族251人。这四年多吸收的新会员，相当一部分是崭露头角的文艺新人。据统计，各协会会员中35岁以下的共999人，占会员总数的17%。

地县级文联相继恢复和建立，扩大了文联工作的影响面和覆盖面。四年多来，恢复或组建了地区级文联4个，县级文联31个。至今，全区13个地市除一个地区外，都已建立了文联，组建率为92%；83个县（市）中的56个县（市）组建了文联，组建率为68%，分别超过了全国85%、50%的平均数。各地市文联、产业文联，尤其是县级文联的同志，克服困难、艰苦奋斗，借助各方力量，为繁荣创作、培养人才，做了大量默默无闻而又至关重要的工作。

扩大内外文艺交流，增进了区内外、海内外文艺家的了解和友谊。各协会采取请进来、走出去的办法，以学术活动、参观访问、学习观摩等形式，加强了区内外文艺家的交往。有关协会还主办或参加主办了中南六省区戏剧创作座谈会、南方七省区影协协作年会、全国少数民族作家南宁笔会、全国通俗文学座谈会、西南作家联谊会桂柳笔会、大江南北摄影艺术展览、《哈哈集》电视喜剧小品征文活动、全国马列文论研究会第十一届学术讨论会等10多次比较重大的活动。

1988年11月，我区23位文艺家出席了全国第五次文代会，武剑青和周民震两位同志当选全国文联第五届委员会委员。

四年多来，我们有7位文艺家，相继参加了中国文联或有关协会组织的代表团，出访了8个国家和地区。有关部门两次组织广西儿童书画家代表团，到日本进行访问和表演，还与日本高岛屋联合主办了“中国广西·日本米子儿童画交流展”。另外，有的艺术家还到一些国家和港澳地区举办了书画展览。有关协会选送了一批美术、书法、摄影作品到国外参加展览。这期间，我们接待了来访的朝鲜、新加坡、菲律宾、日本、匈牙利和港澳台地区的文艺团体（人士），以及联合国有关机构的人员计8起，共110多人。

（二）

同志们！在新的历史条件下开展文联工作，面临着许多新的问题。四年多来，我们在工作实践中，不断研究新情况，摸索着解决新问题，特别是经过前年那场政治风波后的反思，使我们对在新时期里如何做好文联工作的一些问题，加深了体会，提高了认识。

1. 加强和改善党的领导，是搞好文联工作的根本保证。近年来，文艺界那些自由化的“精英”极力妄图摆脱党的领导。他们的胡作非为，从反面提醒我们再次思考这个本来不成为问题的问题，使我们进一步认识到，文联的性质决定了其离不开党的领导。因为，文联是中国共产党领导下的人民团体。它虽然不是党的机关和政府机构，但绝不是同人团体，它是党和政府建立的，是党和政府的助手，它以其特有的方式，贯彻党的路线、方针、意图，联系和团结广大文艺工作者，完成党和国家所赋予的任务。文联是在各级党委和党委宣传部的领导下，开展工作和活动的，这是搞好文联工作的根本保证。四年多来，我们注意自觉接受区党委和区党委宣传部的领导，凡有重大问题或重要决策，我们都能事前请示，事后报告，因此工作上没有出现过大的失误。

党对文艺工作的领导，主要体现在贯彻党的路线、方针和政策上。为此，我们坚持了党组的学习制度，学习研究党的方针政策，学习党中央的重大决策，并以多种方式推动文艺界的学习。四年多来，我们举办了各种座谈会、读书班、理论会20

多次，组织文艺界骨干学习毛主席的《讲话》《邓小平论文艺》以及党中央的有关指示和文艺政策，加强文艺队伍的思想建设。去年9月，我们还组织地市文联负责人等文艺骨干和文学院专业创作员共20人，到区党校参加了为期一个月的马克思主义哲学读书班。由于我们加强学习，提高认识，较好地理解和贯彻党的方针政策，这几年来，我区文艺界总的来说是比较稳定的，政治上能与党中央保持一致，没有出现过忽“左”忽“右”的大偏差。即使在1989年北京发生反革命暴乱期间，当时局势比较复杂，文艺界有些人迷失了方向，我们仍能保持清醒的头脑，及时组织学习贯彻党中央和区党委的指示精神，区文联的中层干部和党员，没有一个人上街，从而稳定了大局。事后，文联党组对近年来文艺界的情况进行了回顾反思，并写出了学习体会，被中宣部《文艺信息》等报刊刊载。

我们认为，加强和改善党的领导，很重要的一点，就是要从实际出发，准确地贯彻和执行党的路线、方针和政策，避免工作的波折和反复。无论是整顿清理报刊，或是反对资产阶级自由化的斗争，我们都严格按照中央的有关指示精神，强调要从我区文艺界的实际情况出发，区分不同性质的矛盾，采取不同的处理办法。比如，我们认为，资产阶级自由化作为一种社会思潮，在我区的表现主要是有的同志对某些问题认识偏颇，基本上属于思想认识问题。我们把这些看法上报了上级领导部门，并通过组织学习反思，提高认识，端正方向，以消除资产阶级自由化思潮对我们的影响。这样做，既提高了大家的思想认识，又团结了同志，使大家心情舒畅，同心同德地为繁荣社会主义文艺事业而努力奋斗。

2. 繁荣社会主义文艺创作，是文联工作的中心任务。文联的中心任务是什么，过去一直是很明确的，即组织创作、繁荣文艺，出作品、出人才。但是，近几年对这个问题出现了不同认识和看法。我们始终认为，在新的时期，文联工作增加了新的内容、新的任务，但是，繁荣社会主义的文艺创作，仍然是文联，特别是省级文联的中心任务。正如邓小平同志所指出的：“不论是专业的或是业余的文艺工作者，一切社会主义的和爱国的文艺工作者，一切维护祖国统一的文艺工作者，都要更好地互相帮助、互相学习，把全部精力集中于文艺的创作、研究或评论。”这既给文艺工作者，也给文联工作指明了任务。即使按照这几年常说的“联络、协调、服务”，其目的也应该主要在于组织和帮助文艺家们更好地进行“文艺的创作、研究或评论”。因此，我们紧紧围绕繁荣文艺这个中心来开展各种业务活动。

第一，坚持不懈地组织文艺家深入生活。作协、摄协、曲协、美协、音协等协会克服了经费不足等困难，分别多次组织创作人员到我区的经济开发区、红水河等重点工程建设工地、边防前线、少数民族地区以及改革开放成绩显著的地方，进行体验生活和创作。摄协还组织7名会员骑着自行车，行程2700多公里，进行摄影创作。

第二，在多样化创作中，大力推动主旋律作品的创作。如各协会组织了反映红水河水电建设系列作品的创作，现已陆续出了散文集、诗集、电视连续剧剧本等一批作品。摄协举办了防城港建设成就和法卡山十年征战的专题展览，作协组织采写和出版了反映工业战线的报告文学集《世纪之光》。为庆祝自治区成立30周年和新中国成立40周年，有关部门组织创作并推出了一批主旋律的作品。去年，我们还和区党委宣传部等有关单位联合举办了全区文艺创作主旋律讨论会，21位作家在会上制订了主旋律作品的创作计划，其中有的已出成果。

第三，认真抓好专业创作员的招聘和管理工作。1986年以来，共招聘了34名专业创作员，他们长期以挂职等形式坚持在基层生活，现已创作和出版、发表了600多篇作品，其中长篇小说4部，有32篇获省级奖，3篇获中央部门奖，有的还翻译到了国外。实践证明，招聘一定数量的专业创作员，对于繁荣创作，提高创作质量，确实起到了不可忽视的作用。为了加强这方面的工作，去年6月上旬，经区党委宣传部批准，正式成立了广西文学院，并由该院招聘第一期专业创作员10名。

第四，办好各种形式的创作会。据不完全统计，各部门共举办了创作笔会、改稿会、学习班150多次，这些会议讲求实效，基本上都能出成果。另外，举办了文学讲习班、创作函授班10多次（期），发现和培养了一批文艺新人。书协还组成12人的“广西书法讲师团”，分别在区内外开展书法讲学辅导及现场表演30多次。

第五，各协会和部门举办了各种比赛、征文、评奖等活动30多次，推动了创作。

1988年12月，在区党委宣传部领导下，我们会同有关单位举办了首届“振兴广西文艺创作铜鼓奖”，共评出了作品奖、荣誉奖、特别奖和编辑奖211个，这是广西首次以自治区人民政府名义颁发的文艺创作最高奖。这次评奖，是对党的十一届三中全会以来10年间广西文艺创作的大检阅，有力地鼓舞了士气，振奋了精神。

3. 坚持文艺的正确导向，是文联工作的关键环节。几十年来文艺界的风风雨雨，尤其是这几年来文艺工作的经验教训告诉我们，社会主义时期的文艺创作，仍然存在着发展走向的问题，因而就需要做好“导向”的工作。坚持文艺的正确导向，关键是要正确处理好“二为”方向和“双百”方针的关系。这两者是完整的、不可分割的整体。“双百”方针是繁荣社会主义文艺的行之有效的方针，而实行“双百”方针，应该是使文艺更好地为人民服务、为社会主义服务，而不是相反。文艺家有艺术创作的个性和自由，也应该有坚持“二为”方向的责任。作为文艺工作的组织者和领导者，则有把握方向的职责。要着重于正面引导，旗帜鲜明地强调和突出所应该提倡的东西，同时反对错误的或有害的东西，保证文艺的健康发展。这几年来，我们主要抓了两个方面的工作。

一方面是加强理论上的引导。我们通过召开学习《讲话》和《邓小平论文艺》座谈会等各种文艺理论研讨会，大力进行马列主义、毛泽东文艺思想的宣传教育，帮助文艺家树立正确的艺术观和健康的创作心态。同时，通过经常性的学术争鸣活动，帮助文艺家们分辨是非，提倡正确的东西，纠正错误的东西。如1989年初由《南方文坛》联络《广西文学》等7个文艺、新闻单位开展的“振兴广西文艺创作大讨论”，某些轻视和否定民族优秀作品和民间文学的观点，受到了广泛的批评，同时，不少同志对如何振兴广西文艺创作，提出了许多中肯意见。

另一方面是加强文艺报刊的管理。文艺报刊不但是百花齐放、百家争鸣的园地，还是社会主义的思想舆论阵地。发表什么样的作品，本身就是一种引导，对作者对读者都会产生极大的影响。因此，我们结合报刊的清理整顿工作，对区文联的几个报刊分别订出了旨在加强领导的管理条例。面对商品大潮的冲击，这几个报刊坚持社会效益第一，注意思想内容和艺术质量，以刊登反映现实生活题材的作品为主，为全区的文艺创作起到了良好的导向作用。1989年6月，《广西文学》《小说世界》《美术界》和《南方文坛》联合另外四家文艺期刊，向区内外文艺期刊同行们发出了“把最好的精神食粮奉献给读者”的呼吁，产生了积极的社会效应。

4. 弘扬民族优秀文化，是文联工作的重要内容。我们国家对外开放以来，随着对外文化交流的扩大，形形色色的国外文艺思潮及其作品也进来了，这对开阔我们的视野，促进文艺创作是有一定作用的，但也产生了一些值得重视的副作用，主要是导致一些人轻视甚至否定民族优秀文化传统。这几年来，我们对此有比较清醒的认识。我们认为，弘扬民族优秀文化，是社会主义文艺发展不可缺少的基础，也是我们必须抓好的重要工作。广西是个拥有11个少数民族的自治区，民族文化问题对于我们意义尤为重大。广西的文艺新生林必须植根于民族文化这块深厚和肥沃的土壤里。我们只能带着具有鲜明民族特色和浓厚地方色彩的艺术精品走向全国、走向世界，因为这是我们的优势所在。

我们把大力弘扬民族优秀文化，作为文艺创作和理论研究的一个重要内容。首先，以马列主义的观点，批判在这个问题上的民族虚无主义和历史虚无主义，认真组织探讨如何弘扬民族优秀文化的问题，如世界性与民族性、民族精神与时代精神、创新探索与继承传统的关系等等。其次，重视民族优秀文化的发掘和整理，民协组织搜集和整理了大量的民间文学资料，并从去年开始，与各地市县合作，将陆续出版总数达87卷2300万字的各地市县民间文学作品精选本。另外，音协参加了少数民族乐器的鉴定工作。第三，重视少数民族题材作品的创作，如民族歌曲创作笔会、少数民族题材电视艺术座谈会、广西少数民族曲艺座谈会等。第四，重视少数民族文艺历史和现状的研究。有关协会组织撰写了《瑶族文学史》《京族文学史》等，并召开了壮族、瑶族、仫佬族、京族文学讨论会，还进行了民间文学的专题研究。有关部门组织撰写和出版了广西民族民间文艺研究丛书，已出了十部，影响较大。第五，重视少数民族文艺人才的培养。如委托广西大学中文系，开设民族作家班等。

我们要通过弘扬民族优秀文化，并广泛借鉴和吸取外来文化中一切有用的东西，去创造和发展新时期的社会主义文艺。

5.维护和增强文艺队伍的团结，是繁荣文艺的基本条件。社会主义的文艺创作，既是一种个体的劳动，更是一项群体的事业。我们这支文艺队伍只有维护和增强团结，群策群力，同心同德，互相支持，互相帮助，才能不断推进文艺事业的发展。我们感到，总的来看，广西文艺界一直还是比较团结的。但也不是一点问题也没有。因此，我们切实做好各方面的工作，防止和消除“内耗”现象，加强了老中青文艺家之间、各民族文艺家之间、各艺术门类文艺家之间的团结，充分调动各方面的积极性，增强了文艺队伍的凝聚力和战斗力，这是四年多来我们的文艺工作取得较大成绩的基本保证。我们今后应继续巩固和加强文艺队伍的团结。我们的一切言行都应考虑到是否有利于团结，要做到有利于团结的话就说，有利于团结的事就做，反之，就不说不做。文艺界只有加强自身的团结，才能繁荣社会主义的文艺创作，才能影响、促进广大人民和整个社会的团结稳定，促进社会主义现代化建设事业的发展。

6.加强自身的改革，是发展文联工作的必由之路。我们正处于一个改革的年代，改革已经成为不可逆转的时代大趋势，成为各行各业不可回避的崭新课题。我们越来越感到，文联工作也必须进行改革，才能在新的形势下有新的发展。我们文艺工作者不仅仅是改革的鼓动者，还应该以强烈的参与意识，成为改革的实践者。基于这样的认识，我们在1988年初召开的区文联四届二次委员会上提出了文联工作改革的初步设想。会后，我们从四个方面，积极而稳妥地进行了改革的尝试，从而使我们的工作更加卓有成效和富于活力。

一是文联体制的改革。首先明确党组主要进行决策性、政策性领导，具体事务由各部门自行解决；其次是扩大各协会（室）、编辑部的业务自主权；再次是理顺上下左右的各种关系，更好地协调工作等。

二是工作作风的改革。区文联领导以多种方式，经常下去搞调查研究，及时了解和掌握各地文联的情况，广泛征求意见，并且通过当地党政部门，帮助部分地市县文联解决了一些实际问题，促进了部分地县文联的恢复或组建工作。各协会也改进工作，加强与会员的联系，为基层办实事。如舞协组织有关人员协助金秀瑶族自治县编排了一台瑶族歌舞，赴京演出，获得好评。

三是组联工作的改革。我们把组织联络工作的重点向下倾斜，加强了与地、市、县文联的联系，如每年的文联委员会扩大到县级文联主席；有重大问题，主动征求地市文联的意见；联合举办各种创作活动等，改变了过去只偏重于协会工作的状况。我们还于前年下半年创办了内部报纸《广西文艺界》，以加强工作联系和信息交流。

四是活动方式的改革。文联的财力、物力有限，许多业务活动单靠本身的力量是难以开展的。所以，我们的活动方式趋向开放性、社会性，一要加强与兄弟文化单位的合作，二要广泛争取社会各界的支持。四年多来，各协会所开展的深入生活、文艺评奖、创作笔会和讨论会等许多业务活动，大多是横向联系的产物，如"法制摄影作品比赛"、"银河狂潮音乐会"、"桂复杯"电视小品征文大奖赛、"河路杯"相声故事比赛、太阳石文学评奖等，这是文艺与社会各界的双向互利服务。有关协会还经常地协助社会各界举办文艺会演、比赛等群众性文化活动。摄协多次组织会员走上街头，开展学雷锋摄影咨询活动。

同志们，四年多来，我区文艺界的成绩是显著的，这是自治区党委和自治区人民政府领导，各兄弟单位的支持和帮助，以及广大文艺工作者共同努力的结果。我们在这里，还要感谢那些一向关心我们工作的老同志，他们坚持辛勤的艺术耕耘，不断奉献新的创作成果，并从多方面热情地培养和扶持文艺新人，同时经常地指导文联和协会工作，给予了我们不少的支持和帮助。

从区文联驻会做具体工作的同志的角度来看，我们的工作还存在着许多问题和不足之处。主要有：

1. 文艺队伍的思想建设还有待于加强。1989年春夏之交那场政治风波中，个别同志参与了一些非法的声援活动。还有个别会员经不起改革开放的考验，陷入违法乱纪的泥坑，受到了法律的制裁。还应该指出的是，这些年来，资产阶级自由化思潮在我区文艺界有着程度不同的影响，主要表现在：有的同志盲目推崇西方的各种文艺理论观点，不重视马克思主义文艺理论对文艺创作和研究的指导作用；有的同志没能很好地处理“双百”方针和“二为”方向的关系，片面强调创作自由，不太注意文艺方向和文艺家的社会责任；有的同志在更新观念的口号下，轻视我国文艺的革命传统和民族传统，贬低民族优秀文化，否定生活是文艺创作的源泉；有的同志只讲多样化，忽视社会主义文艺的“主旋律”，等等。我们对此必须有清醒的认识和足够的重视，并认真加以解决。

2. 在文艺导向上有时候没能及时地、坚决有力地坚持正确的东西和反对错误的东西。比如，对一些明显受资产阶级自由化思潮影响的文章和观点，虽然已有所批评，但不够及时有力。有的刊物没有很好地坚持社会效果第一，片面追求经济效益，发表了一些有悖于办刊宗旨的作品。

3. 在文艺创作方面，整体水平还不如人意，我们还缺少在全国广有影响的尖子人才和拳头作品。与先进省市相比，我们的创作水平仍有一定差距，特别是文学创作，没有出现重大的突破。

4. 与地市县文联的联系，尤其在工作上沟通信息、互相支持方面做得不够。有的协会的会务工作存在着这样那样的问题，会员不够满意。

（三）

同志们！九十年代是我国社会主义现代化建设的历史进程中关键的十年。因此，我们要结合我国实施的国民经济和社会发展的十年规划和“八五”计划，要从国家发展的大势来打开今后文联工作的思路。党的十三届七中全会提出：“在加强物质文明建设的同时，切实加强精神文明建设，提高全民族的思想道德素质和科学文化素质”，要“进一步繁荣社会主义文化事业，弘扬中华民族的优秀文化，丰富和活跃人民群众的精神文化生活”。这向我们文艺工作，还有广大文艺家提出了光荣的任务和奋斗的目标。我们要继续坚持“一个中心，两个基本点”，坚持“二为”方向和“双百”方针，以“团结、鼓劲、开拓、奋进”的精神，加强文艺队伍的思想建设，大力促进创作的繁荣，认真改革文联工作，积极创造条件，争取我区社会主义文艺事业在“八五”期间有更大的繁荣发展，为促进政治、经济、社会的稳定，为贯彻党的十三届七中全会和区第六次党代表大会的精神，把广西各方面的工作搞得更好，充分发挥文联组织和文艺工作的特有作用。在此，我们谈几点今后的工作设想和建议，供新一届文联领导班子研究参考。

1. 加强马列主义理论学习，继续进行反对资产阶级自由化的教育和斗争。反对资产阶级自由化的教育和斗争，是一项长期的任务，虽然我们已经取得了重大胜利，大气候已经变了，但是，还有许多工作要做。当前，要继续深入进行反对资产阶级自由化的斗争，解决思想理论的深层次问题，进一步澄清被资产阶级自由化搞乱了的是非。因此，我们必须掌握和运用马列主义、毛泽东思想的理论武器。鉴于我区文艺界的思想状况，我们建议，从现在起用几年的时间，对广大文艺家，普遍进行马列主义、毛泽东思想基本原理和文艺理论的教育，认真学好马克思主义哲学，抓好社会主义理论的教育，建设一支与党和人民同心同德的、能够经受得起任何风浪考验的文艺大军。

为此，我们建议采取这样的措施：（1）每年定期或不定期地举办作家、艺术家的马列主义学习（读书）班，有针对性地研讨有关理论问题；（2）采取与有关单位联合办班的形式，有计划地抓好文艺骨干的理论培训工作；（3）通过各种笔会、改稿班，经常不断地灌输马列主义；（4）对长期坚持自觉学习马列主义，坚持理论联系实际，并在艺术实践中取得一定成就的文艺家予以表彰，树立典型。通过这些持久的工作，切实提高广大文艺家，特别是中青年文艺工作者的马列主义水平，使他们坚定不移地坚持四项基本原则，增强识别和抵御资产阶级自由化以及各种错误思潮的能力，增强抵御各种腐败现象和不正之风的能力，保证文艺事业沿着“二为”的方向前进。

2. 切实贯彻十三届六中、七中全会精神，进一步密切文艺与人民的血肉关系。加强党同人民群众的联系，对于文艺工作者来说，有着重要的特殊的意义。邓小平同志指出：“人民是文艺工作者的母亲”，“人民需要艺术，艺术更需要人民”，精辟地阐述了文艺与人民的关系。我们的文艺工作者离开了自己的母亲，离开了人民，是不可能创造出为人民所需要的作品来的。因此，我们要通过多种渠道，采取多种方式，组织更多的文艺家到人民群众当中去，到火热的斗争生活当中去。要帮助文艺家解决深入生活的许多实际问题，包括经费问题。但重要的还在于进一步提高思想认识，使他们真正懂得投身各条战线的火热生活，对于社会主义的文艺家来说，不仅仅是吸取创作源泉的问题，其重要意义还在于可以帮助了解国情和区情，正确认识我们的社会，增强社会主义信念和爱国主义热情；同时可以促进文艺家与人民群众的思想交流和感情沟通，充分了解他们对文艺的需求，真正解决好文艺到底为谁服务的问题，使社会主义文艺真正成为属于人民大众的文艺。

3. 千方百计繁荣创作，提高创作质量，培养杰出人才。李瑞环同志指出："如果一个地方、一个部门，长期出不了优秀作品，出不了杰出人才，乃至搞得群众没书看、没戏看，就如同搞得群众没粮吃、没菜吃一样，这样的领导不能说是称职的，也不会取得广大群众的拥护和支持。"我们要以解决群众吃粮、吃菜问题那样的紧迫感和责任感，千方百计地切实抓好"繁荣创作"这项中心任务。要进一步实行"双百"方针，鼓励艺术上的创新和突破，大力弘扬民族优秀文化，在继续发展多样化创作的同时，大力组织和扶持主旋律作品的创作。会同有关单位认真落实中宣部关于"应在今年内拿出质量上乘的一本好书、一台好戏、一部优秀影片或电视剧、一篇或几篇有创见有说服力的文章"的要求，并组织庆祝中国共产党成立70周年的创作活动，推出一批优秀作品。

衡量文艺创作的发展水平，主要看的是作品质量而不是数量，看的是出了多少杰出人才。所以，我们抓创作，一要抓创作质量的提高，二要抓杰出人才的培养，尤其要注重中青年文艺家、少数民族文艺家的培养。要努力办好广西文学院，使它成为提高创作质量，培养杰出人才成长的重要基地。

4. 活跃文艺评论和理论研究。要认识到，理论批评工作是文艺工作的重要的一翼。各级文联要把活跃文艺评论和理论研究当作一项重要的工作认真抓好。要以马列主义、毛泽东思想为指导，搞好文艺理论和评论工作，加强对重大文艺理论问题的研究，积极评介广西的文艺家和作品，使我们的创作在正确的理论导向下健康发展。

5. 积极创造条件，促进艺术生产的发展。艺术生产和物质生产一样，需要多方面的投入，需要充分调动生产者的积极性，才能有长足的发展。我们应该积极创造条件，优化艺术生产环境，为广大文艺工作者多办实事和好事，以便使他们的艺术创造能量完全地释放出来。如，改善文艺家们，特别是那些有成就的文艺家的创作、工作和生活条件；依法保护文艺家们的合法权益；为文艺家们提供更多的艺术交流、学习观摩的机会，扶持优秀作品的创作和出版发行；等等。

同时，争取有关部门的支持，对艺术生产增加资金等方面的投入，办成一些有利于促进艺术生产发展的重要项目。

6. 以改革促进自身的建设，进一步发挥各级文联组织的作用。各级文联组织，肩负着文艺工作组织和领导的重要职责，对于繁荣社会主义的文艺创作，有着举足轻重的作用。因此，我们应该增强改革的意识，通过对文联体制、管理方式、工作作风、活动方式等方面的改革，实行自我完善，增加文联工作的生机和活力，进一步发挥各级文联应有的作用。

要加强区文联机关的全面建设，提高全体工作人员思想修养和业务水平，牢固树立全心全意地为广大文艺家服务的思想，认真做好各方面的工作；各协会驻会干部要加强责任心，密切与会员的联系，改进会务工作；区文联所属的5个报刊要进一步提高质量和扩大读者面，继续坚持文艺的正确导向，要起到作为自治区级文艺报刊的一定示范作用，力争在全国有一定影响。

通过多种形式，进一步密切与地市县文联的联系。区文联应尽力负起对地市县文联业务上的指导作用，要协调加强地市县文联的健全和建设工作，建议在近期内，区文联组织人员下去，对地市县文联的情况进行全面的调查研究，通过有关途径，采取切实有效的措施，协助解决一些亟待解决的问题。

继续抓紧各地、县文联的组建工作。现在，全区尚有1个地区、27个县没有成立文联，建议争取在“八五”期间，全部完成全区地、市、县文联的组建。

继续积极地做好有关工作，以稳定各级文联驻会工作人员的队伍，充分调动这支队伍的积极性。

同志们！现在正是开始实施十年规划和“八五”计划的第一个春天，春天是播种希望的季节。振兴广西的文艺事业任重而道远，需要我们每一位文艺工作者的共同努力和无私奉献。让我们以高度的时代责任感和历史使命感，在区党委的领导下，更加紧密地团结在以江泽民同志为核心的党中央周围，同心同德，努力奋斗，用勇于攀登艺术高峰的精神，用善于描绘时代风云的彩笔，去创造社会主义文艺园地一个个硕果累累的丰收季节，为争取我区文艺事业更大的繁荣而奋勇前进！

广西文坛新人扫描

陈学璞

八十年代是我们通常说的进入中国的新时期的时代。这一时期，是广西文坛充满生机和活力、创作硕果累累、新人大批涌现的繁荣期。“文革”前17年，数得出的作品是韦其麟的长诗《百鸟衣》、集体创作的歌剧剧本《刘三姐》、陆地的长篇小说《美丽的南方》和刘玉峰的长篇小说《山村复仇记》。从1966至1976年的“文革”10年，只有两部为当时的政治运动造舆论的“三突出”式的长篇小说。而八十年代仅长篇小说就出版了40多部，其中1985年以后达30部之多。创作繁荣的后盾是文学新人的崛起。1980年广西作协会员310人，1986年发展到461人，1992年已有722人。当前辛勤耕耘于广西文坛的作家，大都是从党的十一届三中全会以后起步或新生的。鉴于八十年代初期和中期成名的作家已在报刊有过诸多评论，本文主要评介八十年代后期和九十年代初期崛起的作家。

一

1986年以来，广西文学新人在散文、诗歌、小说领域各领风骚。特别是散文、

作品信息

《桂海论坛》1993年第3期。

诗歌，年轻人异军突起。

在散文方面，有庞俭克、包晓泉、彭洋。庞俭克是壮族青年作家，原籍靖西县，1955年出生。他1984年发表散文处女作《芋香》，几年来在区内外发表散文作品二十多万字，代表作有《十五奶》《摩崖走笔》《夜前》等，已出版散文集《秋天的情书》。庞俭克的散文已引起全国散文界的注目。他的作品不仅在《散文》《散文选刊》《人民日报》等全国性报刊发表，而且中国作协主办的《民族文学》1990年第2期开辟《庞俭克散文专辑》，《散文选刊》1990年第2期收编《庞俭克散文特辑》。庞俭克的散文突出主体情思，探寻人生哲味，充溢浓郁的现代意识。在艺术上形成温醇纤柔的氛围，语言跌宕洒脱。他大声疾呼：散文要直面人生。庞俭克现任漓江出版社编辑。

广西著名散文家凌渡说，包晓泉是与庞俭克齐名，很有希望走向全国的青年作家。包晓泉1963年出生，仫佬族，原籍罗城仫佬族自治县。他1984年毕业于中央民院，现任广西民族出版社编辑。包晓泉1984年在《民族文学》发表处女作《雨淅沥》，至今已发表散文50多篇。他的代表作是《梦眼归魂》《北地江魂》《程阳意境》《南方——一个站着的问号》。《民族文学》1991年第6期特辟《包晓泉散文专辑》，选入《无法不自白》《百色土》《大明山的诱惑》等五篇散文新作。著名评论家尹汉胤指出："晓泉的散文，朴实俊逸，笔墨酣畅，清新婉丽的文字中，蕴藉情怀，暗潜一种张力和刚性，仿佛钢弦奏出的音符，撞人心扉。"

彭洋是多才多艺的。他的工作是研究文艺理论，但他的业余生活常情系于书法篆刻，他曾两次举办过个人书法展览。一查他的"文史"，却已发表过十几万字的散文。他在《散文》1990年第3期侃起《随意话题》，体验纷呈的生活情理，选择独特的生活视角，运用揶揄调侃的手法，折射出对生活的挚爱，对人生的宽容和希冀。

广西许多作家从诗歌起步，在诗歌的领地上，如雨后春笋般生长起许许多多才华横溢的青年诗人。女诗人林冬是《柳州日报》副刊部编辑，1956年出生，1982年广西大学文学专业毕业。她写诗虽较早，但引起文坛的关注还是近三年的事。1989年以来，她结集出版了《温柔的怀想》《两个人的时候》《湖吻》三本诗歌和散文集。

1991年8月广西青年评论学会在南宁举办三位青年作家作品研讨会，林冬是其中唯一的一位女性。林冬的诗，是艺术的女性世界，温馨柔美，充满对生活的挚爱。诗风清新、隽永、质朴、自然，很有韵味。比如“心中的乐园是你 / 脸上的憔悴也是你 / 挽着我的太阳 / 去看世界 / 世界晴朗而我的眼睛里 / 也没有阴影 /”。

青年诗人林超峻原在百色地区工作，近年调入自治区高级法院。他1966年出生。他的代表作《夏天和黑眼睛》收入广西青年诗人十人集丛书。他的抒情长诗《黄牌指向中国人口》获全国首届朗诵诗大奖赛三等奖。林超峻是广西少有的写政治抒情诗的青年诗人。在这新旧交替、大潮奔涌、气象万千的时代，在这忧国忧民、辞旧迎新之时，太需要鼓舞人心的号角、震撼灵魂的警钟了。林超峻以艺术为武器体现的强烈的参与精神和深切的忧患意识，太可贵了。他的《黄牌指向中国人口》，以计划生育的基本国策为主题，是立足点高远、审美视角宏大的诗篇。他巧妙地运用象征手法，时间上的大跨度跳跃和空间上的大幅度转换，形成一种辽阔悲怆的氛围，给人凝重的力量和战栗的感受。

翻开广西作协会员的名册，最年轻的会员是一个豆蔻年华的少女。黄咏梅，1974年5月出生，原系梧州师范学校学生，现在广西师范大学中文系91级就读。她年方十七，就已有七年诗龄。她的诗在全国各地报刊发表了200多首，有的还上了《人民日报》。1990年北方文艺出版社出版了她的诗集《少女的憧憬》。她的具有代表性的诗作有《少年我与她》《空谷》《梦中林》等。黄咏梅以率真的笔触和细腻的情感向读者袒露一个纯真的内心世界和童话式的诗意。她的美丽而质朴、飘逸而深沉的诗歌中，有对母爱真挚的赞颂，有对萌动的友情的吟咏，有对陌生世态的思考。她在诗中写道：“黎明你走开的时候 / 我的胡子已爬满我的伤疤 / 但我仍然大步走进飞扬的青春 / 我的灵魂又年轻地蓬勃。”

经历坎坷的中年诗人陈侃言，1944年1月5日出生。现在梧州市文联工作。他的诗集《洋花伞》1991年由广西民族出版社出版。陈侃言的诗，挖掘自己生命流程中震颤的灵魂，喜怒哀乐，尽情挥洒；在艺术观念和表现手法上，恰到好处地运用“新古典主义”手法，把现代意识、现代主义技法与中国古典诗词传统相糅合，熔古今中外于一炉。从而赢得评论界的较高评价。

二

在1990年3月召开的广西作协第三次会员代表大会上，作协副主席韦一凡在会务工作报告中提到，“专业创作员中成绩较突出的有柯天国、张宗栻等”。柳州市作协主席柯天国，1946年2月出生，原任柳州市电影公司宣传科长。1985年出版他的中短篇小说集《锁王》。他的三部描写市井生活的长篇陆续问世。《风流巷》1988年出版，《烟花楼》1989年出版，1990年《少妇梦》在报上连载。总计已发表各类作品近百万字。柯天国扎根于社会生活的土壤，从丰富多彩的市井生活中吸取创作养分，由一个普通的锅炉工人成长为知名作家。柯天国的作品有强烈的当代意识、浓郁的生活气息和工业都市风味，在艺术上继承和发展我国小说艺术的传统，语言通俗晓畅，达到雅俗共赏的功效。著名作家陆地在评价柯天国的小说时指出：“柳州的市井小民那些别具一格的日常口语，你把它镶嵌于《风流巷》，不正是同北京的京白增添了《骆驼祥子》的光彩一样相得益彰吗？就这一点而言，《风流巷》不能不是广西创作上一次不寻常的突破。”

张宗栻1946年11月出生，现任桂林《南方文坛》杂志副主编。他曾下乡务农6年，当工人10年，对社会各阶层和劳动人民有广泛的接触。他的代表作有《流金的河》《山鬼》《魔日》《石头船》。张宗栻小说的特点是文学式地关切着社会和人生。他的中短篇小说集《流金的河》以及近期发表的中篇小说《大鸟》《莽山笔录》，在对社会的困惑和思考、人生的焦灼和感喟中，注进了明显的时代精神。

在广西青年评论学会组织的首次青年作家作品研讨会上，研讨了黄佩华的小说创作。青年作家黄佩华现任《三月三》杂志编辑部主任。他已在区内外报刊发表中短篇小说约30篇，大部分作品是1986年以后发表的。他的代表作是《红河湾上的孤屋》(《三月三》1988年第5期)、《梦境》(《民族文学》1988年第11期)、《小城公务》(《上海文学》1990年第12期)。黄佩华从桂西那片具有浓郁的南方民族风味的土地走出来，他的作品反映现实生活中常见的一种荒诞，并从中透视出沉重的文化内涵。

钦州地区文化局的沈祖连，1953年出生。他1987年以后主攻微型小说，已发表微型小说200多篇，其中17篇上了全国的选刊。他在全国微型小说界已颇有名气。他的微型小说的代表作有《老实人的虚伪》《天下儿郎》《朱经理》《龙泉宝剑》《番鬼五》等。沈祖连善于捕捉生活的山雀，挖掘耐人寻味的素材。他的小说构想精巧，角度独特，以小见大，常使人忍俊不禁，在笑声中引发对生活的思索。

新任广西作协秘书长的壮族作家李华荣，1954年出生，天等人。放过牛，耙过田。先后任县文化馆创作员、自治区组织部门干部。他的代表作有《窗恋》《雅乐嫒》《美酒》等。“内蕴坚毅顽强，喜欢与命运抗争，喜欢调整心境，从容不迫地做自己喜欢做的事”是他的心声。他的作品贴近当代生活，领悟人生的潜能，描绘民族的风俗和人物的悲剧命运，给人心灵的启迪。

鸳鸯江畔有一位写小说的青年唐克雪。他是广西一位有影响的瑶族作家。1958年出生，1976年参军，玉林师专毕业。1988年他调入梧州市文艺创作中心。他已发表中、短篇小说30多部（篇），其中载了《广西文学》1987年第1期的中篇小说《冷太阳》，1990年获全国第三届少数民族文学评奖新人新作奖，排在18篇作品的头篇。这篇小说借用现代派的某些手法，口语化的独特叙述方法，反映现实的矛盾和争斗，造成浓烈的气氛。由事件推进展现一个矛盾交组的小社会，透过它看到大社会的波澜和历史的积淀。

南宁市《红豆》杂志编辑黄晓昱是一位很有潜力的青年作家。他1956年出生，1980年发表作品。近几年他的小说发向区内外刊物，炮炮打响。《厦门文学》《天涯》《小说天地》《花溪》《都市》《文学青年》等区外刊物和广西的《广西文学》《三月三》《南方文学》等刊物，都留下了他的小说创作的笔迹。《厦门文学》登载的中篇小说《寻求》，被评论家陈锦标看中，发了《有意义的寻求》的专论。黄晓昱在《广西文学》1991年第4期头条的中篇小说《冷月如霜》，引起北京《文艺报》的评论家石一宁的注意。石一宁写了《在迷惘中搏斗》的专论，高度评价这部小说。黄晓昱的小说，语言富于地方风味，叙述方式别具一格，在结构上时空交替手法运用自然得体，其内容往往燃烧理想主义的烟火，突出了一种奋斗、拼搏、抗争的精神。

潘大林，1954年12月出生，容县人。他现任玉林地区《金田》杂志主编。1987年12月结业于鲁迅文学院编辑进修班。他已发表各类作品一百多万字，有20篇作品获奖，他的主要作品是中短篇小说，代表作有《南方的葬礼》《大山的儿子》《穿过丘陵地》等。潘大林的作品有一种凝重和幽邃的美。《南方的葬礼》将现代意识与现实主义手法相融合，产生了厚实的历史感和炽热的现实感。蕴蓄着“不论其文明的进程多么缓慢，但毕竟在前进”这一凝重的内涵。

桂林市的黄继树在1986年以前，因与赵元龄、苏理立共同创作百多万字的三卷集长篇《第一个总统》而闻名于全国。他苦干四载创作的130万字的《桂系演义》品位很高，是我区1986年以后出版的长篇中的扛鼎之作。《桂系演义》在读者中引起了广泛的反响，特别是海外侨胞、港澳同胞反应热烈，在不到一年时间里重印了三次。著名评论家曾镇南指出：“《桂》作的突出艺术成就，就是通过桂系的衰亡史从一个侧面表现了中国的革命史，具有较高的认识价值。”

三

从民族作家成长的队伍看，当前有两人崭露头角，发展态势较猛。他们是壮族作家岑隆业和凡一平。

岑隆业是西林县文化馆创作员，1940年出生，已年过半百了，按年龄怎么也排不到青年作家之列。但以成为作家的资历，他1984年开始写小说，1985年参加《广西文学》函授班才发表作品，应当算是八十年代后期出现在广西文坛的文学新人。岑隆业带着浓浓的红水河山风，风驰电掣，乘风破浪，很快由广西走向全国。五年来，已发表中短篇小说四十多万字。《当代》《人民文学》《民族文学》等全国性刊物上多次出现他的名字。载于《当代》1989年第2期的《头骡，骡头》引起较大反响，这篇小说如青年评论家杨长勋所指出的“着力表现桂西人的文化心理在现实生活中的流变，人与自然融为一体，体现了亲近自然的热情”。小说《日出处，月落处》获全国第三届少数民族文学评奖新人新作奖。他在《民族文学》1991年第6期发表的短篇新作《缺耳铜鼓》，写桂西穷乡僻壤有一壮族山寨——坂努寨。这个寨在“文革”的高压时期，竟搞了10年包产到户，原因不是别的，而是全寨大部分是聋子，那八面威风坐第一把交椅的寨老就是一个大聋子。“我”在不同的时代两次通过落叶常盖的曲折山路进寨，所见所闻，风俗古怪，风光奇异，人物特别。小说继承了我国《今古奇观》《聊斋志异》等古典传统，又借鉴了现代意识流、拉美的魔幻手法，将幻想与现实、人物与环境、外观与灵魂融为一体。这坂努寨好似陶渊明笔下的世外桃源，又像金庸小说《射雕英雄传》中的桃花岛，但它明明安置在现实生活的土壤上。人们从中不仅看到“文革”的死角、政策的盲点，也看到了山寨的封闭与风气的淳朴、山民的愚昧与纯真交织在一起，更看到了时代的变迁、历史长河的流淌。

凡一平在广西小说作者队伍中可以说是一位虎虎生气、大踏步向前的最年轻的战士。他是都安人，1964年出生，现在还是个20多岁的青年。他17岁那年就在《诗刊》发表了一首有分量的抒情诗《一个小学教师之死》。他1983年毕业于河池师专。1987年以后致力于小说创作。短篇小说《女人·男人》刊于《民族文学》后被《小小说选刊》选载。《官场沉浮录》由于介入当代生活、讽刺现实人物、采撷生活原型而在当地引起轩然大波。1989年被广西作协推荐到上海复旦大学作家班学习。次年，复旦大学中文系召开“凡一平作品讨论会”，这是继《伤痕》作者卢新华之后该系召开的第二次学生作品讨论会。凡一平现在在《三月三》杂志工作。尽管他的生活和创作道路有曲折，但他二十几岁就在广西小说界露出头角，而且“牛角不尖不过界”，把角伸到了大上海，说明他还是个幸运儿。他自1989年以来，在区内外刊物发表了10篇中短篇小说，十几万字，其中两部中篇《美人窝》(载《广西文学》1989年第4期)、《穿过你的黑发我的手》(载《东京文学》1992年第2期)。在《广州文艺》1990年第2期刊登的短篇《通俗歌手》也是一篇有代表性的作品。凡一平的小说，从题材可分为两类，一类是乡村题材小说，一类是都市题材小说，因此有人说他的作品是“乡村与城市的二重奏”。

“江山代有才人出，各领风骚数百年。”广西八十年代后期崛起的一批文学新人，特别是那些30岁左右的文学青年，将是九十年代广西文坛的生力军，是跨世纪的一代文学新人。他们将为繁荣和发展社会主义文学事业，改变广西文学的格局和后进状况做出惊人之举。

走向文学新天地

——简论“新桂军”

石一宁

在与我国当代文学的发展保持同步的同时，“新桂军”的创作表现了自己的独特风格。作家们告别了多年来局限着广西文坛的民间文学的单一创作模式，带着新的理论思维和创作实践走向了一个宽广的新天地。他们给广西文坛带来了生气，也在全国文学的格局中自成景观，为繁荣我国的社会主义文学事业做出了贡献。

我想先提及常弼宇的创作。尽管常弼宇不是一位多产作家，但他迄今发表的《歌劫》《姑姑河的隐私》《家传风骨》《杂交的历程》《记忆的杯子》等中短篇小说，却几乎每篇都具有很厚重的分量。这是一位思考型的作家，有着强烈的历史感和文化意识。中篇小说《姑姑河的隐私》描写直至“文革”前，姑姑河边上的一个壮族村子的人们在打鱼、游泳的时候常常是一丝不挂地坦然相对，民风极为淳朴自然。随着极左路线的盛行及“文革”的逼近，人们不再裸裎相对了，然而淳朴善良、诚

作者简介

石一宁（1964—），广西上林人，壮族，毕业于中山大学中文系，曾任《文艺报》副总编，现任《民族文学》主编，有专著《吴浊流：面对新语境》、散文集《薄暮时分》、传记文学《丰子恺与读书》等。

作品信息

《广西广播电视报》1994年4月21日。

挚厚道的人际关系也被“阶级斗争为纲”及其后遗症取而代之一去不返了。作者写出这段“隐私”不是为了猎奇，其主要寓意甚至也不在于谴责批判极左和“文革”。作品表现的是文明与自然、文明与人性和人的生活本质，以及南北两种不同文化的冲突、碰撞。而作者对这些问题的思考是严肃而又独特的，读来使人深受启发。在《歌劫》中，他以意译的方式引用或创作壮山歌，这是一种创造性的尝试，很值得作家们来共同探讨。

黄佩华在“新桂军”里是一位产量较高的作家。他已发表的小说很多描写的是他的故乡所在的桂西北农村的生活。对故乡和民族的热爱使他的内心燃烧着一团火，他的作品反复着摆脱贫困、愚昧和野蛮，走向现代文明的主题。而在近期的创作中，黄佩华出现了新的变化，显示了更成熟的思考和更深沉的力度。我这里主要指的是《回家过年》《涉过红水》和《文学杂志主编王晓》等中篇小说。《回家过年》写主人公“我”和妻子从南宁回桂西北的老家过年的前后几天的经历见闻；《涉过红水》描绘住在红河边上的巴桑和合社老两口的勤劳、善良和富于牺牲精神的生活；《文学杂志主编王晓》则是作者为数不多的写当代城市生活的小说之一。《回家过年》写出了人生的沉重、单调、琐碎和无奈。而在《涉过红水》和《文学杂志主编王晓》中，黄佩华对以城市为代表的现代文明和现代生活已经转换了一种审视的态度。巴桑一家虽然过着贫穷、原始的日常生活，但他们的精神似乎又是充实的。他们不像城里人和有文化的人那样去费神思索人生的价值和意义，但他们的行为举止常常流露出一种真诚美好的高贵品质；他们临危不惧，在死亡面前从容不迫视死如归。而在都市里肩负着为社会提供精神食粮神圣职责的文学杂志主编王晓，因商品经济的冲击却日见窘相，精神也渐渐露出猥琐来……黄佩华洞察到了人生的尴尬。以前他冷静的叙述底下流荡着的是改变生活的焦灼的愿望，今天他的叙述风格依然如故，但冷静的外表下面已经是一片悲凉。他近期作品的深度和力度，多半来自这种悲凉。

喜宏在广西青年作家群中则是一个堪称特殊的人。他资质聪颖、精力充沛，创作的范围包括小说、评论、随笔、影视和广播剧剧本。他在美术和广告设计方面也很擅长。喜宏的小说有动人的故事、紧张的情节和浪漫的情思；他的丰富知识和广博学问体现在作品中，读者读他的小说除了获得审美享受，还能开阔视野、增长见识。他的长篇小说《超级核劫持》尽管是一部通俗小说，但写得机敏灵妙，在幻想中显示了不凡的智慧。喜宏的作品有一些是“快餐”性的，但这并不意味着他对生活缺乏深刻的思索。中篇小说《超越档次》以及和李希合著的《人质》《远荧》《勒石》等充分反映了喜宏的艺术成就，它们缩影式地展现了时代变革的艰难和阵痛。这几篇小说还具有人生层面的透视意义，显露了作者对人生的浓烈的悲剧意识和对弱者的悲悯情怀。这些作品表明，喜宏是一位怀有广大爱心的人道主义作家。

凡一平以对叙述方式和语言的专心探索和开掘来拓展小说的创作空间。他不受小说的既有范式的束缚和制约，在创作中表现出一种开放的思维和自由的精神。他的作品洋溢着豪情和生气，具有很强的可读性和观赏性。《随风咏叹》《浑身是戏》《枪杀·刀杀》《认识庞西》《蛇事》《舞会》等中短篇小说语言幽默、顽皮、机警，显示了作家良好的艺术感觉和出众的语言才华。他不刻意甚至省略了对小说的环境背景和氛围的塑造，而是通过对话来叙述故事、展开情节。凡一平把一个作家所感受的人生痛苦、悲愤和对社会某些黑暗面的批判意识化解为一种幽默的调侃，把严肃、重大的主题轻松托出，造成了强烈的艺术反差，但它留给读者的主要不是心灵的震撼，而是更多的审美快感。

广西的散文诗创作近年来出现了繁荣的局面。在众多的散文诗人中，黄神彪格外引人注目。他的长篇散文诗集《花山壁画》，散文诗集《吻别世纪》《随风咏叹》等，一扫长期以来盛行散文诗坛的小花小草的软绵绵的抒情小调，而代之以一种磅礴壮大的阳刚气势。在《吻别世纪》和《随风咏叹》中，诗人以洪亮的高音、宽广的音域表达了对大自然和生命的热烈赞颂。在诗人眼里，大自然和人类的命运是紧密相连的。大自然不是人类的异己，不是有待征服的对象，而是人类的摇篮，是人类的亲密相知。诗人呼唤热爱自然，制止人类对生态环境的蚕食和破坏。因为热爱自然就是热爱生命，残害自然就是残害人类自己！《花山壁画》则表现了这位壮族诗人对自己民族文化和传统的强烈自豪，展示了他对民族的历史和现实命运的深邃思索，以及对壮民族的光明未来的憧憬。作者结合众多的历史故事和神话传说来抒发诗情，并且采用复调音乐式的结构，反复咏唱，造成了一种回肠荡气的艺术效果。

黄堃是一位冷峻的壮族诗人，至今出版有《远方》和《爱情探戈》两部诗集。他的诗歌内容很丰富，组诗《远离天堂》颇能概括他的内心世界和创作追求。诗人怀有忧国忧民的忧患意识，在冬天的北京，他“坐在冻土之上 / 数百年的马蹄声仿佛 / 一齐涌来”；诗人多年来为自己的民族和家乡感到无比的骄傲：“贫困的丛林 / 纤秀的漓江 / 都是中国最少出汉奸的地方 / 1938年台儿庄的血光中 / 桂林山水养大的李宗仁将军 / 微笑着点燃一面面 / 太阳旗 / 首次将中国军人 / 从东北、华北的耻辱中 / 拯救出来。”诗人在诗中以对女儿倾诉的方式，抒发的对爱情的忧伤慨叹，读来也颇令人动容。诗中还表现了诗人对自由的神往，对人类生存状况的深切关怀。取譬巧妙，意境优美，气度雍容，构成了黄堃诗歌的艺术特色。

杨长勋是一位才华横溢的理论家和评论家。他以惊人的勤奋和过人的精力，在而立之年到来之前就发表出版了二百多万字的论文和论著。这些年来，他密切关注广西文艺家的创作，为众多的作家艺术家的作品撰写了评价文章和专著。如同他的为人，他的写作态度和行文风格也体现着热情的气质和性格。他把每一位文艺家都当成自己的朋友而充满善意的理解，对他们创作的成败得失，能够客观地加以总结，为近年的广西文艺事业的发展及其影响的扩大做出了很不一般的贡献。他刚出版的三卷巨著《艺术学》，对艺术学这门对国内来说尚显陌生的学科的自身建设、发展前景和一系列的艺术理论问题，提出了许多独到的见解。这部书的出版奠定了杨长勋作为艺术理论家的牢固地位。

彭洋也是一位多才多艺的能手。他涉猎广泛，左右开弓，多管齐下，兼擅文艺评论和散文、诗歌创作，同时还是一位办过展览、出过论著的书法家。对于这位内容博杂、具有多方艺术造诣和审美情趣的艺术家的全部创作，也许可以用他的《二十岁的谎言》这本诗集给人的感想来加以说明——天真、聪敏、真诚和平常心。

评论家李建平近年来也卓有建树。他的《论文艺的民族化与现代化》等论文写得很出色。他的两部著作《桂林抗战文艺概观》和《新潮：中国文坛奇异景观》，为文学史的撰写和研究者提供了珍贵的资料，同时也阐述了作者对有关问题的看法。作者关于新时期文学的某些观点不乏大胆，表现了理论工作者的勇气和探索精神。

陈巧燕的随笔散文文风犀利、个性鲜明，显示了强烈的社会责任心和正义感。她撰写的《戏剧呼唤明星》是一篇明白晓畅而又论证缜密的争鸣文章，给读者留下了很深的印象。

由于篇幅和手头材料的限制，我不能对“新桂军”每一位作家及其所有创作一一加以讨论。然而从本文所举的这些作品中，我看到了“新桂军”的潜力和更光明的未来。

海与岸

——评广西“下海”作家作品专号

彭　洋

从象征的意义来讲，海与岸是作家永恒的主题。

他站在岸上的时候，大海是他的良师和课堂，是他的土地和他的金山。只有当他把汗水心血韶华等应该支付的支付出去，他才能祈望回报。同样，当他投身大海，此时岸就是他的必须耕耘开垦的另一片土地和金山，是他的目的所在，生活的意义所在。

因此，很难讲得清楚在作家作品以及生活之间，究竟哪一面是海哪一面是岸，很难讲得清楚，作家应该站在岸上还是应该游在水里。作家并不是一种职业一种固定和统一的规则。与其说作家是一种生活方式，不如说是一种命运方式，是上苍、社会对人的一种特殊的塑造，人在此时又成了海和岸，是别人的对象。因此，有谁说得清这其中的孰是孰非呢？不该站在岸上吗？不该站在水里吗？一个纯粹的实践问题极可能同时就是一个理论的陷阱。就曾有不少人将其作为理论问题而陷入了永远不能自圆其说的论争之中。

作品信息

《广西文学》1994年第6期。

我们很难回避这样的事实：说起“下海”，领袖毛主席恐怕算是最大最成功的“下海”作家。在中国，没有哪一个作家曾面临过的大海能像他面临过的大海那样波澜壮阔，没有哪一个作家能有他那种伟大的实践和复杂的人生经历。古今中外成功的作家都是闯海人。这确实也是无数事实证实并还在证实的。

《广西文学》编发这一期“下海”作品专号，在创意上之所以是新颖的和有深度的，首先就在于它的实践性；它稍稍避开了理论的死角，用作品和作家来介入热点；并对广西几位“下海”作家做了一次大检阅。

这几位作家都是大家所熟悉的作家。之前，他们都曾以大量的作品赢得了广泛的读者，在广西新时期的文学运动中都是有影响有贡献的。当很多人还茫然于从计划经济到市场经济转型期原有观念的失落和调整时，或许还包括，当文学失去轰动效应，实际上是人们对文学的期待值升高，当大家对新的生活的方方面面都感到非常陌生时，他们毅然选择了真正投身于时代生活潮流，不是作为旁观者而是作为参与人来体验这种时代人生的方式——“下海”。当然，他们的这种选择又是很可疑的。因为人们有很多理由来怀疑其真实的动机。比如说是由于信念的动摇，由于拜金，由于文学外的诱惑；还有可能的“积钱难返”、中途“叛变”等等——这种估计还是把人生看得过于狭窄了。梅帅元觉得自己的选择是一种更为轻松的、富有人情味的选择。他“下海”一是为了赚钱，尝试一下自己的另一种能耐，扩展一下自己的能耐；二是他猜测所谓的作家之路尽管辉煌，但一条路走到黑并非就是理想的人生价值，而且成功之望值得怀疑，于是他“把小说写成了真事”，把作为作家的自己实实在在地变成了“溶化在生活中的一些人”。他闯海是为了寻找彼岸和此岸，或者说他认为海上岸上都能实现相同的人生价值，都是广义的文学作品。众所周知，他干得很出色，他把真事写成小说的时候，小说很美；两年前他试图把小说写成了真事，就成了一个出色的广告人，一个实力雄厚、很有文化品位的广告公司老板。尽管他如此戏说，我们仍看得出文学之岸还是他最终的归宿。欧文“下海”可谓生活所迫，他是谋生第一，写作是由于灵魂和信念的挣扎；他有意让生活的海水洗刷掉没有多大意义的所谓作家意识，来保持自己的灵念。“来世当作家”，这种淡化和自嘲说法背后，是对文学崇高感的一种肯定，他的悟性同样是有深度的。张仁胜在给作家定位的时候则使用了一个理论化的术语：边缘人。他自认为就是个边缘人。这种比喻本身是很自信的，因为边缘往往就是一种制高点。地球板块的边缘隆起了珠穆朗玛峰，学科与学科边缘产生了具有综合优势的新学科。文学的边缘人就站在百行与文学此一行之间，这也许就是时代的文人最好的位置，也许就是新一代文人与以往的文人的主要区别。在水里，他沿着海岸线航行；在陆地，他则沿着海岸线行走。用他的话来讲，他既是海的弃儿又是岸的弃儿，但他已不为做这样的浪子而尴尬，更不觉羞惭。看得出，张仁胜的戏谑之中自有他的清醒与执着。廖铁星则纯粹把作家看成是双栖人，是既能做生意或干什么，又能搞文学创作的人。但二者不能混淆。“小说还小说，生意还生意”这句大白话自然便由他说出。老作家李竑一直是一个很有激情的作家，他把这种激情带到了生意场上，成了同样很有激情的商人。也可谓禀性难移，生活无法改变李竑这一代人理想主义的色彩，使人总有一种感觉，似乎在他的成熟和深刻里总带着几分天真，无论生意和文学，成功是可以理解的，失败也是可以理解的，而且都是应该的。在他的眼里，生活整个地是属于文学和文学家的大海洋，文学永远是他的岸和他的归宿，尽管海洋面积比陆地大，但都被岸所包容。他确实在认认真真地“下海”，也确实在一心一意地深入生活。他比他大多的同辈人更勇敢的地方在于，他冲缺了一道不易被冲缺的文人的儒雅传统，鲜明地竖起了“我需要钱”的旗帜，并将此唱成了正气歌。我很难预料这几个下海作家的未来，我不知道生活的浪潮最终会把他们塑造成什么，但我期望他们成为更有出息的作家，让作家的头衔成为他们一辈子的名声。我相信他们一辈子也逃脱不了文学的诱惑。正如他们摆脱不了大海的诱惑一样。

《鱼之乐》是一篇典型的新感觉小说。小说通过两个空间的切换，渲染了一个演绎在生活中的属于集体无意识的哲学命题：逃避自由。小说中的“我”象征感觉主体。“我”所在的现实生活的空间是狭窄而拥挤的并狭窄拥挤至无聊的：一个超载的客车车厢内，人满为患，挤为一个百态图；“我的一条腿站在过道上，另一条腿没有着落”，“而手悬在空中存放在一个斯文的肩膀上”，还“有一颗头颅在我腹上钻动”；于是，因为换那只累脚我都换糊涂了，不知道哪只该换哪只不该换；还有的就是叫卖的鱼孩子，因为在密集的人群里，他的脸被挤得都变形了。要知道，在这里，梅帅元所埋藏的，并非什么人口问题，而是转达了一种束缚——哲理意义上的一种规定。

于是，自由诞生了——洪荒时代的故事浪漫地浮现，初恋的回忆和参加计划生育工作队的体验也同时成为“我”驰骋神思的内容，切在狭窄的现实空间里——这种解释当然也不是纯粹的，但多少切近了文本。

有意思的是，这有关自由的一系列想象，都是在束缚性的环境中才展开的，一旦束缚解除，自由也就消失了：我下了车，来到了大街上，竟然感到无依无靠和非常孤独，甚至想回到车厢去。他对自由并不习惯，甚至是感到恐惧。实际上并不止他这样，车上的人都这样，他们挤在车厢里打牌的时候，并没有感到不适，相反，其愉快与洪荒时的葫芦兄妹的寂寞形成了强烈的对比。

几个空间的并列组合产生了一种荒诞的感觉和一种变形的世像。人在束缚中才可能得自由，但多少人会明白这种道理呢？正如搞计划生育，一些愚昧的农民，用对付日本鬼子的手法来对付我们的计划生育工作队，事实说明，他们挣到的不是自由而是更大更深的束缚：永久的贫困，以及由此带来的一系列问题。

自由是一个漂亮的字眼。但是自由远非人们想象的那么简单和轻松。萨特说过，自由是一种责任，是由自己规范的一种责任。这是十分中肯的。

可见，《鱼之乐》是一篇哲理小说，在这部小说中，梅帅元刻意追求氛围的写意性、细节的写生性、结构的随意性、主题的象征性，并将此融合在一种独特的语词方式和耐人寻味的旋律中。

梅帅元的小说创作在新时期广西文坛是有代表性的。早在八十年代中后期，他和张仁胜等几个年轻作家提出了“百越境界”的文学流派观点并付诸自己的创作实践中，引起了人们的关注。他的小说集《流浪的感情》代表了他那一时期的成就。《鱼之乐》基本保持住了这种风格，这当然是好的，也是不容易的。但是从发展的眼光看，我们认为梅帅元更应抓住“下海”后题材感应点的变化，完成自身艺术上的新的转型。

《徙楼》是一篇魔幻色彩很浓的小说。其情节线索很简单：一个离开丈夫的单身女人，出于对艺术、对事业的追求，不顾山里人的劝诫，把一座古楼从山里迁移到山外，结果遭了报应，她半推半就地被辱，木楼也在那夜毁于一炬。

透过作品扑朔迷离的情节描写，人们至少可以得到几层意旨：大自然对人类破坏生态平衡的恶行的报复；命运的不可抗拒；物对人的制约与人的挣脱。

整篇小说弥漫着一种神秘的和宿命的色彩。

那座谓之“万树雄风楼”集木山中所有的精华、天下最大的木头官邸，活棺材一般地一次又一次地制造着恐怖，住在里边的人无一幸免，以至时代已跨过了数十年，到了改革开放的今天，它仍然进行着它神圣的报复。作者运用非逻辑的荒诞的手法把天灾与人祸联系起来，把现实和幻景融为一体，批判的锋芒指向杀伐者及由此所象征的古今的社会人、社会事——当然，这还只是最表层的一种含义。

宿命的感觉是在这栋楼的一代代主人包括女主人公可悲的结局得到的。

《徙楼》最隐蔽的主题是人欲与物欲的关系。在通常的情况下，人们比较注重的是社会中人与人的关系，而忽略人与物的关系特别是物对人的制约。如“万树雄风楼”一代又一代的主人，皆以对物的制约始而以被物的制约告终，包括那位爱上了这座神秘的木楼，并想赋予这木楼以新的使命的女主人公。当她开始醒悟的时候，她已经没有了退路。她做了一个荒诞的梦，彻头彻尾的荒诞，所以在她组织的“最后的晚餐”上——上级专家鉴定会，居然也有一个衣冠禽兽的阿大。所以说她的被辱，既是她准备给自己的惩罚，也是上帝给她的惩罚。

廖铁星的这篇小说主题定义是极为模糊的、多义的，但同时也是缺乏提炼的。模糊性和多义性在小说中并非坏事，但对一个小说家来说它意味着一种冒险，因为它不适宜作为一般的手法和用于一般的题材，否则，读者与作者都将一道堕入难以解读的境地。我国新时期的文学实践已充分说明，魔幻现实主义的手法由于其审美方式的阻隔，因此往往难以负载现实的文学任务，至少到了90年代中期的今天，这种手法给人的感觉的确有点陈旧了。

由此来看目前廖铁星的创作，一种是文学性比较弱的，如纪实小说《一个中国作家在越南经商》等，一种是如这篇所谓的纯文学作品《徙楼》。在我的印象中，廖铁星是一个生活功底比较厚实、智慧型的作家，但他的这种特点，在他的后一类作品中体现得确实不够充分。他也不适合那种试验性文体。这不是他的别墅，尽管在这篇作品中他的确是匠心独具。

张仁胜的《又过了一天》和欧文的《霓虹之恋》在意蕴感觉上比较新颖，二者构思也比较接近，都是通过一个年轻的主人公的供职感受和情感纠葛，来揭示当代“下海”人的生活状态和心态，且都达到了一定的深度。

张仁胜的小说素以构思精巧语感新派见长，时隔数年之后，我们第一次看到了他的新作，但觉涛声依旧，就我所知，《又过了一天》内容纯属虚构，但的确强烈地感到闪烁在主人公白强背后的他的影子，他的情感方式，他的处世哲学，他的“下海”经历。白强是一个具有典型意义的当代的雅皮士族，既有在目前社会背景下“下海”作家的心态特点，也有当前一代年轻人的彷徨于理想与价值选择的十字路口的心态特点。他玩世不恭却又有修养有追求，在赤裸裸的金钱和生存的交易与搏杀中，他极力把被扭曲的人性在个人世界里重新恢复过来，却又不得不在一种扭曲的状态下处理种种人际关系包括他与自己妻子及情人的关系。就在这些日常状态下的生活场景后面，隐藏着一种耐人寻味的感觉：一切都在变，没有什么永恒的东西包括爱情，但有一样是不会变的，那就是狗对人的忠诚才是不变的。

白强们的洒脱后面是一种刻骨铭心的痛苦，是一种无法排遣的、说不出多少根由的时代痛苦，是一种在巨大的失落下极其悲愤的痛苦。这一点，在他和他的文友聚饮时把 BP 机丢到马路上让汽车碾压一节体现得可谓淋漓尽致。

白强的一天，时空容量具有一种无限性，它实际上是当今一个时期内中国城市社会和文人“下海”后生活状态的生动缩影。

《霓虹之恋》的汤川与《又过了一天》的白强性格特征非常接近，可以说是一个人上演的另一场戏。汤是个有才干的人，为人亦算正直，不齿阿谀，但这个公司总经理助理兼秘书部长，在以金钱利害关系为基础的公司里，不过是个无足轻重的角色。在市场竞争中能否取胜，还有比才能更重要的因素，那就是建立在利害关系基础上的利益宗派这种比之裙带关系更阴暗的现实，使其陷入了一种艰难的抉择中。作品同时展开的另一个矛盾线是他与刘小慈的爱情故事。他们同在泰安公司，表面作潇洒样，似乎他们的性关系纯粹是出于一种需求和利用，其实是真爱。但是，由于他在公司的地位和经济状况，他无法对刘小慈的爱做出承诺，也无法满足刘小慈这种女人所需求的一切。她爱他，真的也需要他，但最终由于他缺少地位和钱，她只有屈就公司的副总经理。他们的爱终于像灿烂的霓虹一样消失在现实的白日里。公司网罗人才的方式就是在职员面前放一个叫你永远爬不到头的梯子，和给人人都以不必兑现的许诺。汤在公司里得到的和在刘小慈那里得到的结果一样。

《又过了一天》和《霓虹之恋》写出了现实中带有一定普遍意义的城市的忧郁。这些在以市场文化为特征的城市生息的城市人，当连同自身一道成为商品进入市场后，突然发现自己缺少的东西太多太多，但他们始终不愿把自己的理想作为换取的代价。作为在而立之年却还徘徊于欲立未立的年轻的一代，他们的责任感更多的不是在现实而是在未来。因此，他们可以比较轻松地抛弃现在，却不能没有未来。

李竑的《海神祭》是一部融自传、纪实于一炉的长篇小说。在这部小说中，李竑用一种惋叹、宽容、失落的笔调，描述了近年来自己“下海”耳闻目睹及亲身经历的人和事。这是一幅真善美与假丑恶、曲折与奇遇交织的感人图景。《大海·作家》直接写了“我”在生意场上的一次不无悲愤的拼搏;《生意佬和女人》则写了“我”“下海”中的一段奇遇和情感纠葛。也许，让读者感兴趣的，倒不在其情节的曲折，而是在于“我”这样一个老作家兼“老布尔什维克”在这样的现实面前的心理历程。应当承认，这样的心理历程是属于整整一代人的。这是一种时代的检验。在这种检验面前可以有两种选择：要么投身于改革开放的洪流，和时代一同转轨并在实践中探索；要么消极逃避简单地一概否定与时代格格不入。显然，李竑的这个“我”是前者。作品浓墨重彩地向我们展现了这一带普遍意义的时代痛苦，和我们进行这场改革暂时的、局部的、不可避免的沉重的历史代价；人心不古、道德沦丧、尊严扫地。最使他痛苦的还不在于他无法舍弃自己以往的信念，而在于他目睹了一个由自己的幻想制造的“美丽的偶像”倏然间便很现实地粉碎了。那个为了母亲和兄妹不得不去做打工妹的乡下姑娘与这个“下海”作家邂逅于人生旅途，亦算是同是天涯沦落人，亦算是同被生活所迫。爱情确实是在他们中间发生了，他由同情而爱，她由感激和理解而爱，而他们的这种爱，又被一种柏拉图式的圣洁的光环笼罩着。但即使这样，他还是用更崇高的情感将这种爱的念头取代了：他告诉她，他的孩子和她一般大，他可以做她的父亲。但她最终还是背叛了他们的信念，她屈服了，她毁弃了，她堕落了，她粉碎了他心目中的偶像，永远地折磨了他的灵魂。给他另外一击的是那个在旅店遇到的小伙子，可以说，那小伙子给他上了一堂所谓生动、深刻且叫他目瞪口呆的现实教育课。这小伙子活得很好，很快活，左右逢源，如鱼得水，与他那种僧侣式的苦行形成了鲜明的对比。显然，小伙子的那套处世哲学和价值观道德观是他所不能接受的，但他无法反驳。结果是他只好怀疑自己了：“这辈子，他心灵中失落的光环和偶像实在太多了。他的错误，也许就是追求的光环和偶像太多，他不适应现实和实用，他作茧自缚，他活该受罪。”——这是多么震撼人心的独白！

李竑的新作在意蕴方面无疑是冷峻的、批判的，但其主人公的头上始终顶着一道理想的光环，他一开始就充当了自己的上帝，到头来才发现自己原来就是上帝。这也正说明在他的心目中，马克思主义信念始终也是占主导地位的。作品中生意场的较量和人性的较量后面，其实是信念的较量。可见，“下海”生涯已使李竑改变了他以前如《妻子来自乡间》的牧歌风格。这对他来说，是非常可贵的一步。

对于他们来说，似乎是很久不谈文学了；也有相当一段时间人们没有看到他们的新作了，这种沉默恰恰说明了他们的深度。有意思的是，当他们各自在海上经历了惊心动魄你死我活的商战，伤痕累累地回到岸上重操旧业，他们并非都在讲述其海上奇遇，甚至有点讳莫如深；廖铁星还是他那套小说还小说、生意还生意的守则；梅帅元则有意避开了生意场上的话题，或者说一旦返回他的文学家园，至少目前他仍愿保留住他漂泊已久的流浪的情感，并按原来的方式流浪。他们这种君子离台三尺远的文学方式和对现实的情感距离，当然也是文学审美活动的一种特点。不过在此时候表现在他们作品中的体验思考，似乎与人们的期待有点差距。人们更希望看到的是他们最新近的体验，是直接地近距离地切近他们海上生涯的作品。张仁胜和欧文虽然写了“下海人”的生活，但也只是在个人情感里展开，而没有把复杂的社会转型期的大撞击大事件放到前景来，并浓墨重彩地进行描绘。李竑的这篇作品是纪实性的，其笔触相对而言较为犀利，批判的意味裹挟在铭心刻骨的个人感受中，能体现出社会转型期较为鲜明、复杂的社会特点，但仍缺乏在更大的社会层面上展开的矛盾冲突，从而获得更具普遍意义的深刻，表现手法似也应新些更好。

对于作家来讲，他在海与岸之间永远无法做截然的划分和选择。

惧怕大海的作家恐怕很难成为一个优秀的文学水手。

绝对会有人一去不复返，但绝对不是全部。

论新桂军的形成、特征和创作实绩

黄伟林

据说“新桂军”这个名称是由《文艺报》的一位记者最先使用的，用来指称广西文学界近几年来形成的一个青年作家群体。短短时间内，这个名称逐渐被广西文坛认同。最显著的认同标志也许有两个，一是《三月三》杂志社于1994年4月推出的“新桂军作品展示专号”，二是广西广播电视报社1994年5月主办的“文坛新桂军发展研讨会”。

“新桂军”这个名称也许还属于新概念，但这个概念所指称的对象外延不会被广西文学界感到陌生。一切都由来已久。从1988年的广西文坛新反思到1994年的“新桂军”正式形成，这个过程虽然不算漫长但也绝不是突如其来。

1988年的广西文坛新反思出现了5个锐气十足的名字，他们是杨长勋、常弼宇、黄佩华、黄神彪和韦家武。他们这次文学反思的基本意图：一方面他们承认了广西前辈作家的历史贡献，另一方面他们也表达了对历史局限的超越渴望。从哲学的角度，反思可以理解为对思想的思想，那么，“88新反思”就意味着对一种既定思维模式的重新审视；从历史的角度，反思可看作是对过去时光的追想和回顾，于是，

作品信息

《三月三》1994年第7、8期合刊。

“88新反思”的意义还在于对昔日文学成就的检索和估价。所以，这次反思的意义是双重的，它不但使广西文坛获得了一种历史感，而且使广西文坛具备了一种哲学意识，历史感标志着深度，哲学意识标志着自我的觉悟，显然，这两种素质的获得意义重大。因为，有了历史感，人们在拥有了深度的同时，也终于不必在历史的阴影中窒息，毕竟，过去的已经过去了；有了哲学意识，人们终于不必被某种思维模式束缚，自我的觉悟造成了辽阔的思维空间。历史感和哲学意识使一代青年作家有了崭新的时空感觉。

新的时空感觉只是一种铺垫，一种理性先导的铺垫。反思的一个重要特征是它的理性性质。文学的反思如果仅止于反思，会使人产生理念过剩形象不足之感。于是，由《三月三》杂志社1990年5月推出的“广西青年30人作品专号”首次集团性地展示了广西青年作家的创作实绩。30位青年作家，除了早已成名的聂震宁、冯艺、杨克、彭洋、黄堃以及“88新反思”的几个主将之外，还出现了一批醒目的名字。他们是喜宏、凡一平、廖润柏、庞俭克等。关于这30位青年作家的作品，聂震宁有题为《现实感·亲切感·认同感》的总评，在对每家作品的个性特征进行具体把握的前提下，他概括了这批作品的总体特征：强烈的现实感和鲜明的文体风格。

《三月三》杂志社在90年代的第一个春天推出这个作品专号，不仅展示了广西青年作家的创作实力，而且敏锐地感应了时代的脉搏。人们清楚地记得，自1978年以来，中国文学经历了一个伤痕文学、反思文学、改革文学、寻根文学、现代派文学、新写实文学的线性发展过程。这个过程的突出特征是主流性和取代性。主流性意味着每个时期都有这个时期的主流文学，这种主流文学堪称时代的强音，极易引起轰动效应。取代性意味着下一个文学潮流必然取代前一个文学潮流，各领风骚几百天成为文坛必然景观。然而，当历史进入90年代，随着中国政治、经济、文化全方位变革的深入，中国文学也开始了从过去的线性发展状态向立体发展状态的转化。唯我独尊的主流性质淡化，你死我活的取代格局解体。《三月三》杂志推出的这个作品专号，恰恰以独尊消失、多元共生的局面响应了时代的趋向。这一显著的变化，也暗示了正在形成过程中的新桂军的某些基本特质。

此后，我们可以经常看到广西青年作家联袂而动，以集团形式在一些全国著名的报刊上出现。比如《上海文学》1990年第12期同时推出喜宏、李希，黄佩华，常弼宇，小莹，岑隆业等人的5部小说，《当代》1993年第3期同时推出常弼宇、凡一平、黄佩华、姚茂勤的4部中篇小说，《文艺报》1994年第15期同时推出杨长勋、李建平、黄伟林、黄神彪、彭洋的5篇文学评论。直到1994年4月，《三月三》杂志社正式推出“新桂军作品展示专号”，共展示了24位青年作家的24篇作品，体裁包括小说、散文、诗歌和文论。这24位青年作家，除了前已涉及的主要人物外，又增加了沈东子、东西、黄咏梅等一批在全国文坛已有一定影响的名字，中国文坛新桂军这支充满活力的队伍终于基本定型。

“新桂军”这个名称的最初使用者赋予这个名称什么特征我们不得而知。但是，如果对“新桂军”这个名称做一番认真的思考，我们似乎可以体会到一些微言大义。

首先，“新桂军”是一个文学概念，应该与近年文坛流行的“湘军”“鲁军”“陕军”等一批概念相类。一个地区的文学队伍一旦称“军”，也就证明了他们具备较强的创作实力。“湘军”有莫应丰、古华、韩少功、叶蔚林、残雪、何立伟；“鲁军”有王润滋、张炜、矫健；“陕军”有贾平凹、路遥、陈忠实。而今，中国文坛出现一支“新桂军”，尽管其中尚未出现堪与上述名字相提并论的明星人物，但从前面涉及的情况，也足以说明他们的创作实力不可小觑。

其次，如果把眼光越过文坛的局限，我们可以发现，“桂军”曾是中国现代史上一支能征善战、声名显赫的军队，在北伐战争和抗日战争中，桂军作为正义之师，有过辉煌的历史记录，也产生了一代军事家李宗仁、白崇禧，而在李、白之前，洪秀全、杨秀清在广西发动的太平天国起义，不仅规模空前，而且影响深远，成为中外皆知的历史大事件。考虑到这些历史背景，人们或许能对“新桂军”的含义有更深的了解。它显然包蕴着某种对昔日光荣的缅怀，也暗藏着对未来成就的期待。的确，近10年，广西在全国格局中的落后状态已是事实。改变现状，力争上游无疑是八桂子弟的热切渴望。在这样的情境之中，文坛新桂军的崛起，正显示了广西青年作家的视野和雄心。

只有在这样的认识基础上，我们才能够对“新桂军”这个概念的基本特征有较深的领悟，参考“新桂军作品展示专号”的“编者絮语”，我们可以对“新桂军”的基本特征做出如下的归纳：一、新桂军是一个青年作家群体，其绝大多数成员年龄在40岁以下，所有成员都出生于本世纪50年代及50年代之后，大部分作家成名于80年代末或90年代，年轻化是新桂军的一个突出特征，也是它充满活力、充满希望的可靠保证；二、新桂军的所有成员均受过良好教育，绝大部分作家有大专以上学历，学者化倾向明显，知识结构比较合理，观念意识趋于新潮，对新事物、新时代均有较强的适应能力；三、新桂军的群体意识相当明显，青年作家经常在一起聚会，谈文学，交流创作体会，探讨理论问题，共同策划文学活动，体现出较强的凝聚力；四、新桂军作为一个群体，体现了较为明显的协同、合作、呼应色彩，但这个群体并非一个纪律森严的组织，相反而具有相当明显的宽容性，新桂军的群体意识建立在宽容的基础上，这种宽容表现为思想的宽容、风格的宽容、个性的宽容，对每个个体成员来说，群体对他的要求不是勉为其难，而是顺其自然，对整个群体来说，的确呈现了和而不同，群而不党的合作个性；五、新桂军不仅创作实力雄厚，而且理论素质优秀，有些作家是创作和理论两栖，具有作家学者化的特质，新桂军有一支阵容强大的青年评论家队伍，新桂军的评论有力地参与了新桂军创作的发展；六、新桂军具有强烈的宣传推销意识，它对传播媒介的充分利用令人感到欣慰，黄神彪诗集《花山壁画》讨论会在北京人民大会堂召开，中央电视台专门进行了报道；喜宏、常弼宇、凡一平、黄佩华、姚茂勤在《当代》发表的作品不仅开了研讨会，而且得到《文艺报》和诸多传播媒介的报道；凡一平、东西作品研讨会在某高校举行，配合作家讲学，在大学校园里产生了广泛深远的影响。

至今，新桂军的小说创作已出现了多种类型。第一种类型我想以常弼宇的中篇小说《歌劫》为代表，这是一部追求史诗品格的作品。新桂军的崛起多少与“88新反思”有关，《歌劫》是最能体现“88新反思”精神的作品。如前所述，“88新反思”的一个重大收获是明确了广西文坛经典名作《百鸟衣》《刘三姐》的历史定位。历史定位一旦完成，紧跟而来就是现实超越的问题。正如“新桂军作品展示专号”“编者絮语”所意识到的，60年代步入文坛的那一代广西作家曾深受苏联现实主义创作理论模式的影响。如果把这个观点进一步发挥，我们可以发现，我国60年代的文学作品曾把阶级斗争作为一种观念意识的本质。因此，《歌劫》作为《刘三姐》的重写，其最大价值在于它成功地颠覆了昔日《刘三姐》的那种阶级斗争观念。这种颠覆是朝两个方向展开的。一个方向，《歌劫》以逼真的描写再现了山歌起源的原生状态，展示了八桂山民初始的生命冲动，叙述了一个民族遭受的劫难；另一个方向，《歌劫》以冷峻的笔法揭示了50年代伪山歌的炮制过程，深刻地显示了在那个政治君临一切的时代人性异化的程度。这两个方向实际上是历史和现实的重叠，是生命冲动和人性异化的揭露。在某种意义上，《歌劫》相对于《刘三姐》的关系，正仿佛《白鹿原》相对于《红旗谱》的关系。当然，《歌劫》还不仅仅是《刘三姐》的重写，同时，它还对五六十年代那个特有的《刘三姐》得以产生的人文环境作了深刻的解读。

《歌劫》的史诗品格首先表现为思维模式的颠覆和重铸，以全新的目光反省历史；其次，《歌劫》的史诗品格还表现在它的史诗叙述笔法：

这个世界上有这样一群人，他们的劳动是歌，收获是歌；痛苦是歌，欢欣是歌；血肉是歌，灵魂是歌。

他们为歌而生。

他们为歌而死。

作品开篇的这些排比句有力地奠定了整个小说的史诗基调。它把读者迅速地引进一个史诗的命题。这个命题与斯芬克思的“人之迷”在本质上是一致的。“我们是谁？我们从哪里来？我们到哪里去？”这些永恒的疑问我们早已在屈原的作品中，在唐·吉诃德的寻求中，在哈姆雷特的沉思中，在浮士德的探究中无数次地经历过。如今，它又在《歌劫》中得到一次精彩的表达。随着这个永恒疑问的展开，那种单向度的阶级斗争模式立即显得捉襟见肘，人性原来如此丰富，观念对它的规范显得多么费力不讨好。当然，最神奇的人性仍然是植根于土地的，《歌劫》同样表现了山歌与土地深厚的血缘关系。这使我想起长篇小说《最后一个匈奴》，作者高建群试图揭示陕北高原的土地之谜。看来，《歌劫》的作者常弼宇与高建群不谋而合，他也在为揭示百越大地之谜而深深地思考着。

在新桂军创作群体中，具有史诗眼光的作家不只常弼宇一个，诗人黄神彪无疑也是一个典型，他的长篇散文诗《花山壁画》业已产生了广泛影响，这位骆越后裔的最大愿望恐怕正是想写出他的民族的史诗。目前，他正朝着这个具有终极意味的目标艰难地跋涉着。

第二种类型我想以凡一平的《随风咏叹》为代表。这是一部相当深入地触及文化人在现代社会中生存体验的中篇小说。作品的叙述者童贯堪称我们这个时代充满挫败情绪的文化人。这个人物形象在一定程度上令我们想起屠格涅夫笔下的罗亭，普希金笔下的奥涅金，塞林格笔下的霍尔顿，加缪笔下的局外人。在小说中，童贯是一个到处碰壁的艺术家，他承受着来自各个方向的压力。在单位里，他因为“来”字被误解为“米”字而受到领导的责难，这似乎象征着政治对艺术的强暴；他试图办画展，却不得不接受自己内心并不情愿的赞助，这似乎象征着经济对艺术的强暴；他辞职到公共厕所打工，受到妹妹童丹的阻拦，这也可以看作是世俗价值观念对个人选择的强暴。可以说，无论是政治，还是经济，或者世俗生活原则，都对童贯的个人选择发生了粗暴的干涉。童贯企图生活在他的艺术世界之中，但上述诸种力量如此强大，以至艺术世界不可能成为他安全可靠的避难所。童贯一路退却，一路逃亡，在政治、经济、世俗价值的追杀中，大败而去，连最后的栖身之处也无法获得。

除了童贯，小说中另一个引人注意的人物是耐安。耐安和黑米的结合也许可以看作是艺术时代或个性时代的典范，他们的分手则意味着艺术时代或个性时代的终结。黑米由一个艺术家迅速转变为一个文化商人，他是时代的宠儿，时代的幸运者。耐安则没有这么幸运，她依然固执着艺术时代的价值观念。然而，艺术时代已经一去不复返，耐安的固执显得迂阔和无奈。在作品结尾，耐安终于愿意放弃胎中的孩子。这个妥协证明，即便耐安这种艺术时代的忠诚者也不得不随波逐流，终于从艺术的理想高空跨进了现实的实用殿堂。

小说蕴含的体验是一种具有相当深度的体验。童贯的边缘人形象说明他无法获得现实定位，只能漂泊于自己的内心世界，进一步，他还非常容易招致现实社会中传统秩序的误解。比如女医生就以不屑的神态对他进行了某种角色规定，他根本没有证据摆脱这种规定。耐安同样如此，她执着于过去，而过去已经弃她而去，对理想的执着甚至有可能被误解为对金钱的执着。在艺术时代，个性、理想或许是最高原则；在现实社会，金钱变得万能，经济与政治和世俗价值观念同谋，把耐安、童贯们排挤得无处藏身。于是，我们可以感受到，在这种强硬的社会逻辑面前，无论是童贯，抑或是耐安，他们似乎都能从自身的体验中觉悟到执着的多余、艺术的多余、个性的多余，甚至理想的多余。他们曾固守的自我面临解体的诱惑。新的时代如一阵狂风，把过去短暂存在的许多美丽刮得无影无踪，童贯、耐安这些边缘人，抑或多余人只能发出挽歌式的咏叹。

这种体验具有相当的普遍性，是时代转型过程中一些严肃作家不得不直面的心境。在沈东子的《美国》《史兰》《红苹果》等作品中，我们也能感受到类似的情绪。中国的文人正经历着内心的裂变和人格的重铸。

第三种类型我想以喜宏的《超越档次》为代表。如果说常弼宇乐于以庄重的姿态沉思历史，表现出一种诗人哲学家的风范，凡一平习惯以艺术家的敏锐体验人生，传达出我们这个时代文化失范的现象，那么，喜宏则是以一种参与者的姿态投入现实的。在读喜宏的作品时，我常常产生一种想法，我觉得喜宏天生就属于这个时代，喜宏是为这个时代所生的。当喜宏与我谈结构主义、符号学，当喜宏与我谈俄罗斯思维与英语结构特征，当喜宏表述他对现代商务运作和经营策略的思想时，我强烈地感觉到这一点。众所周知，现代世界的最大特点就是高速度、快节奏，其变化之快捷也许会令许多人难以适应而只好随风咏叹。但喜宏似乎不会这样。他会以自己的日新月异去适应时代的日新月异，他不会去固执什么，他力图跟上什么、适应什么。在这种高强度的投入中，他真正的渴望是超越档次。

《超越档次》中三个主要人物琼妹、明泰、嘉媛都是我们这个时代中的进取者形象。三个都在进取，但恰好分属三个不同的但可衔接的层次。琼妹从农村到城市打工，她的人生目标是改变自己的乡下人身份而成为城里人，这是一种超越档次。明泰已经做成了城里人，他的人生目标是摆脱这个小县城式的愚昧，获得一种真正现代意义的大城市素质，这也是一种超越档次。嘉媛本是上海人，却顶了个香港人的招牌，她的人生目标是走出国门，进入更高级的现代化生活，这还是一种超越档次。这样，三个人物的人生目标构成一种递进延伸的关系。琼妹的偶像是明泰，明泰的追求受到嘉媛的启发，嘉媛的人生目标则要经过洋人本·伯兰特这个中介去实现。不管这三个人物具有怎样的人性，也不管这三个人物身份怎样不同，地位如何悬殊，修养如何差异，但三个人物有一点是共通的，即他们的进取人格。

这种进取人格直接造就了他们进取的人生状态，他们为超越自己的人生档次做出了各自不懈的努力。历史的进步是残酷的，个人的进步和自我的超越又何尝轻松愉快。欧洲19世纪曾出现过一批专门描写“向上爬”人物典型的文学作品，其中不乏世界名著，如巴尔扎克的《高老头》《幻灭》，莫泊桑的《漂亮朋友》，甚至还有美国德莱塞的《嘉莉妹妹》。我不知道喜宏是否熟读过这些巨作，但我清晰地感觉到喜宏不同于巴尔扎克、左拉、莫泊桑在处理同类题材时的心态。或许，人类在经过了这批批判现实主义大师庄重的思考之后，终于对历史的前进有了冷静客观的认识。正如马克思所说：“问题不在这里。问题在于，如果亚洲的社会状态没有一个根本的革命，人类能不能完成自己的使命。如果不能，那么，英国不管是干出了多大的罪行，它在造成这个革命的时候毕竟是充当了历史的不自觉的工具。这么说来，无论古老世界崩溃的情景对我们个人的感情是怎样难受，但从历史的观点来看，我们有权同歌德一起高唱。”喜宏似乎也受到过这种历史观的影响，所以，他才会在他另一个短篇小说《第二者的智慧》中这样说：“没有哪种成功是不付出代价的。”

这种冷静客观的历史态度使得喜宏在处理具有悲剧性的题材时，不像大多数文人作家那样轻易地陷入个人情感之中。《超越档次》以琼妹自杀而结束，这个充满生命激情、充满个性魅力的人物得到如此悲惨的下场，实在令人触目惊心。然而，小说并未沉湎于伤感震痛之中，它以琼妹之死换取了乡下民工的进取权力，以琼妹之死换取了企业的凝聚力。当我们读到这样的结局，我们是应该悲痛，还是应该欣慰？我想，两样都不是，我们感受到的也许是历史的残酷和个人的成熟。

我们的确应该成熟，我们没有理由继续逃避成长。喜宏的作品以其对现实的热情参与标志了中国文人又一种生存姿态和生存心态。正如前面所说，喜宏真正属于这个时代。如果说我们正面临一个转型的时代，我但愿喜宏的作品能对今天文化人的自我转型构成一种积极健康的启示。

至此，我已经讨论了新桂军创作的三种类型。在我看来，这三种类型分别代表了三种对待人生的不同姿态。常弼宇是沉思型的，他思考着历史；凡一平是体验型的，他感受着现实；喜宏是参与型的，他策划着未来。我承认，这三种类型并不能概括新桂军创作的全部姿态，但它们的代表性是毋庸置疑的。意识到新桂军能展现如此姿态各异的创作实绩，我们有理由对新桂军未来的自我超越保持充分的自信。

相思湖作家群现象溯源

容本镇

在中外文学史上，以某一地域为中心相继涌现出大批作家的现象并不鲜见，中国自“五四”以来，就有“京派”“海派”之盛，近年来又有“陕军”“湘军”“川军”“黔军”之兴。然而，从一所地处南国边陲的普通高校里走出大批作家、诗人、评论家的现象，在当代文坛上却还不多见。“相思湖作家群”的崛起，已越来越引起人们的兴趣并为文坛所瞩目。对这一独特的文学现象产生的原因进行探寻和剖析，对于如何培养文学新人和促进文学创作的繁荣，无疑具有重要的现实意义。

在新时期文学大潮的冲击下，相思湖响起了澎湃的涛声

七十年代末，随着中国历史重新回到正轨，荒芜已久的文坛又高扬起了“双百”方针的旗帜，在这面鲜红大旗的指引和驱动下，文学的春潮在神州大地上汹涌而起，

作者简介

容本镇（1958—），广西浦北人，毕业于广西民族大学中文系。广西民族大学文学院教授、硕士生导师，广西文艺评论家协会主席。曾任广西民族大学副校长，广西教育学院党委书记。

作品信息

《广西民族学院学报》1995年第3期。

奔腾不息。在这股排山倒海般的文学大潮的猛烈冲击下，坐落在相思湖畔的广西民族学院校园里也响起了阵阵涛声。首先汇入这股文学涛声的，是一大批历经坎坷而又头脑敏锐的中文系七七、七八级学生，他们不再沉默和耐忍，而是用纸和笔发出了自己的呐喊和呼声。他们反思不堪回首的历史，诉说自己的风雨人生，倾吐郁积在心中的迷惘、困惑和痛苦，抒写重获新生的喜悦和对社会的思考……为了让这一代人的声音汇成更加激越的文学潮汛，他们又自发组织成立了相思湖畔的第一个文学社——石笋文学社。他们倾慕石笋的深藏不露，钦敬石笋的坚韧不拔。石笋，体现了这一代人的共同特点；以石笋为文学社命名，又表明了他们对文学的钟情与执着。当“石笋文学社”的第一期墙报出版后，师生们争相阅读，议论纷纷。此后每出版一期墙报都吸引了众多的读者，一些报刊编辑也闻讯前来选取稿件。

以“石笋文学社”的成立为先河，各种文学社团也相继成立，而且十多年来方兴未艾。其中最活跃、在校园里影响较大的有:“野草”“处女地”“沃土”“朝花”“归去来”“绿野”“芳草地”等等。1982年，以中文系学生为骨干的“广西民族学院大学生文学协会”宣告成立，而且届届相传，延续至今。1987年，又一全院性的“相思湖大学生文学社”宣告诞生。这是两个规模最大、人数最多、存在时间最长，也最具实力的学生文学社团。他们邀请作家讲课，互相交流创作体会，组织作品讨论，开展征文比赛，编印社刊，出版墙报，有组织地向报刊投寄作品等等，使文学社团真正成为会员们的“创作之家”。

在创作方面，每一届学生都取得了令人欣喜的成绩。当然，由于历届学生的情况不同，作品的基调也不一样。七七、七八级学生年纪较大，社会阅历较丰富，在校期间又正处于社会的转轨时期，因而他们的作品基调比较深沉凝重，在表现出强烈忧患意识的同时，也不时流露出了对社会对人生进行思考时的迷惘与困惑。七九级以后的学生大多是高中应届毕业，社会阅历较浅，生活道路也较平坦，因而作品更多地呈现出了清纯灵秀之气以及某种忧伤微叹的情调，缺乏深广的社会生活内容和丰厚的思想底蕴。或者说，他们表现的主要是阴柔之美，缺乏一种阳刚之气。但他们在作品中对故乡、亲友的怀念与眷恋，对青春、友谊、爱情的低诉与咏叹，对山川湖泊等自然风光的挚爱与吟唱，对某些生活哲理的深切感悟以及对美好未来的热烈向往……却让人窥见了一颗颗善感而真挚的心灵，让人看到了潜藏在他们身上的文学气质和艺术灵气。他们认识到自身的优势和短处，不盲目追求离奇和宏大气魄，不企望一鸣惊人，而是踏踏实实，一步一个脚印，专注于写自己最熟悉的题材，表现自己感受最深切的生活，这或许正是他们中的许多人日后能够跻身于作家、诗人行列的重要原因。

甘做嫁衣的教师们，是相思湖学子寻找缪斯的引路人和监护者

如果说“双百”方针大旗的高扬推动了中国文学大潮的兴起，而文学大潮的震荡又激活了相思湖学子们追求文学的欲望、热情、信心和才气，那么师长们的呕心沥血和循循善诱，则是年轻学子们获得缪斯垂顾的又一直接而重要的因素。

自五十年代起，美丽的相思湖畔就汇集着一批有成就的作家、诗人和评论家，尽管其中的一些人，如著名诗人韦其麟、侬易天、王一桃，作家莫义明、袁广达、刘文勇、王云光，评论家梁超然、林士良、胡树琨、邓小飞、陈实、黄伦生、蒋登科等，先后调离这里，但他们都或多或少地直接给学生上过课，指导过学生的写作，他们在相思湖畔留下的文学业绩，也对不同时期的学生产生了直接的或潜移默化的影响。目前仍留守在相思湖畔的有：散文作家梁其彦、徐治平，小说作家严小丁（严毓衡）、容本镇，诗人农丁（农学冠）、鲁西（苏志伟），评论家覃伊平、朱慧珍、吴立德、林建华、肖远新、谭秀芳、吴盛枝、黄秉生、雷体沛、梁成林、黄日贵、韦建国等等。可喜的是，近几年来又有一批年轻人在创作和评论上初露头角，前者如刘浪、黄晓娟、欧阳晓，后者如陆卓宁、秦红增、欧以克等。他们以自己独具特色的作品和富有创见的评论，为学生们起了示范作用，同时也影响着一届又一届学生对文学产生倾慕和向往之情。

老师们把培养学生视为天职，甘为学生做嫁衣和人梯。他们以独到的文学眼光和诲人不倦的态度指导学生创作，挤出时间为学生审阅和修改作品。还针对学生

的具体实际，帮助学生分析自身优势，确立主攻方向。譬如对一些来自少数民族地区的学生，鼓励和指点他们利用自身得天独厚的条件，从搜集整理本民族的风俗习惯、民间故事、民间传说、神话、歌谣等方面入手，进而以自己熟悉的民族生活为题材进行创作，不少后来成为民族作家的学生都是这样起步的。对于一些基础扎实、悟性好、起点高的学生，则对他们提出更高的要求，激励他们不断超越自己，不断迈上新的台阶。

为学生推荐作品，也是老师们的一项经常性工作，许多学生的处女作就是由老师推荐发表的。虽然有的习作只是短短的几行诗，或是几百字的“豆腐块”，但对于尚徘徊在文学大门外的学生来说，这第一篇作品的发表，却是一件振奋人心的事情，有的人甚至因此而影响到自己一生的选择和追求。

鲁西任指导教师的“归去来散文诗社”，曾被《散文诗报》称为“全国大专院校大学生中成立最早、最活跃的散文诗社”，经鲁西推荐，这家散文诗报特辟专栏发表该社会员的作品；《民族文学》《青年作家》等全国性文学杂志分别发表过该社学生的诗作；还有10多人的作品入选《当代大学生诗选》《当代大学生散文诗选》等诗集。经多位老师的联系和推荐，《三月三》《北海日报》《防城港报》等报刊也先后以整版篇幅或辟专栏集中推出相思湖学子们的作品，令其他院校的大学生们羡慕不已！

对于老师们的热心提携和鼎力扶持，学生们始终怀着深深的感激之情。

领导的重视与支持，为相思湖学子铺设了一条通向文学殿堂的坚实的路基

相思湖的文学新人之所以能够持续不断地成批涌现，是与学院各级领导的重视、支持和采取各种切实有效的措施分不开的，否则便没有今天阵容壮观的“相思湖作家群”。这里只择要列举几点即足以说明。

一是通过各种渠道邀请社会上的知名作家、评论家来院讲学，而且几乎每次都有院、系领导出席作陪和聆听，表明了对文学创作的高度重视。新时期以来，应邀

前来讲过学的作家和评论家不下五六十位，其中有丁玲、丁毅、公刘、茹志鹃、马拉沁夫、陆地、谢冕、张炯、周介人等。他们不仅带来了自己宝贵的创作经验、重要的学术观点和最新的文学信息，更主要的是为学生们带来了巨大的创作动力，为相思湖增添了更加浓厚的创作空气。

二是保持和加强与文学界校友的联系，经常邀请他们回母校座谈或做报告，鼓励学生向他们学习，继承和发扬他们刻苦自砺的拼搏精神和执着于文学创作的优良传统。校友们也经常为师弟师妹们提供参加各种文学活动的机会和便利，或直接指导他们创作，帮助他们发表作品。

三是经常开展各种形式的征文比赛活动，充分调动广大学生动笔写作的积极性。中文系还两年一度对学生公开发表的作品进行评奖，系领导亲自给获奖者颁发荣誉证书和奖金。

四是有计划地组织学生集体外出考察采风，了解社会，体验生活。85年暑期，时任中文系副主任的覃伊平老师亲自选定了八位学生组成“红水河文化考察小组”赴红水河考察，历时半个多月，途经十多个县份，采集了大量民间故事、传说、歌谣和地方风土人情等资料，经整理后陆续发表在各种报刊上。徐治平、严小丁老师结合文学创作课的讲授，亲自带领学生深入高山林场、边防哨所、沿海港口等地体验生活，创作了大批散文、诗歌和小说作品。

五是从经费上给予支持。“大学生文学协会”成立时，学院曾拨给活动经费2000元，这在当时是一笔不算小的数目。1985年前后，又先后从学院科研经费中拨出2700多元给学生编印刊物和印刷诗集。对于重要的征文比赛、考察采访、出版墙报等，学院和各系部都拨给一定的经费。

由于学院提供和创造了良好的外部条件，学生们的创作热情高涨，创作活动蔚然成风，许多人从大学一年级就开始发表作品，有的未出校门即已小有名气；中文系一些班级公开发表作品的人数高达50%以上，这在全国高校中恐怕也是少有的。

美丽的相思湖是孕育诗人灵感的胜地，是培养作家的摇篮，当一批又一批年轻学子从这里走上文学道路，并逐渐汇聚成一个不断壮大的作家群崛起于南国文坛的时候，我们相信，他们是永远不会忘记曾以丰厚的营养滋润和哺育过他们的这块文学沃土的。

新时期壮族散文概览

徐治平

一

壮族当代散文创作（本文不论及报告文学和散文诗），在五六十年代仅仅是起步阶段。那时，壮族还没有主要从事散文创作的有影响的散文家，壮族作家尚未有散文集问世，只是壮族小说家、诗人兼而为之，偶尔在报刊上发表些散文，尚未产生重要影响。直至新时期，主要是80年代以后，壮族散文创作开始繁荣，并逐渐形成高潮。自1980年周民震出版散文集《花中之花》之后，壮族作家的散文集便如雨后春笋，不断出现在我国散文园地。迄今为止，壮族散文家出版的散文集已达20多部，如凌渡的《故乡的坡歌》《南方的风》，苏长仙的《山水·风物·人情》，黄福林的《蹄花》，蓝阳春的《歌潮》，韦纬组的《绿柳情思》，农耘的《煤城纪事》《纪念树》，梁奇才的《走出幽谷》《花坪探奇》，庞俭克的《秋天的情书》《三十岁自白》，岑献青的《流萤》，罗伏龙的《山情水韵》，严小丁的《相思湖之梦》，陆腾昆的《碧水金牛》，梁越的《野天空——我的故乡》等。此外还有韦其麟、黄勇刹、蓝鸿恩、

作品信息

《广西民族学院学报》1995年第3期。

农学冠、蓝直荣、陈雨帆、童健飞、邓永隆、黄河清、黎浩帮、严风华等，在创作诗歌、小说、戏剧，整理民间文学作品之余，也写了不少散文佳作。其中黄福林的《蹄花》(篇)、凌渡的《南方的风》(集)分别获第一、四届全国少数民族文学奖，凌渡的《故乡的坡歌》(集)、庞俭克的《秋天的情书》(集)分别获第一、二届广西文艺创作铜鼓奖。

新时期以来，全国有影响的散文刊物和权威的散文选本都选载了不少壮族散文家的佳作。《中国新文艺大系(1976—1982)少数民族文学集》选入了黄勇刹的《放歌擎天树》和岑献青的《九死还魂草》;《散文选刊》先后发表了凌渡、蓝阳春等3位散文家的作品专辑和庞俭克的散文特辑;《九十年代散文选1991》(上海文艺出版社)选入了蓝阳春的《毛难山乡古墓群》;《中国散文百家谭》(四川人民出版社)选入了蓝阳春的《元宝山下芦笙节》《毛难山乡古墓群》;《中国新时期抒情散文大观》(山东文艺出版社)选入了凌渡的《草地》《留香》，蓝阳春的《绍兴乌篷船》，庞俭克的《榕湖雨和雾》《景山光明》，这些作品在全国都产生了一定的影响。

二

壮族散文家大多数都以真挚的感情、高度的责任感描写生于斯、长于斯的广西这块古老而美丽的土地，反映本民族以及广西其他民族的风俗民情，因而具有鲜明的地方特色和浓郁的民族色彩。

凌渡年复一年，“走进山里”，“立足于自己熟悉的母亲土地，扩大丰富自己的散文世界”(《走进山里》)，取得了令人瞩目的成就。他的散文集《故乡的坡歌》《南方的风》中的绝大多数篇章，均是以描写广西的自然景物和民俗风情为主要内容的。红水河的激浪，漓江的烟雨，北部湾的潮汐，左江的崖壁画，边关的雾和月；壮族的歌圩对歌、抛绣球、碰彩蛋、包年粽，苗族的吹芦笙、烧禾花鲤，侗族的抢花炮、驯鹰捕猎，瑶族的敲铜鼓、笑酒狂欢，京族的独弦琴、海上渔歌，无不在他的笔下纷至沓来，给人留下了美好印象。从某种意义上说，凌渡的这些散文，简直可以看作是广西的风物志和民俗志。例如《故乡的坡歌》《红水河风情》《女人山雪》《雾·月》《红水河之歌》都是较为优秀的篇章。其中的《红水河之歌》，从整个红水河流域的变迁去落笔，写了一个民族改造山河的大事、一个国家水电建设的大事，概括了一个民族伟大的历史进程，具有强烈的时代感和历史的纵深感，全文洋溢着澎湃的激情。作者以浓重的抒情笔调，谱写了一曲对红水河、对本民族的热情颂歌，堪称凌渡的代表作。此外，凌渡最近发表的《里湖不是湖》，也是他描写广西民俗风情的佳作。

在描写广西的自然风物、民族风情方面，蓝阳春也是满腔热情，孜孜以求。他讴歌壮乡的“歌潮”，描绘苗山芦笙节，寻觅大明山的“佛光”，探访毛难山乡的古墓群，其作品同样具有鲜明的地方特色和浓郁的民族色彩，因而被徐开垒称为“象哈锦、苗绣、黎歌一样，有着民族自己的特色”(《歌潮·序》)。其中的《元宝山下芦笙节》《守珠棚一夜》《大明“佛光”》及近作《毛难山乡古墓群》就是较为优秀的篇章。

有的壮族散文家则偏爱描绘广西秀丽的自然风光，苏长仙、梁奇才、罗伏龙在这方面就有不少佳作。例如苏长仙的《悬河飞瀑》，就较出色地描写了广西隆林冷水山大瀑布的奇丽景色。邓永隆、苏长仙编著的《伊岭岩·灵水》一书，亦较好地描写了广西著名风景区伊岭岩、灵水的美丽风光。梁奇才则擅长描绘桂林的画山绣水和花坪自然保护区的林海景色。梁奇才散文集《走出幽谷》中的篇什，如《春在漓江深处》和《半边渡》便是描写漓江景色的较好的篇章。前者摒弃了常见的对漓江春色的描写，而是独辟蹊径，从一个新的角度去描写漓江之美，赞颂“终年辛勤劳作在漓江两岸的人们”。作者对漓江里的青丝草的描写，便颇有特色：“像一群群刚刚过寒冬的水牛，在漓江这块绿茵茵的草地上，活蹦乱跳地撩拨着尾巴，玩逗着春风；像一个刚刚沐浴完毕的美女，在漓江这块洁净的镜子前，梳理着那幽幽发亮的长发，春意荡漾。”作者认为：真正能代表漓江之春的，不是映红漓江的岩花，不是染绿江南的秧苗，不是两岸的青松翠竹，而是“四季碧绿，四季含春”，“深深地扎根在清澈的江底的青丝草”。“春不但驻在漓江深处，更驻在漓江两岸人民的心底！”这是颇具新意的。而《花的世界》《红滩河瀑布写意》《在大自然秘室里》等篇，描写花坪林区的繁花（尤其是品种繁多的杜鹃）、瀑布、藤蔓、野果、银杉、禽兽、虫鱼，都是有声有色，神形兼备。罗伏龙散文集《山情水韵》中的作品，较多的是描写广西河池地区革命老根据地的自然风物，如《山情水韵》《峨城风姿》《里湖圩日》等。蓝直荣的《壮哉！五百里岜来》则是描写左江花山崖壁画的佳作。从古至今，描写花山崖画的诗文可谓不少，但该文能从世界民族文化的高度，对花山作了翔实而生动的描述，并力图解开花山这一“千古之谜”，写得颇有深意和情趣。作品气势宏大，文笔曲折，确是描绘花山崖画的佳篇。

广西地处祖国南疆，边防前线，中越边境的奇异风光，我国边民的卓绝斗争，自然会激起壮族散文家的浓厚兴趣。在描写边疆风物，反映边民生活方面，黄福林、严小丁便是较有成就的两位。黄福林的散文集《蹄花》中《边防连城遗情深》一辑，就较为集中地描写了中越边境的景物与民情，历史与现实，其中的《边防连城遗情深》《国门三记》《伏波山大观》便是较有代表性的作品。严小丁出生于中越边境上的一个小城，对边境的一山一水、一草一木，都谙熟于心，满怀深情，因而他的散文集《相思湖之梦》中有不少篇什是描写边境风光和边民生活的，这就是理所当然的了。例如《高高的蚬树》，其主要特色是运用象征手法和双线结构。一方面，作者浓墨重彩地描绘边疆的珍贵木材蚬树的生长特征、树林景色：“蚬树有顽强的生命力，只要种子有落脚的地方，哪怕是一处狭窄的崖缝，都能萌动生长。”“它不嫌山瘠地薄，对大自然毫无苛求；天上的雨水便是琼浆玉液，地下的腐殖质便是珍餐佳肴。”在战争中，“每一簇密密的蚬树林，都变成临时救护所；每一丛郁郁的蚬树林，都变成天然隐蔽地；每一片高高的蚬树林，都变成阻敌的坚固屏障！”另一方面，作者满怀深情地叙述了一位姓石的汉族县委书记为蚬树的驯化种植、为壮族地区的生产发展所做出的贡献。蚬树和石书记两条线索，交错发展，互为映衬，使文章跌宕有致、意境深远。《红八军的故乡——龙州》开头简略介绍了龙州的地理位置、历史沿革、法帝国主义侵掠龙州的罪行，然后着重描述当年红八军在龙州的革命活动、红八军纪念地以及龙州的名胜古迹。作品以游踪为线索，分别描写了红军楼、中山公园、小连城的壮丽景色、革命史实，赞颂了龙州儿女的革命传统以及建设边疆、保卫边疆的壮志豪情，字里行间洋溢着革命英雄主义和爱国主义的强烈感情。

三

正如前文所述，新时期壮族散文家几乎都热衷于描写广西的自然风光、民族风情及边境生活，这既是壮族散文的优势，同时也暴露了它的不足。因为如果大家都这样写，就容易使人觉得题材不够丰富，写法有些雷同。翻开一些壮族散文家的集子，我们就会发现，他们的不少文章，其题材甚至题目都何其相似。好在不少壮族散文家开始意识到了这一点，他们已不满足于光写自然风物和民族风情，而是把目光投向了时代，投向了社会，热情关注现实生活，关注国家和民族命运，把笔触伸入自己的内心深处，因而具有更强的时代感和感染力。

壮族散文家在新时期的第一部散文集——周民震的《花中之花》就较好地体现了这方面的特色。比如集子里的《百花图》，描写“我”在“十月金秋，枫红菊黄”的时候，在北京颐和园遇到一群中央民族学院的学生，于是引出一个京族姑娘和一幅京族贝雕画《百花图》，再由《百花图》引出京族人民拦海造田的壮举以及幸福生活和美好情操的描写。作者从一个崭新的角度反映了京族人民生活的巨大变化，描写了京族人民热爱生活、热爱祖国的高尚情操，全篇奔涌着昂扬的爱国主义感情，具有较强的时代感和社会生活实感。

韦纬组在这方面也较为突出。他的《养鸡记》《访医记》《买菜记》(见散文集《绿柳情思》)，就是直接取材于日常生活中的凡人琐事，写得生动活泼，轻松诙谐，亲切感人，令人觉得耳目一新。

苏长仙散文集《山水·风物·人情》中的《泉》，便是一篇描绘内心图景的佳作。读过之后，那清凉透澈、默默无声解人饥渴的泉，那温柔慈爱、珍惜清泉的母亲，那又饿又渴、以芒干吸吮甘泉的孩子等美好形象，便永远留在了我的记忆里。我忽然觉得，作者在创作道路上，不就像那个又饥又渴的壮家孩子，深深地扎根于民族沃土上，从大地母亲那儿吸取乳汁，健康地成长起来了吗？作者就这样抒发了自己对于母亲、对于壮乡大地的深情，作者对自我内心的揭示，确是较形象而生动的。苏长仙的近作《童年的梦》(《广西文学》1992年第11期）亦是侧重写内心，表现自己对童年时代那“纯真的童话”的神往与追忆，特别是对那个比我大两岁的“长得如花似玉”的表姐要与我“寻”(壮族译音，意为入赘）的描写，更是令人忍俊不禁。文末所写的“就像那张树叶，嫩的出来了，老的自然会在秋风中飘落。不用哀叹，不要忧伤，他不必惋惜过去的时光。人人都光着身子来，人人都光着身子回去”更是作者经过了几十年人世沧桑之后对人生的一种感悟，读来不免让人感慨再三。可以说，这是苏长仙散文创作在选材上的一种新的超越。

特别值得一提的是，农耘在这方面有了自觉的追求，并取得了可喜的成果。他的散文集《煤城记事》所写的便是煤矿上的真实的人和事，这是比较枯燥的人们都不大愿写的题材，但农耘怀着高度的责任感，知难而进，这种艺术追求是值得肯定的。最近，农耘宣称：“我在散文创作中，注意到了写人生这一主题，意识到了这一主题的重要意义。因而作了实践和探索。”(《纪念树·后记》）他的《纪念树》中的第一辑《人生步履》便是这种实践和探索的可喜收获。例如那位由于受到家庭不幸的影响，默默承受着生活重压，性格内向，却又非常懂事，显得成熟而深沉的年轻姑娘玉梅（《沉默的玉梅》）；那位弃官从文，嗜文如命，执着追求，富于生活情趣（爱好书法，养花养鸟），为自己终于成为一名中国作家协会会员而由衷高兴的韦编联（《“做书卖”的人》）；那位有幸福和欢乐，有痛苦和磨难，始终能从主观上去驾驭生活，不屈服不沉沦，心里总在“咏唱着一支昂扬的生活之歌，活得潇然洒脱”的中学高级女教师明（《洒脱人生》）；那位二十年如一日，坚持生活在山顶望火台上，为防避森林火灾而不惜献出一生的归国华侨、劳动模范张玉堂（《林海望火台》），都给人留下了较深刻的印象。农耘认为：“散文最忌编造和虚假。编造故事，感情虚假的散文是最倒人胃口的。”他的“每篇习作中写的人和事基本上是真实的，是自己的亲身经历，是自己的亲身感受”。关注现实生活，强调真情实感，这一艺术主张对于开拓散文题材新领域、对于深化作品思想内涵，无疑是有益的。但这类散文，又不宜写得太实、太刻板，假如太拘泥于生活中的真人真事，如实写来，照搬照录，就可能会枯燥乏味，缺少艺术光彩。这个“度”如何掌握得恰如其分，还有待大家进一步探讨。

四

新时期以来，有的壮族散文家转入了历史散文的写作，力图有所突破，有所创新。在这方面首先取得成就的是老作家黄福林。他的历史题材散文，大体上有两方面的内容，一是描写邓小平、韦拔群等同志在广西左、右江地区艰苦卓绝的革命斗争，如《蹄花》《火花歌》等；二是追忆冯子材、刘永福、苏元春等爱国名将为捍卫祖国尊严、保卫人民生命财产所进行的可歌可泣的边防斗争，如《边防连城遗情深》《国门三记》等。其中尤以《蹄花》和《国门三记》出色。前者是一篇富有传奇色彩、情深意长的散文佳作，1981年获全国首届少数民族文学创作奖。这篇散文，不仅内容丰富，思想深刻，艺术表现手法也有不少独特之处。首先，它寓意深刻，意境高远，具有鲜明的民族特色。作品以赠马为线索，以蹄花为象征，歌颂了邓小平同志在左、右江革命根据地的革命活动，表现了广西各族人民对邓小平同志的深切怀念——他在右江盆地、红河两岸、桂西山区所播下的革命火种，就像一簇簇艳丽的马缨花，永远开在广西各族人民心中。其次，它注意刻画人物性格，人物形象比较鲜明。作品既注意保持优秀散文常见的抒情特色，又注意通过人物的言行刻画人物性格，寥寥几笔，便勾勒出了几个栩栩如生的人物形象。其中邓小平同志的形象给人留下了深刻印象。作者不作过多的直接描写，而主要是运用侧面烘托的艺术手法，把一位为革命劳碌奔波、深得各族人民拥戴的革命领袖形象令人信服地写了出来；养马能手韦老保的形象也较出色。再次，作品剪裁布局巧妙，情节发展跌宕起伏，富有传奇色彩，颇为耐人寻味。后者先写镇南关（今友谊关）的群山峡谷，突出其险要形势，接着追述1885年2月23日镇南关陷落在法国侵略者手中，抗敌名将刘永福率领黑旗军参加抗法斗争，三战三捷，“两毙法军统帅而威震天下”；再写抗法名将冯子材当年在胜利地皇山率军激战的情景。冯子材“豁出老命”，“抬棺大战”，我军士气大振，法军人马腹背受敌，惊慌失措地闯入我军暗设的“猪笼阵”，“立地毙命”。是役，“斩法人数千级”，实现了我国军民“用法国人的头颅重建我们的门户”的誓言。作品立足现实，回顾历史，将历史与现实、叙述与抒情糅合一起，热情讴歌了冯子材大败法军的英雄壮举，表现我们伟大民族的浩然正气，不愧是一曲激情昂扬的爱国主义颂歌。

近年来，蓝阳春的主要精力已从描绘民族风情转到了历史散文的写作上。继《毛难山乡古墓群》《站在秦观坐像前》《绍兴乌篷船》之后，最近他又一口气推出了三篇“古都赋”——《汴梁秋雨》《龙门昭光》《天坛回响》(分别见《广西日报》1994年11月28日、12月6日、12月16日)，这三篇历史散文比他以往的作品又有了明显的进展，尤其是前二赋，可视为蓝阳春近期散文的代表作。蓝阳春这类历史散文，大多是从现实的角度追溯历史，选取历史长河中有关民族精神、文化艺术、名人哲圣的一二片段、三两浪花描写抒情，并紧密联系当前的社会生活，使历史与现实相互映衬，既有强烈的历史意识，又有鲜明的时代色彩，读者能从中获得多方面的艺术感受。

《汴梁秋雨》和《龙门昭光》两篇都是以眼前景物为基点，然后通过想象转入对历史场面的描绘和对历史事件的叙述，使眼前景物与历史画面叠印交融，从而形成一种浓厚的历史氛围，一种幽远深邃的意境。比如《汴梁秋雨》在描写了龙亭公园(原北宋皇家花园)的美景之后，便以“看着看着，我的视线却穿越这氤氲的雾霭，进入另一种境界”一句，自然地转入了对北宋名画《清明上河图》所展现的风景的描写；结尾写夜色中的秋雨，在高楼大厦建筑工地灯光的反射之下，“雨丝便成了金黄的、碧绿的五彩花雨了”，“我望着灯光映照中高大弯拱的古城墙，觉得这城墙就像是一条巨大的游龙，正在摆动着身躯，载着开封，不，载着中原，沐浴着金辉彩雨，向着历史的前方腾飞！”这就将历史——现实——将来交织在一起，具有较强的现实感和历史感。蓝阳春这几篇历史散文的另一个特点便是以史为鉴，针砭时弊，因而具有较深厚的内涵。比如《汴梁秋雨》，写“我”观看了包公祠里的龙头铡、虎头铡、狗头铡之后，便“感到了法律的威严，更感到了包公的伟大”，然后写许多人冒雨来瞻仰包公祠，这不仅表现了人们对包公的崇敬，更表现了人们“对有法必依、执法必严、法律面前人人平等的渴求和对多出现些‘当代包公’的企盼”。再如《龙门昭光》，在叙述了大唐皇后武则天“主管督办”以自己的形象作为“模特”塑造了大卢舍那佛之后，便抨击了当今的某些人“以权谋私”以及某些大腕、大款“比赛吃金箔、比赛烧纸币”等无聊勾当，使作品具有较强的思想性。可以说，蓝阳春近年来在散文题材的选择和开拓方面已有了明显的进展。他总是立足现实反思历史，通过历史透视现实，努力使历史与现实渗透交融，让读者在涉猎历史踪迹的同时获得思想上的启迪，这些探索无疑是值得肯定的。

五

在壮族散文家当中，近年来较活跃、较引人注目的青年散文家是庞俭克、岑献青、梁越。

尤其是庞俭克，短短两三年，连续在《人民文学》《人民日报》《文艺报》《散文选刊》等报刊发表一篇又一篇散文佳作，在区内外产生了广泛影响。庞俭克散文的探索与创新，主要表现在审美意识的更新和内心图景的描绘方面。他十分注重散文的审美功能，自觉地从审美的角度去描绘对象，尽量避免对自然外物作纯客观描写，而是着重表现审美主体的情感意识，抒写自我的内心感受；他在描绘内心图景的同时，随处流露出对生命的感悟，因而内涵比较深刻，容易引起读者的共鸣。此外，庞俭克还十分注重表现手法的出新。他摒弃一切模式、格套，写法不拘一格，有时还运用意识流的表现手法，任凭思想的彩蝶飞翔于绵绵时空，给读者以面目一新之感。比如《谒黄花岗》《北海笔记》《防城港之恋》《榕湖雨和雾》《景山光明》就是较好的作品。有关庞俭克散文的探索和创新，本人在拙著《当代散文艺术论》中已有专题论述，在此不再赘述。

特别值得一提的是，壮族青年女散文家岑献青也十分重视题材的独特和写法的出新。她的《九死还魂草》赞颂的是一种顽强生命力和坚强意志，说明了“经过千难万苦的生命所创造出来的美才是最有价值的，才是永恒的”这一道理，给人留下了深刻印象。她的《江村七月七》所叙述的故事是平淡无奇的，然而那恬静幽雅的画面、那圣洁辽远的意境却打动了读者的心。作品首先描写了安谧明净的清江月色，叙述自己儿时藏在葡萄架下偷看牛郎织女相会的有趣往事，接着描写小姑娘阿兰遵照阿婆的叮嘱，坚持年年七月七夜晚到江中提水（因为七月七日的水净），祭奠婶娘。原来阿兰一生下来妈就死了，是婶娘把她奶大的，阿兰六岁那年，婶娘病死了，于是阿兰从六岁那年开始，到今年十岁，整整提了四年的水。在这里，我们看到了一幅纯朴洁净的民间风俗画，看到了人与人之间圣洁美好的诚挚感情。阿兰、婶娘、阿婆的心灵，不就像七月七的江水那么纯洁、那么清爽么？小阿兰所表达出来的感情，幼稚而纯真，纤细而缠绵，仿佛一杯有灵气的七月七江水，真的可以净化人的灵魂。作品的题材具有鲜明的民族色彩，但作者侧重写的是人物美好的心灵和自己细微的内心感受，因而颇具新意。

梁越是近年出现的青年散文作家。他刚刚出版的散文集《野天空——我的故乡》便给人以耳目一新之感。梁越的散文是以他的独特经历和生活激情取胜的。梁越是煤矿工人的儿子，从小跟随父亲辗转于红水河流域、云贵高原的崇山峻岭之间，野天空便成了他的故乡。在桂林工学院地质系毕业后，毅然要求组织分配他到新疆戈壁大漠工作，为祖国寻找矿藏，于是他又把祖国大西北的野天空当成了他心目中的故乡。在西天山伊犁河谷的草原深处，在任何地图也找不到的库茹尔，在低矮的帐篷里，在柴油机的噪音中，写出了一篇又一篇的散文，这就是他的《野天空》。其内容大多数是描写矿山生活，回忆童年时光，描绘矿工形象的，如《我的朋友黄志勇》《鹰谷与童年》《一个矿工和一只狗的故事》《棋王》等；另一部分是抒写自己奔赴大西北的心境，描绘大西北的神奇壮美的，如《野天空——我的故乡》《西去茫茫连朔漠》《西部，不安分的荒原》《伊犁河谷秋天的黄昏》等。其中以《野天空——我的故乡》和《伊犁河谷秋天的黄昏》最有代表性。前者描写“我”在桂林工学院毕业后离别秀丽的南方名城，离别亲朋，离别恋人，义无反顾地奔赴大西北，为自己寻找新的故乡，尽管恋人苦苦挽留，也丝毫不能动摇他这一信念。作者以自己的实际行动所印证的这种感情，应该说是高尚、博大而真诚的。这也正是作品之所以能打动人心的关键。《伊犁河谷秋天的黄昏》是描述作者在伊犁河谷草原深处的一段勘探生活的。梁越以一位地质工作者的身份去观察、思考和描写生活，因而目光敏锐，知识广博，思想也较为深邃，写法与一般的散文作者迥然不同。总之，梁越的作品给壮族散文园地带来了一股清新气息，我们应该给予肯定的评价。

从《含羞草》到《我们》

张燕玲

十多年前，广西民族出版社出版了十二本一套《含羞草》丛书并轰动一时，那是广西80年代最有影响的青年诗人的处女作。那真是个纯美的时空：纯净的诗性如天籁、飞扬的青春缘自性灵；虽各自不同，但十二株“含羞草”从此走向“远方”。随即，他们以作品和“百越境界”的文学追求形成了后来被称为“广西文坛进军全国的第一次集体冲锋”。虽不是丰草绿缛，却也见岸芷汀兰。他们中的林白、杨克、孙逊、黄琼柳、孙步康、黄堃等如今都有了自己的文名，而《含羞草》却永远标志着他们的起点和来路。

相隔十四年后的今天，同是民族社推出的《我们》丛书则包容了“广西文坛进军全国的又一次集体冲锋”的主要阵营（东西、李冯、鬼子、海力洪、凡一平），包容了“我们”在国内文坛令人激赏的作品，岸芷汀兰，已经郁郁青青。因此，《我们》提示着中国90年代的文学经验，犹如《含羞草》无愧于广西80年代的诗歌素质。

作者简介

张燕玲（1963—），广西贺州人，毕业于广西师范大学中文系，《南方文坛》主编、编审，著有散文集《静默世界》《此岸，彼岸》，文艺评论著作《感觉与立论》《有我之境》等。

作品信息

《文学自由谈》1999年第5期。

再说，文学的传统本来就是江山代有才人出。当然，拥有《我们》这个符号并不是就标示了五位入选作家的文化立场，“我们”只是一种行为方略，犹如1997年夏我与李敬泽在长途电话中推敲关于东西、李冯、鬼子的“三剑客’称谓一样。然而，迎着“我们”这逼人的自我的无拘无束与新鲜蓬勃，我还是触摸到一些文学的真质，觉出其中一种十分真诚与郑重的意味，令人不能不正视。

东西、李冯、鬼子、海力洪先后是我服务的《南方文坛》杂志经典栏目《南方百家》推介的新锐作家，而且名家点评他们的评论都一一被“人大书报资料中心”全文转载。这些，都证明了四位青年作家的不可忽视，他们已经以各自独特的精神创造进入了中国文坛。

李冯和海力洪早在南京大学时就是很有人缘的文学刊物《他们》的作者，今天他俩与其他先锋作家一道成为中国后先锋小说的代表人物。刚满30岁的海力洪是以想象为翅膀的作家，他的创作虽然还处于一个不定型的阶段，寻找和探索的印记显而易见，但是他近期的创作相当活跃、充满智性，他的写作情趣直指生活存在的背后。那份深刻和沉着让你很难想象生活中的海力洪竟然腼腆，而且有着这个时代弥足珍贵的稀有元素：天真而诚恳。而艺术成熟的李冯则是以他的纯粹性令他的人与文都达到了一个相对自由的进境。他趋于前卫的意识和探索，他对古典叙事的现代演绎以及近期对先锋策略的修正，为未来的中国文学创作提供了一种新的可能性。

“我们”中最让我气短的是东西，这缘于他过人的才智。东西实在是太聪明了，对于他的人与文我常常吃惊不已。聊天、开会，他总有一番与众不同的令人称道的新见地；他的小说常常有出人意表的构思、想象和语言节奏。可是，读着读着，我又常常忧伤不已，那是一种难以言说的伤感，使人感到一种逼人的奇崛、尖锐，苦难、伤感不期而至。

如果说东西小说的悲剧性还有《目光愈拉愈长》的人间关怀，而鬼子小说的诗学特征则因对苦难的深度描绘而表现为冷酷严峻。《我们》丛书我最怕读、相对也读得最少的是鬼子。因为他的小说，时常深深地刺痛我的心灵，刚读开篇，就会有凉意丝丝袭来，一阵一阵，直至寒气逼人，生活的残酷性和失败感在他写实的“情感零度”中追逐着我，常常令我在无望中无路可逃、欲哭无泪。鬼子的写作的确充满了生命内在的灼痛感。终于在他的新作《上午打瞌睡的女孩》中居然开始有了一抹温湿的人间关怀。不可否认，鬼子的小说在中国文坛正形成自己的独有气质。

在广西文坛作为新市民小说的代表作家，凡一平以他独特的外乡人的目光审视和感知都市里潜伏的各种人性欲望，并以他练达而流畅的叙述创作出一批令人关注的小说和都市传奇。

还值得称道的是《我们》有一个现代感和装饰性极强的精美装帧。从书纸张考究，封面是凹凸感和吸墨性很强的进口瑰丽丝，其色彩变化多端、瑰丽而斑斓。正中泼墨挥洒的背景图抽象虚幻，下方的内容插图则是一枚瑰丽的民间剪纸。你看李冯的《唐朝》，剪纸是唐朝式的一骑，马和女人都丰硕灵动，造型富于装饰性，色彩鲜亮奇谲，通过夸张和变形，马和女人幻化成了文化符号，它与背景图虚实相间、相生相应，充满了现代的神秘感和抒情性，颇见设计者张文馨灵魂的和心性的浪漫。这种富有情调的封面设计，还见于他的日常工作中，如他设计的《雨帘文丛》就受到丛书作者铁凝、赵玫、迟子建、陆星儿、池莉、毕淑敏等人的称赞；还有《女作家谈足球》《南方文坛》杂志的封面等等。

面对如此独到精美的《我们》，不由想起当年给《含羞草》每位诗人作评的陈雨帆老师勉励诗丛作者的诗句：“已有的已经过去／欲求的尚在征程！”共勉之下，便想：文学哪儿会有头呢？将来一定还会有“从《我们》到……”的吧！

2000年代

《南方文坛》与90年代文学批评

张燕玲

90年代，市场化的巨鞭第一次抽打着中国的文论期刊，中国文艺正在摆脱旧有体制和轨道，产生了前所未有的生机与混乱同生、追寻与退却相杂的局面。1996年新上任主持《南方文坛》工作的我们面对的是文学与文论期刊纷纷转向乃至下马，《南方文坛》不仅默默无闻而且经济极其困窘，账上已没有分文，还欠着上一年的印刷费。我们决心背水一战，底子越薄，越要走精品之路，我们明白，中国文艺界对优秀理论刊物的渴求比任何时候都强烈。于是，我们打破地域界限和自留地意识，刷新编辑理念即摒弃学术刊物惯常的"论文集"化，融学术性、信息性、地域性、可读性于一炉，追求高品位、大视野，于开放创新中使《南方文坛》立足广西，走向全国。从刊物立意、栏目设置、作者队伍到外观、纸质、排印都做了大幅度的革新，努力使自身纳进90年代文学批评的前沿。几年过去了，我们在文学坚守和刊物艰守的情境中，向读者展示了我所描绘过的"现代童话"特质所蕴含的信念、智识乃至心性精神，而且改变了南方文学批评格局，成长为"中国文坛的批评重镇"

作品信息

《南方文坛》2001年第2期。

（《文艺报》2000年10月31日）和“中国文坛最具影响力的文论园地之一”（《新闻出版报》1999年6月3日）。

重点关注新生代创作催生青年批评队伍

《南方文坛》站在今天的高度对中国当代文学进行审视，并且坚持吸纳不同创作风格不同批评个性的创作和理论，显示了丰繁而多元的个性，这种兼容性使它真正成为一份名副其实的杂志，而有别于90年代论文集化的文学批评期刊。这首先体现在我们为批评与创作之间架起一座沟通的桥梁上。《南方百家》栏目4年里几乎囊括了长江以南正成长于中国90年代文坛的具有代表性的新锐作家：韩东、东西、邓一光、李冯、林白、王彪、海男、鬼子、张梅、何顿、瞿永明、曾维浩、海力洪、张生、熊正良、荆歌、陈家桥、王静怡、艾伟、叶玉琳、刘继明、沈东子等等，不仅让青年作家言说，还组织批评家对其进行探讨。还有，立意于评论名家新作或新人重要新作的《新著视窗》，着力对当下作品展开批评的《批评之旅》《绿色批评》，有专注于作家反思自我、反思创作的“作家自观”等等，而且，组发的稿件兼容老中青以及不同创作风格的作家，尤以正向中国文坛冲刺的新生代作家为主，其中有的读者熟悉，但不少是不熟悉却是很有潜力的，《南方文坛》毫不吝啬地为他们的成长提供土壤、创造机会，我们没有短视地只求对红极一时的作家进行观照。其中1998、1999年，我们曾联合《广州文艺》设置栏目《南方百家·两张帆》，同期声式地由他们刊发青年作家新作，我们刊发评论。

这些密切关注90年代文学创作的栏目，影响之大超出了我的想象，一时南方作家与国内批评家相互传诵，媒体争相报道，而且大部分评论都被中国人大报刊复印资料全文转载，尤其令我感动的是，每当我向评论家约请为《南方百家》写评论时，几乎都得到他们的热切支持，他们认为在作家成长之时推一把不仅是责任更是批评家的艺术良知，而且文章都是本着严肃、科学、敏锐的批评精神而作的。事实证明，几年过去了，这些作家大多已经成为名家，他们一定不会忘记当年在《南方文坛》做专辑的日子。

作为批评刊物，既关注创作、推出文艺理论新著，还要关注批评家，推进批评家的成长和成熟。从1998年始，《今日批评家》以显要位置向中国文坛推介90年代富有真知灼见的青年批评家：南帆、陈晓明、郜元宝、王干、孟繁华、李洁非、张新颖、旷新年、李敬泽、洪治刚、谢有顺、吴俊、王彬彬、戴锦华、张柠、吴义勤、程文超、罗岗等等。通过批评家对自己批评观的言说及其他批评家对他的再批评，不仅给90年代批评家一个展示自己的机会，同时通过这种批评家对批评家的再批评，形成了思想上的碰撞，达到了相互之间文学观念的交流、文化精神的对话，真正体现了文学批评的精神。批评界盛誉《今日批评家》栏目催生了90年代青年批评家的成熟，2001年我们还将推介施战军、杨扬、葛红兵、何向阳、张闳等青年批评家。

由于对90年代文学的深度介入，我有幸参加了第五届茅盾文学奖的初评、有幸两届成为“冯牧文学·青年批评家奖”的推荐人。更有意义的是，《南方百家》《今日批评家》两栏目的文字大多是些灵动而具学理的文章，几年积累，便形成了一种生动，明快而富有生气、才情的批评文风，这便是文坛传说中的《南方文坛》的“绿色批评”了。

在热眼冷观中，设置具有文学意义的话题批评

有人称中国90年代的文学是众声喧哗、众神狂欢的时代，作为文学批评期刊我们的方略是热眼冷观。既敏锐而及时地对文艺新问题新变化做出反应，使刊物充满活力；又尽可能冷静地从学理上加以观照，寻求做出理性的判断和选择；最后在热眼冷观中发现问题，从而设置具有文学意义的话题批评。《本期焦点》（本期特稿）、《品牌论坛》等栏目体现了我们自觉的问题意识。

在女性文学研究逐渐成为显学的情况下，关于女性文学的研究出现了众说纷纭的局面。《南方文坛》重在对女性文学及其文学批评的反思，在1998年第2期组织

了一批关于当代女性文学写作和批评实践的文章。而在知识青年上山下乡运动30周年，也是曾轰动一时的知青文学20年历史之时，作为一次契机，1998年第4、5两期通过独特的形式——分别邀请资深“知青代”评论家和“知青后”青年评论家对“知青情结”进行了深度的学术剖析。正如我在编者按所说的：“这绝非一种世俗的‘庆典’，我们只是期望两代人之间有一种相互的理解和对话，期望他们共同对深厚沉重的历史背景进行深度思考，以留给历史更为本质、丰富、准确、深度的文化思考和文学精神。”

90年代出现的新生代（晚生代）作家是个复杂的创作群体，当批评家对他们的评述还处于冲突阶段时，我们组发了最具有代表性的晚生代作家的自观，以使读者对他们进行再认识。此后，我们还较早地展开了对“70年代生”文学新人的讨论和对中国少数民族文学创作和研究现状的观照和研讨。对广西本土涌现出的新生代作家东西、鬼子、李冯，我们不仅邀请一批著名批评家来广西参加研讨会，并在刊物上专题研讨他们的创作得失，从此“广西三剑客”便在90年代中国文坛叫开了，媒体称这是中国文坛对新生代作家召开的首次大型研讨会，在国内文坛颇有影响，同时推动了广西的文学创作走向全国。

最有意味的是在90年代文坛对批评现状的众声喧哗中，本刊一直致力于一种学理上的讨论，以此体现今日批评的精神生态和批评家的生命状态。为此，我们拟定了90年代文学创作和批评中最有代表性的问题，约请老中青三代批评家中最有代表性的20位进行笔答和刊发（见1999年第4期）。几代评论家对当下文坛的发言，本身就是中国批评界一份具有纯粹性和代表性的批评。

在编辑流程中，品牌意识日益冲击着我们，如何才能建立自己的品牌呢？除了我们要不断地做得更好以外，还要关注文化品牌。几年来，我们先后就“布老虎”丛书、《火凤凰丛书》、《跨世纪文丛》、《中国沦陷区文学大系》、《郭小川全集》等重点出版物，约请有关主编、出版者、批评家加入对话讨论，使这些讨论全面而深入，颇具学术和史料价值。

以坚持独创性、学术性和前沿性为生命之源

如果说关注当下文坛和新生力量，自觉的问题意识使《南方文坛》充满活力的话，那么坚持理论方面的独创性、学术性和前沿性那便是《南方文坛》的生命之根了，这种选择的自觉性体现在我们的一些理论栏目上，如《理论新视界》《同题异论》《学人学思》《新潮学界》《中国前沿》《当代文学关键词》等。其中，在全国高校中文系反应较大的是从1999年第1期开始全新创立的《当代文学关键词》。由于当前专业范畴内使用的一些关键词或基本概念存在很多问题，我们常常在似是而非的情况下使用它们，这不仅影响了界内人士的交流，也影响了学科的规范性。因而有必要对我们经常使用的，并对学科具有支配性的基本概念进行一番清理，尤其是在世纪之交，这样的工作更具现实意义。为此，我们邀请谢冕、洪子诚、孟繁华等著名学者确定了一批关键词，并请一批相关学者进行概念的清理。这种清理包括概念的来源、传播、使用及其歧义和影响，从而使每一个使用同一概念的人，对其内涵能有一个大体相近的理解，或者说懂得这些概念或关键词在不同语境中是在什么样的意义上使用的，这也算是《南方文坛》对于学科基本建设的贡献。时至今日，无意中《当代文学关键词》已经有了一本学术工具书的雏形，并将成为我主编的“南方批评”书系之一。

此外，颇具深度和原创性的《中国前沿》约请中国人文学科少壮派学者提供他们对本学科重建知识价值观念的创造性研究，因为重新认识与阐释人类文化的深层结构，梳理和重构中国人文学科的知识价值观念已经成为新世纪中国人文知识者的责任与义务，而且深度的文学批评从来就必需文史哲作为根基的，这个栏目一打出就获得普遍关注。为增强刊物的前瞻性和开放性，我们还几年如一日在封底推出前卫美术的创作和评点，这与我们关注文学新人、追求前沿性形成完整和谐的氛围，表面上似乎是艺术点缀，实际上是我们的一个姿态、一个多元并存和先锋性的姿态，以及要为不同艺术门类、不同学科的东西留出空间，使人文学科、文学艺术形成互动互补的大格局。我们的艺术批评栏目《艺术时代》也是基于这种识见。同时，我

们还在《文艺报》头版连续两年协办《先擒王——我看头条小说》栏目，对全国文学期刊的头条小说进行论说，既树立了《南方文坛》的学术形象和批评形象，又在更大的范围里推动和活跃当下的文学批评，受到国内文坛的好评。为了突出本刊的信息性，我们约请长于史料工作的批评家白烨、贺绍俊轮流为我们开设《中国当代文学研究会专栏·文坛评述》，点击当下文坛的动态和最新研究，也深受读者的欢迎。

《南方文坛》改版四年来已有百余篇文章分别被权威报刊转载和摘要，其转载率已连续几年保持国内同类期刊的前茅。

与出版社合作办刊，培育品牌，强化经营

在转向市场经济的大背景下，我们深深体会到学术期刊的性质决定了它只会"有场无市"，而寻求上级部门支持，眼睛向上，一味"等靠要"终非长远之计，而且也是行不通的。这几年，在刻苦经营之中我们始终积极寻求合作伙伴，而且目标锁定出版社，锁定广西师大出版社。

首先这源于我们多年与广西出版界的良好关系，我们曾热心为许多出版社的宣传及选题策划做出过努力，出版社的领导也与我们有着共同的人文关怀，尤其近几年中，他们一直不间断地以各种方式支持着我们的追求。其次，合作契合了国际期刊的发展趋势。在当下国际期刊发展的六大趋势中第一条就是强强联合，多媒体联合，走合作经营之路。而且，文论期刊与出版社合作，在国际出版史上早有成功的先例。美国的《新文学史》创办时也是非常艰难的。到1986年以后，由于主编的努力和影响力，该刊在欧美文艺理论界已被公认为一个批评的重镇，以出版后结构主义批评理论著称的约翰·霍普金森大学出版社便不惜重金，与《新文学史》合作，由出版社负责刊物发行并给编辑部提供运作经费。多年之后，另外一个国际后现代主义的名牌文学理论刊物《疆界》，也得到了美国出版当代文化研究和后现代主义著作的重要出版社——杜克大学出版社的上门要求合作。我们想，一个刊物成

为品牌，就有了无形的资产，毕竟，出版社需要品牌来增加它的影响，它也必须注重自己的学术地位和人文精神积累，以此提升自己。刊社携手可谓珠联璧合，共同得益。当然，最主要的原因在于广西师大出版社是中国文科出版基地之一，是中国“先进高校出版社”；他们在创品牌创双效方面做出了突出成绩，所出版的《跨世纪学人文存》《美学系列丛书》《郭小川全集》等系列人文学科的精品，在学界享有良好的声誉；从1997年开始，我们曾多次得到师大社以协办栏目等形式给予的支持和合作。当他们面临新世纪，要把“社刊工程”的事业做得更大更强时，便很自然地将与我们的合作由部分发展到全面，成为《南方文坛》的一家主办单位，而且不改变杂志原有的办刊宗旨，这的确是一种十分难得的富有人文关怀的学术选择和树立自身文化企业形象的自觉意识。师大社社长肖启明再三强调，这是合作，而不是短期性的资助行为，因为这样基于品牌之上的合作是成熟和谐的，这样的合作是真正意义上的发展，也是真正意义上的强强联手，创造双赢。

在中国2000年南京书市的签约仪式上，作家、批评家们高度肯定了我们的合作。大家认为：“《南方文坛》在艰苦创品牌中求得了生存，今天又在体制改革中与广西师大出版社合作而获得更大发展，其意义绝不仅止于《南方文坛》和出版社，也不仅止于对中国文艺批评的建设，它还将对正在摆脱旧有体制和轨道，寻求新路生机的中国文艺和学术期刊，以及中国出版界自上而下的‘社刊工程’，颇具开拓性、未来性和现实意义。”为此，《文艺报》《文学报》发表了专版专题报道，《新闻出版报》《中华读书报》《中国图书商报》《文汇读书报》《广西日报》等10余家媒体也做了相关报道。

合作之后，出版社将《南方文坛》的弱项即经营（广告、发行等）纳入其运营轨道，并负责杂志的成本支出。杂志社将倾力给读者奉献一本更耐看的《南方文坛》，竭尽全力向杂志要品位要形象要影响要发展。

论20世紀的壮族文学

黄绍清

“民族大文化”的宏观描述：开创壮族文学的新纪元

1. 展示“再把乾坤整”的伟大抱负：壮族现代文学先驱三勇士的战斗锋芒

20世纪的上半叶，随着清政府的被推翻，辛亥革命的成功，中国的社会历史发展进入了一个新的阶段。特别是1919年五四运动的爆发，揭开了中国新民主主义文化运动和文学运动的序幕，也开创了壮族作家现代文学的新纪元。壮族现代作家在五四运动的“民主”和“科学”思想的感召下应运而生。他们和全国其他兄弟民族(特别是汉族)现代作家一道前进，拿起笔杆作战斗武器，在参加现实的革命斗争中，产生创作冲动，有感而发，写下了不少反对帝国主义反对封建主义的文学作品，为壮族现代作家文学开创了新局面；富有革命性和战斗性的作品，揭开了壮族现代文学史册新的一页。

作者简介

黄绍清（1934—），广西上林人，壮族，毕业于广西师范大学中文系，广西师范大学中文系教授、硕士生导师，中国作家协会会员，著有《壮族当代文学引论》等，合著有《壮族文学史》《壮族文学发展史》。

作品信息

《广西民族研究》2002年第1期。

翻开壮族现代文学的崭新史册，第一个向我们走来的是女诗人曾平澜（1896—1943年）。她从小跟随父亲苦修汉学，青年时代投身国民革命，曾赴日本留学两年，思想激进，视野开阔，创作过不少小说、散文、戏剧，而以诗歌创作见长，有《曾平澜诗集》出版流传后世。她的独特贡献在于用文学作为武器，冲破封建礼教的罗网，追求女性的自由解放，表现了一个叛逆女性特有的反抗精神。她的《女人》《逃跑》《在黑夜里》等诗歌，既冲破了陈旧传统观念的束缚，又深受时代前进的召唤，与时代同呼吸、与人民共命运，有鲜明的时代性，有独特的美学价值。

与曾平澜同时出现的是壮族青年诗人高孤雁（1898—1927年）。他早年接受了马克思列宁主义思想，曾奔赴南宁、广州等地寻求革命真理。在广州，他与瞿秋白、恽代英、肖楚女等结为革命战友，并加入中国共产党。他是一位坚强的共产主义战士，又是一位热情奔放的革命诗人。他从事革命斗争，也进行文学创作。他直接从《新青年》《向导》《中国青年》《女神》《语丝》《创造周报》等进步书刊中吸取思想力量和艺术营养。他胸怀救国救民的壮志豪情，为推翻黑暗的旧世界奔走呼号。他吟诗作赋，发出了大革命时代的战斗强音，被称为是“一个胸罗万卷下笔成文的怪杰”①。在1927年的“4·12”反革命政变中被捕，被投入铁墙高筑的牢狱之中仍坚持革命斗争，抒写革命诗词，揭露敌人的罪行，展示革命的理想和抱负。然而罪恶的子弹却夺走了他年轻的生命。他留下70多首诗成为壮族文学极为宝贵的珍品。他的诗作，早期有不少是抒写伤时感世的，为被压迫剥削人民的“满腹酸楚”而吟唱。而不少诗作是爱祖国、爱江山之热诚宣泄和流露。其哀怒与祖国的多舛命运相呼应。更多的诗作深刻地表达了他革命的坚定性和彻底性，同时展示了“再把乾坤整”的伟大理想和抱负。他的诗歌创作，充分地体现了他的崇高的审美理想。与曾平澜相比较，高孤雁视野更阔，更关注劳苦大众的命运和整个社会的发展。这是壮族诗人习用汉族旧体诗形式反映时代和社会、人生等崭新内容取得的光辉成就。

曾平澜、高孤雁之后，出现了一个更为激进的壮族革命青年诗人韦杰三（1903—1926年）。他13岁时开始阅读当时传播新思想的《少年》《学生》等杂志，对文学产生浓厚兴趣，深受新文化思想的影响。后到广州、南京、上海等地求学，先后在《少年》《培英》《英光》《民国日报》《广东群报》等10种报刊上发表诗歌、小说、散文、童话、评论、杂文等约150篇。这些作品，从不同角度反映了他追求真理，追求民主与科学，追求个性解放，反对帝国主义，反对封建主义的民主主义革命思想。他1925年考入北京的清华大学，1926年3月18日，在李大钊等人的领导下，北京群众5千余人在天安门广场集会抗议“天津大沽口事件”，在会后游行请愿中，韦杰三不幸中弹身亡，时年23岁。清华大学为这位爱国志士举行了追悼大会并将其作品编印成《韦杰三烈士集》，梁启超先生在扉页上亲笔题词。其生前老师朱自清写了悼文《哀韦杰三君》，该文后收入朱自清的《背影》一书中。韦杰三作为反帝反封建的壮族作家和斗士，载入了我国新民主主义革命和中国现代文学的史册。他的文学创作，以诗歌著称。从思想内容看，都是那个时代的社会生活和革命斗争在他头脑中反映的产物。从艺术形式和表现手法看，是学习、借鉴汉族作家的先进经验，经过自己头脑加工再创作出来的成果。他非常关心民生疾苦，常常在诗中抒发忧国忧民的思想感情。

曾平澜、高孤雁、韦杰三作为壮族现代文学的先驱，他们所创作的文学作品，以鲜明的战斗锋芒出现在中国现代文学史册上，开启了壮族新文学的先河。

2. 用“民族大文化”的眼光审时度势：壮族现代文学在纷飞的战火中呼啸前行

此后，随着中国社会历史和人民革命的急剧发展，热血沸腾的壮族青年纷纷投身革命，在革命战斗中，他们既用枪杆也用笔杆，谱写壮族文学的新篇章。抗日战争和解放战争时期，出现了两个蜚声当时文坛的壮族作家，一个是报告文学作家华山，另一个是小说作家陆地。

华山（1920—1985年），原名杨华山，广西龙州人，早年投身抗日救亡运动，后到解放区。陆地（1918—），原名陈克惠，曾用名陈寒梅，广西扶绥人，1938年投奔延安革命摇篮。他们两人都毕业于延安鲁迅艺术文学院文学系。在“鲁艺”学习期间，他们与汉族及其他民族作家一样，接受马克思主义文艺理论的指导，文学创作水平有明显的提高，文学创作的道路也越走越宽。

这个时期，华山的报告文学以描绘硝烟弥漫的抗日战争和解放战争的军旅生活为主要题材，特别是对东北战场上那种艰苦激烈的战斗情景描写得尤为生动，气势磅礴，震撼人心！其中，《承德撤退》《解放四平街》《英雄的十月》三篇为其代表作。

在《解放四平街》中华山用报告文学作家的大手笔，概括而生动地描写了解放四平街的战争大场面，令人仿佛置身观战的制高点，目睹了我军解放四平街激战时的全貌。《英雄的十月》是华山这个时期最具代表性的优秀报告文学作品。它生动而深刻地报告了波澜壮阔的辽沈战役的宏伟全景。

这几篇作品的写作和发表，标志华山报告文学创作出现的第一次高峰，显示了华山报告文学的独特艺术风格。首先，选择重大题材，讴歌革命战争。其次，既注重新闻性，又增强文学性，把时代性与文学性融为一体。

在新民主主义革命时期，华山以创作报告文学驰名。同时，他也创作过一些小说，中篇《鸡毛信》便是一部脍炙人口、影响深广的优秀作品。作品所描写的海娃送鸡毛信的故事，是全民抗战思想典型化的艺术反映。

陆地的小说创作以《乡间》为起点，那是他“到延安后，在鲁迅艺术文学院学习中的第一篇习作”，也是他“头一遭向文学创作学步的尝试”[②]，是他小说的处女作，由何其芳、严文井推荐，在1942年桂林版的《大公报》上发表。

后来，他相继发表了许多小说，如《参加“八路”来了》《钱》《大家庭》等。之后，陆地创作了中篇小说《生死斗争》。

新民主主义革命时期壮族作家的小说创作有了新的发展，从短篇到中篇小说，是壮族作家借鉴汉族作家及其兄弟民族作家艺术创作经验的结晶，体现了文学的创作和发展有一个生活积累和艺术积累过程的共同规律。壮族作家逐步掌握了这个规律，用“大民族”“大文化”的眼光审时度势，认识到这是时代赋予自己的一种文学创作的使命，因而付诸实践，身体力行，文学创作就有不断的进步和提高。从华山的《鸡毛信》到陆地的《生死斗争》等中篇小说的出现，说明壮族作家艺术创作正向深度和广度发展。他们的初步成功，具有划时代的历史意义。

抗日战争时期，在祖国南疆活跃着一批壮族青年作家，他们创作诗歌、散文、小说、报告文学，抒发强烈的爱国主义思想感情，表现了挽救民族危亡的时代精神。梁宁的《站在郁江岸畔》，潘古的《左江船夫曲》等诗作有鲜明的南疆韵味和浓郁的民族色彩。黄青的《来到祖国的南方》一诗充满了热爱祖国、热爱家乡、热爱民族的深挚感情。蓝鸿恩的《北极星》等散文赋有从黑暗看到光明和希望的象征意义，万里云的《一枝枪》等小说讴歌红军战士为革命壮烈献身的英雄事迹，等等，都无不以铿锵的音响、急骤的旋律，传达了壮族人民和全国广大青年振奋中华民族的心声。

这个时期，令人瞩目的壮族青年电影文学剧作家岑范应运而生。他创作的电影文学剧本《血染孤城》《生与死》等的投拍和放映，为壮族文学创造了新的文学样式，使壮族文学的品种趋于完善，为20世纪上半叶的壮族文学增添了辉煌。

民族主体意识的觉醒：壮族文学迎来阳光明媚的春天

1. 自觉把审美眼光投向发奋进取的民族怀抱

50年代初期，壮族被确认为中华民族中人口最多的少数民族，是壮族民族意识觉醒的时期，也是壮族作家民族审美意识觉醒的时期。随着民族意识和民族审美意识的觉醒，壮族文学中的审美品位发生了巨大的嬗变，有了长足的进步和发展。

如果说，20世纪上半叶壮族作家由于未被确认自己的民族成分，又受时代风潮的激荡，离开故土，投身如火如荼的人民革命战争，尚无暇顾及本民族的苦难处境，把审美视野投向急剧变化的神州大地的话，那么，到20世纪下半叶的前期，他们凯旋之后，便自觉地把审美眼光投向从黑暗走向光明的祖国南疆的广大沃土和勤劳勇敢、发奋进取的壮族同胞。这个时期，壮族优良的传统文化、悠久的社会历史和斑斓的现实生活奔到壮族作家们的笔端，摄入他们的审美视野，成为他们取之不尽、用之不竭的文学创作的源泉。老作家陆地创作的《美丽的南方》是第一部描写壮族人民生活的长篇小说，也是广西以及壮族文学史上出现的第一部长篇小说，作品刻画了一个原来被称为“闷葫芦”，在土改运动中经受民主改革风暴洗礼而觉醒的壮族农民典型形象韦廷忠，他是第一个在壮族文学史上耸立的民族艺术典型。在他周围，还有韦大嫂、苏嫂、赵三伯、农则丰、马仔、银英等一批有血有肉的人物形象。作品以祖国南疆的一个壮族山乡为背景，生动地描绘了南方的美丽景物和壮族人民丰富多彩的生活场景，不愧为一幅壮族地区风土人情的绚丽画卷，以鲜明的地方色彩和浓郁的民族特色赢得广大读者的青睐。后来，陆地又创作了鸿篇巨著百多万字的多卷长篇小说《瀑布》(第一部《长夜》，第二部《黎明》)，又为壮族文学史树立了一座高耸的里程碑。作品以一位壮族人民的优秀儿子韦步平从《长夜》到《黎明》，在斗争中锻炼成长为主线，反映了本世纪初叶到20年代初期壮族聚居的桂西地区的现实生活和革命斗争，以及在这一历史阶段中各种代表人物的复杂关系。整部作品构思宏伟，人物众多，线索纷繁，矛盾复杂，场面广阔，故事跌宕多姿，情节引人入胜，线索主次分明，人物性格鲜明，既吸取中国汉族小说传统的艺术构思手法，又体现壮族人民特有的思维方式，准确地反映了那个历史阶段壮族社会的时代特征和壮族人民生活的真实面貌，从而给读者以深刻的思想启迪和崇高的审美享受。

壮族老作家中，李志明和黄青都是戎马倥偬的革命战士。在革命战争时期，他们创作了不少讴歌中华民族“不屈头颅”的战歌；到了建设年代，他们又用民族独特的审美体验抒写人民翻身的喜悦及其建构幸福生活的热情。李志明是一位经过弹雨过滤和二万五千里长征考验战功赫赫的将军，诗集《长征诗草》是他投身革命南征北战的战斗生活的真实记录和艺术概括。诗集《右江红旗》描述了当年壮族地区老革命根据地右江的风云岁月和壮美图景。他的诗作，不仅表现红军战士为人民赴汤蹈火的英雄气概，而且有浓郁的壮乡风味和地方色彩。黄青也是早年参加革命，在血与火的斗争中成长的壮族诗人。解放后，他在身负党政工作的同时，也致力于诗歌创作，而且把壮族人民的革命斗争和社会主义建设作为他创作的主要内容。政治抒情长诗《红河之歌》以浓墨重彩描绘那咆哮奔腾的波涛，滚滚滔滔的红河，成为壮族人民奔放豪情的象征。而红河两岸傲然耸立的崇山峻岭，则是壮族人民坚强不屈性格的形象写照。他的诗作自然形成“你中有我，我中有你”，壮汉诗艺融成一体的独特艺术风格。后来他创作的《欢乐颂》《奔腾的右江》《壮家歌声》《壮山瑶寨》《早晨，我回望红河》等诗大体保持了这种审美风格。

这个时期，影响深远的是壮族文坛升起的诗星韦其麟。他擅长于根据壮族民间传说和故事创作叙事诗，其处女作《玫瑰花的故事》发表时他才18岁。此诗最初刊于《新观察》，以后很快被翻译成英文、日文在国外刊物上转发。这首描写壮族男女青年追求自由爱情后被国王迫害的悲剧故事诗，运用古老的叙事方式，营造浓郁的壮乡诗情氛围，以纯真的情愫和清新的语言而脍炙人口。后来，他在大学学习期间，又创作了叙事长诗《百鸟衣》，在《长江文艺》发表后，被《人民文学》《新华日报》转载，成为当时壮族作家、诗人创作的文学作品中影响最大的一部作品，被评论界认为是少数民族文学的“珍品”。曾被改编为粤剧、壮剧演出。作品描绘的一对勤劳勇敢的壮族青年男女古卡和依俚，反抗封建土司的压迫，追求爱情自由，形象鲜明，给读者留下深刻的印象。此后，在他的创作年谱里，不断增添根据壮族民间传说故事创作的优秀篇章，如《牛佬》《柚子树》《红水河边的传说》《颂歌——记一个壮族老人的话》《歌手》等，很富有民族生活气息。这里还应该提到的是两个壮族诗人莎红和古笛，他们均以抒情短诗创作为特色，多以广西少数民族生活为题材，富有浓郁的民族色彩和山野风味。如莎红的《西山颂》《列宁岩》《山寨诗抄》《红神庙》《侗寨月曲》，古笛的《歌圩五景》《虎刺花》《青山里流出一条红水河》《壮山的路》等，都以轻快、清新、纯净、明朗为独特的艺术风格。

他们诗歌创作的成功和贡献告诉我们：“诗歌的民族性或者说民族特点。民族精神吧，那是永远离不开民族的生活现实和民族历史文化传统的。对当前的民族生活现实深刻感受，对传统的民族文化的继承发展，乃是任何一个具有民族特点、民族精神的诗人所必备的条件。”[③] 他们的诗作艺术地反映了本民族多灾多难的历史生活和丰姿多彩的传统文化。诗的立意和构思又兼有壮族的思维方式和汉族的语言运用的特点，表达壮族诗人自然天籁的审美感受。

2. 以鲜明觉醒的审美笔触描绘姓“壮”的人物画廊

中华民族发展的历史车轮驶进了20世纪下半叶的后期，壮族作家和全国各兄弟民族作家一道迎来了新时期文学创作更加烂漫的春天。这个时期壮族文学的审美感悟以鲜明的觉醒和深沉的思索为特色。作家们睁大了明亮的眼睛，穿越过满目疮痍的精神废墟，以清醒的头脑深深思索民族的历史、命运以及瞬息万变的现实。他们确认人民是创造历史的真正动力，挥笔泼墨为人民树碑立传，讴歌人民创造历史、创造财富的丰功伟绩，展示了新时期赋予的神圣历史使命感和精神生命力。

这个时期，步入中年的诗人韦其麟经过坎坷的人生旅途之后迎来了文学创作的自主期。他从容地进行自我选择，充分展示其聪明才智，自由发展创作个性，创作取得令人瞩目的成绩，形成独特的艺术风格。他把一批以壮族人物形象为主体的叙事长诗奉献给读者，如用民歌形式创作的叙事长诗《凤凰歌》进行修改后出版。这部长诗叙述了一个普通壮族人民的贫苦家庭的不幸遭遇和悲剧命运，塑造了一个我国民主革命时期的壮族巾帼英雄达凤为革命胜利而奉献青春的光辉形象。接着他又出版叙事诗集《寻找太阳的母亲》，收入24首叙事诗作，其中有16首创作于新时期，这些诗作，有的是写现实生活中的故事，而更多的是取材于古老的民间传说，更富有民族的优良文化传统和生活气息。如《寻找太阳的母亲》的故事，取材于壮族古老的神话传说《妈勒访天边》。这个神话传说意在反映壮族先民探索大自然的奥秘。诗人在创作时却寄寓“寻找太阳”，追求光明的崇高理想。诗中塑造了一个没有名字的母亲——寻找太阳的母亲的审美形象。这个母亲历尽艰险，排除万难终于为民族、为人民找到了从“东方跃起的殷红”的太阳。这个母亲是壮族人民百折不挠、坚忍不拔、奋斗不息、英勇献身的伟大民族精神的艺术概括和象征。这种奋进的思想品格和民族精神使这个古老的神话传说焕发了时代的光彩和艺术力量！

随着改革开放的不断深入发展，诗人的诗路也日益拓宽，突破他原来的思维定式，他更广泛地借鉴和运用其他民族先进的创作方法，进行深沉的哲理思考，显示一种睿智悠远的理性之光，诗集《含羞草》、散文诗集《童心集》收入的篇什都具有这些特点，渗透着诗人对社会、对人生、对民族命运的感悟和忧患意识。而诗人的忧患意识代表了社会的渴求、时代的呼唤、历史的沉思、人类的心声、民族的愿望。所以，其沉思的痛苦常常变成巨大的思想力量，变成改革落后现实的力量，并通过作者所刻画的不屈的《群峰》的民族形象表现出来。

韦一凡为这个时期崛起的壮族文坛新秀，他的小说创作，始终把艺术的镜头对准当代社会生活和社会思潮，以积极的态度来反映和显示矛盾和斗争，赞扬新生事物，鞭挞落后思想，有鲜明的时代性和倾向性。他的作品，几乎都是他所处的“自己时代的产儿”。他努力为壮族人民塑像，在壮族文学史上开拓了一个“新的人物”画廊，展示了壮族人民崭新的精神面貌。其中尤以壮族农村妇女和青年描写最为成功：性格善良而坚强，内心世界丰富而复杂，形象平凡而伟大的韦黄氏（《姆姥韦黄氏》）；性格泼辣灼人，立志科学种田的“红棉花”黄玉梅（《她的故事》）；敢于“违俗越规”，挣脱“父母之命，媒妁之言”的枷锁，终于掌握了婚事主动权的韦玉香（《闷妹》）；不屈服于权力的压制，为人民伸张正义，依法断案的年轻庭长吴志华和从懦弱中勇敢站起来向无视法纪的丑恶行为进行坚决斗争的石丽芳（《隔壁官司》）；被誉为能带领壮族农民进行新长征的实干家、青年党员李胜文（《换班》）；靠劳动致富而自费出去旅游、畅游长江三峡的蒙公三（《蒙公三坐船》）等等，都从各个侧面反映了壮族人民迈步在改革开放、实现社会主义现代化的大道上的铿锵足音。这些人物都姓“壮”，都有壮族人民的心理和气质，他们不仅在政治上与各民族人民一律平等，经济上逐步脱离贫困，走向富裕，且成为文学的主人，具有深远的现实意义和历史意义。

而最能体现韦一凡小说创作艺术才华的是其长篇力作《劫波》。他借鉴、运用汉族文学的传统创作方法和审美法规是成功的。小说叙述了一个姓韦的家族两朝三代人的爱恨恩仇的故事，是壮族文化沉淀中普普通通的故事，又是渗入强烈时代意识的令人心尖战栗的故事。说它普通，是因为在“昨天”的壮族人民繁衍生息的地方随处可见；说它令人心尖战栗，是因为作家把艺术的触角抵到壮族传统文化的深层，让读者看到了那些怵目惊心的荒唐无稽的世相！旧社会的白鹤村，为封建的生产关系所统治，封建秩序的乡规族法主宰着族民的一切言行，族长头人羊胡三爷韦万田一手遮天，独霸全族财产，陈腐恶臭的封建宗法观念笼罩着愚昧窒息的村庄。族民韦良山、韦良才、韦满姑不堪忍受这种宗法观念的愚弄，便揭“笔”而起，带头清查羊胡三爷所掌管的“族帐”。这就触犯了老爷的权威，恼羞成怒的羊胡三爷施行阴谋对他们进行迫害，致使他们妻离子散。到了新社会白鹤村，换了主人，韦良山掌握了党政大权，可是，封建宗法族规阴魂不散，极左路线横行，逼得韦家亲人走投无路，濒临绝境。直到新时期的阳光照耀到白鹤村的时候族人才摆脱了宗法族规和极左路线的羁绊，从封闭的穷乡僻巷走向改革、开放的康庄大道。白鹤村的曲折道路是千千万万个壮族村庄历史变迁的真实投影，韦良山等人物的坎坷遭遇是当代社会中千千万万个普通“壮民”悲剧命运的艺术写照。很显然，韦一凡在构思和创作这部长篇时，他是“以自己民族的眼睛观察事物并按下他的印记的”④。唯其如此，这部作品才富有深沉的历史感和强烈的现实感，其思想内容也就比他的其他作品有深度和厚度。也只有如此，他所塑造的主人公在根深蒂固的壮族传统文化土壤上经过“多种杂交”而呱呱落地的“混血儿”的韦良山才以其独特的典型性格卓立于当代文学史册上。

壮族是个开放性很强的民族，壮族作家的文学创作的开放性也是强烈的。许多壮族作家走出“族门”，学习、借鉴“异族”的审美经验，又用自己民族的审美眼光，或反观民族的苦难历史和多舛命运，或吸收“异族”丰富的创作营养，“拿来”“异族”创作素材，经过自己头脑的加工、制作，泼墨为文，这样的作品往往显得审美视野更加开阔，审美意蕴更加丰厚、更加深邃。

黄凤显是80年代中期在北京大学中文系攻读硕士学位（后来又取得了博士学位）期间创作中篇小说《赶山》的。故事发生在80年代中期的广西壮族山寨。当时，中国农村经济体制改革的春风吹醒沉睡多年的壮族人民聚居的山山峁峁。亭辣寨的藤佬、特康和隆三三，盼着早日脱贫致富，冒着“蚀本”的危险，再次爬山越岭，到弄方寨贩牛（壮寨的特产），几经波折，经过岜桑寨等艰险地段，终于把牛赶出了山。作品写的是现在进行式的故事，而由于穿插、补叙了主人公藤佬苦难的童年，贫穷却浪漫的青年生活经历，乃至老年的成熟和辉煌；还由于它巧妙地叙说了公摩赶山神话——藤佬自从懂事起就听阿牙（奶奶）讲的故事，这故事既像神话，又像童话，哺育着藤佬长大成人；这就使作品蕴含了相当深厚的民族文化积淀，让人们窥见壮族人民繁衍生息的文化土壤多么博大深厚！从这个意义上说，它属于寻根文学的范畴。作品中所描画的一座座倔强如牛的山、一群群陡峭如山的牛和一个个如山似牛的人，无不映现了当今的壮家真实的生活环境和坚毅的性格特征。他们立足于这样艰难的环境，却胸怀改变穷山恶水的强烈愿望，而且是通过神话和史诗般的故事深刻地表现出来的。这种艺术构思的方法技巧，并非壮族文学的"土特产"，是作家从"外面""拿来"，为我所用的先进方法。"山"能"赶"吗？回答当然是一个"不"字。但为何作品篇名又叫《赶山》呢？这与壮族古代神话传说有密切联系。"美是道德的象征。"⑤很显然，作者在此对审美对象赋予了新的象征寓意，而且把对这种新象征美的"概念运用到一个感性直观的对象，间接地包含着概念的诸表现"⑥。这样，就使壮民族的理想道德行为规范具有了自己独特的民族传统。作品所蕴含的理想道德象征作为美的本质特征，也就具有了鲜明的民族性。

3. 泛借鉴先进的审美经验，创作"国人"共认的艺术形象

旅京作家苏方学早年离开故土，文学创作也令人注目。他写过歌词、诗歌、散文、报告文学，而以小说创作成就最为显著。他创作的小说，有短篇、中篇，而以长篇影响最大。他的文学创作，视野开阔，题材广泛，艺术手法也多样化，四卷本长篇小说《原子弹四部曲》是其艺术风格的代表力作。这"四部曲"包含《太阳的神庙》《太阳的驿站》《太阳的火伞》《太阳的警钟》四卷。这部135万字的系列长篇小说以其具有史诗性意义的新颖和深刻，举世瞩目。它的出版，标志着这个时期的壮族文学创作出现新的突破、新的超越，达到了新的高峰。这部系列长篇，第一次将科学化为文学，全景式地描述了我国第一颗原子弹研制成功的全过程。作品从国内写到国外，从首都写到边疆，从城市写到乡村；写科技人员对原子弹进行理论研讨和设计，写试验基地的建立，写原子城的建设，写原子弹的发射，写科技人员在政治风云中的困厄以及他们酸甜苦辣的爱情和婚姻等，时空跨越度大，线索纷繁交错，构思恢宏，视野开阔，全方位、多侧面、多层次地展示了我国人民和军队在那艰苦卓绝的年代和环境里坚韧的意志和顽强的毅力，讴歌中华民族高度的爱国主义和革命英雄主义精神。作品描写的人物数以百计，从列宁到毛泽东、周恩来、聂

荣臻、陈毅以至赫鲁晓夫等实有的历史人物，从核工程总指挥卢梦笔到各工序的指挥员柳不任、秦川、鲁南、巴特尔、鲁东山，还有物理学家、数学家晏子峰、波克、邓光禾、尚家骥等虚构的艺术形象，都写得有声有色、血肉丰满，足见作者非凡的胆识、勇气以及他驾驭重大题材的能力和艺术才华，应该说，这是壮族作家对壮族文学、对中国当代文学独特而重大的贡献。

在研究20世纪壮族文学的时候，人们当然不会忘记一种新兴的文学样式，那就是在壮族文坛上被称为“后来居上”的戏剧文学。这其中，影响最广泛、最深远的首推歌舞剧《刘三姐》。它能从舞台搬上银幕，是壮族人民和壮族作家集体智慧的艺术结晶。它塑造刘三姐敢于反抗压迫的斗争性格，以歌代言、以歌为斗争武器的聪明才智，是壮族人民理想化身的艺术形象，具有鲜明而浓郁的民族特色。

如果说《刘三姐》纯粹是从历史走向现实、从民间走上银幕的话，那么《甜蜜的事业》等电影文学则是壮族剧作家周民震进行艺术创造而产生的作品。壮族的戏剧文学从民间文学发展到作家文学，向前迈进了一大步，这也是壮族作家借鉴“他民族”文学创作方法和审美经验而取得的成果。周民震曾专攻过喜剧，在这方面他有很深切的体会。他专门研究了鲁迅的文艺思想，分析喜剧大师卓别林·莫里哀、赫尔岑·普希金、别林斯基、车尔尼雪夫斯基等人的喜剧理论，把这些大师的精辟论述和真知灼见作为自己进行喜剧创作的座右铭。“一本正经的教训，即使面面俱到，也往往不及讽刺有力量；规劝大多数人，没有比描绘他们的过失更见效的了。把恶习变成人人的笑柄，对恶习就是重大的打击。”[⑦] 他进而认为：“这种对旧事物的嘲笑和对新生活的欢笑，还得使人赏心悦目，陶冶性情，提高精神境界，满足艺术享受。”[⑧] 基于这种认识，他又从《五朵金花》(中国)、《一主二仆》(俄)、《摘苹果的时候》(朝鲜)、《忠实的朋友》(苏联)、《城市之光》(美)、《他俩和她俩》(中国)等喜剧得到启发，广泛学习和借鉴这些优秀喜剧的成功经验，结合现实生活和自己的感悟，创作了《甜蜜的事业》《真是烦死人》《顾此失彼》《彩色的生活》等喜剧脚本，并搬上银幕，深得读者的喜爱和观众的赞赏。特别是《甜蜜的事业》，和盘托出千百年来埋藏在人们心灵深处的男尊女卑的恶习，并给予辛辣的嘲讽，产生了很好的艺术效果。这种艺术效果就是以“笑”为手段来达到教育人、提高人的思想认识水平的目的。在中华民族文学的范围内，各民族的文学都有自己的民族审美特征，但各民族又有共同的审美特征，这就是美的独特性和普遍性。而在优秀的民族文学作品中，这两者往往是互相渗透、互相补充、互相依存，共同发展的。《甜蜜的事业》描写的是江南地区某糖厂和蔗农几个家庭因计划生育问题而发生的一系列误会、矛盾和冲突，但“它所描绘的世界就不能专属某一特殊民族，而是要使这一特殊民族和它的……事迹能深刻得反映出一般人类的东西”⑨。它反映了中华民族面临的计划生育等“国策”问题，反映了中华“全民”的共同心态和审美情趣，因而得到“国人”的一致认同和普遍赞赏，成为“国人”共同的思想文化财富。

总之，壮族文学蓬勃的发展，是由于壮族作家扩宽了民族审美的视野，他们广泛地接触、研习、吸收、借鉴了先进民族（特别是汉族老大哥）以及其他兄弟民族文化的营养，甚至外国的先进经验和手法，用“拿来主义”的办法，把有用的东西统统“拿来”为我所用。因此，纵观这半个世纪的壮族文学，不论是题材、主题，还是技巧、手法，都有了前所未有的突破和超越。壮族作家的创作，或立足于本乡本土本民族的生活基础，或冲破本民族生活题材的局限；或者表现本民族的追求和愿望，或反映“全民族”的理想和奋斗目标。但不管壮族作家们用什么方法创作，写怎样题材的作品，其艺术构思过程中都注入了本民族独特的思维方式和审美情趣，都或隐或显地流露出姓“壮”的某些思想本质和民族审美特点，使民族性和开放性有机结合，把壮族文学的民族审美推上较高的层次，为中国文学的发展和繁荣做出了独特的贡献。

| 注释 |

① 杨赠章:《缅怀先烈，忆“4·12”事变国民党在南宁大屠杀》，见《广西文史资料选辑》第7辑。

② 陆地:《〈故人〉题记》，见小说选集《故人》，广西人民出版社，1979。

③ 黄勇刹:《山河声浪·序》，漓江出版社，1984。

④《别林斯基论文学》，新文艺出版社，1958，第76—77页。

⑤⑥ 康德:《判断力批判》，商务印书馆，1964，第200—201页。

⑦⑧ 莫里哀语，转引自周民震文:《把恶习变成人人的笑柄》，《电影艺术》1980年第12期。

⑨ 黑格尔:《美学》第3卷（下），第124页。

中国诗歌的几个热点及广西的对应

——在广西青年诗会上的发言（节选）

刘　春

70后、中间代、下半身

曾经，在一些诗人和评论家那里，“70后”诗人是“下半身诗人”（以写口语诗为主的部分诗人）的代名词，或者只是几个“知识分子写作后备军”，随着这一代人的整体亮相，现在，这些观念在事实面前悄然改变。“70后”是一个统称，指的是所有70年代出生的诗人，就像一个大菜园，只要是园子里的东西，都是蔬菜。不用说，单从命名上来说，这种大杂烩似的命名十分不科学，但从另外的角度看，这个称谓也有其存在的意义和必然性。它至少表明了年轻一代诗人渴望崛起、希望在

作者简介

刘春（1974—），生于广西荔浦，1990年开始发表作品。2008年加入中国作家协会。著有诗集《忧伤的月亮》《幸福像花儿开放》《广西当代作家丛书·刘春卷》，诗歌研究专著《从一首诗开始》《朦胧诗以后：1986—2007中国诗坛地图》《一个人的诗歌史》，随笔集《或明或暗的关系》《让时间说话》《文坛边》等。作品入选《中国诗歌选》《中国新诗年鉴》等百余种选本。曾获首届华文青年诗人奖、第四届和第六届广西文艺创作铜鼓奖。

作品信息

《南方文坛》2002年第5期。

众声喧哗的诗坛上发出自己的声音。近两年，由于大量与“70后”有关的民间刊物的出现和“70后”诗人的创作成绩，许多公开的文学刊物也逐渐接受了这个称呼和这个团体，开辟了专门的版面甚至是整本刊物用来发表“70后”诗人的作品，福建海风出版社还出版了一本《70后诗人诗选》，推出了全国百余个70年代出生的诗人的作品。实际上70年代出生的诗人远远不止这些。

总的看来，“70后”诗人的不少作品也具有相当高的审美层次，其中少数诗人和作品的优秀在文坛上已有定论，比如孙磊、蒋浩、朵渔等等。这一代诗人也在各个方向进行了探索。不过这一代诗人的写作在不断地成熟中，新人冒得也快，“各领风骚三五月”，所以，当时被认为是代表作的作品到了半年一年以后，也许已不再如一两年前那么意义重大，当时的“70后”活跃分子，也许一两年后已经掉队甚至停笔，而另一些并不冒尖的诗人却脱颖而出，备受瞩目。因此，对于正在成长中的诗人来说，不宜过早地给他们下结论，最后的结论应该由时间来作。

广西也有一批在国内排得上号的“70后”诗人，他们的创作各有特点，比如虫儿、胡子博、花枪、黄芳等人，在近年都比较活跃。还有更多的诗人暂时还未受到关注，比如陈代云、甘谷列、谢夷姗等人，都有相当的素质，我坚信有朝一日，他们会走出来。在这一代诗人中，虫儿是突出的代表。虫儿以前的诗无论在语言上还是在内涵上“装备”都很传统，这几年鸟枪换炮，杀出了一条血路，在一些有影响的刊物上发表了作品。我担忧的是虫儿的写作的后劲的问题，套用鲁迅先生的话说：写诗的人多了，淘汰得也就快。我一直认为写作是需要准备的，不管是知识上还是在经验上。

“中间代”是最近半年来才突然冒出来但迅速受到关注的一个名词，是广东诗人黄礼孩和福建诗人安琪命名的，他们在2001年下半年出版了一本厚重漂亮的《中间代诗选》。现在看来，“中间代”的受到关注除了这一拨诗人本身具有的实力和历史的必然性外，福建诗人安琪也功不可没，正因为她对诗歌的巨大热情和活动能力，国内许多诗人和评论家都在一些重要刊物为“中间代”撰写了文章。

和“70后”一样，“中间代”也是一个菜园，安琪给“中间代”的定位是：凡是60年代出生的在80年代没有获得名声的诗人都在此列，而在80年代成名的“第三代”诗人因为当年已经成名，则不是“中间代”。这个定位得到了一些评论家和大学中文系教授的支持，因为在当代文学的诗歌教学中，一般老师只教到80年代中期，即第三代诗人，然后就断裂了，不知道教什么内容。“中间代”的提出，给了他们一个提醒，也给了他们一个方向。文学史就是这样，要作家成群结队才好叙述，单个的很容易被忽略。所以，“中间代”诗人以前都是“单干”，让研究者和大学教授无从下手，安琪和黄礼孩做了一件好事，现在，有些高校老师已把《中间代诗选》带到课堂了。

“中间代”的命名和定位也遭到了一些批评，有人说它笼统，过于强调整体而忽视了诗人的个性；还有人提出，某些60年代出生的诗人，本来就是90年代才开始写诗，而且素质一般，与那些80年代写诗但当时不受重视的实力诗人完全不同，但这些诗人也被列入“中间代”阵营中，显得有些滑稽。更多的批评是对以出生年代来命名一个写作群体进行质疑。以上三种意见同样适用于对“70后”诗人的批评。还有一种批评来自50年代出生80年代开始写诗但又不是“第三代”的诗人。这些诗人既不是朦胧诗派，又不是“第三代”，还不是“中间代”，更不可能是“70后”，那么他们不是从诗坛“蒸发”了吗？可以说，这些批评都具有一定的道理，有什么命名是天衣无缝的呢？没有。你提出“朦胧诗”，我则说舒婷的诗根本不“朦胧”，怎么能够当“朦胧诗”的代表诗人？因此，我们更应该看到的是“中间代”存在的合理性而不必在琐屑的事情上花时间。

广西自然也有“中间代”。《中间代诗选》也有非亚的作品。广西的少数几个“中间代”还具有较强的实力，比如盘妙彬，如果说以前他还是一种外在的歌唱，那么这几年的诗就是一种说话，和自己的灵魂说话。这是两个层面上的东西。比如非亚，90年代初他的作品还有些严谨、有些“做”，近期变得大方、随意、自然，得到了越来越多的好评。

与“70后”“中间代”只在文学刊物上热闹不同，“下半身”还登上了不少流行杂志，比如《新周刊》《母语》等等。这让“下半身”在爆得大名的同时也遭到了一些读者的误解，以为他们只写“黄色诗歌”。因此，“下半身诗人”的诗歌受到的批评比得到的赞扬要多得多，许多人一看见“下半身”诗歌里的某一个字眼就本能地厌恶他们的写作。他们没有注意到，“下半身诗人”大多各有特点，他们的作品也一直在调整着、变化着，许多批评者没读或者只读过他们的一两首作品就指责他们堕落，还有的人专门挑那些质量比较一般的诗歌来批评，以证明这个群体是乌合之众，而忽视了他们也写出不少好作品这一事实。在我的印象中，“下半身诗人”的目标不单是人体“下半身”，他们更多的是一种立场、一种反叛、一种对优雅诗风的“拨乱反正”，当然，在把握不住的时候，他们的写作有可能“矫枉过正”，这是引起批评的原因之一。我欣赏的更多的是他们的勇气，他们的断裂精神。

去年，虫儿拿了几首朱山坡，也就是北流的龙琨的诗歌给我看，我读后很惊讶，第一个感觉就是，我们广西也有“下半身”，而且玩得不比北京的“下半身”差。那种现实尖锐的切入、那种刁钻和凶狠，丰富了广西诗歌的写作。现在，可以说，我们广西诗人的风格是丰富多彩的，国内无论哪一种写作倾向都可以在这片土地上找到回应，所以，我们没有任何必要妄自菲薄。

当然，也不是说我们可以非常乐观地面对21世纪，我们所遭遇的问题与优势同样突出。有一些诗人起步较早，也具有一些地方性的影响，但或者是由于生活拖累，或者是由于准备上的原因，而很令人遗憾地停下笔来。如果“中间代”的菡子和“70后”的戈鱼生活在城市、衣食不愁，他们在诗坛上的影响早就不止今天这个范围了。要是另一些人当年能够多读几年书，文化底子垫厚一些，他们也不至于写到一定的程度就停步不前。我粗粗统计了一下，广西诗人的文化水平偏低，这是妨碍他们向更高目标冲刺的绊脚石——句式都造不来几个，怎么丰富你的写作？一些诗人的作品单调、平面，有想法却无法完美表达，书读得少了。还有一些诗人就像被沈浩波在衡山诗会上批评的巫昂，天分不错，却太散漫，不把诗歌创作当作一种追求，想写就写，不想写就不写，也不读书。这样的诗人很可惜，我们知道，一篇精品往往是一百篇赝品里淘出来的，而且，写到一定的高度之后，遇到的阻力会越来越大，不主动地做准备，而寄希望于天才和灵感，这样的写作既不可靠，也不可能往更深处挖掘。

公开刊物和民间刊物

民间刊物的出现无疑是中国现代主义诗歌发展源流中的一大现象。从70年代末期开始，民刊数量之多，流传之广，无可估量。特别是进入90年代，“民刊运动”更是风起云涌，全国每一个省市都有大量民刊的出现。

在公开刊物与民间刊物的关系上，不同的人有不同的看法。前段时间，作家田柯主持的“新生代文学网”给我做了一个“本期推荐”，发了我十余首诗和简介，“作者简介”中有“在公开刊物和少量民间刊物上发表诗歌作品”等字句。一个搞小说的朋友觉得奇怪：“你在知名的公开刊物发过那么多东西，为什么还要列出个‘少量民间刊物’呢?”我回答说：“事实上，某些民间刊物的质量比大部分公开刊物只高不低。”朋友的话至少包含了以下两层含义：第一，公开刊物是国家正规部门主办的，可信度高，民间刊物是个人办的，有一期没一期，形不成气候，而且水准普遍较低，是自我娱乐。因此，既然你已经在不少公开刊物发过东西了，就没必要再提民间刊物。第二，公开刊物和民间刊物是对立面，有你没我，有我没你，既然你“选择”了公开刊物发表你的作品，那么就必须和“民间”保持距离，反之亦然。似乎两者是“不是你死就是我亡”的敌我关系。

我并不欣赏这样的态度，我认为在一个好刊物发表一篇作品胜过在一般的刊物发十篇。而“好刊物”是不分公开和民间的。现在诗坛上有这么一种风气：“官方诗人”对民刊持一种本能的歧视（至少表面上是如此），而民间诗人对公开刊物亦很“感冒”，却忽视了两种刊物中都存在着大量的赝品这一事实。对“官方诗人”我无话可说，因为他们高贵，说了他们也不会听。在这里我只想提醒那些距离我近一些的认为“公开刊物是狗屎”的民间诗人：是不是因为民间刊物是诗人自己掏钱办的即使办得再差也可以受到原谅呢？可十年来，我们看到多少民刊打着诗歌的招牌对一些文学爱好者坑蒙拐骗啊！当然，我们绝对有权利对办得不合自己的审美观念的所有刊物都嗤之以鼻，不管它是公开还是民间。但这只能说是个人的性格喜恶而已，与别人办刊物有什么关系呢？有人宣称一辈子不在正规刊物上发表诗歌，也有的人一听说“民间”两个字就汗毛直竖，那是他们的自由，如果真能坚持自己的观念到老到死，这个人的性格值得佩服，但我至今还没有遇到过这样的人。我曾经问一个在文章中将《诗刊》和《人民文学》贬得一文不值的诗人为什么要那样，他回答说：谁让他们一直不采用我的投稿！至于自诩“民间”的诗人千方百计地往公开刊物上靠，成为“公开诗人”后反过来踩一脚民间的事情我们见得还少吗！

广西已经没有了公开发行的文学刊物。《漓江》停刊了，《广西文学》和《南方文学》《金田》等改版了，诗歌爱好者失去了发表诗歌的阵地。不要小看这些不大知名的省市级刊物，几乎没有哪个诗人和作家不是在这些小刊物的帮助下成长起来的。阵地的消失，使一些本来比较有发展前途的诗人延长了跋涉的道路，也有可能使诗歌创作人才面临断代的危险。虽然外省还有不少刊物可以发表诗歌，但让一个初学者过早地和全国的大小诗人争夺那块小小的土地，结果如何不难想象。而90年代以来，广西的诗歌民刊一直是全国浩浩荡荡的“民刊合唱团”的重要成员，《扬子鳄》《自行车》《漆》刊诗都在国内有一定的影响，在我所接触到的上百种民刊中，广西的这三份刊物除了印刷质量稍逊于《诗文本》《诗参考》等民刊，在作品质量上完全可以与所有的民刊抗衡。更为难得的是，这几份民刊在对稿件的选择上都比较严格，不是为了娱乐，更不是为了满足主办者的发表欲望——实际上，这几种民刊的负责人也是广西在国内公开刊物上发表作品最多的诗人，不办刊物，他们会有更充足的写作时间，但他们将办刊当作了自己生命的一部分，也是自己与外界交流的一个渠道。几份民刊的存在，使90年代以来的现代诗在广西具有了深厚的成长土壤，也使外界进一步了解了广西诗人的创作和诗歌发展状况。

爱与暧昧：当前诗歌两个“好”的概念

面对某些作品——比如顾城的诗歌、盘妙彬的诗歌——人们习惯于说“好”，或者说“我被打动了”，以表示对这些作品的认同。我并不认为这样的行为是肤浅而不负责任，相反，“打动读者”，应该是一篇文学作品的最高追求，是一个作家的荣耀。作家之所以值得尊敬，正是因为他写下的文字，源自内心对自己的要求，写值得写的东西，记下那些感动过自己因而也许能引起人们共鸣的思想。而打动人心的东西，必定是以深沉的爱为根基的。因此，衡量一篇文章的好坏，应当首先看这篇文章是否存在“爱”。当然，这种爱不仅是人与人之间的爱与关怀，更是人与世界、个体与环境之间的相依相靠、相生相应的关系。

爱与悲悯是紧密相连的，一部优秀的文学作品，除了爱，还应该灌注对人类的悲悯之情，这种悲悯不是一时一地的小忧伤、小关注，而是隐含在日常中的热情，以及博大的、近于宗教般的虔诚情怀。刚刚入选中学语文教材的海子作品《面朝大海，春暖花开》完美地体现了这一品质，因为我们看到的就是那份发自内心的广博的爱与悲悯！它是人性的善的体现，需要以人的真和美作底蕴。正如里尔克所说的“以人去爱人：这也许是给予我们的最艰难、最重大的事，是最后的试验与考试，是最高的工作，别的工作都不过是为此而做的准备。”

一个受人敬重的作家，其人生道路可能有过艰辛的跋涉，但只要他还在爱着，天堂就会为他敞开。生活让他痛苦，而爱坚强了他的意志。像帕斯捷尔纳克的小说《日瓦戈医生》里的一个细节：雪野苍茫，作家在奋笔疾书，小屋四周群狼嚎叫，作家仍不愿意让自己的诗篇中出现杂音，因为对恶的屈服将会取消一个有良知的作家提笔创作的意义。令人肃然起敬的是，小说中的这一形象，正好是作者帕斯捷尔纳克在生活中的真实反映，由此我们看到了一个作家与其作品从内到外的完美融合。我们还可以从艾略特的两部传世诗篇《荒原》和《四个四重奏》中找到脉络，从对“荒原”般的人世的披露中回归到宗教的神圣光辉的沐浴下，正是爱与悲悯的力量，因为宗教的一大特点，就是博爱。可以说，真正的作家不是一时一地的，他的写作，就是向世界说出他的爱，这才是真正意义上的“在地球上放号”。这与那些写民族风格、写具体事件的诗篇并不构成矛盾，因为人性是相通的，爱是相通的，“民族的也是世界的”，优秀的作品能让不同种族、不同肤色的读者体味到它的深刻内涵。

这一取向的诗歌因为符合了大部分读者的审美心理，因而得到了广泛的接受，占据了公开刊物的主流。而下面要提到的这一脉，则更多存在于民刊和境外的中文诗歌刊物中。

常规意义上的“爱”由“真”“善”“美”构成，但“爱”的更高层次，不是“更真”“更善”“更美”，任何一种事物都有其极限，“增一分则太白”，彻底的真，就等于大白话；无原则的善，善的意义就会消损，就像20年前“万元户”罕见而引人注目，而今则多如牛毛，见惯不怪了；而美到极点情况又会如何？除了“媚”，近于妖，我想象不出其他模样。“爱”的更高层次是“暧昧”。“暧昧”在这里并不含贬义，而是一个中性词。之所以暧昧，不是有意的遮掩，而是因为有的话不需明说，或者不便明说，但你细思之后能够感悟得到其中的深意。如果说“爱”的作品给你幸福、让你温暖，那么“暧昧”的作品则让你疼痛、激你反省。而疼痛与反省，正是一个本真的人的必须，人之所以为“人”就是看他是否有反思的勇气和精神。从这一意义上说，不懂得独立思考的人就是残疾人。“暧昧”的作品的巨大活力在于它能让一个人更清晰地看到自己的内心，明白自己的悔、爱和需要。这种“暧昧”体现在文体建设中，表现为有意为之的遮遮掩掩、欲说还休、言不尽意、顾左右而言其他……赋予了作品在文体上的另一种魅力。

福克纳在一次演讲中说道：“当今从事文学的男女青年已把人类内心冲突的问题遗忘了。然而，唯有这颗自我挣扎和冲突的心，才能产生杰出的作品，才值得为之痛苦和触动。”相较之下，更多的作家是麻木的，他们不敢直面现实，不敢拷问自己的灵魂。我想，许多作品特别是诗歌在今天不受欢迎，在很大程度上与诗人作家们“躲进小楼（象牙塔）成一统”，远离生活和灵魂的“现场”有关。基于此，我比较尊敬北岛、西川、孟浪、欧阳江河、王家新等诗人的创作，他们有对自由言说的追求，他们是有思想的人，不像当今的许多诗人，浑浑噩噩，无所事事。评论家谢有顺虽然不大喜欢上面提到的某些诗人，但我觉得他的评论写作在内在是与那些诗人的写作相通的，一种血性、一种良知、一种反思、一种担当。如果谢有顺的写作缺少了这一点，他得到的尊敬将会减少一大半。我来开会的前一天，《南方文坛》

主编张燕玲女士给我打电话，建议我们讨论一下较为深入的问题，比如“写作的精神资源问题”。我觉得，我上面说到的这两种“好”的方式，已经比较含蓄地提到了这一点，前者自然，无功利性，这样的诗人广西有不少；后者沉重，带有一些诗歌之外的东西，这样的写作需要勇气和良知，也需要更深厚的文学功底。这一类诗人，广西基本没有。当然，也会有人讥讽他们想得太多，活得太累。这是一块银币的两面。理想不同，追求不同，自然不能强求观点的一致了。

需要指出的是，上面说的这两种“好”，不仅是针对内容而言，即“说什么”；也是针对形式而言的，即“怎么说”。特别是“暧昧”的诗歌更需注重这两方面的融会。当前，一些诗人常把诗歌写作简单化，比如口语写作是一条路子，而某些口语诗作者一不小心就会把本来是极端精密体贴的文学写作概念化。1991年我在四川时和一些比较有名气的诗人聚会，当时我刚学写诗，他们就教我在诗中多用动词，少用形容词。我于是试着写了一些。渐渐地，我发现事情并没那么简单——如果你本来水平还没有达到某个层次，那么并不会因为你在诗中少用了形容词而变得优秀起来。一首出色的诗歌并不排斥所有的词，各种词性有各种功能，各种词汇的不同组合造成了语句中的“气”，造成了语义间的互证、互否、悖论、延绵、递进……现代汉语的功能与魅力尽显于此，我们实在没有必要人为地去摘掉某一种词汇、添加另一种词汇。仅仅用动词和名词能不能写出一首好诗呢？当然也能，但这只是通向诗歌这个“罗马城”的道路中的一种，还有其他的道路。至于选择哪一条道路，在形式上采取哪一种表达方式，在创作思想上基于什么样的立场，则是作者经过长时间的实验和实践而得来的，而且与作者的气质、文化层次与人生阅历等方面密切相关。

网络诗歌和网络上的诗歌

网络诗歌指的是网络上的所有可以称为“诗”的文学作品，还是只是定位于“在网络上首发的诗歌”？抑或它已经具备以往的诗歌作品从未有过有的其他一些特征？可是，有这么一种诗歌吗？如果有，这种界定是基于它的与传统媒体上发表的诗歌是具有形式上的区别还是风格上的？说一句不那么谦虚的话，我接触网络的时间也不算短了，在互联网上发表的诗歌作品的数量连自己也数不清有多少，一些出版社即将出版的网络诗歌选本也有我的部分作品，可是，这些作品算是网络诗歌吗？它们此前都在传统文学刊物上发表过呀！难道被弄到网上，换了一个时髦名字就变成另一种东西了？现在在网上发表诗歌作品的诗人有很大一部分和我一样，原本就是“传统诗人”，他们的作品时常见于各种纸质印刷品上，而且他们在网上发表的诗歌和在纸质印刷品上发表的诗歌没有任何不同，这些诗人难道就是所谓的“网络诗人”？“网络诗歌”和“传统诗歌”换汤不换药，再提出这一概念不是明显地“吃饱了没事干”吗？因为弄不清楚这个概念，所以2008年8月“衡山诗会”开幕前一天，主持人孙磊找到我，希望我作一个关于网络诗歌的专题发言，我谢绝了——对于一种你搞不懂或本来就不存在的东西，你能说出所以然吗？

在我看来，作为一种形式的“网络诗歌”并不存在，网络上的诗歌写作与我们在没有互联网时的诗歌写作没有什么不同。要研究网络上的诗歌，侧重点不是诗歌，而是网络，诗歌在网络上存在，所沾染上的互联网的一些重要特性倒是值得注意的。因此退一步说，即使我们假定有那么一种叫作“网络诗歌”的东西，那么它与传统诗歌的区别不在于创作手法和内涵/价值取向，而在于它的生存环境的好坏、发表的难易、受众的多寡、传播的速度快慢等方面。因此严格地说，通常人们所说的“网络诗歌”，不如改称为“网络上的诗歌”，诗歌的质地没变、形式没变，而承载的媒体变了，交流的方式变了。

值得注意的是，网络对诗歌的介入导致的一些副作用。作为一种在飞速旋转着的时代下的产物，诗歌搬到网络上之后不可避免地具有这个时代的共同弊病——对反映心灵的事物的浮光掠影式的接触，以浮光掠影的印象发出浮光掠影的感受，并自以为新潮、“跟得上时代的步伐”。曾经的深入、细致、尽职的阅读和讨论越来越罕见。而“发表”的容易将使人忧虑：网络的出现会不会使一些诗歌更快地滑向非诗？目前，人气越旺、越著名的诗歌网站，这样的作品就越多，并由此产生了“拉帮结派式写作”“追风赶潮式写作”“自以为是式写作”。这几种写作对于真正的诗歌写作而言，其弊端不言自明。

广西上网的诗人越来越多，网络承担的信息交流作用是其他媒体所不能比拟的，远的不说，就说这次诗会也受益于网络不少，通知、邀请诗人名单、日程，以及两次改动报到地点等等，都是在网络上完成的。我们广西诗人创办的诗歌网站也在国内占有一席之地，比如“扬子鳄”，创办于2000年7月，属于国内较早创办的诗歌论坛之一，目前在国内是人气最旺的诗歌论坛之一，包括《南方周末》《南方都市报》等许多传统媒体都介绍过。最近“扬子鳄”扩大了容量，建立了主页，可以想见，它将会引起更多诗人的重视。除了我们时常见到的“扬子鳄”网友外，我还收到过不少国内知名诗人和作家的来信，都说他们常去“扬子鳄论坛”，只是不发帖子而已。另外，由广西诗人建立的“小长老”和“漆诗刊”论坛，也都具有一定的人气。我希望有条件的诗人都上网，贴上自己的新作和朋友们交流，同时也可以得到许多和诗歌有关的信息，比如文学刊物和诗歌选本的征稿、免费赠书启事等等。许多民间刊物，相当有价值，想买都买不到，但网上时常有赠送启事，只要你在上面贴上你的地址就行了……

南方的声音

——90年代两广诗人论

陈祖君

一、南方诗歌：钩沉与定位

20世纪90年代是一个喧嚣的时代。在大的语境下，既是“后现代”“后殖民”“后国学”，又是“东方主义”“全球化”“商业化”，一时间“中心”“边缘”“世界”“民族”等名词术语漫天飞扬。而在当代诗坛上，“中年写作”“知识分子写作”“民间写作”“青春期写作”“口语写作”“零度叙事”“边缘写作”“智性写作”“生活流写作”“新状态”“新写实”“激情写作”“影视化写作”“小资情调”“第三代”“第四代”“第×代”“六十年代”“七十年代”“八十年代”“中间代”“女性诗歌”“下半身写作”“身体诗学”“肉体叙事”……可谓是五马六羊，令人眼花缭乱。地处边缘的广东、广西虽免不了受其波动，但终究山高庙远，却也并不总要烧香拜佛、唯新是从，这种不

作者简介

陈祖君（1966—），广西忻城人，壮族，文学博士，南宁师范大学文学院教授，有著作《两岸诗人论》等。

作品信息

《南方文坛》2003年第6期。

敏感、不觉悟的“愚钝”，使一批诗人免受主流话语的干扰，写出了属于自己生命体验的诗。

广州在80年代之后已经成为一个高度商业化的城市，这也意味着它是一个人流拥挤、群雄混杂之所，其诗人群体的构成也就绝非单纯，既有“本土诗人”“南来诗人”（借用香港文界的称呼，亦包括了“东移诗人”与“西移诗人”），也有“体制诗人”“白领诗人”“打工诗人”等，因为远离意识形态中心，每个人所受诗学传统的不同影响，自然而又自由地决定了他的诗歌不同的写作方向，展现了一个多元并存的诗歌景观。而广西虽然情势尚不如人，但90年代的最后几年，也呈现了相似的格局。（客观说来，两广的诗缘并不薄，90年代初，广西诗人杨克加盟广东诗坛，对广东现代诗歌的发展起到了积极的推动作用，安石榴等诗人的东移，也壮大了其诗歌的阵营。而诗人临工也从广东到南宁创办诗报，开展诗歌活动。另外，一些商旅诗人——如蓝衫、无尘等——也常在两广之间穿梭，给两广诗坛带来信息和养分。所以，两广诗歌应是密不可分的一个概念。）

就广东诗坛而言，它并不是人们想象中的不毛之地或“文化沙漠”。自“朦胧诗”崛起之后，就有徐敬亚、王小妮等“南来诗人”的加盟与扶持，而90年代，王小妮、杨克、海上、宋晓贤、王顺健、吕约、黎明鹏、凡斯等诗人都有出色的作品面世，如王小妮的组诗《和爸爸说话》及《失眠以后》《脆弱来得这么快》等内涵、风格与以前迥然不同的作品，杨克的《天河城广场》《1967年的自画像》《电话》《信札》，宋晓贤的《一生》及《零的一生》《万恶的旧社会》等。另外，新生的一代诗人中，尚有安石榴、谢湘南、单小海、符马活、余从、黄礼孩、黄金明、魏克、黎怀骏等一大批诗人。他们主办的诗歌报刊和诗歌网站有《外遇》诗报（安石榴主编）、《诗歌与人》（黄礼孩主编）、《诗江湖》诗刊（符马活主编）及网站、《羿诗刊》（黄金明、吴作歆主编）及网页等。

在创作上，广东诗坛既呈现出与诗坛主流话语背离的“非主流”基调，又呈现出因诗人们“背景”不同、“原生质”不同而造成的多元状态，“新”和“锐”是其最突出的两大特点。“新”就是新题材、新意象——身居中国最开放的省份（尤其是广州、深圳两大城市），这些诗人的作品对世纪末南方都市里行乞、离婚、“三陪”等“分裂的立体声”（王顺健诗句）进行现场写真，酒吧、包厢、电子玩具、广告人、民工兄弟、建筑工地等是常见的意象和场景；“锐”指的是新观念、新语言（及行为）艺术的大胆表露与实验，如凡斯对“工业主义”的批判，王顺健对“公园文化”与“国家收藏”的揶揄和诅咒，安石榴、谢湘南等诗人对“日常诗歌”的试验以及称之为“外遇”的行动（行为艺术）等。

以下是安石榴的《呈现咳嗽》，可见其“外省生活”和诗歌实验的一斑：

在生活中呈现病情
呈现支气管
呈现肺
呈现香烟和酒
呈现感冒和传染

在呈现中孤独
叫喊
沙哑
不安
抑制
退却
消失

在一场酒后
在一场雨后

在一场台风后

在一场谈话后

在一次做梦后

在一次接吻后

在一次遗精后

在一个试探后

在一个打盹后

在一个道歉后

在一个后果

呈现

还需要呈现什么

我咳嗽

严格意义上的广西现代诗歌，应从20世纪80年代的杨克、黄堃、贺小松等一批诗人的作品算起，当时并没有“广西三剑客”，整个广西文坛几乎就是一个广西诗坛。而因为“朦胧诗”的崛起，当时的“南宁会议”显然有其文学史的意义。在诗歌创作上，文化寻根、重创南方民族诗歌的理念和文本，也影响了其他文体的创作。可以说，80年代的广西文学是一个诗歌的时代。

进入90年代之后，对广西现代诗的发展居功甚伟的杨克离开广西到了广州，而另几位当年活跃于诗坛的诗人又几乎停止了诗歌写作，广西诗坛一度萧条，但现代诗的火种在边缘地带并未熄灭。90年代初，杨克、无尘、非亚筹划创办民刊《自行车》诗报，麦子创办《扬子鳄》诗报；90年代中后期，刘春创办《扬子鳄》诗刊（杂志）及网站，非亚、罗池主编《自行车》诗刊（杂志），虫儿、谢夷珊、松子（伍迁）创办《漆》诗刊（杂志）及网站，甘谷列创办《方法》诗报……这些民间诗刊集结了许多90年代的广西青年诗人，其中一些已在中国诗坛引起了广泛的关注，如谭延桐、刘春、非亚、盘妙彬、莫雅平、罗池、朱山坡、刘频、花枪、戈鱼、周承强、黄土路、虫儿、伍迁、谢夷珊、胡子博、麦子、陈琦、贡马、梁亮、大雁、典韦等，不敢说已经酿成了一场现代诗的运动，但90年代现代诗歌在广西的复苏，已是一个事实。

客观说来，或者是因为地理位置、经济发展及民族文化传统的长期熏染，广西诗人的创作，虽然也有对中国都市及乡村的表现，但从总的特点来说，并不似广东诗歌凸显出来的“新”和“锐”，相反却是一种多元并存的局面。既有非亚、罗池、花枪、梁亮等“自行车”诗群的“停止掉头”先锋诗歌实验，又有刘春、虫儿、伍迁、谢夷珊、朱山坡、陈琦等对土地与生活的带有痛感的抒情戏谑；既有“口语写作”“零度叙事”“下半身写作”的尝试，又有对“十四行诗”形式与艺术的探索。尤其值得一提的是谭延桐与盘妙彬的具有哲学意味的一些作品，前者充满了基督徒般的宗教情结，在看似啰唆的对城市日常生活图景的精微刻写中，搏动着老陀思妥耶夫斯基的心；后者则颇有老庄风度，面对边区老山村的风物，竟生出幽渺玄远的诗思。当然，具体到每一位诗人身上，他的创作也都不是“一元”的。比如非亚虽然曾受“他们”的影响，但90年代后期，慢慢探索出了一条属于自己的路子。下边是非亚的《三角形》，他对日常事物的发掘，可谓是到了一种“浑然不觉”的地步：

他手上
有两个三角板
黑板的几根线
是5秒钟以前
画的
他想给那只
淡红的幼蚁证明
从A到C
要比
从A到B

再从

B 到 C

短

大部分人点头

相信

做下笔记

十年前

我跑过一条岔路

也是如此

南方，当然是一个地域性的概念。但它不仅仅是气候、温度，而更关乎气质。历史上我们总爱把长江以南笼统地称为南方，其实我所理解的南方，只是北回归线所穿过的两广、云南、台湾。这并不是一种狭隘的纯地理上的理解，乃是因由一种文学艺术上的独特气质使然。这是一种硬朗的、坚实具体而又向外散射的艺术特质，它是酒神式的慷慨醇烈而远非“江南才情”或“温婉”等词可以概括或掩蔽。譬如刘三姐的山歌，所用的比喻直接而又大胆，所体现的是热烈率直的爱和憎，其中的情感是饱满的、外射的；它总以具体的当下生活事物作为喻象，完美地表现了如正午的太阳般火辣辣的率真感情，似乎是直接取之于生活，经过太阳的炙烤而蒸腾、迸发为具有生命热力和个性品质的艺术。不同于李清照那种深闺式的幽幽怨怨与掩掩藏藏，刘三姐的山歌不是那种需要去“寻寻觅觅”方可深味其意蕴的诗歌，它不是内向（或曰内敛）的，甚至也不是通过七曲八弯的诸手法来“层层暗示”，而是以感性十足的比兴直接处理现实，用具体而硬朗的日常事物直接切入主题，如亚热带的太阳光一样不闪避而又充满力量，这就是典型南方式的精神气质在文体风格上的显现。再如唐代诗人张九龄（广东曲江人）及曹邺、曹唐（均为广西桂林人）的诗，近代“诗界革命”以来黄遵宪（广东梅县人）、康有为（广东南海人）、梁启超（广东新会人）、马君武（广西恭城人）、苏曼殊（广东香山人）、梁漱溟（广西桂林人）、李金发（广东梅县人）、梁宗岱（广东新会人）以及王力、秦似父子（广西博白人）的诗文，那种慷慨激昂、遒劲奇崛而又温雅谨严的气质，都让我们感到了真正的“亚热带热力”。——可以说，自19世纪末的“诗界革命”（黄遵宪、梁启超）到上个世纪20年代的“象征主义”（李金发、梁宗岱），两广诗人的创发，开启和构成了20世纪中国诗歌的新传统。而这些，或许正是《诗经》《离骚》及魏晋风度和灼人的太阳光热综合作用所呈现出来的本色的南方艺术。

广西自古以来就是一个流淌着民间歌谣与传说的多民族省份（地区），壮族的《布洛陀》及瑶族的《密洛陀》等，虽属于“经诗”（教喻诗）或带有“史诗”性质的民间故事的范畴，但读来更像是一部部民间的歌谣与传说。当代的诗人、作家如何去借鉴和继承这样的一个文化传统，在今天诸种文化“冲突平衡”的“多元”格局下显得愈来愈重要。可以说，大凡自觉的诗人、作家，总是在寻找着自己的籍贯，寻找着自己血缘上和地域上的归属并不断调整和定位自己。广西的诗人、作家或可从曹邺采用民间口语、俗俚语入诗，以一种歌谣般的生动诗风在晚唐诗人中独具一格而获得启发。20世纪下半叶以来，韦其麟的《百鸟衣》，杨克的诗歌及东西、鬼子、林白等的小说作品，均体现了一定的南方特征。——而就“南方”的地域气质而言，“槟榔树”时期的纪弦与云南的于坚，无疑是两位具有典型的南方气质的诗人。

在中国，与太阳直接面对面的，就是南方。这种与太阳的贴近，不仅体现在黑亮亮的散发着太阳热力的南方人的皮肤上、如太阳般炙人的眼光上，更体现在因由太阳的直照而酿成的南方人酒一般热烈的气质上。如果可以用“南方精神”这样一个词的话，大海、棕榈树、太阳烤焦的岩石以及木管乐可以作为其内涵。南方的雨期长，山冈及平地遍长草木，一年四季郁郁葱葱。潮湿的气候使树木疯狂地生长，而低洼不平的山地地形似乎更有利于积聚雨水和湿气，以对抗炽热太阳的辐射。所以，即或是在炎热盛夏的亚热带最酷热的正午，那空气也仍然是潮润的，而海风的吹拂更使南方的水气远比内陆充足。可以说，在南方，即便是冬季，你也可以听到草木生长的声音，可以时刻闻到潮湿的树木的香味、花草的香味、湿润的石头被太阳烤晒的那种美妙无比的混合香味。那是一种类似于梦、类似于木管乐的香味和声响——南方的乐器中，诸种用竹木制成的笛子、二胡以及用蛇皮蛙皮制成的鼓、琴，所占数目之多和其声音所带有的那种特有的湿润感，无不美妙地传达了作为一种气质风格的南方。

一句话，太阳、雨、岩石、大海、歌和梦，是南方更具有野性的自然力和硬朗而又顽蛮、强悍的生命诗性——甚至，由于它地处远离权力中心的南疆边陲，它也更少了一些由各个朝代的诸种“中心”所强化出来的种种变异，显得更为生动和真实。南方充满了热力，她在等待着人们来体认和表现。但她绝不仅仅是一个题材范畴，而是一种气质、一种风格、一种力，像歌谣一般朴素却又具有原生质的美。她偏离诸种“中心”，也就偏离了种种形形色色的障蔽，高贵而真实地在边陲现出她本真的面貌。而这片土地在呼唤着一种艺术，一种触摸此时此地的当下生活并散发出诱人气息与慑人的力的艺术，远离抽象的形而上，却逼向生命之梦；具体地指向日常生活，却又收获阳光和雨季。

二、从图腾到广场：杨克

1. 从花山走向花城

作为一种文化意味的花山，它对于杨克的意义甚至超出了他所意识到的。与其说杨克在花山开始了他的写作，毋宁说他在花山培育了他的最初的诗学涵养。或者是前辈诗人的创作曾经对他有过一定的启示，或者是当时风行全国的“寻根”“民族史诗”热潮使然，他的“走向花山”并不只是对于亚热带风物的描绘和庸常诗人所作的那种“风物的刻写”，而是在探索南方边地民族的精神特质中找到了自己的文化定位，即作为一种独特的文化及其精神（包括美学意味上的和文化政治学意味上的）的表现者与阐释者。而杨克对于城市，几乎有着一种先天的敏感，他的诗歌语言正是在对城市日常生活的感悟中觉醒的。早在抒写《就是这河》《红河行》《图腾》《走向花山》的80年代，他就写出了：“袋里有点闲钱的时候 / 便和几个朋友躲进雀巢／慢慢啜饮烛光／坐在对面的女孩子／柔和得像晃来晃去的影子／我们谈些很远很远的事情／很苦也很有味儿”（《咖啡馆：夜的情绪》），“火车提前开走／少女提前成熟／插在生日蜡烛上的蛋糕／提前吹灭／精心策划的谋杀案／白刀子提前进去／红刀子提前出来”（《夏时制》）。

人不能永远活在不可知的历史情境中，即使他曾经在那里得到过深层的启示。杨克在股票、招标、慈善机构、新潮时装、朗诵会、电子游戏、电车、个体户、武打片当中，找回了他称之为“当下状态”的自觉，感受到未来的召唤，从“血的礼赞”“火的膜拜”走到咖啡馆。他有一首诗的标题就叫《美的转移》（1984）：“今天／剽悍与雄奇／不再来自啜饮兽血的山冈／野性的美／也不再簇拥裸足女人嘴里的槟榔／原始成为过去野蛮成为过去／悬棺或铜鼓／只能躲在博物馆里／展示奄奄一息的悲壮。”杨克自述道：“竹、温泉、家园，原有的人文背景变换了，原有的诗的语汇链条也随之断裂。我面对的是杂乱无章的城市符码：玻璃、警察、电话、指数，它们直接，准确，赤裸裸而没有丝毫隐喻，就像今天的月亮，只有一颗荒寂的星球。表达的焦虑让我受到挑战，我朦朦胧胧地意识到，我的诗将触及一些新的精神话题；从此我还将尽可能地运用当代鲜活语汇写作，赋予那些伴随现代文明而诞生的事物以新的意蕴。”①

杨克是在广州成为20世纪90年代中国的城市诗人的。从某种意义上说，花城就是杨克的第二个花山，杨克诗中的花城，是经由他发展了和延伸了的花山。——从20世纪中国特定历史时期的经济、文化地位上看，90年代的广州，就是三四十年代的上海。杨克诗中所表现的这座“浮华、充满活力和欲望的城市”②，到处是“物质的压迫和诱惑，光洁均匀的商品就像一个个靓女，时时在你面前撩起美腿”③，与海派作家笔下的上海不无相似之处。但杨克的意义决不仅止于此，他的诗，并不是那种城市素描般的写生练习，而更是某种特定城市文化的缩影，简言之就是杨克把一种由花山带来的文化忧虑与人文关怀注入了他书写中的城市。《广州》一诗是这样写的：

由北向南，我的人民大道朝天

列车的方向就是命运的方向

纯朴的莫名兴奋的脸

呈现祖国更真实的面容

杨克道：“广州在中国的特殊性，置身其间生存背景、生存环境、生存状态与其他地区的明显差异，决定了我的诗歌不同于他人的特质。”[④] 这种不同于他人的特质，正是由于“我是血的礼赞，我是火的膜拜 / 从野猪凶狠的獠牙上来 / 从雉鸡发抖的羽翎中来 / 从神秘的图腾和饰佩的兽骨上来”(《走向花山》)，因而对“人”的坚守与忧虑，对人类命运的深度敏感，以及由民间史诗所带来的悲悯意识，构成了他的城市诗歌最重要的元素。

2. 城市符码的解读与命名

尽管人类社会发展的城市化趋向越来越明显，而今天的绝大多数诗人都居住在城市里用计算机写作，用电话和网络交际，而且绝大多数的出版媒体都集中在城市里，但商旗林立、钢筋混凝土的现代都市总是与诗歌相见无缘。这其中的根由，主要在于我们的诗歌写作所依凭的，仍是农业时代的美学标准与欣赏口味。——更深的原因则在于，大自然是我们的根，人类的祖先以一种恐惧与崇敬的心理给它们命名，进而寄身于斯。这种命名造就了文明的历史，进而也构成了人类最初的审美及对于自身的确信。如果不从根本上否定旧的审美基础，人和人的艺术就不可能解放。而这种解放，旅途还很遥远。因为人类建造了城市，而人类对于自己生养的孩子从不心存敬畏。杨克企图“通过创作扩展都市符码的意象边界，进行重新言说”，“在许多非天然的审美对象中顿悟生命的灵性”[⑤] 的多层次的诗歌探索，为我们展现了这种努力的意义。

其一，工业社会：

再大的城市，都不是灵魂的
庇护所。飞翔的金属，不是鹰。
钢筋是城市的骨头，水泥
是向四面八方泛滥的肉。
玻璃的边缘透着欺骗的寒冷。

——《真实的风景》

人类的审美和创造所依据的，首先是自己的身体，所以用骨与肉来比附这个强大的城市，用身体的感觉来判断事物的道德，所以会对天空中所飞翔的不是鹰而失望。这一节诗所表达的是人类对于自身躯体所能到达（或承受）的极限的向往，同时对城市扼杀了这种试探的意义而愤愤不平。再如："火车站是大都市吐故纳新的胃／广场就是它巨大的溃疡／出口处如同下水道，鱼龙混杂向外排泄／而那么多好人，米粒一样朴实健康"（《火车站》），对物象和行为的选择都来自人的身体及人之所需——其中把"广场"喻为"溃疡"另有深意。

其二，商业社会：

在商品中散步嘈嘈盈耳
生命本身也是一种消费
无数活动的人形
在光洁均匀的物体表面奔跑

现代伊甸园拜物的
神殿我愿望的安慰之所
聆听福音感谢生活的赐予

我的道路是必由的道路
我由此返回物质回到人类的根
从另一个意义上重新进入人生

——《在商品中散步》

如果说工业社会在全世界尚受到未来主义诗人的高声赞美的话，杨克就是少数歌颂商品社会的诗人之一。但杨克不是去写人类在商业中的利益争斗，而是要写商业怎么使人重新寻找和发现自我。他在书写中，总是企图回到人的原初，回到尚未命名的状态。此诗中没有任何一件具体的商品，只在前后两节的最后一行有用作比喻的“纯银”和“黄金”两个字眼，可见“商品”是一个总称，它的意义与“物体”“物质”是一致的。生命的消费有两个方面，一是自身的损耗，一是享用物品。但世俗商品的获得又岂能安慰心灵的愿望？生活赐予人的或仅是一句忠告，返回物质（以商品来估价、肯定自己，靠物质来保存自己）进而返回人类的根——重新怀疑和定位自己、命名物和物的世界——是“必由的道路”。仅此才能重新进入人生，追求“另一个意义”（彼岸或原初）。

其三，信息社会：

“隔着遥远的时空，你的声音就来了”
一只左手按在纸上，扎心的穿透力
瞬间面对许多无法记忆的东西
诸如语气、语调、有机无机的停顿
甚至你心里杂音的强弱
“不可救药的气息，还有体味”
刹那的疼痛，躲在格子里写作的人
不小心就会被字走露了风声

垃圾

我的周围。你的周围

——“于是你也是。”“于是我也是”

我们被污染。我们接受。而且要说挺好，快活

——《信札》

在杨克的城市文化书写中，长诗《信札》可谓是一个高峰。其意义的细密、声部的营造及局部的精雕慢刻，几乎让最专心的读者也不容易捕捉，同时它更是我们这个时代里探索人的生存、人的交往、人的永恒价值的纯正诗篇。正在写信的人接到一个电话，于是乎感觉、幻想、记忆、虚构、生存状态、价值判断、终极意义的询问……都被唤醒。一高一低的声音分别代表来电话的人与写信者、写信者与自己心里的声音、写信者与他人的声音、与世俗的声音、真理的声音等。现代人的矛盾、犹疑、委琐、冷漠、柔弱、盲从、失落以及些微的坚持，在诗里得到了真实的呈现。——T.S. 艾略特的普鲁弗洛克站在房间外问“我敢吗?”“我敢吗?”，而《信札》里却只是“我怀疑我只是梦游”。另外，电话和信札二者的对比，也颇有寓意，声音的迅速、短暂、变化与容量之丰富（丰富到可以听出体味），文字传达效果的单一及确凿、永久，似乎是在暗示技术的发达，人类愈加无法证明自身。杨克在另一首诗里这样写道：“一次短暂的通话就是终生的相遇。”（《电话》）

3. 广场和十字路口

任何一位诗人、作家身上，都有一种民族—国家情结。这种情结在历代中国诗人、作家身上，常常表征为一种爱恨交加、“既恨又爱”而又欲说还休的情愫。——诗人们之所以在复杂的文本中躲躲藏藏甚至扭曲表露，乃是因为从来就不存在一个作为平常人的国家。而广场在中国就是一个富有意识形态意味的场所，也是城市或国家政治的标志性建筑（甚至空白也是这种权力建筑的一个形态）之一。而在经济时代，广场的作用和意义慢慢起了一些变化，这种变化，预示了随着商业浪潮的发展，社会的权力构成正发生着某种微妙的变化，一个新的时代已经悄然地来临。杨

克在《1967年的自画像》里曾向我们陈述过“狗崽子”的一段历史记忆：绿军装、辩论的词语、贴满大字报的墙、空荡的教室……而在《天河城广场》中，“在商品中漫步”的杨克为我们留下的，则是一幅20世纪末的“中国镜像”。他先提“在我的记忆里，‘广场’ / 从来就是政治集会的地方”，而后对之进行消解：

而溽热多雨的广州，经济植被疯长
这个曾经貌似庄严的词
所命名的只不过是一间挺大的商厦
多层建筑。九点六万平米
进入广场的都是些慵散平和的人
没大出息的人，像我一样
生活惬意或者囊中羞涩
但他（她）的到来不是被动的
渴望与欲念朝着具体的指向
他们眼睛盯着的全是实在的东西
哪怕挑选一枚发夹，也注意细节

“此时”“此地”，是杨克诗所强调的品质，他细心观察着城市在“当下”的变迁，并用这个“此时此地”去解构和颠覆那个由历史堆积而来的“貌似庄严的词”（前引《火车站》一诗亦然）——亦即那转而压制着我们的“记忆”。此诗的最后一节，他把自己所生活的城市延伸到“南方”，以反讽式的延伸，廓清作为边缘的“南方”在社会政治中的概念，进一步消解了它与“广场”的历史维系。

商品社会对政治社会的侵蚀与瓦解，是20世纪90年代中国最重要的人文景观，这是一种利益与权力的争斗，一种世俗向强权的攻占。杨克用作品回答了一些诗歌写作者所谓的“与世界接轨”高论，他说：“一个中国诗人在自己的母语里活着，本身就在世界之中，他每天走在拥挤的人群里，呼吸着周遭熟悉的汗味，目睹世纪末的风云变迁，他同样像普通人那样有冷暖饥饱的切实感受，同样可能遭遇处境的窘迫和精神的屈辱，同样为了命运和天赋权利挣扎奋斗，实在找不到为了‘走向世界’而逃避书写‘中国经验’的借口。”⑥

中国传统（包括20世纪的新文学传统）意义上的诗歌总是与政治有不解之缘，或屈原或陶渊明或嵇康或李白杜甫或郭沫若或艾青等，诗人的作品及人格，最后均因由政治学及文学的双重意义而得以最后定位。书写“中国经验”的杨克，他将会走向何方？是趋归于中国传统的“诗学”，还是持守一种民间的立场？杨克说：“不存在没有立场的写作，凡写作必有立场。立场首先是写作的出发点，然后变成了写作的趋向和深度，以及对写作进行评价的一个尺度。”⑦虽然杨克声言反对传统的政治—社会学立场的写作，反对“意识形态写作”，强调一种给写作带来自由状态的文学立场的写作和民间立场的写作，但他的好些作品正是因为包含了深刻的社会学质素（虽然所取的是一种嘲弄与消解的姿态）而获得了令人震撼的力量。——或者，在中国乃至全世界，根本就不存在完全脱离了社会学的所谓“真正的民间写作”。因为那样的一种“反对”本身，本身就是另外一种弱势的政治—社会学。而且，文化和文化研究，本来就是社会学的一个分支。一个诗人哪怕是最隐私化的写作（譬如书信、日记等），最终也难免被归入文化的范畴，就像是个人独特的写作总会被纳入群体（流派、类型、地区、国家、“第三世界”等）的写作一样。这或许是写作者最终的宿命。

三、思想里的风：谭延桐

1. 天堂与俗世

在这样的一个崇尚即时消费、许多人热衷于扮演自己的时代，谭延桐是那样地显得不合时宜。因为他的诗中形而上的品质，因为那样的一种宗教徒的狂热与虔诚。可以说，中国当代诗坛并不缺少纯粹的诗人，但纯粹到宗教的高度并执着于终极冥想的诗人，可谓少之又少，而谭延桐就是这样的一位充满了宗教感的诗人。他的诗，与“潮流”无关，与我们所熟知的“现实”无关，每一个词、每一个场景都超越表面的意义和镜像指向原初，指向终极。“只有一个字母是大写的，那就是‘上帝’。所有的字母都在上帝的统领之下。”他写道：“无边的风月，尽在词里。无论是上帝造的词，还是上帝创造的词的投影。”⑧ 他的诗里总有着那么多的质问，对时间、对空间、对有形或无形的事体。这种质问的企图，并不是一般意义上的现实批判，而是要揭开存在的屏障，刻画出现代人生存的无根状态。

拐弯处的陷阱，怎样吞没了
我们的
热血；铺天盖地的阴影
如何窒息了我们的年轮；地
狱之门
和天堂之门的距离究竟有多
远；为什么
我们忙来忙去只是为了一个
简单的提问
——时间并没有闪烁其词，
并没有
打断我们的辩解和争论
只是——我们，在自制的旋
风中
越升越高，割断了自己的根
两眼茫茫，彻底变成了没有
形状的云

——《时间在讲述着命运》

诗人思考着：“一万年前和一万年后究竟有什么区别／时间究竟又是什么东西？／风，走一步想一步／想一步走一步，遇见了雨……”（《思想里的风》）——在这里，“雨”是一个耐人寻味的意象，它似乎不是一种必然的报偿，而是魔鬼撒旦的“美丽的诱惑”。人的历史，就是思想的历史，而人的思想总是会在一个又一个小小的“胜利”面前逗留，所以一个又一个带着血腥气的“热浪”就在思想的长河中涌动和倒腾，俨然它就是“思想”本身，就是神的创世纪。但诗人所做的，便是剖开流行的“热浪”的假面，到达“人子”原初的虔敬与尊严，通过思想还原而回归到最初的敞开。

海德格尔说：“世界黑夜的时代是贫困的时代，因为它一味地变得更加贫困。它已经变得如此贫困，以至于它不再能察觉到上帝之缺席本身了。”因此他认为在这样的贫困时代里，真正的诗人的本质在于“吟唱着去摸索远逝诸神之踪迹”，在于对贫困的存在的诗意追问。摸索、追问，在一个苍白、混乱的时代，它不可避免地和对事物的重新命名连在一起。“你说，要爱你的仇人／我没有仇人，基督／芸芸众生都是我的朋友，包括／那把砍伤我的大刀和那块砸伤我的石头／真的，他们都是我的朋友，基督／/……世界上有一种恨闪烁着爱的光辉／他是恨我非人呵，基督／下地狱才能炼成人”（《和基督对话》）。在谭延桐的诗里，不独爱、恨，美、丑，庄严、嫉妒，季节、种子，液体、固体等被重新命名；空气、大地、光、天堂、地狱等“元名词”，也被重新质疑；连现代人日常生活中的事件与意象，也尽然褪下世俗的色调而具有宗教的深度。“哪来的云雾呢／门上的锁是忠实的／（已经好多年不住人了）／我的目光是虔诚的／（刚刚曝光的底片还在瞳孔里放着）／云雾，这卧室里唯一的内容是什么呢”（《有待命名的气体》）。而在《观众席上的我》《笼罩之下》等诗中，他甚至仿《圣经》里的语调说道：“我不像我。我像那块被车轮辗来辗去的／石头。辗来辗去的命运／是水的命运，叫你蒸发就蒸发／叫你结冰就结冰，助人为乐”；“那个意象，很累地望着／整个空间，很累很累地存在着／和没有空间一样。//就这样，他一天一天地活了下来／血液渐渐有了温度，眼睛／渐渐有了光。就这样／他在梦里找到了故乡。／他说：其实什么都没有，不过是／看到了一片荒凉。”——当然在这里我们不难觉出其中的现实寓意，或者说，谭延桐正是通过这种“现代寓言”式的诗章，向我们昭示了俗世生活中无处不在的庄严与神圣。

诗歌的宗教感指的并不是诗人必得去写宗教故事或挖掘其教诲意义，也不是用“新的感性”去写作狭义的宗教文学，而是指诗人在处理诗歌的所有题材时，所秉持的一种宗教精神。谭延桐对诗歌和宗教的信仰，并不是要回到宗教教义或是恪守某种戒律，而是以宗教的虔敬和谦恭找回诗歌与艺术的品格，找回诗人在贫困时代的尊严与自重。他道：“诗是地狱到天堂、现实到神话之间的距离。……诗人最终抵达的也许不是天堂或神话，而是他自己本身。从自己身上，看到一切，找到神谕。”[10]

T.S. 艾略特曾说：“到处都在谈论宗教信仰的衰退；却很少有人注意到宗教感性的衰退。现时代的麻烦不仅是不能相信我们祖先所相信的关于上帝和人类的某些东西，而且是不能像他们那样感受上帝和人类。”[11]20世纪以来，随着战争的影响和人类社会工业化进程的日益加剧，人的异化程度也愈益加重，我们已然失去了那种人之作为人与生俱来的与自然、与上帝的亲近。面对人的自我迷失及一种不自知的生存境遇，谭延桐唱道：“我们是为一种异己的生活、未生活过的生活 / 而竖起的纪念碑……从这里飞过的鸟儿 / 再也没有回来，打这里刮过的风 / 再也没有暖过。人们把这里叫做 / 废墟”（《一块碑倒在了伤口上》）。而在《一个机器坏了》一诗中，诗人极为准确地抓住了我们这个时代人类自身信念的失落：

一个机器坏了。……

机器就是我们这个时代的演员
……在机器眼中，我们也是
一些毫无生气的机器呵

什么时候，我们才能给那些机器

给我们自己，重新命名呢？什么时候
我们才能帮我们自己完成我们自己的再生产呢

对于“没有机器的年代”与“没有演员的剧场”的怀疑，其实就是对“人”的怀疑。诗人渴望那个原初的“大写的人”出现，给这个蛮荒的时代命名，以迎来人类新的“创世纪”和完成“造人”的永恒使命。

2. 与梦魇对话

如果说谭延桐把诗歌当成了宗教，或者会招致一些误解。因为诗歌不能凭借宗教之力来完成美的经营，宗教对于灵魂的感化与拯救也不能经由诗歌的“美的张力”而实现。但谭延桐的诗有着一种惊人的形而上的气质，那种对于人的悲悯和关怀，对于人类生存境遇的怜惜与体恤，以及对人生终极意义的永远的追索，莫不具有了视诗歌为生命信仰的气度。

当下好些诗人热衷于谈论“语感”，谈论阅读的“懂”与“不懂”，热衷于刻写“小人物”，经常让我感觉似乎是回到了“五四”草创时期或力倡“大众化”的20世纪中叶。我常思考这些问题：什么是真正的写实主义？怎样定位“诗人的成功”？诗歌和文学的终极目的是什么？商业风潮正在为新的“工具”论提供肥沃的土壤，刚刚摆脱了意识形态枷锁的中国诗人又如何抵制和抗拒商业的软性围剿？……谭延桐的诗给了我一些可贵的启示。他写小人物，总是那么纯粹，那么出人意料的形而上的纵深，甚至是达到了“教喻诗”的高度：

一个手持扫帚的人，内心里
持着许多洁净，在大街小巷里不断地赠送
她知道，这样的洁净，是赠送不完的
就像太阳的光辉赠送不完一样

……她洗呵洗呵，每天都要洗上好多遍

那些怎么也扫不去的，粘在耳边的

比噪音更像噪音的议论声

——《她在大街小巷里赠送洁净》

一句话便让她受孕了

在她的体内成长着的

是仇恨。她要让那个小生命，作为一粒

完全代表着她意志的铅弹，射向未来

……她继续撕，撕她自己

直到她彻底地变成了碎片，还在撕

撕成了碎片的碎片，连自己也认不出自己了

就只有仇恨，还是完整的了

——《她的体内住着一个怪胎》

站在命运的终结处询问人类的活动与生存，审视人世中的尊卑、爱恨、荣辱、洁净与肮脏、高贵与丑陋、名誉与复仇……是诗人的天授之职，也是诗歌与宗教的相通之处。T.S. 艾略特有一句话说得好："一部作品是文学不是文学，只能用文学的标准来决定，但是文学的'伟大性'却不能仅仅用文学的标准来决定。"[12]

在一个缺乏严格意义上的宗教的国度，诗人如何确立自己的宗教感？——冥想、梦。谭延桐道："我曾不止一次地想和梦说话，听听它的声音，解除我心中的许多疑惑。""我对自己说，爱惜自己吧，就像爱惜所有善良的心灵。不厌其烦地，我对自己说，说给忠实的影子听。""在灵魂深处植入些灵性与神性，多好呵。灵性与神性，是不朽的翅膀，运载着人类的绿意和艺术的葱茏。"[13]谭延桐的许多诗章，几乎就是一个个梦的写实，那种卡夫卡式的现代梦魇，那种陀思妥耶夫斯基式的复调的宣叙，使诗歌超越了浅表的抒情而指向灵魂的战栗：

一个鬼魂藏在他的眼睛里，好多年了
那个鬼魂，想伺机偷走你的每一个动作和内心的机密
以便用那些赃物做成攻击你的种种暗器
最后缴获你的安宁和幸福
鬼魂，悄无声息地
跟踪着你，你似乎逃不出鬼魂布下的天罗地网了

你还是逃了出去。跟在你身后的醒悟
说：真是险恶呵！可是
更险恶的还在后头呢，就在你快要和一种激动相逢的一瞬
一块石头砸过来了，正好
击中了你年轻的愤怒

——《回头再看那些尘埃》

“鬼魂”“石头”“光”（“时光”“眼光”）或某一场景对人的“击伤”，是谭延桐诗歌中常在的主题。而“我”“你”“他”（“她”）在诸种（爱 / 恨，感激 / 复仇）关系中的变位，通过特定的戏剧性情境的表现，使梦（诗）呈现出甚至是颠覆性的多重意味，繁复而又深邃，具有一种诘问灵魂、朝向神性的强力与向度。

这样的一位“诗人冥想者”，在当代或不为人所理解，这是诗人早就自知的。“尼采的声音：‘哲学不是为大多数人准备的，它需要圣洁。’诗歌也是这样。”“他们的生命早已锈迹斑斑。你怎么能指望一个生了锈的生命会闪耀出智慧的光芒来呢？”“‘坚守’的含义有二：一是对心灵世界的无限沉醉，二是对文学价值的极端热爱。”他省思、坚持着。他的诗，或者还会被人认为缺乏所谓的“经典性”，但他认为，在这样的时代，“扮演贵族是一种浅薄的见证。一位文学家越真实，他的人和文就越质朴，越正气”。[14]

思、美、力，这是中国现代诗人提出的诗学概念。但新文学发展近一个世纪以

来，我们不乏“美”的诗人，甚至也不乏某种程度上的“力”的诗人，唯独少有执着于“思”的诗人。加之传统的诗歌审美理念向来重“轻、巧、小”之“典雅”而轻“重、拙、大”的博厚，因而对于“摇晃着命运”的“思想里的风”，自然也就无从感知了。而假若没有了“思”，诗歌的“力”和“美”又剩下一些什么？——所以我们的诗人笑道：“难怪康德对着全世界疾呼：‘有两种东西，我们对它们的思考越是深沉和持久，它们所唤起的那种越来越大的惊奇和敬畏就会充溢我们的心灵，这就是繁星密布的苍穹和我们心中的道德律。’”在冥想中，“他看见了自己的神。那个神正走在他生命的路上”。⑮

四、忧伤、戏谑、玄思：刘春

1. 从纯情的“忧伤”到戏谑的“嘲世”

作为70年代中期出生的诗人，刘春诗歌中的一些质素让我惊异。他的诗，不像是在口号林立、争论纷起的90年代语境中写出来的，那种看起来“不合时宜”的忧伤的抒情，那种对社会、对生命的执着关爱和诗中体现出来的对艺术理想不懈的追寻，让我们看到了一位年轻诗人在这个浮泛的非常时代里对于诗歌尊严的崇敬与坚持。与时下那些标榜“先锋”而其实只不过是为了标新立异的“新新诗人”不同，刘春从来不去炫耀一些什么——不管是“知识”还是“身体”，他只是怀着一位诗人对艺术的谦卑，默默地经营着自己的诗歌之园。

所谓“70年代”或“70年后”（今天，“80年代”又浮出水面）的诗人，多数给人们展示的是“破坏”的冲动和“自恋”的扩张，这种冲动和扩张不能说是不广泛或不纵深，他们怀疑一切偶像、否定一切既定规范和秩序，甚至否定自身；他们所写的“自我”已经不是原来的那个融合在“大群”中的自我，而是真正意味上的“个我”。他们以极端的方式离开了抽象的“人”，却又因为极度的自恋（自我怜惜、自我抚摸）而流于“私人”。这种破坏的力量主要来自诗学素养的贫乏与青春热力的强盛，此二者的综合让我们既听到曾经熟悉的“我是大老粗”的豪迈，也听到“我是新一代”的抗议和不满。刘春的出现，让很多只以年龄（而不是以诗学性征）论“代”的评论家措手不及，因为他的诗，既没有粗浅的叫嚣也没有“器官叙写”的粗俗（我并不是反对“身体叙事”，而是觉得应由此上升到对于人类生存境遇的写照，应朝向真正意义上的“生命哲学”），他的抒情，总是那样的朴素真挚，那样的谦逊，他写日常生活，关注的不是肉体的狂欢，而是在都市场景的刻写中洞悉现代人生存的命运。这使得他的诗显示了难能可贵的忧郁气质，这种忧郁，一方面得之于艾青、何其芳那一代老诗人的诗歌理念，一方面又来之于“朦胧诗”中较温和的一派的艺术涵养及“第三代”诗人对于“口语”和“日常性”的敏悟。他把这些成分糅入自己的诗歌试验之中，使得作品显示出一种艺术上的“早熟”特性（相对于他的生命年龄来说）。

当然，诗人并不是一下子就显露出了这种“早熟”。正如他自己所说的，1993到1996年，是他“诗路较为平坦的四年”⑯，这种“平坦”，使20岁前后的他得以潜心于艺术上的耕耘和积累，也使他以后的转变成为必然。值得一提的是，这种积累甚至是从席慕蓉开始，继而是何其芳、海子等（据诗人自述，他还受到过于坚、韩东、陈东东及智利诗人聂鲁达等的影响⑰，但从他早期的作品看来，这些影响的痕迹并不明显），渐渐地，他形成了自己的诗歌观念，认为“诗歌从古至今都是一种歌唱，一种具有内在韵律的心灵之音”，“爱情绝不仅仅限于男女（恋人、夫妻）之间的爱，而是更为广泛、博大的情感，比如对自然万物的爱，对生命的爱乃至于对父母兄弟的爱等。这个世界上‘爱情’无处不在，也正是它，构成了诗歌取之不尽的泉源”⑱。他歌唱“还隔着一个季节的相思”的花和雪（《爱情故事·风》），歌唱“闪过冬天的风声”的孤单的菊花及早凋的梅（《菊》《斜倚梅树》），歌唱“在贫瘠的土地上操劳一生”的无法谋面的母亲（《怀念三章》），歌唱水月云雨，草石鸟蝶……

一夜之间

桃花开满了屋后的山坡

我清早出门打水的姐姐

粗布衣裳的姐姐

从井边转过身来

面带红霞，口里含着春天

——《桃花》

客观地说，刘春在这种有着他人影子的“美丽的忧伤”（舒婷诗句）中，磨炼出一种干净朴素、清明如歌的适合于自己的抒情方式。而在探索、积累的过程中，他也清醒地认识到了这种“平坦”的危险，他道：“现在，歌唱或赞美是多余的 / 你看这些上帝留下的玉石 / 这些云、这些悬浮的河 / 它们用自身的灿烂扶着自身的重量// 没有谁比它更懂得坚守的内涵 / 距离意味着什么，美意味着什么 / 再望一眼，我空空的双手 / 已触及倾斜的花园。”（《远山上的积雪》）他断然抛却过去的旧我，反思着重新摸索自己的方向：“从今天起我也要忍住眼里的泪水 / 自始至终，不让它落下。”（同上）“孩子，你的使命是逆流而上，寻找众水的源头。”（《大河奔流》）不再停留于已成了某种惯性的美丽的“平坦”，而“更愿意以跋涉者的形象出现 / 往上而行”，去寻找“金属的声音”（同上）。

但“金属的声音”是什么，诗歌与艺术精神是什么呢，刘春又是困惑的。诚如敏歧先生所言，他的一些诗歌中那种英雄主义式的“凝重”，是显得有些“超后”了，但中国从抗战到“文革”的几十年来，在流行的假“浪漫主义”与伪“现实主义”思潮肆虐下，连郭沫若、臧克家（还包括部分的何其芳、卞之琳、艾青等）这样的大诗人都严重“超后”，我们又怎能苛求一位才20岁的诗人？“那些天 / 那些年 / 你感到身体里有条大河，逆流而上 / 从不争气的眼角流出”（《失恋》），我倒觉得，或正是因为有这样的一种苦难的历史意识，使得刘春的诗歌在内质上更接近于许多60年代出生的优秀诗人。

仅仅是为了一首诗，我要脱

离比喻
夸张，碎片的拼凑和修饰
序曲过去了，独唱就要开始
谁能够坚持他的嗓音，一百
年不变
谁就能够看穿苦难，看穿幸
福，看穿
不可能

——《诗歌理想·碎片》

或者，诗人的嗓音已经变了，不变的只有诗歌的真髓。在这个时代，谁想要看穿苦难，看穿幸福，如果不抛开陈旧的艺术观念和艺术手段，已经成为不可能。曾经崇尚“洁癖”与“华美”（刘春语）的诗人，在世纪之交已然完成了其诗学理念的转化，渐渐从纯粹的抒情走向带着悲悯的客观写实，从“忧伤”走向“嘲世”，体现出对现代人当下生存状态的深沉关怀。这个时期的作品中，都市生活现实场景的真实呈现，小说化的叙事手法及对于细节的把握，戏剧化的虚构和反讽、戏谑的成功运用等，都使得他的诗歌超越了早期田园牧歌情调的赞美与青春期的忧伤，具有了让同辈诗人叹服的高度。

譬如他的《吸烟的女人》，简直可以称作是一篇小说。里边不乏场景、时间、人物、故事的“出人意料的情节”、细节、对话等小说要素，出场（和不出场）的人物计有主要人物、次要人物、现实中的人物、想象中（书中）的人物以及从人物的语言中带出的人物，竟不下于十人。另外，绵密的细节描写也给人深刻的印象，遍布了诗的每一节（即故事的序幕、开端、发展、高潮、结尾），“部分字句空着，以‘口’代替”及女郎的两个“眼神”都较为传神；而“以人民币一百三十元成交”与“掏出五角纸币”，让人想起艾青《兵车》中著名的“一张五分的纸票”。“她的生活有令我不解的一面”和结尾出人意料的“恶狠狠”的“我要!”，极具表现力，前者既交代了女郎的个人生活，又和其“羞涩、放肆”的眼神相呼应，后者的用意更深，透露出“我”复杂的内在心理。

这种小说化、戏剧化的诗歌，还有《梦见一个死于车祸的朋友》《关于男孩流浪》《外遇》《绕口令，或外遇》等。在这些诗篇中，诗人通过一种机智的、自我贬抑式的反讽，既自嘲又嘲世，使诗歌呈现出繁复的音调和诡奇的色彩，展示了作者超乎寻常的艺术想象力与现实批判精神。另有一些作品如《晚报新闻》《中山路》《基本功》等，则更像是一幅幅拼贴漫画，画出了现代都市社会人们生存的荒诞境遇。

在成为明星的之前，请准备身体
供导演检阅；准备绯闻，供媒体炒作
准备健康，以防拍片时穿衣服太少
患上感冒；也可以准备 DVD
储存自信心与成就感
准备汗水，博取观众的同情心

还要准备一千个嘴巴，一百个造谣
一百个辟谣，八百个和男人接吻
准备一万条舌头
在夜深人静时舔满身的疤痕

——《基本功》(选节)

这样的反讽，既有表面又有深度，既暧昧又透明，包括了嘲讽、揶揄、逗弄、奚落等因子，言在此而意在彼，以喜剧的笔调来叙写现代人的生存悲剧，写出了现代人生活的功利、无聊与无可奈何。这么多的“准备”，让人联想起台湾诗人痖弦先生《如歌的行板》中的十九个“之必要”，如果说痖弦《如歌的行板》作的，是一幅刻画都市社会有闲阶层生活方式的动景画，那么刘春作的，则是反映现代都市里充满商业欲望的平常人生活现实的拼贴画。在恶作剧的讥讽背后，是一种严肃的批判和深刻的形而上的省思。

刘春在完成从纯情的“忧伤”转到戏谑的“嘲世”之后，短短的几年内写出了自己堪称成功的一些作品。只可惜这样的探索在后来的写作中并没有得以继续，这一方面体现了诗人不断超越自己的诗歌雄心，另一方面也反映出他在艺术方向上的摇摆。

2. 从“写实”到“玄思”

几乎就在刘春从“忧伤”的抒情转向戏谑的“嘲世”的同时，他已开始显露出一种“玄思”的趋向。譬如《梦见一个死于车祸的朋友》，在叙述与朋友的寒暄之后，突然写出了一个谶语式的戏剧事件，说出违心话语的朋友果然被汽车撞死。在《琴声中的玫瑰》中，面对季节所带给自己的莫名其妙的心事，他道：“这是一种巧合，还是岁月预设的棋局?”他更是表露了：

或者，正是早年的那一份执着的“忧伤”，使得他的“嘲世”渐渐变为“伤世”，变为“些许厌倦、些许疑惑”(《一个人的一生》)。之后对于神秘事物的迷惑、向往及人生意义的形而上玄思？他道：“如何描述这份感受？关于理想／自我、内心隐秘的病因／比如一张纸，别人关注上面的字迹／而我只醉心于边缘的空白∥这是宿命。……”(《坚持》)“我的深入是词语发言，词语／用内在的质地发言”“用命运的韧性发言”(《发言》)。对于诗歌“从古至今都是一种歌唱，一种具有内在韵律的心灵之音”的理念及对“洁癖”“华美”“广泛、博大的情感”的追求，本来就与“玄思”有着本质的亲近，故这是一种凭借经验和思想的超越旧我的“回归”。

在这个时代，复制和克隆几乎成为时髦。一位习惯于固守既定艺术范式（即或它被认为是成功的）的诗人，只会不断地重复别人和自己，以某一种“路数”和“招式”进行他的无效写作，“经营”自己一成不变的操练。而勇于超越自己的刘春，写下了与过去的作品迥然不同的诗行：

稻草已经燃尽，雪花扑向
独居者的屋檐。
人在暗中写字
他写下“恨”，他所暗恋的
女人就永无宁日，而他写的是“爱”
隔壁传来了幽暗的灯光

另一些时候，他说出“沙漠”
大地上仍然花草遍野，说出“洪水”
与此相关者却永葆平安
“唉，时间的美容术……
上帝赋予每个人同等的才华。”

——《生活》(选节)

以一种悖论式的语言切入现代生活的真实场景，并上升到生命和宗教的层次，直逼人的某种宿命，使诗歌充满了瑰奇迷离的色调和“天问”式的困苦幽暗，是刘春“玄思”诗作的突出特点。在一首题为《命运》的作品中，他以一种不动声色的“上帝之眼”刻写出一群步伐凌乱、表情复杂的“从天尽头走来的女人”，写她们的成长、青春与衰老，最后却在叙述的“零度”中注入了诗人特有的“广泛、博大的情感”：“我遇到的绝不止一个 / 我会遇到她们全体，并和她们 / 一一交往、恋爱、分手 / 在每一个夜里醒来 / 总会有一个声音在耳边幽幽低语。”

客观地说，诗人的这一些“玄思”趋向的作品，在艺术建构上还达不到其戏谑的“嘲世”之作的高度，这些形而上的玄思，还只是体现在部分作品（如上引的《生活》《命运》及《艾兹拉·庞德》《低音》《草坪乡的油菜花》《在雨中等一个人》《黑暗中的河流》等）的个别语句和场境之中，还仅仅是“一闪念”，尚不能形成一个浑然圆融的艺术整体。这或许是每一个诗人在告别旧我、向艺术世界作新的探险时所不可避免的犹豫与困惑吧。但刘春的转向，表明了他对于诗歌艺术的新的觉醒，这种觉醒所带来的诗的玄想成分和知性因素，若能综合其“嘲世”诗作对于现代人生存命运的深沉悯爱，使“写实”“愁世”与“玄思”在作品中有机融合，或会使他的创作进入一个全新的阶段。

诗歌，永远是智者清醒的独唱，与各种各样的“流行”（包括“流行的先锋”）无关。“正如那些奔向广场的身子 / 一旦汇入集体 / 就马上消失”（《内心的河流》），愿诗人永远保持这一份创造者的艺术清醒，手持“诗歌的刷子”逆流而上。

| 注释 |

① 杨克：《对城市符码的解读与命名》，见《笨拙的手指》，北岳文艺出版社，2000，第158页。

② 杨克：《笨拙的手指·后记》，北岳文艺出版社，2000，第174页。

③ 杨克：《笨拙的手指》，见《笨拙的手指》，北岳文艺出版社，2000，第152页。

④ 杨克：《笨拙的手指·后记》，北岳文艺出版社，2000，第174页。

⑤ 杨克：《对城市符码的解读与命名》，见《笨拙的手指》，北岳文艺出版社，2000，第158页。

⑥ 杨克：《我的诗歌资源及写作的动力》，见《笨拙的手指》，北岳文艺出版社，2000，第149页。

⑦ 杨克：《写作立场》，见《诗探索》，2001年第3—4期，第235页。

⑧《心中的字母》《词里的风月》，见谭延桐的《笔尖上的河》，中国文联出版社，2000，第89、166页。

⑨《诗人何为？》，见海德格尔的《林中路》，孙周兴译，上海译文出版社，1997，第273—276页。

⑩《随手拣起的叶子》，见谭延桐《笔尖上的河》，中国文联出版社，2000，第236页。

⑪《诗的社会功能》，王烨译，见《国际诗坛》第6辑，漓江出版社，第23页。

⑫《宗教与文学》，见《艾略特诗学文集》，王恩衷编译，国际文化出版公司，1989，第127页。

⑬《梦吃什么》《语言从高处流下》《随手拣起的叶子》，见谭延桐《笔尖上的河》，中国文联出版社，2000，第28、135、229页。

⑭ 本段引文见《“想写一首诗”》《它还会再少下去吗》《随手拣起的叶子》，见谭延桐的《笔尖上的河》，中国文联出版社，2000，第33、76、221、220页。

⑮《心中的字母》，见谭延桐《笔尖上的河》，中国文联出版社，2000，第89页。

⑯《诗歌是一把刷子》，见刘春《忧伤的月亮·后记》，中华工商联合出版社，1998，第112页。

⑰《一些问题，与诗歌有关》，见刘春《运草车穿过城市》，远方出版社，2001，第164页。

⑱《诗歌是一把刷子》，见刘春《忧伤的月亮·后记》，中华工商联合出版社，1998，第113页。

⑲《忧伤的月亮·序》，中华工商联合出版社，1998，第3页。

平静与坚实　努力与坚韧

——新世纪广西散文创作的风貌

黄晓娟

追逐着世纪之初广西散文创作者们涌动的心潮，看到短短几年里的散文发展迁流漫衍、丰富绚烂，散文创作从各个方面表现着、批评着、理解着人生，题材多样，风格各异，花繁果硕。

在文学面临着尴尬和困境的今天，仍有那么多人在为文学雄心勃勃地沉醉投入、努力追索。在平淡、平静和坚实、坚守中，通过对艺术的不倦探索，达到自我情感的陶冶、转化，自我精神的升华，这是一派动人的景观。

作者简介

黄晓娟（1971—），广西桂林人，广西师范大学中文系文学学士、文学硕士，华东师范大学文学博士，广西民族大学文学院教授、博士生导师，广西民族大学副校长。主要学术专著有《雪中芭蕉——萧红创作论》等。

作品信息

《南方文坛》2004年第5期。

新世纪广西散文创作的整体态势

新世纪广西散文多姿多彩、成果累累，显示出旺盛的活力。据不完全统计，近几年广西作家出版的散文集就有20多部。2001年出版的散文集及散文理论专著有童健飞《探索集》、覃富鑫《南国红豆》、《广西当代作家丛书·潘琦卷》、《广西当代作家丛书·凌渡卷》、徐治平《中国当代散文史》。2002年出版的散文集有徐治平《徐治平散文》、冯艺《逝水流痕》、张燕玲《静默世界》、张步康《江南听雨》、张冰辉《月满西楼》、《广西当代作家丛书·庞俭克卷》、《广西当代作家丛书·冯艺卷》、《广西当代作家丛书·张燕玲卷》。2003年出版的有潘大林《最后一片枫叶》、陈祯伟《浪溪江寄情》、罗伏龙《天高地阔》、覃展龙《家住防城港》、《潘琦文集·爱在大山里》、《潘琦文集·远逝的岁月》、《潘琦文集·绿色的山冈》。2004年出版的有冯艺《桂海苍茫》、张燕玲《此岸，彼岸》等等。由于时代处于新旧交替之际，因此收录在这些集子的作品有的是在2000年之前创作发表的，而大多数的作品都是在新世纪创作和发表的。散文的繁荣，给读者的审美阅读带来了强有力的冲击。散文创作生活涵盖面之广泛、文本实验形式之丰富，显示了新世纪广西散文作家思想观念、文化水准、审美境界和文学艺术品位等都达到了一个新高度。

在广西强大的散文作家群中，聚集着老、中、青几代精英，他们各领风骚又相得益彰，显示出广西散文创作队伍的整齐与兴旺。根据年龄大体上可分为两大部分：老一代散文家以凌渡、徐治平、潘琦等为代表，他们勤耕不辍，在长期的艺术实践中形成了各自独特的风格，耀人眼目；中青年作家是当前散文创作的骨干力量，如冯艺、张燕玲、廖德全等，他们的散文创作广泛涉猎各种题材，知性感性并重，富有艺术张力。

广西作家在新世纪发表的较有影响的散文有：老一代散文家，徐治平《大石围独语》，原载《光明日报》2001年8月29日，后选入《全国首届冰心散文奖获奖作家作品集》；徐治平《白宫门前的小窝棚》，原载《光明日报》2003年3月26日。中青年散文家，张燕玲《耶鲁独秀》，原载《羊城晚报》2002年9月25日，《散文·海外版》2002年第6期转载，《散文选刊》2003年第2期转载，并入选《2002年度最具阅读价值散文随笔》，百花文艺出版社、人民文学出版社年度优秀散文选；《此岸，彼岸》，原载《人民文学》2003年第11期，《散文·海外版》2003年第6期、《2003年最具阅读价值散文随笔》、《中华文学选刊》，以及人民文学出版社、花城出版社、山东画报出版社的年度优秀散文选本转载，并列入"2003年度中国当代文学排行榜"散文第二名；廖德全发在《随笔》《散文》的《远逝的珍珠城》《永远的东坡亭》等；顾文《"白鹿原"上的智者——作家陈忠实印象》发表于《作品》2004年第1期；彭匈《三个耐人寻味的人物》被《散文选刊》2004年第3期选载。

从这些资料当中，我们不难看出，老作家宝刀不老，一如既往地保持着创作的旺盛势头，在平静中坚守。年轻作家更是引人注目，他们活跃、新锐的写作，像鲜花一样开遍了山冈，召唤出一片春的气息。他们在努力和坚韧中建构着各自独立的、独特的精神世界，用富有社会和人性内涵的书写，直接、充分地体现出自我的艺术探索追求，并与时代撞击、渗透，作为一种精神资源丰富着这个时代的变革。

新世纪广西散文在创作上的突破

随着散文从书斋中拓展开来，在生活中、社会实践中扩大了外延，散文创作构成了一种更具激情和审美价值的思想活动，近几年来广西散文作家的创作在精心的打磨过程中，消退了浮躁与急就成章的写作状态，散文创作的个性意识和文化品位有了新的增长，从而更为确切地表达了当代社会生活深层的诸多文化现象。新世纪广西散文创作显示出了新的景观，在以下三方面有了明显的突破：

1. 描绘文化历史，注塑散文的凝重性

随着大散文的魅力风行，以人文的观点审视传统文化、历史发展、社会变迁的文化散文成了散文创作的一大景观。大散文的创作，更说明了文学是人类精神生活史的一种特殊负载方式，它蕴涵着丰富而生动的历史内涵和价值取向。

冯艺近年来写了一批历史文化散文，他笔下的历史文化散文一方面积淀着中国传统的崇尚自然、眷恋山水的基因，另一方面又超越了消泯主体地位的传统山水诗理。在对历史的一次次回溯中，冯艺从个人的生命中走过历史的通道，在寻找、重建历史的故事中强化了文化审美价值和主体意识。《我在你好汉的故事里成长》有着二胡的音色，醇厚而忧伤，富于穿透力。作者在烟雾苍茫的十万大山中深挖父辈的历史和形成这种历史的背后原因，他把情旨融合在对父亲的革命历程的描写中，以主体的一种经过时间和空间的距离所造成的回忆来书写往事，以感性直观的方式再现历史现场的生动人事。作者一直都在用自己的思绪拍打着历史的回声，寻找着关于历史的种种细节，由此，历史被赋予了个性的思想和不群的识见。穿越历史的烟云，在沉重巍峨的十万大山中，作者终于感受到了父辈们一直挺立的脊梁。文章由个人而家国而历史，用透彻而圆融的情思告诉未来：每一个人都是一部历史，好汉们的故事是影响了中国历史的进程的好故事。历史故事本身的深厚博大与作者渴望穿越迷雾和纷繁世相抵达澄明境界的主体精神，在融会中显示出了智慧的深度。

冯艺的散文创作始终立足于现实，走出了一条关注本土、尊重传统、弘扬现代意识的艺术道路，显示了散文文化意识的深层创构。在《板桂街，青石板闪出青铜的光泽》和《寻找右江河谷的“土官妇”瓦氏夫人》中，冯艺一如既往地在重新构建着历史文化的良知。作者的想象在叙事之中往来穿梭，景物、文化、历史和个人情怀相互交织，用心灵为我们在逝水的岁月中拍下了珍贵的历史照片。作者在板桂街的深处勾画出了刘永福鲜为人知的历史，在热风吹雨的桂西河谷中雕刻出了励精图治的壮族女土官——瓦氏夫人。作者是用文化的眼光在探寻着板桂街的神韵，还原刘永福的历史定位，历史由此承载了一种盎然的生命文化的情趣。这种追求是冯艺有意而为之：“任何美丽的东西，如果不挖掘出其文化的、历史的、哲理的内涵，只能是一句空壳。它犹如一个号称‘瓷’的美丽瓷器，只是在土坯或是其他东西涂上了一层仿瓷的东西，耐不住推敲的。”(《板桂街，青石板闪出青铜的光泽》)作者站在文化的高度上，以自身特有的方式参与了历史的发生、发展历程，写出了一个有血有肉的刘永福和有情有义的瓦氏夫人，因而，凸现了历史文化散文的价值。丰富的人生阅历，使冯艺形成了执着的人生理想和对世事人情深刻的洞察力。足够的知识含量，深刻的思考，使冯艺的散文突破了散文中常见的轻飘与单薄，具有浓郁的书卷气和厚重感，他的散文为文化楔入世俗社会、平凡人生提供了一个典范。

廖德全的散文偏重于文化意义上的考察与阐述，然而，相对于那些由当地的文化人介绍，或者是由书本介绍而来的文化，廖德全散文中的丰厚的文化感悟力是经由他自己的直接感觉产生出来的，对历史个人化的体验与传达，构建出一个现代人对历史的深邃洞察和复杂情感。他的一曲《千古一渠》，可谓视通万里，思接千载。文章从灵渠起笔，在千年往事中追问古灵渠的历史定位和文化定位，在滚滚的历史风尘中说古论今，写出了气象万千的灵渠。凝聚着无穷智慧的灵渠创造，在廖德全的笔下成了留给后人的丰满深远的历史负载和历史思索。廖德全善于从自我的知识层面解读历史，深入浅出，逸兴遄飞，每一次的一转一折都是功力的表现。廖德全的散文习惯在一种想象的高温中冶炼而成，天风海雨似的想象幅度让廖德全的历史散文情趣与理趣并举，代表了一种更高层次、更深程度对历史的体悟与缅怀。《远逝的珍珠城》《永远的东坡亭》和《站在南珠碑林前》，以自我的体悟参与了历史叙事的情节建构与发展，实现主体的历史文化审美，赋予了风景自然描写以独立性品格。在廖德全自然的、历史的审美意识中，融合了古今的文化资源。因此，在廖德全的历史文化散文中，更多地被赋予了价值批判与道德批判的双重功能："既然纸墨是精神漂泊者的天地，就要甘于寂寞，淡泊名利，为天地而书，为浩然之气而书，为自己的精神不再漂泊而书。"（《站在南珠碑林前》）历史的审美性因为延续出了现实的批判性，更富厚重感，其意义不限于追怀历史的维度，更是对当下的直面。强烈的历史意识、时代感和社会认同，使廖德全的散文在相对统一的话语空间中实现了较为完整的自我体认和人生感悟，创造出了具有现代品格的散文艺术境界。

张燕玲在《耶鲁独秀》中问史探幽，却没有流于一般的梳理历史的写作套路。她以心灵叙事，从女性的角度审视历史，巧妙地糅以社会学、哲学、历史学、文化学等相关知识，直逼现代知识女性的精神内部，形成了对历史的个人性解读与体悟，她所领会的人生就是历史："当我站在这样一朵红玫瑰前，望着墙体上映照的自己以及行走的生者，在感受着林樱虽死犹生、生死无界的创造理念的同时，我深切理解到受难者的死亡记录对于人类的意义，假如忽略人类历史悲剧中的受难者，我们就是在轻贱人类和生命本身，假如忘记了战争的罪恶，就难以抵达真正的现代文明，这是人类诗意的信仰。”(《耶鲁独秀》)这种对文化历史认识的独特灵性使得古老时光的遗址具有了指向现实的再生力量，作者在追寻现代知识女性情怀的同时也在寻求自己的存在经验与价值。强化心灵叙事，促使张燕玲在描绘自然美景时，注重感受这些景物的精神、气质，在览胜时，常通过联想把自己的感情移注于物，于是一次次的感悟与震撼被叙述得异常诗意：既有形象生动的叙事和精雕细刻的描写，又有深刻透彻的议论和条分缕析的剖示，景、物、情、意于文中浑然融为一体。这样有情有景有思想的文章，不仅具有较高的文学价值，而且具有较高的学术价值。

此外还有潘大林的《兰花时节访狮城》，作者从新加坡那些尽管简短却耐人寻味的历史的蜡像馆中，看到了融合了东西文化而生成的短暂历史浓浓的回顾和如歌如诉般的沧桑之慨。童健飞的《环望澳门》感怀民族悠久的历史，笑看古老神州的振兴，感人至深。陈祯伟在访问、考察台湾、欧洲六国之后，写下了一组域外采风的文章，如《向往绿岛》《回归中世纪》，展示了作者广博的学识、美好的情愫，文中穿插了许多耐人寻味的历史典故，还历史以鲜活的生存场景，读来如历其境，如临其境，使读者于美的享受中，得到感情的陶冶、有趣的知识和思想的启迪。

2. 思索世纪风云，执着于生命的追问

生命的历史在不同的生命形式中展现，每一个生命都有悲欢离合。“殷忧启圣，多难兴邦。”在思考者的眼里，每一次的相逢与相遇都会产生对于精深的人生的妙悟。一直以来，散文创作者们努力在寻求自我表达的途径和方式，力求通过艺术阐释参与世纪的发展，关注人类生生不息的命运。

站在社会的边缘对世纪风云、意味世界进行思考与探寻，是当代散文走向深邃哲思的重要途径。徐治平的《白宫门前的小窝棚》很随意地把日常见闻联系到人性、民族、国家等来思考，在智者的眼里，细节总能把时空顺延，忧患式地感受人类的命运。在徐治平的散文中，作者总能够通过一地一景的感受，抒发出对历史文化乃至生命的多方位思考，并且准确、迅速、敏感地给方寸变化追加诠释，这诠释饱含着思想的含量，令读者在品读文章的同时得到知识的素养和人格性灵的陶冶。在艺术手法上，这篇散文集中地体现出了徐治平的一以贯之的“竹简精神”：叙述简练，白描传神，以一种客观冷静的简洁展示出在于“神”的散文的审美风范。

冯艺在《五月的凤凰花》中思索着世纪变幻不定的风云，从风月中看风云，在岁月的绵延，战争的背后，他呼唤着人类永久的和平。“和平可以创作无数极致的美。这一和平应该是永久的，它将治愈人们心灵的创伤。”(《五月的凤凰花》)冯艺的散文冲淡平和，以真知抒真情，他的文字多出于天然的本性而绝少人为的匠气，自由的文体展示出自由的精神，本色天然，秀色内涵，探幽析微中，闪耀出智慧的火花。

张燕玲的《此岸，彼岸》是新世纪散文中不可多得的具有艺术原创力的优秀之作，它形成了新世纪广西散文创作最为亮丽的一道风景。文章立意新颖别致，作者从彼岸的台湾海峡启程，穿过中元节倾家倾城、非凡热闹的祭祀场景，在台湾大陆老兵们苦海无涯的生活状况中，激发出对于此生来世的苦苦追问，对千百年来在文化历史长廊上沉睡的先哲智思的深深体味。文章在感性话语的重构中，坚持智性的深化：“来自另外一个世界的意义对此世之人的作用更加严酷。我想，我们过去的世界是在缺失对此世来世的描述和追问，此岸彼岸我们知道得太少，这才会导致我们此行产生的一再恐惧。”在这次心灵疼痛的旅程中，作者的认知在微观与宏观的交融中，将情思升华，带着鲜活本真的生命意识穿梭于历史的风云变幻之间，达到了对生命终极的企盼，显现出作者在艺术精神上特立独行的追求动向，给人以清风扑面，行于山阴道上之感。这种来自于自我的生存感悟和思考，在字里行间中处处闪耀着灵动而又睿智的光彩，为作品留下了颇为开阔的想象与思考的空间。流溢在文中的情思饱满充盈，开放的探索式构架，打破了传统散文固定的结构方式，阅读后给人一种思想的震撼。从现实世界转换到意义世界的追问，表现了张燕玲在散文美学追求方面意识上的独立性与成熟性。《此岸，彼岸》中不同凡响的构思、别具匠心的叙事态度以及个性化的语言风格，勇敢地超越了当代散文凝固不变的审美模式，体现出了一种全新的艺术精神，为新世纪散文创作勾画出了新的高度，成为当代散文创作的一大突破。

张燕玲有一颗虚静空明之心，有一份在沉静中生长出来的宗教情怀。随着阅历的增广，世情的窥透，张燕玲的散文创作中的思想趣味和审美取向有了些许的改变，纯粹精神性的心灵空间日渐丰盈，使她的散文具有了从事实空间向着神意空间的飞跃。《走进太阳里》和《以圣香为婚戒》都清晰地映射出了她游走在精神的本真状态中的心灵追求，以个体性体认与审美感性求证心灵世界与个体生存、红尘世间的终极意义，她一直在追求午夜梦回之中能够心手相牵的人。在戈尔巴乔夫与赖沙的爱情故事中她看到了、感受到了那种“由着自己光明而快乐的心性，扑向凡人的爱情与欢乐”并为之产生了刻骨铭心的感动。在西藏、在昌珠寺，她找到心手相牵的人，找到了圣洁、幸福的香巴拉。这一份对心灵幸福的追求，对尽善尽美的精神境界的向往，超越了她先前在心灵上独往独来的自白。张燕玲是带着一种对于完美的本性的向往所发出的关于生命本体的追问，从而升华为潜在灵魂深处的领悟：人不是单为此生的生存而存在的。对彼岸的追寻，祈求自我完善，祈求自己能像菩萨那样人格完善以接近纯净的天国，这种圣洁性情的追求和自塑，投影在张燕玲绝大多数的散文中。

当张燕玲在从生活里剪下的边边角角中，注入关于生命的思与诗，注重飞扬、圣洁精神的追寻的同时，也在时时刻刻地关注着日常生存乐趣，以自然之心对待现世生活。《家中有女初长成》便是张燕玲发自内心深处对女儿们最本质的关爱，这样的散文有着生活本身的光鲜流畅，丰润而富于情味。与素心慧瞳相溶契，眷怀此在的平凡生活，体现出作为智性女性的张燕玲怀抱着一腔广博深厚的慈爱，在享受平常从容的生活之乐中，始终拥有一种温情脉脉的生命体温。《城市·人文·印象》《何谓尴尬生活》把文化灵魂带进了喧嚣的城市，以批判与建设、良知与人文的独特视角重新审视广西的桂林、梧州、柳州与南宁文化历史的经纬，在传统文化与现代文明对峙时的尴尬中找寻文化的自信心和文化的生命力。对于恒久、深厚、纯真之美的追求，一方面体现在张燕玲对于一种高尚的生命和理想境界的张扬；另一方面体现在她的散文一直在追求一种诗意诗境，以诗化的节奏追求一种交织在文字上的思维者的美化的境界，一种安静的大气。诗意的节奏，使张燕玲的散文鲜有闲笔，行文如星珠串天，处处闪眼；诗化的意境丰富了张燕玲散文的叙事魅力，扩大了文本的情感空间，以超越世俗爱憎哀乐的方式，直达人的灵魂深处。

近年来，顾文接连写出了一批众所周知的文化名人，一篇一个视角。《“白鹿原”上的智者》将自己的思想聚焦于作家的精神追求、个性禀赋之中，他将作家放置于历史、文化与生命本能的诸种坐标中进行解读，形成生命内在的同构关系。准确把握人物的精神主脉，使顾文对人物的评述常常能深入人物的生命内部，写出人物独特的生命情怀。这些评述既有自身的生命特质，更有对人物精神的高度把握。彭匈《三个耐人寻味的人物》还人物以真实的生命情状，具有独特的品性，体现了作者的个性情怀和对生活的体察方式。

在写作上，广西的散文家坚持一种专业精神，他们除了在散文中显现他们来自灵魂的冲动以外，更在于对清醒的理性思考的强调，对独特的眼光评析的突出，在价值指向上具有独立思考与批判意识。充沛的感性是飞翔的翅膀，睿智的理性是飞翔的力量，两者相得益彰，创造出富有含义的事物和景观，创作在丰富坚实的感觉世界中越飞越高，生命在超越时空中获得一种永恒之美，如此努力的还有包晓泉、何述强等。

经过辛勤的耕耘，中青年作家的创作呈现出了旺盛的生机，他们给散文发展注入了一股新鲜的血液，无论是创作实绩还是创新意识，中青年作家身上所表现出来的注重散文文体的自觉探索，注重审美经验的独到发现，将散文带入了一个新的境界。

3. 天人合一的宇宙观，丰厚朴实的人道主义情怀

人类始终是大自然之子，面对工业技术文明所造成的人与自然的疏离和对抗，主张天人合一的宇宙观，追求丰厚朴实的人道主义情怀，成了广西散文家不谋而合的一个写作趋向。“锦帆应是到天涯”，中国的小品散文从魏晋南北朝或者更早之前形成至今，繁衍生息，绵延不断，培养了中国读者对于游记、抒情小品的阅读模式。游记是当今散文的一大品种，旅人的足迹遍及天涯，游山玩水之间，流连在风花雪月的自然美景中，更多出了一份对山水的关爱之情，品读自然、关注生态，以天地

自然之心来体悟自然之物的心怀，从中传递出独特的审美情趣和思考，为游记散文增添了新的思想维度，显示出一种智慧与人性化的力量。

潘琦《绿色的山冈》是游记散文集，自然山水之行充溢着愉悦和遐思，在经历了一次又一次的大自然的种种洗礼和美的熏陶后，观望与感喟凝结于笔端，组成一篇又一篇情景相交的美文，体现出一个游历家在以生活情趣品赏风景时所形成的自然游历和精神润泽的交融。其中《翡翠姑婆山》《解读黄姚古镇》《漓江情思》就像一幅幅色彩斑斓的完整的画卷，令人目不暇接："扑面而来的是满目翠绿，绿树如屏，绿光摇曳，绿浪翻腾，所有山道都被绿帐翠帱重重叠叠遮蔽着，游览车穿行在林间山道上就像鱼儿游进翡翠般的河流。一路上那高大挺拔的古树、那葱茏茂密的梓木、那浮苍滴翠的松柏、那连绵不断的茶园，在盛夏的阳光下苍碧翠绿，空气也好像是绿色的。那绿并非虚幻，仿佛随手便可掬一捧深深地吸上一口，就像漓江的碧波在胸中荡漾，像九万大山的清泉在心灵深处潺潺流淌……"(《翡翠姑婆山》)，作者以优美的文笔描绘了大自然的神奇与美妙，以真挚的情感返回到与自然最初的和谐中，动情处出神入化，细腻中透露着昂扬之气，体现出对生活的无限热爱和本真秉直的生命情怀。

郁达夫曾说："一粒沙里见世界，半瓣花上说人情，就是现代散文的特征。"徐治平的《大石围独语》感恩丁灵山秀水的抚育，表示出对原始自然山水的认同，主张跟被分解的自然恢复统一。作家以独特的眼光诠释着广西乐业县大石围的发现与存在留给人类的深邃思考，既是对神奇自然的礼赞，更是对人类生存状态的关怀。文中巧妙地运用了拟人的手法，直面现代工业社会带来的生态困境，含蓄委婉地批评了污染环境、破坏环境的人类，流露在文中的忧患意识，不仅是展示了过去的历史见证，更是警示今日环保的一面镜子。构成徐治平游记散文独具魅力的一个重要方面就是：一本真诚。关注生态，关爱自然，带来的是灵魂的洗礼与新生，它体现了作者别具匠心的思考，也隐含着创作主体特殊的精神旨归和审美理想，从而把山水游记创作推向了一个新的思想深度。

在对自然生态的关照上，中青年作者对事物的看法以及对问题的思考同样深刻，更显鲜活，体现出一种普泛的全球性景观。冯艺的《永远的长白山》《还有一个海陵岛》，“登山则情满于山，观海则意溢于海”。在作者的笔下，长白山的美有光有色有声有味，海陵岛的雅是诗是画是和谐，构成了一种特殊的美学景观。然而，流淌在作者笔端的不只是喜悦和惊叹，更在于由自然的书写中让人感到了对生态环境的保护和关爱，“长白山是美的，因为它是自然的，至今仍像个混沌初开的世界，尚未遭受人为的破坏”(《永远的长白山》)。文章把趣味性和人文关怀熔为一炉，情思宏阔而富饶。罗伏龙的《浏览东巴凤》，既写出了东巴凤的沧桑历史、美丽风光、淳朴风情，更是寄托了对东巴凤发展前景、美好未来的期望，跃动着一份鲜活的现代意识，使人性发现，使人格净化。龙歌的《亲近防城江》流露着对防城江的深情厚意，他深爱着这条美丽的江，因为在树高竹茂的自然景象中，他意识到了“只有懂得保护环境的人才是真正懂得如何生存的人”。

游记是中国散文重要的形式之一，因时代的变化而更易它的内容，具有高度机动性。张潮在《幽梦影》中论道：“有地上之山水，有画中之山水，有梦中之山水，有胸中之山水。地上者妙在丘壑深邃；画上者妙在笔墨淋漓；梦中者妙在景象变幻；胸中者妙在位置自如。”从创作主体的审美动向来看，当代游记的内涵远远超出了模山范水、吟风弄月、访奇探胜、浪迹天涯的模式，从摹写自然、领略自然到领悟自然、关爱自然，无论在思想观念上还是创作手法上都增添了新的元素，画中、梦中、胸中之山水已经融为一体。文变染乎世情，这是新时代带来的一种新的悸动、新的要求，带着一份对自然精神空间的尊重，带着一种人文思考的向度，游记超越了某个具体的审美对象，成为与自然融为一体的精神审美象征物。醉翁之意在乎山水之间，也在于树下水滨明心见性，以无边、深厚的人文关怀回应着青山绿水。

结　语

随着文化空间的活跃与不断的发展和变异，散文创作者们视域愈加开阔，学养日趋深厚，散文由极其个人性质的、独特的感受出发，通过足够的思想的沉淀，形成了审美与审智的相互交融。散文创作外延的扩展，思想精神的深化，由个性凝定而成共性内涵，促使散文成为一种独立的文体和特殊的文化、精神载体。新世纪广西散文创作由平面到立体的多层次、多视角的整体发展预示着：只要在平淡中坚守，在努力中坚韧地行进，就会有未可限量的未来。

心灵的风景线：论当代广西女性散文创作

黄晓娟

自20世纪80年代中后期以来，随着女性主体意识的觉醒与高扬、女性参与生活的广泛与深入，中国女性散文获得了长足发展，其生活涵盖面之广泛、文本实验形式之丰富，超越了以往的散文传统。经过90年代“散文热”的培育和催化，女性散文家的队伍空前扩大起来，散文创作成绩斐然，散文风格鲜明独特，深受广大读者喜爱。这一系列的变化显示了中国女性散文的思想观念、文化水准、审美境界和文学艺术品位等都达到了一个新高度。

20世纪八九十年代，在广西文坛上也活跃着一批女性散文家，她们的作品从女性生活的各个层面、女性独特的审美视角出发，用直觉诉说和理性剖析的方式，展示当代女性对社会、人生独到的心灵感悟，大胆的情爱追求和对人生的不懈探索，以及对女性自身命运的深切关注，形成了广西文坛一道独具魅力的心灵风景线。她们的创作以独有的对当代生活的情感体认与诗性展示、独特的创作风格及审美倾向，显示了当代女性思想艺术的风采，从而在广西当代散文史上独标一帜，为新时代的文学注入了一股强劲新鲜的血液。

作品信息

《广西大学学报》2004 年第 3 期。

在这一大批颇具影响的女性散文家当中，冯志奇、岑献青、张燕玲、林宝、林白、黄夏斯榕、李甜芬、莎金、董晓宇等是颇具有特色的。她们的作品既充溢着青春的激情、感伤的浪漫，又以人生历练、生命积淀为精神内核，建构了一个各自独立的、独特的精神世界。在她们富有社会和人性内涵的书写中，直接、充分地体现出各自自我的艺术探索追求，并与时代撞击、渗透，作为一种精神资源丰富着这个时代的变革。她们的创作以自己独特的人格魅力、独特的审美视角，为世人提供了巨大思考空间和众多启示，徜徉其中，让人激动、惊叹。

二

散文是一种负载人生体验感悟的文体，女性自我的觉醒与生长，女性内宇宙的发掘与拓展，为女性散文创作提供了丰沃的土壤和充盈的空间。当代广西女性散文的创作有如下的特点：

（一）记叙独特的人生体验，抒发对社会生活的理性思考，在天地自然的情怀中充分感悟。新时期的散文创作在女作家笔下有了很大的改观，她们逐渐摆脱了凡事都要从“社会”着眼，都从“人”入手的固定模式，而将整个天地自然纳入自己的视野。她们的散文谈都市生活的种种，如谈服装、谈生活起居、谈饮食男女等等，皆深入浅出，言之有据，从日常生活中提炼和发现哲理；她们尤其喜爱选取大自然的事物来表现思想感情及其体悟。有的写自然现象，有的写动物、植物，也有的写无痛感生命的器物，这是一种以天地自然之心来体悟自然之物的心怀，从中传递出她们的审美情趣和独特思考。女性散文的题材空间的拓展，带来了文化观念和思维方式的改变，表达女性对社会人生、对人类文化的重新思考。

冯志奇的散文以故乡风情、童年旧事、人生沉思、文化名人为主要题材，抒写自己对人生世态、艺苑文丛的感知体验。冯志奇的爱好广泛，书、画、戏、文，无所不及，因其多才多艺，被称为“才女”。冯志奇的散文多是从平凡生活中采撷一些鲜活的人生故事，从人生长河中掬取几簇感情的浪花，抒写自己的生活感悟和生命体验，注重个人精神的表达。如《家住八角塘》《爱得痴迷》等，文中所写的就是每个人都拥有过的经历、保存着的故事，它是一份抹不掉的心中的情感。再如《独坐书斋》，既是对心爱书房的描写，更是在这描写过程中袒露作为知识女性的她，在清贫自在的神圣天地中，“获得一种永无穷尽的快乐”，她真诚地展示了自己丰富的内心生活图景，那就是对真、善、美的渴求。

优秀的散文应当体现作者的思想情绪、呈现独立思考的品格、表达真实的情怀、追求厚重的质感，林宝的散文负载着这样的追求。审思品格在林宝散文中得到了明显的强化，从而决定了她在认识事物中呈现出独特而鲜明的气质。强化审思色彩所带来的直接结果，是把对人性的审查、对生命意义的发掘、对人类和生存的思考作为散文创作的核心。她善于通过自然景物隐喻人生，揭示哲理，使知识积累和人生积累适时得以释放。如她的《古人不见今时月》《落叶不只在秋天》《一个人·一颗星·一朵花》采撷的是日常生活中的琐事，从平常中见闪光点，充满了哲理性，这一份哲思使得林宝的散文的个性强烈而独立。她正视自己，并以审己的冷峻来审世，打量人与人的关系，打量荒芜的现实与异化的人心，从而使她的散文里具有了一些确定的东西、一种坚定的理性。因此，林宝的审思目光还牢牢扣紧社会和人心的变化，表达对社会、人生、情感的理解，表现女性对生活的希望与独到的追求。在林宝的散文中，触目所及的社会现象和社会问题只是作为触媒点，引发的则是具有现代生存意识的思考。这种思考渗透在她写作的各个角落里。如《一件毛衣》，文中点出了理解对于人类交往的重要性，体现了作者对人性中美好情感的呼唤。

岑献青的散文弥漫着思乡的情感，她怀着对乡土的眷念，描绘了一幅幅绚丽多彩的壮民族风情画。如《永远的灵魂》，在浓浓的思乡中，追问着壮民族的先民们用生命烙在花山崖壁上的灵魂，深入民族思想灵魂的深层，具有强烈的历史纵深感。岑献青对于故乡生活的描写，更多是从人生长河中选取最深刻的记忆，抒写自己的生活感悟。有对纯真人情的赞叹《梦中小河》；有对亲情的颂歌《悠悠情摇》《远水的小舟》等，其间都贯串着人情、人性、人生这一条红线。《秋萤》《星星的故事》《种草偶记》写的都是自然界的景物，作者从自然中的一草一木、花鸟虫鱼中品味着生活的美好，同时也读出了生命的意义。她追忆往事，在逝去的光阴中抒写对于现实生活的种种感触，思索生存的意义、生命的价值；她描摹人物，善于从一些平凡而普通的人物身上挖掘人格印痕，以反思历史、领悟人生；她抒写亲情，礼赞童心，缅怀亲人，充满温柔的情愫且情感真挚。她写进散文的大多是些轻淡的、微末的东西，是一个女性对往昔生活的顾盼回眸，是生命绿叶的斑驳投影，但才华就在于她能从平常琐事中发掘出美好的情致，写出人本质深处那种令人动情的纯真或悲哀。在反映社会生活、构思文章时，她特别注重撷取生活中美的情感与经历，传达出女性特有的对美的追求与理解，在她的散文中，她总是以一种“沧桑看云”的平和的心境去触摸、去感悟生命中真实饱满而记忆深切的丝丝缕缕。因而，她笔下的自然、社会、人生显得美丽而纯洁，充满着温馨与关怀。

张燕玲的散文对于生命的感悟是含蓄地存在于对外在世界的叙述中的，她在自然和一切有生命的存在中寻求启悟，在生命的思考中为生命感动。她的散文《耶鲁独秀》既是关于生命起源的追问，也是自身心态情感的外射与凝聚。在字里行间透着作家对“女性是什么”的考问，对灵魂的追根究底，对生命之链、时间和空间的遥想。无法摆脱的人类生存的大惑，力图通过历史、文化、民俗等对人类的生存作出哲学的思考。现代文化特征中的审思活动在散文中所表现的不仅是对外部世界的观察和凝视，更是作家的“内宇宙”——一个广袤的心灵世界和情感世界运作的体现。此外，张燕玲的《水萝卜》《夏季远去》就像一篇篇含蓄隽永的寓言，在对自然万物的解读中，抒发自身对于生活的哲思，一种坚韧的生命状态，展示了女性作家柔婉的心绪。作者通过自然景物隐喻人生，揭示哲理，昭示独到的生命感悟。

（二）袒露女性情怀，抒写女性意识，注重探讨女性幽微的内心世界。白居易曾说：“感人心者，莫先乎情。”散文创作最重视情感，特别适合表现生活中零散片段的感想，也特别适合表达女性丰富细腻的感情世界。女性散文擅长于表现女性生命的诞生、成长的心路历程。

散文之于张燕玲是一种灵魂挣扎的文体，心的智慧书写。张燕玲的散文是典型的女性散文。她散文大多是在寂寞独处时，在没有对视眼光的时候写下的。于是她沉入自我的世界，独自与灵魂交流。她在生活中的每一点温馨中感动，为每一道风景流连。分别与相逢、期待与失落、孤独与重逢以及人生种种的际遇与忧伤都会带来心灵的感动。她会为朋友送的鲜花迷醉，如《冬夜随笔》；在生命进程中最软弱的时候，她会在抱朴守拙的树林中获得欢愉，如《幸福在你心中》。阅读这样一颗丰富的心，不会产生“欲将心事付瑶琴，知音少，弦断有谁听”的无奈感，反而会在她与寂寞的对视中发现生命中有一份长久的思念，有一份深情的期待，于是美中不足的生活便有了最完美的寄托。张燕玲的精神永远都处在这样一种丰盈饱满的状态，时常有与来自内心的美丽与慰藉不期而遇的喜悦。细读她的心灵文字，不会觉得累，不会觉得平淡乏味，在她的精神境界与艺术世界中会获得一种取暖的享受。

正因为张燕玲的内心对自然、对人生、对生命充满着一种生动不息的渴意，因而她能体味微妙，坦然面对人生赋予她的酸甜苦辣。对于来自生活中的伤害与噩梦，她不夸饰，不矫情，反倒滋生出了用充实与沉静去充实生活的勇气，真情真性。尤其是那些写给孩子的作品，在烟火之气中给人以温暖而亲切。如《望尽天涯》《在秋天里游走》，流露在其中的这份母爱魂牵梦绕，这种不曾为成长岁月迁移的纯净童趣，在天真烂漫舒卷自然之中以至情至性感人不已。

在散文这种诉诸心灵的形式中，张燕玲以特有的知识女性的才情和儒雅气质赢得了读者的倾心。那种曲折幽远和惊喜交加的情绪，让人无法拒绝她的感动。她在深夜里反复读解自己的心灵，追省自身，每一句话都是穿心而过，是作者性灵的自然流露。因而，她那些吟咏性情的散文不流连于琐碎的具体生活表面，她的散文在含蓄中体现出智慧的光芒，是具有现代意识的女性的孤独和寂寞。这种孤独与寂寞不仅源于气质的因素，更包括其思考的迷惘。很多的痛苦不仅仅是作为女性的痛苦，而是作为人的痛苦。她以书写的方式展露着心路历程，既是自我静默生命体验的提升，也是与读者双目凝视的交流。张燕玲有着自己不被外界异化的内心生活，她以散文接载着自己对于现实的思考和升华了的情绪。她的散文就是她心迹的真实记录，从中可见蕙质兰心。

走过迷茫、怀疑到思考的一系列蜕变，张燕玲在她的散文中展示了所经历的重塑人生观的心路历程，便是其精神信念形成的基础。以开阔的视野与深刻的生活感知表现现实的真情实感，人生体验在心里深沉地沉积，使其创作对宇宙人生的悟性愈加深刻、灵妙。她尤其注意从大自然的陶冶欣赏中获得顿悟，从而得到宁静玄远的心的喜悦。对生命价值的孜孜咏叹，来自她多维眼光和多重性角度观看人生的思索，这种思索使得张燕玲的散文不时闪现出对于生命的哲思和透悟。尤其是在对女性生命体验的广泛书写中，向着女性的生命本体和精神取向作深层的透视，将女性的感情和知性朝着女性历史和文化方向集成。铁凝曾说过散文对于她永远是一种心灵的磨砺，我想同为知识女性的张燕玲，在她与心灵的对视中，散文也是心灵的磨砺。她将内心的自省、人生的探求融汇起来了。

女性散文在关注自身、走向世俗、走向时尚、走向感性和体验的过程中，始终执着地发出对自身终极价值的追问。林白的散文如同她的小说一样，大多是内心写照之作，是来自心灵深处的独白。“独白是一种呼吸，一种结构，一种呻吟和呐喊。”于是林白在这种独白中沉醉，喃喃自语，回顾生命，书写生命走过的场景，展示生命的内在景色。于是，她在自己的记忆中一遍又一遍地游走，在对个人生活的汇展中，突出的是作者个人的遭遇和生命体验。完成了一个女性追问自我的过程，一个女性的话语由自身向生命深处的指涉。随女性意识从失落到回归，女性意识成为洞见世俗人生的一种独立的审美意识，女性写作也浸润了女性独有的特点。林白的散文基本取材于女性的成长历程、生活体验，应该说这些内容作为生命过程本身就负载着深刻的人生内涵。在《沙街》《流水林白》中，她从女性自然生命历程切入，以极其细腻敏感的女性直觉、含蓄诗化的笔致，将女性不曾言说的隐秘优美地写出来，那最原初的生命脉动，那女性“自我”在“生理→心理”成长、完善的全过程。

董晓宇的散文从爱情、婚姻、事业等方面来品味人生，深入精神、人性内里去发掘引证，使作品拥有了人文厚度。在她的散文集《黄房子》中，汇集了一个个纯粹的心情故事，它们是从狭窄的历史缝隙中涌溢而出的女性个人化的经验。她以女性特有的直觉和思考，观照现实生活中的女性命运，全面地反映和解剖女性作为人的自然属性和社会历史属性。表达出对婚姻与爱情的深刻洞察与超越，对女性人格尊严的关怀。

（三）描述自然景物，透析历史文化，突破以往散文情、景、理、趣的格局模式，形成了以历史文化为表现对象的大文化散文。

在社会生活中人们都有自己的经历和经验，体验则是一种价值性的认识和领悟。女性作家更善于以自身的经历体验和女性心理特征去观察社会与人生。这也许与女性跟自然万物更易沟通与融合的特点有着密切关系。

托物言志类散文是中国古代散文的一个重要组成部分。它们不着意于景物的描写，更重于表达主体的内心情志，从而达到"圣人立象以尽意"之妙。在张燕玲的游记散文中，既写出了山川风物的自然本色，更在于以自己的情感体验感应生命宇宙，写出了许多常人无法获得的洞见。在《维也纳森林的故事》中，她用精神与自然对话，从而获得了精神的启悟。此外，像《0点废墟》以及《地狱之门》等等，张燕玲都是在用自己的心灵与历史文化对话。她在对历史、现实的双重穿透与沉重叩问中，使作品具有多位的思想意蕴。她的思绪在绵长的历史回眸中，感受着现代生命尤其是女性生命，显示出历史的美学的高度和启悟后人的精神向度。

黄夏斯榕散文中所流露出来的对于人生的态度，既不是浪漫的，也不是悲切的，而是一种坦然面对人生赋予她的喜乐哀愁。她的抒情旅游散文，以同样的心态观照山水，观照风土民情，写下了不少令人回味与沉思的作品。徜徉在自然之中，她不是尽其能事地描摹山水胜景，而是将自己的人生情怀寄托其间。她对大自然的深情，使她常常能从中获得灵感与顿悟。如《灵渠情思三章》《感谢杜甫》。作者能够在景物中聆听到天地人神交感的和谐，能够从人的超本性出发，感受到景物对身心的召唤和洗礼，从而将人在日常沉沦中失落的本真重新显现，露出了诗意栖居的精神家园。

李甜芬在广西凭祥这个历史上发生过无数次残酷战争的边疆小城里生活了很长一段时间，对于边城的方方面面——人性、世故、社会、历史、风俗有极其珍贵的体验，对边城文化和历史的关注，使她的散文集——《边城情结》在珠子般连缀成篇中，整体性呈现出一种文化精神。边城文化在中华文化中有着十分特殊的地位，李甜芬擅长于以历史文化与日常生活交织的眼光将这份特殊性传达出来。因此，她的散文一方面是从日常生活的眼光中去感受生命的温馨，聆听生活层层浪花中感人心弦的乐音，从微中见深厚；一方面是以对历史文化的敏感性，捕捉历史的启示，体会时代的嬗变。收录在其间的《背影》《旧州拾遗》《友谊关》以充盈的情感、细腻的文笔描绘出了南中国边疆的山水风貌、历史背影、民情风俗和建设历程。

在林宝的散文中有很多是以她生活的城市——防城港作为主要描写对象的。这座城市已经成了她生命中的一部分了。小城的风风雨雨和改革开放的历程在她的散文中有生动的表现，其间蕴含着她的真爱与深刻的体验。《港区春早》《新珠璀璨》以充满欣喜和赞美的笔调，记录了防城港的历史变迁和为城市建设付出辛勤劳动的工作者，在她的文字中透着南方海边城市特有的生活气息，和作者来自心底的对这座城市的真情，这些珍贵的经历，使她拥有了和这座海边城市一样丰富的精神财富。林宝的《港行》《灯塔上》在对防城港风风雨雨历程的关注中，展示了这座城市的诞生与崛起，开拓与建设，透着南国海港特有的生活气息和作者的真爱与真情。李甜芬和林宝的创作和人生探索，反映了时代种种面貌，为文坛注入了一股新鲜的血液。从这些文字中我们可以看出作为当代的女性、女散文作家，能够透过历史传统的现象，以鲜明的现代意识观照人生，体现出博大的胸襟和女性精神的张扬。尽管她们的散文形态各异，色彩、风格多样，各自有自己的倾向角度和领域，但其内在精神还是有一脉相承的地方。

二

在艺术上，女性散文冲破了陈旧的抒情模式，在叙述技巧、散文结构、情感运作诸方面呈现出活泼、新鲜、多样的特点。由于女性敏感、顿悟、直觉、联想等心理功能的尤为突出，因而女性散文在艺术上呈现出活泼新颖、灵动多元的探求。这些自觉的散文创新意识，体现了女作家们意欲探求建构散文审美空间的多重可能性。

女性散文中创作精神的变化，影响到了文本主题，形式范畴，及艺术的触角与视点的变化。女性散文在形态上明显地具有精神的自叙传特征，即突出了对现实的思考和升华了的情绪、精神化倾向，自身现实的生活场景与内心感受更接近作品所营造的艺术世界的氛围，感知视角感受方式于自然中透情韵。

在艺术审美的情趣上，冯志奇追求的是“真”，即用真性情，用灵魂与生命书写散文，在情感的语境中，鲜活自然而毫无矫饰地关注着人们的精神世界，表现着人性之美。如《音乐的魅力》，作者以诗化的语词记录了一次令人难以忘怀的音乐会，她对生命存在形态的感知和对人类情感方式的体认，具有男性作家无法比拟的对人性敏锐的观察力和细腻的表现力。冯志奇的创作的心态平和冲淡，语言朴实无华，笔法舒展自如。如《寻访李香君故里》既写出了李香君清高典雅的仪态，睿智的才气，更写出了她作为一个青楼女子难能可贵的高洁之心，这种精神穿越漫长的时代，作者以知识女性的沉稳大度将过去演绎成一种希望，给人以强烈的精神触动。文中的语言富有诗意的灵动而又具有深沉的韵味，透过她的这些作品显示出中年女性所特有的凝重深沉与平实的创作风格。林宝的心理细微而敏感，她的散文描摹出了心灵的每一个颤动，对思绪情感的表达，往往比男性散文家更坦然、更大胆。她是在写散文，但更重要的是她在写自己、写心灵、写情感体验、写个性追求、写精神寄托、写人格力量。正如王英琦所说：读者本以为是要看到一个作家，而惊喜地发现了一个人。的确，通过散文能看到一个真正的、真实的林宝，这比散文本身更重要。

为走出单一的倾诉和直抒方式，突破平铺直叙地进行背景介绍或过程交代，一些新锐女作家吸收了西方现代主义表现手法。最为普遍的是意识的跳跃滚动、对时空的自由切割、瞬间幻象的捕捉与再现等方面的探索。

张燕玲的散文多采用诗的语言，表达女性特有的变化无端的心绪和潜意识，沉淀情感、情理相济，以表现更丰满、曲折的女性心理，使叙述成为散文中富有生命力的组成部分，具有更多的随意与灵气；林白的散文善于突破线性思维模式，跳跃性极大。她有意采用意识流动、内心独白、理性和非理性等手法，以图有效表达焦虑、孤独、无法言语的绝望等剧烈的感情，以利于心灵的舒张和个性的弘扬。自觉地使用叙述技巧、意象设置、章法结构，力图使叙述在散文中活起来，成为女性散文作家审美欲望追求的体现。

林白的散文和她的小说一样，习惯采用“回忆”的视点。她笔下的故事和生活场景，既是最真切的个人记忆，又是飘忽不定的人生幻想。因而，在那些用回忆片断连接的散文中，散发着特殊的文化意味。如《逝去的电影》《德尔沃的月光》《在黑暗中走进戏剧》。

随女性意识从失落到回归，女性意识成为洞见世俗人生的一种独立的审美意识，女性写作也浸润了女性独有的特点。林白的散文在个人的记忆中放任自流，情感跌宕起伏。她毫不遮掩地把自己袒露给读者，让人真正看到一个真实的女性，她敢于揭开遮掩自己内心的帘幕，并且把自己隐秘的内心世界用散文化的语言公诸于世。她回忆又时常被现实的情感毫无节制地穿插，思想融化在其巨大的情感潜能之中，感受又总是处在激变之中，多而零乱，因而在记忆与现实之间，她常常采取片断性的表述，打破散文完整的情感线索，而用一种情绪贯穿，从而在整体上保留了散文的情感性——这种情感是受着情绪牵引的，显示出强烈的个性。林白的散文叙事带有明显的自传特征，体现了个人化的叙事法则。

林白善于以自我回忆式的情绪流动，以内心感受的变化组织文字，散文呈现出自由、散漫、跳跃、零乱的特征。《沙街》自由无拘的行文风格会让人联想到萧红的《呼兰河传》。故园之恋，在中国现当代文学中有着悠久的传统。故土 B 镇、沙街是林白情之所系的乡土世界。故乡虽然贫穷、闭塞，但却是一个漂泊天涯的游子灵魂最后的栖息地。在林白的笔下，记忆中的沙街、记忆中的童年，一切显得都很美丽，充满了诗情、善意和美感。文中作者深情地描述船上的女生、码头上的木垛、挑水的人群、上市的青菜、卖猪红的人家、挖蚯蚓的郑婆、孤老头王二、宋家的酸菜、茶水摊、糖粥摊、油盐铺、木器社……在怀旧中虽然有感伤、有惆怅，但更多的是留恋。林白的沙街是她对遥远记忆的复制，更是对精神家园的渴望。因而，在灰色枯燥的都市回忆梦幻的家乡，洋溢着一种真挚的情愫、一种迷人的韵致。

林白的散文色彩飞扬，文辞俊俏生风，既锋芒锐峻，又幽默、灵慧、轻盈，在文风上蔚然自成一家。从她的散文中感受到一种体验生活的全新印象，得到一个可以比照参考的自由联想空间。私语式地对文化与生活的体察、洞见与评鉴，使她的散文中带有独特的文化内涵，她能够以文化为参照，以生活为依托，在散文中自由地发言评说，散文作品中还带有思辨的内在脉络，显示出一种机智与灵变。一种经由文化心理智慧浸润的光亮，行文清简、明鉴。然而，在女性散文拒绝了以往文学虚假的宏大叙事、以真切地展现心灵的世界为己任并取得了令人瞩目的成就的时候，也显示了女性创作主体意识的相对柔弱，审美视野的相对局狭。

在语言上，女性散文极富诗化与情化的特点，语言的张力与弹性极大，极富幻想。女性写作以特有的女性心理方式和语言方式进行表达，她们常常采用比喻、象征、复沓、排比等修辞手段来表情达意，因而使语言凝练贴切，字约意丰，温文婉转，情味深浓。

张燕玲的散文自然流畅，细腻灵动，在现代散文的诗意的营构方面独具特色。明代李贽说："言出至情，自然刺心，自然动人。"张燕玲是以真性情为文的。她的散文就载录了她清幽的心音，不粉饰、不掩盖，即使弥散着悲哀也绝对真诚。在散文中，她道出了自己创作的心态，在她的内心世界里，由于那种无名的悲哀阴翳的潜质，使她习惯于通过书写的方式去体验悲哀。这种富于女性诗化的悲哀情绪，是一种多情、敏感与忧虑、感伤共同作用的弥散。然而，在情感的表现上，她又长于将炽热的情感掩藏起来，用节制来表现丰富，将强烈化作委婉、深沉，由此传达出更为炽热的情感之流。于是，心底的波澜在化为笔下的文字的时候，我们看到的不是灵魂的躁动与挣扎，而是将苦痛幻化成为一种精神的静默，生命态度和精神方式的率真冲和、沉静如水。张燕玲有着矜持的文学审美尺度，她以自己对现实的特殊敏感和深刻体验认构出了诗意静默的文本风格。

语言是文体与作家思想、人格、气质之间转化完成的一个中间环节。张燕玲是一个在深刻文化背景中成长起来的作家，长期与文字为伴的生活，形成了她率真洁白的书卷气。她的散文除了那股扑面而来的淡雅书香，还有严谨的思辨才识。张燕玲注重叙述与描写语言的洗练、干净，追求一种典雅而纯净的风格。如《秋天的过程》，抒情、感伤而忧郁的诗情流淌在字里行间，富有韵律的行文幻化出了古典诗词中的失落与怅惘，浓郁的诗意中又增添许多唐宋风韵。张燕玲的散文句式灵活，长短句交叉，整散句配合，语气跌宕起伏，疾缓有度，每一句话看似自然道来却是非常讲究。整齐中见参差，紧迫中蕴舒缓，行文中回荡着参差的节奏感与音乐的韵律美。

中国现代散文名家柯灵在谈到散文时说："寸楮片纸，却是以熔冶感性的浓度，知性的密度，思想的深度，哲学的亮度。一卷在手，随兴浏览，如清风扑面，明月当头，良朋在座，灯火照人。"[1] 当代广西女性散文创作显示出了这样的追求。

| 参考文献 |

[1] 柯灵 .《人生和艺术》总序 [N]. 新民晚报，1993-04-08.

区域作家群的一个样本及研究意义

——文学桂军系列研究论文之二

李建平

一、引人侧目的文学桂军

看20世纪90年代（以下有关年代的表述，除特别注明外，均为20世纪的年代）以来的十余年间的中国文坛，可以发现，在中国西部的一个经济欠发达地区——广西壮族自治区，崛起了一个引人注目的作家群。这就是以“广西三剑客”东西、鬼子、李冯三人为领军人物，包括林白、凡一平、蓝怀昌、潘琦、梅帅元、聂震宁、黄佩华、冯艺、彭匈、黄继树、常弼宇、喜宏、杨映川、刘春等作家和王杰、张燕玲、陈学璞、李建平、黄伟林、张利群、杨长勋、唐正柱、彭洋等评论家所构成并被文学界称作的“文学桂军”。评论家贺绍俊这样描述：“20世纪90年代开始，广西年轻一代的作家如东西、鬼子、李冯等冒了出来，他们以现代和后现代的叙述

作者简介

李建平（1952—），广西桂林人，毕业于广西大学中文系，广西社会科学院文化研究所研究员，著有《新潮：中国文坛奇异景观》《桂林抗战文艺概观》等，主编有《广西文学50年》等。

作品信息

《广西大学学报（哲学社会科学版）》2007年第6期。

方式呼啸而来，让文坛大吃一惊。”[1]贺绍俊这段言论出自他为《中国文情报告（2004—2005）》撰写的《广西群体的意义》一节，“广西群体”成为这部国家级文情报告中唯一以专节加以报告的区域作家群。的确，“一支崭新的、富有活力的文学艺术桂军在神州大地崛起……标志着广西当代文学艺术史上一种全新的现象的出现”。它使广西文学和作家进入了全国文坛视野，为当下的中国文学提供了新的文学佳作和作家成长的新鲜经验，提供了经济欠发达地区文学和文化发展的一种可资借鉴的模式。其生成和发展情景构成了广西文学史和文化建设的重要部分，也构成了世纪之交中国文坛不可或缺的历史记载。

所谓文学桂军，主要指20世纪90年代后活跃于文坛的一批广西作家。最初特指1949年以后出生、90年代活跃于文坛的青年作家，始称“文学新桂军”，以后的研究和述评常常将90年代仍活跃在文坛的1949年以前出生的中年作家一并纳入，逐渐通称为文学桂军。*文学桂军属于特定时空范围下形成的中国当代文学区域作家群概念，并非具有历史延续性的文学史概念。

二、文学桂军的主要成就

看文学桂军的引人之处，在于近10多年来他们的文学成就和贡献：

（一）奉献文学精品佳作

文学创作是文学桂军的先锋队。早在90年代初期，1990年《上海文学》第12期就同时推出喜宏、李希、黄佩华、常弼宇、小莹、岑隆业等广西作家的5部小说，这是文学桂军在全国著名文学媒体的第一次集体亮相。1993年，《当代》第3期同时推出常弼宇、黄佩华、凡一平、姚茂勤的4部中篇小说，加上这一年第1期《当代》曾推出喜宏的一部中篇，这是广西青年作家在国家权威文学媒体的又一次集体

* 本书“文学桂军”特指20世纪90年代后活跃于文坛的广西中青年作家和评论家，不包括90年代以前活跃于文坛的前辈作家，如陆地、韦其麟、秦似、林焕平等，也不包括非大陆文学的桂籍作家，如白先勇。其作家范围参见中共广西壮族自治区委员会宣传部和广西文联主编的《文艺桂军在崛起——广西文学艺术家十三年成果集》（广西人民出版社2003年出版）的入选作家。

展现，其中常弼宇的《歌劫》还获得了1993年度的《当代》优秀作品奖。不久，沈东子在《上海文学》1993年第5期发表的短篇小说《美国》被同年度的《人民文学》第10期转载，并荣获1993—1994年度的《上海文学》奖。林白此时进入北京定居，《一个人的战争》(1994)、《守望空心岁月》(1995)和《青苔》(1995)等小说在文学界产生较大影响。这构成了文学桂军冲击全国文坛的第一排冲击波和最初的成果。1995年以后，文学桂军的领军人物东西、鬼子、李冯先后亮相，前两人分别以中篇小说《没有语言的生活》和《被雨淋湿的河》获得第一届和第二届鲁迅文学奖，李冯则成为《大家》《钟山》《作家》和《山花》举办的“联网四重奏”的首位获奖者，并成为张艺谋两部电影大片《英雄》和《十面埋伏》的编剧。三人因创作上的成绩被称作“广西文坛三剑客”。这构成了文学桂军冲击全国文坛的第二排冲击波。90年代后期和进入新世纪以后，张燕玲的理论与散文、杨映川的小说、冯艺和彭匈的散文、刘春的诗、黄伟林的批评与杨长勋的文学传记，相继进入全国文坛视野，有的获得国家级奖；2004年第6期的《上海文学》又刊出一个广西青年作家专号，以广西籍作家林白领军，带领一批新作家亮相，他们是：潘莹宇、纪尘、李约热、光盘。这些，形成了文学桂军冲击全国文坛的第三排冲击波。持续不断的文学力作的推出，连同后来文学介入影视与文化等领域里的成果与影响，文学桂军作为一个特色鲜明、实力强劲、成果丰硕的区域性作家群，得到文坛和社会的认定。

（二）进军影视演艺领地，营造影坛戏苑的美丽

90年代后，我国影视市场遭遇美国大片、日本动漫和韩国电视连续剧的强劲冲击。面对挑战，中国影视界出现了影人与作家的联盟。广西作家并未落后，文学桂军中的三位领军人物东西、鬼子、李冯以及凡一平、张仁胜、胡红一、冯艺、林超俊、孙步康、韦俊海等新锐作家，均投入影视创作和改编之中。东西写小说写得好，进军影视圈做编剧也得心应手。他的几个影视作品均是根据自己的小说改编的。他将中篇小说《没有语言的生活》改编为电影《天上的恋人》，在第5届东京电影节上是“唯一一部入选本届电影节、正式参赛的中国影片”，在日本观众中引起了强烈反响，被誉为“最美丽的爱情故事”[2]。他还有以长篇小说《耳光响亮》改编为电

影的《姐姐词典》和电视剧《响亮》，根据同名小说改编的电视剧《我们的父亲》。《响亮》《我们的父亲》两个电视连续剧在2005年一举推出，国内获得了较高的收视率。鬼子则担任了电影《幸福时光》的编剧，这也是颇受关注的影片。最有影响的是李冯参与张艺谋的电影大制作，担任《英雄》和《十面埋伏》编剧。两片上映后十分卖座，票房收入与美国大片抗衡。凡一平参与电影制作的剧本有《鲁镇的故事》和《理发师》，胡红一编剧的电影《真情三人行》获得中国电影金牛奖。冯艺参与创作大型电视散文《西部的发现》。广西作家参与戏剧创作和演艺策划也身手不凡，梅帅元任编剧和策划的壮剧《歌王》获得国家戏剧最高奖——文华大奖，张仁胜编剧的彩调剧《哪嗬咿嗬嗨》也获得国家大奖。梅帅元更大的制作和贡献是推出了我国首台大型山水实景演出《印象·刘三姐》，他任总策划、制作人，邀约著名导演张艺谋担纲，王潮歌、樊跃加盟。《印象·刘三姐》成功上演以后，入选中国文化产业十大经典案例，并被国家文化部确定为国家文化产业示范基地。

（三）立起女性主义文学旗帜

1994年，林白的长篇小说《一个人的战争》发表出版后，影响广泛；林白与陈染等一批青年女作家，在她们的作品中强化女性意识、女性经验，把女性最隐秘的感受、心理、情绪，都通过优美的文字表达出来了，成为中国当代女性主义文学的棋手。进入新世纪以后，林白以《枕黄记》《妇女闲聊录》《万物花开》等作品显示了她由“私人化”写作向“面向现实社会”写作的转变，第一次在中国文坛展示出“生态女性主义”文学景观。70年代出生的女作家杨映川继林白之后，写出了颇有深度的女性主义文学作品。她的《不能掉头》等作品，在广阔的社会背景下表现了女性和男性在追寻爱情过程中的差异与互救，情感、人性、勇气的逃离与回归，将女性主义文学，向社会现实纵深推进了一大步。以林白、杨映川为代表的文学桂军女作家对当下中国女性主义文学发展做出了贡献。

（四）打造中国文论重镇

自1996年张燕玲主编《南方文坛》以来，该刊成为中国文论界注目的重要阵地之一，影响力已汇入中国文坛的理论体系之中。它开设《中国当代文学研究会专栏·文坛评述》栏目，点击当下文坛的动态和最新研究，其信息性深受读者欢迎；它以《今日批评家》栏目会聚谢冕、陈思和、鲁枢元、夏中义、白烨、贺绍俊、南帆、陈晓明、郜元宝、王干、孟繁华、李洁非、张新颖、旷新年、李敬泽、洪治纲、谢有顺、吴俊、王彬彬、戴锦华、张柠、吴义勤、程文超、罗岗、施战军、杨扬、葛红兵、何向阳、汪政、晓华、黄伟林、王光东、李建军、张闳、张清华、王宏图、林舟等几十位国内活跃的中青年评论家，形成文论界一个重要的思维场；它设立的"《南方文坛》年度优秀论文奖"被专家认为是中国文学批评的一项重要奖项，已历时四届，受到文坛和媒体的持续关注；它与《人民文学》杂志联合举办的"中国青年作家批评家论坛"已历时三届，正在成为中国文坛的品牌论坛。《南方文坛》对中国文坛的贡献越来越丰富，意义也日渐彰显。无怪乎陈思和、白烨等教授在2001年11月广西北海召开的会上提出：中国当代文学最有影响的两家杂志——辽宁的《当代作家评论》和广西的《南方文坛》，一北一南，承担着对中国文学理论的责任，它们不仅是地方的，更是中国的，是中国文学理论家之家。中国作家协会副主席陈建功评论《南方文坛》时说：她"团结和吸引了全国一批实力派批评家，成为我国文学评论界的权威性阵地"[3]。

三、文学桂军的内涵及研究意义

文学桂军特色鲜明、代表性强、内涵丰富，颇多研究意义。

（一）区域作家群新样本

20世纪90年代是中国文学经过了80年代的高潮之后跌入谷底被边缘化的年代。然而，在文学边缘化的年代和经济文化边缘化的西部地域，却出现了突破边缘、低地崛起的文学奇景，形成了一支令人侧目的作家群队伍——文学桂军。它诞生于经济欠发达的民族自治区域，形成多种民族成分的作家结构，有小说、影视改编、文艺理论等多方面的成就和影响。这种种新鲜的内容与特色，是中国文坛尤其是20世纪90年代以来处于低潮的中国文坛的一个文学亮点，形成了一个富有成就、特色和内涵的作家群样本。

（二）文学发展新模式

1949年后中国当代文学是国家主体意识控制下的一元文化发展模式，全国作家围绕国家主体意识进行文学化的工作，即使在“文化大革命”后到改革开放的80年代里，也是从伤痕文学到反思文学到改革文学到文化寻根，在统一的模式下写出一篇篇作品。这种状况随着文化力的强化和区域文化的崛起而被打破。90年代的中国文坛，出现了权威消失、中心不再、没有主潮的文学态势。政治力削减了，文化力尤其是区域文化力上升了。在这样的文学态势下，低地崛起、“蛙跳”突进成为了可能，尤其是在经济欠发达地区，发挥后发优势实现文学和文化“蛙跳”突进，成为一种新的发展模式，即主要依托区域文化优势而非国家大一统文化的普惠，实施以重点突破和人才聚集为核心的文化发展战略所构成的文学发展模式。2000年起国家实施西部大开发战略，为西部欠发达地区由文学崛起带动文化崛起，实现文化与经济协调发展，增添了强大的助力。近十来年广西文学的大发展和文学发展新模式的形成，正是借助这一天时地利，糅进人和而成的。

（三）文学生存的新思维

中国的改革开放进入到建设社会主义市场经济的时代。文学作为远离经济基础的上层建筑、精神产品，如果没有与时俱进地适应经济基础的变化，依然游离于生活和时代之外，那只能坠入时代的低谷，逐步被社会边缘化。90年代的中国文学，由于不适应转型期激烈的社会变动，一时找不到自己的位置，无奈地从社会的高处跌落，陷入了低地，其困顿情景，至今尚未完全消解。

生活在生机勃勃地展开着，文学并非完全无用。文学桂军的发展显示，文学生存当有新的思维，应当在强化为经济社会发展服务功能方面求得新的发展。

1. 发挥区域文化优势，打造文学精品

前已说到，在国家主体意识控制的一元文化发展模式下，远离国家政治文化中心的西部欠发达地区的文学和文化，不可能有超越东部发达地区所形成的和国家所推崇的主流文学的实力。由50年代到80年代末40多年的西部欠发达地区的文学，基本处于在观念意识上是对主流文学的亦步亦趋、随波逐流。主流文学写农业合作化，西部文学跟着写农业合作化，主流文学写伤痕反思，西部文学跟着写伤痕反思。差别仅仅在于题材的不同。

西部欠发达地区具有以民族文化为内涵的丰富的区域文化资源。文学的发展，应当借助国家的政治力，也应当借助文化力。借助于文化力可以引导我们走出一条缩小与东部的差距的文学发展新路。西部地区幅员辽阔，民族众多，文化形态千姿百态，区域文化资源呈现的是多元共生的文化状况。经济发展以庞大垄断称强，文化发展以多元互补为佳。多元文化相遇必然会互相影响互相渗透进而创生出新质的文化。这种自然法则陶冶而生成的新质文化，本身就充满了现代性。这成为广西文学近10余年崛起的原动力。文学发展的事实也的确如此，随着1985年文化小说的出现和寻根文学创作观的扩散，广西文学界经过1985年的“百越境界”大讨论和“88新反思”两次文学观念的撞击，进入90年代后，文学创作对东部发达地区文学的跟风写作局面得以终结。近10多年来，广西文学逐步摆脱了对于东部文学亦步亦趋的追随局面，找到了其自由生长、自主成长的内在规律，并呈现出文学先锋性的强化，形成了自主发展的态势，走出了一条依托区域文化优势，打造文学精品的文学发展新路。这里所说的文学先锋性并不等同于某些仅借助西方现代创作观念和艺术形式的先锋小说的先锋含义，而是指广西以及其他经济欠发达地区文学有了自身的文学观念意识，并且这种观念意识在整个中国文坛呈现出新生姿态，富于勃勃生机。于是有了如东西《没有语言的生活》等小说所表现出的后现代生存状况和人性变异所抵达的哲学深度，如鬼子的包括《被雨淋湿的河》在内的《悲悯三部曲》所体现的精神深度和宽度以及叙述的成熟度，均在90年代中国文坛处于领先位置等情景。细数文学桂军中的前卫和佳作，无不是由这条路子走出来的。广西地域上以民族文化、历史文化、岭南文化、山水文化交织融合而成的具有独特内涵和风貌的区域文化，进入了作家的心与魂，正如林白自述所说：“她忽然明白，她的故乡并没有消遁，它藏匿在她的体内，与她一体。”[4] 由此洋溢出个性与异彩。

2. 在为经济社会发展服务中坚守文学精神，形成文学、文化与经济的良性互动

文学家提供文本化精神产品是职能本分，而不是自己责任的全部。文学家不是“码字”“造书”的工匠，文学家本质是民族精神的建设者、人格完善的锻造者和人性升华的推动者。依此，在当今建构中国社会主义市场经济、构建和谐社会的时代需求面前，文学家除了要在自己的本分工作中坚守文学精神外，更重要的是要在社会发展的方方面面，填充文学精神，弘扬真善美的人性本原光辉。于是，文学家参与更广阔的文化空间，在更大范围和更高层面上坚守文学精神就成为民族发展所需，社会进步所求。20世纪中国最伟大的文学家鲁迅，正是看到了20世纪初期中国病态社会文学精神的缺失，转而弃医从文，从而在锻造民族魂的艰难跋涉中成为一代伟人的。经济欠发达地区是经济、法制、科教、文化等方面综合欠发达，文学可以凭借区域文化优势和强劲的文学精神之力率先崛起，但若文学不以内在的文学精神之力填充周围的经济、政治、科技与教育，整个社会难以大步前行，文学也难以长久独撑，持续发展。据2005年12月27日《中国文化报》报导，新加坡政府在21世纪发展计划中，强调了相对于“硬件 hardware”“软件 software”的“心件 heartware”，意指社会和谐、文化发达、政治稳定、积极人生态度相融合的人文氛围。这里所说的“心件 heartware”，无疑，与文学精神密切相关。文学当在“心件 heartware”的构成中发挥重要作用。近10多年来，广西的文学家们广泛参与为经济社会发展服务的各项实践，以文学精神融入其间。他们不仅在文学创作、文艺批评、文艺期刊建设和影视剧改编等方面坚持文学精神，贡献出一批精品力作，还几乎全方位地参与了广西文化建设，从文化产业项目策划、文化体制改革对策意见、文化政策制订、文化发展总体规划，等等，由对文化的参与达到对经济社会发展的介入和推动。其作用涉及当前经济社会发展的许多重大领域，如：文化产业规划和项目设计、文化旅游规划和项目设计、民族文化资源和文化遗产保护与开发，等等。文学家将文学精神灌输这些实践之中，打造了文化建设的宽度与厚度，为经济社会的发展提供了定力和动力。快速发展中的经济社会变革又为文学家提供了思

想和智慧的孵化器。作家在参与这些实践中不断强化了精神深度和思想力度，获得文学审美力的不断升华和文化创造力的持续开拓。这种如新加坡政府所说的“心件heartware”建设，构建出广西社会和谐、文化发达、政治稳定、民众拥有积极人生态度的团结融合的人文氛围。它成为了中国文学在精神文明建设和文学（文化）与经济互动中发挥更大作用的一个样本，创建了经济欠发达地区在全面建设小康社会的进程中实现文学、文化与经济形成良性互动的一个可供借鉴的范例。

3. 将策划锲入文学，创作、批评、策划并重，齐头发展

常常说文学创作和文学评论是文学事业的两翼。这话并不过时。我们多说的命题是：文学发展需要策划，创作、批评、策划并重，应是经济欠发达地区的文学发展的战略和策略。

文学是个人的事业，也是民族、国家的事业。经济欠发达地区在经济和文化欠发达的具体区情下，必须加强策划之力，集中各方各类资源，方可加快发展，赶超发达地区。这其实是毛泽东在30年代井冈山革命斗争时期运用于军事领域、并在后来的抗战中大放光芒的“集中优势兵力打歼灭战”的成功经验。经济欠发达地区缺钱缺人才，但不是无钱无人才。区情如此，是坐等还是奋起一搏，这是观念问题。很明显，坐等其实是等死。数据显示，改革开放20多年来，东西部差距是在扩大而不是缩小。挖掘区域优势，奋起创新，是经济欠发达地区的发展之路。解决了观念问题后，策划之重要就凸显了。要策划发展的主攻方向，要策划文化资源的开发，要策划人力的运用，要策划资金的投放，要策划八方的策应，要策划第二、第三战役的跟进，等等。广西文学近十来年的崛起，策划之功，不可小觑。要点可以归纳为：（1）盘点资源，强化优势。以自1997年以来连续几年组织多学科专家参与开展的对桂北文化、红水河文化、环北部湾文化、西江文化、花山文化、刘三姐文化的调查研究为典型内容。（2）人才发掘、队伍组建。以签约作家制的制订和实施为典型内容。（3）全盘规划，确立发展重点。以文学创作突破和戏剧强省建设为典型内容。（4）资金的科学管理与有效投放。以建立宣传文化出版基金和科学管理与投放为典型内容。当然，在策划这一环节，领导的作用甚为关键。领导者的素质、能力

和能量在其中往往起到决定性的作用。

广西文学发展的历程显示，经济欠发达地区发展文学事业，不能仅仅借助作家个体力量自发地生成和推动，应当加大策划力度，将策划锲入文学事业发展要件之中，创作、批评、策划并重，将专家的策划、领导的决策和作家的个人创造紧密结合，齐头并进，促成文学的崛起和文化的大步发展。

四、几个理论支点

研究文学桂军近10余年的发展、崛起和意义，除了凭借一般文艺理论之外，以下几个理论具有特殊意义，与本课题的关联度更大：

（一）艺术生产与物质生产的不平衡理论

马克思论艺术生产有一个著名的理论，即：艺术生产与物质生产的不平衡。他说："物质生产的发展例如同艺术生产的不平衡关系。"又说："关于艺术，大家知道，它的一定的繁盛时期决不是同社会的一般发展成比例的，因而也决不是同仿佛是社会组织的骨骼的物质基础的一般发展成比例的。"[5]马克思以这一理论论证，虽然经济是一个社会的基础，但艺术以及其他意识形态形式，并非完全制约于经济，它们有其独立性，有自主发展能力；在一定的条件下，艺术生产与物质生产会形成不平衡发展关系；并不是只有经济发展了，文化艺术才会发展。

马克思以希腊神话、德国文学、挪威艺术等文艺现象来印证这一理论。看中国文学史，也是如此。战国后期南方楚国的经济比起中原地区是欠发达的，但是出现了一个以《离骚》为代表的屈（原）宋（玉）文学高峰。唐代时，文学艺术与物质生产都是繁荣的，两者相平衡；而到了明代，物质生产繁荣，文学艺术却相对落后，两者发展是不平衡的。上个世纪的五四新文学繁荣和抗战文艺的崛起，与当时的物质生产发展也是不平衡的。80年代初期中国经济刚刚起步时的不繁荣而文学的大繁荣与90年代至本世纪初中国经济的繁荣而文学反而跌入低谷的情景，从两个角度说明了艺术生产与物质生产的不平衡理论的普适性。

这一理论很好地说明了今天广西文学之所以崛起的缘由。广西经济长期落后于东部发达地区，文化基础也相对薄弱。但经过10多年的奋发努力，广西在改变着自己，特别是文化的发展，形成了“蛙跳”式的突进。广西的文学和文化，在超越经济率先发展，也在超越中部地区的一些省份快速发展。2004年，广西经济总量（地区生产总值）在全国各省经济总量排位中居第17位，大体还算在居中位置，但人均地区生产总值居第28位[6]，仍是落后位置。而文化，据《中国文化报》2004年的一篇文章介绍，广西文化各要素综合统计，在全国各省中排名第14位。[7]这基本属于全国中等略上的位置了。尽管这不是国家权威机构发布的数据，但参照广西在文学艺术成就、文化资源的利用、文化项目的开发效益和文化的社会影响等方面的表现和成就，广西文化排位居全国第14位的结论，大体可以认为是合乎实际的。

（二）后发优势理论

“后发优势”是一个区域经济学概念。概念的提出者是美国经济学家亚历山大·格申克龙（A. Gerschenkron）。1962年，格申克龙探讨了后进国家的经济增长方式，得出后进国家可以通过发挥后发优势获得快速发展的理论假说。“其核心假说是相对的经济落后性具有积极作用，即经济上的相对落后，有助于一个国家或地区实现爆发性的经济增长。”[8]这一假说在提出20年后，才被自20世纪80年代以来日本和亚洲新兴工业化国家、地区的经济高速增长所证实，从而被越来越多的人所接受，逐渐成为完备的“后发优势”理论。

后发优势的基本主张是利用差距来缩小差距，寻找一种能够最大限度发挥区域优势的赶超途径和方式来发展自己，实现“起飞”。据王必达《后发优势与区域发展》一书介绍：后发区域不仅可以通过有别于先发区域的途径和方式（如技术模仿创新、制度移植变迁和结构动态优化）来达到先发区域所显示出的那种发展水平或状态，而且更为重要的是这种通过比较和选择的途径和方式产生的效果，往往导致后发区域在资源、条件上的可选择性和时间上的节约，使后发区域一开始就可以处于较高起点，少走弯路，最终促成经济起飞。[8]

应当说，这一区域发展理论，虽然出自经济发展领域，但同样可以在文化发展领域得到印证和运用。例如韩国，它在过去二三十年里既借助后发优势实现了经济上的起飞，成为新兴工业化国家，又在最近七八年里开始了在东亚文化圈里的文化起飞，不仅文化产业发达，文化产品出口额激增，民族文化和民族精神也得到极大提升。韩国文化观光部部长李沧东宣布，到2008年时，韩国要跻身入世界文化强国之列。[9]广西文学的崛起和文化上的快速发展，其实也是借助后发优势的结果。后发优势的文化阐释是：

1. 主观能动性增强

所谓压力就是动力。相对落后会造成紧张状态，会激起人的改革愿望和发展动力，欠发达地区虽然相对还穷困落后，但当地的人民并不甘心落后，他们当中蕴藏着极大的发展热情和积极性。文学评论家贺绍俊对广西的现状看得清楚，他说："苦难成为他们直面现实的兴奋剂。另一方面，广西作为一个经济后发地区，迫切希望在现代化进程中追赶上去，参照经济发达地区，这里滋长起强烈的现代性焦虑。"[10]一旦寻找到一条能够改变落后现状的路子，他们便会以一种特有的执着和奋发精神去追求、去奋斗、去创造奇迹。

2. 获得发展模式的多样参照和选择

社会发展是无法实验的，一旦决策错误，会带来巨大的生命与财产的损失，甚至历史的倒退，如我国60年代发动的"文化大革命"。可是，在相同的国情条件下，区域经济和文化的发展，却有了一种先发展与后发展的客观实验。欠发达地区可以有发达地区发展在前的参照，可以避免弯路，减少挫折，缩短时间，少付代价。这就是后发优势。

3. 较多地获取发达地区的文化援助

欠发达地区在发展上不仅获得了发达地区发展经验与教训的客观借鉴，在国家战略、政策和意识形态对欠发达地区倾斜的时候，还获得了国家和发达地区的大量文化援助，包括资金、人才、智力和技术。这又为欠发达地区的发展，添加了助力。

后发优势理论为欠发达地区的人们提供了加快发展的理论依据，增强了自身努力的信心，也合理地解答了某些当代文化现象，促进了我们的文学思考。

（三）当代文化理论

一般认为，相对于80年代的文学高潮，90年代以后10余年的中国文学，处于社会的边缘地带和文学发展的低谷期。文学评价中的一种“终结”或“转向”观点在西方和中国的学者当中也相当流行。金元浦说：“新世纪的文艺学正在快速地走向历史，走向社会，走向文化，且不同于20世纪80年代文学发生了由中心到边缘的‘三级抛离’，以及走向审美、走向文本、走向内在自律的总体趋势。从世界来看，世纪之交的文学发生了从‘语言论转向’到‘文化的转向’。这种变化源于当代社会生活的转型。”[11]他还引了几本（篇）以“End”（终结）为题的著作：V. 伯金《艺术理论的终结》（V.Burgin，*The End of Art Theory*），L. 尼格林：《美学理论的终结》（Llewellyn Negrin，*The End of Aesthetic Theory*），S.H. 奥尔森《文学理论的终结》（Stein Haugom Olsen，*The End of Literary Theory*），阿兰·布鲁姆的《美国思想的终结》等。陈晓明说：“文艺评论家由于一种既定的背景，九十年代中国的人文知识分子处于一种严重的历史停顿中。一种历史结束了，另一种历史似乎还没有开始。”[12]这都表明了一个思想转型与变革时代的特征。文学发展离不开时代的影响，出现某种程度的衰落和相应的转向是不可避免的。

但是，我们这里论说的是不平衡发展中的文学崛起，是整体低落中的局部崛起，即区域文化中的某种崛起。广西文学能在这种文学衰落的大势下反而成长并繁茂起来，其实是顺应了思想转型与社会变革的时代潮流的结果。这正如美国学者W. J. T. 米切尔所说：“从过去的25到30年来，由于媒体的影响，文学理论走了下坡路，不再是人们研究的中心，许多人纷纷转向了文化研究。诚然，文学的力量变弱、走向边缘的境遇叫人难过，但是在这里我并不想对其表示哀悼，也不像许多人那样人云亦云说书本死了，文学业已终结。事实上，文学以及文学理论并没有终结。虽然文学受到媒体的冲击走向了边缘化，但是…… 它们已经从文学机构撒播到文化生活中的各个方面，包括媒体、日常生活、私人生活领域和日常经验中。同时，文学理论本身也向各个方面播撒开来。在美国有一种流行的说法：理论死了，已经终结了，关于理论再也没什么可说的了。身为一个大的文学理论杂志的编辑，我坚决反对这种说法。文学理论自身并没有消亡，只是发生了某种形式上的变化，它已转而研究新的对象，如电视、电影、广告、大众文化、日常生活等；文学理论有了新的表现形式和新的话语。”[13]文学桂军的成长，既是以文本创作为重要形式、以文学审美价值为追求宗旨的传统的文学创造过程，而更重要的，是一种正在进行中的“撒播到文化生活中的各个方面，包括媒体、日常生活、私人生活领域和日常经验中”的文学新价值观形成并产生实践意义的当代文化发展的动态过程。文学桂军的领军人物东西就说过：“作家触电可以救文学。”[14]文学桂军成长和崛起的历史，可以作为当代文学正在由语言学和审美学转向文化学并在这种转化中显示出新生迹象的一个例证。

面对这样的文学实践，我们必须借助当代文化理论，进行综合性的文化研究。

当代文化研究一般以1963年英国伯明翰大学创建“当代文化研究中心”为起点。其代表人物有理查德·霍加特、雷蒙·威廉斯等。他们扩张了“文化”这一概念的范围和意义，认为“文化是对一种特殊生活方式的描述，这种描述不仅表现艺术和学问中的某些价值和意义，而且也表现制度和日常行为中的某些意义和价值”[15]。他们把研究对象定在了后者，即与日常生活相关的大众文化和文化媒介方面，而与传统的文化研究只做精英研究即“艺术和学问”方面的研究，划出了区别，而形成了具有后现代意义的当代文化研究。

当代文化研究是一种立足于当代学术语境中的综合性跨学科研究。它关注社会、政治、经济、历史、哲学、宗教、美学、伦理、语言等各类与人的生存发展及人类文化有关的问题，以被传统学科所忽视或轻视的边缘性问题为研究重点，抹平了传统研究中的“中心”和“边缘”的界线，改变了传统学术思维中的“精英文化”和“大众文化”的价值观。

关于当代文化理论的内容，我们从彼得·布鲁克1999年编写的《文化理论词汇》里看到的有以下门类：女性主义，电影、传媒与大众文化，信息理论，文化批评与美学理论，马克思主义理论，后现代主义与后殖民主义，心理分析等。[16]可以说，大多数后现代形态理论都包括进去了。由此可知，当代文化理论是一个庞杂的体系，正如董学文主编的《西方文学理论史》所说："关于文化研究，似乎对它谈得越多，就越不清楚自己在谈些什么。一方面，文化研究已经成为显赫的学术思潮和知识领域；另一方面，它甚至不能为自己提供一个清晰的形象和稳定的构架。"然而该书接下来很快也说了："既然对文化研究无法精确界定，那研究者只能以自己的理解为准。"[16]

我们在对文学桂军的研究中，借鉴了当代文化理论中的部分理论思想。

一是后殖民主义批评中的第三世界文化研究理论。美国学者弗·杰姆逊的第三世界文化理论，在第一世界和第三世界这种中心与边缘的对立关系中，探讨第三世界的文化命运，希望两种文化实现真正的对话，以打破第一世界话语的中心地位，确立世界文化的多元格局。这一理论为处于弱势地位的发展中国家的文化发展摆脱"文化霸权"的压迫，谋求平等的身份和在世界多元文化中的地位，具有重要的意义。广西是经济欠发达地区，经济社会发展相对东部地区落后，文学发展也长期处于边缘地带，致使文化自信心长期受挫。面对90年代中期以来文学桂军崛起的事实，借鉴第三世界文化理论中的"文化平等""多元文化"等理念和"中心"与"边缘"等概念，可以较好地解释文学桂军崛起的原因和贡献。

二是新历史主义理论。20世纪80年代出现于英美等国的新历史主义理论是针对20世纪初期西方文学理论界出现的"语言学"转向、文学回归"内部研究"的一个反拨。以形式主义、结构主义、新批评、符号学和解释学等学派开展的文学"内部研究"，到20世纪七八十年代时已步入了死胡同。新历史主义重新找回了文学的母体——"历史"，将文学引到了历史生活和现实生活中，打破了封闭在文本中的文学研究，对文学文本作政治、经济和社会等方面的综合分析，从而实现了打通文学的"内部研究"和"外部研究"，形成了"内部研究"和"外部研究"的统一。我们的文学桂军研究，也是这样一种在"内部研究"的基础上，扩展到"外部研究"的综合性研究，即：既有文本内的形式研究，分析评价作品中的文学价值和文学性意义，也有文本外的功能研究，分析和评价文学与当代政治、经济和社会生活的联系及其价值意义。我们在后面提出了，"探索文学如何在经济欠发达地区全面建设小康社会的进程中发挥更大作用的途径和意义”是本课题研究的要点和价值之一。

三是文学人类学理论。高尔基的“文学是人学”在文学界是耳熟能详的。人类学是研究人的科学。这表明，文学与人类学有着天然的联系。人类学这门学科在西方诞生只有140多年时间，起初主要研究体质人类学，以后扩展到以研究人类文化为中心，在1901年由美国学者何尔默将人类学分为体质人类学和文化人类学两个学科。由于文学与人类学的天然联系，一些研究对象相互交叉，因而从文化人类学诞生的那一天起，它与文学研究就纠缠在一起，形成在研究对象和研究方法上的部分重叠。我国著名文学人类学学者叶舒宪说:“文学人类学是在广阔的文化视野中对文学文本的研究分析。”[17]这个重叠部分，成为文化人类学的子学科——文学人类学，它与文学研究中的文本研究，在许多情况下几乎分不清界线。因而有学者说了:“文学家和人类学家的职业界线似乎是多余的人为障碍。”[18]因此，许多学者提出当代文学应当走向文学人类学。西方学者沃尔夫冈·伊瑟尔说:“当代文艺不再是那种统贯西方的本文形式模式了，文学的作用与功能已转移到当前代表人类文明的大众传播媒介上。文艺必须打破本文的限制，将来自文学的深刻见解扩展到对整个大众媒介的研究上去。文学理论要解决问题就必须改变方向。必须打破本文中心时代被隔断了的文学与人、文学与人的审美感官、文学与人的生活的密切关系，走向文学人类学这一目标。”[19]叶舒宪认为：“……文化人类学不仅给现代文学创作带来巨大的影响，成为作家、艺术家寻求跨文化灵感的一个重要思想源头，而且也对文学批评和研究产生了同样深刻的影响作用，催生出文学人类学这一新的边缘学科领域和相关的批评理论流派。”[20]他提出：文学人类学“既是我们今日的出路，也预示了今后文学理论和批评的发展方向”[21]。

由以上论述可以看出，当代文学研究，的确应当借助包括文学人类学在内的一些当代文化理论。广西作家“触电”、理论家介入文化研究，将文学精神扩张到艺术、文化和社会各个领域，从而走出了一条文学创新之路，跃出凹地，实现了文学桂军的崛起。这一文学现象，包含了政治、经济、民族、历史、社会、文化、意识形态乃至人本身等诸多方面的内容，仅以长期形成的以文本为中心的文学本体论来从阐释，很难论述清楚。而文化人类学的理论和方法恰恰能够很好地解释文学桂军的许多与社会文化发生广泛联系的文学实践。文化人类学的理论和研究方法，一是整体论，即从社会文化和人类行为的各个方面和层次研究社会的文化元素和行为，把社会或文化当作一个整体来研究；二是相对论，就是对文化人类学的研究态度和文化评价，要求研究者客观地看待被研究的对象。一般采用文化主位研究法，从被研究者的角度来看待被研究者的文化；三是跨文化比较研究法，即对不同的文化进行广泛的比较研究。[22]这些理论和方法，尤其是整体论，能帮助我们跳出传统的文本研究法，进入到整个社会文化的大系统中，对文学桂军进行多层次、多角度的研究，如文学内部的文本研究，文学外部的比较研究、文化研究，等等。借助这些当代文化理论，将帮助我们更客观地看待研究的对象，对它们的解释也更清楚更全面一些。这是我们选取文学人类学等当代文化理论的理由。

五、研究要点及价值

对文学桂军的研究从以下方面进行并形成价值：

（一）为当下中国文坛整理出一个颇有成就、富于特色和具有深邃内涵的作家群体样本

整理20世纪90年代崛起的文学桂军这一作家群体的文学成就，探讨其形成和崛起的背景、发展过程、形成原因，从而总结出一些在社会主义市场经济环境下作家如何壮大实力、发挥作用、形成集群效应，与时俱进不断发展的一些规律性结论。

（二）为经济欠发达地区的文学事业发展总结经验

通过广西文学发展的实例，总结了一些对西部经济欠发达地区繁荣文学创作、发展文学事业相关的具体经验，为经济欠发达地区的文学事业发展和文化环境的改善提供了有直接帮助作用的建设性意见。

（三）为文化经济时代的文学理论建设提供学理性阐释

在总结文学桂军拓展文学生存和发展领域、扩张文学价值功能的实践行为的基

础上，探索文学在当今的特定时代里向文学人类学转化的实践依据和学术意义，为文化经济时代的文学理论建设提供新鲜思想。

探索文学如何在经济欠发达地区全面建设小康社会的进程中发挥更大作用的途径和意义。

总结文学桂军参与经济社会发展的具体途径，评价其服务经济社会和地方党委政府决策、促进经济欠发达地区经济与文化发展的重要意义，对如何形成文学、文化与经济互动的良好关系做出一定的理论阐释。

综上所述，开展文学桂军研究，探究文学桂军生成历史和发展原因，总结当今时代作家成长和文学发展的规律性要点，不仅有着繁荣文学创作的文学本体意义，更有着改善经济欠发达地区文化环境、促进经济欠发达地区文化发展的社会意义。

我们期望，这样的研究，给当下的中国文学研究带来一个亮点，给西部经济欠发达地区的文学与文化发展，添加一分助力。

| 参考文献 |

[1] 贺绍俊．广西群体的意义[R]．白烨．中国文情报告（2004—2005），北京：社会科学文献出版社，2005：28.

[2] 中国电视报，2005-01-17（37）.

[3] 陈建功．文艺报，2006-06-15.

[4] 何志云．青苔·跋[M]．林白．青苔．北京：华艺出版社，1995：255.

[5] 马克思．政治经济学批判导言[M]．马克思恩格思选集：第2卷．北京：人民出版社，1972：112.

[6] 据国家统计局．中国统计摘要（2005）[M]．北京：中国统计出版社，2005：25，28.

[7] 雨　歌．文艺新桂军吹响号角[N]．中国文化报，2004-06-17（5）.

[8] 王必达．后发优势与区域发展[M]．上海：复旦大学出版社，2004.

[9] 韩国文化产业以占世界市场的4%作为目标[N]．中国新闻出版报，2004-

02-03（4）.

[10] 贺绍俊 . 广西群体的意义 [R]. 白烨 . 中国文情报告（2004—2005）. 北京：社会科学文献出版社，2005：28.

[11] 金元浦 . 当代文艺学的“文化的转向”[C]. 白烨 .2002年中国年度文论选，桂林：漓江出版社，2003：105.

[12] 陈晓明 . 自在的九十年代：历史终结之后的虚空 [C]. 白烨 .2002年中国年度文论选，北京：漓江出版社，2003：238.

[13] [美]W·J·T·米切尔 . 理论死了之后 [N]. 李平，译 . 文艺报，2004-07-15.

[14] 刘江华 . 东西：作家触电可以救文学 [N]. 北京青年报，2005-10-11.

[15] [英] 雷蒙 · 威廉斯 . 文化的分析 [M]. 罗钢 . 文化研究读本 . 北京：中国社会科学出版社，2000：125.

[16] 董学文 . 西方文学理论史 [M]. 北京大学出版社，2005：500.

[17] 叶舒宪 . 文学人类学研究的世纪性潮流 [M]. 蒋述卓 . 文化视野中的文艺存在 . 北京：中国社会科学出版社，2003：195.

[18] 乐黛云，汤一介，曹顺庆，等 . 文学人类学走向新世纪 [J]. 淮阴师范学院学报，1998（2）.

[19] [德] 沃尔夫冈 · 伊瑟尔 . 走向文学人类学 [M]. 文学理论的未来 . 中译本 .277、295、299.

[20] 叶舒宪 . 文学与人类学 [M]. 北京：社会科学文献出版社，2003：87.

[21] 叶舒宪 . 文学人类学的现状与未来 [J]. 荆州师范学院学报，2001（6）.

[22] 杜昌忠 . 跨学科文化批评视野下的文学理念 [M]. 北京：北京大学出版社，2004：173.

关于推动广西文学艺术事业大发展大繁荣的思考

潘　琦

党的十七大报告强调要推动社会主义文化大发展大繁荣，并作出了兴起社会主义文化建设新高潮的重大部署。在社会主义文化建设新高潮即将到来之际，广西文学艺术事业如何准确把握这一重要发展机遇期，如何适应经济社会发展对文学艺术工作提出的新要求和物质生活改善后广大人民群众对文学艺术工作的新期待，如何推动广西文学艺术事业大发展大繁荣，是值得我们思考和研究的问题。

作者简介

潘琦（1944—），仫佬族，广西罗城人，毕业于中南民族学院。曾任广西壮族自治区党委常委、宣传部部长，广西壮族自治区区委副书记，广西壮族自治区人大常务委员会副主任，广西文联主席等。被誉为“部长作家”。著有散文集《山泉淙淙》《琴心集》《润物集》《微言集》《情结集》《撷英集》《百感集》《文缘集》《绿叶集》等，小说集《不凋谢的一品红》，诗歌集《山乡晨曲》，歌词集《心泉集》，书法作品集《墨海探笔》等。后结集出版十八卷本《潘琦文集》（广西民族出版社2011年版）。曾获全国少数民族文学创作奖、“五个一工程”奖等。

作品信息

《当代广西》2008年第2期。

当前我区文化艺术事业发展面临的机遇和挑战

10年前首次全区青年文学艺术家座谈会的召开，拉开了振兴广西文艺的序幕。10年来，伴随着广西经济社会的快速发展和全面进步，伴随着文化体制改革的不断深入，广西文学艺术事业得到快速发展。广西文艺格局更加开放，更加辽阔。当前广西文学艺术事业发展形势和全国一样，呈现出一派繁荣昌盛、蒸蒸日上的景象。在党中央的文艺路线方针政策的指引下，在自治区党委的直接领导下，广西文艺发展可谓天时地利人和，处在一个千载难逢的发展机遇期。具体表现在：

第一，全国文代会、作代会后，我区在认真贯彻中央领导讲话和文代会、作代会精神后，接着召开了自治区八届文代会，自治区领导作重要讲话，这些讲话都为今后的工作指明了方向，打下了坚实的政治思想理论基础。我们党历来就十分重视文学艺术事业的发展，在新的历史时期，党中央更把文艺发展摆在重要的位置。由于文化在综合国力竞争中的地位和作用不断提高，各级领导树立起全新的文化发展观念，各行各业对文艺事业也积极支持，文化投入增加了，人力增多了，覆盖面广了，文化人精神振奋起来了。党的十七大的召开，将兴起社会主义文化建设新高潮，文化发展环境将发生重大变化，一系列推进文化发展的政策、机制、措施将相继出台，为文艺事业加快发展提供了良好的政治环境、政策环境。

第二，人民群众文化生活日益丰富，精神文化需求日趋旺盛，社会各界对文化建设的关注和参与程度越来越高。新的“文化热”正在兴起，这为精神文化产品的创作创造了良好的社会环境，提供了不竭的动力，也为作家艺术家施展才干提供了广阔的舞台。

第三，科技进步日新月异，带来了传播方式革命性飞跃，特别是数字技术、网络技术、信息技术的迅猛发展，为文艺作品的生产和传播提供了新的载体，开辟了新的渠道。数字电视、手机短信、因特网等新科技革命的成果，必将推动文学艺术发展掀起一个新的高潮。

第四，对外开放不断深入，国际文化交流广泛开展，为作家艺术家吸收新的文化素养和知识、扩大视野、拓宽创作思路，提供了广阔的空间。北部湾经济区的发展，将进一步丰富和充实中国与东盟合作的内涵，有利于中国与东盟的文化更广泛、有效、适时地交流，为广西文艺走出去提供了一个非常好的平台。

第五，文学艺术的创新与发展，作家艺术家队伍素质的不断提高，精品力作大量涌现，我区文学艺术出现了大团结、大发展、大繁荣的生动局面，极大地鼓舞了广大作家艺术家的创作激情，为文艺发展提供了良好氛围和人才队伍保障。

当我们看到发展良好机遇的同时，还必须清醒地看到，由于环境的变化，广西文艺事业的发展还面临着许多新情况、新问题、新挑战，我们必须有抢抓机遇的紧迫感、使命感、危机感。当前广西文艺发展面临的严峻挑战有：

第一，从全国背景来看，改革到了攻坚阶段，发展到了关键时期，人们的利益多元化、社会关系多样化，加上现在人与人之间关系的复杂化，在价值观上有更多不同的理念和选择，在这种情况下，各类问题多发多变，这不可避免地在意识形态领域有所反映，无疑增加了文艺领域工作的难度。

第二，从国际大背景来看，随着对外开放的日益扩大，特别是中国—东盟自由贸易区的建立，泛北部湾经济区的建立，对外文化交流也日益频繁，这对我们扩大眼界、丰富文化知识、增进对外国文化的了解有积极意义，但门窗打开了，蚊子、苍蝇也会飞进来。怎样吸收外来文化的优秀部分为我所用？我们的文化如何走出去？需要我们认真思考。对外文化交流的扩大，我们的确面临着西方文化价值观的冲击、文化产品的冲击、文化资本的冲击以及文化市场的争夺、文化人才的争夺、文化资源的争夺等等，而且这种趋势越来越明显，形势越来越严峻，切不可掉以轻心。

第三，从文艺领域的现实来看，就全国来说，现在文艺发展主流是好的，主旋律还是占主要的。但是，低俗、庸俗、媚俗之风还时有出现，急功近利、见利忘义的浮躁之风在文艺界也还存在。我们不能放松警惕，要防微杜渐，确保广西文坛艺苑的健康发展。

第四，从作家艺术家队伍来看，可以说这些年队伍壮大了，素质提高了，影响扩大了，但是，放到全国平台去比较，差距就显现出来了。我们的精品、获大奖的作品、在全国产生很大影响的作家和作品的数量为数不多。在人才培养上，我们的宏观规划做得不够，对整个作家艺术家队伍的培养，对文学艺术发展的总体规划还缺乏前瞻性、战略性。这些直接影响到广西文学艺术事业的大发展大繁荣。

第五，从领导层面来看，总体而言各级领导都重视文化的发展，加强对文化的领导，但由于经济条件的制约，往往出现经济好的地方领导重视文化，经济困难的地方重视力度就小的情况。这是我们文学艺术事业总体发展不平衡的一个重要因素。

推动广西文学艺术事业大发展大繁荣的任务和措施

面对当前文艺事业发展的大好形势和面临的严峻挑战，党中央和自治区党委对文艺的大发展大繁荣做出了一系列的战略决策。实施这些战略决策，必须规划我区今后5年或更长时间文学艺术事业发展前景、奋斗目标和制定强有力的措施。

广西文艺发展的总的指导思想，也可以说今后5年广西文艺发展规划的指导思想和奋斗目标是：认真贯彻党的文艺路线方针政策，立足弘扬民族优秀文化，立足发挥区域文化多样性优势，立足文艺的创新与繁荣，整合资源，整体推进，繁荣创作，繁荣市场，繁荣群众文艺，实现各个艺术门类全国有名人、全国有名牌、全国获大奖、全国有影响，探索出一条出精品、出人才、出效益的发展文艺事业新路子，不断书写广西文艺事业发展的新篇章，为建设富裕文明和谐新广西做出新的贡献。

有了目标，就有了努力的方向。实现目标的过程是一个艰辛的过程。为了实现目标，我们要做到：

第一，搞好规划。搞规划是文学艺术事业发展的基础，有了科学的规划，才有科学的发展，因此我们要在广泛调查研究的基础上，科学、民主、实事求是地制定出符合广西实际情况的文艺事业中长期规划。

第二，抓好精品。文学艺术精品是一个地方文艺发展繁荣的重要标志。广西文艺要在全国有地位，一定要多出精品。抓精品要有规划地抓，一个个地抓，抓出成效来。坚持作家艺术家深入实践，深入群众，搞好生活积累。要鼓励广大文艺工作者深入经济建设最前沿，深入社会生活最基层，关注社会进步，反映人民群众的火热生活，书写时代精神。一定要把深入群众、体验生活作为文艺创作的基本功来抓，要发挥创作基地的作用，不定期地组织作家艺术家到基地去体验生活。

坚持“百花齐放，百家争鸣”的方针。要尊重文学艺术发展的规律，尊重作家艺术家的创作个性，提倡不同风格、不同流派的自由发展，给作家艺术家一个广阔的自由自在的创作空间。

建立精品激励机制。健全的激励机制是出精品、出人才的重要手段和有效方法。要对应中国文联各个奖项来设置广西的奖项，通过开展广西各类奖项的评比，把我们的优秀文学作品推出去。总之，要形成一个有利于精品创作的激励机制，为把广西的优秀文艺作品推向全国提供一个平台。

积极开展文艺理论评论。这是出精品不可缺少的一环，要通过评论来推出广西的优秀作品。其实我们说的打造品牌就是包装、宣传、推销，要发挥社会资源丰富的优势，加大对文艺作品的宣传、评介力度。要通过多媒体来加强对广西文艺精品的评论，每个门类，都要做到报纸有文字、电台有声音、电视有图像、网站有帖子，通过各种形式、各种渠道、各种手段把广西文艺精品宣传、推介出去。

第三，开展活动。要把活动作为一个平台、窗口、载体来凝聚文艺队伍。

要引导作家艺术家创作一批歌颂党、歌颂祖国、歌颂社会主义的历史题材和现实题材的优秀作品。这个主旋律不能丢。例如配合七一、国庆、春节等重大喜庆活动，开展各种形式的大赛，组织作家艺术家创作一批歌颂党、歌颂社会主义的文艺作品。要组织好今年自治区成立五十大庆的创作，各个艺术门类都要围绕五十大庆开展文艺创作，创作出一批文艺精品，向自治区五十大庆献礼。

组织好每年的元宵文艺家联欢会，要精心策划，及早动手，每年搞一台节目，慢慢形成品牌。

组织作家艺术家走出去，请进来。每年可以组织一次“广西文艺家东盟行”，一个协会一个协会出去，每年去一次，每次去一两个国家，也可以请东盟的作家艺术家到广西访问、交流。

继续办好文艺下乡。“三贴近”文艺下乡是广西的品牌，中国文联高度赞扬这个品牌，要共同把这个品牌搞好，让它真正贴近基层，贴近群众。

第四，广泛交流。扩大对外文化交流，就是要让广西的民族文化走遍全国，走向世界，从本土向世界扩散，实现向外扩大影响，树立形象，扩大视野，开拓渠道，多方合作。

第五，培养队伍。培养和造就一支优秀的文艺家队伍仍然是我们今后5年的重要工作。文艺不断发展，队伍不断培养。我们着力培养的青年作家艺术家，现在是中年作家艺术家了，再过10年就成老作家艺术家了，所以要不断培养，大力培养，使我们作家艺术家队伍后继有人，文艺事业长江后浪推前浪，一浪更比一浪高。培养队伍要抓好以下几项工作：

加强创作思想指导。要用马克思主义唯物史观和历史观来指导文艺创作、文艺评论，引领文艺思潮，讴歌真善美，鞭挞假恶丑，抵制不良风气。要引导广大文艺工作者牢牢把握社会主义文化的前进方向，高举中国特色社会主义旗帜不动摇，让社会主义核心价值体系成为每一位文艺工作者自觉遵守奉行的价值理念。

建立健全作家艺术家签约制度。要建立形式多样、范围扩大、层次规范的作家艺术家签约制度。可以实行项目签约制，即一个好的作品项目，可以先将大纲报请有关部门组织专家论证，如果认为可行，即可签约。通过签约，明确作者和有关部门的责任，以保证收到好效益和高成功率。加大对优秀文艺人才的宣传力度。要在全区开展中青年文艺工作者“德艺双馨”评比活动，通过这一活动选出优秀人才、优秀作品。

要加强作家艺术家自身建设。作家艺术家要加强理论积累、知识积累、生活积累、艺术积累，全面提高自己的综合素质。作家艺术家一要深刻认识和把握时代生活的本质，不要为眼前的暂时的某种现象所困惑，要善于穿透事物的表象看到本质，透过现象发现事物发展的趋势和规律，创作出有时代精神的艺术作品；二要善于分析、辨别外来文化，坚持“以我为主，为我所用”，善于利用各种文化资源来丰富、提高自己，进行题材、取材、风格、形式上的创新。

兴起社会主义文化建设新高潮的号角已经吹响！在推动广西文学艺术事业大发展大繁荣的进程中，我们将乘着党的十七大的强劲东风，扬帆起航，勇往直前。让文艺创作激情竞相迸发，让一切作家艺术家的聪明才智充分涌流，让团结友爱之花在广西文坛芬芳吐艳，让诚信、真实、朴实的文风吹拂八桂文坛艺苑，共同抒写八桂大地文学艺术的新篇章。

为中国文学的多样性作出贡献

石一宁

广西成立自治区50年来，文学发展的成就是巨大的、可圈可点的。也许，从横向来看，与一些文学强省相比，广西还有距离，但纵向来考察，广西文学的历史性的进步是耀眼显目的。尤其是改革开放30年，广西文学可谓异军突起，成为中国当代文学版图的一方重镇。广西文学的发展繁荣，也包括了广西少数民族文学的发展繁荣，因为广西作家队伍是一个多民族的群体，许多作家具有少数民族的身份，而且不少产生了影响的优秀作品，是出自少数民族作家之手。少数民族作家耕耘的民族文学，与汉族作家的创作共同撑起了广西文学的璀璨天空。

在新的世纪，随着全球化的加速推进，构建物质文明、精神文明、政治文明和生态文明协调发展的和谐社会战略目标的设定，文学创作面对着国际国内的崭新语境。文学如何回应日新月异的现实？广西民族文学如何在新世纪继续前行走得更好？我想就此呈献自己的一些粗浅想法。事实上，广西少数民族作家从个体上来看差别是很大的，有的作家已经走得很远，无论是成就还是名气都已很大，但有的作

作品信息

本文系2008年11月30日在广西少数民族文学研讨会上的发言。原载《文艺报》2008年12月4日，《广西文学》2009年第9、10期合刊。

家，或者说更多的作家尚处于朝向成熟的发展阶段，所以我的这些看法是就广西民族文学的整体而言，而且谨供大家参考。大家如果认为说得不对，也可以批判。

一、广西民族文学要有全国视野

文学创作从宏观来看也是一种历史活动，参与着民族国家历史的建构；从微观来看，是一种个体性的精神劳动和创造。作为历史的建构者，文学以思想、情感与形象的叙事关切与反映着民族国家共同体的命运；民族国家时代的文学，宿命般地具有一种建设民族国家的责任和使命。因此，中国的政治、经济、文化等各方面国情，理所应当地纳入广西少数民族作家的视线，这是广西民族文学抢占时代的制高点，高屋建瓴地把握时代生活的一个重要基础。全国视野还同时意味着，作为个体性的精神劳动和创造者，民族作家们要关注全国各地、各兄弟民族作家同行的创作，要关心当代文学理论的发展，学习和借鉴全国优秀作家和作品的艺术经验，既从生活出发，又以理论理性指引自己的创作。只有密切关注当代文学的走向，始终站在当代文学发展的前沿，广西民族文学才能与中国当代文学保持同步，才能避免过去曾经的落伍与失落。

二、广西民族文学要有世界眼光

当今科学技术的高歌猛进使世界日益成为地球村。时空的缩小不仅带来世界经济全球化、区域经济一体化，也不可避免地带来文化的趋同化。因为交通的高度发达和信息的快速传递，不同国家和地区人民的交往和交流更加频繁与便捷，不同民族的文化和价值观彼此影响和融合。当然，这种文化的趋同化有利有弊。有利的一面，是人类的基本价值和优秀文化成果日益全球共享；其弊端是各国民族文化的个性被削弱，人类文化的多样性受到了威胁。尤其是西方发达国家的文化挟其经济优势，对发展中国家进行文化单向输出和渗透，发展中国家的弱势文化面临被西方同化的危机。但无论如何，我们广西少数民族作家首先要放眼世界，要坚定地接受和拿来人类的优秀文化成果，同时，要以我们的创作表达我们与全人类相通的情感，表达我们对人类和平与发展、对建设和谐世界的追求和信念。世界眼光还有另一层内涵，即要关注世界各国的文学发展状况。德国大诗人歌德在阅读了一部中国传奇后曾提出世界文学的理想。我们不能说歌德所憧憬的世界文学的时代已经来临，但在今天，世界各国文学的彼此借鉴交互影响比歌德所处的19世纪要深刻得多却是不争的事实。比如拉美的魔幻现实主义，曾风靡世界文坛，其代表人物哥伦比亚作家马尔克斯曾获得1982年的诺贝尔文学奖。但魔幻现实主义既是拉美的土特产，又是杂交产品，有复杂的血缘。拉美本地印第安人的古老传说、阿拉伯的神话故事都作为一种艺术因素体现于魔幻现实主义作品中。而超现实主义、象征主义、意识流手法等欧美现代派文学对魔幻现实主义的影响更是巨大。拉美本土的印加文化、玛雅文化与欧美现代主义文学观念与手法的结合，才成就了马尔克斯等拉美作家的魔幻现实主义。我看到鬼子说过的一段话，他说："我现在每一年都用一个固定时间，把中国乃至世界那些大师们的一些最好的作品，放在一起阅读比较，有的作品我不知道从头到尾看了多少遍，但我每一次阅读都会淘汰大量的作品，为什么呢？因为每一次阅读这些作品我都会在心里给它们打分，估定这些作品所能达到的文学高度。"这段话表明了鬼子对国内外优秀作家和作品的积极关注和认真研究，我认为，他的文学成就与他的这些关注和研究有着莫大的关系。我相信，广西民族文学作为一个整体如果能够迈上更高的台阶，将有赖于这种全国视野和世界眼光为更多的作家所拥有，有赖于对国内外优秀作家和作品的关注和研究，成为我们更多作家的必修功课。

以上两点说的是作家要放眼国内外，要有大的胸怀，可能也是一种老生常谈，但谈论广西民族文学怎样更有作为这个话题，这两点又是绕不过去的。现在我想再谈一个见解：

三、广西民族文学要再民间化

现在提出广西民族文学要再民间化，是不是一种时光倒流，一种开倒车的复辟和反动？正如大家知道的，上世纪80年代末，广西文坛曾出现了一次被称为"88新反思"的文学大讨论。那是一次影响深远的大讨论。我最近又仔细阅读了"88新反思"的部分文章，再次强烈感受到朋友们当年的意气风发，当年的锐气、智慧与激情。比如，常弼宇说："'刘三姐文化'和'百鸟衣圆圈'的创作思维模式，造成了今天广西文坛上作家作品呈现双重性格的现象：一方面作家并非没有一丝的清醒和敏锐，另一方面作品却难以摆脱过去的思维习惯和文学观念，表现着早已有之的思想范畴，不去开拓文学主题和文化反思的新领域，待全国一方兴起之后我们再去'追'。"他最后提出："别了，'刘三姐'！别了，'百鸟衣'！"比如，杨长勋说，五六十年代起步的广西中年作家的大多数人，"因为缺少作家文学传统，只好自觉不自觉地从民间文化那里吸取营养走上文坛。民间的题材和趣味，民间的艺术形式，很快就出现了艺术的饱和状态。把他们放到当代文学的在大格局中，就更显出了他们的局限性。他们的继承过于单一，缺少一代大作家的观念和意识，因而没能走向更高更远。"比如，黄佩华说，"面对沉重的忧患，面对自然与历史带来的贫困与饥饿，面对改革大潮和我们的新生活，广西作家们的笔触却是一再犹豫、迟钝、畏怯、回避。……我们的绝大部分小说都去写人们重复了千万遍的永恒题材"。应该说，针对当时广西文坛对新时期现实生活感受的迟钝、反思和批判精神的阙如以及对中国当代文学发展进程的游离等等病象，"88新反思"的作者们的诊断是正确的，开出的药方是有效的。广西文学今日的成就，与"88新反思"毫无疑问也有一定的内在的联系。

然而，文学从来不是一种本质主义的存在，它永远是一种语境化的精神生产。也就是说，作家对生活的感知、对言说方式和艺术形式的选择，以及读者对文学的要求，都是与时代语境密切相关的。从"88新反思"至今已有20个年头，新世纪的世界与中国，新世纪的文化与文学发展，又呈现出新的格局，这一新的格局内含着新的历史趋势和目标。当今我们所处的时代，是全球化的时代。前面我谈到，全球化导致的人类文化的日益趋同化，也带来了文化身份认同的焦虑和危机。由此，全球化也同时引发了另一种反应：文化的本土化回归。有西方学者指出，对全球化的激烈反应之一就是重新肯定甚至强化地方性的文化。近年来世界范围内兴起的保护"人类口头与非物质文化遗产（民间文学是其中的一个部分）"的热潮，我认为这也是对全球化的一个反应。对全球化的这些民族性的、地方性的反应，实际上是对文化差异的重新认识和认同。文化多样性面临消亡的危机，激起了维护和重构本土文化、民族文化的冲动。我们看到，近些年来，传统节日、民俗、老街、戏曲等等受到了前所未有的重视，正是这种本土文化和民族文化认同强化的表现，它的内在逻辑正如一位西方学者所指出的，就是“民族及其认同在民族的可信性记忆、符号、神话、遗产以及本土语言文化被表述和展示出来，它构成了共同体的历史和命运”。事实上，中国的新时期文学，很多作家对民族传统文化和民间风俗进行了着力描写和表现，比如汪曾祺、古华、刘绍棠、陈忠实、贾平凹、莫言等。汪曾祺曾说，“风俗是民族感情的重要组成部分。……民族感情常常体现在风俗中。……写一点风俗画，对增加作品的生活气息、乡土气息，是有帮助的。……很难设想一部富于民族色彩的作品而一点不涉及风俗。”古华总结出自己的创作经验是“寓政治风云于风俗民情图画，借人物命运演绎乡镇生活变迁”。贾平凹的“商州小说”系列，也倾力于对地域文化和民间风俗的挖掘。他说，他是想通过考察和研究商州的“地理、风情、历史、习俗，从民族学和民俗学入手”，寻找一条适合中国文学发展的路。当然，80年代的作家们对民间文化的兴趣，包括同一时期广西文学界对“百越境界”的探索，更多是侧重于民间文化的鲜活经验、审美方式和情趣，或者是从启蒙的角度，通过对民族民间文化传统的负面的揭示，进行国民性反思和批判。改革开放刚刚起步的80年代的语境，决定了作家们大都还不曾达到因对文化同一化和家园感丧失的焦虑而生发的强调和认同文化差异的自觉。而在已深深地卷入全球化的今天的中国，寻找、发现和珍护这种以民族优秀传统为形式和内涵的文化差异，应该成为文化人尤其是作家的一种自我意识。因为文学是文化的核心部分，是人类精神的家园，作家对文化的多样性和丰富性最敏感、最渴望，因而也最有责任。我认为这个问题也是当前中国文学一种很前沿的思考和课题。

50年来广西的民族文学创作成就有目共睹，而且已有诸多专家和专著论列。我想谈一点问题。这个问题就是，近年来有一些作家的作品，民族个性和地域特色不强，甚至就没有。读这些作品，你看不出作者是少数民族，是生活在广西。这其中的原因，我想可能有这么两种：一、认为表现民族特色和地域特色的作品较“土”，没有市场，尤其是区外的读者不感兴趣；二、认为只有与汉族作家写得一模一样，才是与中国当代文学接轨，才能受到主流文坛和评论家的青睐。第一种原因，的确是一个值得认真对待和分析的问题。首先，现在的文艺市场包括文学市场已经进入了分众化的时代，一部作品当然是读者越多越好，但实际上是不可能有无限多的读者的。一个作家是不可能讨好所有的读者的，因为读者的阅读口味是不一样的，有的读者喜欢读武侠、读通俗轻松的作品，有的却喜欢读思想较深刻、艺术性较强的作品。民族文学的作家，也要有对自己的读者群的思考和判断，要为自己心中的读者群写作，这样你才不会为读者问题所困扰。第二种原因，我认为这是因为作家缺乏对时代的清晰认知造成的。这些作家好像也有一种全国视野，但这种视野是不全面的、有缺陷的。民族特色、地域特色、文化差异的重要性，我在上面已经谈到。我想再申论一点，就是中国是多民族的国家，这一点决定了中国文学是多民族的文学，而多民族的文学应该是多样性的文学。少数民族生活和文化的多姿多彩，为本民族作家创作的独特性提供了资源，也提供了可能性。而主流文坛和评论家未必不重视民族色彩浓郁的作品。问题在于一部成功的作品并不仅仅是民族特色鲜明就可以造就的，它还有其他指标，比如思想的深度、艺术手法的创新、人物形象和语言的生动性等等，都同样是衡量作品的尺度。如果一部作品没有受到应有的重视，那么其原因决不会是因为它的民族特色和地域特色。同时，所谓主流和边缘，它是一种流动的关系。民族作家的边缘身份，也可以成为一种创作的优势，因为在当代文学特别是在后现代的情境中，边缘写作、边缘经验是一种独特的视角，可以创造出独特的艺术魅力，从而影响主流文学乃至成为主流文学的一部分。我读获得2006年度诺贝尔奖的土耳其作家帕慕克的代表作《我的名字叫红》，就深深感受到这一点。土耳其是一个很小的国家，帕慕克的这本《我的名字叫红》长篇小说，描写的是16世纪末伊斯坦布尔几位细密画即插图画家的生活，具有浓厚的民族色彩，它是谋杀推理故事，也是哲思小说，又是爱情诗篇。它的叙事手法，更具有天才性。比如，书中的叙述者，不仅有活人，也有死人和死亡；不仅有人，也有动物、植物、货币乃至颜色，比如《我的名字叫红》这一书名来自书中的一章，在这一章中红这一颜色作为叙述者在感受、在思考、在说话。帕慕克的作品固然是作家本人杰出的创造，但我想这也是他沉潜吸收本民族民间文化，同时融合世界现代文学观念而达致的创作成就。帕慕克在今年5月应邀在中国社科院外国文学所为他举行的作品研讨上发表的即兴演讲中说，他“不仅想要表现所生活的当代土耳其正在发生的事情，而且想要表现其丰富的传统及其发展过程”。他还说，“我非常深切地担心和关注着，对我的‘土耳其性’身份充满焦虑——我的文化是什么？怎样把它植入现代风格中？当我三十二三岁的时候，我决定，不仅要写当代土耳其、伊斯坦布尔——这个我生命中唯一了解的地方，我还要在书中写土耳其逝去的丰富文化！”帕慕克的成功实际上也讲述了一个从边缘到主流的故事；同时也从一个侧面说明，如果一个民族作家不注意反映本民族生活，不努力表现本民族的文化精神，那么，他至少是对自己的民族身份、文化身份缺乏自我意识，同时，也放弃了他的历史和文化资源。这对一个作家来说，是一个重大的损失。

广西民族文学要再民间化，其实也就是要再民族化，这几乎是一个同义词。因为对中国的少数民族来说，历史上的作家文学是不够强大的，民间文学的传统比作家文学要根深叶茂、要宏富丰繁得多。所以，中国少数民族的文学传统主要是民间文化传统。但我并不是要大家去写民间文学作品，而是希望作家们要深入和研究本民族的生活和文化，在创作中注意吸取民间文学的养分，从民族生活和民间文学中发现民族精神，提炼思想和主题、人物、情节、结构和语言。只要我们是在前面所说的“全国视野、世界眼光”的基础上，在始终站在当代文学发展前沿的前提下再民间化、再民族化，那么我们就不会重蹈90年代以前广西文学的曾经一度脱离现实生活、游离于中国当代文学的发展之外，沉迷于民间文学的模式而难以自拔的覆辙；如果我们确立了这样的基础和前提，我们重新面对“刘三姐”和“百鸟衣”为代表的民族民间文学传统，必将会有新的认识和发现。更多的作家带着对民族民间文学的新认识和新发现去思考，去创作，那么广西民族文学就有可能对中国文学的多样性发展做出较大的贡献。

边缘的崛起

——论文学桂军的女性书写与文化内涵

肖晶　邱有源

20世纪90年代是中国文学经过80年代的高潮之后跌入谷底且被边缘化的年代。文学的“边缘”化是我国进入市场经济时代之后，商品大潮汹涌澎湃、恣意席卷引发的一个怪异的景象。我们可以看到，以经济为中心，繁荣发展经济的同时，拜金主义也在滋长着。文学逐渐失去过去的光辉与神圣。而广西处于西部后发达地区，民族众多，文化形态千姿百态，区域文化资源呈现的是多元共生的文化状况。这恰恰成为广西文学近十余年崛起的原动力。桂军文学的崛起，使得广西文学逐步摆脱

作者简介

肖晶（1969—），广西贺州人，贺州学院教授，广西文艺评论家协会副会长，有著作《边缘的崛起——桂军当代女性文学的文化探析》。邱有源（1954—），湖南衡阳人，1987年到广西。研究生学历，一级编剧，中国曲艺家协会理事及创作委员会委员、中国音乐文学学会理事，广西曲艺家协会名誉主席。历任广西贺州市文联主席、广西曲艺家协会主席，系中国作家协会会员。出版文艺专著五部，发表小说、散文、报告文学、戏剧、曲艺、歌词、文艺理论等作品600余万字。曲艺文本《蝴蝶歌飞》获国家最高文艺奖项“牡丹奖·文学奖”、《莲花雨》获“牡丹奖·节目奖”提名，同时获广西“五个一工程”奖、广西文艺创作铜鼓奖。其作词的歌曲《西江情缘》《回家过节》《故乡月最明》《莲的故乡》《爱你风雅》《喜庆中国》《长寿老人》等多首在中央电视台播出并广泛传唱。

作品信息

《学术论坛》2009年第8期。

了对经济发达地区文学亦步亦趋的追随局面，“找到了其自由生长、自主成长的内在规律，并强化了文学先锋性，形成了自主发展的态势，走出了一条依托区域文化优势、打造文学精品的文学发展新路”[1]。而20世纪90年代以文学桂军中的林白、张燕玲、杨映川、纪尘、蒋锦璐、林虹等作家的女性写作，以鲜明的个性特征张扬女性意识，将笔触大胆地探到生命本体，实现了独特的女性言说审美内涵，形成了本质意义上的女性文学，“真正在中国当代文坛上立起了女性主义文学旗帜”[1]。

一、桂军文学女性书写的文化阐释

当代女性创作是在特定的历史语境中进行的，女作家们所置身其中的文化环境对创作形成了根本性的制约。这主要表现在女性诉求与传统文化的冲突：一方面，女性在争取解放的进程中，渴望摆脱“第二性”的地位，做与男性平等的“人”，但由于这里“人”的标准忽略了两性差异，缺乏女性文化的背景，因而实际上是以男性为尺度、为中心的；另一方面，女性要冲破这一尺度，在凸显差异的基础上做“女人”，那么这之中隐含的对生物性的强调，又难免走向性别本质主义，陷入男性中心传统对女性角色的预设。正因为存在这样的文化悖论，当代文学女性的“飞翔”从振翅之始，就充满困惑、面临艰险。因此，“当女作家为了与浸透男性中心文化色彩的传统女性形象区别开来，为了实现女性自我言说的话语权而努力创造属于自己的文学时，部分人所采取的着意强调女性身体经验以反抗性别遮蔽的方式，无形中却从另一角度落入男性中心文化的性别指认”[2]。它是女性在男性社会中摆脱不掉的文化“宿命”。这是一种“女性文化的症候”：一边是血缘、性别、命运间的深刻认同，一边是因性别命运的不公绝望而拒绝认同的张力，更多的则是不再“归属”于男人的女性深刻自疑与自危感的盲目转移，使得女性生命压力的出口，更富有“逃离”和“飞翔”的哲学意味和文化内涵。

作为女性主义文学旗手，林白的“飞翔”的创作叙事凸显了女性文化的意义。这里“飞翔”的借喻，无疑具有深刻的历史、现实、文化、心理、个人等方方面面的因素在发生作用，是女性作为个体对现实以外的生活空间、精神空间心怀向往。对于林白来说，其“个人化写作建立在个人体验与个人记忆的基础上，通过个人化的写作，将包括被集体叙事视为禁忌的个人性经历从受到压抑的记忆中释放出来，我看到它们来回飞翔，它们的身影在民族、政治的集体话语中显得边缘而陌生，正是这种陌生确立了它的独特性”[3]。由此看出，林白的个人化写作是一种真正生命的涌动，是个人的感性与智性、记忆与想象、心灵与身体的飞翔与跳跃，在这种飞翔中真正的、本质的人获得前所未有的解放。

20世纪90年代，林白正是以《一个人的战争》小说文本被视为个人化写作的代表作。她以一种内视和自省的方式拒绝社会、关注自己的内心。这种内视和自省是林白的写作姿态，是女性文化扩张的表达方式。小说从四岁的女童躲在蚊帐里进行自慰开始，而结束在一段诗意化的性文化描述中：“冰凉的绸缎触摸着她灼热的皮肤，就像一个不可名状的硕大器官在她全身往返。她觉得自己在水里游动，她的手在波浪形的身体上起伏，她体内深处的泉水源源不断地奔流，透明的液体渗透了她，她拼命挣扎，嘴唇半开着，发出致命的呻吟声。她的手寻找着，犹豫着固执地推进，终于到达那湿漉漉蓬乱的地方，她的中指触着了这杂乱中心的潮湿柔软的进口，她触电般地惊叫了一声，她自己把自己吞没了。她觉得自己变成了水，她的手变成了鱼。”[4]这个女性文本中，林白直接写到了女性在男权中心里的失败，两性尖锐的冲突，使得女性意识不再躲藏在唯美主义的幻想里展示自己，而是从个人立场上发出了对社会现象的抨击和回应，充满了批判的激情和令人心酸的叙述。

《一个人的战争》无疑是一个具有革命意识的文本，首先在于它的奇特的文本生成方式，它的关于女人成长史，关于女性隐秘心理及其性感体验的大胆书写；其次还在于它是林白用来梳理自己与外部世界的一条通道。正如她说的：“把自己写飞，这是我最后的理想。”[4]林白的全部困惑是人，是人与人的难以沟通和相互理解，即便是亲若骨血，密如爱人、朋友，心灵的隔膜是存在彼此之间一道难以跨越的屏障，通过写作探索女性精神和情感困境的出路就成为林白生活中不可缺少的一部分。林白的写作能在90年代的文坛出现并占据一席重要之地，是90年代的社会文化环境给她提供了机会。这是因为：第一，社会的急剧转型所带来的一统格局的消解是林白等一批在文坛发出异质声音的“新生代”女作家的写作得以出现并引起巨大反响的重要契机；第二，大众消费文化对大众普遍心理需求的适应与满足，为林白等人的女性书写及个性自由的彰显提供了存在的空间；第三，80年代末90年代初，大量涌入的西方现代派、后现代派的哲学思潮为林白等人的创作提供了理论依据和创作思维导向以及话语参照。于是，这种“飞翔”不再是女性潜意识的游历，而是体现着作家创作主体自觉的追求。正如埃莱娜·西苏所言，“飞翔是妇女的姿势——用语言飞翔也让语言飞翔”[5]，“写你自己，必须让人们听到你的身体”[5]，这就验证了林白的女性欲望叙事的文化意义：女性文本叙事凸现了两性关系，对两性生理和心理的差异投以更多的关注，更重视女性的独特经验，因此写作的私人性大大增强；而女性的独特经验又与身体的经验发生更多的联系，对女性生命本体的探索又增添了女性自身观照色彩。

从林白在创作中对身体的个人化书写和内视自省的姿态来看，其中的反宏大叙事和反传统性别秩序具有双重意义：一方面，在西方政教合一、中国儒教一统的历史上，个人化的身体总是淹没在诸如上帝、圣贤及其背后的道德律令中，因此，林白的个人化书写姿态具有主体性诉求的现代性，很大程度上是对人的身体的解放和张扬，而书写身体和自觉内视是人类为最终摆脱外在控制而进行的一种超越性的努力，“有着反对体制化、制度化等宏大叙事的革命性意义”[2]。这是身体作为人类共有的资源与外部现实秩序发生的一次分裂，也是女性身体书写文化意义的第一层内涵；另一方面，随着人类整体意识的自觉，女性书写的创作姿态作为彰显女性自我和群体“性征”的一种独特方式，在反对传统性别秩序、性别压迫的层面上，与外部现实秩序发生又一次分裂，构成女性身体书写文化意义的第二层价值取向：男性中心意识和话语霸权被视为阻碍女性身体的文学生成和文学表达的巨大障碍，女性的身体言说成为反抗男权中心的独特方式。

林白在《记忆与个人化写作》中表示："作为一名女性写作者，在主流叙事的覆盖下还有男性叙事的覆盖（这二者有时候是重叠的），这二重的覆盖轻易就能淹没个人。我所竭力与之对抗的，就是这种覆盖和淹没。"[4] 面对社会和历史已经形成的压抑身体的完整机制，"女性无论作为个体还是群体都面临反体制化、反本质主义、反性别秩序和反性别压迫的书写焦虑，冲破历史秩序和性别秩序的双重桎梏必然具有双重解放"[2] 的文化意味。

二、桂军文学女性书写的创作姿态

女性写作与女性意识的觉醒是90年代文坛一道亮丽的风景。男性话语体系、父权制价值中心、社会化宏观叙事第一次受到了来自边缘的个性挑战。而20世纪90年代以来，在经济后发达地区的广西，同时出现了"广西三剑客"和"文学桂军"的边缘崛起。由张燕玲、杨映川、纪尘、蒋锦璐、凌洁、蓝薇薇、林虹等一批女作家、文艺评论家群体组成的文学桂军以凌厉的创作姿态及文学书写进入了全国文坛视野，为当下的中国文学提供了新的文学佳作和作家成长的新鲜经验，提供了经济后发达地区文学和文化发展的一种可资借鉴的模式，它改变了广西文学女作家稀少的格局，丰富了中国的女性文学。

张燕玲是当下风头劲健的新锐批评杂志《南方文坛》的主编，是出色的文学评论家，也是有着"中国的诺贝尔文学奖"之称的茅盾文学奖的评委。她以批评家的身份介入散文创作，称得上是异军突起。其散文集《此岸，彼岸》集结了她20世纪90年代以来公开发表的数十篇散文。《此岸，彼岸》曾进入年度排行榜散文类的第二名，是多年来广西散文相当突出的一个纪录。批评家的修养使她的散文深蕴思想的含量。张燕玲的散文以手写心，抒一己情怀，其散文贯注了鲜明的人性意识、性别意识、人文情怀和终极关怀，显示了与前辈散文家不同的教育背景和思想背景。在这个意义上，张燕玲的散文有一个现代人意识和现代文体意识的重大提升。此外，张燕玲重视感情的生命体验，她的写作渗透了深切的创作主体，视角独特，意象奇崛，情感饱满，既是充满社会责任感的人文关怀，也是一种坚守个人立场、保持独立品格的个人化叙事。

张燕玲自觉而又纯粹地把个性带进了文学创作，个性的灵气渗透进了她所写的每一个字眼。可以说，张燕玲成功地写出了女性内心世界的灵魂。这种灵魂，存在于每一个人的内在生命。它需要真诚的体悟。在这份体悟中，张燕玲超越了个人的小天地，把女性作为审美主体的意识带进自己的书写中，力图摆脱镜中之“我”，在不断的自我反思和完善中，进入一个更广阔的境界。她的《望尽天涯》(《大家》2000年第2期)，写母性的深沉与女性的挣扎，写一位母亲的疼痛，况味独特。在这里不单纯是一种母性或女性之爱，更重要的是在作家所描述的独特体验及其裂隙中所透出的普遍性人文关怀，表现了作家超越于爱之上的对女性生命体验的传递。写祖母、女儿，写其他女性的故事，都是在写自己。同时，她写自己，实际上是关注整个女性的成长、生存和命运。这样，张燕玲的文学世界不只局限在一己的生活中，她的文学书写格局大，视野开阔。如写西湖，她不着墨于西湖的美景以及苏轼建的堤坝，而是为我们勾勒出一位美丽善良而富于才情的女子，怀着疼痛感唤醒了一种悲悯情怀。

当下，女性写作呈现出作家以个人生存体验来表达女性生命体验的自觉。许多女作家在社会中心价值之中或之外诗性地表达女性个体生存的可能与局限，她们找到了自己独特的话语方式，并试图从男女两性的关系上去浮显女性经验，放大女性感受。她们把文学引向了一个微观世界。纪尘的小说，便具有这种特质：“她从生命本体的角度，完成了对爱情和性的悲剧透视，淘洗出人性深层的污垢和泥沙，在女性写作中为自己寻找并调节一种最为舒适的姿势，内心深处却保持了一份对文学艰苦卓绝的坚持和对美学的坚守。”[6]

纪尘2000年开始文学创作，先后在《当代小说》《作家》《芙蓉》《大家》《钟山》上发表《风之花》《没有计划的背叛》《爱情故事》《205路无人售票车》《九月》《缺口》《美丽世界的孤儿》等长中短篇小说。其中《九月》在2003年全国首届“华夏作家网杯”《中华文学选刊》文学大赛中获得一等奖。2007年第7期《青年文学》又推出了纪尘力作《第三支牙刷》，这是一部“为了探询某种事物的本质与意义”[7]的转型之作。纪尘的女性写作，有着一种内在的力量和心灵的穿透力。她自觉取向人性、人文关怀的角度，关注女性自身，呈现出一种游离在城市边缘和非主流意识的精神状态，这种现实与幻觉交错的特殊状态，显示出她的理性自觉和美学素质。

从纪尘的小说中，我们可以看到各式各样女人的生存状态。这些生存状态都是在焦虑的巨大作用下，被无限延伸着。这种延伸的结果，必然就引向了另一个远不能逃避的方向：性焦虑和生存焦虑。实际上，小说中各种试图分解此种焦虑的方法最后被证明只能让人更焦躁和无力。从抽象回到具体的物象，纪尘借助了女性天生的敏感和潜意识，把女性寓言放大到极致，伴随着一个个寓言的诞生，她把女性生存借由“声音”“疯子”“猫”“荒凉的渡口”“第三支牙刷”等意象，一再验证了女性化的经验叙述文本。纪尘的女性书写，从内容上完全可以看作是女性化的产物。女性在无声世界里挣扎，可以看作是女性自己为自己寻找出路，为自己搭建通往外部世界的平台。当一切尘埃落定之后，女性不论是走向成功，还是走向死亡，都昭示了生活可能揭示的方向：一切要靠自己。这正是作家对女性当下现状的不安和批判。

而蒋锦璐的小说以写实为主要特征，她的《双人床》《城市困兽》《美丽嘉年华》《爱情跑道》等文学书写也以女性生存主题及地域文化色彩延续了其审美立场。她执着书写两性关系的冲突，解构当下的婚姻伦理，以一种技巧艺术的理性和道德社会的判断来定位自己以人为本的文学立场，实现了以情感穿透故事的新突围。蒋锦璐的《双人床》(《当代》2004年第2期）就像一个隐晦的暗示：男女情爱的最后归宿就是这张双人床，男女双方在这片狭小的空间里斗智斗勇，展开一场你征服我、我征服你的较量。也许这场较量谁也征服不了谁，对峙只不过是一种婚姻上的需要，一种归属感而已。在这里，作家直接站出来对两性生存状貌和文化反思进行理性的审视，思考和探索女性自身性格和情感的发展，其观察方式、思维方式、表达方式，无不为当下的中国文学所蕴含的文化性提供了作家成长的新鲜经验。

20世纪70年代出生的林虹所处的年代，女性已得到了极大的自由和解放。后工业带来的物欲造成了人的严重异化，知识与精神的神圣性不再如先锋时代被认可，女性一直处于不断变化着的矛盾张力之中，这使得林虹的文本少了许多精英文化的先锋姿态，更多世俗化了。她的《那夜》(《作家》2005年第11期）是边缘化的女性经验文本。在小说中，孤独是作家与乔艾共同的生命体验和表征。一方面，孤独是现实生存世界对个体生命施加压迫的结果，个体和社会和他人的对抗和敌视在某种程度上是孤独感的深刻源头；另一方面，孤独又强化了生存世界的黑暗和非本真性。林虹一方面把她笔下的女主人公乔艾与生存困境联系在一起，但另一方面又不愿她在生存的无奈中被压垮。她一直在努力为女性探求一条救赎之路，或者建构一个可供疲惫的灵魂栖息的精神家园。

也许爱情是女性能逃避或缓解孤独的最好寄托，但林虹的文本叙事中透过“蚊子”这一意象，暗示了人类个体对外部世界的渺小感和无从把握，对外部世界的排斥、拒绝、恐惧和对抗。于是，乔艾“看着程诺乐此不疲地追打着那只蚊子，心里生出了一种厌恶。她很诧异这种忽然滋生的感觉。她试图驱赶它，越是这样，那种厌恶的感觉越重”[8]。所以，林虹的文本书写总体上透露的还是对于人类生存困境的切肤之痛和寻求不到精神家园的深深的绝望，从而陷入了更加孤独的无言境地。

三、桂军文学女性书写的文化语境实践

新时期以来，女性话语成了这个时代最具冲击力的理论话语之一。先是理论界的“先觉者”们勇敢地“浮出历史的地表”，接着便是一场空前的女性文学的文化语境实践。小说界、诗歌界的女性作家如同被压抑已久的火山，畅快淋漓地敞开了心扉，向这个男性、女性共同拥有的世界倾诉尚未被彻底解放的精神与肉体的伤痛，尽情诉说着对权威男性的女式愤懑，为有更漫长的女性压抑史的中国文化和文学带来新风，并重塑女性形象。

桂军文学群体中的林白、张燕玲、杨映川等一批女作家在她们的作品和理论中强化女性意识、女性经验，把女性最隐秘的感受、心理、情绪，都通过女性文学的话语实践表达出来了。林白以《枕黄记》《妇女闲聊录》《万物花开》等作品显示了

她由“私人化”写作向“面向现实社会”写作的转变，“第一次在中国文坛展示出‘生态女性主义’文学景观”[1]。70年代出生的女作家杨映川继林白之后，写出了颇有深度的女性主义文学作品。她的《不能掉头》，在广阔的社会背景下表现了女性和男性在追寻爱情过程中的差异与互救，情感、人性、勇气的逃离与回归，将女性主义文学向社会现实纵深推进了一大步。而自1996年张燕玲主编《南方文坛》以来，该刊已成为中国文论界令人注目的重要阵地之一，影响力已汇入中国文坛的理论体系之中。它以《今日批评家》栏目汇聚谢冕、陈思和、贺绍俊、南帆、陈晓明、孟繁华、李洁非、李敬泽、戴锦华、施战军、葛红兵、汪政、黄伟林、邵燕君等国内活跃的中青年文艺理论家，形成文论界一个重要的思维场，成为我国文学评论界的权威性阵地。

长期以来，女性一方面竭力跻身于更广阔的社会生活，试图以男人的目光或超出性别偏见的目光来看待和描述世界；另一方面却又为自身的种种局限、束缚困扰得骚动不安，想求得一个终极的释然，为此而不断地去批判男权中心的种种不合理，表述身为女人的不幸、苦恼、愤慨、意愿和向往。在这种突出重围的艰辛搏杀中，桂军文学的女性书写仍然缺乏群体凝聚意识和力量，在探索女性出路的文学写作中来去匆匆。尽管如此，对女性在两性关系中的角色位置的历史与现状的重新审视与思考，却随着新时期的人文气象，也不可避免地来到桂军文学女性书写群体创作意识之中。事实上，生活本身正在被不同以往的时代生活所悄然转换、替代与改变的兆象。

在蒋锦璐的《双人床》中，我们首先注意到的是叙事者让“爱情”在两性关系中出现的不寻常的意味。陆小冰和苏婕在与汪晨交合着的双性战争中，彼此“像捉迷藏，都在躲，又都在捉。躲的时候怕不来捉，捉的时候又怕捉不到。面上轻松，暗里都不使劲”[9]。由此，我们看到生活压在两性的对峙与妥协中，将尘世间的男女之爱海誓山盟，以一种残酷的叛逆色彩，将梦想一点点地击碎，挑破了，极具自我“刮骨疗毒”的坚忍气质，但却削弱了苏婕们的命运遭际本应具有的悲剧效果。而蒋锦璐的女性世界，弥漫着对男性的幻想和对男性有着莫名的厌恶和仇恨的双重矛盾心结。这种分裂的语境尽管迎合了当下女性话语的写作特点，却难以形成经典的女性文学范式。“这种飘散的植根于个人独特体验之上的性别神话无法指向任何一种整合性的乐观前途，其结果很容易昙花一现”[10]。

当桂军文学女性书写在特定的历史语境和文化语境中进行时，女作家们所置身其中的文化环境对创作形成了根本性的制约，这主要表现在作家们试图找到合适的话语方式与最佳的表达途径两个方向：一方面，女性文化的建设是一个极为漫长的历史过程，这个过程伴随创造，伴随新生，也伴随困惑和痛苦；另一方面，作为经济后发达地区的广西，其边民性、边缘性的实质是放逐形而上的玄思，关注切身利益，尤其是向官本位意识的挑战和否定，把人物放到文明的转型期，在文化传统的演进中去描摹，从人性角度去看取人的本性，表现孤独个体的生命体验，从而实现边缘的突围。

对于经济后发达地区的张燕玲、林白、杨映川、纪尘、蒋锦璐、林虹等作家来说，“这真的是一群不一样的女性，她们挣扎在生活的深处，然后平静，再挣扎再平静，并以性灵活记下这些生命的痛苦和快乐。‘尽管绝望，仍然守望’，这是女性作家们的坚定姿态，超越年龄，超越种族，超越地域。女性生命的玫瑰由此盛开”[11]。

因此，文学桂军边缘崛起的女性书写，是一种存在和话语方式，同时又成为一种与时俱进、持续不断改变的解构力量和妥协中不放弃抗争和突围的文化语境，对当下中国女性文学的发展和丰富文化内涵做出了积极贡献。

| 参考文献 |

[1] 李建平，黄伟林．文学桂军论：经济欠发达地区一个重要作家群的崛起及意义 [M]. 北京：中国社会科学出版社，2007.

[2] 乔以钢．中国当代女性文学的文化探析 [M]. 北京：北京大学出版社，2006.

[3] 张清华．中国新时期女性文学研究资料（甲种）[M]. 济南：山东文艺出版社，2006.

[4] 林白 . 林白作品自选集 [M]. 桂林：漓江出版社，1999.

[5] 张京媛 . 美杜莎的笑声 [A]. 当代女性主义文学批评 [M]. 北京：北京大学出版社，1992.

[6] 肖晶 . 失声的缺口：纪尘的女性写作 [J]. 南方文坛，2008（2）.

[7] 纪尘 . 第三支牙刷 [J]. 青年文学，2007（7）.

[8] 林虹 . 那夜 [J]. 作家，2005（11）.

[9] 蒋锦璐 . 双人床 [M]. 南宁：广西人民出版社，2008.

[10] 贺桂梅 . 性别的神话与陷落 [J]. 海南师院学报，1995（4）.

[11] 张燕玲 . 此岸，彼岸 [M]. 郑州：河南文艺出版社，2004.

绿叶对根的情意

——与《南方文坛》同行

张燕玲

1980年代中期是中国文艺空前繁荣的时代，《南方文坛》是在广西区党委宣传部的直接创意和领导下创刊于那个火红年代的，并初领了风气；我走上文艺批评与编辑之路也得益于那个时代。1984年7月刚刚大学毕业分配到区直干部业余大学任教的我，便在黄绍清老师推荐下，成为自治区文联举办的十五人“广西青年评论作者读书班”最年轻的学员，公开发表了评论处女作，开始了文艺评论最初的起步和理论编辑生涯。

记得1986年7月，我刚从北京大学进修回来便遇上广西文坛“百越境界”大讨论，其中坚力量诗人杨克、黄堃要请十个月的创作假实践“百越境界”，于是1987年1月，我和诗人邱灼明被邀顶替黄堃、杨克，分别兼职担任《广西文学》理论编辑和诗歌编辑。同时，幸遇文联在筹备创刊《南方文坛》，而自治区党委宣传部文艺处处长李超鸿刚调任区文联秘书长，并受命与文研室的青年评论家彭洋、蒙海宽筹备创刊，他们一再邀请我加盟，便有了当年10月《广西文学》约期满后，彭洋领

作品信息

《南方文坛》2009年第S1期。

我和蒙海宽北上筹备创刊事宜。我们一路激情满怀，在北京拜访了王蒙、张洁、曾镇南，到天津请教刚创办了《文学自由谈》的滕云、冯骥才和蒋子龙，还爬上北京香山，看层林尽染，而久久不肯下山；畅谈将要出世的杂志，一时兴起，对着满山红叶我们相互高喊彼此的名字，"斑斓的群峰也就潇潇洒洒地回响起我们斑斓的声音了"——在创刊周年（1988年第5期）的卷首语上，我记下了那个充满创业激情和自信的年轻时刻。回程买不上卧铺，我们三人坐了两夜一天一路跺着麻肿的双腿还兴奋莫名。两个月后的创刊号上，刊出了我们一路谋略出来的创刊宣言，自信、狂妄，却字字率真、热诚而坚执。

那真是个青春的时代，为文学理想献身的时代，令人感怀。这个起点，影响我二十二年，令我的虔诚之心，一片片倾注在《南方文坛》，不敢懈怠，一直向前。

作为国内外公开发行的文艺理论和批评期刊，1987年创刊时的《南方文坛》，为16开64页双月刊，铅印，最初由广西文联和广西人民出版社合办，出版社终审。由于我任职的学校离出版社近，因此给出版社稿件的送审，大多由我负责。记得出版社终审由当时的吕梁社长与文艺室主任李人凡担任，那也是两位率真多才的师长。两年后，才由广西文联单独主办。创刊二十二年，李超鸿、郑继馨、彭洋、陈运祐、蓝怀昌、黄德昌等历任主编、社长，还有甘棠惠、蒙海宽、张萍等，以及友情支持做了近十年的英文目录翻译贺祥麟教授（他令我日益感受到学习与工作的美丽），美术总监苏旅，封面设计张文馨、李筱茜，他们筚路蓝缕，艰苦创业，为今天的发展拓路开道，倾情尽心。他们不仅为把广西文艺创作和批评推向全国做出了贡献，也为中国文艺理论和批评建设做出了可贵的努力。《南方文坛》永远记住它所有的办刊人，至于渺小的我更铭记他们对我点点滴滴的支持。

1990年代，市场化的巨鞭第一次抽打中国的文论期刊，中国文艺正在摆脱旧有的体制和轨道，产生了前所未有的生机与混乱同生、追寻与退却相杂的局面。1996年重组编辑部，我也结束了近十年的兼职编辑生涯，正式调入《南方文坛》。面对各地文学与文论期刊纷纷转向乃至下马的局面，我们明白，中国文艺界对优秀理论刊物的渴求比任何时候都强烈。于是，面对市场化第一轮淘汰风波，我们决心背水一战——改版，最初的改版我们幸运地得到了顾骧、谢冕、陈思和等一大批专家学者的鼎力相助，并不断延伸到中国文坛。有了他们，《南方文坛》改版第一年就在国内文坛崛起。然而，经费的困窘、最初改版的探索从里到外都把我们推向了一条极其艰辛的改版之路，在几近绝望中，是区党委宣传部尤其潘琦部长给了我们最坚实的支持，即对我们改版方针的探索，给予了最大的理解和肯定，并获得一些文化企业的鼎力相助，有了这些，才有了我们的兢兢业业、刻苦经营，才有《南方文坛》的发展，并以自己的高品位大视野，亦以自己良好的装帧印制，以自己关注文艺新锐与广西的活力，以自己的前沿批评成长为“中国文坛的批评重镇”，创出了自己的品牌，走出了一条“以刊养刊”的道路。改版初始的《南方文坛》犹如黑马闯入了1990年代中期文学批评的前沿。

那真的是一场美好而艰苦的改革，几近悲凉的情形，我曾在1997年第2期卷首以“现代童话”来形容。如果说《南方文坛》在市场化挑战中，第一轮以1996年改版来“以刊养刊”创立品牌并获得生存，第二轮则以2001年与广西师大出版社合作来“以刊养刊，以书养刊”，并使品牌在高位上获得不断发展。

世纪之交，《南方文坛》又面临市场化大潮的第二轮冲击，而学术的高品位特性使文论期刊“阳春白雪，和者盖寡”，其发行量小的困境与生俱来。在我一次次寻求“以刊养刊”的艰难中，是广西师大出版社以他们高远的学术眼光和人文情怀选择了《南方文坛》的品牌资源，并于2000年南京书市上签约合作办刊。此后六年，《南方文坛》便在两个空间（区文联和出版社）中获得了更多发展的可能性。尽管，合作尚未实现最大值，但是这条“以刊养刊、以书养刊”的道路毕竟使《南方文坛》在前沿批评的高位上获得持续平稳的发展，这种优势互补、品牌共享、资源兼用的社刊双赢之路，是真正意义的发展。

改版十三年来，《南方文坛》一直致力充满活力的高品位的学术形象和批评形象的建设，高品位、大视野的学术风范以及特立独行的批评个性备受瞩目，成为近十多年来中国文坛一些重要文学活动的策划者、参与者和见证者，改变了中国南方的文学批评格局。她不仅推介了广西的文艺家（尤其青年文艺家），“催生了中国新生代批评家的成长与成熟”，而且“集结起中国一支有生气的批评力量”，使《南方文坛》“业已成长为中国文坛最具影响力的文论园地之一”，“团结和吸引了全国一批实力派批评家，成为我国文学评论界的权威性阵地。”改版十三年来的文章转载率一直位于中国语言文字、文学艺术类期刊的前十名，被中国新闻出版署评为“中国期刊方阵·双效期刊”，第四、第五、第六届“广西十佳社科期刊”，获第五届全国当代少数民族文学研究“园丁奖”、广西人事厅颁发的文联系统集体二等功，2007年主编出版的《南方批评书系·无边的挑战》荣获第四届鲁迅文学奖。2004年开始，为“全国中文核心期刊”、《中文社会科学引文索引》（CSSCI）来源期刊、《中国期刊网》全文收录期刊、《中国学术期刊（光盘版）》全文收录期刊、《中国学术期刊综合评价数据库》来源期刊、《中国核心期刊（遴选）数据库》全文收录期刊、《中文科技期刊数据库》收录期刊。《人民日报》、《光明日报》、《新闻出版报》、《科学时报》、《文艺报》、《文学报》、《中华读书报》、《文汇读书周报》、《羊城晚报》、中央电视台、新浪网、广西电视台等几十家著名媒体网络对《南方文坛》有良好评价，在海外学界也有一定影响，据2008年“中国知网”报告，《南方文坛》读者已分布30个国家和地区。

十三年的改版，有十年是在没有办刊经费（只有2万办公经费）的艰难条件下，争取各方支持，尤其广西师大出版社的坚实支持下走过的，在这漫长的令人感奋也悲凉不断中，我们走到今天，还将走向未来。

十三年改版之路，我们在文学坚守和刊物艰守的情境中，向读者展示了我所描绘过的“现代童话”所蕴含的信念、智识乃至心性精神；我也荣幸得以与《南方文坛》同行，并以自己的工作、创作著述与编书一步步成长；与《南方文坛》在与时代的互动中共同成长、共同发展。回望来路，尽管还有诸多不尽如人意之处，但我们毕竟尽了自己在这个时代应该做出的努力。

“中国文学之树，将不会忘记南方的这片叶子”，这是著名学者夏中义教授2002年给《南方文坛》的新年贺词。当年《南方文坛》精心制作了一张有些许虫斑、残损但美丽的红叶贺年卡赠给读者，它表达了《南方文坛》和我个人对自身成长过程中不够完善的清醒、理性与惭愧，但这毕竟是一片历经风霜雪雨泛着绿意正在生长着的红叶，因为我深知，成长对个人而言是一辈子的事情，对于一份杂志则是永无止境。

过去的一切，我满心感激，满怀珍惜；感激一切给过我温暖和力量的领导和师友们，感激那些催人奋进与深思的争议；珍惜能与《南方文坛》一同成长，珍惜这个因为文学而生动的时代。

这是绿叶对根的情意。

2010年代

《南方文坛》与90年代以来的广西文学

佘爱春

20世纪90年代中后期以来，在市场大潮的激荡和影视、网络、市民报纸的冲击下，文学日益走向边缘，与文学血肉相连的文学期刊尤其是文艺评论期刊更是步履维艰、困难重重。面对文学期刊日益严峻的生存处境，身处边陲广西的《南方文坛》率先在同类期刊中树起改版大旗；1996年第6期推出“改版号”后，以其“鲜活的思想、前瞻的姿态、包容的胸襟以及那种稳健而又迅捷的步伐”[1]迅速崛起于中国文坛，成为“中国文坛的批评重镇之一”[2]和“当今中国文坛最有活力的批评和理论建构的重要阵地”[3]。与此同时，以东西《没有语言的生活》和鬼子《被雨淋湿的河》先后获得“鲁迅文学奖”为标志，在广西这片“被文学遗忘的土地上”崛起了一群青年作家，他们以“现代和后现代的叙述方式”[4]，以独到的原创性和先锋品格，以“三剑客”和“广西方阵”的阵势整体性地抢滩中国文坛，以“斐然

作者简介

佘爱春（1972—），湖南会同人，湖南师范大学文学学士，广西师范大学文学硕士，南京大学文学博士，曾任教玉林师范学院，现为广东技术师范学院文学与传媒学院教授。

作品信息

《玉林师范学院学报》2010年第1期。

的成绩和边缘的姿态”崛起于中国的南疆，造就了一段文坛佳话，令人刮目相看。正如陈建功所说：“相比于兄弟省市文学的发展，过去一度不够突出的广西文学界，近年成绩斐然，以及引起了全国的瞩目。广西的一批中青年作家们，以其雄厚的生活积累和领导标新的探索精神，在小说、诗歌、散文、纪实文学、文学理论批评等领域均有建树，成为中国文坛不可忽视的力量。”[5]

可以说，《南方文坛》和广西文学是在互动中共同成长、共同发展的。一方面，《南方文坛》的崛起为广西文学的发展提供了评论平台和理论支持，使广西文学迅速走向全国；另一方面，广西文学的崛起和创作实绩给《南方文坛》提供了持续评介的对象和话题资源。诚如王干所说：“从广西的文学发展来看：不仅有八位富有生命力的青年作家，而且崛起了一种好的文学评论刊物——《南方文坛》。一个好的刊物对一个地区的创作关系非常大，其影响力可以改良文学的环境，有磁场，就有人气。”[6]曹文轩也说道：“很难想象，没有《南方文坛》和本土批评家对广西作家的大力发掘与扶持，广西文学会有今天的辉煌。”[7]可见，广西文学之所以能在边缘迅速崛起，是多方力量“合力”的结果，除了主管领导的重视和支持，除了振兴广西文艺人才的“213工程”和广西签约作家制，除了几代作家的不懈追求和评论家的热心扶持之外，《南方文坛》的大力推举功不可没。从某种程度上可这么说，没有《南方文坛》的鼎力推介，广西文学很难有今天这样的全国知名度和影响力。本文以改版后的《南方文坛》为研究中心，试图探讨其与广西文学的互动关系，揭示其在广西文学崛起中的贡献、价值和意义。

一

《南方文坛》是由广西文联主办（创刊第一年与广西人民出版社合办，2001年起与广西师大出版社合办）的文艺评论双月刊，1987年12月创刊于南宁，历任主编有李超鸿，陈运祐、郑继馨、张燕玲。该刊重视对当前文艺理论、文艺现象、文艺创作和广西文艺的研究和探讨，在改版前以刊登广西文艺和广西评论家的文章为主；1996年第6期改版后，打破了封闭的“地方性”办刊视野，坚持“立足广西，走向全国”的办刊路线，不断调整编辑理念，以高品位、大视野的学术形象和批评形象迅速崛起于文坛；不仅文章转载率一直居于全国同类期刊的前列，连续被评为“广西十佳社科期刊”（2002、2005、2008）、“全国中文核心期刊”（2004、2008）和《中文社会科学引文索引》（CSSCI）来源期刊（2004、2006、2008），而且还改变了南方文艺批评的格局，与北方的《当代作家评论》遥相呼应，成为“当代文学理论最好的刊物”（陈思和语）之一。

作为广西的文艺理论和文艺批评期刊，《南方文坛》自创刊以来始终把推介广西文艺作为办刊宗旨之一。特别是改版后突破了以前单纯的地域性界限，以一种全国性视野和开放眼光来审视广西文学、反思广西文学和推介广西文学，形成了一种良性的互动格局，为广西文学走向全国做出了重大的贡献。虽然表面上看这种“地域性与非地域性并重”的编辑策略在刊登广西作家和批评家的文章数量上有所减少，更多的版面留给了对前沿文艺理论和当前文艺创作的关注上，更多刊登全国各地一批有活力、有实力批评家的文章，但事实上正因《南方文坛》具有“立足广西，却有着中国当代文学整体性的胸怀”，才改版一年就迅速在中国文坛崛起，也正因为《南方文坛》成为了“中国文坛最具有影响力的文论园地之一”[8]，甚至“我国文学评论界的权威性阵地”[5]，才更快捷、更有成效地把广西文学推向了全国。正如河南作家张宇在《南方文坛》创刊百期座谈会上所说：“《南方文坛》提供了一个启示：一本刊物很功利地追求为地域利益做出贡献时往往是非常困难的，《南方文坛》的前期就是这样的，那时它满怀着对广西文学的感情和使命感，却没引起全国的注意。而改刊之后，有面向全国甚至世界的姿态之后，刊物的水平提高了，反而能很快地推出了自己地域的作家。”[9]这一分析是非常有道理的。的确，对一份刊物、一个作家、一个批评家来说，没有全国性视野是很难成功的。

从《南方文坛》刊登的文章数看，从1996年第6期改版至2008年第6期，除封面和目录索引外共刊登文章1716篇，其中与广西相关的360篇，与广西文学有关的289篇（主要指以广西文学为论题和广西作者的文章数目，包括后来在外地的广西籍作家和作者）。可见，《南方文坛》基本上每年都刊登广西文学和广西评论家的文章20多篇，并且每期至少2篇以上。同时，在这289篇中广西区内的作者有233篇（有一部分不是评论广西文学的），广西区外的作者有56篇，从这很明显看出广西评论家在广西文学的发展上是作出很大贡献的；而至于区外作者的文章来说，虽然在数量上十多年来只有56篇，但它所带来的影响力是无法估量的。这56篇文章基本上都是出自全国最优秀的批评家之手，其中陈晓明7篇，洪治纲5篇，马相武4篇，南帆、贺绍俊、朱小如、石一宁、阎晶明各2篇，汪政、晓华2篇，丁帆、孟繁华、程文超、郜元宝、葛红兵、王干、张柠、谢有顺等各1篇。正是这些站在中国当代文学发展最前沿的批评家，以他们对文学的敏锐和洞察，从当代文学发展的整体视域上对广西作家的审美追求和创作实绩进行持续讨论和审度，以睿智、犀利、深刻而精到的评价鞭笞着他们在前行的路途上不断自省，推动他们在叙事风格、语言形式和思维方式上的探索和改进，使他们逐渐成长为“中国文坛公认的第一梯队的强手”[9]，广西文学也因此走出了广西，走向了全国。正如黄伟林所说：《南方文坛》这些年“集结了一批中国最优秀的批评家，刊登了大量充满真知灼见，具有深远影响的批评文章”，“正是因为这种阔大的境界和一流的作者队伍，有力地扩大了广西文学在全国文坛的积极影响，有力地推动了新桂军群体的成长和壮大”。[9]

《南方文坛》对广西文学特别是对广西青年作家的推介是全方位的，在十多年中几乎所有有实力、有影响的青年作家或作品，以专辑或单篇论文的形式在刊物予以了评述与推介。大致情况如下：

1996年第6期—2008年第6期《南方文坛》刊登部分广西作家和评论家相关文章篇数一览表

	1996	1997	1998	1999	2000	2001	2002	2003	2004	2005	2006	2007	2008	合计
潘　琦		2				1	1	2	1					7
蓝怀昌	2													2
东　西		5	6		3	1			1	5	2			23
鬼　子		4	5	1	3	2	1		1		1			18
李　冯		4	5		2									11
林　白		4	2	1	1	1			2				3	14
海力洪				3			1		1	1				6
凡一平					3					1				4
沈东子		1			3									4
刘　春						1	2	1		1			1	6
杨映川							3			1				4
黄咏梅								3					1	4
黄佩华		1						2						3
常弼宇		2												2
常剑钧		1						3				1		5
凌　渡		1		1										2
张宗栻			2											2
黄伟林	1	1	3		1	4	1	1	2	1	2	1	1	19
张燕玲		1						1			1	1		4
王　杰			1	1		1	1			1				5
张柱林							1	1	1		1			4

从以上表格的数据（主要指以作家或评论家为论题和作者的文章篇数）可看出，《南方文坛》对于广西作家是鼎力扶持的，在面向全体的同时又重点推介最能代表广西文学创作水平的作家。在小说方面重点推出了东西、鬼子、李冯、海力洪、凡一平和沈东子，在女性文学方面重点推出林白、杨映川和黄咏梅，在散文方面重点推出潘琦、凌渡，在诗歌方面推出刘春，在文学批评方面推出黄伟林、张燕玲、王杰和张柱林等。其中值得一提的是黄伟林，他可以说是广西文学最执着、最热心、最勤奋的评论家，从20世纪80年代中期开始，二十年如一日地关注着广西文学的

发展，并把对广西文学的研究和批评作为自己学术生涯中主要内容之一，而且他还是《南方文坛》最忠实的作者和支持者，从创刊开始每年至少要为《南方文坛》写一篇文章以上；同样，《南方文坛》也给了他充分展示自己的舞台，并在《今日批评家》栏目把他作为全国优秀青年批评家之一予以了推介，这既是对他文学批评成绩的肯定，也是对他为广西文学发展做出贡献的褒奖。

可见，《南方文坛》正是利用自身文化平台，在把自己建设成中国当下最有影响、最有分量的文艺理论和批评刊物的同时，又始终关注着广西文学的发展和广西作家的成长，并以丰富多彩的形式全面深入地把广西文学推向中国当代文学的最前沿。

二

在当今的文论刊物中，《南方文坛》在栏目的设置上可以说是最富有创意、最富有挑战性和前瞻性的，既鲜活又大气，既稳健又灵动。十多年来，《南方文坛》重视品牌策略，不断推出自己的品牌栏目:《南方百家》《未来文坛》《批评之旅》《绿色批评》《现象解读》《今日批评家》等。同时，她始终站在中国文艺理论和批评的前沿，在关注当代文学中的热点和重大问题的同时，通过自己的品牌栏目以专辑形式集束性地把广西文学推向了中国文坛的前沿，既推动了广西青年作家的成长，又激发了他们的创作意识和创作潜能。

《南方文坛》善于通过栏目预见性地发现和推举富有潜力和实力的青年作家。《南方百家》和《未来文坛》是以专辑的形式推介南方文学新锐和文学新人为宗旨的栏目。在1996年第6期改版号的“卷首语”中就说：“《南方文坛》将以关注长江以南的文艺创作乃至南海以南的华文文学为己任，坚持艺长独至、百家争鸣，每期推出一至两位南方文艺家。”1997年12月在“东西、鬼子、李冯作品研讨会”上，主编张燕玲又说道：“关注和推介南方的文学新锐是《南方文坛》的《南方百家》栏目的宗旨，过去是这样，现在、将来也是这样。”[6]《南方百家》栏目自1996年第6

期开始至2000年第6期，共25期，推出南方作家29位，其中广西作家就有9位，几乎是总数的三分之一。分别是1996年第6期的蓝怀昌，1997年的东西（第1期）、李冯（第2期）、林白（第3期）、鬼子（第6期），1998年第5期的常弼宇，1999年第1期的海力洪，2000年的沈东子（第1期）和凡一平（第6期）。除了第一期的蓝怀昌是40年代出生的外，其余都是60年代出生的青年作家。这个栏目的推介目的很明确，采取多人、多角度、多侧面甚至多方法集中评述，不仅在推出每一位作家时配发作家的创作谈和文学观，使读者了解到作家对文学和创作的看法，而且还附有作家个人照片和小档案，使读者能知道作家的成长背景和代表作品；不仅把广西作家放在整个南方文学新锐当中去推介，使得广西作家获得了南方文学整体性视野和全国性视界，而且还组织和邀请全国有影响力的批评家对广西作家作品进行批评，虽然不是区外评论家的第一次关注，但至少是第一次由全国知名批评家对一个作家进行集束式评价，正是通过马相武、南帆、王宏图、王干、丁帆、洪治纲等站在当代文学发展的高度对他们的评价和认可，才使得他们迅速成长起来，成为“新生代”的代表和当代文学中的生力军。

《未来文坛》可以说是对《南方百家》栏目的延续，在栏目安排设置上都相同。但与《南方百家》主要推介已经取得不少成绩的男性文学新锐不同，《未来文坛》主要推介和扶持刚刚在文学创作中崭露头角的女作家。在《南方百家》停设一年后，2002年《南方文坛》新开了推介文学新秀的《未来文坛》栏目。在两年时间里，《未来文坛》共推出了8位文学新秀，有6位女作家，其中2位是广西女青年作家：杨映川（2002第1期）和黄咏梅（2003第2期）。从这可看出主编张燕玲对女性文学发展特别是广西女性文学发展的热切关注，同时也体现出她对中国未来文坛敏锐的前瞻意识。在这之后，其中之一的杨映川不仅获得第六届广西青年文学最高奖——“独秀奖”、2004年度“人民文学奖”和第三届“华语文学传媒‘2004文学新人奖’”提名，而且成为继林白之后对中国女性文学做出较大贡献的广西作家和广西女性文学新的领军人。

与《南方百家》和《未来文坛》以专辑形式集中推介某一作家不同，《批评之旅》和《绿色批评》以对单个作家作品进行批评为主，形式灵活、自由多样。《批评之旅》历时四年（2000年开始改成《绿色批评》），共刊登与广西文学相关的文章13篇，其中《广西散文战略》（1997年第1期）和《敲响世纪的钟声——广西部分青年作家如是说》（1997年第3期）值得注意。《广西散文战略》包括彭洋《"散文战略"纲要》、凌渡《我对促进提高广西散文的几点想法》和江建文《散文的必然性》3篇，可以说是振兴广西散文的总规划，不仅对广西散文创作和理论进行了评估，而且还提出了一些提升广西散文的建设性意见。而《敲响世纪的钟声——广西部分青年作家如是说》则是15位小说家、诗人、散文家和评论家在世纪之交如何以自己的行动为广西文学的崛起作出努力的世纪宣言。2000年开始的《绿色批评》可以说是对《批评之旅》的继承和深化，在评价作家作品时更多体现出对今日批评精神生态建设的关注。正如张燕玲所说："我们想得更多的是如何学术地批评文艺之林：既要阐释哪片林子、哪棵树的茁壮成长，更要发现哪片林子、哪棵树有黄叶、有虫斑，证明为何有黄叶与虫斑，并且追问这病树与整个林子的生态系统的关联。"《绿色批评》从2000年至2008年共刊载与广西文学相关文章33篇，除了徐治平、蓝怀昌、刘春、鬼子、东西、海力洪、伍稻洋、纪尘、朱山坡等作家的评论外，黄伟林的《艰难的突围——论广西长篇小说的现状、存在的问题和发展的途径》（2004第2期）和黄晓娟的《平静与坚实 努力与坚韧——新世纪广西散文创作的风貌》（2004第5期）两篇论文体现出较强的整体性、现实针对性和较鲜明的问题意识、忧患意识。前者从当代长篇小说高度对广西长篇小说现状进行了全局性审视与关注，后者对新世纪广西散文进行了整体扫描，在全面展示广西长篇小说和散文创作实绩的同时，提出了一些富有启示性和建设性的思考。

紧跟文学创作、关注新人新作是《南方文坛》多年来一贯特色。《新著视窗》和《最新文本》就是相对集中地从不同角度、不同层次对某一新著和新作进行"集束"评论的栏目。《新著视窗》从1997年开设到2002年第1期，从第2期开始改为《最新文本》栏目，这两个栏目虽是承续关系，但并不完全相同。《新著视窗》针对的面较宽，形式比较自由，既有对最新作品的分析又有对最新集子、研究著作的评述，既有对新著评析的单篇论文又有对新著从不同角度、不同方面集束式的评论，而《最新文本》则是对当年的最新作品进行专题式集中评论，比前者更具体、更集中。同时，两个栏目对广西文学的关注程度也不同，虽然五年来《新著视窗》三次对广西作家新作进行了评论，一是1998年第1期，邀请陈晓明和孟繁华对林白的新作《说吧，房间》进行集中评论；一是1998年第5期刊登了朱潇的《对东西〈耳光响亮〉的一次阅读》；再一次是2000年第4期白烨、李敬泽等北京评论家对林白作品主要是新作《玻璃虫》的研讨会。但总共才4篇文章。而《最新文本》除2006年停办外，五年来四次组织全国知名批评家对广西作家的新作进行集中评析和极力推介，共刊登文章11篇：2003年第3期张颐武、马相武评论黄佩华的《生生长流》，2004年第1期南帆、陈晓明对林白新作《万物花开》的评析，2005年第4期组织了谢有顺、陈晓明、郜元宝和南帆的强大阵容对东西《后悔录》的集中评价，以及2008年洪治纲、吕约对林白《致一九七五》的评论。正是通过这个栏目，广西作家的新作品在全国知名评论家的评述和认可中逐渐走向了全国。

与其他栏目注重对作家、对作品进行推介和评论不同，《本期焦点》(本期特稿）和《现象解读》则是从问题开始的，体现出《南方文坛》自觉的《问题意识》。《本期焦点》(本期特稿）以对新近文坛的热点问题予以集中关注为主，开始于1998年，2002年第1期后停设，此后2002年、2003年第3期的《本刊在线》和2006年第1期的《本刊特稿》可以算是此栏目的延续，2008年第4期又恢复《本期特稿》栏目，共开设24期，以专栏形式每期一个话题，其中以广西文学为话题的有4期。栏目开设的第一期就集中推出“广西三剑客”(1998年第1期)，刊登了马相武、黄伟林、朱小如3篇评论文章和1篇研讨会纪要，这是文论刊物第一次对“广西三剑客”这一广西文学品牌的报道和评论，自此东西、鬼子、李冯开始以“广西三剑客”的团队形式出现于中国文坛。为了加强“广西三剑客”在文坛的影响力，在2000年第2期又推出“广西三剑客”专栏，刊登了陈晓明的评论文章，东西、鬼子等作家与评论家的对话和三位作家的创作谈并附有近两年发表的作品目录，共5篇文章，对“广西三剑客”进行了全方位的评价。与此同时，在1998年第3期针对《青年文学》第

2期“把广西青年作家纳入全国实力派行列，刊发了‘广西方阵’”，组发了当时《文艺报》副总编贺绍俊和《青年文学》主编黄宾堂的评论专稿2篇，从文学桂军进军中国文坛历程上对广西文学的强大阵势和阵容进行了高度的评价。之后又在2003年第3期的《本刊在线》对仫佬族作家群、仫佬族文学的崛起和发展进行了整体的描述和全面的评价。这种把广西文学话题放在当下文坛热点话题中以话题批评的集束方式进行批评和讨论，有效地提升了广西文学的文学意义和价值，对开创广西文学的批评空间和推动广西文学创作都有积极的作用。

而2000年第3期新设的《现象解读》，可以说主要是为广西文艺现象设置的、形式自由、不定期的评论栏目。除2003年停设外，八年来共刊登文章68篇，其中讨论广西文艺有46篇，并且大部分是以专辑形式集中刊登了一系列评论文章，如《桂西北作家群》(2001年第2期)、《鬼子》(2001年第6期)、《桂林文化城》(2006年第6期)、《仫佬族文学》(2007年第2期)、《广西青年诗歌》(2008年第5期)和《广西文艺三十年》(2008年第6期)等。而单篇论文中值得注意的是黄伟林的《从花山到榕湖——1996—2004年广西文学巡礼》(2004年第4期)和张燕玲的《以精神穿越写作——关于广西青年作家》(2007年第4期)，前者站在历史的高度回顾了广西文学近十年来的发展历程，后者对广西青年作家的创作进行了全面扫描和高度评价，使读者清晰领略到了广西文学边缘崛起的壮丽进程和广西青年作家的创作风采与精神风貌。

此外，《诗人谈诗》栏目分别在2001年和2002年的第5期以专辑《广西诗歌之一》和《广西诗歌之二》对广西诗歌现状和广西青年诗会予以评述和推介;《今日批评家》在2001年第6期推出批评家黄伟林，这是此栏目到2008年推出的55个青年批评家中唯一的广西批评家，从这可看出广西急需加强对青年文艺评论工作者的培养和扶持；同时，《艺术时代》在2003年第5期也推出了广西戏剧家常剑钧；以及《读来读去》对广西作家作品的评论等等。从以上可看出，《南方文坛》在不断打造自己的品牌栏目的同时，始终把如何推介和打造广西文学品牌作为自己追求的目标，通过这些栏目的影响力全方位地把广西文学介绍给了全国读者。

三

策划、举办、参与文学活动是《南方文坛》不断打造自身品牌和推介广西文学的重要措施。如果说，文学栏目以书面的形式把广西作家、广西文学介绍给读者，显得直观、具体、有效、快捷的话；那么，文学活动的策划、举办和参与则通过“请进来、走出去”和面对面地交谈研讨的形式，邀请全国知名批评家为广西文学“把脉”、“诊断”和献策，为广西文学的持续发展提供理论支持和营造良好和谐的批评氛围，为广西文学继续发展打磨和造势。

改版十多年来，《南方文坛》不仅是中国文坛一些重要的文学活动的策划者、参与者和见证者，而且还充分利用自身资源和影响力策划、举办、参与了一系列有全国影响的广西文学研讨会。《南方文坛》打出的第一炮是：在“‘晚生代’青年作家群势头颇健，成为当下文坛不可忽视现象”和广西文学开始崛起、出现良好的发展势头背景下，于1997年12月中旬一手策划并与中国作家协会创研部、广西作家协会、广西文艺家协会、《花城》杂志社和广西师大中文系共同率先举办了“全国文学界关于‘新生代’作家的最正式的首次研讨”（雷达语）——“东西、鬼子、李冯作品研讨会”。全国著名作家、批评家、文学编辑陈建功、雷达、王干、郦国义、陈晓明、马相武、李敬泽、朱小如、张陵、林宋瑜、钟红明、尹汉胤、田瑛和广西作家、评论家潘琦、蓝怀昌、凡一平、黄伟林、张燕玲等30余人出席研讨会。会议不仅为“广西三剑客”正式命名，而且还站在当代文学整体格局和“新生代”群体高度对东西、鬼子、李冯的创作予以充分肯定和高度评价，认为他们的作品“为中国文坛吹来了一阵清新之风”（雷达语），自此“广西三剑客”作为一个文坛品牌横空出世，响彻文坛，“成为世纪之交最具影响力的文坛概念之一”[10]，《南方文坛》也在1998年第1期以“本期特稿”形式隆重推出、予以报道。可以说，“广西三剑客”在全国获得认可并产生如此大的影响，除了他们自身的创作实绩外，《南方文坛》的鼎立推介功不可没。同样，这次研讨会对于广西文坛、“广西三剑客”、《南方文坛》来说，都是最为值得纪念和自豪的一次文学活动。

此后，从广西文学全面和持续发展出发，《南方文坛》有意识地联合其他单位、部门举办了一系列为广西文学传经送宝、提供批评氛围的文学活动。如2005年8月8日至10日与广西作家协会、玉林市委宣传部和玉林市文联共同举办的“天门关作家群研讨会”；2006年8月28日至29日，和广西作家协会、北流市“漆诗歌沙龙”共同举办“第二届广西青年诗会”；2006年11月25日，与广西作家协会联合举办了“广西长篇小说创作座谈会”；2008年12月5日至7日，和广西文学院联合举办的“全区文艺理论和批评高级讲习班”等；最值得一提的是2006年4月24至27日，和广西作家协会联合举办了“广西青年小说家讲习班”，这是继1997年“东西、鬼子、李冯作品研讨会”之后又一次召开大规模的新一代青年作家研讨会。会议采取评点和对话交流的形式，邀请了国内著名评论家、文学编辑为“广西第二代青年小说家最强方阵”传经送宝。这些文学活动的形式和内容是丰富多样的，几乎涉及了广西文学的各个层面，既有研讨会又有讲习班，既有小说研讨又有诗歌年会，既有对地方作家群的关注又有对文艺理论和批评的重视；并且在活动后《南方文坛》还利用版面刊登会议纪要或照片剪影予以报道宣传，都显示出了《南方文坛》在整体提升广西文学上的良苦用心。同时，《南方文坛》还策划和参与了一些广西文学活动，并通过刊登照片剪影、纪要或组发文章的形式对文学活动进行报道。如“相思湖作家群研讨会”（2000年6月），“桂西北作家群研讨会”（2000年12月），杨映川、贺晓晴作品恳谈会（2001年11月），“广西首届青年诗会”（2002年4月），“仫佬族文学研讨会”（2003年2月），“北京·广西文化舟”（2006年6月），“第四届仫佬族文学研讨会”（2007年1月）等。这些活动基本上采取“请进来、走出去”的方式，邀请国内知名评论家、作家和文学编辑来广西，与广西作家面对面交流对话，为广西文学“把脉”“诊断”和献策，同时也让广西的作家、批评家参与到全国性的文学活动中，从而形成了一种良好的互动局面，既有效地推出广西作家、评论家和作品，又在整体上提升和推动广西文学走向全国，扩大了广西文艺的影响。可以说，《南方文坛》对广西文学的发展是尽心尽力的，她充分利用文学活动不断提升自身品质和知名度的同时，也扩大了广西文艺评论的影响力，在推动广西文学自身崛起上起到了重要的作用。

如果说，举办和参与广西的文学研讨活动主要是以“请进来”的形式为广西文学的发展提供话语支持的话；那么，举办评奖和论坛等活动则以“走出去”的形式把广西作家、评论家推向全国。《南方文坛》利用自身品牌举办和策划一些全国性评奖和论坛等活动，来加强自身品牌影响力和对广西青年作家、评论家的推介、培养和扶持力度。为了感谢广大作者、读者的支持和进一步提升杂志的质量，2001年开始设立了“《南方文坛》年度优秀论文奖”，并邀请著名专家学者给获奖者颁奖，在全国享有很高的声誉，被认为：“不仅对《南方文坛》，而且对于整个文学评论界来说都是非常有意义的。”[11]（白烨语）八年来共评出论文48篇，其中广西评论家龙子仲的《解读革命——对一个老话题的随想》（2001第4期），黄伟林的《艰难的突围——论广西长篇小说的现状、存在的问题和发展的途径》（2004第2期）和张柱林的《差异:〈马桥词典〉的诗学和政治学》（2006第2期）分别获得2001、2004和2006年度优秀论文奖，这对提升广西文艺评论实力产生了积极的触动和推动作用。同时，还通过经常刊登广西青年学者的论文和组织“广西文艺评论奖”等来培养和扶持广西文艺评论的后备力量。而与《人民文学》联合举办的“青年作家批评家论坛”历时七届，已经成为中国文坛的品牌论坛。论坛中除了作家和批评家进行直接对话交流外还推出每届“年度青年作家和青年批评家”，其中东西凭借长篇小说《后悔录》获得“2005年青年作家”。这些评奖文学活动既提升了《南方文坛》和广西文学的影响力，又为广西文学的发展带来了生机、活力与动力。

谈到《南方文坛》与广西文学的关系，特别值得一提的是主编张燕玲。十多年来，她以持之以恒的文学热忱和敬业精神关注着广西文坛，以发现和推介广西文学为己任。她不仅主编了继1996年《接力评论家丛书》之后最大规模展现了广西文艺评论家成果的《南方论丛》（共8部）文艺批评丛书，而且大力扶持广西青年作家，借助《南方文坛》和自身的影响力，不遗余力地把他（她）们的作品推向全国。她不仅通过在《百花洲》《上海文学》《红豆》等刊物主持和策划栏目或专辑的机会把广西作家推向全国，而且还经常把广西作家作品推荐到《青年文学》《花城》《上海文学》等名刊上发表；她不仅邀请全国知名评论家评论广西作家作品，而且还亲自撰写评论和主编作品选集等来扶持广西青年作家。近年来杨映川、黄咏梅、纪尘、蒋锦璐、谢凌洁、贺晓晴、李约热、朱山坡、橙子、黄土路等青年作家的崛起，张燕玲起到了积极作用。可以说，张燕玲不仅是广西青年作家作品最热心、最具慧眼的第一读者，也是“广西青年作家群体最积极的发现者和推荐人”[12]，她对广西文艺的发展，对广西文学边缘崛起走向全国，以及广西向文学大省目标迈进做出了积极的贡献。

文艺的发展离不开磁场，尤其边缘地区文艺的发展更需要磁场。可以说，20世纪90年代中后期广西文学从边缘迅速崛起，就是广西极具磁性和辐射力的文艺磁场多方合力共同促成的结果；而在这一文艺磁场中，《南方文坛》无疑是最有活力、最有影响力和最具磁性的一极；她在广西文学崛起征途上的推介之功，她对广西文学传播接受的积极作用，她与广西文学共生互动多元关系等等，不仅成为中国文坛一段佳话而且也是当下文坛“期刊与文学互动”的一个成功范例，对中国文学特别是边缘地区文学的发展有重要启示意义，给人留下无尽的思考。

| 参考文献 |

[1] 洪治纲 . 一份杂志与一个人 [J]. 出版广角，2000(7).

[2] 贝佳 . 你选择了我，我选择了你——《南方文坛》与广西师大出版社强强联合意义非凡 [N]. 文艺报，2000-10-31.

[3] 陈晓明 . 有一种性格和精神的广西文学 [N]. 文艺报，2006-06-15.

[4] 贺绍俊 . 广西群体的意义 [A]. 白烨 . 中国文情报告(2004—2005)[C]. 北京：社会科学文献出版社，2005：28.

[5] 陈建功 . 勇敢的推进 谦虚的请教 [N]. 文艺报，2006-06-15.

[6] 东西、鬼子、李冯作品研讨会纪要 [J]. 南方文坛，1998(1).

[7] 曹文轩 .“先锋”与“艺术”的广西文学 [N]. 北京日报，2006-06-13.

[8] 施战军 . 充满活力的文论园地 [N]. 新闻出版报，1999-06-3.

[9]《南方文坛》创刊百期座谈会纪要 [J]. 南方文坛，2004（4）.

[10] 李建平，黄伟林，等 . 文学桂军论——经济欠发达地区一个重要作家群的崛起及意义 [M]. 北京：中国社会科学出版社，2007：79.

[11]《南方文坛》2001 年度优秀论文颁奖 [J]. 南方文坛，2002（1）.

[12] 李建平，黄伟林，等 . 文学桂军论——经济欠发达地区一个重要作家群的崛起及意义 [M]. 北京：中国社会科学出版社，2007：80.

论广西文学理论批评桂军的崛起及评价机制建设

张利群

文学桂军的整体崛起，不仅包含广西文学理论批评力量的构成内容，而且也包括理论批评作为评价机制对文学的推动力量。从这个角度看，文学桂军的整体崛起中就意味着理论批评正在崛起，这是理论批评自觉的标志。中国作协副主席陈建功认为："广西的一批中青年作家，以其雄厚的生活积累和领导标新的探索精神，在小说、诗歌、散文、纪实文学、文学理论批评领域均有建树，成为中国文坛不可忽视的力量。"[1] 这似乎昭示出广西文艺理论批评作为文坛不可忽视的力量，在理论批评领域和推动广西文学发展中也有建树，伴随着文学桂军的崛起，理论批评桂军也正在崛起。探讨广西理论批评桂军崛起这一论题，无论是从其推动文学桂军崛起的

作者简介

张利群（1952—），湖北罗田人，广西师范大学文学学士、文学硕士，广西师范大学文学院教授、博士生导师，有专著《庄子美学》《词学渊粹》《中国诗性文论与批评》《批评重构——现代批评学导论》《辨味批评论》《多维文化视阈中的批评转型》多部。

作品信息

《贺州学院学报》2010年第4期。

作用而言，还是从作为文学桂军的构成部分而产生的整体崛起效应而言，都是极其重要和必要的研究论题。这对于从经验总结和理论升华角度探索文学桂军崛起的原因，从理论批评和文学评价机制建设角度探索文学桂军的跨越式发展与可持续发展也是极有价值和意义的；同时，也是为了更好地彰显广西理论批评的自觉，进一步推动理论桂军的崛起。

一、文学理论创新开拓，为文学桂军的崛起架桥铺路

文学理论是对文艺活动实践及规律的理论总结和升华，同时又为文学实践提供理论依据和支撑，是保障和推动文学更好更快发展的动力源。文学桂军的崛起无疑也有深厚扎实的理论基础，是由创新开拓的理论成果支撑的。新时期以来，广西文艺理论发展伴随着广西文学的起伏跌宕，荣辱与共，在艰难跋涉中创业，在时代大潮中拼搏，留下了一串串理论批评桂军奋进的足印。

在这支理论队伍中，始终活跃着老、中、青三代文学理论家。第一代文艺理论家的代表，老一辈著名文艺理论家林焕平是“左联”老战士，从20世纪30年代开始就从事文艺创作和理论批评活动。在其90岁高寿时仍笔耕不辍，参与当时文坛的“朦胧诗”“文学主体性”“文艺多元化和多样化”的重大文艺问题的论争及其中国当代文学理论建设，直到去世前还不忘他作为广西文联名誉主席的身份、对广西文学振兴的关注。在他身后留下近千万字的著述，有《林焕平文集》9卷、《林焕平选编著作集》5卷、《林焕平译文集》5卷、《林焕平作品选》、《林焕平诗选》等，为广西文艺理论发展树立起一座高大雄伟的里程碑的同时，也为广西文学发展道路铺下一块厚重的理论基石。第一代文艺理论家还有冯振、秦似、贺祥麟、王弋丁、林志仪等，他们都在新时期披荆斩棘地开拓，铺平广西文艺理论发展道路。第二代理论家主要有“文革”前接受大学教育的潘琦、黄海澄、江建文、丘振声、王敏之、陈学璞、梁超然、杨炳忠、江业国、巫育民、林宝全、黄绍清、彭会资、徐治平、陈运祐等，他们着力于耕耘和播种，不仅为广西文艺理论园地增色添彩。为广西文学

大厦增砖添瓦，而且也着力于理论队伍的建设和发展，理论新军的培养和锻造，起着承前启后、后浪推前浪的队伍组建和衔接作用。第三代理论批评家多是新时期以后受到大学教育的青年队伍，主要有王杰、袁鼎生、张燕玲、李建平、张利群、黄伟林、唐正柱、彭洋、杨长勋、容本镇、黄祖松、莫其逊、朱寿兴、廖国伟、黎东明、王建平、危磊、顾凤威、李江、刘铁群、黄晓娟等，这是一支高学历、高职称、高素质的理论队伍，他们着力于打造理论批评桂军队伍，更为自觉而紧密地投身于广西文学批评及其文学桂军崛起的实践活动中，在广西文艺理论园地中开辟了一个个新的领域，开放出一朵朵绚丽多彩的理论之花。广西三代文艺理论家人才济济，梯队整齐，齐心协力推动广西文艺理论车轮滚滚向前。

这些文艺理论家来自不同的行业、单位，主要有高校、科研院所、机关、新闻以及企事业单位，如何将分布零散的力量组合成团队，凝聚成一股合力，这是理论批评桂军形成的首要条件。1995年，广西文联正式成立文艺理论家协会，由陈运祐担任第一届主席，意味着广西文艺理论的多股力量开始集结，整合队伍标志着理论桂军的初步形成。2000年，由广西师范大学教授王杰博士出任第二届文艺理论家协会主席，意味着高校的理论批评力量汇入广西理论桂军队伍，不仅使广西文艺理论资源得到优化和组合，而且也意味着理论批评桂军开始崛起。2007年广西民族大学教授容本镇出任第三届文艺理论家协会主席，预示着理论批评桂军将保障和支撑广西文艺实施“五大战役”的跨越式发展及文艺桂军整体崛起之后向更高更新目标冲击，理论批评桂军也将迎来新的辉煌。

广西文艺理论队伍，经过三代人不断开拓，辛勤耕耘，收获丰硕成果。2005年，广西区党委、政府举办“广西文学艺术十三年成果展”，选拔入展的133名文艺家中有文艺理论家8人，为黄海澄、江建文、王杰、张燕玲、张利群、徐治平、黄伟林、李建平，如果再加上各文艺门类的理论批评家，其比例应该在各文艺门类中是名列前茅的。这充分显示出理论批评桂军的力量和实力，也显示出广西理论批评的自觉。

其一，在全国学术界形成颇有影响的理论建树。广西文艺理论研究从20世纪

80年代开始，对全国学术界都产生过影响和作用，所发生的理论冲击波持续到现在。黄海澄在1985年前后全国兴起的“新方法论”文艺思潮中，以其《系统论、控制论、信息论美学原理》及其几十篇厚重扎实的新方法研究系列论文，使其处于全国学术界前沿的重要地位，与当时的林兴宅、鲁枢元、季红真、傅修延等构成新方法大潮的基本格局，影响了当时文艺理论批评走向。其后，黄海澄又以其“价值论文艺学”和“艺术哲学”等理论新话题，不断持续引起文坛轰动效应，不仅奠定了他在全国文艺理论和美学界的地位，而且也使广西文艺理论研究令全国学术界刮目相看。

江建文以其作家的艺术气质和美学家的理论素质形成了其独特而清新的理论个性风格，构筑起富于感性与理性交融的审美新视域和文学理论园地。他以《文艺美的拓展与超越》《美的感悟》《文艺理论问答》等著述，在广西文艺理论与美学界享有盛誉，为广西文艺理论和美学走向全国奠定了厚实的基础。

王杰作为数所重点大学博导，将其哲学的功底、美学的眼光和文艺理论的素养结合在一起，构成其丰厚扎实的理论基础和多学科结合的知识结构。在其博士论文基础上所形成的专著《审美幻象研究》一举成名，奠定了他在全国文艺理论与美学界地位，其在全国学术组织中的职衔就可见影响之一斑：全国马列文论研究会副会长、中华美学学会副会长、中外文论学会副会长。他在获得两项国家社科基金项目的资助下对中国当代马克思主义文论建设和对西方马克思主义文论的研究，以其颇负盛名的专著《马克思主义与现代美学问题》《审美幻象与审美人类学》，译著伊格尔顿的《审美意识形态》等，在全国文艺理论和美学研究领域中产生重大影响。

这支理论队伍还有袁鼎生的生态美学研究、张利群的批评理论研究、黄伟林的文学家群研究、莫其逊的马列文论研究、朱寿兴的审美文化研究、李建平的抗战文化研究、王建平的影视艺术理论研究、黄晓娟和刘铁群的女性文学研究等均有不俗的理论建树。他们在《文艺研究》《文学评论》《文艺理论研究》等全国重要文艺理论刊物上发表论文，在学界形成不断扩展延伸的理论冲击波。

其二，形成在全国颇有影响的三股理论势头，构筑理论前沿阵地。进入21世纪后，广西文艺理论研究整合资源，聚集力量，发挥特色和优势，逐渐形成三股足以冲击全国的理论势头：一股势头以王杰为领军人物的广西师范大学文艺理论群体，通过对文艺学、中国现当代文学、中国少数民族语言文学、民俗学、人类学、民间文学等学科整合，开拓审美人类学研究方向，使美学形上思辨研究方法与人类学注重田野调查的实证方法结合起来，开辟文艺理论和美学理论研究的新途径。审美人类学研究群体关注当下现实实际问题，关注广西民族、民间、区域文化发展历史和现状，关注文学桂军的发展，以个案研究对广西黑衣壮文化、南宁国际民歌艺术节、“印象·刘三姐”、“文坛三剑客”等文化和文学现象进行审美人类学研究，连续在全国重要学术刊物《文艺研究》《文学评论》《文艺理论研究》上发表论文，出版“审美人类学丛书”8种和“南方文论丛书”5种，在全国学术界引起重大反响，确立了审美人类学这一新兴学科及其这一跨学科综合研究方法的作用和地位。另一股势头以袁鼎生为领军人物的广西民族大学生态美学和生态文艺学研究。这一学术群体立足广西文化生态、民族生态、文学生态的理论与实践结合的研究，以生态理念和生态学理论回应当前生态学发展潮流，契合广西区党委政府提出的“和谐广西”的战略思路，他们出版了专题研究的系列著作和系列论文，其研究成果不仅为文学桂军崛起，并使跨越式发展与可持续性发展的结合提供理论支撑，而且也为广西各级党和政府的政策、措施、规划制定提供理论依据和参考借鉴。再一股理论势头是以李建平为领军人物的广西社科院学术群体对广西文学史及其理论研究，包括广西当代文学史、广西抗战文学史、桂林抗战文化城研究。出版著作《广西文学50年》《文学桂军论》《桂林抗战文艺概观》《桂林抗战文学史》《抗战时期桂林文学活动》《抗战时期文化名人在桂林》等。会同广西高校文学史研究队伍，其成果还有《广西散文百年》《壮族文学史》《壮族当代文学史》《壮族文学发展史》《桂林文化城大全》《桂林抗战时期戏剧研究》等著作，使广西文学史研究和抗战文化史研究的视野进一步从广西推向全国，不仅充分体现了地方文化研究的特色和优势，并且也以其特色和优势多次获得国家社科基金项目和全国性学会协会的奖项。除这三股理论发展势头外，还有不少正在孕育、萌芽和崭露头角的新势头，共同汇集起广西文艺理论研究的朵朵浪花，逐渐形成汹涌澎湃的理论大潮，推动广西文化建设和文艺的发展。

其三，通过文化研究保护、利用、开发地方文化资源，为文学桂军崛起提供创作资源和文化保障。广西是一个沿边、沿海和南方少数民族地区，有极为丰富的民族文化资源、民俗文化资源、革命文化资源、历史文化资源。如何保护、利用、开发文化资源，将文化资源转化为文化资本及其创作材料，广西文艺理论界进行了长期而艰难的地方文化调查研究。在广西区党委宣传部的组织领导下，广西文艺理论队伍集中高校、科研院所、文化团体等力量，对广西文化资源进行全面系统的调研，出版系列研究著作：《刘三姐文化品牌研究》《桂北文化研究》《环北部湾文化研究》《红水河文化研究》《花山文化研究》等；还出版《壮学研究系列丛书》、《广西各民族民间文艺》丛书。广西高校利用学科队伍和学术研究的优势，形成两大广西文化研究的重镇。在广西师范大学设立“人文强桂工程”省（区）级重点研究基地“审美人类学研究中心”和“八桂文化与文学研究中心”，创办《东方丛刊》，出版“南方文论丛书”和“审美人类学丛书”；在广西民族大学设立“中国壮学研究”省（区）级重点研究基地出版“中国壮学”文库丛书，创办《中国壮学》年刊。同时，广西理论界还着力打造广西文化研究三大刊物：《南方文坛》《民族艺术》《广西民族研究》，形成在全国有重要影响的民族文化文学研究阵地。

这些研究不仅为广西民族文化保护、利用、开发及其文化产业发展打下坚实的基础，而且也为广西文化文学跨越式发展创造了有利条件，也为广西区党委、政府制定文化发展规划，确定“文化广西”的思路，将广西建设成为文化先进省（区）的战略决策提供理论依据和智力支撑。

二、文学批评斩荆披棘，为文学桂军崛起保驾护航

如果说文学与批评如鸟之双翼、车之两轮，并行不悖才能飞得高、跑得远的话，那么理论与批评更是相辅相成，融为一体。但长期以来，理论与批评各自为政，不

仅导致两者脱节，而且也导致两者与文学的脱节。广西文艺理论家协会成立后，不仅提出理论与批评协同发展的思路，更重要的是提出理论与批评作为合力，与文学共同发展的思路。由此，理论的批评化和批评的理论化的双向交融为文学发展提供了更为切实可行而又不乏理论深度剖析的批评模式，形成广西批评的特色和优势，克服了重理论轻批评的偏向，将一大批高校的文艺理论、美学理论和文化理论研究者吸引到关注广西文化活动实践、关注广西当下文学发展现实、参与广西文学批评活动上来，形成了广西文学批评良好发展态势和建立起批评团队，凝聚起人才力量。在广西文学批评队伍中涌现出黄伟林、张燕玲、李建平、陈学璞、杨长勋、张利群、唐正柱、容本镇、王建平、李江、黄晓娟、刘铁群等中青年文学批评家。这支批评队伍强健精干，自觉性和主动性强，战斗力和突破力大，很快就形成与文学桂军并肩作战的态势，也形成了文学桂军崛起不可或缺、更不能忽视的重要力量，逐渐形成理论批评桂军的阵容和状态。从广西文学批评发展历程及其成果来看，作为广西批评形态和批评模式主要有三个特点：

其一，在对文学现象的反思中体现出批评的批判性。广西批评的自觉早在20世纪80年代末的文化反思思潮中就初露端倪，广西文学界和批评界的理论反思引起广西文坛振兴最初的萌动。1988年，广西电台连续用5周时间播发了广西5位青年作家——黄佩华、杨长勋、黄神彪、韦家武、常弼宇的“广西文坛88新反思”系列文章;《广西文学》1989年第1期以《广西文坛三思录》为题发表了系列文章的部分内容，对广西文学的传统思维定势、作家人格、文学生态等提出反思和批评，引发了1989年在《广西文学》《南方文坛》《广西日报》文艺部等6家单位联合召开的有150多人参加的“振兴广西文学大讨论”。广西多家报刊刊发相关文章，在讨论和争论中形成了共识：突破“刘三姐模式”，逃离“百鸟衣圆圈”，超越广西新中国成立以来17年的文学成就，以打破广西文坛长期以来故步自封。停滞不前的困境，提出广西文学跨越式发展的最初思路[2]。显然，反思和批判不仅是对历史、现状的审视，而且是对当下行动的策划和未来前景的前瞻。在这次“广西文坛大反思”和“振兴广西文学大讨论”中，明确表达出批评的自觉性和主动性，不仅标志着广西文学的自觉，而且也标志着广西文学批评的自觉。在文学和批评自觉中，最可贵的是从中产生出的反思意识和批判意识。从这个角度而言，说明广西文学与批评都对自身进行了反省和自我批判，从而产生出强烈的危机感和振奋精神，变压力为动力，转被动为主动，解放思想，轻装上阵。这种反思和批判意识构成广西批评的批判性特点，在此后的批评发展中始终保持这一特点和优势，才会有广西文学和批评的“诤友”关系，才会有客观、公正、实事求是的批评原则和态度，才会有批评对广西文学发展的真正推动。

其二，在对文学发展的规划和文学活动的策划中显示出批评的前瞻性。广西文坛振兴和文学桂军的整体崛起，意味着将过去单兵作战、各自为政的创作状态转变为以团队合力构成的战略与战术结合的文学活动和文学现象方式表达的创作态势，因而整体的规划性和活动的策划性是重要而且必要的。文学桂军的聚集和整合一方面得力于区党委宣传部、文联作协的组织领导；另一方面也得力于文学批评力量的推动和联动。1996年，广西区党委宣传部召开广西老中青作家艺术家座谈会，会议的最大收获是决定实施“213工程”，落实作家创作签约制度等措施以保障人才队伍建设；同年，广西区党委宣传部在花山召开全区青年文学艺术家座谈会，会议的最大收获是决策实施“五大战役”，以文学桂军崛起作为第一战役拉开了振兴广西文坛的序幕。在这一年召开的两次重大会议上，区党委、政府的决策和战略部署及其战役规划是最为重要和关键的，体现出党对文艺工作领导的导向性、前瞻性和规划性。参与这两次会议的文艺理论批评家，最为深切的感受无疑是批评在振兴广西文坛中的责任和义务，明确评价机制的核心价值体系的导向性、前瞻性和策划性作用。这不仅表现在对文学创作成果的评价、文学作品作家研讨、文学史研究及其文学批评活动的策划上，而且也表现在对文学发展的规划和战略决策、战役部署的策划上，这大大改变了批评滞后于创作发展的活动惯性，在创作之前批评与文学共同开始了策划，从而使文学活动和文学发展更具有自觉性和有效性。诸如杨长勋等参与策划的“广西文坛88新反思”活动；彭洋、李建平等参与策划“振兴广西文学大讨论活动”；潘琦策划广西文化调研活动；黄伟林参与策划桂林文学作家群活动；

张燕玲等策划和推出广西新生代作家群、广西新生代女性作家群和天门关作家群的创作活动；冯艺、张燕玲策划《这方水土：广西签约作家小说精选》出版以打造新锐生力军的活动；李建平等策划广西当代文学史和桂林抗战文艺研究活动；容本镇等策划“相思湖作家群”活动；银建军等策划“桂西北作家群”活动等等，大大地增强了批评的策划意识和前瞻意识，使批评更具现实针对性、战斗性和有效性。

其三，在对文学桂军打造过程中显示出批评力量的整体性。文学桂军的崛起的理论批评主要来自三股力量：一股力量是区党委宣传部、区文联作协及其各级党委、政府的正确领导和精心策划，以其“三大战略”“213工程”和“五大战役”，不仅为文学桂军提供了制度、政策、机制的推动和保障，而且为文学桂军集结队伍、整合资源、确立目标、正确导向起着关键决定作用。当然这其中也不乏这些文艺领导者、管理者作为批评家，从战略规划与政策指导角度对文学桂军的创作矾态和现象进行整体评论和评价。潘琦、蓝怀昌、傅磬、容小宁、唐正柱等一批文艺领导管理型的批评家，以身作则，率先垂范，始终引导和关注文学桂军的成长和发展。潘琦论著《风格就是人品》、蓝怀昌主编《世纪的跨越——广西文学艺术十三年现象研究》、唐正柱论著《谈诗》和《真与美的握手》等，既具有宏观全局的整体研究意义，也有微观的个案分析的作品评论的价值。另一股力量是来自广西区外的国内著名理论批评家对广西文学发展的推动。这些评论高瞻远瞩，慧眼识珠，恰如高山流水觅知音。更为重要的是能将其评论放置在全国文坛的大背景下审视和观照，从而为广西文学发展准确定位和有力拉动，对文学桂军崛起起着不可忽略的重要作用。“邵健、徐肖楠、洪治纲、陈晓明、李敬泽对东西的解读，李敬泽、汪政、晓华、王干、丁帆、陈思和、陈晓明、程文超、冯敏对于鬼子的解读，徐肖楠、陈晓明、李敬泽对于李冯的解读，贺俊超对于常弼宇的解读，洪治纲、葛红兵对于海力洪的解读，丁帆、阎晶明对于沈东子的解读，洪治纲、石一宁对于凡一平的解读，张颐武对于黄佩华的解读，陈晓明、洪治纲对于杨映川的解读，贺俊超对于蒋锦璐的解读，葛红兵对于贺晓晴的解读”[2]等等。这些全国批评界的大腕推介和拉动了广西文学的新锐力量和精品力作的产生。第三股批评力量是广西理论批评家，他们与文学桂军长期并肩作战，唇齿相依，既能零距离地贴近审视，又能冷静反思自省；既能“入乎其内”，又能“出乎其外”；一方面能满腔热情地讴歌和支持，鼓励“这方水土”的本土文学的崛起；另一方面又能以其“诤友”的姿态，真心诚意地为文学桂军“把脉”“会诊”，以一双批评的锐眼发现问题，纠正偏颇，为文学桂军保驾护航。他们形成了一支特别能战斗、特别能拼搏的批评队伍。其批评成果和批评活动业绩为文学桂军崛起以更为有力的推动，其批评成果有“评论家接力丛书”5种，以个人评论集方式收入杨长勋的《话语的边缘》、李建平的《理性的艺术》、黄伟林的《转型的解读》、张燕玲的《感觉与立论》、彭洋的《视野与选择》；张燕玲主编“南方论丛”系列评论丛书，收入陈祖君的《两岸诗人论》，顾凤威的《美的解放》，黄伟林的《文学三维》，江建文的《美的解读》，徐治平的《散文春秋》，吕嘉健的《兼美的文化批评》，朱慧珍的《民族文化审美论》，张燕玲、张萍选编的《南方批评话》等8种；李建平等的《广西文学50年》与李建平、黄伟林等的《文学桂军论》、陈学璞的《玫瑰园漫步》、杨炳忠的《桂海文谭》、陈运祐的《为时集》、黄伟林的《中国当代小说家群论》、张利群的《批评重构》与《多维文化视阈中的批评转型》及其《区域民族文化的审美人类学批评》、温存超的《秘密地带的解读——东西小说论》等百部理论批评论著及其上千篇的评论文章。成果获得全国少数民族文学“骏马奖”、中国作协庄重文文学奖、中国文联文艺评论奖以及广西文艺创作最高奖“铜鼓奖”、广西哲学社科优秀成果奖等奖项。这构成了理论批评桂军强劲的冲击力和战斗力，不仅为文学桂军从理论上架桥铺路从批评上保驾护航，而且也是为理论批评桂军的崛起奠定坚实的基础。

三、以《南方文坛》为阵地，为文学桂军崛起架设通道平台

广西文学桂军崛起最初是以《广西文学》和《南方文坛》两大本土刊物集结起步从而走向全国的；广西文艺理论批评队伍最初也是在《南方文坛》上集结、积蓄、呐喊、冲刺的。同时，《南方文坛》作为广西唯一的文艺理论批评专业性刊物，从

其1986年创刊以来，就承担了推动广西文学与广西文学理论批评发展的重任，在广西文学发展中的每一重大活动和每一重要发展阶段都起着重要作用。可以说，《南方文坛》是广西文学与理论批评的一面旗帜，一个标志，一座丰碑，一个重要阵地。在《南方文坛》为文学桂军崛起开道的同时，它也在全国文艺理论批评界迅猛崛起。

《南方文坛》获得的荣誉大大超越了作为广西地方期刊的最高限度：全国中文核心期刊，中国期刊方阵双效期刊，第五届全国当代少数民族文学研究“园丁奖”，《中国期刊全文数据库》(CJFD)全文收录期刊，《中文社会科学引文索引》(CSSCI)来源期刊，《中国学术期刊》(光盘版)全文收录期刊，《中国学术期刊综合评价数据库》来源期刊，《中国核心期刊(遴选)数据库》全文收录期刊，《中文科技期刊数据库》收录期刊。为此，它被广西文联系统记集体二等功，连续两届被评为“广西十佳社科期刊”。金炳华在《中国作家协会第六次全国代表大会上的工作报告》中充分肯定《南方文坛》的成就：“克服种种困难，始终坚持自己的严肃的理论品格……办成了一份相当活跃和有影响力的刊物。”[3]学界评价如谢冕、陈思和认为：“中国当代文学最有影响的两家杂志，辽宁的《当代作家评论》和广西的《南方文坛》，一北一南，承担着对中国文学理论的责任，它们不仅是地方的，更是中国的，是中国文学理论家之家。”[4]外界评价：“集结起一支有生气的批评力量”，“催生了中国新生代批评家的成长与成熟”，“业已成长为中国文坛最具影响力的文论园地之一”[5]等等。由此可见，《南方文坛》已成为广西文学理论批评及文学桂军崛起的一面旗帜，成为中国文学理论批评的重镇，也成为全国文艺理论批评界的重要阵地。这意味着广西文学的自觉，文艺理论批评的自觉和文学期刊的自觉。

《南方文坛》的崛起和自觉，离不开广西区党委宣传部的关心和帮助，离不开其主管单位广西文联的正确领导，更离不开历届刊物主编的精心策划和设计，历任主编李超鸿、陈运祐、郑继馨、彭洋、张燕玲，可谓呕心沥血、倾心尽力地精心打造这一品牌。现任主编张燕玲从1996年接任主编10多年来，大胆改革，锐意进取，使《南方文坛》在改版后令人耳目一新，精神振奋，使其迈入全国优秀期刊的行列，也进入全国文艺理论批评的前沿阵地，不仅推动了广西文学及其理论批评的发展，而且也影响了中国文学及其文学理论批评的发展，从而也使其刊物具有鲜明的特色和优势：

其一，立足广西、面向全国的开放的办刊思路宗旨。一个地方性理论批评刊物不仅能推动地方文学和批评发展，而且有责任将地方文学与理论批评推向全国，从而推动中国文学发展和理论批评建设。这在某种意义上说超越了地方封闭性和自足性的局限，而更具全国性、开放性和灵活性，使刊物能广纳天南地北英才，放眼五湖四海天地，不仅在这一阵地上结集了广西理论批评桂军队伍，而且也结集了全国著名理论批评家队伍，由此而成为全国理论批评前沿阵地。这既促使广西文学及其理论批评进入全国文坛的视野，又能吸引全国著名理论批评家关注和评价广西文学，推动广西文学发展。在一大批全国著名批评家进入广西文坛视野的同时，广西一大批批评家也进入了全国文坛视野，诸如文艺理论家王杰、小说评论家黄伟林、文学史批评家李建平、文学批评家张燕玲、批评理论家张利群等。《南方文坛》创立了广西与全国交流沟通的平台，也打通了广西文学与理论批评崛起的通道和全国文坛关注广西文学的通道。

其二，打造活泼、新颖、富有特色的栏目和选题。《南方文坛》的理论批评的自觉充分体现在其鲜明、突出、独异的特色上，使期刊特色能在全国学术界独树一帜，独领风骚。特色的形成既来自长期的积累和稳定一贯的风格个性，又来自于灵活机动、与时俱进的创新策划。《南方文坛》通常所设置的专栏具有一定的稳定性，但又不乏创意的策划和构思如《点睛》《今日批评家》《文艺状态》《批评论坛》《新潮学界》《批评家扫描》《理论新见》《现象解读》《绿色批评》《打捞历史》《当代艺术视角》等。显而易见，这些栏目的设置既全面、系统、多样化，又能点面结合；既关注历史传统，更关注当下和未来；既有理论型的长篇大论，又有评点式的三言两语的点睛之笔；既有对话，也有独语。这足以从栏目上窥见其办刊的开放性、灵活性和创意思路，为理论批评家提供百花齐放、百家争鸣的自由空间。更为重要的是形成其风格个性特色，诸如《点睛》栏目中每期都有一位批评家自由表达“我的批评观”，构成批评主体性张扬和批评观念更新及其批评形态多样化的多元共生语境;《绿色批评》栏目将理论的“灰色”转变为“绿色”，提供更为鲜活、生动和富于审美感性的批评形态，不啻是对批评的活力、生命力和战斗力的强化;《文艺状态》和《现象解读》栏目紧扣当下正在进行时的文学及其一些文学重大问题进行辨析和论争，针对“状态”“现象”不仅有所发现，而且发人深省;《对话笔记》设置了交流对话的平台，不仅有作家与批评家在心灵的精神共鸣中交流，而且也有不同观点、不同视角在论争中交流，以表现标新立异的个性特色。我们不妨在这些栏目命名中提取关键词，诸如“点睛”“新潮”“素描”“对话”“现象”“绿色”“视角”中就可见其特色所在。《南方文坛》除在栏目设置上体现出特色之外，而且还在每期都针对文坛的一些焦点问题设置创新和创意的专题和话题中彰显出话题批评特色。诸如“1998年第二期的关于当代女性文学写作和批评实践的讨论，1998年第四、五两期通过独特的形式——分别邀请资深‘知青’评论家和‘知青后’评论对‘知青情结’进行深度的学术剖析，以纪念‘知青文学’诞生二十周年1998年组发的最有代表性的‘晚生代’作家的自观文，1990年初展开的‘70年代生’文学新人的讨论”;“还有近年关于‘文学呼唤什么’‘重写文学史’‘80后讨论’‘呼唤文学人物’‘暴力叙事和叙事暴力’等话题讨论，尤为读者称道”。[5]《南方文坛》能紧贴文坛前沿的焦点和亮点设置话题，表现出鲜明的时代性、当下性和新锐性，对当前文坛现象不仅具有聚焦、曝光、发现、传播的作用，而且也具有导向、评价、策划、前瞻的作用。

其三，聚焦广西文学，打造文学桂军，推动广西文学跨越式发展和文学桂军的崛起。作为广西理论批评刊物，《南方文坛》义不容辞地担当起振兴广西文学的重担，连续不断地集中力量，设置栏目推出对广西文学的评价文章。如在《南方百家》栏目中推出广西实力派作家的评价，并使之与外省知名作家并置参照进行评介。《南方文坛》还多次组织、策划广西文学研讨会和笔会，专题讨论“广西三剑客”“杨映川、贺晓晴作品恳谈会”“桂西北作家群研讨会”“相思潮作家群研讨会”“仫佬族作家群研讨会”“天门关作家群研讨会”等。正如有评论指出的:“《南方文坛》有意把广西的创作让一些本身就在思考当代文学整体性，具备整体性把握能力的批评家去研究，以一个整体性的眼光来研究广西的文学，对广西文学的推介作用就难能可贵。”[5]由此可见，《南方文坛》作为理论批评阵地不仅依靠广西理论批评力量，而且依靠全国理论批评力量推动广西文学发展，在文学桂军崛起中功不可没。同时，也在推介和打造文学桂军的同时，不断打造自身，打造广西理论批评队伍，广西理论批评桂军崛起指日可待。

2007年在广西文联第八次代表大会上，时任文联主席的蓝怀昌在大会工作报告中以“文艺批评工作活跃，理论研究成果斐然”[6]作为小标题充分肯定了广西理论批评的成绩；时任广西区党委书记刘奇葆也在会议讲话中充分肯定了广西文学艺术发展的成就：“长期以来特别是近年来，我区广大文艺工作者在党的领导下，以讴歌人民、昭示光明、凝聚力量、鼓舞人心为己任，辛勤耕耘，精心创作，创造了大批优秀文艺作品，为我区经济社会发展提供了强大的思想保证、精神动力和智力支持。”[7]这标志着广西文艺及其理论批评的自觉，标志着广西文艺进入一个百花齐放、百家争鸣的新春。

| 参考文献 |

[1] 陈建功 . 勇敢的推广　谦虚的请教 [N]. 文艺报，2006-06-15.

[2] 李建平，黄伟林，等 . 文学桂军论——经济欠发达地区一个重要作家群的崛起及意义 [M]. 北京：中国社会科学出版社，2007：72-73，51.

[3] 金炳华 . 中国作家协会第六次全国代表大会上的工作报告 [R].

[4] 蒋锦璐 . 广西文坛大动静 [N]. 广西日报，2001-11-30.

[5] 蓝怀昌 . 世纪的跨越——广西文学艺术十三年现象研究（下册）[M]. 南宁：广西人民出版社，2007：576，576，580.

[6] 蓝怀昌 . 牢记庄严使命，坚持开拓创新，进一步推动广西文艺事业的大发展大繁荣——在广西文联第八次代表大会上的工作报告 [R].2007-07-28.

[7] 刘奇葆 . 在广西壮族自治区文学艺术联合会第八次代表大会上的讲话 [R].2007-07-28.

“写歌人”与诗人的诞生

——论“十七年”时期广西少数民族诗人的诗歌观念

陈代云

1949年12月，中国人民解放军将红旗插上了友谊关的城楼，广西全境解放，新的政治制度和新的社会生活给文学创作带来了新的气象，尤其是新中国民族政策实施后，大批少数民族知识分子有了归属感和责任感，少数民族不仅有了合法的民族身份，而且还翻身做主，成了自己的主人。这使少数民族的族群意识得到了空前强化，少数民族作家对本民族也有了认同感，他们不再因为“蛮夷狄戎”身份而倍受歧视。同时，这也激发了少数民族人们平等参与社会的积极性和进行文学创作展示本民族文化发展状况的热情。因此，新中国建立以后，广西文学开始进入全新的发展阶段。在我看来，这种“全新”不仅在于广西产生了不少具有全国声名的作家，同时也表现为广西少数民族文学经验得到了有效的表达。广西诗歌正是处在这样的

作者简介

陈代云（1974—），四川乐至县人，四川师范大学文学学士，首都师范大学文学硕士，河池学院文学与传媒学院副教授，有专著《民族 地域 现代——广西当代诗歌研究（1949—1999）》和诗集《小作品》出版。

作品信息

《民族文学研究》2011年第1期。

文学背景之下，对于那些企图在解放初期用诗歌来表达民族的文学经验的作者来说，他们的身份应该是也必然是“少数民族诗人”。如果说“少数民族”对于广西诗人来说几乎是一种先天素质——血缘——的话，那么，“诗人”这一身份则与后天的构建有关。

各民族由于历史、文化和生活习惯的差异，因此在饮食、服饰、节日、婚姻、丧葬等方面各有特色，这些特色是民族经验的重要构成，每个民族都有传承这些经验的载体，文学就是其中之一。广西大多数少数民族由于没有文字，所以传承民族经验的文学方式主要是口传文学，即山歌和民间故事等。广西诗人面临的难题是：如何将民族的文学经验有效地转化为汉语诗歌？壮族诗人韦其麟显然注意到了写作上的这种困难，他借论述友人莎红诗歌民族特色之机，谈到了这个话题。他认为，语言是民族形式的第一要素，但“要广西少数民族作家诗人用本民族语言文字来写作，那是叫人水中捞月。在目前以及可见的将来，广西各少数民族的作家诗人，恐怕仍然是用汉语的方块字进行文学写作”。所以广西诗人只能将自己民族的“文学作品翻译成为其他民族的语言文字”[1]。“翻译”是一种特殊的写作状态，它和我们在一般意义上使用的“翻译”一词并不相同，而是指作家在头脑中用本民族的语言进行文学构思，苦于没有本民族的文字，只能用汉字来记录。著名壮族作家陆地显然也意识到了这样的困难，他在谈及什么是壮族文学的问题时说，壮族作家往往都用汉语来写作，有些作家“虽身为壮人，然而一向所写的东西，其生活背景，未必全属壮人社会的乡土风情，塑造的人物精神面貌，也非壮族中的男女。若要硬将它归类，名之为‘壮族文学’，显然有违科学界说”[2]。因此，对于广西少数民族作家而言，假设只能用汉字进行写作的话，“翻译”既是写作上的一种痛苦，也可能是保存文学的民族特色的一种方法。壮族文学如此，广西其他少数民族文学也大体相似。

广西是山歌的海洋。在广西的口传文学中，山歌无疑是和诗歌关系最紧密的文学资源，因此广西各少数民族诗人在这种“翻译”式的诗歌写作中，首先要思考的就是“山歌”和“诗歌”的关系，也就是“山歌”这种民族的文学经验如何进入现代汉语诗歌写作的“传统”之中。

1959年，韦其麟告别下放了两年的贵县平天山林场，回到广西首府南宁，参加《广西壮族文学》一书的编写工作。期间，在一首标明创作时间为1958年春到1959年5月，名为《别情》的送别诗中，他写道：“走过梯田入茶林，／送客歌声不断音；／心中歌少未敢还，／羞愧自是写歌人……更须何处觅诗师，／僮家人人好歌情；／心中歌少未敢还，／羞愧自是写歌人。”[3]在这首诗中，曾经写出过《玫瑰花的故事》《百鸟衣》《牛佬》等著名诗篇的诗人韦其麟对自己身份的确认是“写歌人”。在这里，“写歌人”是一个有意味的设定。在广西现代汉语诗歌诞生之前，山歌和诗歌的界限并不十分明显。刘三姐自叹歌中“蚕虫肚里几多丝，三姐口中几多诗。好比槟榔含在口，山歌越唱心越迷”[4]的说法，就是将山歌等同于诗歌的。广西少数民族几乎人人都是歌手，只有那些唱歌优秀，在一定范围内有影响的歌手才被尊为歌师，韦其麟在诗歌中将歌师称为“诗师”，将写诗人称为“写歌人”，实际上也可以替换成“歌师”和“写诗人”，这种互称实际上表现的就是一种歌、诗混杂的文学观念。

在广西，歌师不仅有崇高的社会地位，而且也有重要的文化地位，所以非常受人尊敬。正如一首侗歌所反映的那样，“十二种花朵山茶花最艳红，／十二种树木杉树最有用，／十二种骨头龙骨最重沉，／十二种师傅歌师最受人欢迎敬重”[5]。因为广西各少数民族都没有本民族的文字，他们的历史、他们的生产生活经验都蕴含在山歌中间，口耳相传。所以山歌就是知识，就是文化，谁掌握的山歌多，谁的山歌唱得好，谁就是有知识、有文化的人，就会受到大家的敬重。著名的歌师不仅是民间歌谣的演唱者、传播者，是民间歌谣的“仓库”，而且一般都能唱能编，有作品流传于世。在广西，有一首广泛流传的山歌这样唱到：“三姐骑鲤飞上天，留下山歌万万千；如今广西成歌海，都是三姐亲口传。”[6]广西的山歌都由刘三姐亲传不太可能，但是这首歌却体现了优秀的歌手在山歌传承中的重要作用。在没有文字的时代，山歌主要靠歌师记忆保存，然后再传给后人，在口传心记这一连续的文化链条中，他们不仅是传承人，同时也是创造者，这种创作新歌的能力，就是“歌才”。

仫佬族诗人包玉堂在谈到自己诗歌创作时说："作为一个仫佬族人，生在这样一个时代，我能不歌唱吗？！ / 可惜我没有歌才，唱得不好。这个集子里的诗歌，只是唱出我的民族生活的某些片面，唱出我——一个仫佬人的心情。"[7]称自己没有"歌才"固然是一种谦虚，但是将诗歌写作的能力称为"歌才"同样体现了一种歌、诗混杂的文学观念在某种程度上，包玉堂是将诗歌等同于山歌的。

从创作道路上来看，包玉堂就是从编写山歌开始，而后才进行诗歌创作的，他说："如今解放了，翻身了，心里有说不完的话要倾吐，于是便学编新民歌，把心里的话唱出来。我歌唱毛主席，歌唱共产党，歌唱剿匪斗争，歌唱土地改革，歌唱我们的新社会、新生活。从山歌台、黑板报到报刊杂志，从编新民歌、写通讯到创作新诗、散文、小说。"[8]同样的经历我们还可以在其他诗人的身上看见，侗族诗人苗延秀、壮族诗人韦其麟、黄青等之所以走上诗坛，都和山歌的熏陶有关。郑盛丰在谈论壮族诗人莎红的诗歌道路时也说："五十年代末，他在工作中接触到广西少数民族的大量民歌。面对着深广莫测的无边歌海，他的心灵被震颤了。'呵，这歌海中蕴藏着多少未被开采的珍珠哟！ / 可是，举目四顾，就连拥有几百万人口的壮族，也没有一个专职采珠者——诗人。/ 怀着狂喜和雄心，告别戏剧、散文，而把激情全部献给了诗。'"[9]将山歌比喻为珍珠，将诗人比喻为专职采珠者，是对山歌和诗歌关系很好的暗示。事实上，莎红正是因为调到广西民族出版社编译民歌后，才在民歌的影响下于1958年开始诗歌创作并发表作品的。此后，他专事诗歌创作和民间文学的收集整理，不再涉猎坚持了数年的粤剧和彩调创作。

正如韦其麟所说，"僮家人人好歌情"，不仅壮族，广西别的民族也是如此，唱歌可以说是他们日常生活的一部分，是最突出的民族文化特征。"对民族文化的认同，可以反映人们对以文化联系起来的群体的归属：即自己属于哪一个民族，那么也就会认同于这民族的文化，用通俗的话来表述，那就是我们同出一源，同属一个民族，从而也就带来了相互之间的亲近感。"[10]唱山歌是广西人民日常生活中最重要的文化活动，承载着民族文化的精髓，给广西诗人带来了民族认同感，因此，他们在汉语诗歌的写作中，有意无意地将山歌作为"延续"民族文学传统，表达民族文学经验的有效手段，所以常常歌、诗并举。

山歌不仅能给广西诗人带来民族认同感，而且在民族刚刚获得解放和新生，实现各民族平等的时刻，民族自信心和民族自豪感伴随着对新中国的热爱也油然而生，韦其麟曾深情地说："祖国在飞跃，人民在前进！这是怎样激动着我们青年一代的心啊！让我们把我们全部的激情献给我们的党，献给我们的祖国，献给我们的人民吧！让我们以最热情的歌声永远为亲爱的党、亲爱的祖国、亲爱的人民而歌唱!"[11]为"人民而歌唱"是"十七年"时期文学的主题之一，但如何"为人民而歌唱"却一直是颇有争议的问题。1958年到1959年，诗歌界曾有过关于诗歌发展道路的大讨论，《诗刊》编辑部将讨论的主要文献编辑成四集，命名为《新诗歌的发展问题》，由作家出版社先后出版。陶东风在清理这一讨论时认为："1958年参加新诗问题讨论的人几乎一致认为，'五四'新诗的根本问题就是脱离群众、西化、知识分子化，因此有必要重塑新诗传统。这个重塑工程的基础就是民歌，尤其是新民歌以及古典诗歌。新民歌具有双重优势：从政治文化的角度说，新民歌是无产阶级或劳动人民的文化，是'共产主义文学的萌芽'，而这种阶级的纯洁性与政治的先进性自然赋予它以民族文化代表的合法性。古典诗歌获得新民族文化建构的资源资格，则表现出一种与'五四'不同的对于传统文化的态度。"[12]对于中国诗歌界那些有现代汉语诗歌传统的诗人来说，"脱离群众、西化、知识分子化"可能表现得很明显，他们需要思考如何"回到"大众喜闻乐见的中国气派、中国作风上来，但是对于从山歌走向诗坛的广西诗人来说，如何在民歌中"塑造"诗歌的传统可能更重要。或者说，和全国的诗歌气候比较起来，广西呈现出一种"反向"的趋势，这就是对诗人身份的警醒。

上世纪50年代末，广西现代汉语诗歌在其诞生之初就面临着一种特殊的诗歌语境，即当时在全国如火如荼的新民歌运动。徐迟在1958年《诗选》的序言里称，"1958年乃是划时代的一年"，"到处成了诗海。中国成了诗的国家。工农兵自己写的诗大放光芒。出现了无数诗歌的厂矿车间；到处皆是万诗乡和百万首诗的地区；许多兵营成为万首诗的兵营"。[13]1958年这一年里，仅广西民族出版社和广西人民出版社就出版了70多本民歌集，近40本诗集。对于新民歌运动来说，这无疑是重大的收获，但有意思的是，时为广西文学界领导人之一的苗延秀在广西文联和中国作家协会广西分会的成立大会上作工作报告时，却公开批评了1958年“大跃进”式的创作“不从可能、自愿、需要出发”，“有一个乡布置群众一个晚上完成一万多首的民歌创作任务，群众虽然尽了九牛二虎之力，一夜之内完成了这个任务，但却找不出几首思想性艺术性较高的民歌来”。[14]强调艺术性，实际上体现了诗人对诗性的婉转诉求，这种诉求是诗人对作家（诗人）身份的坚守。在广西，人人都能唱山歌，普通歌手随口而出的歌声很快就会在广袤无垠的时空中消失，即使有幸流传，它在传播的过程中也将不断被“修改”，作者和原创性都将在这一过程中一同“失去”，即使对于歌师、歌王甚至歌仙来说，这种“修改”和“失去”都是不可避免的。不过，在这个“修改”和“失去”的过程中，作品的艺术性也将逐渐得到完善。与口传文学不同的是，书面文学一经产生，“修改”和“失去”的过程虽然避免了，但完善的机会也因此失去了。所以它要求书面文学一进入流通领域，就应该是一个比较完善的成品。

韦其麟之所以认为自己是“写歌人”，实际上表明韦其麟已经具有另外一种身份，即将山歌转化为诗歌，将口传文学转化为作家文学的诗人的身份，从“唱歌”到“写歌”，作品的载体变化了，传播的方式变化了，作者的身份也发生了变化。也就是说，诗人实际上再也不能将诗歌写成山歌的样子了，作为少数民族中的一员，诗人只能通过别的途径寻找对民族文化的记忆并构建诗歌的民族经验。从“唱”到“写”，文学形式发生了很大的变化，所以韦其麟“心中歌少未敢还，/羞愧自是写歌人”的感慨一方面固然是谦虚，另一方面也可能是因为“唱”和“写”有不同的表达方式，难以形成对话，“羞愧”是韦其麟的真实心理。

和广西别的诗人比较，包玉堂作为一位从唱山歌、编民歌进而成长为诗人的典型例子，他的道路或许能更有效地揭示诗歌和山歌在话语方式上的差异。包玉堂说：“完全否认民歌的局限性，也是不够实事求是的。”“我写《虹》之前，根本没写过诗，也不懂诗。第一次起稿，就是用七言四句民歌体写的，写了两百多行，写不下去了，确实是感到受到了限制；后来我改变了方法，格式、语言、节奏基本上保持民歌的特色，但字数不一定跟写七言四句民歌那样古板。”[15]包玉堂将诗歌写作和民歌创作的差异称为“民歌的局限性”，是放在1958年到1959年全国关于诗歌形式问题大讨论的语境中阐释的，他企图强调的是，夸大或否认民歌形式对现代汉语诗歌的作用，都是极端的看法。不过我们更应该关注的是，正因为包玉堂改变了写作方法，对民歌有所扬弃，才成为诗歌写作，而不再是编写新民歌，《虹》才成为包玉堂的处女作，包玉堂才因此成为一名诗人。即使像苗延秀这样有长期从事文学创作经验，在鲁艺文学院学习过的作家，当他企图用自己耳熟能详的民间故事和民歌进行创作的时候，依然感觉“受到民歌的主题及形式的限制”。当他看到《文艺报》刊载的苏联诗人伊萨柯夫斯基答复李季《谈民间歌谣》的信，受到了这样的启示：“诗人不应该奴隶似的追随在民间文学之后，而是应该当他的主人。诗人应该富有创造性地利用它，按照他自己诗的构思所要求的那样来利用它，把自己诗的构思，诗的形象和色彩有机地和民间文学融为一体，互相丰富起来，结果就产生了新的诗歌，有了自己的独立的生命，而不是民间文学的抄袭和模仿。”[16]苗延秀强调诗人的创作要“按照他自己诗的构思所要求的那样”，正是对诗人角色和立场的坚持。

但正如韦其麟、包玉堂、苗延秀强调的那样，即使诗人意识到了自己的身份，“民歌的特色”始终是广西诗人挥之不去的情结。依易天在其创作的长诗《刘三妹》（一般称刘三姐）的序诗中谈到刘三姐的故事时说，“这是个动人的故事，/让我从头唱一遍。/先唱她的聪明能干，/再唱她如何成为歌仙”[17]。“唱”是广西诗歌这一时期重要的特征之一。苗延秀谈及《大苗山交响曲》的创作时说，“我初次尝试吸取我们大苗山少数民族弹琵琶时候有说有唱的民间故事形式很通俗地来写，全然保留与发扬苗族民歌及民间故事的那些基本特点……我这样作，其目的在使我们少数民族稍有些文化的人，都能看得懂，没有文化的人，都能听得懂。”将作品诉诸“听”，正体现了《大苗山交响曲》说唱的特点，苗延秀采用苗族“嘎百福歌”的形式创作了叙事长诗《大苗山交响曲》，又采用侗族“琵琶歌”的形式创作了叙事长诗《元宵夜曲》，这两部作品都采用了苗、侗少数民族喜闻乐见的山歌形式来创作，体现了作者对少数民族的人民和文学难以割舍的感情。

不同的文化往往有不同的文化认同，文化认同也因此表现为人们对所处文化环境的归属意识，“当人们一致地认为一种文化有其存在的意义，或者说这种文化有进一步发展的必要，那么人们就会出于不同的动机而保留或者改进，发展这种文化”。广西是养育广西诗人的热土，诗人生活、成长在山歌的海洋中，他们对山歌有一种天然的归属感，所以无论是对山歌的亲近，还是对诗人身份的警醒，都表明广西诗人和山歌之间有一种难以割舍的关联。因为这种关联，广西诗人在诗歌创作中必然要表现出“写歌人”的特征：“写”是对诗人身份的眷顾，而“歌”则是对民族身份的留恋，所以，“写歌人”是广西少数民族诗人对自己身份的构建和确认，他们是诗人，更重要的是，他们是“广西”诗人，担负着传承本民族文学经验的责任。

| 参考文献 |

[1] 韦其麟 . 关于诗的民族特色的感想——致友人 [N]. 广西日报，1982-08-04.

[2] 陆地 . 壮族当代文学引论·序 [M]. 桂林：广西师范大学出版社，1993.

[3] 韦其麟 . 别情 [J]. 长江文艺，1959-09.

[4] 李海峰，邓庆 . 刘三姐传世山歌 [M]. 南宁：广西民族出版社，2002：3.

[5] 侗族民歌选 [M]. 上海：上海文艺出版社，1980：29.

[6] 彩调剧《刘三姐》台词 [A]. 廖明君 .“刘三姐”的根在哪里 [N]. 南宁日报，2009-02-10.

[7] 包玉堂 . 歌唱我的民族·后记 [M]. 上海：新文艺出版社，1958：72.

[8] 包玉堂 . 广西当代作家丛书·包玉堂卷·后记 [M]. 桂林：漓江出版社，2002.

[9] 郑盛丰 . 其人如诗——记壮族诗人莎红 [J]. 民族文学，1983（1）.

[10] 郑晓云 . 文化认同与文化变迁 [M]. 北京：中国社会科学出版社，1992：130.

[11] 韦其麟 . 我们永远为祖国歌唱 [N]. 光明日报，1956-03-10.

[12] 陶东风 . 大众化与文化民族性的重建——社会理论视野中的1958—1959年

新诗讨论[J].文艺研究，2002(3).

[13]徐迟.诗选(1958)·序言[M].北京：作家出版社，1959.

[14]苗延秀.为创作更多更优秀的作品而努力——在区文联及作协广西分会成立大会上的工作报告[J].红水河，1959(6).

[15]包玉堂.学习新民歌，提高新民歌[N].广西日报，1959-05-08.

[16]苗延秀.大苗山交响曲·前记[M].上海：新文艺出版社，1954.

[17]侬易天.刘三妹[M].北京：作家出版社，1960：1.

广西文坛88新反思以来文艺理论与批评解读

黄伟林

作为文艺事业两翼中的一翼，广西的文艺理论与批评始终关注着中国文艺理论的前沿和广西文学创作的动态，广西的文艺理论家和评论家总是以其富于学理的理论思辨和敏锐而又智慧的阐释为文坛新桂军的崛起提供知音式的解读。

一、事件

1989年1月3日起，广西人民广播电台用五周时间播发了五位青年作家黄佩华、杨长勋、黄神彪、韦家武、常弼宇的“广西文坛88新反思”系列文章，紧接着，《广西文学》1989年第一期以《广西文坛三思录》为题发表了系列文章的部分内容[1]，该组文论由常弼宇的《别了，刘三姐》、杨长勋的《文学的断流》、黄佩华的《醒来吧，丘陵地》、黄神彪的《功利的诱惑》和韦家武的《我们的烙印很古老》五篇文

作品信息

《贺州学院学报》2011年第4期。

章所组成，对广西文学的传统思维定势、作家人格、文学生态等提出近乎痛切肌肤的忧思和前所未有的严厉批判[1]。《南宁晚报》也在第一时间即1989年1月5日专门作了报道。以此为导火索，1989年3月14日，《广西文学》《南方文坛》《广西日报》文艺部等6家单位联合召开了有150多人参加的“振兴广西文学大讨论”[1]。会后，《广西文学》《广西日报》《南宁晚报》《学术论坛》《社会科学探索》《广西作家》《南方文坛》等多家刊物发表了相关文章。值得一提的是，当时一篇产生了较大影响的批评文章《走出“免神崇拜”》的作者秦立德还是广西师范大学中文系86级的在校本科生，他主持的广西作协机关刊物《广西作家》发表大量文章参与这场文坛反思活动，充分显示了广西文艺批评家的理论自觉。显而易见，“88新反思”最大的冲动就是要突破“刘三姐模式”，逃离“百鸟衣圆圈”。从表面上看，这场反思试图摆脱广西文坛长期以来故步自封于《刘三姐》神话的沾沾自喜的情绪，从而获得更大的成就以实现对广西17年文学成就的超越；深层考察，却是对一种既定的思维模式、单一的文化生态的解构。这场反思之后广西文坛表面上进入了中心无主、权威不再的状态，但就深层而言，它打破了广西主流垄断的文化格局，还原了多元共生的文化生态，为即将到来的广西文坛的群雄竞起造就了休养生息、修身养性的文化环境。事实上，“88新反思”之后不久的90年代初期，一个日后被广为流传的名词“文坛新桂军”悄然出现，这个名词的出现不仅意味着中国文坛即将出现一支骁勇善战、攻城拔寨的队伍，而且，在广西文坛内部，它几乎直接意味着广西文学资源的重组和广西文学主体的更新换代。

反思的目的仍然是为了建设。在20世纪90年代的开局之年，《三月三》1990年第3期隆重推出“广西青年30人作品专号”，四名长期活跃广西文坛的青年评论家彭洋、杨长勋、张燕玲、黄伟林联袂出击，他们以《选择与被选择》《原始的文本与变迁的批评》《你无法走出你》《独立自足的文学世界》等四篇个性鲜明的文论第一次展示了广西青年评论家的整体阵容。批评的自觉逐渐形成，以彭洋为会长的广西青年文艺评论学会于1991年8月成立，这一民间团体集结了一批广西文学批评领域的青年才俊。1993年4月，以外国文学出版享有盛名的漓江出版社出版了由广西青年文艺评论学会编的《文艺新视野》一书，选收了李建平、杨长勋、黄伟林、王杰四位评论家的文艺评论。这一年冬天《文艺报》、《当代》、广西作家协会、广西青年评论学会、接力出版社联合在南宁就《当代》集束性刊发广西五位青年作家喜宏、常弼宇、黄佩华、凡一平、姚茂勤的五部中篇小说举办作品讨论会。广西青年作家创作与青年评论家批评的整体互动状态得以形成，广西青年评论家对广西青年作家文学创作的关注溢于言表。1994年，《文艺报》第15期同时推出杨长勋、李建平、黄伟林、黄神彪、彭洋的五篇文学评论，广西青年评论家的形象得以在中国文坛主流批评媒体整体亮相。不久，《三月三》1994年第4期又一次推出“新桂军作品展示专号”，这是广西文坛意欲逐鹿中原的第一次“阅兵仪式”，《狂狷人生——中国传统文人理想的放逐》《关于传记文学的提纲》《面对传统文化的情感历程》《中国少数民族文学理论的建设者》四篇文论使黄伟林、杨长勋、李建平、张燕玲作为文坛新桂军评论家的角色再一次得以强化。1995年12月，在青年文艺评论学会的基础上成立了以陈运祐为会长的广西文艺理论家协会，协会正式纳入广西文联的体制之中，成为文联下属的一个协会。2000年12月，王杰出任广西文艺理论家协会主席，意味着广西高校的文艺批评力量与广西文坛有了更紧密的结合，广西既有的文艺理论资源得到一次优化整合。

1996年，广西文学评论家的影响越出文坛范围逐渐为社会各界重视，以出版少儿读物著名的接力出版社专门出版了一套评论家接力丛书，收入了杨长勋《话语的边缘》、李建平《理性的艺术》、黄伟林《转型的解读》、张燕玲《感觉与立论》、彭洋《视野与选择》五部评论集。迄今为止，它仍然是广西文学评论界最完整的一套评论集，它最饱满地显示了广西青年文学评论家从80年代末到90年代中期的批评实绩。

1996年7月，一个后来被称为“花山会议”的广西青年文艺工作者座谈会在宁明花山召开，会议对理清广西文艺事业发展的思路确定广西文艺事业发展的政策起了决定性的作用，形成了发展广西文艺事业的战略构想和措施，揭开了文坛新桂军“文学北伐”的序幕[2]。

二、团队

广西文艺理论与批评的格局主要由这样两个系统构成：一是区直系统，主要包括区党委、区文联、区社会科学院、区干部行政学院等批评团队，其文艺理论和批评带有明显的政策导向性和媒介影响力。代表人物有潘琦、李启瑞、唐正柱、匡达蔼、张燕玲、彭洋、王敏之、李建平、黄海云、陈学璞等人。二是高校中文系，主要包括广西师范大学、广西民族大学、广西大学、广西师范学院、广西艺术学院和河池学院等院校中文系的批评团队，其文艺理论和批评带了明显的学院风格和学科建设气质。其代表人物有广西师范大学的王杰、黄伟林、张利群、黄绍清、彭会资、雷锐、姚代亮、龙子仲、刘铁群，广西民族大学的容本镇、黄秉生、陆卓宁、徐治平、黄晓娟、张柱林，广西艺术学院的黄海澄、杨长勋，广西大学的江建文、唐韧，广西师范学院的巫育民、江业国、卢斯飞、陈祖君、顾凤威，河池学院的银建军、温存超，玉林师范学院的赖翅萍和贺州学院的肖晶等人。

在上述高校中，有三所高校的文艺批评力量特别值得一提。它们分别是广西师范大学、广西民族大学和河池学院。广西师范大学是广西人文底蕴最为深厚的高等院校，其中文系为教育部23个国家文科基地中文学科点之一，广西最有影响力的老一代文学评论家林焕平、贺祥麟都曾长期在这里任教，80年代曾产生了全国影响的控制论美学也是由当时在这里任教的黄海澄教授提出。在批评领域卓有建树的张燕玲、徐治平、秦立德、陆卓宁、黄晓娟、张东，在创作领域卓有建树的黄咏梅、杨映川均曾在这里求学。1997年4月，广西壮族自治区党委宣传部在南宁召开了“广西首届百名青年作者创作会”，时任中文系主任的王杰教授在大会发言中宣布在中文系设立广西当代文学研究室，明确提出了广西师范大学中文系参与广西文艺理论建设和批评实践的整体思路。广西师范大学的文艺理论和批评团队主要在文艺理论建设和当代广西文学批评实践两个方面卓有建树，其文艺理论家的代表人物是王杰，文学评论家的代表人物是黄伟林。其中，以文艺理论在文坛获奖的分别有黄伟林获1995年度中国作家协会第八届庄重文文学奖、1999年度以《转型的解读》

获中国作家协会、国家民委第六届全国少数民族文学骏马奖，林焕平以《林焕平文集》获广西第二届文艺创作铜鼓奖，王杰以《审美幻象研究》获第三届广西文艺创作铜鼓奖，彭会资以《民族民间美学》，张利群以《批评重构——现代批评学引论》获第四届广西文艺创作铜鼓奖，龙子仲以《解读革命——对一个老话题的随想》获2001年度《南方文坛》优秀论文奖。由于广西师范大学中文系在广西高校中文系的龙头地位，从而成为广西文坛一个重要的批评平台。近年来，广西师范大学中文系举办过东西小说创作座谈会、鬼子小说创作座谈会、70后女作家盛可以小说创作座谈会，与桂林作家协会联合举办过光盘作品研讨会、周昱麟长篇小说研讨会，显示了高校理论力量对地方文化建设的有力参与。

广西民族大学堪称是广西少数民族作家的摇篮，形成了一个全国瞩目的“相思湖作家群”，代表人物有韦其麟、蓝怀昌、黄佩华、杨克、黄堃、杨长勋、容本镇、银建军、黄神彪、严风华等人。2000年6月，“相思湖作家群”研讨会在广西民族大学成功举行，由容本镇、袁鼎生、徐治平、陆卓宁、黄晓娟、翟红、张柱林为代表人物的文学批评团队形成。2002年，广西民族出版社出版了由容本镇主编的《悄然崛起的相思湖作家群》，不仅整体显示了相思湖作家群的创作成就，而且也显示了相思湖批评家的批评实绩。

河池学院以培养著名作家而享有盛誉，东西、凡一平等一代著名小说家均出自这所大学。13年间，河池学院举办了一系列其本土作家的研讨会，如东西、凡一平作品研讨会、桂西北作家群创作研讨会，还创办了颇具文学品质的校刊《南楼丹霞》。除邀请区内外作家、评论家参加外，其本校教师也积极参与其间进行研讨与批评，韦启良、银建军、温存超、何述强等人不仅在培养作家方面起了重要作用，而且在理论建设、批评实践方面也做出了实在的成绩。

三、刊物

广西文坛除各大专院校的学报之外，较有影响的文艺理论评论刊物有《南方文坛》《民族艺术》和《东方丛刊》。

1996年12月，张燕玲出任创刊十年的《南方文坛》的主编。在她的主持下，《南方文坛》进行了令人耳目一新的改版，改版之后的八年，在文学坚守和刊物艰守的情境中，《南方文坛》向读者展示了杂志自身的信念、智识、品质和活力，改变了中国南方的文学批评格局。改版以来《南方文坛》的文章转载率和印刷量一直居于全国同类期刊前茅，尤其文章转载率一直位于中国语言文字、文学艺术类期刊的前十名，其中“中国现当代文学类”前五名。①2001年底，《南方文坛》被中国新闻出版署评为“中国期刊方阵、双效期刊”，2004年被评为“全国中文核心期刊”[3]。它不仅在版式风格上与国际接轨，而且在编辑方针上向中国文坛前沿贴近，“集结起一支有生气的批评力量”②，“催生了中国新生代批评家的成长与成熟”③，“业已成长为中国文坛最具影响力的文论园地之一”④。

《南方文坛》努力在批评和创作间架起一座沟通的桥梁。它设计的《南方百家》栏目五年里几乎囊括了长江以南成长于中国1990年代文坛的有代表性的新锐作家。它既关注创作，又关注批评家，尤其青年批评家。从1998年开始，《今日批评家》栏目以显要位置向中国文坛推介1990年代的实力派青年批评家。通过不同个性的批评家对自己批评观的言说及其他批评家对他的再批评。实现了批评家相互之间文学观念的交流、文化精神的对话，真正体现了文学批评的精神。《南方百家》《今日批评家》两栏目的文字大多是些灵动而富有学理的文章，几年积累便形成一种生动、明快而富有生气、才情的批评文风，这便是文坛盛誉的《南方文坛》的“绿色批评”。

当代文坛各领风骚数百天，《南方文坛》的方略是热眼冷观，既敏锐及时地对文艺新问题新变化作出反应，使刊物充满活力，又尽可能冷静地从学理上加以观照，寻求做出理性的判断和选择，最后在热眼冷观中发现问题，从而设置具有文学意义的话题批评。从《本期焦点》《品牌论坛》到《批评论坛》《个人锋芒》《现象解读》《对话笔记》等栏目，体现了自觉的“问题意识”。面对文坛浮躁风气，《南方文坛》力戒文化和商业的功利性，使讨论始终在文学轨道上展开，以求在交流、沟通、批评中逐渐走向深入，从而以讨论的深度和广度来体现杂志的前沿理念、批评精神和学术形象。例如，1998年第二期的关于当代女性文学写作和批评实践的讨论，1998年第四、五两期通过独特的形式——分别邀请资深“知青代”评论家和“知青后”青年评论家对“知青情结”进行了深度的学术剖析，以纪念“知青文学”诞生二十周年，1998年组发的最具代表性的“晚生代”作家的自观文，1999年初展开“70年代生”文学新人的讨论[1]，请中国最有代表性的少数民族作家，对中国少数民族文学创作和研究现状做出问答，这是中国文学期刊在1990年代对少数民族文学规模最大的一次深度研讨，20世纪末诗坛关于“知识分子”和“民间写作”的论争，针对1990年代文坛对批评现状的非议，《南方文坛》拟定了1990年代文学创作和批评中最有代表性的问题，约请最有代表性的二十位老中青三代批评家进行笔答（1999年第四期），几代评论家的发言，本身就是中国批评界一份具有纯粹性和代表性的批评，而且体现了今日批评的精神生态和批评家的生命状态，还有近年关于“文学呼唤什么”“重写文学史”“80后讨论”“呼唤文学人物”“暴力叙事与叙事暴力”等话题讨论，尤为读者所称道。其中《个人锋芒》栏目，著名评论家李建军称赞它“为个人的思想和激情提供飞翔的空间，为尖锐的质疑和坦率的批评添培生长的沃土”，它的文章转载率尤其高。总之，《南方文坛》每期都策划两三个文化热门话题进行问题批评，并获得广泛的关注，其中大部分被《新华文摘》《中国人民大学书报资料中心复印报刊资料》等报刊转载和报道，还成为网络上的热门话题。这些讨论既繁荣了90年代的文学批评，又在一定程度上为文学史家和文学理论家积累了一些他们进行文学史和文学理论静态研究所需的第一手材料。

如果说，关注当下和新生力量，确立自觉的问题意识，使《南方文坛》充满活力的话，那么，坚持理论见解的独创性、学术性和前沿性便是《南方文坛》生命之根了。这种选择的自觉性体现在它的理论栏目上，如《理论新视界》《同题异论》《学人学思》《新潮学界》《中国前沿》《精神自传》《当代文学关键词》等。而后者已结集出版成为中国当代文学学科建设的新成果。这些具有独创性的理论栏目的设置和操作，体现了现代意识的前瞻性和开放性，使《南方文坛》有别于其他文艺理论期刊。此外，《南方文坛》十余年如一日地在封底推出前卫美术的创作和评点，就刊物关注文学新人、追求前沿性形成完整、和谐的氛围来说，并非艺术点缀，而是使刊物坚持显现多元并存和先锋性的姿态，以及坚持为不同艺术门类、不同学科的东西留出必要的空间，力求形成人文学科、文学艺术互动互补的大格局。艺术批评栏目“艺术时代”，也是基于这种识见。正如著名批评家贺绍俊在《南方文坛》百期座谈会上发言所说：“《南方文坛》是将学术性与当代性非常协调地统一在一起，并找到最佳切入点，她把学术的独立品格与对当代文学动态的敏感的把握，在刊物中非常鲜明地体现出来，是一本探索当代文学脉搏不断地往前走的充满活力的学术刊物。”[3]

在张燕玲的积极争取下，《南方文坛》与广西师范大学出版社在2001年开始合作，开创了优势互补、品牌共享、资源兼用、无形资产和有形资产相济的社刊双赢的文艺产业之路[3]。一边以出版社的经济实体和规范经营提升和强化杂志的品质，一边以刊物的行业品牌资源和强大的作者资源为出版社提供一定的支持，书刊互动。策划出版图书，其中在学术界颇具影响的《南方批评书系》(8部)中的《小说的立场》，不但销路颇好，还入围第三届鲁迅文学奖、全国优秀文学评论奖前十名。这一合作模式为中国文学批评乃至中国文艺体制的革新提供了参照系。国内有十余家著名报刊称此合作办刊“意义不仅止于合作双方，也不仅止于对中国文艺批评的建设，它对正在摆脱旧体制轨道寻求新路和生机的同类期刊，颇具启示性、未来性和现实意义”。

作为“中国文坛的批评重镇”，《南方文坛》已以自身的影响力汇入中国文坛的重要文学活动中，并以此扩大自身的品牌影响力。1998和1999两年在《文艺报》头版协办《先擒王——我看头条小说》，组织评论家对全国文学期刊的头条小说进行批评论说。1998年至今，开设《中国当代文学研究会专栏·文坛评述》栏目，点击当下文坛的动态和最新研究，其信息性深受读者欢迎。2001年设立的“《南方文坛》年度优秀论文奖”已被专家认为“是中国文学批评的一项重要奖项”⑤，此奖已历时四届，每届都受到文坛和媒体关注。2001年11月，30余位《今日批评家》栏目推介的青年批评家汇聚广西北海，与前辈批评家谢冕、陈思和、鲁枢元、夏中义、白烨、贺绍俊等对话，共同检讨和反省自己，从而总结中国新一代的文学批评，这是世纪之交青年批评家一次重要的群体亮相和群体反省。会上，谢冕教授、陈思和教授等名家提出："中国当代文学最有影响的两家杂志辽宁的《当代作家评论》和广西的《南方文坛》，一北一南，承担着对中国文学理论的责任，它们不仅是地方的，更是中国的，是中国文学理论家之家。"[1]《南方文坛》2001年开始与《中华文学选刊》、中国当代文学研究会、南方都市报、新浪网等五家机构负责人联合策划组织评选的"年度中华文学人物"，持续了3年，引起国内文坛的瞩目。还有已历时三届的与《人民文学》杂志联合举办的"中国青年作家批评家论坛"，对中国文坛的意义也日渐彰显并且越来越丰富：创作名刊和批评名刊一起联手，让中国最有实力的青年作家和批评家坐在一起自由对话，毫无疑义，"论坛"将成为中国文坛的品牌论坛[4]。《人民日报》《文艺报》《文学报》《文汇报》《文汇读书周报》《羊城晚报》《广西日报》等均以整版或半版等显著位置对"论坛"作过报道。这系列的批评活动既提高了《南方文坛》的知名度，也提升了杂志的学术品质，扩大了广西文艺评论的影响力；更为重要的是，作为"中国文坛的批评重镇"，《南方文坛》尽了她在这个时代应该作出的努力。

《南方文坛》作为广西的一份理论批评刊物，尤其不能忽略它在推介广西文学艺术上所起的特殊作用。正是由于《南方文坛》具备中国当代文学整体性的胸怀，决定了它是在当代文学这样一个宏观的背景来关注广西文学、推介广西文学的，那么它就不仅仅是单纯地就事论事地来评价一个地域的文学创作。其《南方百家》栏目将广西实力派作家和外省知名作家并置参照的批评策略也显得匠心独运，这种设计一下将广西作家放到了中国文坛的大背景下，暗寓了新桂军突出八桂崇山峻岭之包围的思路。《南方文坛》有意把广西的创作让一些本身就在思考当代文学整体性、具备整体性把握能力的批评家去研究，以一个整体性的眼光来研究广西的文学，对广西文学的推介作用就难能可贵[3]。例如对于涌现于广西本土的"新生代"作家东西、鬼子、李冯，1997年底《南方文坛》不仅策划邀请一批著名批评家来广西召开研讨会，并在刊物上专题研讨他们的创作得失，从此"广西三剑客"便成了中国文坛的一个名词，媒体称这是中国文坛对“新生代”作家首次召开的大型研讨会。《南方文坛》始终关注广西文坛，组编了广西近年来成绩突出的青年文艺家的评论专辑，对广西的文艺现象以话题批评的集束方式，一直特约国内名家进行有点有面的研究和评论，组发文章，策划开文学研讨会，如“杨映川、贺晓晴作品恳谈会”“桂西北作家群研讨会”“相思湖作家群研讨会”“仫佬族作家群研讨会”“天门关作家群研讨会”等，因为其阔大的思想理论境界和一流的作者队伍，有力地扩大了广西文学在全国文坛的积极影响，有力地推动了新桂军的群体成长，为推动广西文学创作走向全国做出了重要贡献。

| 注释 |

①来自中国知网数据库查询和每年3月《光明日报》的公布数据。

②《人民日报》，2000年6月17日。

③《文艺报》，2000年10月31日。

④《新闻出版报》，1999年6月3日。

⑤《文艺报》，2001年12月4日。

| 参考文献 |

[1] 张利群. 论广西文学理论批评桂军的崛起及评价机制建设[J]. 贺州学院学报，2010(4).

[2] 黄伟林. 从花山到榕湖——1996—2004年广西文学巡礼[J]. 南方文坛，2004(4).

[3] 蓝怀昌.《南方文坛》创刊百期座谈会纪要[J]. 南方文坛，2004(4).

[4] 黄伟林. 有难度的批评——论张燕玲的批评风格[J]. 文艺争鸣，2010(4).

广西当代诗歌本土经验的想象与构建

陈代云

2008年，北京师范大学张清华教授在评述《广西文学》诗歌“双年展”时说:“确实存在着一个常识意义上的作为‘文化地理’的‘广西诗歌’。只是要从文化和美学上来说清楚这个整体的群落，说清它究竟是以什么样的方式和特点存在着，却让人感到茫然和无力。”[1] 因为广西诗人“与这块土地上独有的诗与歌的传统之间的关系，并不比今天其他地区的诗人更多”[1]。张清华之所以认为广西诗人“与这块土地上独有的诗与歌的传统之间的关系，并不比今天其他地区的诗人更多”，是因为他截取的仅仅是广西当代诗歌写作中“双年展”这样一个只有两年的横断面，假设认真梳理和分析广西当代诗歌60年的写作史，就可以发现，广西诗人一直在努力通过与广西文化传统的“对接”，来构建一种与别的地区不同的本土经验，一种独特的广西的诗歌经验。

不过，在不同的时代，不同的诗人对何谓广西诗歌的“本土经验”的理解并不相同。安石榴在谈到广西诗歌时认为，“与民族及地域症候相承接的写作，也即能充分运用只有在广西才可能具有的写作元素，将其与众不同的质地尽可能表现出

作品信息

《广西社会科学》2012年第2期。

来”的诗歌才是具有广西本土经验的诗歌，并进而乐观地认为：“广西诗人是有福的，因为广西这个地域为诗歌提供了很多得天独厚的生长元素，提供了无限的可能。”[2]确实，作为有壮、汉、瑶、苗、侗、仫佬、毛南、回、京、彝、水、仡佬12个民族聚居的壮族自治区，广西不仅风光秀丽，而且还蕴含着丰富的民族文化，这既为诗歌写作提供了无数题材，也提供了许多宝贵的文学表达经验。但是，在具体的诗歌写作中，如何将广西民族的和地域的文学表达经验凝结成独特的诗歌的本土经验，仍然是广西诗人反复探索的过程。

在不同的历史背景下，广西诗人想象和构建诗歌本土经验的途径并不相同。概言之，可以这样认为，在广西当代诗歌60年的发展历程中，广西诗人曾先后将歌圩经验、百越经验和日常经验作为想象和构建广西诗歌本土经验的主体，在这些不同的想象中，产生了一大批著名的诗人，也诞生了许多重要的作品。

一、歌圩经验与少数民族的身份构建

1949年新中国成立以后，少数民族取得了和汉族一样的政治地位，在“民族平等”的旗帜下，少数民族的身份认同空前高涨。对于少数民族的诗人而言，一方面，向别的民族展现本民族的文化成为他们的责任；另一方面，构建有民族特色的诗歌则成为他们的理想。由于广西的主要少数民族都没有本民族的文字系统，因而广西少数民族知识分子开始用汉语书写本民族的文学经验，使一直处于“民间文学”范畴的广西口传文学经验在作家文学的序列里得到呈现和评价。诗歌也是如此。

在广西的文化传统中，山歌无疑是影响最深的文化资源。广西自古就有唱山歌的传统，南宋周去非在《岭外代答》中说：“广西诸郡，人多能合乐，城郊村落，祭祀婚嫁喜葬，无不用乐，虽耕田必口乐相之。”[3]可以说，山歌在广西人民的日常生活中无处不在，所以，它成了广西最重要的文化特征之一。黄秉生在《歌圩与壮族的审美意识》一文中说：“壮族人民把自己的机敏、灵活的性格特征，把自己的聪明才智，体现在丰富多彩的歌圩活动之中，歌圩活动成为他们某种本质力量的确证，他们感到这就是美，他们从这种活动中得到了极大的审美享受。”[4]壮族如此，广西其他各族人民也是如此。因此，山歌对广西诗人影响至深。同时，也因为山歌和诗歌都脱胎于原始歌谣，所以山歌才成为广西诗人想象和构建少数民族诗歌经验的首选。

山歌对广西20世纪五六十年代的诗歌写作影响至深。考察20世纪五六十年代广西诗人的成长史，可以发现大都和山歌有关。广西诗人韦其麟的整个童年时代是在家乡度过的，他经常和小朋友一起放牛、采野果、唱山歌，山歌构成了他最初的文化记忆。而对于广西诗人包玉堂来说，山歌不仅是最初的文化记忆，而且还具有某种传奇性。在20世纪50年代，包玉堂编写的控诉地主潘吉仕发家史和贫农血泪史的山歌受到了上级部门的通报表扬，这给他很大的鼓舞，他的诗歌创作也是从编写新民歌开始的。1955年，包玉堂开始创作长篇叙事诗《虹》，最初，他将这个作品写成了民歌的形式，但是因为感到民歌有很多限制，所以突破了民歌藩篱，写成了诗歌。长期编写山歌为他成为一名诗人准备了条件，当他有意识地将自己的写作和编写山歌区别开来，他就变成了一位诗人。诗人苗延秀小时候也深受山歌的影响，20世纪50年代初他从东北奉调回广西三江县剿匪，和苗族战士在夜里燃起篝火、唱着山歌，消度高山里既寒冷又危险的冬夜，正是在山歌声中，苗延秀完成了《大苗山交响曲》的初稿。另外一位诗人莎红也是在调到广西民族出版社编译新民歌后，受到了山歌的启发，才开始走上诗歌创作道路的。此外，黄青、黄勇刹、侬易天等大都有和上述诗人相似的经历，他们不仅生活在少数民族地区，深受那里的山歌传统的熏染，而且大多有收集整理山歌的经验，山歌为他们提供了广阔的创作空间[5]。正是因为有这样的经历，所以山歌成为广西诗人在20世纪五六十年代对广西诗歌本土经验的基本想象，他们也是通过山歌来确认广西诗歌的基本特色的。

在诗歌中，广西诗人广泛运用山歌的表现手法，创造了以山歌为文化背景的读者所喜闻乐见的艺术形式。苗延秀谈及《大苗山交响曲》的创作时说：“我初次尝试吸取我们大苗山少数民族弹琵琶时候有说有唱的民间故事形式很通俗地来写，全然保留与发扬苗族民歌及民间故事的那些基本特点……我这样作，其目的在使我们少数民族稍有些文化的人，都能看得懂，没有文化的人，都能听得懂。”[6] 在创作中，苗延秀想象的“隐含读者”是少数民族“稍有些文化的人”和“没有文化的人”，比照的对象恰好是山歌，所以诗人甚至将诗歌的标准诉诸“听得懂”。这个创作理念一方面体现了诗人为少数民族人民创作和服务的理想，另一方面也说明山歌在广西少数民族诗人的诗歌创作中起着重要的作用。为了实践这样的理念，广西诗人大多采用比兴的表达方式，这和已经发展了数十年的文人白话诗表现出不同的想象方式，而且他们在诗歌中大量采用盘歌的形式，借此体现劳动人民在对歌中机智敏捷、风趣诙谐的“急智”，这些都是民间文学的基本特征。

这一时期的广西诗人还比较注重语言的口头性和集体性等特征，不仅大量采用少数民族的词汇，而且在诗歌建行上也和山歌保持着连贯性。在叙事诗中，诗人们往往在情节结构上采取“三段式”的方式，这种口传文学的基本模式不仅利于反复渲染情节，塑造形象，而且易于传播。韦其麟的《百鸟衣》、侬易天的《刘三妹》、肖甘牛的《双棺岩》、包玉堂的《虹》等诗歌作品都表现出这样的特征。此外，苗延秀的《元宵夜曲》还采用了“侗族琵琶歌”，《大苗山交响曲》采用了“苗族嘎百福歌”的形式。

在诗歌的内容上，诗人们也同样大量地描写和广西人民密切相关的充满歌声的日常生活。侬易天《刘三妹》中的刘三妹（一般称刘三姐）、韦其麟《歌手》和包玉堂《老歌手与夜明珠》中的老歌手都是优秀的山歌演唱者，诗人将他们塑造成受人爱戴的形象，表现了优秀歌手的社会地位以及广西各族人民对他们的崇敬之情。虽然人们平时歌不离口，但只有在歌圩上，才能集中展现和比拼，因此，侬易天的《刘三妹》和《坡会三首》、包玉堂的《走坡组诗》、韦革新的《跳坡组诗》都从不同侧面展现了歌圩的盛况。可以说，这一时期为中国文学史所记住的广西诗歌，大多和山歌有或近或远的联系。

值得注意的是，广西诗人大量运用山歌资源来写作诗歌，固然和诗人的少数民族身份有关，但同时也和时代的文学主流相一致。可以说，采用山歌的经验来构建广西诗歌，既符合诗歌要面向大众的时代要求，又符合民族身份的需要。正是因为这种歌圩经验，使广西诗人确证了自己的民族身份，强化了民族认同和文化责任感。

二、百越经验与地域文学的建设

广西文学的发展因为“文革”而被迫中断，《广西文艺》（今《广西文学》）一度更名为《革命文艺》，专门刊登工农兵文学，表现出向“民间文学”倾斜的趋势，这虽然和全国的文学气候保持着一致，但与1949年以来广西文学发展的方向背道而驰，诗歌也是如此。这种状况直到20世纪80年代才有所改观。

1980年，“南宁会议”揭开了“朦胧诗”论争的序幕，但到1983年“朦胧诗”逐渐式微的时候，广西还没有出现值得称道的“朦胧诗”式的作品。1984年春，广西诗人杨克和文友结伴游览了宁明的花山岩画，这次看似偶然的出游却带来了某种必然的转变。李逊后来这样描述杨克的这种“转变”：“阴冷的江风并没有拂去纠扯不清的城市意象带给他的苦闷。然而在那堵绘满土石人兽的高大崖壁面前，他为某种精神所震慑了，脑子里固有的经验立刻支离破碎，百越文化的独特魅力与这块土地正在发生的急遽变革的现实进程之间潜藏着的悲剧性冲突一下组合成一个新的意象群。”[7]就在这次游历之后，杨克创作了组诗《走向花山》，通过对远古历史的想象与展开，在诗歌写作中重建文学的本土经验，在“大传统”中形成了地域文学的“小传统”。

1985年3月，梅帅元和杨克在《广西文学》发表《百越境界——花山文化与我们的创作》一文，阐释了他们新的创作理念。他们开始从文化地理的角度去寻找文学中的南方气质和本土症候，表现出一种文化寻根的特征。花山壁画是壮族先人在广西左江沿岸留下的文化遗迹，其绘制年代、主题含义、制作目的，至今仍众说纷纭，莫衷一是。梅帅元、杨克将“花山”作为桥梁，沟通古今，从而建立自己的文学理念。他们认为：“离开百越民族文化传统以及由此产生的审美意识与心理结构（即把虚幻境界与真实生活作为一个整体来理解），来反映广西各少数民族的历史和现实生活是难以想象。”[8] 所以文学作品“关键不在于你写出了一个看得见的直观世界，而是要创造一个感觉到的世界。就是说，在你的作品里，打破了现实与幻想的界线，抹掉了传说与现实的分野，让时空交叉，将我们民族的昨天、今天与明天溶为一个浑然的整体”[8]。同时持这种写作理念的还有诗人黄神彪、黄堃、林白薇（林白），小说家张仁胜、孙步康、李逊、张宗栻等人。

将“花山”看成“民族文化精神与地域文学特质的灵魂”[9]，提倡“百越境界”，试图建立一种有别于五六十年代的文学经验，这几乎是80年代中期广西文学界的共识。因此，在构建广西文学的“百越经验”时，青年作家和批评家都将“歌圩经验”作为批判的对象并喊出了“别了，‘刘三姐’！别了，‘百鸟衣’！”的口号[10]，希望走出《刘三姐》《百鸟衣》的创作模式。杨长勋等认为：“社会发展到今天，再用民间故事式，或者山歌式的作品来反映我们的时代，表现我们的忧患，反映社会的进步、社会形态的变化，已经远远不够了。”[11] 同时，“不少作家在创作时，经常自觉或不自觉地在作品中贴上少数民族的标签，为了追求‘民族味’而在作品里生硬地加上一两首山歌或一些民族服饰、风情，只是在表层涂抹了一点亮色，其实没有什么民族内涵”[11]。脱离五六十年代的文化语境来讨论其写作策略的得失虽然有失偏颇，但写作策略的变革在新的文化语境中似乎也是不得不为的事情了。

值得注意的是，1987年，颜新云通过百越境界和寻根文学的对比，认为百越境界没有达到寻根文学“无不贯注着历史的批判精神，无不表现出社会主义的人本主义的强烈倾向”，“无不表现为对民族性格重新发现和重新塑造的意图”的深度，因为前者的着眼点是形式，“‘百越境界’错误地把寻根文学看成是一种题材上的特征，看成是对传统文化的回顾，看成是一种狭义的民族特色的追求了”[12]。作为一位从湖南“加入”广西的青年作家，颜新云忽略了广西本土作家在民族和地域中文化认同的责任感，脱离了广西固有的历史文化语境，所以只看到了铜板的一面，这和杨长勋等人对待《刘三姐》《百鸟衣》的态度是一样的。

事实上，如何“民族”，如何“本土”，这是极其复杂的问题，在经济全球化的今天，显得更为突出。作家的作用在于，他们能够从自己生活的具体的历史文化语境出发，从自身的“痛感”出发，为前进的道路提供多种探索。杨克是这一时期广西最重要的诗人，他的诗歌在“百越境界”理论的指导之下，以广西花山、红水河等文化象征为主要题材，开拓了民族经验表达的新的模式，如《走向花山》《图腾》《大地的边缘》等。而另一位著名的诗人黄神彪的《花山壁画》则借鉴了史诗创作的基本结构和模式，吸收了大量的神话传说和民间故事，用宏大的气势为读者提供了一幅天马行空、包罗万象的壮族人民历史生活画卷。此外，林白薇的《山之阿　水之湄》、李逊的《红河水红河水》、孙步康的《铜鼓》等作品都是运用“百越经验”写出的具有地域文学特质的重要作品。

三、日常经验与诗歌的现代性追求

20世纪90年代，随着商品经济的发展，广西也被卷入了经济一体化的浪潮之中，经济的趋同使得区域文化的界限越来越模糊。1988年，当广西文学界正在热火朝天地讨论广西文学的发展方向与策略时，一份名为《扬子鳄》的民间诗刊在大化县悄悄地诞生了，《扬子鳄》集结了杨克、戈鱼、非亚、盘妙彬、安石榴、西岩（刘春）以及广西区外的阿翔、颜峻、林忠成、狼人、潘友强、夜林、吕叶、孙文等大批青年诗人，他们中的非亚、刘春和盘妙彬都成为此后广西诗坛标志性的诗人。对于广西诗歌而言，《扬子鳄》的另一重意义还在于，它诱发了以先锋为目标的民间诗刊《自行车》的诞生。在90年代初的几年间，《自行车》以其特立独行的方式践行着先锋诗歌观念，给广西诗歌带来了新的发展方向。

张清华教授在评析广西当前的诗歌写作时敏锐地洞悉到了广西诗歌原有的地域性和民族性的弱化，他指出：“传统的地域性在今天的广西诗人身上似乎并不明显，他们试图要呈现给世人的，恰恰不是其地域文化标记，相反而是他们在现代文化格局中的‘现代’身份，或者至少，是共融其间的‘时代’特征与气息。”[1]诗人要远离“‘时代’特征与气息”几乎是不可能的，韦其麟、包玉堂在借用歌圩经验写作的时候，离不开五六十年代文学的大众化诉求，同样，杨克、黄堃、黄神彪在建构百越经验的时候，也离不开文学寻根的时代背景。安石榴将脱离了地域和民族的诗歌写作状况描述为“因为陷入愤怒的成长而忽视了广西诗歌的民族与地理传承”[2]。但广西文学的“成长”焦虑并不是在新世纪才显现出来的。1989年，广西壮族自治区成立30周年之际，广西民族学院（今广西民族大学）在邀请广西的青年作家和评论家讨论广西民族文学的发展趋势时，“青年作家杨长勋、黄神彪、黄佩华在联合发言中指出，五四以来中国文学创作出现了几次高潮，而广西民族文学创作却几次错过机会，几次轮空”[11]。“轮空”使广西作家普遍感到落后已经变成了残酷的事实。

在向全国文坛冲击的过程中，小说率先垂范。1987年，梅帅元的中篇《红水河》和李逊的5篇短篇小说先后被《人民文学》《上海文学》临时撤换[13]，让广西作家只能感慨时运不济。10年之后，当东西的《没有语言的生活》获得鲁迅文学奖后，广西小说终于有了冲出重围的感觉。广西诗人也在寻求这种“冲出重围的感觉”。2002年，诗人刘春在《中国诗歌的几个热点及广西的对应》中，将“70后”“中间代”“下半身”等旗帜下的诗人作了列队性的归纳，从广西诗人中找出“70后”诗人虫儿、胡子博、花枪、黄芳，“中间代”诗人非亚、盘妙彬以及玩得并不比北京“下半身”差的朱山坡，进而乐观地说：“现在，可以说，我们广西诗人的风格是丰富多彩的，国内无论哪一种写作倾向都可以在这片土地上找到回应，所以，我们没有任何必要妄自菲薄。”[14]通过与全国的诗歌气候对接来确证自我，正是外省文学的典型心态，“就20世纪而言，‘西方—中国’‘中央—地方’，构成了‘追求现代’的二级关系。中国通过寻求西方而确认自身的现代性，而地方又通过寻求中央而获得‘现代’的认可”[15]。这意味着，兼具地域和民族双重身份的广西诗歌，其现代化诉求可能正是要抛弃地域和民族的双重身份。

作为20世纪90年代中期以来广西诗歌标志性的诗人，刘春努力追求现实与艺术的平衡，这种艺术理想与实践不仅使刘春的写作走向了以经验和思想（玄学）为旨归的现代诗歌写作，而且呈现出一种庞杂博大的“综合”特征。非亚的诗歌则善于运用口语化的表达方式，显现出极强的现场感，显得平实而大气。无论从精神归宿还是诗歌技巧上看，盘妙彬都可以说是一位“传统的诗人”，显示出强烈的古典意绪。以“广西”为共同性的地域特点和民族性在他们身上的烙印并不深。正如盘妙彬所说：“广西青年诗人始终各人一架自行车，自己掌握自己的方向。这是有幸的、正确的，及后诗人们的创作实践证明了这一点。”[16] 毫无疑问，诗人应该形成自己鲜明的写作个性，但我们也应该注意到这样的事实：和90年代之前的广西诗歌相比，追求本土经验的“统一性”已经被逐渐弱化。虽然反对前辈诗人是每一代诗人成长过程中的必然历程，但是对于刘春、非亚等人而言，他们已经不再和他们的前辈诗人杨克、黄堃等一样，从广西的历史和文化语境中去寻找诗歌建构经验，而是将目光转向了更加开阔的空间。显然，刘春对叶芝、艾略特的亲近，非亚对先锋的探索，盘妙彬古典的农业时代的意绪，和广西的地域经验与民族经验都相去甚远。

但这并不意味着，广西诗人和这片土地的联系有所减弱，他们“诗歌中大量出现广西的城市、河流、山岳以及自己所生活的城市街区、街道、房间以及一些标志性建筑物的名称，这些地方景观不再是80年代文化寻根系列诗歌中的民族图腾或风俗展览，而是指向个体生命在具体地方中的真实存在”[15]。也就是说，在广西诗人笔下，距离日远的那些广西的历史和文化都已经被搁置，日常经验开始凸显出来。安石榴笔下的石榴村、刘春笔下的歧路村，虽然也有精神“故乡”的特质，但更多地和生活真实相连接。诗人不再有意地赋予自己所描摹的事物以民族或地域的文化精神，而是通过日常经验来展现人的处境，追求诗歌的现代性，这成为20世纪90年代以来广西诗歌的基本取向。

《广西文学50年》指出，广西“五十年文学成就，是在培养民族文学作家，继承民族文化传统，努力探索民族文学发展之路的结果。五十年的文学发展事实证明，广西作为少数民族地区，文学发展离不开民族文化传统的滋养，离不开民族作家的成长和贡献”[17]。事实上，广西文学的发展还和中国文学这一“大传统”保持着一致。无论是歌圩经验、百越经验还是日常经验的出现，都和全国文学的整体变化紧密相连。但是，文学史自身的权力往往带着某种偏见与遮蔽，当我们将广西诗歌赋予地域和民族身份并加以讨论的时候，就会忽略那些民族和地域特征并不明显的诗人，比如亢进、海雁、剑熏等。本文只不过是从文学史的角度对广西当代诗歌发展进行概括性把握，如果从写作的具体细节出发，广西当代诗歌还有更加复杂和丰富的内涵。

| 参考文献 |

[1] 张清华．汉语在葳蕤宁静的南方——关于“第二届广西诗歌双年展”阅读的一点感想 [J]. 广西文学，2008(9).

[2] 安石榴．广西诗歌：地域影响下的可能生长 [J]. 漆，2008(6).

[3] 周去非．岭外代答：卷二 [M]. 北京：中华书局，1985：73.

[4] 黄秉生．歌圩与壮族的审美意识 [J]. 广西民族学院学报，1986(1).

[5] 陈代云．“写歌人”与诗人的诞生——论十七年时期广西少数民族诗人的诗歌观念 [J]. 民族文学研究，2011(1).

[6] 苗延秀．《大苗山交响曲》前记 [A]. 大苗山交响曲 [C]. 上海：新文艺出版社，1954：4.

[7] 李逊．赭红色的旋律——记杨克 [J]. 诗刊，1987(10).

[8] 梅帅元，杨克．百越境界——花山文化与我们的创作 [J]. 广西文学，1985(3).

[9] 温存超．花山岩画与广西当代文学 [J]. 广西民族师范学院学报，2010(2).

[10] 常弼宇．别了，刘三姐 [J]. 广西文学，1989(1).

[11] 覃伊平．广西部分作家评论家漫谈广西民族文学发展趋势 [J]. 广西民族学院学报，1989(1).

[12] 颜新云．关于广西新时期文学的反思 [J]. 河池师专学报，1987(2).

[13] 杨克．记忆——与《自行车》有关的广西诗歌背景 [J]. 南方文坛，2001(5).

[14] 刘春．中国诗歌的几个热点及广西的对应 [J]. 南方文坛，2002(5).

[15]陈祖君．边地·本土·现代[A]．广西现代诗选（1990—2010）[C]．南宁：广西美术出版社，2011：6，7.

[16]盘妙彬．坚持《自行车》的方向继续前进——浅谈广西青年诗歌的状况[J]．南方文坛，2001（5）.

[17]李建平等．广西文学50年[M]．桂林：漓江出版社，2005：23.

新世纪以来广西的新诗发展倾向与困境探察

罗小凤

纵观新世纪以来的广西诗坛，一派“热闹”景象显影而出:“广西青年诗会”“桂林诗会”“十月诗会”以及各种诗歌研讨会的交替现身，诗人们在《诗刊》《人民文学》《星星》等重要刊物上的频频露面，“华文青年诗人奖”“女性诗歌奖”等各种奖项的荣揽，“青春诗会”“青海湖国际诗歌节”等国内外大型诗歌活动的参与，“扬子鳄”“自行车”“漆”“相思湖诗群”“南楼丹霞诗群”等诗歌群体的活跃，“青春，送你一首诗”“诗歌进大学”“诗歌进校园”等诗歌活动的启动,《广西文学》推出的“双年展”、《红豆》推出的“广西诗人十家”、《漆》推出的“切片展”等诗歌集结号的亮相，都彰显了广西诗歌版图的丰富而热闹。

然而，“热闹”的诗歌景象是否就代表着广西的诗歌发展水平？笔者认为，新世纪以来的广西诗坛一方面呈现出一些典型而可贵的诗学倾向，如生态诗学倾向、智性书写倾向、神性写作倾向、悲悯书写倾向、意义化写作倾向、古典倾向等，正

作者简介

罗小凤（1980—），文学博士，广西师范大学文学硕士，首都师范大学文学博士，曾任广西师范学院文学院教授，有专著《新世纪广西诗歌观察》出版。

作品信息

《南方文坛》2012年第2期。

是诗人们以其诗歌实践不断地探索与尝试各种内在的诗学追求，才形成了广西诗歌值得肯定的一些诗歌质素；另一方面广西的诗歌发展亦存在诸多发展困境，这是广西的新诗未能在当代中国诗坛盘踞诗歌高地的关键因素，也是广西未来的新诗发展亟待解除的“症状”。“症状”之解除即发展之出路，唯有清醒地把脉自身的“症状”，方能突围困境，抵达新的发展路径。

一、新世纪以来广西的新诗发展倾向

在“热闹”的诗歌景象背后，是部分诗人们自觉而严肃的各种诗学倾向与追求、探索，真正构筑了新世纪以来广西新诗发展景观的内质。

（一）生态诗学倾向　新世纪以来，随着森林被毁、江河污染、洪水泛滥、资源枯竭、物种灭绝、温室效应、大气污染、臭氧空洞、沙漠化、地震、海啸、冰灾等各种生态破坏带来的恶果接连袭击人类，人们对生态危机的意识愈益清醒，各种报刊、网络、媒体上“生态”一词均已成为流行的关键词、时尚语与热门术语。而在诗歌场域中，“生态诗”这一新的诗歌“体型”在新世纪的诗歌领地上亦据守一片绿色的诗意，掀起了“生态诗”热潮，越来越多的诗人投注目光于生态维度的书写，传达他们对未来、对人类、对整个地球与宇宙的忧思。面对生态危机所带来的“生态诗热”，在首府南宁曾获得“联合国人居奖”“绿城”之誉而一直极为注重自然生态保护、以“生态基地”自居的广西，诗人们没有沉默，刘频、吉小吉、盘妙彬、刘春、黄土路、杨克、费城、牛依河等诗人纷纷提笔，或书写现代文明背景下人类的生态、自然惨遭破坏后诗人的痛苦，或建构一个人与自然和谐共处的“生态乌托邦”世界。刘频一直非常关注全球经济一体化背景下工业文明对农村、故乡与人类心灵的侵蚀状态，他曾自陈“当工业向农业招安、农村向城市归顺，当草根的故乡集体农转非时，我低下了哀伤的头”[①]，面对工业文明对人类故乡的吞噬时，诗人内心极其悲痛、忧伤，只能以诗歌为飘荡无依的灵魂寻找“恬适的居所”，他的《橘子园，在规划红线里睡熟》中描画了一片被列入开发区规划书的橘子园里“果农的委屈和惊慌”，诗人内心与果农一样忧伤、忧虑，悲愤地写道：“推土机挖掘机已逼近果园幽凉的睡衣／钢架厂房，现代工厂的流水线／将湮没这农事诗鲜甜的一页”；《有多少东西在一条繁华大街上遗落》中诗人对于城市文明对农村的吞噬和对人类灵魂与“内心的边界”的侵蚀而无奈、忧虑，《土豆，土豆》《我是那个在大海上捧着遗像的人》等诗都传达出诗人对工业文明造成生态破坏后果的深刻忧虑。吉小吉的生态意识亦非常自觉清醒，他的《歌声即将被人枪杀》《春天迟早也要走》《触摸疼痛》《一只小鸟是不是在路边安睡？》《一朵花离开了春天》《郊外》《刀痕》《鬼门关》等诗都痛心而敏锐地批判了商品大潮冲击下现代人满足自身奢侈的物质欲望而肆意猎杀自然生灵的残忍行径和对生态文明的人为破坏行为。他的《刀痕》一诗通过书写江滨路旁的一棵树被文明的人类砍伤后张大嘴想喊过往的行人却喊不出的细节，揭示了人类破坏自然生态的残忍，传达了诗人对这种残忍行为的愤怒和对人类自身命运的忧思。一直梦想能回乡下种田的盘妙彬亦充满生态意识，其诗笔蘸满乡野气息和诗情画意，建构了一个人与自然和谐依存的乌托邦世界，如《看不见的那一半木桥更是一寸一寸》《鱼不知道》《小白船》《美好生活》《假期》等诗在慨叹“那些温柔，那些美梦，一去不复返”的遗憾中追忆着一个个诗意而理想的乌托邦世界。出生于农村而对自然深怀敬畏之情的刘春在《城里的月光》中呈露了人在城市文明侵蚀的异化状态，《干草垛》《远方》等诗则传达了他对正在消逝的乡村的感叹与忧虑，深含对现代文明的反思和对人与自然之和谐生态的回返情结。杨克亦有对生态的关注与反思，他的《在东莞遇见一小块稻田》一诗勾画了厂房的“脚趾缝”中一小块稻田里的稻苗“拼命抱住最后一些土”“愤怒的手 想从泥土里／抠出鸟声和虫叫”，由此传达了诗人面对现代工业文明对农业生态的破坏而产生的“悲痛”心境；他的《朝阳的一面向着你》《在商品中散步》《逆光中的那一棵木棉》等诗也传达着他对现代性的批判与对生态危机的警醒。田湘的《高速路旁的一条老路》《我想抹去城市的伤痕》，费城的《回不去的地方叫故乡》，牛依河的《乡间描述》，钟世华的《我的诗歌里流着村民的眼泪》《乡村记事》，大朵的《移栽至深山的大树》《家园的碎片划过他们的眼》等诗都穿透科技繁华和消费时尚的表层景象，抒发对渐趋消逝的农业文明下的乡村世界之眷恋与怀念，批判了现代文明以及附着于现代文明肌体上的工具理性、人类中心主义等观念，饱含着诗人们对现代文明对自然、农村侵蚀的忧虑与反思。

（二）智性书写倾向　海德格尔曾指出："思之诗是存在真正的拓扑学。"②即言之，诗歌之路是通向真理的，思是诗的源头与目的地。诗与思达到完美结合的境界才是高境界，故而许多诗人极为注重诗歌的哲学维度，即诗歌艺术深处所蕴涵的理性因素，和诗人凭借具象的形态所寄予的对世界及自身的深层透视。广西的部分诗人呈现出这种智性书写的倾向。盘妙彬的诗如废名之诗般充满了顿悟的禅趣与耐人寻味的哲思，废名曾在《关于派别》中说"我们总是求把自己的意思说出来，即是求'不隔'，平常生活里的意思却未必是说得出来的"，因此他崇尚"不言而中"的"德行"。[3]盘妙彬便追求这种"不言而中"的"德行"，他善于以禅的思维方式体验人生、思索生命，善于将人生思考置于禅宗视阈过滤，传达他对个体生命对无限空间与时间的体悟与超脱，使其诗禅趣盎然，如"让一条河生活在别处 / 让看不见的看见，像三百年前，像三百年后"（《江山闲》）、"于生活中不在，或者在 / 屋顶炊烟飘升 / 小镇在流水和石头中，去或者不去"（《此地在，此地不在》）等诗句简直是废名的诗风重现，援引了禅宗"公案式"非逻辑思维方式。禅宗的"公案"，是指禅师与弟子的对答、提问或质问等开发比较缺乏天分的弟子心中禅理的手段④，这种问答法在思维方式上突破了逻辑思维的定势理解与解释，从言语上树立一种奇特而全新的观物方式，如按逻辑的二元思维方式应该为"A 是 A"，但禅宗的"公案"式逻辑则为"A 是非 A 是 B"，所谓无缚，或者"A 同时是 A 和非 A"，所谓自身，又不是自身。盘妙彬在其诗中淋漓尽致地演绎了禅宗的公案式逻辑，"在"与"不在"、"是"与"非"或"不是"、"见"与"不见"、"去"与"不去"等悖论逻辑的镶嵌缠绕形成独属于盘妙彬的悖论修辞手法，禅趣盎然，哲思色彩浓郁。他的《流水再转多少个弯也不会流到今天》《没人看到，它的确存在》《大理在，大理不在》《过眼云烟》《现实不在这里，不在那里》《尺寸》《时光是如何丈量的》等诗亦都巧妙地将禅家的静观、心象、顿悟、机锋与现代的感觉、幻想、色彩、意象融合于一体，筑就了一个不求甚解的超验之境。刘春新世纪以来的新诗创作与其早期的青春式感性写作呈现出较大的差异，其诗多维多元地建构了一个诗与思交织的诗歌空间，如《纯洁》一诗，表面上是在叙述一个卑微的小知识分子的日常琐碎，而其实是在洞穿这表象背后的终极本质，挖掘那份久被湮灭的人性的美好和纯洁，展现纯洁的心灵与喧嚣的现实之间的反差和冲突。他巧妙地借助借代手法用“伟人头像”和“公章”这两个分别代指“百元人民币”和“权力”的词语，诉出了这个纯洁已成为过去时的扭曲时代里一个小知识分子面对金钱和权力的无奈，读来给人的感觉虽非匕首刺入般的剧痛，却像一把硬硬的毛刷子刷过留下的隐痛与无奈，让你难掩内心的抑郁与触动。尤其近年来刘春创作的《卡夫卡：命运的质询》《博尔赫斯：镜子里的幽灵》《帕斯捷尔纳克：低音区》《坚持——致柏桦》等诗都呈现出他对人类生命、存在、真理的哲性思考。谭延桐的诗曾被陈祖君誉为“思想里的风”，并被他阐释道：“每一个词、每一个场景都超越表面的意义和镜像而指向原初，指向终极。”[⑤]显然陈祖君抓住了谭延桐诗歌的主旋律，谭延桐的诗正由于都指向原初和终极层面，因而带有浓重的哲思色彩，《没有水的地方》《时间在讲述着命运》《思想里的风》等诗无不如此。擅长书写日常生活的非亚亦偶尔从日常生活的诗意中抬头，尤其在其父亲去世前后，他对生命、死亡、命运、人类存在等问题的思考从个体经验层面提升到了本体与终极层面，如《稀缺的信仰》《自我的精神分析》《生活之一》等诗。田湘、斯如、庞白、罗雨、陆辉艳、董迎春等诗人的诗亦以他们对人类存在本质的追问、对终极价值的关怀、对人类命运的思考、对时空存在的体悟而充满智性色彩，如《加法，减法》（田湘）、《地狱的隔壁是否就是天堂》《连阳光都显得陈旧》（斯如）、《老了》、《热爱陌生人》（庞白）、《致命运》、《命运之困》（罗雨）、《一会儿》（陆辉艳）等诗。

（三）神性写作倾向　“神性写作”作为诗歌概念最初由亚伯拉罕·蝼冢于2003年初正式提出，后来刘诚倡导以“神性写作”为主旨的“第三极文学运动”以“神性写作”对抗当下的本能写作、欲望写作、垃圾写作等向下的非神性写作，大力地推动了诗歌领域的“神性写作”倾向。这种“神性写作”倾向与具体的“神”无关，而是诗歌场域中的一种“诗歌神学”，其发端渊源于20世纪80年代以海子为代表的一批诗人，他们从人的现实生存状态出发对彼岸世界或未来发出憧憬，对人类存在的终极意义发出追问，含有一种宗教情怀或对彼岸世界的理想主义的价值诉求，试图以理想与信仰之光照亮人类社会与人性的黑暗。对于“神性写作”写作的内涵，刘诚曾在《第三极文学运动宣言》中明确指出：“神性写作即向上的写作，有道德感的写作和有承担的写作；神性写作是对生活永恒价值的悲壮坚守……对当代文学商业化、解构化、痞子化、色情化、贱民化、垃圾化、空洞化、娱乐化的倾向说不。”⑥谭延桐是一个充满宗教色彩的诗人，对诗歌有一种宗教般的虔诚与敬慕。在各种声音充斥诗坛之时，谭延桐坚守着诗的阵地，并奉之为地狱到天堂、现实到神话之间的沟通者、对接点，他曾坦言：“诗是地狱到天堂、现实到神话之间的距离。……诗人最终抵达的也许不是天堂或神话，而是他自己本身。从自己身上，看到一切，找到神谕。”⑦他一直坚持着其对诗的神性之存在的信仰，“在灵魂深处植入些灵性与神性，多好呵。灵性与神性，是不朽的翅膀，运载着人类的绿意和艺术的葱茏”⑧。因此，把写作当作修道、悟道途径之一的他，其诗充满了“神性”，如《神曲：上升的道路》《在菩萨的耳朵里沉思》《天主》《和基督对话》等诗都透出神性之光，透出他对生命的感悟、对世界的理解与对人类的思索，呈现了诗人不断“修炼”自身诗歌精神的努力。刘频是广西又一个秉持理想主义姿态的诗人，他一直在俗世之中秉持内心对“神性”的渴望，希望以神性的光芒照亮灵魂，其诗歌创作则是安放灵魂的居所，呈现出明显的神性写作倾向，他在诗中关注灵魂的存在状态与精神领域的向上性、神性，他曾在其诗学随笔《在汉语诗歌中保持神性的光芒》中明确宣告：“在我经过的大地、河流、山冈，包括黄昏里我眼中的一片沉默的麦田，一群晚归的羊，一个余晖里还在劳作的农夫，我都从中看到了一种神性的光芒。在写作的黑暗里，在灵魂的灵光被长期遮蔽的日子里，我渴望这种神性的光芒穿透我的诗歌，——它是我诗歌强大的动力，也是我写作不竭的源泉。”⑨对于“神性的光芒”的渴望与信仰使其诗闪现着神性色彩，如《今夜，鹰王在闪电中现身》《万物都成了我们的抒情对象》《整理一个人的遗物》《两座村庄，在赞美对方的美》等诗作。

他最近发表在《诗刊》的《浮世挖井》典型地体现了他在浮世之中坚持自己的理想、向上的追求，如“当岁月的容貌持续改写 / 我坚持在浮世挖井 / 在一张洁白的纸上挖出清泉 / 我拒绝蟑螂般猥琐的生活 / 那飞扬的风尘里小心安放的 / 依然是一颗初恋的心灵”“我坚持散步，和理想一起健步行走 / 在俗世中，我用一缕新鲜的空气 / 包裹行李”“我终身都在做着一件事情——/ 用一生的泪水，交换一颗露珠”等诗句无不显示出诗人的精神指向。盘妙彬、田湘、黄芳、陈琦、许雪萍、琬琦等诗人虽然并未明确阐明其神性写作的诗歌立场，但其诗中也泛溢着这种神性色彩和向上、向善的神性写作精神。

（四）悲悯书写倾向　悲悯情怀是一种以博爱精神关怀、同情苦难中的世人。曹文轩曾反复强调悲悯情怀对于文学的重要性，“悲悯情怀是文学存在的理由”[⑩]“文学要有悲悯情怀”[⑪]。确实，真正的作家应该拥有一种对人类以至各种生命体的悲悯情怀。

近年来广西的诗歌创作中呈现一种悲悯书写的倾向，具体而言，主要是对底层和苦难的关注。黄芳、刘频、谭延桐、伍迁、甘谷列、黄土路、大朵等诗人都对底层人的生存状态、命运与苦难进行书写。黄芳是一个对世间万物都充满悲悯之心的诗人，她的《所以你要惩罚我——写给沙兰镇中心小学的孩子们》(即《悼沙兰》，收入诗集时更名)、《晚安，我的亲人》等浸透诗人泪水的诗读来无不催人泪下，尤其是《所以你要惩罚我——写给沙兰镇中心小学的孩子们》这首诗在《女子诗报》2005年度的“女性诗歌奖”中获得非常高的评价:“黄芳的诗以浓烈真挚的情感见长，《悼沙兰》一首为其代表作，读罢直刺心扉，感人泪下，颇具感染力。……诗总要以浓烈真挚的情感打动人，黄芳的诗在这方面特色十分突出。”[⑫]在洪灾、地震等灾难面前，黄芳以其悲悯之心观照受难的生命个体，如“从此，我空下来的心，/ 找不到一场疼痛来填充”传达了内心深处深挚的同情与无以言喻的痛苦。刘频亦关注底层人的生存本相和生命个体的存在状态，如《读一本盲文杂志的盲少女》《两个焚尸工人》《我只为一棵夭折的玉米忧伤》《悼念那些在试验中死去的小白鼠》，均满含悲悯之心。谭延桐身上典型地携带着一股中国古代的士大夫气质，其诗贯穿着一种悲天悯人的救世情怀，“苦难”成为核心主题。《一只美丽的发卡》是诗人对地震中受难者生命与美丽青春的悼念、惋惜，悲悯与同情感念至深，《被风揉皱的孩子》《在那个收破烂人的眼中》《老师傅》等诗都深含着对底层人生存状态的人文关怀。书写矿山系列诗歌的甘谷列对“矿山”这一为人所不屑的边缘境地投注了他的诗歌目光，他密切关注着长年累月生活在矿山的矿工及其家属的生存遭遇，满怀悲悯之心。伍迁一直坚守其诗歌的“草根性”与“民间性”，关注小孩、苦难、底层人。黄土路、大朵等诗人亦有对劳苦大众、底层人民生活的关注，如《阳光早餐》《事件：抢劫》《天堂公交车》（黄土路），《捡荒者》《晨雾中的坟茔》（大朵）等诗，他们都以自己悲天悯人的心灵为支点将其目光直插入底层人的生活深处。

（五）意义化写作倾向　“意义化写作倾向”是散文诗人周庆荣提出的，他认为“意义化写作”就是“能更多地关乎我们当下生活，凸显我们自身的态度，并能将理想的精神赋予清晰的现实指向”[13]。这种“意义化写作”是当下日常化、私人化诗歌难以承载的诗歌精神。广西的大部分诗人都是书写日常、私人化的小情绪、小感触，但也有一部分诗人关注当下生活现实、社会现实，抨击社会黑暗、不公平。如刘春的《风尘》中对“由钞票发言”的时代里人们为金钱而“患软骨症”的社会状况的披露与批判，《中山路》对当下城市中各种现状的呈现与讽刺，都深含诗人对社会现实的观察、介入、反思与批判。吉小吉的诗亦善于通过捕捉现实生活的细节呈露社会的阴暗、丑恶，如《百元假钞是怎样来到老大爷手中的》《莫名其妙的恐惧》《九姑》等诗都剖开社会的阴暗面，体现了诗人的敏锐的洞察力与强烈的社会责任感和担当意识。水古的诗常以嘲讽的笔调里折射着社会沉重的现实问题，如《路疤》里的“疤”是路有疤？还是社会有疤？抑或是时代有疤？人心有疤？诗句“如果没有小偷／掀开下水道的铁盖／如今奄奄一息的呼喊声／又有谁／听得见呢”中诗人以一种貌似随意平淡的语气拷问着每一个人的心与灵魂，随意中藏着深刻，平淡里蕴着严肃。他的《爱心》《弯腰》《天上孩子》等诗都具有这种穿透力。斯如的《此刻，挖掘机正在喘息》《下一步，拆哪？》《八平方米的老屋》等诗冷峻而尖锐地呈现了拆迁问题对底层人生活的破坏与伤害，引人深思“拆迁”这一社会现实问题。80后的女诗人丘清泉虽然年轻，其诗笔却并不年轻，而“以期用最纯净和简约的语言，直指社会现实，坚硬也好，柔软也好，疼痛也好，苍白也好，只求真实，尽量避免无病呻吟”[14]，其诗尖锐、疼痛，如“许多人的日子 / 跟乞丐身上的衣服一样皱巴巴”“多年以前来 / 他们不断更换几十块钱办来的暂住证 / 游走在城市的汽车尾气以及 / 愈来愈高耸入云的城市建筑间隙里”(《异乡人》) 等诗句呈现了漂泊异乡打工的人们的生存本相，“你说城市里上班的人们 / 就像咱们农村水田里一群鸭子 / 被赶着钻进公车 / 开始新一轮的觅食活动”(《就当自己是个空心人》) 则透视了城市上班族的生存境况，均直指社会现实。

（六）古典倾向　广西的部分诗人笔下还呈现出一股古典倾向。盘妙彬是典型代表之一。他熟谙中国古典诗词中“字与字之间的美妙搭配、内在关联、形成的词韵之美”，认为“中国古典文学如中医药般给人那种经络畅通的感觉也是妙不可言的，当推陈出新”[15]，因此对古典诗词情有独钟的他在其诗歌语言中杂糅了文言词语，化用了古典诗词和古典意境，如《一坐一忘》《上钩者鱼耶，非也》《不在诗经的时候》《过眼云烟》《桑田一日，沧海一日，一粒粟又一日》等诗中都化用了古典诗词的情境，泛溢着古典气息。汤松波亦善于以鲜活的现代诗歌形式重构古典文化意境，他喜欢镶嵌或化用古典诗词摹写现代生活，如“所有霓裳艳舞的排场 / 和客舍青青柳色新的王朝 / 都已随古典的残墙断瓦 / 淹没在历史斑驳的梦里”(《长安望月》) 镶嵌了王维的诗句“客舍青青柳色新”，“河之南关关雎鸠 / 河之南琴瑟四起 / 日出嵩山 / 沐浴千年古刹的晨钟暮鼓 / 洛阳纸贵 / 窈窕淑女令牡丹黯然失色 / 逐鹿中原的猎猎大旗 / 将奔腾的岁月 / 飞舞成一部凝重的线装史书”(《河之南》) 镶嵌了《诗经》中“关关雎鸠”“窈窕淑女”等诗句和“洛阳纸贵”“逐鹿中原”两个成语典故，“在这霜花尽染的层林之间”(《霜降》) 则化用了王实甫的“晓来谁染霜林醉”，“摇歌吟的渔舟 / 环武陵山水 / 一去二三里”(《桃源梦记》) 直接引用了“环武陵山水”和“一去二三里”，《清明》“纷纷扬扬的清明雨”对应“清明时节雨纷纷”，“四月 / 从销魂的清明雨里走来”承接“路上行人欲断魂”，“杏花年年如期开出四月”则既承接了“牧童遥指杏花村”，又连同最后一节诗中的“《千家诗》被淋湿了”

承接了《千家诗》中志南的那句“沾衣欲湿杏花雨”，而“漱玉词一样悠长一样缠绵”与末句“婉约的南方风韵”又糅入了李清照的古典气韵。他在新诗中直接嵌入古典诗歌的诗句和语言，使古典语词与现代话语相融汇，现代诗和古代词熔为一炉，构筑了一个相当古典蕴藉的现代诗歌境界。奉行“新古典主义”的“梧州桂冠诗人”陈侃言喜欢熔古典与现代于一炉，“千里驿路／一骑红尘／博得杨妃一次著名的笑／宋代那位苏髯公／日啖三百颗之后／竟忘了谪罪之身／不悔长作岭南囚了”（《古风荔枝》）中化用了杨贵妃“一骑红尘妃子笑”和苏轼“日啖荔枝三百颗，不辞长作岭南人”两个诗歌典故，“拾级而上／历史性地转过山坳／那棵松树似乎还在／但不见了／松下那个唐朝的童子”（《也登庐山》）化用唐贾岛诗句“松下问童子”。唐女、琬琦、罗雨等诗人的诗亦善于化用古典诗词、典故、意境书写现代情绪、感觉。

二、广西的诗歌发展困境

广西的诗歌发展虽然呈现了一些富于诗学价值与发展意义的创作倾向，但由于践行这些诗歌倾向及其诗歌理念的诗人只是广西诗歌写作者的极小部分，因而，在“热闹”而“繁荣”的诗歌景象背后其实潜藏着复杂的内在矛盾与巨大的发展困境。笔者据自身目力所及与视阈所限而认为大体存在以下四个矛盾，这些矛盾所在即为当前广西的诗歌发展之困境所在。

（一）热与冷的矛盾　总体上，广西诗歌在全国诗歌视阈中的处境是“内热外冷”。具体而言，广西的诗歌界内部由于各种诗歌活动的开展，各种刊物版面的据守，各种诗歌奖项的设置与启动，大量诗集的出版，呈现一派“热闹”景象。然而，就外界的评价看，广西诗歌并不“强大”，更难以副实于“诗歌大省”（郁葱语）的褒誉，与北京、上海、山东、辽宁、湖北、四川、福建、湖南、甘肃、新疆、青海、海南等相较之下，更不难窥出广西诗歌力量的弱势。从“华文青年诗人奖”的获得看，广西仅刘春获此殊荣；而无论是首都师范大学还是在人民大学启动的驻校诗人机制，广西迄今为止无一人进入过，山东却已先后输送过四位；从鲁迅文学奖、茅盾文学奖等品牌奖项的获得情况看，广西尚无一人有幸光顾。外界对广西诗歌的定位大体为“广西诗歌界热闹是热闹，但真正的好诗不多”。因此，广西诗歌界内部虽然貌似极其热闹，但来自外界的目光却非常“冷”，这种“冷”的待遇既需要诗人们今后去争取更多的认可，更需要自我反省与检视自己的诗歌艺术。这种“冷”并非媒体不给力，并非对外宣传不到位，而需要诗人们在自身的诗歌素质、诗歌手艺与诗歌文本内部寻找出路。

（二）“多”与“少”的矛盾　首先是诗人多，杰出者少。笔者每年协助一些诗歌年度选本的初选工作，面对浩繁的广西诗歌，笔者却觉得难以选出多少精品，每年呈送十余人的诗作，经过几轮筛选后最终常常所剩不多；《中国诗歌年选》、《21世纪中国新文学大系》的诗歌年选、《中国诗歌选》、《中国诗歌精选》、《大诗歌》等年度选本中入选的广西诗人常常寥寥无几。由此不难看出，相对权威的诗歌选本中广西的诗歌力量与其他地区相比显然非常弱势。在几乎所有当下比较权威的诗歌选本同时对广西诗歌不太感兴趣的情形下，广西的诗人们是应该反躬自省还是抱怨几句“那些专家不懂诗歌”？这显然是无须赘言的。对此情形，广西的本土诗人刘春非常清醒，他敏锐地指出：“衡量一个地区的文学成就高低不是看人数和作品量的多少，而是看这个地区是否具有最说服力的诗人和诗歌。广西‘中游’的诗人不少，特别突出的就凤毛麟角了，但愿这种尴尬的情况以后能有所改变。”⑯ 文学史、诗歌史对一个地区的诗歌水准的衡量并不是以这个地区诗人获奖的多少、出版诗集的多少、参加活动的多少与大小、被人评论的多少与高低来衡量的，真正的衡量标尺是诗歌文本自身的质量，是需要写出真正好的诗歌文本来，因此，广西的诗歌发展应该注重“精品”而非诗人阵容大小的推出。

其次是探索尝试者多，但坚持一个主核者少。刘频、盘妙彬、刘春、黄芳、谭延桐等少数几个诗人在全国范围内以其自觉而明晰的诗歌探索已取得一定声名，但大多数诗人依然没有形成自己鲜明的诗歌追求。一直以来，广西创作诗歌的诗人不少，创作的诗歌也不少，但是大多没有形成诗歌系列，没能集中撞击读者的阅读神经。山东诗人中江非的“平墩湖”系列、徐俊国的“鹅塘村”系列、路也的“江心洲”系列、邰筐的临沂系列等都使这些诗人冲出山东，获得了全国性的诗歌荣誉并都进驻首都师范大学中国诗歌研究中心做驻校诗人，这是因为他们的诗歌追求与诗歌精神都有一个主核，其诗歌写作均坚持一个主旋律并形成了诗歌系列，占据了不少诗歌领地的据点，引人瞩目。相形之下，广西的诗人很少坚持一个诗歌据点而形成诗歌系列的，因此能引起诗坛关注的诗人与诗歌并不多。大多数诗人依然属于“青春期写作”，仅仅为了抒发个人的小情绪、小感触，自足于书写日常琐碎，没有更高的立足点、更阔远的诗歌视野与诗歌精神。更有甚者，以一种投机心态迎合刊物或编辑喜好，刊物征什么稿就写什么，编辑喜欢什么风格就写什么风格的诗，同行写什么诗歌能发表在重要报刊便跟风模仿甚至粘贴复制，有些诗人甚至花钱买版面发表作品，一些诗人以自己能在一些主流刊物偶尔露脸而沾沾自喜甚至过度自恋，或者小圈子互相吹捧，完全迷失了方向。总体上，广西诗歌陷入了一种自我陶醉、自我满足的创作误区之中。殊不知，编辑不代表诗歌，当下许多编辑根本不懂诗歌；当“红”的诗人也并不代表当下的诗歌水准。因此，广西的许多诗人在诗歌取向上就错了，没有自己的坚守与秉持，结果丢掉的是自己的诗歌操守。

最后是评论多，诗歌批评少。批评与评论并非一回事，当前广西诗歌评论领域吹捧说好话的多，描述现象的多，批评的少，提升至理论与学术层面的诗歌研究更少，使广西诗歌缺少一个评价机制的监督和学理层面的深入研究。虽然《南方文坛》在这方面做过一些努力，自2001年始每年开辟一期《广西诗歌讨论》的专栏，剖析评点广西诗歌发展态势与问题，试图为广西诗歌发展寻求出路，但毕竟势单力薄，需要更多批评与学术的声音和力量勘探广西诗歌发展的脉动。

（三）轻与重的矛盾　20世纪90年代中国诗坛盛行的日常化、个人化写作倾向对广西诗坛的影响是深远的，当90年代那些以此风格风行于诗坛的诗人逐渐隐退或开始自我反思之时，当下广西的许多诗人依然滞足于抒发他们在琐碎的日常生活中的小感触、小情绪，而没有任何提升或升华，内涵过于轻浅，缺乏重量、厚度、深度，过于小家子气。余光中曾指出：“耽于个人经验而不能提升普遍真理的诗人，恐怕难成大家。”[17] 广西诗歌阵地上杰出者少与这种耽于个人经验而不能提升普遍真理的“轻”显然不无关系。此外，广西诗人笔下的许多诗均是偶有佳句而无佳篇，正是废名所言的将一点诗意或灵感“敷衍成许多行的文字”[18]，其实全诗只保留一二句即可，其他均可删除，更无法成为“耐读”之诗。究其原因，亦在于这些诗缺少人类情怀、普世情怀，视野不够宽阔，诗意的延展仅限于一己之小感触、小情绪，境界“小”、窄，不够高、宽，小家子气重，没有高远的诗歌视野和架构，没有终极关怀，缺乏穿透力。对此，青年学者王晓生也曾指出：“优秀诗歌与哲学思考有关，与终极关怀有关。这些都是广西诗人需要加强的。”[19] 广西诗歌的发展需要克服内涵之“轻”的自我囿限，提升诗质的重量、厚度、深度。

（四）旧与新的矛盾　无可否认，广西许多诗人的才情是值得肯定的，但仅仅凭才情创作是无法持续长久的，艾略特曾指出诗人在二十五岁以前可以凭才情写作，二十五岁之后就需要历史意识才能持续了。而广西的大多数诗人主要凭借自己的生活经验和才情写作，诗歌立意上没有独特的追求，诗歌艺术上没有个人的创新，诗人的知识结构、人文素养等都没有提高，在“青春式写作”的激情消尽之后便无法再进行创作了。许多诗人模仿古代或西方著名诗人的诗风，甚至复制或克隆当下比较活跃的诗人的作品，诗歌艺术和诗歌追求上没有创新性，没有形成独属于个人的独特的诗歌追求，对此花枪曾毫不客气地指出：“就目前而言，我认为广西诗歌总体水平不高，而我看到的广西诗人的作品，绝大部分是一种无效的写作。对他人而言，可能觉得很好，但从诗歌文本和诗歌发展的角度看，是失效的。那些在前人已经玩腻了，接着玩，有意思么？”“绝大部分是躲在山沟里，自我安慰自我陶醉自我感动”[20] 此言初听似乎感觉偏激、刺耳，但细想一下，却不无道理。20世纪八九十年代诗人盛行的个人化、日常化写法早已被当下诗坛保存在上一世纪的诗歌记忆中，先锋的诗人们早已在探索新的诗歌方向、风格和艺术手法，但在广西新世纪以来的诗歌中却依然成为大多数诗人贯穿的诗歌手法，这未免确实是“无效的写作”。先锋性、创新性的不在场，显然会给广西诗歌的发展带来桎梏。

或许，唯有秉持那些可贵的诗学倾向与诗歌精神，并解决当下诗歌发展态势中纠缠的内在矛盾与困境，才能真正构筑出广西诗歌的繁荣、热闹景象。窃以为，这正是广西诗人们需要继续努力之所在。

| 注释 |

①⑨ 刘频:《在汉语诗歌中保持神性的光芒》,《红豆》2011年第8期。

②[德]海德格尔:《诗·语言·思》，彭富春译，文化艺术出版社，1991，第19页。

③ 废名:《关于派别》,《人间世》1934年第15期。

④[日]铃木大拙:《通向禅学之路》，上海古籍出版社，1989，第86页。

⑤ 陈祖君:《两岸诗人论》，广西人民出版社，2004，第233页。

⑥ 刘诚:《第三极文学运动宣言》,《神性写作诗学理论》专号，2008年5月。

⑦⑧ 谭延桐:《随手拣起的叶子》，载《笔尖上的河》，中国文联出版社，2000，第236、229页。

⑩ 刘伟见:《悲悯情怀是文学存在的理由——访著名作家曹文轩先生》,《中国图书评论》1999年第10期。

⑪ 曹文轩:《文学要有悲悯情怀》,《青年文学》2006年第9期。

⑫⑯ 转引自刘春:《广西诗歌：在波峰与波谷之间——关于新时期广西现代诗创作的10个问题》,《南方文坛》2011年第1期。

⑬ 周庆荣:《理想，其实并没有走远》,《诗刊》2010年5月上半月刊。

⑭ 丘清泉:《丘清泉诗观》,《诗选刊》2009年第1期。

⑮ 盘妙彬、钟世华:《问与答——盘妙彬访谈提纲》，见盘妙彬博客：http://pmb1964.blog163.com/blog/static/202904522011926457527 56/。

⑰ 余光中:《诗与哲学》，载《余光中集》第六卷，百花文艺出版社，2004，第299页。

⑱ 废名:《新诗应该是自由诗》，载《谈新诗》，人民文学出版社，1984，第19页。

⑲ 王晓生:《广西诗歌现状四人谈》,《广西文学》2003年第1期。

⑳ 花枪:《广西诗歌六人谈》,《诗歌月刊》2002年第8期。

当代广西回族述略

王　迅

广西回族约为2.82万人，其中60%分布在桂林、柳州、南宁等地区，其余分布在百色、鹿寨、阳朔、平乐、灵川等县市。广西回族不是当地的土著居民，而是由外省回族迁入广西后逐渐繁衍发展起来的。广西回族分布特点与全国一致：大分散，小集中。广西回族多集中在平坝地区，或居住在交通方便的圩镇和城镇郊区；城市回族人自成街区，农村回族人自成村落。相对于其他少数民族，回族在广西属于较少人口的民族。广西回族作家数量不多，但艺术成就不可小视，特别是白先勇、海力洪等具有全国影响的作家的存在，提高了广西回族文学的整体层次。

当代广西回族文学最突出的成就表现在小说创作方面，除了享誉海内外的著名小说家白先勇，还有世纪之交冒出文坛而实力雄厚的青年作家海力洪。随着社会历史的变化，白先勇小说研究越来越引起海内外学者的重视，已经进入较为成熟的研究阶段。篇幅所限，不再展开。

作者简介

王迅（1975—），浙江师范大学文学硕士，有专著《极限叙事与黑暗写作》等，现任职广西文联文研室。

作品信息

《贺州学院学报》2014年第2期。

作为广西八名首批签约作家之一，就叙事才能而言，海力洪可与广西文坛的“三剑客”比肩。海力洪对小说文体具有个人独特的艺术识见，具有相当自觉的文体意识和形式追求。这种文体意识体现在作者在场的叙述意识，为了凸现叙述行为本身，小说情节反而退居次要。但海力洪不是形式至上主义者，他有能力把叙述控制在一定的限度之内，让精神内核藏于其间又超乎其外。短篇小说《小破事》以诡谲的叙述，让读者走进荒诞不经的叙事迷宫，但这个迷宫并非不可穿越，掩卷之际便是水落石出之时。从叙述流程来看，小说的叙事在林淮与“狮子”对形而下的兽性故事的讲述中不断推进，接近尾声时遽然升华为另类性别意识的终极思考。而山重水复的阅读中，读者不仅会惊诧于人物的虚幻本质，更为海力洪的叙事能力拍案称奇。主人公林淮因为躲雨而偶然闯入一间酒吧，这个异质空间足以让他惊梦一场。而对读者，这又何尝不是一场神秘而惊险的体验。这种神秘性不仅表现为叙事的跳跃性和陌生化，同时也是构成因果报应的意义追问空间。小说中的小韦，可以说既是在场的（他确实处在主人公的视线范围之内），但最终又是缺席的，作为幻影而存在。这个人物的设置为小说拷问自我灵魂提供了契机，小韦的隐性存在，指向变性人“狮子”的内在自我。作者通过林淮的视角确正了小韦的消失（“狮子”将小韦的失踪解释为被猪姑娘拖进地狱了），小韦的失踪隐喻着“狮子”正视自我的失败。小说最后以“狮子”的口吻将这种自我灵魂的闪现称为“小破事”，又消解了她对自我的严肃追问。神秘性与荒诞性、形而下与形而上、现代性与后现代性，就这样统一在海力洪的叙事中。《小破事》典型地体现了海力洪小说叙事的美学特征，称得上是其文学创作历程中里程碑式的作品。

当代广西回族作家中，桂林作家马玉成的小说创作不可忽略。马玉成在从事医疗工作之余，不仅创作了数量可观的中短篇小说，还出版长篇小说《碧血英烈》《小飞燕之死》《名士风范唐景崧》。马玉成中短篇叙事聚焦于医疗领域，凸显出强烈的问题意识。短篇小说《太平房的笑声》对医生缺乏职业操守的现象进行了猛烈抨击，展露出知识分子的人道与良知。当这种批判性锋芒转向社会的精神痼疾，就可能产生警世的阅读效果。短篇小说《布合鸟》把笔锋指向贫困群体思想意识的蒙昧与落后，并以主人公的败北暗示愚昧思想的顽固与可怕。马玉成历史题材的长篇小说也充溢着医治创伤的道德诉求，这缘于作者悲天悯人的情怀，及其呼唤人类和平的赤诚之心。中越关系恶化让作者十分心痛，正是这种伤痛促使作者创作出凝结中越人民战斗友谊的历史小说《碧血英烈》。这部小说以黑旗军抗法的历史为背景，讲述了一个硝烟笼罩下的爱情传奇。这部作品给人印象最深的是战争的残酷性，以及战争中军人的情感困惑。明快的叙述中，既有对历史的剖析，又给人以哲理的启示。

在诗歌创作方面，回族诗人有麻承福、傅金纯，他们诗歌创作起步于改革开放之前，这似乎决定着这一代人特殊的话语方式，他们更倾向于以传统的浪漫主义笔调，表达他们对历史、社会和人生的独特认知。

麻承福20世纪50年代步入诗坛，曾以漓波影、红丁、一丁、一波等笔名发表作品数百篇(首)，诗风质朴、清丽、隽永，代表作有《漓江的浪花》《高原之鹰》《雪山情》等。《漓江的浪花》是一首咏物诗。“浪花”在诗中经过人格化改造，显然已不是普通自然之物，而是成了“冰心玉结”的化身，尽显“轻狂”的意态和“潇洒”的身姿。诗人以丰富的想象，勾勒出浪花的动态之美。但它的美远远不止于此，更在它气节的坚守和意志的不屈：春风也罢／秋雨也罢／任你轻抚／任你狂打／然而／风雨过后／它还是它，也在它不安于现状的执着与洒脱：它不肯停留／沉静的河湾／顺其自然／任其漂泊，还在它甘于牺牲的奉献精神：倘若需要／它也会／溶进清流／酿成三化美酒／抚慰孤寂的心灵／升腾云天／化作甘霖雨露／潺润青春的年华。阅读这首诗会使人想起艾青的《礁石》，两者皆以象征手法赋予事物以特殊的精神内涵，意象化的象征之物浸透着作者对生活的感受。在咏物诗的深沉蕴藉之外，麻承福还以饱满的激情抒写时代精神和高尚情操，彰显出昂扬向上的人生追求。在《寻找》中，诗人对蹉跎岁月和沧桑人生的回顾，意在激励人们寻找“失落的光明”，而非只是个人伤怀式的倾诉。麻承福写现代诗，也写旧体诗。如《爱梅情》借助抒情主体与梅花的比照，以“难得此花知我心”的知音之感，表达诗人的超脱人格和高远志向。在诗艺上，既有意境之细工，又通格律之古韵。

傅金纯为中华诗词学会会员，桂林七星诗社社长。插过队，当过兵，拿过榔头，执过教鞭，且能书善画。诗歌代表作有《毛泽东之歌》和《邓小平之歌》两部长诗。《毛泽东之歌》是作者为纪念毛泽东诞辰一百周年而作的，长达三千余行。作者试图把这部长诗写成“一支民族精神和民族性格的颂歌”，因为在他看来，“毛泽东作为彪炳青史的历史巨人，无与伦比的民族影响，他的精神正是我们的民族精神的集中反映，他的性格正是我们的民族性格的具体凸现”(《毛泽东之歌·后记》)。《毛泽东之歌》不啻是对历史伟人在个体意义上的歌颂，而是把独特的“这一个”典型化，作为中华民族的集体象征加以塑造的。这样看来，对毛泽东英雄业绩的书写与歌颂，就成了对中华民族英勇不屈的民族精神的讴歌与赞美。在形式上，作者采用了“楼梯体”的分行排列，使诗歌节奏、旋律和诗人情绪的激昂与悲壮相呼应。在这部长诗中，抒情性与叙事性相交织，炽烈的情感与理性的思考相统一。战争、历史、哲学、苦难、血腥、光明，这些多声部主题，在诗人燃烧的激情中，共同合奏成了这部慷慨高迈的颂歌。

散文创作方面，白梅和方文的创作具有代表性。白梅1989年开始散文创作，发表散文近百篇。散文《红薯》作为其代表作，曾获全国报纸副刊作品一等奖。文章以普通食物为题材，却写得别有境界。作者的视野并未拘囿于红薯作为食物品种的自然属性，而是以生活体验为出发点，讲述“我”眼中的红薯。文章为我们展现了“我”与红薯有关的三个人生片段。作者对红薯的印象随着场景的位移不断变化，而这种变化与作者人生境遇及其所处的时代环境息息相关。从红薯的味道，作者品尝到人生的艰辛与崎岖，而作为读者，我们从作者对红薯的爱憎态度的变化，也能感受到作者人生岁月的酸甜苦辣。对作为“城市人”的“我”来说，红薯是陌生而遥远的事物，但这又激起“我”无限的向往之情。“我”很快便如愿以偿，首次品尝到红薯的滋味。但由于“文革”中在农场与猪同睡的恶劣环境，红薯并不像朋友描述中的那样美味可口：“既不粉，也不甜，吃多了反而觉肚涨，便多”。第二次吃红薯，是在作者去农村插队的时候。“我”干活累到极点，饿到肚皮贴着背脊的程度，这个时候农友送来的红薯对“我”来说犹如雪中送炭。文中这样描述“我”对红薯的感受：“口中的红薯软软的，使我想起遥远的从前妈妈给我吃过的糖水芙蓉蛋，我把最后一口留在舌尖上细细含化，奇怪自己以前为啥不觉得红薯有这等好吃。”第三次是作者打柴回家途中，同样是饥饿难耐，这次品尝到的是红薯丝清香与甘甜。与前两次相比，这次不同在于，红薯丝的突然降临令“我”猝不及防，神秘而蹊跷。据此，红薯对“我”而言已非同寻常，它成为“我”的“患难之交”，“一个赋予了神圣生命力和炫目色彩的偶像”。这简直就是神物，红薯被作者神圣化和象征化，成为“我”无比敬畏的事物，同时也在心中构筑了一片圣地：我再也不吃红薯。“我”对红薯的厌恶到喜爱，终至变成一种信仰，物与人的联系在讲述中不断演化，结尾处升华为作者对精神伦理和人生哲理的思考。作者着力于人与物的精神联系，以人写物，又托物寄意，构思奇妙，意境深远。白梅散文不止于对小我的观照，同样有对社会的担当。《麦大叔》以旁观者的视角打量灰色人物的生活，以近似小说的笔调，透过麦大叔的几个人生侧面，塑造了一个善良、风趣又豪爽的小人物典型，让读者见识了作者的另一副笔墨。

方文1984年开始发表作品，有散文小说集《文思集》出版。情感真挚、质朴生动是方文散文的主要特征。《“枣”爷爷》写作者对爷爷的一种想念，然而，对作者而言，爷爷不过是空洞的符号，因为作者从未见过爷爷，爷爷也未曾给他留下可资怀念的遗物。由于当年爷爷死于逃荒途中，甚至连坟墓也不曾留下。多年后，父母探亲时突然发现家门口有爷爷栽种的一棵枣树，这棵枣树自然成为我想念和祭奠爷爷的依凭。在文章最后，我们发现，作者对爷爷的寻找，其实是出于一种关爱的缺失。作者由一棵枣树寻索到童心的寄托，道出了缺少庇护的童年的酸楚。其次，作者对底层弱势群体表示关注，《人生三昧》是对理发妹、护工、钟点工等社会底层生活的观察和书写。作者对黄大姐在绝境中依然乐观的人生态度极为赞赏：“忧也要过，笑也要过，我这个人就这样，缺了牙齿也要笑。”文章以平实的文字呈现出三个生活画面，在对人生图景的描绘中展示出坚韧的生命亮色。第三，作者将其所见所闻放在理性的框架中审视，由此构筑理性思考的空间。《异国随想》在对瑞士伤痛历史的追溯中，作者被瑞士人民可贵的契约精神所打动。文章认为，正是因为瑞士人的那种诚信，以及瑞士远离杀戮的中立态度，使这个国家成为世界金融机构最多、世界性组织最多、世界古建筑保存最好的经济大国。

在小说、诗歌和散文之外，广西回族文学中，海代泉的寓言创作、方文的小小说创作在各自领域都有所建树。

海代泉1957年开始发表作品。著有寓言集《猫头鹰的疑问》《鹦鹉的诀窍》《驴的忧虑》等，童话集《飞碟留下的机器人》《老鼠贝米有支画笔》，另有散文集、诗集、小说集出版。作品曾获全国优秀儿童读物奖、广西首届铜鼓奖、广西少数民族文学创作优秀作品奖及全国第五届少数民族文学创作奖等。海代泉的寓言蕴藉着时代精神，歌颂新时代、新生活、新思想。在《路灯与萤火虫》中，路灯与萤火虫，两个意象象征着两种不同的思想境界，通过对比说明我们不能像萤火虫那样只考虑个人的利益，而应该学习路灯的奉献精神。作者对现实中的弊端并非视而不见，而是秉持揭出病根、“引起疗救的注意”的立场。《老虎、狐狸和鸡》《狐狸评论员》等作品中，对于现实中的腐败现象，作者给予严厉的斥责与针砭。《磨驴》《寻找伯乐的马》等作品抨击时弊，入木三分。作者牟利指出现实中不良现象和思想，以示规劝，敦促改良。在形式上，海代泉的寓言简洁明快，短小精悍。在对意境的精心打造中融入个人的智性思考，显示出作者渊博的学识、丰富的人生经验和敏锐的艺术感觉。美中不足的是，在凸显时代感和经验智慧的同时，幽默感和风趣性似乎有嫌不足。

方文的小小说创作素材一般来自现实生活，他能在寻常中发现不寻常，在司空见惯的日常中发掘常人熟视无睹却未能道出的秘密。《假如组长》对当前党政官员的空谈之风进行了辛辣的嘲讽，以其精巧的构思和严肃的立意摘取广西反腐倡廉题材小小说评选优秀奖。《青蟹在规定中死去》中的大李买好青蟹回家省亲，但在机场安检出了问题。机场规定：不能托运活体动物。于是，大李去小卖部买开水将蟹烫死，可小卖部有规定：只有在客户购买快餐面的前提下才供应开水。大李只得买了快餐面六袋，于是，青蟹变成了“红蟹”。尽管大李最后通过了安检，但其遭遇确实让读者既心痛又愤慨。生活中多如牛毛的种种“规定”，无疑是人类作茧自缚的愚蠢之举。在主题上，这篇小说超越了对现存体制的质问，而以其对人本的思索彰显哲思之光。

从整体上看，广西回族作家尽管数量不多，但也构成了老中青创作梯队。其中，既有白先勇、海代泉、麻承福、傅金纯等老一辈作家，也有海力洪、白梅、方文这样的中青年作家。但再往后推，几乎就凤毛麟角了。这种背景下，我们欣喜地看到，桂林80后回族作家傅晓涵表现出对文学创作的热忱。傅晓涵的主要作品是长篇小说《无常重生》(2010年由作家出版社出版)。这部小说写主人公子凡因女友流影离去而患上间歇性失忆症，在家乡疗养中得到精心护理，并重新拾回记忆。作者试图通过子凡记忆的失去与恢复，以及这个过程中的种种遭际，表达人生无常的悲剧性。作者坚定地认为，失忆并不可怕，最可怕的是精神家园的迷失。只有寻回属于自己的精神家园，人类才能获得真正的重生。尽管小说在思考上略显简单和表面，但作者把自己对禅宗的领悟化入叙事，倒也显示出80后作家少有的独特才情。

语言选择与文化自觉

——广西少数民族作家汉语写作研究

张柱林

假设人是具有自由意志的，那么，他选择一种并非母语的语言进行文化创造，那他就必定认可了这门语言所承载的文化意义，包括这门语言所再现的生活方式与世界观。当然，对那些没有本民族的文字的作家来说，这是他通往文化创造之路的唯一大门。这时，人们常常会看到他充满对这种非母语的爱，“他对这种语言的爱既清醒又带着激情，这种新的语言为他提供了新生的机会：新的身份、新的希望”[1]。对许多少数民族作家来说，汉语的意义也是如此。而在广西，由于各个少数民族没有本民族通用的文字，汉语书写便是他们仅有的选择。广西的少数民族作家既有与中国其他地域少数民族作家相同的地方，也有明显的不同。当然，广西的少数民族作家也是多种多样的，如鬼子是强调写作的普遍性的，而与之不同，像蓝怀昌的《波努河》却是通过一个变革中的山寨来思考本民族即瑶族的命运的。这样

作者简介

张柱林（1966— ），广西天峨人，武汉大学文学学士、上海大学文学博士，广西民族大学文学院教授、博士生导师，有专著《一体化时代的文学想象》《小说的边界——东西论》《桂海论痕》等。

作品信息

《广西民族师范学院学报》2014年第5期。

的作品产生了另一种紧张，即在追求进步、现代化和民族认同之间的矛盾，也就是如何在变革中保持民族传统。像凡一平、李约热等作家就避开了这一问题，选择的题材是城市的，或者是匿名的，不再出现任何民族风情与地方特色。总体来说，广西少数民族作家的汉语写作具有和其他地区少数民族作家不同的特点，这种特点可以简单地概括为，这些少数民族作家的创作与汉族作家没有太大的区别，甚至像阿来那样以藏族的一些人名、地名和事物来显示自己的民族题材、标榜自己的民族身份都很少。这种情况产生的原因是什么呢？

首先的解释就是，除了母语以外①，这些少数民族在其他方面已经与汉族没有区别，或明显的区别。那么，这种区别不大的状况是如何形成的呢？今天我们所说的汉族大约在秦汉时期形成，其边界与今天的汉族文化区域大致相当[2]。在秦代，今天广西所辖的部分区域已经设郡，其行政管理范围甚至及于今天的越南北部。更重要的是，这些地方也和汉族地区一样，都属于农耕为主的区域，根据马克思主义的理论，“生产方式”是社会发展的核心问题，在社会结构和文化发展中，生产方式是决定性的，可以据此得出结论，从历史的形态看，其实广西跟内地没有太大的区别，“皆为华民耕稼之乡”②。进入现代，广西少数民族所碰到的问题就更与汉族地区没有区别了。其实，与其他少数民族作家相比，语言在广西作家那里几乎不成问题，就是因为广西少数民族的生产方式和生活方式与汉民族并无大区别，在这种情况下，要学习汉语相对就容易了，因为“设想你来到一个陌生的国度进行考察，完全不懂那里的语言。在什么情况下你会说那里的人在下命令，理解命令，服从命令，抗拒命令，等等”。答案是：“共同的人类行为方式是我们借以对自己解释一种未知语言的参照系”③。与其他区域的少数民族作家相比，广西壮侗语族的作家们大都生活在以农耕方式为主的地区，所以其地理环境、生活习惯甚至宗教信仰等等，都没有呈现出与汉族农耕文明特别的不同。这就使那些少数民族作家，特别是从小生活在民族杂居地方的，能较早较轻松地接受并学习汉语。还有世居广西境内的少数民族或者没有自己的民族文字，或者有文字也不流行，所以这些从事汉语写作的作家基本没有接触这些文字的机会，同时成文文献也很少。这些作家对民族传统文化基本上只能以口传的形式接触到，对其创作的影响也就相对有限。

虽说是现代的城市生活将社会变成了一个民族融合的大“熔炉”，但其实类似民族融合、归化或转化的事实古已有之。以广西的壮汉两族为例，历史上曾经发生过大量的壮同化于汉或汉同化于壮的情况，有学者经过细致的考察和分析，得出这样的结论：“壮汉互为同化，你中有我，我中有你是历史上壮汉关系的一个显著特点”[3]。由于这种复杂的态势，使得19世纪50年代的民族识别和认定工作充满了各种挑战，当然其中必然存在着社会科学家如民族学者和语言学者的分类体系、行政权力的干涉与政治策略的考量、个体与群体的利益关系、生存智慧等等的互动与博弈。对于作家来说，不也例外。出生在广西扶绥县的陆地曾经回忆起自己被改变族别的经过：“城镇居民先前是壮汉不分的，祖辈的传说都讲是‘随狄’（随从狄青征服侬智高）南来的后裔，从来总以为自己是汉人。等到1952年壮族自治区筹建时才宣布说，凡是讲壮话的都应归属为壮族。所以到1952年以后，我的民族成分才由汉族改为壮族”，而且更重要的是，“其他少数民族的住地，如瑶族，世代相传，习惯于高山密林，在贫瘠的土地上经营他们的生活。壮族人就不一样，生长养息的领域，却拥有肥沃的平原，交通往来、文化生活和汉族不见得有多大区别。”[4]言下之意，如果按自己祖辈对自身血统的认识，本应为汉族，现在由官方根据需要定为壮族，其实两族间从生产方式、生活条件和文化等看没有什么区别。当然，作家最后同意了这种认定：“我是用汉语写作的壮族人”④。

陆地这样的作家并非例外。当然，有很多少数民族作家小时候确实不懂汉语，他们对汉语的感情其实相当复杂。鬼子曾经谈到对于汉语的“语言的恐惧”，就是一个明显的例子。就在这种对强势语言的恐惧中，也滋生了一种渴望，即掌握和征服这种貌似强大的异族语言。鬼子说：“对汉语的渴望是为了沟通，为了逃避，为了生存，最早的愿望绝对不是为了创作”，“如果想走出那片土地，如果想与外边的人进行正常的交流沟通，……我们必须掌握他们的汉语，这世界是属于汉语的世界，不是我们那种语言的世界！”[5]这里可以明显看出作家内心的紧张，因为他必须“使用”的语言是属于“外边的”“他们的”，这里设置的“内”和“外”、“我们”

和“他们”的二元关系，已经表露了作家明确的自我身份意识。从他的话里，体现出非常明确的语言意识，汉语对他而言首先是一种媒介语，为了更好地生存，他要进入汉语的世界，他掌握这门语言后才将其用于文化创造，说到底进行文学创作乃是一种权宜之计。鬼子在回忆自己和汉语的关系的时候多次表示他对这种语言的异质性的明确感知：“我几乎很难表达，从小到大我是如何靠近和掌握汉语的，回想起来，就仿佛一个远古时代的草民，艰难地渴望得到一把收割的镰刀。因为我是少数民族，我们的语言与汉语有着本质的不同，尤其是表达的方式”[5]，他形容那些到村里来的汉人小贩的语言“声音尖尖的像是来自地狱的幽灵”，不过他马上又表示，这种仿佛来自地狱的声音对他们这些不懂汉语的人来说，却具有极强的召唤力，因为懂得了这种语言，就可以与汉人交换物品，得到自己想要的东西。他回忆起第一次挣钱是到街上卖草药，这事使他产生了强烈的掌握汉语的渴望，而在路上发生的对话更凸显了不懂汉语的危险：“大人便问我，你上街干什么？我说去玩儿。他们问我，你会说官话吗？那所谓的官话就是我一直向往的汉语。你要是不会说官话你就回去吧，他们说，免得镇上的汉人把你卖了你都不知道”[5]。从所举的例子可以看出，鬼子特别注重汉语的交换和经济功能。

除了注重“官话”的汉语所具有的利润预期之外，鬼子对自己的民族文化乃至民族身份的怀疑更增强了其对使用汉语进行文化创造的决心。他出生于罗城的少数民族家庭，奶奶祖上是仫佬族人，母亲是壮族人。但他认为自己的创作和自己的民族出身没有什么联系：“说真话，我那民族的出身并没有给我以创作的影响，原因可能是我们那民族演变到了我们这些人的时候，已经和汉人没有了太多可以区别的东西了。除了语言，我真的找不出完全属于我们自己的东西来。我们的节日也是别人的节日……我们的民族曾大量地出版过很多所谓我们自己的民间故事，但哪一个故事都可以在别人的故事里找到蓝本……我们的服装也是别人的服装……”[5]而罗城是一个有着较深厚的写作传统的地方，鬼子也否认了这种传统给自己的影响，一是他很晚才知道这些前辈，至今也没有读过他们的书，曾经听过他们的讲课，却发现“他们对文学的理解与我对文学的追求有着本质上的不同”[5]。更激进的是，他其实否定了任何关于民族的本质认定，你说他是仫佬族人，他不否认，而你说他是壮族人，他当然也认可，他的母语就是当地的壮话。而他儿子，在他们家的户口簿里却是另一个民族："因为我夫人是东北人，她说她是满族。我儿子觉得满族好，满族人当过皇帝，于是他就选择了满族。"[5]这段话真是别有用心啊，按照前面所引用的鬼子的自述，可以理解为他暗示了他在官方文件里的民族身份其实并非出于自己的认识和要求，而是官方的行政需要的结果，而他儿子选择满族作为自己的民族认同符号，却是自觉自愿的结果，他没法选择，而儿子拥有选择的权力，儿子的选择并非因为这是一种民族自觉，或热爱母亲，而是因为那是一个统治过中国的民族！这种向强势文化的靠拢到底是鬼子儿子的想法，还是其父亲的想法？而鬼子写自己的夫人"她说她是满族"的言外之意也就不言而喻了。更有意思的是，他对仫佬族本身也试图进行解构，他说那是一个"变异"而来的民族，"书上说，我们这个地方原来是没有这么一个民族的，后来来了一帮北方战争的流亡者，为了生存和发展，他们与当地的女人生活在了一起，说着一种变种的语言，于是就成了仫佬人了"[5]。实际情况如何，在这里并不重要，而是鬼子对这种说法情有独钟、深信不疑，与他儿子"选择"满族一样，他强调这个民族的来源是高贵与强势。

但是，母语和母亲一样，是你无法选择的。鬼子因此认识到，汉语对于他，就是"借用梯子"："因为语言的关系，写作对我来说，一直都是一件艰难的事情，我时常隐隐地感觉到，我就像一个力大无比的印地安人在白人的果园里打工。任何一个构思好的小说，总是高高地挂在我的头顶，像一棵高高在上的果树，需要我高高的踮起脚尖，才能摇摇晃晃地触及到那些果实，如果要将它们紧紧地抓住，将它们紧紧地攥在手里，一个一个地摘到篓中，我需要的仍然是别人的梯子"，"汉语的写作对我来说，永远是在借用别人的梯子"。[5]他在这里把汉语理解为一种达到目的的手段和工具。这意思和中国古人的佛经里的认识一样，就是"得意忘言""到岸舍筏""上屋抽梯""过河拆桥""获鱼弃筌"之类说法，维特根斯坦在他的早期著作《逻辑哲学论》中也说过："我的命题通过下述方式而进行阐释：凡是理解我的人，当他借助这些命题，攀登上去并超越它们时，最后会认识到它们是无意义的。（可以说，在爬上梯子之后，他必须把梯子丢掉。）他必须超越这些命题，然后才会正确地看世界。”[6] 如果说语言文字可以比喻作梯子的话，借用别人的语言文字恐怕就不像借用梯子那么简单好用了。鬼子对这一点有清醒的意识。“我相信任何一种语言都具有自己的生动性，是别的任何一种语种无法完全替代得了的，就像我们一直抱怨汉语是不可翻译的一样，翻译了就没有了语言里的那一种味道了”，“我那民族的土语同样具有很多汉语表达不出的生动，所以，逢年过节的时候，我们不管是来自上海的，还是来自北京的，在一起的时候，总会一脸兴奋地用我们的土语来完成我们久违了的聊天”[5]，这里他说的是汉语无法完全表达他想表达的意思，因为这种非母语没有母语的生动性，没有那种感情和韵味，如果可能他还是愿意使用自己民族的语言，问题在于他的母语市场太小，他只能是逢年过节在老家与老旧亲朋相聚的时候才能兴奋地使用一回。同理，他要想把自己的想法、小说的构思翻译成汉语，也会碰到同样的问题，即汉语无法完整地表达他的内心，同时，他对汉语的掌握也就有可能只能达到工具性的那一面，而无法深入到那种语言的文化传统之中。

作家对文学创作的工具，即语言（文字）有清醒的认识，在广西的现实状况中，用汉语 / 汉字进行写作既是适应现实，也是一种主动选择。诗人韦其麟在为自己的朋友诗人莎红辩护时说，“我们都知道，在广西的少数民族虽有语言，却无文字——解放后才有的拼音壮文一直未能认真推广使用。要广西作家诗人用本民族语言文字来写作，那是叫人水中捞月。在目前以及可见的将来，恐怕仍然是用汉族的方块字进行文学写作”[7]。这使广西的少数民族作家容易接受非母语写作，甚至有些作家根本没有思考过语言问题，或认为语言根本不是问题。像鬼子这样的作家，并不喜欢标榜自己的民族身份以获得照顾、特权或者优越性。在他看来，他觉得一个作家用汉语写作，就应该奔着汉语写作的前沿阵地去；也就是说，所有用汉语写作的作家，都只能用同样的标准来衡量，你应该成为优秀的汉语作家，而不是好的用汉语写作的少数民族作家。他甚至在接受访谈时说，如果贴上少数民族作家的标签，就相当于“被别人给活埋了”。

当然，也有些作家并不持如此看法。19世纪50年代，拼音壮文制订出来的时候，曾经有作家欢呼它的诞生。几十年过去，恰如韦其麟所说，这种新工具并没有被广泛接受，也没有产生预期的成果。作家们仍然主要用汉语创作，用拼音壮文写的作品影响极其有限。有些作家呼吁民族本体文化，但在现实中不免碰到许多障碍。比如农冠品，这是一位热爱民族生活的诗人，思想也谈不上胶柱鼓瑟，理性而现实。他在《岜来，我民族的魂》中反对将花山壁画神秘化、奇观化，反对将其当作谜，既肯定民族辉煌的往昔，更希望在新时代，用“进化”“精密思维”“探索”等精神，“共同谱写当今生活的崭新旋律”。奇怪的是，全诗的开头，诗人写道：“岜来，我民族的山、民族的魂！ / 我不喜欢‘花山’这汉译之名，/ 我要为你正名也要给你正音，/ 你的壮名叫‘岜来’，岜来更亲切动听！”[8]，这与全诗的格调明显不协调，那些和“崭新旋律”相关的音节全部是用汉语书写出来的，独独“岜来”诗人坚持说壮名更亲切动听。其实，诗人自己也未必能维护自己的说法，他曾写过这样的句子：“宁明县文代会召开，明江在欢欣，岜来在欢欣。明江奔流文彩，岜来汉译叫花山，美好名山，会光彩夺目”[9]，“美好名山”源自“花”，作者心目中的理想读者也是汉语读者，所以文章的标题标出的并非“岜来”，而是“花山”：《宁明花山留言》。《致虎年之歌》一面对民族文化的根源感到自豪，同时又知道“那蒙昧的苦星兮，已渐渐地沉寂、黯淡、陨灭”，呼唤“有胆有眼”“有识有志”的虎“带文明之星来兮，让布洛陀后裔的家乡辉光闪烁”，显然，文明之星是外来的。诗人的取向是可以理解的，他常常号召古百越民族的后裔“去闯做古河鱼古井蛙太苦”，鼓动他们在新的时代里“加快加急”。至于民族这一概念，在作家笔下常常并不指“我有根兮是盘古，我有源兮是布洛陀”的壮族，而是指“中华民族”，如《龙的苏醒与腾飞》里的“民族英魂”。至于他提出的“古壮字、拉丁化壮文、国际音标、汉字多体并用”，恐怕没有多少现实可操作性，即使是看起来非常合理的建议，如“要十分重视壮族本体文化，不管是物质或者精神方面，特别是壮族本体民间文艺、民间文学，是弘扬民族艺术、民族文学、民族文化的根本主体……要抢救、收集、翻译、整理、出版、发行、宣传……同时，也要有选择的把复合体、创造型的文化成果，转译成壮语言文字，包括于民间流行的‘土字’，以此来丰富民族文化和文学艺术的内容，互为转化，互为利用，互为促进与提高”[9]，在今天的实际中也很难推行。

也许，发扬光大民族文化最可靠的路径，是将传统的民间文化元素进行创造性的转化，使其成为汉族与其他民族共享的成果，韦其麟的《百鸟衣》就是一个典型的例子。据诗人回忆，他在小学二三年级的时候，就听村里一位喜欢给小孩讲“古”（故事）的前辈说过类似的故事，当然故事的名字不叫“百鸟衣”，而是“张亚源卖懿儿（糍粑）”，当时他并没有想到要把这个故事写成一首诗。真正使他产生创作冲动的时间，是他在武汉大学中文系读书的时候，受到《长江文艺》编辑们的鼓励，从而就这个民间故事为题材进行了诗歌创作。“百鸟衣”是一个在南方少数民族间流传的故事，情节互有出入。如黔南和桂北一带的苗族，就有多个版本的“百鸟衣”故事。其中，广西隆林一带流传的故事非常接近韦其麟诗中的情节，如公鸡或鸟变成美丽姑娘与主人公成亲、万恶的黑暗势力要两夫妻交纳公鸡蛋、妻子让丈夫打鸟制作百鸟衣然后到官府找她等”[10]。诗歌的结局却与这个故事有极大的不同，苗族多个版本中都以这样的情节作结：男主人公用百鸟衣与苗王的王袍交换，穿上百鸟衣后的苗王怪模怪样，他的文武大和或狗认不出他，最终把他打死或咬死了，穿着王袍的男主人公则乘机自己做了苗王⑤。从逻辑上说，这一情节安排是合理的，不然无法解释男女主人公为何要求与苗王交换衣服。韦其麟将故事的结局改为两夫妻远走他乡，似乎是《诗经·硕鼠》“适彼乐土”的回响，也可以理解为对阶级革命改变社会结构的意识形态的呼应，如果反抗的结果是自己做王，何来革命可言？诗歌保留了交换神衣和龙袍这一情节，就要给出自己的解释，所以读者就看到了这样的描述：土司不会穿百鸟衣，要古卡为他穿，古卡在帮他穿衣时乘机用尖刀将其杀死，原先交换衣服是为了自己做王，现在变成了在交换衣服时杀人。当时情节的改动还有其他考虑。韦其麟小时候在广西横县一带所听到的百鸟衣故事，男主人公名叫张亚源（有的版本主人记“源”字为原）或张打鸟，诗人显然为了突出民族特色，将其改为古卡（在一些壮语方言中其音意为鸽子），并且将打鸟改为猎野狸、老虎和豹子，既表现其技艺和勇武，也让公鸡回家一事不至于那么突兀。当然，最后为了制百鸟衣，就顾不了那么多。虽然许多民族都有百鸟衣故事，可是自从有了韦其麟的《百鸟衣》，一般不追根究底的读者都会把其当作壮族的。

历史的巨大变迁在20世纪下半叶突然加剧并极端化，几乎所有人原先的生产和生活方式都难以为继，广西少数民族作家的创作也涉及这一重要内容。陆地的《美丽的南方》涉及“土改”，而“土改”对于中国革命和中国的现代化建设包括建立市场社会都是一个关键性的情节。从整个小说结构看，《美丽的南方》与《暴风骤雨》《太阳照在桑干河上》等经典“土改”小说并无差异，即以“土改”工作队到来开始，到农民翻身觉悟、工作队离开结尾。作家为了表现出自己的新颖处，就将故事的地点移到壮族地区，并增加了一些反映民族和地域色彩的元素，如亚热带植物木棉、榕树等，如民族地区风俗习惯，“不落夫家”、榕树崇拜、“三月三”扫墓（相当于汉族的清明节）、山歌对唱等，但值得注意的是，这些因素与“土改”进程并不构成内在关系，也即并不促进或抵触、反抗运动，几乎完全是游离于政治运动的外在元素。所以，就“土改”本身而言，《美丽的南方》的描述与其他书写汉族地区的小说基本相同，没有多少少数民族特色⑥。这并非不符合实际情形，恰恰相反，就“土改”中中共碰到的最大障碍是地主这点而言，小说是真实的，而在壮族地区，社会矛盾也与汉族地区一样。

如果说《美丽的南方》中特定的阶级斗争意识掩盖了现代化国家建设中的矛盾冲突，或者说将先进与落后、科学与迷信、封闭与开放等等转换成了阶级问题，那么在蓝怀昌的笔下，这一切又在1980年代的意识形态语境中复活了。固然，作家在《波努河》中也写到波努人（通称布努瑶）的美好品德，纯朴善良，乐于助人，捕到猎物时会均分给村里人。但这一切，在贫穷和落后面前就不算回事了。小说中有这样一个情节，玉梅和玉竹两姐妹住在宾馆里，装修豪华，用具先进，“和她们家乡低矮的古老的木楼一比，时差也许是整整半个世纪”，这表面上是人物的内心感叹，也未尝不是作者本人的心声。玉竹无意中踩踏淋浴器的开关，喷洒出来的温水让两人惊愕，感到“我们真是乡巴佬”。这其实就是许多“落后”地区碰到“先进”文明时的“水龙头”故事的翻版，作为一位瑶族作家，蓝怀昌真诚地希望自己的民族走出历史的困境，在改革开放中找到民族的新路。虽然《波努河》中力图将民族命运勾勒出来，并将其包裹在各种神话般的象征迷雾中，但其核心却也不是如何保存民族文化或独特的生产生活方式，而是如何适应中国经济发展的大潮，即如何让波努人摆脱落后和贫穷。小说里唯一成功地应对纷纭复杂的社会现实的人物是“画眉头”陆斌。这个人物具有很强的传奇性。他熟悉现代法律体系，也深知具有中国特色的审判过程的奥妙，甚至现行的民族政策都被他善加利用，外加运气好，使他得以侥幸地辩护成功，让玉梅脱离遭人陷害可能锒铛入狱的险境。小说以玉梅和陆斌一起回波努山作结，“在土司的坟场边上，留下两双浅浅的脚印”。这是否意味着波努人已经否定过去，但却看不到清晰的未来？小说中经常写到波努山和波努河上的大雾，充满了象征意味。《波努河》不是唯一以走向波努山作结的小说。蓝怀昌其后创作的《一个死者的婚礼》将时间提前到帝国主义入侵的时代，格鲁苏巴楼人最后的希望方向也是波努河。小说同样将巴楼部落描述成带着浓厚落后愚昧色彩的族群，大敌当前，族人考虑的却是如何争夺、继承与分配头人的财富与权力。这似乎是波努人的历史段落中的前部，而《波努河》却意味着传统生活方式的终结。

依据生产和生活方式将人类分为先进与落后的群体，从而肯定与追求先进、否认与放弃落后，其实常常反映的是占据统治地位的人群的观点，而许多所谓落后民族的成员也有意无意地接受了这种观点。但对于作家来说，通过其认真的观察、体会和思考，常常能够揭开那些追求先进背后的血淋淋的现实。瑶族原先是游耕民族，这被认为是一种较落后的生产方式，土地肥力下降之后，只能迁往其他山区，所以无法提高生产力和积累财产，也就没有土地所有权。20世纪以降，瑶族定居下来，“定点生活，生产劳动，改变了过去过山迁徙不定，生活、生产动荡的状态。这是根本性的转变，由此引起他们在衣、食、住、行和精神世界等各个方面的一系列变化”，这曾被认为是加快了他们追赶先进民族的步伐。实际情况是，中国深层次地卷入全球资本主义生产结构中，所有的农业人口都面临转变生活方式和生产方式的问题，人们已经不可能像他们的先辈那样靠土地和手工艺生活了。蓝怀昌写作《波努河》的时候，玉梅、玉竹这样的农村人口进城，被视为从封闭走向开放，值得提倡。但作家已经意识到了其中隐藏着各种问题，当然他不可能从结构上来思考和描述这个问题，但两姐妹的遭遇已经表明，事情远不像想象的那么简单。这并非某一民族碰到的特殊问题，虽然作者强调波（布）努人的文化与族群特征，但从政治和经济的层面看，玉梅、玉竹们所面临的，就是小农经济难以为继的全球性事实。

在蓝怀昌笔下，瑶族文化符号还时有出现，如创世史诗密洛陀、波努人古歌、民间神话故事，包括具有民族特征的人物姓名等，但到年轻一代的瑶族作家如潘红日、光盘(盘文波)等人笔下，已经没有任何民族文化留下的痕迹，其所书写的人物，不再是山里的农民，而是在城市里奋斗挣扎的红男绿女，他们要解决的问题和解决的方式都与城市的生存状态与生存策略有关，而与其血缘和地域等没有联系了。同样的是，其他成长于1980年代的少数民族作家笔下，多数已经不再关注民族文化记忆，而是注目于当代的现实生活，如鬼子、凡一平、李约热等人的作品，均可说是聚焦于一些普遍性的问题，如城乡关系的不平等、底层人民的困苦、城市各色人物的欲望与挣扎等，找不到任何特定地域与特殊文化的痕迹。较有影响的作家中，只有黄佩华算是个例外。在当今的青年少数民族作家身上，这一趋势更加明显，甚至在壮族诗人费城眼中，民族语言与故乡的一切都呈现出与自身文化认同的格格不入：他在矿区长大，直到十四岁才回到故乡，即他父亲的老家。那里土地贫瘠，道路肮脏，人们目光呆滞，更要命的是，人人讲壮话，而他觉得壮话“粗俗不堪”……语言的隔阂让他非常孤独。这样的经历和记忆，让他产生了重构故乡的愿望，他要用文字（当然只能是汉字）呈现“另一个故乡和村庄，以及内心的风景”。很显然，这种追求虽然是一个非常特殊的个案，却反映了广西少数民族青年作家的写作中的一个共同倾向，即他们生活在一个面临同样问题的世界中，这些问题与民族身份无关，而与现代性的来临、社会转型有关。这一点甚至体现在作家的文类选择上，19世纪50年代登上中国文坛的广西少数民族作家，大多以诗歌闻名，如韦其麟、苗延秀、包玉堂等，这可能与他们自小接受民族传统的歌谣文化的熏陶有关。而到1980年代后，能在全国产生较大影响的，几乎是清一色的小说家，这是现代文学世界的文类格局的反映。现代小说是一个霸权式的文类，构成对其他体裁的压抑，由于其容易阅读、故事性强所以比诗歌更广泛地为读者和市场接受，当然也引来更多的作家加入虚构故事的行列，现在的广西少数民族青年作家自然也不例外。

| 注释 |

① 广西堪称中国境内语言体系最复杂的地区，就以汉语为例，当地人所操持的方言涵括了从北方方言到客家、粤、湘、闽等南方方言，包括归属尚未定论的平话等，这些语言之间常常互不相通。所以《中国语言地图集》专设A5页为《广西壮族自治区语言分布图》。

② 章太炎说的是“朝鲜、越南”，广西自然不在话下。详细参见姜玢编选《革故鼎新的哲理——章太炎文选》，上海远东出版社，1996，第243页。

③ 维特根斯坦:《哲学研究》，同上引，第95页。

④ 陆地:《七十回首话当年》，载《广西当代少数民族作家丛书·陆地卷》，漓江出版社，2001。陆地生于1918年，本文作于1989年。

⑤ 梁彬、王天若编《广西苗族民间故事选》，广西壮族自治区民间文学研究会印，1982，第149—155页。书中题为“百鸟衣杜王”的故事，只有最后一个情节“换衣”及“做王”与其他故事相同。

⑥ 李乔的《欢笑的金沙江》三部曲更能体现少数民族地区土改的特点，参见姚新勇的相关论述，载《寻找：共同的宿伞与碰撞：转型期中国文学多族群及边缘区域文化关系研究》，中国社会科学出版社，2010，第218—223页。

| 参考文献 |

[1][法]克里斯特娃．反抗的未来[M].黄晞耘，译．桂林：广西师范大学出版社，2007.

[2]王明珂．华夏边缘：历史记忆与族群认同[M]．北京：社会科学文献出版社，2006.

[3]顾有识．汉人入桂及壮汉人口比例消长考略——兼论壮汉之互为同化[A].

见：范宏贵、顾有识．壮族论稿[M].南宁：广西人民出版社，1989.

[4]陆地．故乡与童年[A].广西当代少数民族作家丛书·陆地卷[M].桂林：漓江出版社，2001.

[5]鬼子．艰难的行走[M].北京：昆仑出版社，2002.

[6]维特根斯坦全集（第1卷）[M]．涂纪亮，主编．陈启伟，译．石家庄：河北教育出版社，2002.

[7]韦其麟．关于诗的民族特色的感想——致友人[N]．广西日报，1982-8-4.

[8]农冠品．广西当代少数民族作家丛书·农冠品卷[M].桂林：漓江出版社，2001.

[9]农冠品.热土草[M].香港：香港天马图书有限公司，1998.

[10]广西民间故事资料（第一集）[C]．广西壮族自治区民间文学研究会编印，1980.

花山岩画与广西文学

——以花山岩画为中心的文学叙事

黄伟林

2011至2012年，我们做了一个广西文化符号的调查。在对数十位广西文化专家的调查问卷中，花山崖壁画（亦即花山岩画）在200多个文化符号中排名第15位，属于最具影响力的广西文化符号之一。[1]“花山岩画位于宁明县驮龙乡耀达村明江(左江支流)东岸花山岩壁上。花山，又称“画山”“仙人山”，壮语称为Paylaiz(岜莱)，即画得花花绿绿的山，是一座峰峦起伏的断岩山，海拔345米，山高270米，南北长350余米，临江西壁陡峭，向江边倾斜。岩画布满岩壁。岩画以氧化铁和动物胶混合调制的颜料绘制，呈赭红色。整体画面长172米，高40—50米，面积8000多平方米。除模糊不清的外，可数的图像尚有1900余个，大约包括111组图像。岩画以人像为构成主体，人像一般作正面、侧身两种姿势，皆裸体跣足，作举手屈膝的半蹲姿势，辅以马、狗、铜鼓、刀、剑、钟、船、道路、太阳等图像，构成一幅幅内容丰富、意境深沉的画面。人像一般高0.6—1.5米间，最大的高达3米。正面人像躯体高大，佩刀、剑，处于画组的上方和中心位置，侧身人像皆簇拥之，场面热烈

作品信息

《广西师范大学学报（哲学社会科学版）》2015年第1期。

而庄重。其内容包括祭日、祭铜鼓、祀河、祀鬼神、祀田（地）神，祈求战争胜利，人祭、祭图腾等巫术活动。画面中出现的羽人、椎髻、铜鼓、羊角钮铜钟、扁茎短剑、环首刀、船等图像，具有骆越文化的特征，反映了骆越社会活动情景。是战国至东汉时期左江流域骆越人进行巫术活动的遗迹。以规模宏大，场面壮观，图像众多，内容丰富居左江岩画之冠，作为左江岩画典型代表而举世闻名”[2]。

从直观的视角观察花山岩画，我们也能感受到花山岩画高度的原始性、抽象性和神秘性。原始性可以理解为花山岩画最突出的特质。迄今为止，尚无确切的史料证明花山岩画的真实来历和生成年代。花山岩画给人的感觉是，它先天地存在于“看见”或者“发现”它的人面前。虽然学者们经过多种方法的考证，已经大致推断出“左江崖壁画的年代应为战国至西汉中期”[3]，但由于这仅止于推断，尚无任何史料文献佐证，甚至整个左江流域，同一时期存留的史料文献似乎也极其有限。因此，花山岩画给人以强烈的原始感。原始性强化了花山岩画在左江流域原住民心目中与生俱来的感觉，即他们出生、生活在这片土地之前，花山岩画就先于他们而存在了。这造就了花山岩画在原住民心中厚重的文化心理积淀。花山岩画作为一种文化，长时间、深层次、层累性地建构于广西壮族的内心世界。抽象性是花山岩画最直观的感受。花山岩画的图像具有非常强的抽象性，民间甚至称之为“鬼影”。中南民族大学张雄曾在宋人李石的《续博物志》卷八发现关于“鬼影”的记载：“二广深谿石壁上有鬼影，如澹墨画。船人行，以为其祖考，祭之不敢慢。”抽象性直接导致了花山岩画内涵的难解与多解，导致了花山内涵的不确切性。1884年编纂的《宁明县志》记载：“花山距城50里，峭壁中有生成赤色人形，皆裸体，或大或小，或持干戈，或骑马。未乱之先，色明亮；乱过之后，色稍黯淡。又按沿江一路两岸，石壁如此类者有多。”记录者无法确认这些图像的确切内涵。这些抽象的图画究竟表达了什么样的内容，学术界主要有战争、语言符号、祭神和巫术几种说法，至今尚无定论。原始性和抽象性之外，花山岩画还具有巨大的神秘性。不多的史料记载，也支持了花山岩画的神秘性质。如明代张穆的《异闻录》称：“广西太平府有高崖数里，现兵马持刀杖，或有无首者。舟人戒无指，有言之者则患病。”这些描述性的文字，除了有对花山岩画的客观描述之外，更有花山岩画与人关系的主观描述。显然，花山岩画的神秘性在于人们认为它会对人产生物质或气质性的影响，即它具有巫术的功能。这种神秘性是人们祭祀花山岩画的重要心理动机。

作为最重要的广西文化符号之一，具有原始性、抽象性和神秘性的花山岩画通常被认为是广西壮族绘画艺术的不朽杰作。20世纪80年代，花山岩画也曾经激活了广西当代画家的艺术灵感。1980年，被称为“壮族古代文化之元”的原始神秘的宁明花山壁画“抓住”了一对画家兄弟的眼睛。面对花山壁画，周氏兄弟画了数十本速写，这是新时期中国艺术家最早的寻根行动。1982年，默默无名的兄弟俩在中国美术馆举办“花山壁画艺术展览”，展出了180幅作品，得到刘海粟、吴作人、李苦禅、李可染、张汀等老画家的高度肯定，并因此得到国际美术界的注意。从此，国际画坛出现了一个重要的名字：周氏兄弟，兄名山作，弟名大荒。

在广西文学领域，花山岩画这一神秘的“鬼影”也源远流长，它是广西多民族文学的重要原型，是广西多民族文学的重要灵感来源，承载了广西多民族文学的重要想象。花山岩画所在的左江流域流传了大量关于花山岩画来历的民间传说。仅广西民族研究所汇编成书的《广西左江岩壁画民间故事传说》就有90多篇。广西民间文艺家协会、广西民间文艺研究室编的《广西民间文学作品精选·宁明卷·花山风韵》也选收了17篇《花山崖壁画传说》。中国民间故事集成全国编辑委员会编的《中国民间故事集成·广西卷》也选收了1篇《花山岩壁画》。

在所有关于花山岩画的传说中，最流行的说法是：从前宁明那利村有一位青年名叫蒙括，一餐能吃60斤米粥或200斤米饭，力大无穷，可将一块巨石掷出三四十里，数十人割一天的谷禾，他一次就挑可完。后来，他不满当地土皇帝的欺压，决心起来造反，但愁于没有兵马。后得神仙授意，蒙括闭门自画兵马置放箱中，过了一百天就会变成真兵真马。不料只到九十九天，他母亲见蒙括终日闭门不出，就偷偷走进房间，打开箱子欲看个究竟。谁知箱子刚一打开，里面的纸兵纸马纷纷飞出，因不足100天，这些兵马的眼睛还没有睁开，刚飞到珠山就碰到山崖上，再也飞不动了，一个个贴在山壁上，变成了崖画。[4] 传说中的主人公蒙括也有称勐卡、蒙大的，可以看出它们源于同一个人物名字，只是在流传过程中使用了不同的汉字注音。这是花山岩画传说的核心故事。有的故事增加了诸如夜明珠的内容，意思是神仙送了一颗夜明珠给花山人，天气热的时候，花山人可以白天休息、夜晚劳动，生活安逸，受到土司的嫉恨。[①] 根据这个传说，我们可以大致还原其中的社会生活。大概是左江流域天气炎热，壮族先民身体强壮，过着比较富足的生活。然而，或是出现了贫富差距，或是因为中原人的侵入，官民冲突导致左江流域发生了战争。花山岩画成为当时战争场面和战争人物的记录。极少数有关花山的传说涉及男女情爱。比如《黄小》这则传说提到有一对兄妹结成夫妻，这种乱伦行为导致珠山顶上的夜明珠不亮了，村民因此想杀死他们祭祀天神。《金银洞》讲述一个村姑借了金银洞的首饰把自己打扮得很漂亮，却忘记了必须当天归还的规则，引起众怒而投江自尽。[②] 绝大多数花山岩画的传说都涉及神仙，那些纸上画出的人马，或竹子里长出的兵马，都来自神授。

今天，人们更倾向从科学、历史、岩画艺术的角度对花山岩画进行分析和判断。然而，千百年来，花山岩画的民间传说具有更深入人心的传播效果。花山被称为神仙山，花山岩画出自神仙的画笔，花山岩画具有帮助原住民反抗压迫者的神异功能。这些有关神迹、神授、神灵的民间传说更容易得到前现代左江流域原住民的心理认同，它们通过口耳世代相传，形成了广西壮族重要的神秘文化心理积淀。神秘性是人类对不可知的事物所保持的敬畏。在现代的人类与自然关系中，神秘性在科学的攻势下丢城丧地，但仍然在宗教及人们的内心世界中占有一席之地。作为广西最重要的历史遗产和文化资源之一，花山岩画以其客观的存在及其主客观融合的人文积淀，对广西多民族文学的发展产生了重要影响。

20世纪70年代末至80年代初，中国文坛最活跃的有两个作家群体：一是以王蒙、张贤亮、高晓声为代表的右派作家群，二是以王安忆、张承志、韩少功为代表的知青作家群。1984年，由《上海文学》和《西湖》杂志主办，以知青为主体的一批作家、评论家和文学编辑在杭州西湖召开了一次文学座谈会。这就是后来被反复提起的成为“寻根文学”思潮标志的“杭州会议”。参与了此次会议的阿城、韩少功、郑万隆、李杭育后来都成为寻根文学的代表作家。通常认为，寻根文学的价值在于文化寻根，这其实只是说到了问题的一个方面。寻根文学并非一场文学的复古运动。寻根文学的真正价值是以现代意识激活文化传统。也就是说，在寻根文学之前，中国作家已经建立了文学的现代意识，但这种现代意识还处于横向移植的状态，未能在中国的土地上落地生根。寻根文学以欧美现代主义的眼光重新审视中国的文化传统，所谓以现代激活历史，以现代主义审视文化传统，以先锋意识激活地域文化，才构成完整的寻根文学。在不少当代文学研究者的眼里，寻根文学是中国当代最重要的文学现象。寻根文学为什么如此重要？这是因为寻根文学对于在它之前的当代文学具有整体性的转型价值。首先，在思想领域，寻根文学将当代文学从狭窄的政治思维引向了文化思维，文学的思想空间获得了根本的拓展；其次，寻根文学将当代文学从西化和中国化的两极分裂中超脱出来，它既是学习西方的，又是尊重传统的；再次，寻根文学对文化传统也进行了辨析，既有对主流传统、中心文化的反思，也有对地域文化、边缘文化的关照，从而使非中心主流地域的作家获得了文化自觉；最后，它不仅是文化的，而且是审美的，对文学语言、对文学文体的高度重视，表明它同时也具有文学自觉和审美自觉。

广西没有作家参加“杭州会议”，但广西作家近距离地感受过周氏兄弟的美术成功。“杭州会议”所关注的文学现象，如贾平凹的商州作品、张承志的北方小说不可能不对广西作家有所影响。值得注意的是，与寻根文学思潮同步，广西当时最负盛名的诗人杨克在《广西文学》1985年第1期发表了组诗《走向花山》，广西当时最负盛名的小说家聂震宁在《文学家》1985年第5期发表了中篇小说《岩画与河》。

组诗《走向花山》由A、B、C、D四首诗组成，每首诗题以花山岩画的某一图案命名。A首讲述花山岩画的来历：“从野猪凶狠的獠牙上来／从雉鸡发抖的羽翎中来／从神秘的图腾和饰佩的兽骨上来。”“从小米醉人的穗子上来／从苞谷灿烂的缨子中来／从山弄垌场和斗笠就能盖住的田坝上来。”“绣球跟着轻抛而来／红蛋跟着相碰而来／金竹毛竹斑竹刺竹搭成的麻栏接踵而来。”B首讲述骆越先人的原始狩猎生活：“一支支箭镞，射向血红的太阳，射向／太阳一样血红的野牛眼睛／兽皮裹着牯牛般粗壮的骆越汉子 / 裹着 / 斗红眼的牯牛一般咆哮的灵魂 / 脚步声，唔唔的欢呼 / 漫山遍野 / 踏过箭猪的尸体和同伴的呻吟 / 把标枪 / 连同毫不畏惧的手臂 / 捅进豹子的口中。”B首结尾，诗人告诉我们：“火灰，早已湮灭了 / 只有亘古不熄的昭示 / 仍在崖壁上的熊熊燃烧 / 比象形文字还要原始 / 比太阳还要神圣。”C首讲述战争：“连风都被杀死了 / 狼藉的山野，躺着 / 吻剑的头颅，饮箭的血 / 血染的尸骸 / 躺下了纷乱的马蹄 / 丁丁当当的杀戮、宰割 / 残忍和冷酷 / 只有“嗡哄嗡哄”的铜鼓 / 召唤弓，召唤剑，召唤着藤牌。”D首是美好生活想象的描绘：“积血消融了，浪花将孤独卷走 / 崇山峻岭间，奔泻着爱的湍流 / 鱼和熊掌黯然失色 / 青春和心，点亮炽热的红绣球。”组诗《走向花山》讲述了花山岩画的来历，展开了对花山岩画内涵的想象，还原了原始时代战争的场面，表达了对花山未来的期许。

花山岩画本身的原始性、抽象性和神秘性激活了诗人的灵感，给予了诗人巨大的想象空间。杨克是在用现代诗的语言解读花山岩画。借助了诗歌的法则，他大胆地将壮族神话传说中布伯的故事、妈勒的故事有机地整合进入花山岩画的叙事中。当花山岩画的原始性、抽象性和神秘性与布伯、妈勒的故事遇合，花山岩画终于从抽象走向了具象，抽象的图像被赋予了史诗的内涵，原始的神秘焕发出绵延至现代的昭示。毫无疑问，组诗《走向花山》所描述的花山岩画的原始由来、原始生活、原始战争以及美好未来的期许，与花山岩画本身的原始性、抽象性和神秘性有较明显的互文关系。当然，诗人杨克创作组诗《走向花山》并非只是用诗歌的形式去重复学者们的花山研究结论，他试图从花山岩画这一图腾式的存在，体验源远流长、博大精深的广西文化，为他的诗歌创作找到一个文化根本。

组诗《走向花山》发表后不久，梅帅元、杨克在《广西文学》1985年第3期发表了广西作家的“寻根宣言”《百越境界——花山文化与我们的创作》。这篇文章是最早发表的寻根文学的理论文章，比韩少功那篇影响巨大的文章《文学的“根”》早发表一个月。在这篇文章里，作者传达了诸多信息：

花山，一个千古之谜。原始，抽象，宏大，梦也似的神秘而空幻。它昭示了独特的审美氛围，形成了一个奇异的“百越境界”，一个真实而又虚幻的整体。

纵观今天广西文学作品的写法，与《诗经》为代表的黄河流域文化较为写实的风格更为接近，而基本上完全舍弃了与屈原为代表的长江流域的楚文化及更为离奇怪诞的百越文化传统的联系。我们的缺陷正是在于，只是过于如实地描绘形而下的实际生活，而缺少通过表现形而上的精神世界，来展示这一民族的历史和现实。

西方现代主义在这上面大做文章，把主观感强调到膨胀的程度：抽象、象征、表现，魔幻……，主体压倒了客体，渗透了客体。客体在心灵的需求中变形了。单从这个意义上看，它与原始文化一脉相通。与其说现代主义是创新，不如说是更高意义上的仿古。

广西所处的地域，有着与文学创新观念很合谐的原始文化土壤，这是我们的优势。

关键不在于你写出了一个看得见的直观世界，而是要创造一个感觉到的世界。就是说，在你的作品里，打破了现实与幻想的界线，抹掉了传说与现实的分野，让时空交叉，将我们民族的昨天、今天与明天溶为一个浑然的整体。这个世界是上下驰骋的，它更为广阔更为瑰丽。它是用现代人的美学观念继承和发扬百越文化传统的结果，如同回到人类纯真的童年，使被自然科学的真变得枯燥无味的事物重新披上幻觉色彩。[5]

这是一篇视野相当宏深的理论文章。它把花山作为广西的地域文化图腾，作为一个神示的象征，在《诗经》为代表的黄河文化、《楚辞》为代表的长江文化、欧美为代表的西方现代主义文学的古今中外三维文学格局中为广西文学把脉，指出广西文学发展的路径和方法：打破现实与幻想的界线，抹掉传说与现实的分野，将民族的昨天、今天与明天溶合，用现代人的美学观念继承和发扬百越文化传统，超越写实主义风格，创造感觉的世界。由是，花山成为广西文学之魂，成为“百越境界”这一广西文学发展目标的文化载体。“百越境界”这个概念把文化意识、历史感和诗意审美融为一体，以此呼唤打通古代与现代、中国与外国、民间与精英、边缘与中心，融文化意识、历史感和诗意审美为一体的广西文学。1985年4月22日，《广西文学》在南宁召开了“花山文化与我们的创作”座谈会，会上，来自南宁、桂林、玉林、北海各地的青年作家对“百越境界”作了热烈的探讨。之后，会议安排画家周氏兄弟介绍了花山组画的创作情况，历史学者蒋廷瑜从考古学角度讲述了百越民族的历史，民俗学者蓝鸿恩介绍了壮族文化源流及花山崖壁画成因及年代的推断。这种组织化的文学创作主动向艺术、考古、民俗等学科汲取营养的行为，在当时的中国文坛还是很少见的。4月25日，会议代表专门到宁明参观了花山壁画。紧接着，《广西文学》连续发表了多篇文章对梅帅元、杨克的文章进行回应。

在杨克组诗《走向花山》和梅帅元、杨克文论《百越境界——花山文化与我们的创作》发表之后，聂震宁的中篇小说《岩画与河》也应运而生。《岩画与河》分别讲了两个故事：

第一个故事是壮族姑娘达彩的故事：达彩的故事与沈从文笔下翠翠的故事颇为相似。达彩和父亲生活在独家村。独家村面临红水河，背靠蓝靛山岩画。28年前，国家开始对岩画实行保护，达彩的爸爸蓝老大成为岩画的看守人。随着猎户们逐渐离开蓝靛山原始森林，村子里只剩下达彩一家。因为向往山外的世界，达彩两岁的时候，妈妈丢下达彩姐妹，离开了丈夫，离开了独家村。还是因为向往山外的世界，达彩12岁的时候，姐姐也远走高飞。小说写达飞离家的时候，专门留下了一句：“可能她永远不会回来了，可能明天就回来。”显然，这里袭用了沈从文《边城》的结尾，但立意却不一样。沈从文笔下的人物安于命运，达彩的姐姐与后面的达彩却对外部的世界充满憧憬。整个独家村，只剩下达彩和爸爸两个人。达彩长到17岁，爸爸蓝老大担心她像她妈妈和姐姐一样离家出走，连赶圩也不带她去了。偶尔有考古工作的人到独家村，达彩和他们又话不投机。久而久之，达彩对那些岩画产生了怨恨，她知道，正是因为这些岩画，她才不能离开村庄，像其他的人那样进入一个热闹的世界。达彩终日与一只名叫侬玛的狗相伴。然而，侬玛受了另一只名叫老黑的狗的诱惑，不惜为爱献身。达彩终于无法忍受独家村的孤独生活，当得知蓝老大为他找了个上门女婿之后，她终于决定打破父亲的禁令，过河玩歌圩。

第二个故事是研究生索源的故事：28岁的索源是北京某研究机构民族文化史专业的研究生。临近毕业，他因为申请到广西工作而受到学校表彰，同时也招来了部分同学的嫉恨。同学吴建树处心积虑，暗做手脚，顶替了索源给民族文化史欧阳教授做助手的机会。而索源去广西的选择也引起了女朋友艾蕾的恼怒。艾蕾的母亲明确表示，如果索源到广西工作，就让女儿终止与他的恋爱关系。索源本是一个钟情于民族文化、专注于民族文化的研究生，研究之外的这些人间俗事，令他不胜其扰。最后，他还是离开了北京，由于还没到报到时间，他别出心裁地从柳州拐上了去红水河画山的路，开始一次个人的探险。不幸的是，进入原始森林之后，他为了躲避一只大棕熊而迷路了。上不见天日，尽是密密匝匝的枝叶；前不见出路，尽是挨挨挤挤的大树和青藤。在原始森林中转了三天，索源终于走出了密林，听到了山那面河水下滩的涛声，筋疲力尽、虚脱晕眩的索源终于鸣枪求救。按照小说的安排，索源求救之时，正是达彩渡河之时，两个完全不相干的人物应该相遇而发生交集。然而，作者并没有让这两个人物相遇，故事结束于两个人物的失之交臂。

《岩画与河》至少与两部重要小说有互文关系。一是上面已经提到的沈从文的《边城》。《岩画与河》中达彩的故事与边城中翠翠的故事有相当大的同构性。不同在于，《边城》唤起读者的是对世外桃源和纯朴人性的向往，《岩画与河》则在相当程度上肯定了滚滚红尘的正面价值，肯定了达彩对外面世界向往的合法性。二是张承志的《北方的河》。《岩画与河》中索源的故事与《北方的河》男主人公的故事有一定程度的相似性。《北方的河》中男主人公“他”本科毕业全心全意考研究生，打算做北方民族史研究；《岩画与河》中的索源研究生毕业选择了到南方做南方民族文化史研究。“他”和索源都有强烈的事业心和对专业的献身精神。不同在于，《北方的河》传达了强烈的理想主义精神，抒写了主人公对北方的河的深沉强烈的认同感；《岩画与河》虽然表现了索源的理想主义气质，但并没有为索源承诺一个光明圆满的前途。总体上看，《岩画与河》或许没有《边城》那种极致的乡村之美，也没有《北方的河》那种极致的乐观之美，但却具有相当的真实性，显示出作者对人生更为综合的理解。

本文既以花山岩画作为论述中心，不妨对作品中岩画这一中心意象多作论述。小说专门对达彩一家守护的岩画有一番描绘：

岩画自古就有的。岩上画了一百六十只大大小小的凤凰，全是用赭红颜料涂成剪影式；整个画面，是全对称布局；每四只凤凰又成一个对称图案；凤凰之间，还有花草的剪影画和各种射线。这是一种壮锦图案，山里人是晓得的，只是不晓得它为何成了宝。工作同志告诉他们，因为这是古人画的，通过它可以晓得古人绘画的本领和壮锦的历史，所以它是国家的宝贝。

作者大致表现了四种对于岩画的态度。一种是蓝老大的态度，他生于斯、长于斯，对岩画并没有专业的知识，只是有对官方体制的服从，相信能够为政府保护岩画并从中获得报酬是他最牢靠的人生，以“吃工作饭”为荣耀。第二种是“工作同志”（山里人对外地干部的称谓）的态度，他们来了又走了，以职业的态度对待岩画。第三种是达彩的态度，她不像父亲那样安于上级交付的工作，对她来说，画山的价值远远抵不上圩场的繁荣和壮锦村的热闹，与她的妈妈和姐姐一样，无法忍受孤独寂寞的守护岩画的生活，世俗的享受对她构成了更大的诱惑，因此她怨恨岩画阻挡了她走出山外的机会。第四种是索源的态度，他对城市“俗不可耐”的行为动机不以为然，更看重人的精神生存，对岩画有着非同寻常的专业激情，对事业的成功有相当的自信。

透过作品中人物的态度，可以看出，聂震宁对花山岩画的态度与梅帅元、杨克的态度有所不同。梅帅元、杨克更强调花山岩画的原始、抽象和神秘，试图借助花山岩画“回到人类纯真的童年”；聂震宁更倾向从理性的角度理解花山岩画，从科学的真的角度阐释这一古代留下的文化遗产，他有意识地解构了花山岩画的原始性、抽象性和神秘性，还原人的社会性，呈现不同身份、不同文化背景的人对于花山岩画的不同态度。可以如此认为，《岩画与河》呈现了聂震宁在寻根文学思潮背景中对传统文化的不同理解。只是，无论持怎样的学术观点，花山岩画在这一群广西作家心目中，确乎占据了一个极其重要的位置，成为他们当时文学创作重要的灵感源泉。

梅帅元、杨克、聂震宁以花山岩画为中心的叙事实际上赋予了花山岩画意象化的功能。如果说在他们之前，花山岩画只是左江流域壮族民间传说的重要内容，那么，因为梅帅元、杨克、聂震宁等人的书写，花山岩画开始上升为广西文学的重要意象，其重要性足以与刘三姐、桂林山水等文化符号相媲美。

显然，这一群广西作家的“寻根”意识，并不是简单地表现民族生活或民族文化，而是一种地域传统文化与世界前卫文化融通的方式，是以现代主义的文学观念观照原始文化，创造一个反理性的、变形的、感觉的、魔幻的、现实与幻想、传说与现实浑然一体的形象世界。评论家黄宾堂曾在《南方文坛》1998年第3期发表《广西文坛的三次集体冲锋》一文，认为“百越境界”的提出及创作是广西文坛进军全国的第一次“集体冲锋”，并专门谈到“百越境界”作家群从马尔克斯等拉美作家所展现的地域环境及心理背景中，发现与广西西南部地区的环境和背景竟有惊人的共通之处。

这是一个重要的转型。过去的广西作家主要接受国内主流作家的影响，而这一群广西作家则有了明确的世界意识，他们开始直接接受西方文学的影响。他们虽然也重视广西本土文化资源，但这种重视已经不是题材意义上的重视，他们是用现代主义的文学观念去激活古老的广西文化传统，进而发现这种传统的价值，而不是用广西文化资源作为素材，去证明某种主流的文学观点。他们的文学转型，不仅是方法论意义上的转型，而且是观念意义上的转型。实际上，聂震宁、张宗栻、梅帅元、张仁胜、李逊、林白、杨克、黄琼柳这一批作家已经构成了一个文学共同体，他们普遍成长于城市环境，都曾有过知青经历，具有文学上的世界眼光，对广西文化传统有自觉的认知，我们不妨称之为“百越境界”作家群。1985年以后，杨克的诗歌《走向花山》、聂震宁的小说《岩画与河》、梅帅元的小说《红水河》、林白薇的诗歌《山之阿　水之湄》、张仁胜的小说《热带》、李逊的小说《沼地里的蛇》、张宗栻的小说《塔摩》和《魔日》等“百越境界”作品在《人民文学》《上海文学》《青年文学》等当时中国最有影响的文学刊物上发表。这些作品既是“百越境界”的代表作，也是广西文学的经典作品。虽然“百越境界”作家群未曾像后来的“广西三剑客”那样名声大作，但他们确实拥有非常强的创作实力，可惜的是“子不遇时”，没有赶上属于他们的文学时代。不过，“百越境界”后来在“实景演出”中结成硕果，由此也可以看出花山岩画这种意象化思维在文艺创造中的重要作用。

虽然花山岩画未能让“百越境界”作家群完成“问鼎中原”的使命，但它却催生了另一个广西文学群体的成长和成熟。1996年7月5—7日，广西区党委宣传部邀请30名青年作家艺术家在宁明花山民族山寨召开“广西青年文艺工作者花山文艺座谈会”。这个具有象征意味的会议地址给予了与会者某种“神力”。一批生机勃勃、跃跃欲试的广西青年作家强烈意识到自身的文学使命，在“百越境界”作家群已经淡出文坛的时候，再一次发动了突围八桂崇山峻岭的“战役”。这个以“花山”命名的“花山会议”，标志着广西又一个广西文学群体的集结，人们称之为文坛“桂军”。其代表人物主要有东西、鬼子、李冯、凡一平、沈东子等人。随着东西、鬼子代表作品的发表和获奖，多年默默无闻的广西文学终于实现了边缘的崛起。显而易见，花山岩画在广西当代文学历史上占有重要地位。它是广西文学重要的灵感源泉，是广西文学崛起的集结地，它激活了广西作家的文学想象，开启了广西作家的文化自觉。

花山岩画之所以能对当代广西文学产生如此重要的影响，这是因为花山岩画的原始性、神秘性、仪式性、图腾性和荒野性，所有这些元素使花山岩画成为现代人的心灵寄托，成为现代人安放自我内心的重要意象。现代人的内心世界被物质世界高度挤压，花山岩画唤醒了现代人的神性意识。如果说桂林山水是广西的自然美，花山则能承载广西壮族的神性体验。桂林山水、刘三姐、花山岩画，三者有一种神秘的关系。自然之美，世俗之美和神性之美，三者形成奇妙的呼应。如果没有花山而只有桂林山水和刘三姐，那么，广西或者说壮族的精神体系是有所缺失的。

| 注释 |

① 参见《珠山》和《黄小》，收入广西民间文艺家协会、广西民间文艺研究室编《广西民间文学作品精选·宁明卷·花山风韵》，广西民族出版社1998年版。

② 参见《黄小》和《金银洞》，收入广西民间文艺家协会、广西民间文艺研究室编《广西民间文学作品精选·宁明卷·花山风韵》，广西民族出版社1998年版。

| 参考文献 |

[1] 桂学研究团队广西文化符号影响力调查组．广西文化符号影响力调查报告[J]. 广西师范大学学报：哲学社会科学版，2012(4).

[2] 广西大百科全书编纂委员会．广西大百科全书·历史（上）[M]. 北京：中国大百科全书出版社，2008.

[3] 覃圣敏．骆越画魂：花山崖壁画之谜 [M]. 南宁：广西人民出版社，2009.

[4] 覃彩銮，喻如玉，覃圣敏．左江崖画艺术寻踪 [M]. 南宁：广西人民出版社，1992.

[5] 梅帅元，杨克．百越境界——花山文化与我们的创作 [J]. 广西文学，1985(3).

广西现当代作家的民族身份认同与主体建构

张柱林

很多时候，人们总是想象，作家仿佛是独自关在书房或随意一间隔离开来的屋子里，闭门造车，自由地进行虚构，创造出或生产出发自内心的作品来。也就是说，写作被当成了纯粹个人的行为。证诸历史，我们当然知道，这并非实情。在貌似出自内心由个人独自进行的文学写作中，作家其实受到了诸多外在力量的牵扯和制约，在现代社会中，政治、经济、文化的种种环境，无不形成作家书写过程中的考量因素。

从理论上讲，个人在现代社会得到了更多的尊重，但也带来了许多的困扰，其中一个困扰就是身份认同问题。在传统的农耕社会或游牧群体中，个人几乎完全附属于家庭、家族等小型共同体，他是谁、应该做什么都事先规定好了。可是到了现代，社会的剧烈变迁，解放了的个人摆脱了共同体的束缚，也失去了共同体的保护，很多时候，他成了原子化的个人，必须寻找到新的生活的支点，以解决"我是谁""我从哪里来又到哪里去"的问题。一切都不再是自然明了的，身份常常不停地流转变化，主体的形成需要经过一系列的辨认、选择、协商、建构，从而在与时俱

作品信息

《文化与传播》2015年第4期。

进的叙述中完成。所以在集体认同上，个人常常无法自主选择，而受制于多重历史与现实环境，诸如现代国家制度设计、政治立场、社会运动等等，都会参与到公民身份的建构中。在法国哲学家利科看来，认同有两种基本类型，一类即是固定认同，身份由一个人既定的环境与传统赋予，其自我定位遵循某种惯例获得，所以这种认同常常是稳固不变的身份和属性；另一种类型是所谓的“叙述认同”，它经由主体的叙述以再现自我，并在不断变化的情境中时时进行建构与协商，所以具有多元易变的性质。[①]作家作为虚构文学的生产者，恰巧符合其在叙述中建构自身文化认同的性质，也在反映出现代个人主体在再现自我时的犹豫与矛盾，同时，也见证了多种力量对认同的形塑与争夺。而民族身份正是这样一个文化公民权选择与个人自我形成的重要阵地。

长期以来，广西就是一个多民族共同生活的地区，进入现代后，这一点并没有改变。但毫无疑问，正是在现代，特别是在中华人民共和国成立后，出于复杂的政治考量，民族在某种程度上成为能动（agency）的社会文化资源，并获得了仿佛是原生的资质。中共的民族政策在这里具有双重作用，一方面它强调民族平等，另一方面，它在一定程度上似乎又强化了族群的差异意识。以壮族为例，原先在汉语中并没有“壮族”这一称谓，到了20世纪30、40年代，才有学者使用了“僮族”这一名称。[②]1950年代进行民族识别时，将自称“布衣”“布土”等数十个族群合称为“僮族”，迟至1965年才经由周恩来的建议改称为“壮族”。[③]当然，我们不能因为名称属晚近的发明而否定某一特定共同体的实存，但由此我们也知道民族并非自然的存在，而是历史的产物。从这一角度，我们就能更好地理解广西境内的多民族文学的意义。

由于长期的历史发展，今广西境内的各族群其实存在一个互相融合、分化、演变的过程，无论从血缘或文化上看，都存在相互间的转化过程。虽说是现代的城市生活将社会变成了一个民族融合的大“熔炉”，但其实类似民族融合、归化或转化的事实古已有之。以广西的壮汉两族为例，历史上曾经发生过大量的壮同化于汉或汉同化于壮的状况，有学者经过细致的考察和分析，得出这样的结论："壮汉互为同化，你中有我，我中有你是历史上壮汉关系的一个显著特点。"④ 由于这种复杂的态势，使得1950年代的民族识别和认定工作充满了各种挑战，当然其中必然存在着社会科学家如民族学者和语言学者的分类体系、行政权力的干涉与政治策略的考量、个体与群体的利益关系、生存智慧等等的互动与博弈。对于作家来说，也不例外。出生在广西省绥渌县（今广西壮族自治区扶绥县）的陆地曾经回忆起自己被改变族别的经过："城镇居民先前是壮汉不分的，祖辈的传说都讲是'随狄'（随从狄青征服侬智高）南来的后裔，从来总以为自己是汉人。等到1952年壮族自治区筹建时才宣布说，凡是讲壮话的都应归属为壮族。所以到1952年以后，我的民族成分才由汉族改为壮族"，而且更重要的是，"其他少数民族的住地，如瑶族，世代相传，习惯于高山密林，在贫瘠的土地上经营他们的生活。壮族人就不一样，生长养息的领域，却拥有肥沃的平原，交通往来、文化生活和汉族不见得有多大区别"⑤，言下之意，如果按自己祖辈对自身血统的认识，本应为汉族，现在由官方根据需要定为壮族，其实两族间从生产方式、生活条件和文化等看没有什么区别。当然，作家最后同意了这种认定："我是用汉语写作的壮族人。"⑥

如果说为了筹建自治区，现代行政系统将原先自认为汉族的陆地改变为壮族的话，作家鬼子由壮族变为仫佬族的经过又为我们提供了民族身份构建的另一个例子。他出生于罗城的少数民族家庭，奶奶祖上有人是仫佬族人，母亲是壮族人。他原先一直认定自己是壮族人，官方也是这样认可的，至迟在1985年的第二届广西少数民族文学创作评奖中，他仍是壮族作家的身份，以小说《妈妈和她的衣袖》获奖。⑦ 他对自己摇身一变成为仫佬族的过程是这样描述的："罗城是一个仫佬族人聚居的地方，人数不是太多，十多年前准备自治的时候，听说上边有个要求，说是用以命名的族人必须达到总人口的百分之多少，于是原来户口本上不是这个民族的，只要祖宗三代里能找到这个族人的血缘，只要愿改，便可统统更改归入。于是，我奶奶家那边的很多人，一下子就都成为仫佬人了。有人便悄悄地告诉我，你也改吧，改了至少可以生两个孩子。但我没改，因为那时的我还没有找到可供结婚的人选，对生多少小孩的问题没有太多的兴趣”，后来他由于各种原因被改为仫佬族，却对身份认同有自己的一番理解，“如果我的奶奶是真正的仫佬族，那么我父亲的身上便毫无疑问地有着仫佬人的血缘，但我的母亲，却是地地道道的壮族妇女。所以，有人把我归入仫佬人的时候，我没有任何理由表示反对；而有人说我是壮族人的时候，我也从来没有吭声”[⑧]，里面感情的偏向还是相当明显的。但他认为自己的创作和自己的民族出身没有什么联系：“说真话，我那民族的出身并没有给我以创作的影响，原因可能是我们那民族演变到了我们这些人的时候，已经和汉人没有了太多可以区别的东西了。除了语言，我真的找不出完全属于我们自己的东西来。我们的节日也是别人的节日……我们的民族曾大量地出版过很多所谓我们自己的民间故事，但哪一个故事都可以在别人的故事里找到蓝本……我们的服装也是别人的服装……”[⑨]而罗城是一个有着较深厚的写作传统的地方，鬼子也否认了这种传统给自己的影响，一是他很晚才知道这些前辈，至今也没有读过他们的书，曾经听过他们的讲课，却发现“他们对文学的理解与我对文学的追求有着本质上的不同”。更激进的是，他其实否定了任何关于民族的本质认定，你说他是仫佬族人，他不否认，而你说他是壮族人，他当然也认可，他的母语就是当地的壮话。而他儿子，在他们家的户口簿里却是另一个民族：“因为我夫人是东北人，她说她是满族。我儿子觉得满族好，满族人当过皇帝，于是他就选择了满族。”[⑩]这段话真是别有用心啊，按照前面我们所引用的鬼子的自述，我们知道他暗示了他在官方文件里的民族身份其实并非出于自己的认识和要求，而是官方的行政需要的结果，而他儿子选择满族作为自己的民族认同符号，却是自觉自愿的结果，他没法选择，而儿子拥有选择的权力，儿子的选择并非因为这是一种民族自觉，或热爱母亲，而是因为那是一个统治过中国的民族！这种向强势文化的靠拢到底是鬼子儿子的想法，还是其父亲的想法？而鬼子写自己的夫人“她说她是满族”的言外之意也就不言而喻了。更有意思的是，他对仫佬族本身也试图进行解构，他说那是一个“变异”而来的民族，“书上说，我们这个地方原来是没有这么一个民族的，后来来了一帮北方战争的流亡者，为了生存和发展，他们与当地的女人生活在了一起，说着一种变种的语言，于是就成了姆佬人了"[11]。实际情况如何，在这里并不重要，而是鬼子对这种说法情有独钟、深信不疑，与他儿子"选择"满族一样，他强调这个民族的来源高贵与强势。

从廖润柏变成鬼子，其实隐含了作家的自我身份建构的秘密。表面上看，如果一个人的自我指的是其手脚心肝之类的肉身构成，则廖润柏与鬼子没有区别，都是那个长头发高个子，但很显然，在共同体的生活中，两者并不相等。廖润柏，作为一个称呼，可能由父母或其他长辈赋予，来源于家族中关系密切的人，来源于家谱或长辈对一个孩子的承认与期待。毫无疑问，作家对这个名字没有自主选择权，这是最早的对话者对其的称呼，有了这个称呼，他才具有了进入对话网络的条件。鬼子不同，这个名字反映的是作家的自我期许。在中国现在的文化氛围中，叫人"鬼子"显然不是一个正面的褒义的称谓。那么，何以廖润柏要将自己称为鬼子呢？且看他的夫子自道："首先，这时代作家太多，大家都记不住他们的名字，鬼子很刺眼，容易被读者记住。当然，这还要取决于作品里那种与人不同的地方。其次，这显示了一种选择的胆量，大家不喜欢鬼子，我偏叫鬼子，与流俗抗争。还有，在桂西北一带，说人鬼并不是坏事，而是说明人精明机灵敏锐。"[12]那么，这是不是作家使用这一可说是惊世骇俗的笔名时的真实想法呢？完全有可能。作家这样做，也就是在文学场中投入了一种赌注，成功了大家就会认可。也有可能，虽然大家出于习惯，认为"鬼子"就是我们日常用语中用来蔑称外国人特别是侵略者的那个词汇，而其实另有源头，如作家的长相，或"鬼"之"子"，源自幽冥？总之，从长辈赐予的姓名变为自主选择的名字，再现了自我来源的暗晦不明，也恰如利科所言，认同由叙述生产，而叙述总是充满了流转播迁的暧昧与歧义。

在中国现代文学发生期，几位来自广西的作家也参与其事，常常被追认为现代壮族文人文学的先驱，其中最著名的作家为曾平澜、高孤雁与韦杰三。[13]他们的作品不曾反映出地方性的民族意识，倒是充满了当时的时代启蒙精神，如冲破礼教束缚、追求个人自由，以及在内忧外患中对中国的热爱等当时非常流行的题材。可以肯定的是，他们与陆地一样，并没有觉察自己与一般汉族有何区分。这里仅以留下了较为完整的作品的韦杰三为例，略作考察。他1903年生于广西蒙山，1926年3月

18日，就读于清华大学的韦杰三参加了请愿游行，在执政府前遭卫队枪击，受重伤，21日因医治无效就义。当时他的师友朱自清、陈云豹等均写有悼念文章⑭，无人提及其为壮族，盖因当时国内并无民族划分。受当时时代风潮影响，他的作品最重要的内容无疑是对礼教的不满，所以其写作中充斥对个性解放、个人自由的呼吁，对包办婚姻的抗议。1923年，他曾写下自传性作品《一个校友的自述》，在"我的性情"一节，标举"遗传""环境""习惯"对性格的形塑作用，无一语涉及民族，并且强调"我终于要做一个自己的'我'，不愿做那他人的'我'哟"，将个性独立置于首位。同年，他发表《一个为盲婚而战的学生》，向包办婚姻宣战，将个人幸福放在家族利益、传统伦理之前。据他的清华同学、蒙山同乡李崇伸回忆，韦杰三在临终前的昏乱中，仍然狂叫"我有我的自由权，我要小便，人家不能禁止我"，亦可见一斑。当然，他也有自己的集体认同，从他积极参与政治就可以看出来。在他写给友人的信中，曾述及自己的抱负，"出外求高深的学问，预备将来为蒙山广西中国效力"，为此寻找自己的同道中人。从"蒙山—广西—中国"，也可以看出其认同的阶序。

这种情况在中华人民共和国成立后发展了很大的改变，中共的民族政策在很长时期内让广西的少数民族受益。成立壮族自治区使划分为壮族的群体受到鼓舞，在政治舞台和社会资源分配上都得到承认。像壮族作家黄佩华，就是一位为自己的民族身份感到自豪的小说家，比较自觉地推动广西的多民族文学发展。其作品也多有反映民族历史文化和现实生活的内容，如宣传和刻画历史人物的《瓦氏夫人》。由于生产方式和生活方式的接近，种族和外貌特征的区别也不明显，所以在中国南方的各民族之间，差异常常只能通过语言和风俗习惯来辨别。黄佩华在自己的作品中喜欢描写他家乡桂西山村的奇风异俗，其所著的梳理彝族历史文化的《彝风异俗》，从书名我们就知道作者是从独特的风俗这个层次来认识民族的，所以不难理解他为何那么喜欢以习俗作为小说的背景。其系列随笔《话说壮族》内容丰富，但思路是一样的。这一点与鬼子、凡一平等作家喜欢描述所谓普遍人性、普通人的生活有很大区别，黄佩华总是想强调某一民族如壮族或某一地区的人的特殊性，而这特殊性首先体现在其民风民俗上。像其小说《远风俗》，就以一种古老的习惯“以弟为子”作出发点。叙述者“我”的二姐出嫁多年，却一直没有生育。父亲出于各种原因，让“我”过继给二姐做儿子。“为什么我会成为二姐的儿子我想不通。后来我才知道这是一种古老的风俗”。当然小说无意于寻找这种古老风俗的成因，极端一点说，这个习俗在小说里的功能其实就是让叙述者出场，而小说的真正主人公其实是二姐，小说写的是她的充满艰难的一生。她原来是一个长相漂亮的山外人，在供销店做售货员，本可以嫁个体面的人，过上当时看来不错的生活。可是，她的命运却由于父亲来自山里彻底改变了。依小说的解释，“父亲对老家怀有深厚的情感，每当看到老家那边来人，他总是格外热情，指示母亲倾尽最好的食物来款待。在老家人面前父亲总有一种负罪感，总有一种还不尽的情，最后导致了他做出把二姐嫁回老家的决定”。这也就是说，决定二姐命运的最根本的力量是父亲的感情，而非其他，包括习俗。作为叙事的需要，“我”只是一个见证人。小说所描绘的山里的饥荒、单调、落后，为什么也要落到“我”头上呢？如果推理下去，恐怕“我”真正想不通的就是这个问题。这要怪父亲，还是怪“以弟为子”的古老习俗呢？

当然在多数情况下，黄佩华对这些习俗包括地方的其他状况持肯定的态度。像《生生长流》就是一个典型的例子。虽然时代和社会急剧动荡，可小说中的农氏家族却兴旺发达，子孙遍布各地。七公农兴发年轻时被抓壮丁，后来又阴差阳错到了台湾，本来按正常的理解，他现在应该生活在发达的现代化社会，比远离中心城市的桂西北要好。可当他回到久别的红河故乡农家寨时，七公身上并没有来自发达地区的人那种高高在上的气势，而是一副略带寒酸且落魄的模样。他表示，即使故乡的土地贫瘠到“就是什么也不长，我也觉得家乡好”，也就是说，故乡的好是无条件的。而通过三公农兴良沉浮史，作者浓墨重彩地描写了壮族魔公文化的勃勃生机。农兴良年轻时救了一名外乡大魔公而得到了真传，成了红水河一带颇有名气的魔公。魔公文化是红水河流域的民间宗教文化，魔公的职责是为人们祈福消灾、驱鬼侍神、丧祭超度。农兴良出尽风头，为此还险些丧命。当然，三十年河东，三十年河西，到“土改”时魔公法事作为所谓封建迷信被取缔。农兴良不但逃过一劫，还因为有些文化，在新社会成了一名乡村教师。就是在这个时候，他也还冒险地秘密做了两次法事，一次是为自己的兄弟，一次是为老区长的父亲。老区长身为国家干部却也相信民间风水文化，小说借此反映了民间的传统文化的根深蒂固。改革开放后，一次偶然的机会，农兴良的一个建议意外地救活了一座矿山，他也因此得了个县长顾问的头衔。风水可以在探矿藏、建矿厂中起作用，以科学的面目复活。值得一提的是，魔公文化并非壮族独有，而是盛行于桂西北地区，包括汉族在内的各族都有类似的习俗。身在广西并熟悉壮族的人自然都知道“农”姓与当地壮族的关系，但其他人就不一定作此解读了，所以很多评论是从地域文化而非民族文化的角度来谈这部作品，并非空穴来风。

由于在广西民族融合的程度很高，所以人们对族别划分常常是遵从现实，并不刻意强调自己的文化认同。民族问题并不特别成为认同障碍，在现实生活中可能由于利害关系、传统因素、行政命令等决定一个人的民族，所以并不形成身份危机意识，倒是衍生出相关的一些谈资故事或遐想。比如“盘”为瑶族大姓，排传统十二姓之首，很多人下意识里都认为姓盘的必为瑶族人。著名诗人盘妙彬上大学之时，为其讲授第一堂历史课的教授即认为，姓盘者绝对是瑶族，并要他拿族谱来，帮其改正。盘妙彬当时对此事并不关心，所以不了了之。有意思的是，多年之后诗人回望故乡前尘，却仿如不经意地提及旧事，并述及自己的出生地乃是瑶族人聚居的山区，离故乡不远处有个地方叫王坟，即因埋葬着一位瑶王而得名。⑮说者无意，听者有心，身份证上“民族”一栏写明为汉族的诗人，若无其事地细说陈迹，未必就不是反映了某种内心涟漪。只是这一切，都不会影响他的创作罢了。甚至，诗人向往世界上那些风景如画的地方，“美丽之地皆故里”，更进一步，“与黄栌做邻居”“把清风、白云、明月当故乡”，追根溯源就显得无足轻重了。这种理想境界似乎在呼应学者提出的乌托邦愿景：“整个世界将走向大同，无论民族还是地区的狭隘观念注定要消亡。也许现存的各地区的差异暂时还不能消除，但将来的世界一定是一个大同世界”，那么这会不会变成一个千人一面的同质化世界呢？答案是乐观的：“阶级、宗教、民族的分界消失，并不像许多怀旧的人们相信的那样，必然意味着整个世界在个人生活风格发展的意义上走向大同”，相反，“个人有能力通过选择榜样和经验塑造自己的性格。一旦一个人具备了自主性、能够主动塑造自己的性格，他就能摆脱自己特殊的出生地和特殊的家庭背景所带来的地方观念……从人类未来发展的前景看，各个民族、各个国家的相互联系和合作终有一天要取代乡土气息，这是历史发展的必然”⑯。但愿这不是源于个人主义的幻觉。

对身份认同问题，广西的作家其实都有不同程度的关注，而且焦点一般不在民族身份上，而是个人认同上。如壮族作家李约热的《我是恶人》里，公安黄少烈生活质量不高，家里没有肉吃，小儿子黄显达吃了马万良家的肉，竟至于住到马家，不回来了。黄显达之所以不愿住在自己家，放弃作为社会规范的正面力量，反而被马家吸引，倒不是因为马家有肉吃，或者马万良更和蔼可亲，而是因为马万良的儿子马进，马进是一个小偷。黄显达不愿仿效当公安的父亲，而处处显露对马进的敬慕，将其当作英雄对待，甚至对马进命人打伤自己的腿无怨无悔。你可以说这是一个叛逆期的少年，他不辨妍媸。后来黄少烈设计圈套让马进偷东西，抓了现行，马进和马万良都受了重伤，黄显达觉得对不起马家，不再住他们家了，也不回自己家，而是住到山上的防空洞里。这就是在反映少年的认同危机。东西的很多小说都涉及认同问题，如《耳光响亮》《慢慢成长》等，特别是《不要问我》里的卫国，他碰到了身份危机。当他从西安（一座内陆古城，是历史传统和稳定的象征）到北海（一个新兴的沿海开放城市，一切都处于变动之中）时，并没有确切的目标，对自己要成为什么人也没有底，只能随遇而安，身份也就无法确定了：

卫国对着空荡荡的前方喊道：我叫卫国，男，现年二十八岁，未婚，副教授。卫国反复地背诵这几句，不断地提醒自己，可别把自己给忘了。

这里所反映的正是典型的认同危机：

一种严重的无方向感的形式，人们常用不知他们是谁来表达它，但也可被看作是对他们站在何处的极端的不确定性。他们缺乏这样的框架或视界，在其中事物可获得稳定意义，在其中某些生活的可能性可被看作是好的或有意义的，而另一些则是坏的或浅薄的。[17]

一位曾经的大学教师，教的是物理学（这是经典的现代科学），现在不但无法确定自己的位置，连自己的名字都快忘记了，最后只好靠比赛喝酒来证明自己的存在价值。也就是说，他已经失去了自己的意义框架，成了环境中一个被动的生物体。有时候在不经意间，东西也会为我们描述出同样的意义的空洞。《美丽金边的衣裳》里，丁松在酒吧里为一个空着的位置点了一杯咖啡，“对着那个空位喃喃地说着什么，不时伸手过去为对方搅动咖啡、加糖，仿佛他的面前真的坐着一个什么人”，希光兰知道那个位置是留给她的，可在酒吧里呈现的却是一个空位。当两人做爱的时候，丁松为了加强事件的真实性，叫出了对方的名字，希光兰却为此非常恼怒，并把他推了出来。她不喜欢别人叫她的名字，只想让别人知道她的代号，如A、B或K。也就是说，叙述者还力图区别出真实的希光兰与作为符号的B之间的不同。可对于真实的希光兰和丁松来说，他们常常又想摆脱这种真实性。所以后来他们做爱时，就开始喊男女明星的名字[18]，叙述者这样描述是为了突出希光兰所说的“不喜欢重复”，也即在性活动中增加新鲜刺激的考虑，不过无意中却表明了主体产生的困难，因为主体是在重复中生存的。

| 注释 |

① 廖炳惠编著《关键词200：文学与批评研究的通用词汇编》，江苏教育出版社，2006，第129页。佘碧平将“认同”译为“同一性”，载利科《作为一个他者的自身》，佘碧平译，商务印书馆，2013。

② 如徐松石《粤江流域人民史》(1938)和《泰族僮族粤族考》(1946)。两书后来均经过不同程度的修订，出版过多个版本，具有广泛的影响。参见《徐松石民族学文集》，《壮学丛书》编委会编，广西师范大学出版社，2005。

③ 据说改名的理由为："僮"字含义不清楚，容易读错，而"壮"则意义既好，又不会使人误读。有人总结为"完全符合壮族人民的心愿，有利于促进各民族的团结，还体现了周总理对壮族人民的爱护和关怀"，见黄庆璠等编著《壮族通史》，广西民族出版社，1988，第5页。

④ 顾有识:《汉人入桂及壮汉人口比例消长考略——兼论壮汉之互为同化》，载范宏贵、顾有识编《壮族论稿》，广西人民出版社，1989，第59页。

⑤《故乡与童年》，《广西当代少数民族作家丛书·陆地卷》，漓江出版社，2001，第1页。

⑥《七十回首话当年》，同上，第258页。陆地生于1918年，本文作于1989年，《故乡与童年》则作于1982年。陆地的民族由汉族改为壮族的时间，据其自传为1958年自治区成立之后。见《直言真情话平生：陆地自传》，广西美术出版社，2004，第16页。

⑦ 该小说收入《广西少数民族作家获奖作品选·短篇小说集》，中国作家协会广西分会编，广西民族出版社，1988。作者署名（壮族）廖润柏。

⑧《艰难的行走》，昆仑出版社，2002，第21、22页。

⑨《艰难的行走》，昆仑出版社，2002，第17页。

⑩《艰难的行走》，昆仑出版社，2002，第22页。

⑪《艰难的行走》，昆仑出版社，2002，第22页。

⑫《艰难的行走》，昆仑出版社，2002，第3页。

⑬ 参见周作秋等著《壮族文学发展史》(下)，广西人民出版社，2007。

⑭ 今收入《韦杰三集》，广西人民出版社，2006。

⑮ 盘妙彬:《向往天际之人的故乡》，载覃瑞强主编《重返故乡》，广西人民出版社，2011，第431页。

⑯ 理斯曼:《孤独的人群》，王崑、朱虹译，南京大学出版社，2002，第35页。

⑰ 查尔斯·泰勒:《自我的根源：现代认同的形成》，韩震等译，译林出版社，2001，第37页。

近期广西长篇小说：野气横生的南方写作

张燕玲

评论家王干在“广西后三剑客”作品研讨会上说：“广西作家有个共同的特点，就是‘野生’。‘野生’与野心、野性、荒野相关联，也与生态、自然、乡村密切联系。”王干一语道破广西作家的文学共性与个性，就中国文学而言，这是广西作家的个性；就广西文学而言，这是广西作家的共性。

在同质化语境日益严重的今天，对文学个性的呼唤，尤其新乡土写作以及成长记忆等等，对地域性、自然、乡民生存真实、乡土本真的呼唤越来越迫切。因为所有的文学作品都是从作家足下的土地生发，自然便有他的地域性，所谓一方人文的水土，这是一种地理的文学自觉；同时，也是当下建构国际化视野与中国文学理想，提升国际视野下的本土化写作，乃至中国当代作家如何向世界讲述中国故事的前沿问题，也是文学的母题。

近期广西的长篇小说也显示了一种根扎原乡、心生情怀，通过各自的文本凸显“地方性”对于文学空间的整体建构价值，因为在破碎化、私人化和虚拟化的时代，文学需要通过一种“地方”认知来重新获得其动力，我想这也是广西近期讨论人文

作品信息

《文艺报》2016年3月18日。

广西以“美丽南方”为切口，以对南方的“地域·自然”的重新挖掘发现，来强化对广西文化的认知，重新获得广西文化在今天的意义和价值，也许是切实的途径，也是有效的途径。

其实，当代广西文学的发轫之作，正源自陆地的《美丽的南方》。而今天，关于美丽南方的文学表达已经更为丰沛奇崛，也更有其自身的艺术影响力与生命力，尤其新一代广西作家，勇于直面时代的生存困境与精神困境，作品有更强烈的社会批判性，颇具时代担当和人文担当。他们以不俗的创作实绩，成长为以陆地、韦其麟等开创的广西现代文脉的传承者与创新者，广西相关部门顺势而为，如联合中国作家协会创研部、《文艺报》等单位于1997、2015年先后召开“广西三剑客”“广西后三剑客”作品研讨会，深得好评，把广西作家深度融入中国当代文学的格局；如近年权威的年度文学排行榜，广西各文体不时榜上有名，显示了广西文学经历近十年的蓄势，正在勃发，尤以其野气横生的南方写作屹立于中国文学之林，这是“美丽南方”的一棵棵嘉木。

一

当代广西文学一直活跃着陡峭的剑走偏锋的文风，一如上世纪80年代的“百越境界”，也如八桂大地遍地的野生植物，散发出生猛奇异、蓬蓬勃勃的活力。当下此文脉最有力道的当属东西、鬼子、田耳、李约热、朱山坡、光盘，以及更年轻的小昌、周耒等。

作家东西常说：自己是南方写作者，因为炎热，容易产生幻觉，想象力异常活跃。是的，亚热带充沛的阳光雨露，北回归线横贯广西的生机与繁茂，同时，大石山区的奇峰林立，特有的喀斯特地貌弥漫着一种野性和神秘感，使广西山水景物，时而山林迷莽、野气横生、奇崛苍劲，时而空濛、灵动、丰润豁朗。由此而生多样化的广西文学，尤其凸显了两种文风，即哥特式的陡峭奇崛与神似巴洛特的圆润朗阔。

直刺天空般的哥特式直面人生，当然充满着犀利诡异与力道十足，又相应着地理的野性，当代广西文学一直就活跃着这脉陡峭的剑走偏锋的文风，一如上世纪80年代的“百越境界”，也如八桂大地遍地的野生植物，散发出生猛奇异、蓬蓬勃勃的活力。当下此文脉最有力道的当属东西、鬼子、田耳、李约热、朱山坡、光盘，以及更年轻的小昌、周耒等。除鬼子的《伤痛三部曲》正在成型外，东西的《耳光响亮》《后悔录》《篡改的命》似乎可称为“命运三部曲”，坚定的执着关注民间苦难的平民立场，紧密的内在逻辑形成井然密实的结构，棱角分明的主人公构成个性鲜活的人物形象，命运的诡异坎坷赋予小说的狠毒绝望与野气横生，所幸洞晓一切的作者还给字里行间融入机智的幽默与凡间的快乐，使小说里这些野地里生野地里长的南方小民们充满艺术的张力。东西始终立足桂西北的贫瘠，以特立独行的创作对命运不懈的追问，以及不妥协的绝望反抗，来张扬现实批判意识。这种坚定的平民立场和决绝的批判精神，也是近20年中国作家对马尔克斯创作精神的张扬。

2015年夏至，读东西的新长篇《篡改的命》，“貌似用传统写法，夹杂了先锋的、荒诞的、魔幻的、黑色幽默的元素”为读者讲述了汪家三代篡改命运的故事。“命”为何要篡改？篡改谁之“命”？如何篡改？谁篡改？又“是什么支配我们的命运？”东西以含泪的笑，更以命运的荒诞层层推进，步步追问，犀利尖锐却又机智幽默，想象力丰富又劲道十分。令人触摸到东西对社会时代与人心的深度批判与深切绝望，掩卷之余，却有冷冬寒潮彻骨之感，绝望、虚无不期而至。

虚无中，我抓起梁漱溟的《这个世界还会好吗》读起来，仿佛救命稻草。梁漱溟让我们脆弱而不绝望，但我与东西都没有梁老先生的思想资源和生命厚度，也难有力量从容而豁达地承受汪长尺般命运的捉弄和现实的冲刷。我想，要既对生命及其际遇充满怜悯，又能对特定的苦难抱有一种“天地不仁以万物为刍狗”的淡定态度，是需要有多么高深的生命厚度才可能抵达，一如梁漱溟等。但世间满地皆是汪长尺这样陷于生存困境的草根，渴望改变命运的精神追求，何其艰难？垂死地篡改只能陷入无边的绝望。有意味的是故事的结尾。被篡改了命运的汪大志，尽管他把父亲汪长尺的案宗及自己照片扔入父亲自杀的西江大桥下，但昨日的汪大志今天的林方生怎会知道，是否还有什么真相或魔掌等在命运的前方，一如林方生突然现身牙大山面前，牙大山正在享受冒名汪长尺而偷来的生活，命运充满偶然性和戏剧性。这一切似乎都掌控在结构高手东西的笔下，可见东西绝望之深、悲悯之切。我想这也是我读后不能释怀之故吧。

沿着东西文风执着前行的当属朱山坡，近年他以一部《懦夫传》为民间野生人物立传，通过荒诞不经的故事情节挖掘文本隐喻意义。众多论者对其凶猛野性的文学劲道称赞有加，也对其略有情绪化的灵魂叙述有所期许。我个人更为喜欢朱山坡的中短篇小说，无论《我的叔叔于力》《跟范宏大告别》《陪夜的女人》《喂饱两匹马》《鸟失踪》，还是近期的《灵魂课》《一个冒雪锯木的早晨》等，既能触摸到作者俯视人间、悲悯万物与灵魂救赎的情怀，还能感受到人物的不妥协精神，以及作者对小说的准确观念，一种撒野后的节制的精粹和魔力。

绝望的反抗与犀利的劲道，也贯穿在田耳与李约热的创作中，只是他们的叙事较之东西、朱山坡更为舒缓绵实些。在他们耐心的缓缓的叙述中，一个无序的社会渐次打开，眼前一个个充满寓意与野草般的小说场域，同样洋溢着扎根田原市井的野性，田耳、李约热是广西难得的颇具民间品质的优秀作家。

李约热是个辨识度很高的作家。他始终书写那些“屁民们”在生存困境的左冲右突，那些有着对抗性的隐忍的小人物，犹如一株株野生植物，芒棘横生，却生命力蓬勃。他的长篇处女作《我是恶人》塑造了一个发誓就是要当恶人的马万良，以此书写80年代南方野马镇的生存、乡村底层的命运挣扎和根深蒂固的国民性。小说如他的优秀中短篇一样粗野坚硬，一样以荒诞的表象，内蕴着一种潜在而犀利的文学力量。何为恶？如何恶？到底因何而恶？最终明白马万良的“恶”是与众人关联的，是野马镇人身上的愚昧麻木、听命从众看客般的“平庸之恶”，一如美国思想家阿伦特所论。要挑战这种国民性的“平庸之恶”，犹如进入无物之阵。作者以尖锐的笔触直指时代、权势和世道人心，颇具批判性又内敛而自省。小说芒棘凌厉，野气横生，充满隐喻和文学劲道，既热辣辣，更沉郁无奈。

同样书写失败者的田耳，则多了生之欢乐与人之尊严，脆弱而不绝望。从《一个人张灯结彩》到长篇《天体悬浮》，这散发异质的令人耳目一新的作品，都是当下小说创作中与众不同的存在。在田耳设置的分裂的两极间，他耐心地抽丝剥茧般渐次打开的是一个无序的社会——一个从派出所到街道到酒馆到出租屋到妓院再到广场的无序社会。《天体悬浮》，一群无名无分的辅警，面对这些烂到泥潭里的生活，而悬挂于灰色不洁生活之上的是观星，是星空天体乃至广宇。小说便分出向下与向上的维度，而两极都活色生香，生气勃勃。亦正亦邪的警察符启明，他的日常的乃至尘埃芜杂生活，在田耳笔下活力四射，人物的精神层层分裂却野气横生。同为失败者的故事，但田耳深得文学三昧，明了小说也是为笔中绝望的小人物寻求反抗生路的，落实到具体人物，哪怕野地里生野地里长的小人物一如符启明、丁一腾等无名无分的辅警等，也是有生的幸福感的，那便是何为人？何为生？生的尊严，卑微的却是巍峨的。尤其到了《金刚四拿》的回乡农民工罗四拿身上尤为彰显。在这个进城与归来的故事中，野生植物般生气勃勃的四拿，令人忍俊不禁，更令人感动尊敬。到城里去，再回到乡村，四拿与路遥《人生》的高加林一样，历经了一次人生蜕变，生活的度量也发生了转变；历经过城市底层的血泪挣扎，终于在家乡找到了存在感与生命尊严。尊严，乃至安全感、幸福感，超越城乡与阶层，超越世俗功利，是人之所以为人的本质所在。而四拿的尊严在于从小立下的渴望，即当一次抬棺的“八大金刚”之一。何其卑微！但那却是许多乡村少年渴望受人尊重的成长梦。有梦想，便有追求。在一次无“八大金刚”劳力，却成功地如法炮制出“十六金刚”的轰动四乡的送葬后，四拿决定不走了，当村长助理，因为“这里需要我……需要我抬棺材，我才能变成金刚”。

田耳再次成功地在“垃圾堆里做道场”（杨庆祥言），也为此，田耳的文学世界会更为高远和阔大。四拿，乃至丁一滕，正是以对自我生命的尊重而超越生活与命运的际遇，从而免于受伤。田耳的大气象，正是在于他从丰富的思想和生活中汲取能量，尤其以满纸的人间烟火、市井气息、民间智慧抵御吞噬人的虚无，以依稀的人性之光透射现实与命运的幽暗之处，成就了他的“垃圾堆里做道场”的“这一个”。

李敬泽说光盘的写作“有一种蓬勃的、不衫不履的气质，这是非常少的”。这自然是肯定光盘独特的创作个性。从《王痞子的欲望》到《英雄水雷》，光盘的文学世界既有分裂感，更多荒诞感，他“不衫不履”的野性散发着一抹随性与草莽之气，散发着直面现实的勇气与掌控人物命运的强悍，那一个个荒诞故事表达了光盘对英雄意识形态化的真相发现。《王痞子的欲望》是把女儿养大来报恩。《英雄水雷》的水皮与雷加武，在纵火者与救火英雄的身份错位中，一路致力于还原真相而狂奔。这既是光盘的草莽野性，也是其对命运不妥协的曲折表现。

林白作品的异质和魅力一直是中国当代文学的鲜明存在。我见证了林白对文学三十年如一日不顾一切的追求。她撕裂自己的“一个人战争”，她的激情野性，她的丰沛妖娆，她不妥协的故意冒犯，仿佛她是为文学而生。作为中国当代文学私人化写作的代表，林白从《一个人的战争》《妇女闲聊录》到《北去来辞》，她创造性地把私生活写成了时代生活。《北去来辞》的北漂文青海红为寻找生活的意义，从一个人左冲右突的战争中走出，在厘清自身与史道良的相依关系后，也看清自己的梦想与疑难、可能与局限，回归生活，完成了治愈性的心灵疗伤与自我拯救。不仅为知识女性探索一条走出个人时空，寻找精神回归的自我救赎之路，而且描绘了一幅生动而繁复的现代社会生活图景。林白的创作充满女性的疼痛与悲情，文风尖锐奇崛，内蕴饱满，活力四射，为中国当代女性文学提供了持续而长久的阐析范本。

二

假如说前述的长篇以凌厉决绝的野性和批判性见长，那么黄佩华、凡一平、潘红日、潘大林、龚桂华、朱东、李小舰等人的长篇便是对现代传统的各自创造；如果前者似哥特式建筑，后者在各自创作个性外，或多或少以丰润朗健而颇领巴洛特神韵。

黄佩华是广西独有的专注以南方河流开掘民族与家国故事的作家，从《涉过红水》《生生长流》，到2015年的《河之上》，三十几年如一日执着于自己的精神原乡，从桂西这块红土地与母亲河找到了自己的生命体验、自己的独特的语法和语言，因而，他的创作是作者生命里带出来的，体现了他的文学自觉。《河之上》以作者的赤子之心书写自己的母亲河右江，书写河岸上那些带着美善向往的事物，那些看似普通庸常的人们，他们这样或那样的欢喜与忧愁、高尚与卑微；黄佩华引导我们去挖掘探究其中蕴含的生命质地与形而上的追问和思索。作者笔下的河流从表象上看似乎没有波澜，水面之下却是涟漪四起，惊涛骇浪，掀起了河之下的右江百年历史，熊家、梁家、龙家，还有陆家早已在历史大河中历经沧桑，历史与现实交汇处也早已物是人非，作者的敬畏与批判、厌恶与悲悯悄然浮现在河之上，作者说他要“捍卫历史和现实的真相”，包括对南方土匪的个性解读，给了我们一个重新认识历史的新视角。尽管后半部略显粗疏，但前半部显示的艺术功力，作者善于从虚构中触摸历史伤痕，并且不断反思乡土中国的政治和伦理的意义，其朗健机智的写实叙事，犹如那条条河流般缓湍畅扬，散发着南方蓬勃的生命力，显现了作者一以贯之的现实主义人文情怀。如果说，“文明史是对河岸上人们生活的记录”，那么黄佩华的“大河系列”，便是中国南方文明史的一部分。

2015年出版的还有红日的长篇小说《述职报告》，及其“文联三部曲”，红日告诉我们：当荒诞成为日常工作生活的本质，人的存在便遭遇巨大的挑战与质疑。他借此抒发了中国式的职场中别样的情怀，同时作为描摹日常的高手，那些新鲜如昨的细节、动人的人与事，诸如玖和平的乡村伦理之善，辐射出满纸桂西北质朴的乡村智慧与民间情怀，显示出作者有着较好的生活还原能力，尤其白描功夫，常常寥寥几笔，尽得精神。散发着南方泥土芬芳的新乡土写作还有《股份农民》，朱东、张越为我们塑造了桂东南新农村包家文这一新式农民的形象；《苦窑》桂北高尚坪黄、秦、令三大家族的沧海桑田，是龚桂华对人性幽微与裂变的深度表现。此外，凡一平的《上岭村的谋杀》以“中国盒子式”的框架结构，环环相套，在建构完整封闭的叙事圈套中，为读者奉献了一个悬念迭出的好故事。潘大林的黑旗军的历史书写，李小舰的《西江风雨》，杨仕芳的《白天黑夜》等等都可圈可点。

长篇小说创作还有一个出色的文学存在，那便是广西女作家群。比如王勇英新作不断，以心性在中国儿童文学创作中，建构了一座自己的南方艺术之城。是的，王勇英多以“城”的意象构建自己的作品空间，“弄泥的童年风景”系列中的南方客家孩子《巴澎的城》，“鸟麻之城”系列中的“鸟麻之城”，城里童心四溢、本真纯净、巫性十足、野气横生。比如远在美国硅谷的广西籍女作家陈谦，其文学原乡皆根扎南宁，她的留学生生活精神困境系列、精神疗伤与自我救赎系列令人关注，近日的长篇《无穷镜》出色描述了人生在蝇营狗苟、片片浮云之上还有物质的“无穷镜”与精神的无止境，“成功者”高处不胜寒的虚无与绝望，时代精神症候在陈谦洞若观火的透切中，“人生何以如此？人何以如此?”的追问便得以淋漓呈现。比如一地苍凉的《淑女学堂》，映川以感性丰盈的笔触表现了新一代淑女是如何炼成的，女人也需要像男人一样奋斗。还有网络作家辛夷坞从《致我们终将逝去的青春》到《应许之日》，成为国内网文都市言情的代表写手之一。辛夷坞的书写有生活、有记忆，干净、细腻。又比如远居德国、比利时的纪尘、凌洁，即将出版的新长篇《冰之焰》《侨港春秋》，比如锦璐、陶丽群、林虹、潘小楼等等，杂花生树的她们，本身就是一棵棵挺立的南方嘉木。

嘉木当然是品性卓然，刚硬与柔软同在，锋芒与独到相应，野性与个性共生，唯此，南方才可能美丽，中国文学之林才可能蔚然成荫，生生不息。

以漓江为中心的文学叙事

——“广西当代多民族文学研究”系列论文之二

黄伟林

在我们所做的广西文化符号影响力调查中，漓江排名第四，仅次于桂林山水、刘三姐、壮族，是最具影响力的广西文化符号之一。[1][2]

《广西大百科全书》是这样描述漓江的：

漓江，桂江中游河段。干流位于桂林市辖区和阳朔县境内。自兴安县溶江镇灵渠汇入处起，向西南流，经灵川三街镇，至桂林市城区右纳桃花江后转向东南流，经阳朔、平乐县恭城河汇入处止，全长161千米。[3]

漓江的“漓”字究竟何意？宋代曾在桂林做官的柳开推测过漓江称“漓”的缘由：发源于海阳山的海阳河流至兴安灵渠分水岭后，分成两水，亦即“相离”，所以，北流之水称“湘”，南流之水称“漓”。在《湘漓二水说》一文中，柳开说：

作品信息

《广西师范大学学报（哲学社会科学版）》2016年第2期。

二水之名，疑昔人因其水分“相离”，而乃命之曰湘水也、漓水也。其北水所谓湘，南水所谓漓，将有以上下、先后而乃名之也。水固属北方，北方为水之主也，以其北流者归主也，乃尊之以“湘”字，加其名为上焉。又疑为以北者入于华，南者入于夷，华贵于夷也，故以“湘”字为先焉。既二水以二字分名之，即北者以先名“湘”也，即“漓”者必加南流者也，所以漓江是分水之南名也。因其水之分，名为“相离”也，乃字旁从水，为“湘”为“漓”也。

明代张鸣凤《桂胜》描述了漓江的样貌：

漓则经灵渠南出，缭绕桂城东北，城之西南，带以阳江，从漓山下入于漓。水波宽广，为桂金汤之固。岸傍数山，或扼其冲，或遮其去。故间有乱石及沙潭处。清浅为滩，湛碧为潭。余虽深至一二丈，其下石杂五色，草兼数种。所有游鱼，群嬉水面，间没叶底，停桡少选，种状可尽别。以此水最清，洞澈无翳，飞云过鸟，影不能遁。

虽然古人大都认为漓江的“漓”以“离”字作河流命名之由；然而，据《辞源》，可以发现“漓”有三个含义：一为流貌，二为水渗入地，三为漓江。体会“漓”字的三重含义，可以发现漓江确实名副其实：水之流动为“漓”，这是漓江与所有河流的共同特征；水渗入地为“漓”，这准确地指出了漓江所依托的喀斯特地貌，不同于其他大多数河流，漓江之水依托的喀斯特地貌有许多溶洞，导致漓江之水很容易渗入地下溶洞。“漓”之两个含义明确了漓江的特性。因而，顺理成章，“漓”成为桂林这条河流的专属命名。

20世纪，漓江逐渐成为中国最重要的旅游胜地之一。包括美国四位总统尼克松、卡特、乔治·布什和克林顿在内的数百名外国元首曾经游览漓江。1992年，在全国40佳旅游胜地评选中，漓江风景区得票数名列第二，仅次于当时即将“高峡出平湖”的长江三峡风景区。2005年，《中国国家地理》杂志社组织200多位顶尖专家评选中国最美景观，在“中国最美峰林”这一项中，“桂林—阳朔漓江山水”名列榜首。2013年，美国有线电视新闻网‘CNN’为旅游爱好者评选出15条最值得一去的全球最美河流，漓江成为中国唯一入选的河流。

漓江的源头在岭南最高峰猫儿山海拔接近2000米的八角田高山泥炭沼泽中。秦始皇时代，因为灵渠修通，海洋河的水引入了漓江，因此，漓江增加了一个人工的源头，即海洋山。灵渠修通意义重大，一方面，岭南并入了中国版图；另一方面，中原文化与岭南文化实现融合。

漓江所流经的是世界上最典型的喀斯特地貌区域，山与水在这里奏出了最美丽的乐章，生成了甲天下的桂林山水。如果说“千山环野立”的山是桂林山水的肉体，那么，“一水抱城流”的漓江就是桂林山水的灵魂。桂林山水恰似灵与肉的完美结合，千百年来吸引了无数文人墨客，造就了无数文采华章。如明代俞安期的《初出漓江》:“桂楫轻舟下粤关，谁言岭外客行艰。高眠翻爱漓江路，枕底源声枕上山。”清代袁枚《兴安》:“江到兴安水最清，青山簇簇水中生。分明看到青山顶，船在青山顶上行。”这些都是写漓江的妙品，亦是中国古代山水文学的佳构。这些文学作品不仅写出了漓江的形貌，而且写出了漓江的神韵，甚至规范了漓江的审美品格。漓江因为这些文学作品的陶冶，成为一条如中国水墨画一样的河流，承载着中国古代文人的幻梦；她超然世外又蕴人间烟火，风情万种又藏傲然风骨；她是真实的存在，又是至美的象征。

古代以漓江为题材的文学作品，有一个明显特征，即创作主体多为中原旅桂人士，少有本土作家。这就导致古代漓江题材的作品，多为观光抒情、托物言志的内容，少有叙事的成分。古代漓江题材文学，美则美矣，但总觉得清浅。经过千百年的文人书写，漓江基本上被定格为一条“文人的江”。更确切地说，这是一条中原文人的江，通过灵渠而涌入漓江的中原文化，既对漓江文学进行了中原文化高度的提升，也对之进行了中原文化精神的提纯；在提高她提纯她的同时，也窄化了她，简化了她。目前我们所读到的那些经典漓江文本，与其丰富的自然及人文内涵并不很相符。

民国以来，许多新文学作家也写过有关漓江的作品，但仍然未能脱离古代漓江题材作品的窠臼，主体多为旅桂人士，而且大多也停留在观光抒情的范畴。在众多民国旅桂人士游览漓江后留下的文字中，胡适的《南游杂忆》给我留下了较深的印象。与大多数关于漓江的文学作品相比，胡适的文字显然更平实，甚至更缺少文学性。胡适的漓江文章之所以给我留下较深印象，是因为他涉及了大多数作者未有涉及的内容。他写了游船上桂林女子唱柳州山歌的情景，特别是抄录了9首山歌在文章中。过去的漓江书写多是文人写作，有非常强的中国文人传统，胡适的漓江书写注意到漓江还存在另一种传统，即民间传统，如这样的山歌："大海中间一枝海，根稳不怕水来推。我们连双先讲过，莫怕旁人说是非。"[4]这样的漓江山歌与文人的漓江诗歌完全是两种类型，其表达方式和情感内容截然不同。一雅一俗，一文一野，两相对照，可以看出文学中所富有的弹性和张力。胡适注意到的漓江山歌是对传统文人漓江诗歌的拓展和丰富。

进入当代以后，胡适注意到的漓江山歌传统后来在电影《刘三姐》中得到了极大的张扬，山歌成为电影《刘三姐》最具魅力的元素之一。《刘三姐》也因此成为那个时代的电影经典。胡适是一个学者，有着学者特有的客观和严谨。他的《南游杂忆》专门强调他在漓江上听到的是柳州山歌。柳州山歌在漓江上唱，这确实是个有趣的现象。不过，如果我们注意到广西的几条重要河流如红水河、柳江和漓江最后汇聚成了西江，就会对柳州山歌在漓江上唱不以为奇。河流是相通的，河流的相通造就了文化的相通。胡适对广西的文化地理并没有全面的了解，但学者的直觉帮助他保留了真实客观的文化信息。电影《刘三姐》通过刘三姐把龙江、柳江和漓江的文化沟通了，这恰恰暗合了胡适亲身经历过的事实。

古代旅桂文人是用中原文化积淀书写漓江，漓江文化因此具有汉族文化的特点。胡适在漓江游船上发现了漓江还有柳江文化的存在，这个事实提醒我们漓江可能还有另一种传统，即广西少数民族的传统。胡适并没有对这种可能性作出过探讨。但是，半个世纪之后，一批广西的作家、评论家开始重新认识漓江的人文积淀。1990年，小说家张宗栻与评论家黄伟林在《文学自由谈》上作了一个对话，其中专门谈到：

A：除了“百越境界”这个一度响亮过的宣言外，广西还有一批作家在默默开垦着另外一块具有流派色彩的田地。

B：就是漓江文化。

A：在这个尚未成为宣言、成为旗帜的风格笼罩下，已产生了一系列作品，像《漓水谣》《魔日》《石头船》《年轻的江》《河与船》《大戈山猜想曲》等。

B：无论是回顾历史还是观照现实，都能清晰地发现广西文学的两种流向。一种属于桂南，可以概括为百越境界。这是带着鲜明的原始色彩，具有深厚的神话思维特征的文化。花山崖壁画是这种文化最形象的浓缩，红水河是这种文化物质形式的生命的脉流。从中国多民族的角度看，这种文化的主体核心恰恰由壮、瑶两大少数民族构成。五十年代的《刘三姐》和《百鸟衣》，则是这种民族文化的原始精华——民族神话和社会现实成功结合的产物。另一种流向则属于桂北，可以概括为漓江文化，这是受中原文明影响很深的文化类型，可以说是正统文明和山水文化相结合的典型范例。与百越境界的原始特征相对，漓江文化具有浓郁的文人气质。考察漓江流域的各种神话传说，可以很强烈地感受到华夏正宗人文历史对它的渗透。[5]

对话中提到的《漓水谣》《魔日》《石头船》是张宗栻漓江题材的小说作品。自20世纪80年代以后，一批广西作家开始了对漓江的关注，创作了一批可以称为漓江叙事的作品，代表人物有张宗栻、梅帅元和沈东子。

作为生活在漓江畔的桂林人，张宗栻本来并没有漓江叙事的自觉，是梅帅元提倡的“百越境界”启发了他。考察张宗栻的小说创作，正是在1985年以后，张宗栻笔下的漓江被注入了浓郁的百越文化气息。

《魔日》的故事发生在漓江。蓝朵从很远的大山里来到漓江，看上了在漓江上的小伙子阿尚。两人终于相爱结合。小说的故事虽然很简单，但穿插其中的文化理念却非常有想象力。蓝朵是一个瑶族姑娘，以卖药营生。阿尚是汉族青年，以捕鱼为生。因为文化背景的不同，两位年轻人互不理解。蓝朵无法理解阿尚，她觉得“这后生是太冷了，像那条江一样。尤其是深幽幽的黑眼珠，射出清水一般的光流，蓝朵每与他目光相碰，都清楚地听到嗤啦一声响。那响声弄得她耳朵嗡嗡的，叫她害怕”。阿尚同样不理解蓝朵，“她好像看过我几眼，阿尚记起来了，传说他蛮婆会放蛊的呢，暗中弄你一下，就生病了，再弄一下，就死了……他有些发慌，摸摸头，微汗浸浸的，竟一下说不清是冷汗还是热汗”。蓝朵与阿尚的结合，既是汉族与瑶族的结合，也是红水河与漓江的汇通，两种文化在陌生化的吸引中相交相融。

《魔日》是一篇高度“文化自觉”的作品，小说专门设计了两个年轻小说家的对话，对话的内容正是对漓江人文的发现。在承认文人文化浸透了漓江，漓江是一条文人的江的同时，作者将红水河文化纳入漓江，为漓江的清冷注入了火红灼热的人文内涵。

如果说《魔日》有很明显的文化理念的痕迹，那么，《漓水谣》则洗尽了理念的铅华，直接书写漓江渔人的人生，讲述了过江客、摆渡人和大学生三个人物的故事。

老沌73岁，是一个过江客，一辈子生活在河流上，“一条江一条江地浪”。回首往事，老过江客也曾经有过爱情，有过女人，有过孩子，只是他习惯在河流中独往独来的日子，相信“过江客由礁石生下来，由江水收了去”的船歌，终于没有成家。70岁是过江客收水的最后日子，等待河神有一天把他收走。老过江客终于把他的船停在磨石山的河湾，这是他选定的归宿地；舟子、排子、鱼鹰，这些都是他的财产，凭这些，他死后，也会有人为他办后事，他遗下的船排就归葬他的人。

明桂、昌水和竹筍是好朋友，别人称他们是桃园三结义。明桂喜欢上了昌水的女人柳叶。为了方便见到柳叶，他改捕鱼为撑渡船。他与柳叶约好晚上在骨树林见面，他如约前往。柳叶没有来，竹筍却来了，痛打了明桂一顿。明桂只好解了老过江客的船，漂江去了，不再回家。不久，柳叶到磨石湾打丝草再没有回来。几年以后，渔村的人在下游很远的圩上看见明桂和柳叶在卖鱼。

渔村中的小狸考上了广州的大学，成了城里人。他带女朋友英子回渔村，晚饭后两人到河滩上乘凉。他给英子讲江客老沌的故事，讲会唱歌的明桂和柳叶的故事，他讲这些故事的时候，一条舟子正好从河上经过，舟子上的人唱：

妹呀妹——

日头催你你不来——

月亮喊你你不来——

若还是哥和你睡

赤着脚板跑起来——

老过江客、明桂和小狸差不多是渔村的三代人。他们的人生各有不同。老过江客的生活相对原始自然，更接近古老的传说；明桂的生活有了更多社会的内容，世

《石头船》写的是漓江上货船船夫的生活。贩运货物的船夫最害怕的是遇上传说中的石头船。“石头船总是这时在云端出现，它如飞而来，涌动翻着云潮，呼呼地搅起狂风，灰白的船头与山尖猛撞，将山和自己击得粉碎。漫天石雨溅落，激起暗白的水花。”老卜这次贩运的是一船细瓷，如果顺利他将获得丰厚的利润。可是，在磨石山附近的长滩，他遭遇了传说中的石头船。“飞驱的石头船撞毁在磨石山尖。它像玻璃一样碎裂并飞射到空中，把黑云穿得千疮百孔。天空亮闪闪的一片，辉煌而夺目。继而，无数晶亮的白色碎石，从天空呼啸着向下砸，最先击在山岩上的弹起很高跟接踵而来的碰击，发出粉碎前的脆响。”这场遭遇，导致老卜除了破船一无所有。小说最后告诉我们，电视报道那天磨石山长滩区域降了特大冰雹，但老卜没有听见。石头船的传说仍然沿江流传，老卜对自己的遭遇讳莫如深。他依旧在江上运货，重建他被毁的生活。

张宗栻是“漓江叙事”最为自觉的书写者，他创作了相当优秀的“漓江叙事”文本，长期以来我们或者忽略了他，或者低估了他的作品。上述三篇小说无一例外都是挽歌——为漓江渔民船夫唱的挽歌，为漓江传统生活形态唱的挽歌，反映了不

同民族文化的碰撞和交流，山歌在渔民生活中的作用，传说对船夫心灵世界的影响。张宗栻写出了漓江文学的深度、厚度和丰富度，他不仅写出了文人文化浸透的漓江，也写出了民间文化浸透的漓江，还写出了少数民族文化点染的漓江。因为有张宗栻的小说作品，漓江曾经有过的生活形态获得了审美的保存。许多年后，那些对漓江传统生活有文化情怀的人们，或许只能在张宗栻的作品中发思古之幽情。

“百越境界”的倡导者梅帅元从小受红水河文化的熏陶，他并非桂林人，也没有定居桂林的经历，但他却对漓江情有独钟，写过一批很有特色的漓江题材小说作品。

《船女与过客》中的船家女满蓉是杨堤人，喜欢读书，高中毕业没考上大学，只好回村谋生计。冬季是捕鱼的淡季，却是旅游生意的旺季。上游水浅，航道不通，桂林的游客只能乘车到杨堤上船，于是大大小小的生意便在码头上兴旺起来。男青年富连喜欢满蓉，他是做生意的好手，能把什么都变成钱，比如到江边捡些好看的石头就可以卖给外国人，又比如在岸边围个便所就可以收费。满蓉虽然佩服富连的能干，但却对他的视野和品位不以为然。有一天，三个骑自行车旅行的大学生经过满蓉的船，满蓉邀请他们一起吃豆腐煮鱼头。他们相谈甚欢。富连对满蓉免费请客不高兴。不久，满蓉的父亲回到船上，发现两个男学生坐在满蓉的床上，很不高兴，三位大学生只好告辞。满蓉做好鱼趁热给大学生送去，但大学生已经离去。

梅帅元的漓江叙事截取的是旅游业背景下的漓江生活。富连作为渔民中的能人，思想已经高度商品意识化，利用漓江的一切以谋利，可惜限于文化水平和商业视野，他只能以个体手工的方式赚钱。满蓉喜欢读书，并不安心这样的生活，对现代高等教育建构的人生充满渴望。值得特别注意的是小说中那几个大学生对漓江旅游业的议论：

谈及旅游，“部长”发了番议论，说是坐船游漓江只能看着些皮毛，其实美的深邃处是在排子和渔船上。“老牛”纠正说：是在鱼汤里。未来史学家“眼镜”认为：旅游业该把风光与历史合一，在欣赏自然的同时，欣赏人类自身的进程。他决定把百里漓江划分成为若干历史区域：第一区为洪荒时代，无人，群兽出没。第二区为甑皮岩的石器时代。以下按历史进程排列下去。在每个时代区生活的渔民都成为旅游公司的工作人员，一切风俗、衣着、语言等都按那个时代再现。

这番议论出自几个大学生的嘴里，并非仅仅是小说情节的需要，更来自作者梅帅元本人对漓江旅游业的思考。十多年后，山水实景演出《印象·刘三姐》横空出世，实际上在梅帅元十多年前的小说中已见端倪。

《流浪的情感》中的小娘是剧团的演员，剧团春夏时节在桂北大山里巡回演出，秋季转到漓江流域，演员们过着流浪的生活。流浪人同情流浪人，小娘看见漓江上的放鹰人便有了亲切的感觉。放鹰人以水为家，沿江河流，于青山绿水间做着捕鱼生计。作者对放鹰人作了形象的描写：

十几只竹排从江湾里转出来，一只连着一只，像汛期的鱼阵。当头一只排子，上面立一个后生，十几只鱼鹰站在排上。每只排上都站有鱼鹰。竹排重叠在山影里，看去是幽蓝的。进入急滩处，竹排变了节奏，融化在晃眼的光斑里。放鹰人的歌声在浪涛中响起来：

摇个竹排划个桨呀，
七呀八妹子小哥郎。
得鱼上街换麻糖呀，
七呀八妹子小哥郎。
麻糖送给桂花娘呀，
七呀八妹子小哥郎。

歌声此起彼和，错落有致，裹着水影天光，透明地飘流过来，转眼又换成了号子声。竹排迅速向江面散开，很快又收拢回来，围成弧形的阵势。放鹰人用桨子把鱼鹰赶下水，开始捕鱼。

鱼鹰在水面盘旋，寻找目标，纷纷潜入水中，放鹰人挥动桨子拍打水面，用足踏排，喊着奇怪的号子。那声音听去是火热的。江面顿时热闹起来。

小娘爱看放鹰人捕鱼，放鹰人爱看小娘演戏。剧团在阳朔的山水之间游走，作者如此写道：

队伍若断若续，长长绵绵，宛转于河谷之间，不时被树林间隔，留出一段空白。齐腰高的荒草不停地摆动，人便像在草浪浮游。间或往高走，到了峰顶，似乎要走到云里去；忽又跌落下来，沿江踏浪而行，化成斑驳的影子。江风吹动悬崖上的灌木丛，一片片叶子飘落下来，远远落入水中。

剧团到了兴坪古镇，顺着小娘的目光，我们看到兴坪古镇的情景：

古香古色的房子被山水环抱着，房顶还长着青草。古板小路伸得很长，两旁是商店、中药铺、学校，还有漂亮的招待所。快到重阳节了，镇里的人都忙着过节的事。老人们坐在门口用小钳子嗑红瓜子，准备做饼子用。女人们都来到桂花树下，展开花布，打桂花。小孩子爬到树上，摇动树枝，桂花便纷纷洒落在花布上。女人们把桂花收集起来，用小篮子装了提回家去，节日里要做桂花糖，要泡桂花茶，还要酿桂花酒。没有桂花，那节日就会少了香醇，过起来也就没滋没味了。

在小娘这位戏剧人的眼睛里，漓江山水全变成了舞台，渔民生活全变成了戏剧中的情景。真是戏如人生，人生如戏。这种古老的箴言或许就是对作者最重要的启示。如果看过梅帅元创意策划的世界上第一台山水实景演出《印象·刘三姐》，我们就会发现，小娘眼里的风景，小娘本身的风景，已然成为《印象·刘三姐》的风景。山水实景、漓江以及漓江人的生活，启发、激活了梅帅元山水实景演出的想象。

《漓水渔王》同样暗藏了作者旅游演出的创意策划。旅游业的开展使訾洲村里的打鱼人把世代只盯住水面的眼睛转向了旅客口袋，村里所有的渔船都变成了游艇，只有福贵与众不同，他把渔船换成了白马。旅游旺季，游客络绎不绝。上百只游艇争抢游客，唯一的白马成了游客的宠爱。在漓江边骑白马与象鼻山合影成为福贵招揽游客、大赚其钱的绝妙创意。福贵的这些赚钱方法对于作者而言显然不是关注的重点，小说关注的是渔王——那只体魄健壮、一天能为主人福贵捕上几十斤鲜鱼的鱼鹰。作者把小说的叙述视角放在渔王身上：

它喜欢主人的剽悍，喜欢渔人狡诈而狩野的号子。每次，当它擒着活鱼浮出水面时，主人便把竹篙伸去，它跳上去，耸起双翅，随寻篙子的晃动一颤一抖。这是一种古老的种族舞蹈，表达了杀戮和征服的快感。鱼在嘴上挣扎，发出无声的悲哀，它记起那股血和水的腥味。

然而，这一切似乎已经成为久远的过去。如今，白马成了主人的新宠，渔王停业赋闲，它甚至遭到鸭子的嘲笑，鸭子建议它学习生蛋，为主人赚钱。离开了漓江的鱼鹰血液渐渐冷却，渔王的高贵成为其念念不忘的幻想。终于有一天，主人福贵将垂死的渔王按古老的风俗放回漓江：

渔王嗅到了水的腥味，听到浪涛拍击岩石的巨响，渐渐清醒过来。它站立起来，垂着的双翅慢慢展开，淡绿的眼中突地射出一道光亮，仿佛燃烧起来，它听到一种奇异的声响，先如泉水呜咽，然后渐渐洪大，汇成滩啸般巨响。这声响来自体内深邃的记忆，来自重新沸腾的鹰族血液——它拍翅高叫起来。

现代化终结了鱼鹰作为渔王的时代，鱼鹰的光荣永远地成为了过去。梅帅元这篇小说像张宗栻的漓江叙事一样，又一次演唱了关于漓江传统生活的挽歌。十多年后，当人们在山水实景演出《印象·刘三姐》看到鱼鹰出现在那阔大的山水舞台，或许会生出与梅帅元相似的意绪，那是对一种远离人类同时又为人类所怀念的生活方式的缅怀。

上述三篇小说，或许可以称为梅帅元的“漓江叙事三部曲”。在这些作品中，作者写出了现代化对漓江、对漓江人的影响，但是，这些漓江叙事最主要的价值却在文学之外，即它们寄托了作者对于漓江旅游的思考，暗藏了不少有价值的现代旅游创意和构想。

如果说张宗栻的漓江叙事唱出了漓江传统生活的挽歌，梅帅元的漓江叙事努力探寻漓江作为旅游符号的产业价值，那么，沈东子的漓江叙事又开拓了一个空间，即中国文化与西方文化相遇时中国人的内心体验。

作为生活在桂林的作家，沈东子有一批小说讲述的是旅游业刚刚起步、大量外国人涌进桂林那个阶段的故事。在这里，我同样选取三篇小说加以论述，它们分别是《美国》《郎》和《有谁比我更爱好 BROKEN ENGLISH》。

《美国》中的“我”是一个能够讲英语且酷爱美国文化的中国人，因为共同的爱好与了了妈相爱结合并生下了女儿了了。后来了了妈跟一个跛腿男人去了美国，“我”因此意识到了了妈爱的既不是“我”，也不是那个跛腿男人，她爱的是美国。

小说对“我”所生活的环境有所描写：

我常常抱着了了坐在江边，遥想我生命中一个如梦的夏天。码头上的冬青树依然繁茂如同当年，可是已经见不着击水嬉闹的渔家少年。人们排着长队依次登上驶往下海的白色的船，好像前去瞻仰的是本世纪最后一片田园风光。是的，鹅卵石的河滩上不再有小鸟觅食蜻蜓翻飞，只有瘪瘪的可乐罐和万宝路香烟壳在水面上漂荡。

这时候了了妈已经抛弃“我”和了了去了美国，留下“我”在这里沉湎于无尽的遐想。在一定意义上，“我”和了了妈都是“唯美主义者”。“我”热爱的是美国的精神文化——自由、平等、博爱，如杰弗逊、爱默生、梭罗、狄金森、林肯、梦露、马丁·路德·金。了了妈崇尚的是美国的物质文化，如耐克鞋、牛仔裤、麦当劳、可口可乐、蓝带啤酒、雀巢咖啡、三明治、汉堡包。作为“漓江叙事”的文本，《美国》陈述了“我”这样一个美国精神文化热爱者所受到的美国物质文化的伤害，从而发出“我的情敌是美国”的怨恨之语。

《郎》的故事发生在桂林，如作品所描述：“这座小城不可谓不浪漫，相思江、情人河、月亮山、爱情岛，每块石头都留有才子佳人的爱情传说，每面崖壁都凿着文人墨客的千古绝唱。”小说讲述了发生在“我”、桃和郎之间的故事。我和桃从事的都是旅游纪念品生意：

我和桃在一个阳光明媚的日子相识，就像一粒雨和一颗鹅卵石相遇一样偶然。当时我在兜售我的画，而她在叫卖她的瓷器。这里的景色异常独特，虽说没有华北平原的一马平川，也不见西域古道的大漠孤烟，可是四处都耸立着碧绿的山峰，妖娆的小河上还飘着梦幻的扁舟，难怪外人会说这方土地上连草都风流。我和桃相遇在这片如诗如画的风景里，自然也就会生发出如诗如画的感情。

然而，在“我”和桃之间，郎出现了。郎是一个日本人，“像所有的日本男人一样个头不高，但是戴着金丝架眼镜，一副温文尔雅的派头，没有留日本男人通常都有的那种仁丹胡，也就是说没有中国人记忆中那种粗鄙和残暴的象征，下巴总是刮得干干净净，显得异常精明”。尽管郎很有绅士派头，但“我”却对他充满敌意，这里既有历史造成的敌对意识，也有男性本能的自卫心理，“我习惯于用情敌的目光看待他”。

郎果然就是“我”的情敌，他以很大的耐心引诱桃，终于如愿以偿。但郎又不是“我”的情敌，小说结尾暗示我们，经过郎的引诱，桃最后成了做皮肉生意的妓女：

我最后一次见到桃是在几年后的一个炎热的黄昏。她披着一头波澜起伏的长发，那曾经红润如桃的脸蛋已被厚厚的脂粉所掩盖，只能看见嘴唇上很不真实的红色，还有睫毛上同样很不真实的黑色，活像未卸妆的艺妓。她身穿一袭浅黄色的露肩薄裙，左肩挎着一个小坤包，右手挽着一个日本人，从一家豪华酒店的玻璃旋转门飘然而出，轻盈得如一阵秋天的风。那个日本人也系着一条深色的领带，但不是郎。

与《美国》不同的是，《郎》中的“我”并不是日本文化的崇尚者，甚至因为半个世纪之前的那场战争，他对日本人怀有敌意。小说甚至写到桃的外婆也是那场战争的受害者，“她外婆年轻时为了躲避日本兵，从东海边逃到洞庭湖边，又从洞庭湖边逃到这座南方城市的小河边，一生都在躲避日本人，现在都还时常梦见咿呀叫喊的日本兵”。然而，桃却在郎的金钱引诱下就范，以至于“我”颇不甘心地认为：“只要有钱，什么都可以办得到，别说是买一只桃，就是全世界所有多汁的鲜桃，日本人都可以用钱买到手，因为日本人虽然什么都缺少，但是独独不缺少钱。”

《有谁比我更爱好 BROKEN ENGLISH》的主人公“我”是河湾咖啡馆的经营者。如小说所描写：

这座小镇的风光得益于她家窗前的那条河，那条河蜿蜒曲折，水质清澈，经过这里时忽然变向拐了一个弯，好像专门圈出了一片平缓的空地，好让这里的人们日后繁衍和生息。我就是有感于河流拐弯时的那种突然动作，把自己这家咖啡馆定名为“河湾咖啡馆”。

西方游客特别喜欢到小镇旅游，也喜欢到河湾咖啡馆抚慰心情：

那些习惯于闹腾到午夜的西方人，原先是为了清静才躲到这座群山环抱的小镇里，不想小镇比他们想象的要安静得多，不仅月光如水，水流无声，而且山影幢幢，街巷无人，寂静得耳朵发疼，才住了三五天，那点西方人的缠绵心事就被山风吹得干干净净，心儿也被吹得空空落落，只得借啤酒不断浇灌，才能找回一点踏实的感觉。

“我”最怀恋的是20世纪80年代初与第一批西方旅游者交往的经历。在“我”的心目中，那时候来中国的游客是人中精英，无论衣着还是谈吐都透露出自由主义者的风采。然而，进入20世纪90年代，那种风采如广陵散一样随风而逝一去不返。小说写道：

在那些堆满了可乐罐和啤酒瓶的咖啡馆里，实用主义明显占据了上风。人们纷纷用蹩脚的英语谈论着蹩脚的话题，诸如需要兑换美元吗？你能做我赴美就读的担保人吗？在美国如何才能拿到绿卡？需要我帮忙介绍几位中国姑娘吗？我可以和你结婚去纽约吗？等等。

英语成为这里最具魅力的时尚，得到所有女孩子的追捧：

在她们看来，英语代表的是一种高雅的生活，对英语的爱好也就是对文明的爱好，英语总是跟玫瑰、微笑、精巧的领结和小杯的咖啡联系一起，或者简单地说，总是跟浪漫联系在一起，很难想象如今一个浪漫的年轻人嘴里不会说出几个精妙的英语单词。可以说英语是这个时代中国女孩的公共情人。

值得注意的是，沈东子这三篇可以称作“漓江叙事”的小说，无一例外使用了“情敌”抑或“公共情人”的说法，小说的主人公在爱情这种本来最具精神气质、最具隐秘色彩的空间，完全无法抵御物质文化强大的外国人的入侵。这里的外国既有主人公崇尚的美国，也有主人公仇恨的日本。沈东子的漓江叙事传达了20世纪末期中国男人一种失落的情感，在强大的金钱力量面前，他们似乎失去了任何抵抗的能力，他们眼看着心爱的女人弃己而去，无力追回，唯有伤感。

金钱固然在20世纪80—90年代的中国体现了强大的力量，然而，那个时代的中国人在金钱面前完全没有抵抗的能力，显示出那个时代中国人精神建构的贫弱。沈东子“漓江叙事”中的那些叙事人“我”虽然有较丰富的美国文化知识积累，但本土精神文化的建构反而表现出明显的缺失。《郎》的叙事人对自己的精神建构也有所反思：“我所生活的那个时代只有爱和恨两种情感，不是爱谁，就是恨谁，两种感情都同样强烈，绝不容许在爱和恨之间犹豫。”显而易见，今天我们重读沈东子的“漓江叙事”，需要认识到中国曾经经历过一个物质高度贫乏的时代，同时也经历过一个精神高度贫弱的时代。

漓江无疑是世界上最美丽的河流之一，漓江也曾经承载过中国文人的生活理想。清末曾流传过这样一个故事：端方任湖广总督时，委任一个亲信去当恩施知州。这个亲信嫌鄂西太穷，没什么油水可捞，要求另派一个肥缺。端方一脸正经地说：“州、县都是朝廷命官，哪能挑肥拣瘦？假使官能够自由挑选，我宁愿去当桂林的知府或阳朔的知县了。”[6]这个故事本身有一种讽刺色彩，但它同样表达了一个意思，即为人做官，并不能只为了赚钱谋利，也可以是对美的追求。因为，无论桂林还是阳朔，在人们眼里，同样是贫困地区，但却有甲天下的奇山秀水，而甲天下的漓江山水，在中国传统文化体系中，不仅是客观的自然美的存在，更是主观的精神美的寄托，其中充盈了中国文化精神的精髓，是中华民族人格美的化身。笔者常常感动于清代舒书的《象山记》这段文字：

嗟乎！象山，冷地也。余，冷人也。际此世情衰薄，谁肯为顾惜而与之相往来者？自有余来以后，水潺潺为之鸣，石砼砼为之声，花鸟禽鱼，欣欣为之荣。嗟乎，象山，舍余无以为知己者；余舍象山，又谁复为知己？昔人有言曰：“江山风月，闲者便是主人。”余虽不敢谓象山之主人，象山曷不可谓余之知己哉。

世情衰薄，但人仍然能够在漓江山水中找到知己，获得寄托。显然，漓江山水曾经有足够让中国人安身立命的地方，中国人的心灵完全可以在漓江山水获得诗意的栖居。然而，何以在20世纪的80—90年代，当漓江山水吸引了地球上无数人趋之若鹜的时候，这方山水中的人却弃之若敝履？显然，贫穷不是唯一的原因，还需要反思的是那个时代中国人的精神建构。当代“漓江叙事”存在的问题，或许正是漓江人精神建构、价值体系的缺陷。当中国传统文化精神随风而逝，漓江人成为沈东子笔下的“空心人”，他又怎么能够抵抗类似郎或者结巴英语的“情感入侵”抑或“文化入侵”？

无论是张宗栻，还是梅帅元，或者沈东子，他们无不感受到现代化对漓江的影响，他们的“漓江叙事”多少都带有些挽歌的气息。不过，挽歌既意味着一个时代的结束，也意味着一个时代的开始。可以肯定的是，当代广西作家的“漓江叙事”已然突破了中国古代作家为漓江限定的叙事范畴，在传统中原文化的浸润外，纳入了广西其他少数民族文化的人文气息。做到这一点殊为不易，毕竟，中原文化与少数民族文化相比，不仅更为强势，而且还被认为更为“文明”。同时，“漓江叙事”也直面了来自外国的“文化入侵”，书写了“文化入侵”语境下中国人的内心创痛。或许，在经历了30多年改革开放的历史之后，我们对异质文化的进入应该持费孝通先生所倡导的文化自觉的态度，既充分领悟自身的文化源流，又认识他者文化的来龙去脉，在此基础上，抵达“各美其美，美人之美，美美与共，天下大同”的文化境界。

世界文学史上有不少因为书写河流而著名的作家，如马克·吐温之于密西西比河，肖洛霍夫之于顿河，沈从文之于沅水。我以为，漓江的文化内涵也足以承载真正的现代文学经典，就像它承载过经典的中国古代诗歌。当代中国多民族文化、当代世界各国文化在漓江的碰撞与交融，为当代的“漓江叙事”拓展了极大的空间，是“漓江叙事”未曾遇到的重大机遇。广西当代作家应该高度重视“漓江”这一重要的文化资源，力争写出当代“漓江叙事”的经典作品。

| 参考文献 |

[1] 黄伟林，等．广西文化符号影响力调查报告[J]．广西师范大学学报：哲学

社会科学版，2012(4).

[2] 潘琦，黄伟林 . 广西文化符号 [M]. 南宁：广西民族出版社，2014.

[3] 广西大百科全书编纂委员会 . 广西大百科全书·地理（上）[M]. 北京：中国大百科全书出版社，2008.

[4] 胡适 . 胡适文集：第 5 卷 [M]. 北京：北京大学出版社，1998.

[5] 张宗栻，黄伟林 . 被遗忘的土地 [J]. 文学自由谈，1990(2).

[6] 徐铸成 . 报海旧闻 [M]. 北京：生活·读书·新知三联书店，2010.

都安作家群：大石山区崛起的一支文学劲旅

温存超

地处桂西北山区的都安瑶族自治县素有“石山王国”之称，境内高山连绵，峰峦叠嶂，沟壑纵横，云雾缭绕，大河奔流，溪涧潺潺，风光雄奇，景象万千。俗话说，“一方水土养一方人”。这是一方神奇的土地，钟灵毓秀，人才辈出。自进入新时期以来，都安文风日盛，文学创作十分活跃，都安作家先后在全国各大刊物上频频亮相，抢滩登陆，攻城拔寨，斩获多种重要的文学奖项。在新时期边缘崛起的文学桂军中，都安籍作家不仅占有相当大的比例，而且不乏领军人物和发展势头生猛的后起之秀。其创作阵营之整齐，创作实力之雄厚，创作成就之辉煌，令人刮目相看。这种奇异的文学现象与景观，很快引起了广西乃至全国文坛的高度关注。面对这种不争的事实，人们不禁惊呼：都安不愧为广西的文学强县，都安作家群已经形成，大石山区崛起了一支文学劲旅。

如今，在评论家们以文学地理学之彩笔勾画的文学版图上，都安县业已被涂抹

作者简介

温存超（1952—），广西宜州人，河池学院文学与传媒学院教授，有专著《秘密地带的解读——东西小说论》《追飞机的人——凡一平的生平和创作》《地域 民俗 家族——黄佩华的文学脉流》等。

作品信息

《河池学院学报》2016年第6期。

上鲜艳的色彩，并在其中标注上一长串的作家名单：蓝怀昌、蓝汉东、凡一平、黄伟林、韦俊海、红日、李约热、周龙、潘莹宇、吕成品、韦优、潘泉脉、蒙冠雄、黎家鄰、芭笑、蓝启渲、蓝书京、韦显珍、韦明波、韦绍波、谭云鹏、班源泽、蓝瑞轩、蓝蔚锽、蓝晶莹、蓝芝同、蓝永红、蒙松毅、韦奇宁、韦俊林、韦云海、陆辛、陆汉迎、唐红山、蓝薇薇、黄启先、陈昌恒、蓝宝生、寒云、苏华永、阿耒、蓝尹树、韦绍新、韦荣琼、谭绍经、黎学锐、黄宏慧、唐振科、鲁飞、潘丽琨、韦禹薇、唐爱田、审国颂、唐青麟、潘立平、谭惠娟、周锦苗、郭丽莎……

都安作家群之所以引人瞩目，不仅在于这一群体的不断拓展与壮大，而且在于这个群体的创作成就显著，在整个文学桂军崛起的过程中经常“跑赢大盘”，表现相当突出，并一直占据有十分重要的地位。

一、开疆辟土，崭露头角

早在20世纪70至80年代，以蓝怀昌、蓝汉东、潘泉脉、黎家鄰、芭笑等为代表的一批都安作家就已经开始迈开大步，跨入广西文坛，很快就取得了一席之地。

出生于铁匠家庭的瑶族作家蓝怀昌，1976年从部队转业回到河池，由文工团转到文化行政部门，由诗歌创作拓展到小说和散文领域，很快在全国各种文学刊物上连续发表了《双喜临门》《画眉鸟叫了》《格鲁花枝上的小米鸟》《竹报平安》《达努节之夜的婚礼》《在高高的木楼上》《画眉笼里的格鲁花》《钓蜂人》《曼里寨新歌》《布鲁帕牛掉下了眼泪》和《哦，古老的巴地寨》《相思红》《瑶王出山》《幽谷里的爱》等中短篇小说，迅速在广西文坛和全国少数民族文坛走红。蓝怀昌先后出版有中短篇小说集《相思红》，中篇小说集《广西当代作家丛书·蓝怀昌卷》，中篇小说《放飞的画眉鸟》，长篇小说《波努河》《魂断孤岛》《一个死者的婚礼》《北海狂潮》《残月》，散文集《珍藏的符号》和《巴楼花的女儿》，诗集《蓝怀昌诗选》和长篇纪实文学《一代战将李天佑》等作品。其长篇小说《波努河》获首届广西文艺创作铜鼓奖；瑶族史诗《密洛陀》（与人合作）获第二届全国民间文学作品一等奖；

中篇小说《相思红》获第二届广西少数民族文学创作奖；散文集《珍藏的符号》获第六届全国少数民族文学骏马奖；报告文学集《杨再勇：生命大境界》获中国报告文学学会2001年“共和国的脊梁”报告文学大型征文特等奖；电视剧《虎将李明瑞》获第三届广西戏剧文学奖一等奖、第九届全国少数民族题材电视暨第三届全国少数民族题材电影骏马奖。此外，由他作词的歌曲《总想给您写封信》获广西“五个一工程”奖；《达努节之夜》获广电部、文化部创作奖；《高山大海紧握手》获第三届广西文艺创作铜鼓奖；《挑着好日子过山》获2002年全国首届中华民歌大赛创作二等奖和中宣部“五个一工程”奖。

蓝怀昌的中短篇小说大多反映桂西北山区少数民族尤其是瑶族的历史与现实生活，塑造民族人物形象，刻画民族性格，在颂扬古朴美好的民族品格的同时，也鞭挞落后愚昧的陈规陋习，展现民族的进步与发展，往往在对民风民俗的描写中展开故事，表现民族精神和时代精神，体现出他对少数民族尤其是本民族的高度关注和深厚感情。其长篇小说《波努河》填补了瑶族没有长篇小说的历史空白，小说反映波努人在改革开放的年代里摆脱贫困和落后的艰难历程，展示了瑶族山寨的历史性巨变。小说人物性格鲜明，性格内涵丰富，在基本故事情节结构以外，大量穿插叙述布努瑶始祖密洛陀的创业、布努瑶的信仰崇拜和祭祀仪式等远古神话、史诗和古歌，并在每章题头摘录富有象征性和暗示性的文字。现实故事与神话相映生辉，写实与抒情共铸一炉，多姿多彩的民族风情画卷和历史文化内涵的展示，具有诗化倾向的轻盈的叙述，山歌一般流畅的对话，既生动活泼又别有韵味，使作品洋溢出鲜明的民族色彩。其另外一部长篇小说《一个死者的婚礼》则是瑶族支系格鲁苏巴楼人的史诗。小说中的梅里特梅作为一个坚强的瑶族女性形象，明显具有瑶族创世女神密洛陀的影子，体现出雄浑而悲壮的色彩。

对于民族魂与时代精神相结合的书写，体现民族品格的人物形象塑造，民族生活场景展现和民风民俗的生动描写，以及富有民族特色的语言运用，成就了蓝怀昌小说鲜明的民族风格。蓝怀昌由此奠定了他在瑶族文学史上的突出地位，成为广西文学创作成就辉煌的重要作家之一，在广西文坛占有十分重要的地位，并出任广西文化厅副厅长，广西文联主席、党组书记，当选为全国文联第六届委员。蓝怀昌是都安作家群的领军人物和标杆大纛。

蓝汉东高中刚毕业就在《广西日报》副刊发表了短篇小说《婚事》，20世纪70年代初曾与著名作家秦兆阳合作反映都安农业生产运动的长篇小说《穿云山》，有幸得到秦兆阳的指导。此后他的创作不断，包括小说、诗歌、散文、报告文学和民间文学等各种体裁，出版有中短篇小说集《风流桥轶事》，散文集《太阳和月亮底下的世界》，中篇小说《汽球》和长篇传记文学《韦拔群》(与蓝启渲合作)等作品。其短篇小说《卖猪广告》获广西优秀作品首奖、全国少数民族文学优秀作品奖，1989年获中国作协、中华文学基金会颁授的庄重文文学奖。小说集《风流桥轶事》获1993年广西优秀作品奖，《韦拔群》获第三届广西民间文学优秀成果奖，散文《红水河之魂》《瑶山，有一个弩村》《山藤摇动大世界》分别获1990年、1991年、1992年广西12家报刊征文一等奖，《山藤摇动大世界》获全国中华大地之光征文二等奖。蓝汉东连任三届河池市文联主席，当选自治区文联委员和区作协理事。其时，广西和河池两级文联分别由同为都安瑶族人蓝怀昌和蓝汉东执掌牛耳，一时间成为广西文坛的一段美谈。

潘泉脉于20世纪50年代中期就开始文学创作，除部分小说和散文外，主要从事诗歌创作，先后在全国各报刊上发表诗歌600余首，结集出版有《红水河母亲的河》《爱的呢喃》《心琴的交响》《黄土飞歌》和《情系红河山水间》等5部诗集，并参与合作整理出版瑶族史诗《密洛陀》。潘泉脉多次获地市级以上文学奖项，曾当选为都安县文联主席和河池市作协副主席。潘泉脉不愧为都安作家群中早期成绩斐然并在广西诗坛取得一定地位的壮族诗人，是都安诗坛和河池诗坛上的一面艳丽的旗帜。

黎家粼长期坚持文学创作，先后在《民族文学》和《光明日报》等报刊上发表了诗歌500余首，其诗歌作品多次获省级以上大奖，并出版有诗歌集《情满青山》，在那一时期的都安和河池诗坛中，创作成绩也相当显著。

历任都安县委书记、河池地委宣传部长、自治区民政干部培训中心主任的韦优，在繁忙从政的同时，也从事业余文学创作，结集出版有中短篇小说集《酒歌》、诗集《醉吟》和文化书集《铜鼓风尘》，他对于营建都安文学创作氛围和促进都安作家群良好的生态环境的形成，起到了不可忽视的示范和支持作用。

此外，在那一时期，活跃于广西文坛的都安作家还有蒙冠雄、蓝书京、蓝启渲、韦显珍、芭笑等一批人，均有不俗的表现。

二、承前启后，奇峰突兀

都安作家群的形成具有明显的带动性和连续性，以及不断发展壮大的趋势。受蓝怀昌和蓝汉东等人的影响，在20世纪80年代进入文坛的一批年轻作者到90年代即脱颖而出，腾跃高位，不仅发表作品数量增多，而且质量很高，进一步扩大了都安作家的影响。其中，以凡一平和韦俊海成就最为突出。那一时期，都安作家群实际上已经雏形初现。

1981年，凡一平还在河池师范专科学校就读时就开始文学创作，从诗歌起步，处女作《一个小学教师之死》在《诗刊》上发表，即引起人们的关注，后来转向小说创作，先后在全国重要刊物上发表了《枪杀·刀杀》《浑身是戏》《随风咏叹》《卧底》《寻枪记》《理发师》《撒谎的村庄》《投降》《扑克》等中短篇小说，可谓成就斐然，从而一举成为文学新桂军横空出世的重要代表作家之一。至今，凡一平已经出版有长篇小说《跪下》《变性人手记》《顺口溜》《老枪》《上岭村的谋杀》《天等山》，中短篇小说集《浑身是戏》《寻枪·跪下》《理发师》《撒谎的村庄》《沉香山》和作品集《广西当代作家丛书·凡一平卷》等作品，先后获第二届广西少数民族文学创作优秀作品奖、第三届广西文艺创作铜鼓奖、第五届广西青年文学“独秀奖”、第二届广西壮族文学奖、第十六届百花文学奖等奖项。其小说多被改编为影视作品，搬上银幕和荧屏，根据其作品改编或其担任编剧的作品有电影《寻枪》《理发师》《宝贵的秘密》《爱情狗》，电视电影《十月流星雨》《鲁镇往事》，电视剧《跪下》《无悔的忠诚》《最后的子弹》《山间铃响马帮来》等。其中，以中篇小说《寻枪记》为蓝本拍摄的电影《寻枪》创造了2002年国产电影最高票房纪录，《理发师》由著名画家陈逸飞执导，引起全国反响。凡一平小说被影视界高度关注，因此被评为“2002年中国十大文学现象”之一，凡一平被称为“备受中国当代制片人、导演青睐的小说家”。

凡一平的小说大致上可以分为3大系列：反映现代都市生活的“新市民小说”系列，反映农村生活的乡土小说系列，取材于历史的新历史小说系列。其都市生活题材小说，以收入小说集《浑身是戏》中的篇章和长篇小说《跪下》《变性人手记》《顺口溜》等为代表，其叙事目标定位于现代都市的角角落落，展示五光十色的当代社会生活画卷，揭示都市中潜伏与暗流的各种人性欲望的极度膨胀，刻画在血红、墨黑、明黄的洪波中追逐的赤裸灵肉，以不同角色的人物和故事共同指证同一个叙事母题，即对当代文明、现实生存方式与生存秩序和现代价值观念的怀疑和批判，以及对复杂人性变异的深刻剖析，体现出强烈的现实主义批判精神和批判力量；其反映农村生活的乡土小说，以中篇小说《撒谎的村庄》《扑克》和长篇小说《上岭村的谋杀》等为代表，真实地反映桂西北农村生活状态，塑造各类乡镇人物形象，揭示复杂人性与亲情之间的冲突，反映特殊环境和际遇下的人物命运，读来催人泪下，这类小说包含着对乡村生活和淳朴民风的展现，挖掘民族文化心理，具有民族文化的审美内涵，体现出凡一平心中浓重的乡土情结，反映出民族地域文化在其创作活动中所发挥的巨大文化精神力量；其取材于历史的小说以中篇《理发师》《投降》和长篇《老枪》等为代表，这类作品生动地演绎历史故事，反映不同时期的社会状况和历史变迁，描写各种人物的历史命运，颇有新历史主义小说的特征。

凡一平的中短篇小说文体意识强烈，操纵自如，故事叙述得心应手。长篇小说创作也总在变换表现手法，变换结构形式。其小说故事完整，情节曲折丰富，结构灵活多变，具有极强的画面感，叙述如行云流水，语言轻盈而富有流质感，可读性强，既符合广大读者的阅读口味，又具有深刻的社会思想意义和文学品位，可谓雅俗共赏，体现出他善于构建故事、精于叙述、重视画面和突出对话的独特风格。由于他的小说具有影视手法因素甚至有意识地为影视改编而量身定制，因而得到当今影视界的青睐。凡一平现供职于广西民族大学文学影视创作中心，为驻校作家、编导专业方向教授、硕士研究生导师，连任广西作家协会副主席，以其丰厚的创作实绩，奠定了他在中国文坛中的地位，成为文坛桂军的主力作家和领军人物之一，为彰显都安作家群的名声做出了十分重大的贡献。

韦俊海自20世纪80年代初进入文坛，先后出版有诗集《异性的土地》，中短篇小说集《苦命的女人》《河》《引狼入室》《广西当代作家丛书·韦俊海卷》《红酒半杯》，长篇小说《大流放》、《浮生》、《春柳院》、《上海小开》(与人合作)，影视编剧《黑哨》《玩家》《关爱青春》《给孩子下跪》等。其中，中短篇小说集《苦命的女人》《裸河》和长篇小说《浮生》先后获第二、第三、第四届广西壮族文学奖，中短篇小说集《广西当代作家丛书·韦俊海卷》获第三届广西少数民族文学奖，小说《等你回家结婚》获“人民文学·贝塔斯曼文学奖”二等奖，《很想看见你》获《中国作家》小说奖，中篇小说《族谱里多了一个女孩》获《小说选刊》全国小说一等奖。

韦俊海前期的中短篇小说多取材于桂西北山区少数民族生活，代表作品有《苦命的女人》《鱼镇》《高山那边的足迹》《猎人的枪声》《腰杆硬了》等，这些小说运用现实主义创作方法，一方面反映桂西北山区少数民族原始的特殊地域的自然和社会生活状态，表现少数民族文化心理积淀和文化品格特性；另一方面，也反映现代文明对山区原生态生活的猛烈冲击，揭示少数民族在走向现代文明道路上举步维艰的真实状况，具有鲜明的时代精神和时代气息，与当时全国文化寻根的潮流同步，具有浓郁的生活气息，民族风情色彩浓郁，体现出明显的地域文化小说的美学特征，由此而成为广西地域文化小说创作的重要代表作家之一。其第二时期的中短篇小说取材广泛，构思新奇，意蕴深刻，代表作品有《等你回家结婚》《地主》《引狼入室》《守望土地》《复仇的麻雀》《眼睛在飞》《族谱里多了一个女孩》等，被收入《广西当代作家丛书·韦俊海卷》和自选集《红酒半杯》。这是韦俊海最具分量和代表性的两部小说集。韦俊海一方面以细致的笔触反映桂西北和桂中少数民族的社会生活，守望土地，注重描写民族群体特殊的生存状态与生活习俗，揭示民族文化心理嬗变；同时，又注重揭示当代社会的人际关系，关注乡镇底层生活，注重人性挖掘与民族文化心态展示，关注人与土地、人与自然的关系，挖掘民族集体记忆，具有深刻的文化反思和社会批判意义。韦俊海善于将传统与现代性结合，以全新的面貌立于广西文坛，形成了他构思新奇、结构灵活、语言凝练、意蕴深沉的小说艺术风格。

韦俊海从都安的大山中走出，现为柳州市文联秘书长、创作室主任、柳州市作家协会常务副主席，广西作家协会理事、广西作协电视剧创作委员会副主任，在广西文坛取得一定的地位。“文学尽头是故乡”，对于土地的执着守望，使韦俊海的小说创作始终植根于本土，而不断自省，又使他的小说创作实现了质变的飞越。他因文学改变了人生命运，又以自己辛勤的创作回赠故土。

三、继往开来，实力雄厚

进入新的世纪，都安文坛又呈现“江山代有才人出”的欣喜局面。2006年《广西文学》第5、第6期合刊隆重推出“广西小说新势力十一人作品展”，集中刊发了11位拥有强劲创作势头的广西青年小说家的作品。其中，都安籍作家就有4人入选。入选的都安作品为李约热的中篇《巡逻记》、红日的中篇《说事》、周龙的短篇《我们的诗人》和潘莹宇的短篇《和枪一起飞》——这是都安作家群在新世纪再一次奇峰突兀的一个显著标志。

现为广西作家协会副主席、河池市文联主席的红日，1983年起先后在《小说选刊》《小说月报》《北京文学·中篇小说月报》《小说月报·原创版》《花城》《江南》《芳草》《广西文学》等刊物上发表中短篇小说一百多万字。至今，已出版有长篇小说《述职报告》，中短篇小说集《黑夜没人叫我回家》《说事》《文联三部曲》等著作。其中中篇小说《被叫错名字的人》和《钓鱼》分别获第二届、第三届“金嗓子”广西文学奖；小说集《黑夜没人叫我回家》获第三届广西少数民族文学创作花山奖；短篇小说《越过冰层》入选广西签约作家作品集《这方水土》；中篇小说

《报废》《报销》先后入选《2011年度小说月报原创版精品集》；中篇小说《报废》入选《中国作家协会鲁迅文学院高级研讨班学员作品集》；长篇小说《述职报告》获第五届广西少数民族文学创作花山奖、河池市首届刘三姐文学艺术奖，2013年12月，获得“2013广西年度作家奖”。

红日的小说多以桂西北城乡为背景，取材于当下现实生活，真实地状写纷繁的社会现象，反映普通人的生存状态和官场中的复杂人际关系，揭示客观存在的社会问题和生活矛盾，反映中国当下民众多元纷存的人生观和价值观，刻画乡镇和县、市一级干部形象，聚焦“官场”，揭示政府和社会机构中的客观现状，确有“决意将幽默讽刺进行到底”的架势。因此，红日的一系列小说被人们称之为“官场风花雪月小说”，红日也被称为当今的李宝嘉。由于红日有着丰富的基层工作经历，有来自生活的深刻体验与深层思考，因此，他的小说直逼现实，以犀利的刀笔解剖具有普遍性的生活真相，以辛辣的讽刺揭示生活矛盾，具有强烈的现实批判力量。红日的“新官场小说”一方面反映官场的阴暗面，借“官场”描写来“浇心中之块垒”，以言说百姓所关心的社会矛盾；另一方面又与其他官场和反腐败小说不同，除了暴露和谴责，更多一种人生观照——对那些境遇尴尬或承受着沉重压力和不平待遇的小官员们的理解与同情，更多的是对他们日常生活与精神面貌的真实写照，是对他们作为普通人复杂人性的形象剖析。红日小说的独特之处就在于所要表现的重点不在于对官场丑恶现象的简单揭露与谴责，而是在于对基层干部的形象塑造与人性刻画，注意表现这类人物心灵受到震动和得到净化与升华的过程，形象地塑造了有血有肉的“另类”的基层官员形象。这些人物在某种情境和场合中表现出来的圆滑与狡黠，实际上是由于官场的生存法则与官场生活打磨之使然，是由于对客观现实的无奈和为摆脱困窘不得已而为之的手段，是一种在夹道中行走被迫产生和运用的“官场智慧”。批判与肯定、讽刺与赞扬、愤世嫉俗与不泯希望，作为矛盾的统一体，并存于红日的小说之中，体现出作家不同流俗的生活态度、强烈的民间意识色彩和鲜明的草根立场。中篇《说事》和《蟒蛇生活在热带水边》是两个具有特殊意义的文本，借助桂西北民俗世相的描写，挖掘民族集体无意识，表现出一种本土化回归的自觉意识，进行了另一种意义的地域民族文化寻根。而“文联三部曲”（《报废》《报销》《报道》）为红日“新官场小说”的代表作品，分别从不同角度描述市一级文联工作以及与之相关的生活现象，揭露社会矛盾，一针见血地针砭时弊，达到相当的深度与厚度。其长篇小说《述职报告》以极其独特的形式，讲述一个等待提拔的干部的尴尬经历，小说全方位展现了当今基层官场的状况，对腐败官场人伦进行辛辣讽刺与批判，对现有体制禁锢下人性良知进行观照，体现出浓郁的忧患意识与人文情怀。小说故事情节生动曲折，大起大落，叙事节奏从容不迫，张弛有致；叙事语言具有鲜明的地方色彩和幽默风趣味道，具有个人机智性格的本色语言叙述，呈现出个人化叙事的独特优势。

鲜明的社会时代特征、富有深度与力度的现实批判精神、厚重的地域民族文化内涵、引人入胜的故事和机灵智慧的叙事策略的有机结合，构成了红日小说个人化叙事的艺术风格。这种风格只属于红日，在当下广西乃至中国文坛中无人可以替代。红日被公认为广西作家群中最接地气的作家之一，是当今广西文坛颇具实力的重要干将，是现今仍然留守于河池本土的桂西北文学阵营的主帅，是继蓝怀昌和凡一平之后都安作家群又一杆迎风招展的大旗。

李约热自2004年以中篇《戈达尔活在我们中间》闯入文坛以来，连续发表了《李壮回家》《涂满油漆的村庄》《巡逻记》《青牛》《火里的影子》等优秀作品。其中，《戈达尔活在我们中间》被《小说选刊》头条转载，入选“2004年最具阅读价值的中篇小说”和“2004中国年度中篇小说”，并获“第五届广西文艺创作铜鼓奖”；《李壮回家》入选“21世纪年度小说选：2004短篇小说”和“2004最具阅读价值短篇小说”；《涂满油漆的村庄》入选“2005中国最佳中篇小说”，并获华语文学传媒盛典“2005最具潜力新人奖”提名和第二届“北京文学·中篇小说月报”最具潜力新人奖；《巡逻记》被《中华文学选刊》转载，入选“21世纪年度小说选：2006年中篇小说”；《青牛》入选2006年度多种小说选本，并获《小说选刊》2003—2006年度优秀短篇小说奖。李约热先后出版有《涂满油漆的村庄》《火里的影子》《广西当代作家·李约热卷》等中短篇小说集和长篇小说《欺男》，以其令人瞩目的创作实绩，迅速成为文学桂军新生代的重要代表人物之一。

除《戈达尔活在我们中间》外，李约热的小说都以桂西北乡镇作为背景，关注乡民的生存状态，在对乡村伦理追认的同时，亦不乏人性的自我反省，格调悲怆而不乏温情，表现出浓重的人文情怀。其小说大致上包含两大方面：一是反映当下乡村青年的思想情绪与追求，如《戈达尔活在我们中间》《李壮回家》《午后的苍凉》等，涉及理想与精神家园话题，形象地反映了社会转型期青年人的内心追求、迷茫与伤感；二是描写农村贫困景象，反映农民物质生存和精神生活的贫困状态，表现乡村道德伦理。这类作品以《涂满油漆的村庄》《青牛》《墓道被灯光照亮》《巡逻记》等最为深刻，所呈现的景象触目惊心，中国农村普遍存在的无序状态令人感到疼痛与忧虑，从而体现出李约热对于乡村经济与精神困窘状况的忧虑与悲悯情怀。值得注意的是，李约热有不少作品叙述偏僻小镇普通人的生活遭遇，描绘出一幅幅小镇众生相的图景，揭示偏僻小镇的古旧民风与文化心理，构成了他小说的“野马镇系列”。如《马斤的故事》《问魂》《焚》《这个夜晚野兽出没》《火里的影子》《午后的苍凉》等，都以“野马镇”为背景，《永顺牌拖拉机》的故事背景是“阳安镇”，《巡逻记》故事发生在“宜江镇”，《一团金子》故事发生在“黄村”，这些乡镇实际上都有都安县一些乡镇的影子。李约热的小说运用了近似于白描的手法讲述乡镇逸闻轶事，朴实简约的叙事并未十分明显地表现出自己的态度，但他对于乡镇小人物的生存状态的关注，对于乡镇人物平庸生活与空虚和无聊心态的揭示，都体现出他对于乡镇生活刻骨铭心的记忆，体现出他对社会与人生的独特认识，体现出他对于故土的依恋和关注。作为当今都安作家群中重要核心人物之一，李约热对于扩大和提升都安作家群的影响力功不可没。

周龙至今已经出版有短篇小说集《好人从来不做媒》和中篇小说集《恋人不在服务区》。其中，《我们的诗人》描写的是校园生活，反映的却是人生意义的重大命题，叙事十分轻巧，给人一种在喝茶时轻松地聊天侃故事的味道，其根源为中国传统的说书，却少了几分夸张与造作；《面子问题》塑造一个“搅屎棍”的小科长形象，揭示了中国人颇为看重面子的文化心理，小说中的人物为“面子”不惜疲于奔命，心力交瘁、小说揭示的不仅是现实的层面，而且触及文化心理的层面。其小小说《朋友》获1995年度广西报纸副刊好作品二等奖，短篇小说《面子问题》获“金嗓子”广西青年文学奖，《我们的诗人》入选《广西文学》“广西小说新势力十一人作品展”。中篇小说《男女搭配》刊《广西文学》2012年第6期头条；2014年第4期《广西文学》又在头条位置推出周龙的中篇小说《谁是最可怜的人》，随后被《小说选刊》转载。周龙现任河池市社科联主席、河池文联副主席和作家协会副主席，并被遴选为广西第六届签约作家，创作势头不可低估。

潘莹宇出版有诗集《灵魂与家园》和小说集《跨越门槛的一种姿势》，诗集《灵魂与家园》获第三届广西壮族文学优秀作品奖，小说《戴罪杀人与我无关》获首届《上海文学》文学新人大赛短篇小说佳作奖，小说集《跨越门槛的一种姿势》获第七届广西壮族文学奖。其小说集《跨越门槛的一种姿势》授奖词云：“《跨越门槛的一种姿势》收录的十篇中短篇小说，是作者以虚构方式，再造了十个比真实更加贴近本质的生存空间；每一篇从立意命题到人物刻画、细节铺陈以及语言运用，都各有特色，别开生面，自成一体；每一篇小说的创作，都具有一种探索性的指向；这是作者凭藉自己的学养素质，形成一定的审美理想与经验，观察生活捕捉灵感，把想象力极致发挥的创作实践，是对当代创作同化性趋势的一次有力的回拨。”作为都安作家群“70后”实力作家代表人物，潘莹宇声名鹊起。

实际上，在新世纪广西文坛中表现活跃的都安作家并不只入选“广西小说新势力十一人作品展”的红日、李约热、周龙和潘莹宇4人，除他们外，还有一批都安作家乘势而起，跻身于当今广西文坛生力军的行列。

河池市作协主席吕成品，已在各种刊物上发表了《进京》《血光》《向阳生产队》《一条河流的情节》《早玉米，晚玉米》《马跃进的快乐时光》《幸福的源泉》《断手》《无话可说》等中短篇小说作品。其小说背景从20世纪50年代末，延伸到世纪末，复活了包括“大跃进”、“文革”、改革开放初期、社会转型期等几个不同历史时期中人们的集体记忆，包含政治、经济和文化等方面的内容，体现出他对新中国成立后相当长一段社会历史所进行的深刻反思，体现出强烈的社会责任感和民族忧患意识。其小说所展示的时代背景各有不同，取材也呈多样化倾向，讲究题材的选择和切入的角度，讲究叙事的策略与技巧，始终都将关注的目光对准人，或表现对弱小的同情，或刻画复杂的人性，或揭示现代社会对人性的异化，达到较为深刻的层次。

蓝瑞轩出版有小说集《关系》、散文集《生命中的白花菜》和歌词集《心香》等作品。其纪实散文《麻雀难找旧屋檐》获广西1999年度好作品奖，歌词《美丽的红水河》获河池市首届刘三姐文学艺术奖。中篇小说《野灵芝》描写出身于农村的一个追求地位的女子蒙铃铛的坎坷命运，故事情节曲折动人。野灵芝具有神秘而传奇的色彩，小说在塑造一个中国的女“于连”形象和感慨命运对于人的嘲弄与讽刺的同时，也对中国从20世纪70年代到社会转型期社会环境与风气对人的命运和人的性格的巨大影响与限制加以充分的展现。小说明显表现了呼唤回归自然的情感。野灵芝一旦经人工栽培，也就不再是野灵芝，蒙铃铛就像一棵野灵芝，进入了另一种生长的环境，也就发生变异，失却原本，放回到原来的自然中或许还会得到重生。近年来，蓝瑞轩由小说和散文转向歌词创作，短短数年之间就创作出《美丽的红水河》《美丽的壮乡》《要看一眼》《山青水秀生态美》《一起去看七百弄》等一批优秀的歌词，并被合乐传唱，得到业界的认可和好评，并获广西区党委宣传部“五个一工程”奖。作为广西作协理事、广西音乐文学学会副主席、河池市作协名誉主席，蓝瑞轩是都安作家群中身为县级主要领导干部而坚持业余文学创作且成就斐然的一个典型。

毛南族作家谭云鹏出版有作品集《我心目中的一条河》和小说集《文工团的女孩》。其《文工团的女孩》收录了《情窦初开的季节》《雾里看花》《出门在外》《你一定要嫁给我》和《彩调王》《等你回家过年》《走出黑夜》《白太阳》等20个中短篇小说，其作品真实地反映社会基层生活，具有比较鲜明的地方色彩和浪漫情调。谭云鹏的报告文学《他为国徽添异彩》获全国党员教育刊物优秀作品二等奖，小说《心犀》获全国东方微型文学大赛三等奖，中篇小说《情窦初开的季节》获2006年“新视野”杯全国征文比赛优秀作品奖，山歌小品《暮年拾爱》获第四届全国残疾人文艺比赛创作三等奖。谭云鹏现任都安文联主席、河池作协副主席，亦为都安作家群中颇有创作实绩的作家。

除了凡一平、李约热和红日的长篇，近年来都安还有3部长篇小说出版，即班源泽的《市长秘书马苦龙》、芭笑的《花非花蝶非蝶》和韦云海的《潮湿的记忆》。

班源泽的长篇小说《市长秘书马苦龙》以丰厚的生活积累、专业的行内话语和写实的笔法，通过对地级市长专职秘书马苦龙的一段工作、生活和情感经历的叙述，折射了当下社会政治与经济建设状况，再现了现实生活场景与各种人际关系，关注秘书群体的存在与命运，揭示道德与人性的命题。以秘书群体作为主要描写对象而揭示人生，聚焦秘书群体生活内幕以剖析人性，可谓首开先河。这部小说的意义在于它引起人们对这一特殊群体的关注和理解，具有一定的社会与人生认识意义，具有其特殊的文学审美价值。

在出生于20世纪40年代的都安作家中，芭笑亦有较好的表现，他于20世纪80年代进入文坛，在《民族文学》《广西文学》和《百花园》等刊物上发表了小说《先有花还是先有蝶》《眼睛》和报告文学《农民城的启示》等作品，同时从事民间文学的收集和整理工作，曾任都安县文联主席。其创作一直延续到21世纪，其长篇小说《花非花蝶非蝶》叙述了“文革”十年浩劫中一个出身不好的女孩与一个有生理缺陷的少年相依为命的成长故事。近年来，芭笑转向文学评论写作，已经发表了《浅谈〈跪下〉的文体与语言》《超越与挥洒——凡一平中篇小说〈扑克〉读后》《笔墨别样出机杼——读凡一平〈非常审问〉》《〈报废〉：彰显小说想象力》《试论〈报销〉的文化品位兼议“性细节”描写》等一些颇显功力的文学评论文章。芭笑自称“农民写手”，现虽年逾古稀，仍然笔耕不辍。值得一提的是，同样有“农民写手”之称的陈昌恒先后当过代课教师、小学校长、村民委主任，打过杂工，现为县文化馆创作员，其人生经历丰富，30余年始终默默耕耘，守望文学，其作品曾在《广西文学》等刊物上发表，表现不俗。

韦云海先后在报刊上发表过数十篇文学作品，近年来潜心于网络文学创作，著有长篇小说系列《女人三部曲》之《命运》《逻辑》和《隐私》，并出版有描写农村出身的年轻知识女性的生活遭遇与情感创伤的长篇小说《潮湿的记忆》。韦云海在选择网络文学的创作新径方面，反映了都安作家群创作的又一种新的动向。

四、阵容整齐，色彩缤纷

都安作家群中不仅有小说家和诗人，也有散文家和评论家。

在散文创作方面，表现突出的有蓝怀昌、蓝汉东、韦奇宁、蓝晶莹和蓝薇薇等。蓝怀昌出版有《巴楼花的女儿》和《珍藏的符号》两部散文集，并以散文创作获第六届全国少数民族文学创作骏马奖；蓝汉东出版有散文集《太阳和月亮底下的世界》，并以散文《红水河之魂》《瑶山，有一个弩村》《山藤摇动大世界》分别获全区和全国征文奖；现为广西华锡集团文联主席、河池市文联副主席的韦奇宁，1983年进入文坛，先后在报刊上发表大量的散文作品，结集出版了散文自选集《推磨集》，包括《有色情缘》《天地歌行》《乡音不改》和《逸心斋语》4辑，选收散文作品40余篇，包括写人记事、见闻游记、乡情倾诉和咏物抒怀，生活气息浓郁，富有文学品味。蓝晶莹于20世纪80年代进入文坛，先是写小说，发表过不少的小说作品，进入21世纪以来，似乎更倾心于散文创作，在各级刊物上连续发表了《故乡的音律》《一面湖水》《流动河流的峡谷》《在仙山做仙》《花开花落》《别了，平腊》《另一种风景》《天路有仙行》《走进文字的河谷》《寻找跳崖的英灵》《没有秋天的海口》《神秘的草海》《读西林》等散文作品。其散文取材广泛，文笔清新，情感朴实，颇有意境。毕业于中央民族大学美术系的蓝薇薇也在报刊上发表了数十篇散文，其散文《草原明灯》获第二届“爱我中华：文学艺术新星奖”一等奖，文学评论《山水真情写人生——读〈珍藏的符号〉》获广西文艺评论奖三等奖，并被遴选为第五届广西签约作家。上述这些作家大约可以视为都安作家群中散文创作的代表人物，他们的散文写作反映了都安作家群在另一方面所取得的不可忽视的创作实绩。

就职于广西民族大学的韦绍波出版有文学作品集《故乡的鸟声》《古村月

影》《爱的痕迹》和长篇幻想神话小说《端屯三十梦》，以物理学教授之出身，在繁忙的科研和行政管理工作的闲余时间里，以低调的姿态创作，竟然也取得不菲的成绩，不禁令人羡慕与称叹。同样就职于广西民族大学的蓝芝同为广西文联委员、广西民间文艺家协会副主席、广西瑶学学会副会长、中国民间文艺家协会理事、中国寓言文学研究会理事，参与策划和责编《广西民间文学作品精选丛书》《瑶学研究丛书》《壮学研究丛书》等书籍，参与主编中国少数民族大辞典丛书《纳西族卷》《黎族卷》《瑶族卷》，以及大型散文集《都安人》，且还出版有哲理寓言集《蝙蝠贺喜》《鸡给狐狸拜年》《三个和尚挖水井》《天狗的命运》《狼来了之后》5部，曾两次荣获中国寓言文学创作“金骆驼奖”。而就职于广西师范大学的文学博士黄伟林，虽然出生在桂林，但其祖籍却是都安县，少年时他跟随父亲回到都安访亲认故，拜祖寻根，骨子里有大石山的基质，血液中有红水河的脉动。自20世纪80年代以来，黄伟林一直站立于广西文坛前沿，以其敏锐而机巧、理智而富于才情的批评文字为文坛桂军的崛起摇旗呐喊，做出了十分突出的贡献。黄伟林出版有《桂海论列》《孔子的魅力》《转型的解读》《中国当代小说家群论》《文学三维》《论20世纪中国小说的三种形态》《人：小说的聚焦——论新时期三种小说形态中的人》《文学桂军论》（合作）等文学论著。先后获第八届庄重文文学奖、第六届全国少数民族文学骏马奖、广西壮族文学奖、第三届中国文联文艺评论奖、广西文艺评论奖、第五届广西文艺创作铜鼓奖，2006年被广西区人事厅、区文联记个人二等功。黄伟林现为广西师范大学文学院教授、硕士研究生导师，中国作家协会会员、中国当代文学研究会理事、广西作家协会理事、广西文艺理论家协会副主席、桂林市文学院副院长、桂林市首届德艺双馨文艺家，是文坛桂军中最为重要的评论家之一。作为都安作家群中的一员，黄伟林在广西文化与文学研究领域中享有盛誉，而作为文艺评论家，他对都安文学的评介引人注目，无论是前者还是后者，他在扩大都安作家群影响力方面都发挥了相当重要的作用。黄伟林、蓝芝同、韦绍波等人可以说是都安作家群中拥有“学院派”身份的“山外兵团”，这也是都安作家群之又一种十分耀眼的文学景观。

除此之外，人们还欣喜地看到一种新的现象，即韦禹薇、唐爱田、谭惠娟、郭丽莎、周锦苗等一批年轻的都安籍女作家也分别在各级报刊上发表了为数可观的小说、诗歌、散文和文学评论作品，开始改变过去都安作家群中女作家身影罕见的旧观，值得我们期待。而更值得一提的是，凡一平的母亲潘丽琨也是一位新近涌现的令人敬佩的壮族女作家，她以75岁高龄开始小说创作，满怀深情地反映乡村教师及普通百姓生活，书写人生命运和生活感悟，迄今已经创作了中短篇小说计10余万字，并结集出版了小说集《忘却》。她的创作为都安文坛呈现了一道晚霞般色彩绚丽的奇异风景，也为广西文坛增添了一段佳话。

实际上，作为一个成形的作家群体，都安作家作品还远不止上述论及的这些，还有其他不少的作家均有良好的表现。随手便可以举例，如蓝蔚锃不时在各级报刊上亮相，连续发表了《数字》《游纳木错》等小说和散文作品；阿末出版有中短篇小说集《消失在夜晚的曙光》，其短篇小说《刺杀网管阿狗》获梧州市第二届大中专院校征文大赛最佳小说奖，中篇小说《黑发里的白发》获《中国作家》第四届“金秋之旅”笔会铜奖，中篇小说《左手和右手》获《广西文学》“金嗓子”青年文学奖最具潜力新人奖，短篇小说《弟弟黄虎》获《广西文学》“金嗓子”青年文学奖；青年作家寒云已发表作品百余篇（首），出版了颇具分量的小说集《裸奔》，近年来他任河池市文艺理论家协会副主席兼秘书长，涉足文学评论领域，发表了文学评论文章若干篇，已经渐入其境；苏法永的诗歌作品被多种选刊和选本选载，并出版诗集《王的城堡》和《草草集》（合著）；身为葡萄酒国家级评委的黄宏慧以酿酒之法酿制文学，出版小品集《不敢陪领导喝酒》，并出资数万元，赞助第六届壮族文学奖。

据不完全统计，自从1997年广西启动签约作家机制以来，先后有凡一平、韦俊海、红日、潘莹宇、蓝薇薇、龙眼、吕成品、李约热8位都安籍作家获此殊荣。目前，都安籍的全国作协会员有9人，广西作协会员有40多人，河池市作协会员有50多人，可谓阵容整齐，实力雄厚。

事实证明，都安作家群具有很强的创作实力，同时，还具有进一步发展的潜力与壮大的空间。在广西文学的多元文化背景中，红水河地域民族文化最为丰厚，也最具有本土意义。都安作家群正是处于这一文化背景之下形成并不断壮大，这是根基，也是优势。评论家们认为，都安作家群之所以能够形成，与本地的历史和民族文化有很大的关系，都安是红水河文明的发祥地之一，又是黔桂重要的历史文化长廊，汉族文化与少数民族文化在这里相互交汇，互为交融，形成了多彩多姿的地缘民族文化地带，这种深厚的文化底蕴为文学艺术创作提供了优良的营养。得山水之灵气，承文化之底蕴，这是都安作家群崛起的有利条件。“雄心征服千层岭，壮志压倒万重山”是都安人精神的写照，“九分石头一分土，十个培养九成材”是对都安人聪颖和读书刻苦的描述，这种精神与韧性同样在文学创作方面表现出来，故都安出作家不奇怪，都安多出作家也不奇怪。因此，我们完全有理由期待，随着都安作家群的继续挺进，都安文学创作对于红水河民族文化心理积淀内涵的挖掘与表现将会更加深入，都安作家群的创作将会再造新的辉煌。

| 参考文献 |

[1] 温存超，陈代云，李琨，等 . 广西当代文学 [M]. 长春：吉林大学出版社，2014.

[2] 温存超 . 追飞机的玉米人——凡一平的生活和创作 [M]. 桂林：广西师范大学出版社，2011.

[3] 温存超 . 边缘地带的解读——广西当代文学批评 [M]. 南宁：广西民族出版社，2013.

[4] 温存超 . 地域文化背景下都安小说的一种描述 [J]. 广西文学，2009（1）：95—98.

[5] 温存超 . 时代特征与民族文化背景下的机智叙事——论红日的小说创作 [J]. 河池学院学报，2009（1）：101—104.

[6] 温存超 . 历史记忆的复活与复杂人性的揭示——吕成品小说论 [J]. 河池学院学报，2010（3）：84—87.

[7] 温存超 . 执着的守望与成功的转型——韦俊海小说论 [J]. 南方文坛，2011 (5)：99—102.

[8] 温存超 . 时代特征与地域文化背景下的个性化叙事——红日小说论 [J]. 广西文学，2014 (3)：97—101.

[9] 温存超 . 别出心裁的艺术叙事——评红日的长篇小说《述职报告》[J]. 河池学院学报，2014 (1)：51—54.

文学研究与公共视野

——从新西南剧展看文学研究介入现实的可能及意义

刘铁群

广西师范大学举办的新西南剧展活动近两年在全国产生了较大影响。虽然新西南剧展的核心内容体现为重新排演上个世纪40年代在桂林上演的经典剧目，但它并不是单纯的校园话剧活动，而是一次将文学研究与舞台实践相结合，探讨文学研究如何介入现实的有益尝试。这种尝试对于弥补当下文学研究的缺憾，拓展文学研究新的言说空间有重要的启示意义。

一、文学研究与现实的疏离

在高等院校和各类研究机构，有一批从事文学研究的人。他们探析作品、评点

作者简介

刘铁群（1973—），广西师范大学学士、兰州大学文学硕士、河南大学文学博士，现为广西师范大学文学院教授、博士生导师，有专著《现代都市未成型时期的市民文学——〈礼拜六〉杂志研究》《广西现当代散文史》等。

作品信息

《广西师范大学学报（哲学社会科学版）》2017年第6期。

作家、挖掘内涵、提炼意义，然后形成文字，这些文字最终的归宿或是成为专著，或是成为发表在各类学术期刊中的论文。当我们感叹文学作品数量太多读不完的同时也必须承认，关于文学研究的文字同样铺天盖地、数量可观。我们在“中国期刊全文数据库”中输入“鲁迅”，检索结果为52490条[①]。输入“莫言”，检索结果为9178条[②]。这个检索结果还不包括专著和论文集，而且这个检索结果是一个动态变更的数据，它永远处于持续递增的发展态势中。如此巨大的数字能否说明有一大批热爱文学的人在从事文学研究，他们是带着对文学的激情与热爱写出了一大批深入灵魂的文字？答案当然是否定的。文学研究者从事研究的动机可能是兴趣爱好，可能是职业需求，也可能是两者兼而有之。我们不能否认的事实是，在当下，有一大批论文和专著主要是为了完成职业性的绩效考核而产生的。高等院校与研究机构的科研绩效考核制度以及与利益相关的各种压力因素，使不少研究者无心阅读、匆匆写作、批量生产。这样产生的研究成果最直接的效益就是提升了科研绩效考核表格中的统计数字。文学是有感情、有温度、有美感的，而表格里的统计数字是冰冷的、枯燥的、乏味的。我们这个时代习惯于用量化的数字衡量事物的价值。但文学与文学研究的价值都不是量化的数字能够衡量的。研究者和研究成果数量的骤增绝不意味着文学研究的兴盛和良性发展。为提高研究成果数量而写作的研究者只是文学研究的工匠，工匠式的劳作相当于计件生产，难以产生创造性。更何况，不少研究者甚至还称不上是合格的工匠，他们的研究成果即使用工匠产品的标准来衡量，也不一定是合格的产品。这样的成果对文学研究没有好处，相反还会扰乱和伤害文学，而且数量越大，伤害越大。

不可否认，在工匠式的文学研究普遍存在、迅速递增的同时，也有一批文学研究者带着热情与真诚从事研究，写出了发人深思、触动灵魂、优美丰赡的文字。不管持何种观念，他们都坚持文学的独立，尊重艺术的规律。他们珍惜与研究对象之间的缘分，并在与研究对象的相遇、相知、对话、交流的过程中彼此照亮。研究对象激发、点燃了研究者的情思，研究者的情思激活、开启了研究对象的生命与活力。这样的文学研究回到了文学本身，彰显了文学的魅力，突出了研究者的个性，并带着灵魂的深度。与工匠式的研究不同，这样的研究不是为了功利性地提升表格中的统计数字，而是为了探索和拓展文学丰富的艺术空间，它显示了研究者可贵的情怀，也坚守了文学研究的可贵品格。这样的文学研究让我们心怀敬意，心向往之。但是，我们还需要追问，这些研究成果的接受对象是哪些人？受众面是多少？对社会文化的导向能产生怎样的影响？面对这一系列问题，多数文学研究者难免会陷入尴尬和茫然。在很多文学作品被书店上架后就如石沉大海的今天，我们还奢望能有多少人读文学批评和文学研究著作？我们不得不接受的事实是，目前阅读文学研究论文和著作的人主要是一部分文学研究者和一批为了完成学位论文必须梳理所谓的“研究现状”的硕士、博士研究生。文学研究成了小圈子内的活动，研究者所搭建起的学术平台就像一块块自留地，自己耕种，自己消费。那么，需要继续追问，我们为什么要从事文学研究？文学研究者不应该把研究仅仅当作谋生的手段，不应该把自己降低为工匠，但这并不意味着文学研究是远离人间烟火的灵魂舞蹈，或是与现实绝缘的自说自话和自娱自乐。因此，必须反思，我们的文学研究还缺点什么？文学研究者是否还可以进一步有所作为？

文学的世界的确能给文学爱好者带来一份自足与充实。作为一名普通读者，可以满足于流连书卷之间的低徊与陶醉。但是作为文学研究者，不应该仅仅满足于在文字之海中畅游，享受阅读与写作的快感。上世纪90年代以来，有一批文学研究者在持续批判着文艺市场中利益最大化的弊端：高销量的书籍格调不高，高票房的电影都是视听感官的刺激，高雅的话剧燃不起观众的热情，民间艺术更是备受冷落。当研究者对广大市民的艺术口味和审美修养不以为然且忧心忡忡的时候是否想过，我们面对这种现状的反应是不是应该永远停留在旁观、批判或忧心？我们对这些现象是否也负有责任？我们应该做些什么？我们能做些什么？当然，文学研究者的使命也并不是要像警察一样站在文学世界的十字路口维持秩序、规划方向，也没有谁有权利去给独立的文学艺术维持秩序或规划方向。但是，对现实介入的不足和在公共视野的缺席的确是当下文学研究的缺憾。观众和读者也是需要培养的，我们可以尝试走出局限在圈内的交流，走出相对自足的文学世界，去拓展更开阔的言说空间，去介入更广阔的社会现实，去影响观众和读者的审美倾向。文学研究者完全可以在文学艺术的实践活动中有所作为，我们也看到一些研究者已经在行动，他们的实践让我们看到了文学研究新的言说空间和介入社会现实的可能性。广西师范大学的新西南剧展就是一个典型的成功案例。

二、新西南剧展：文学研究与现实结合的典型案例

广西师范大学的新西南剧展是将桂林文化城文学研究与话剧舞台实践相结合。广西师范大学地处山清水秀的桂林。抗战时期，由于政治、军事、交通等方面的独特条件，一大批文人学者和文化机构云集桂林，桂林成了西南边地的抗日文化中心，被誉为“桂林文化城”。从1938年武汉失守到1944年湘桂大撤退的6年时间里，桂林文化城文人学者荟萃云集，新闻出版繁荣兴盛，文艺创作硕果累累，文化活动盛况空前。可以说，桂林文化城的6年不仅是桂林发展史上浓墨重彩的一笔，也是中国文化史和文学史上光辉的一页。桂林文化城研究一直是广西师范大学中国现当代文学学科的传统科研项目。林焕平教授、刘泰隆教授、林志仪教授、苏关鑫教授、黄绍清教授、雷锐教授等在桂林文化城研究上都做出过突出的成绩。目前，新一代的年轻学者也投入到这一课题的研究中。与前两代学者不同的是，新一代学者在挖掘史料、解读文献以及撰写论文和专著之外，开始尝试把文学研究与艺术实践相结合。

2013年底，广西师范大学文学院中国现当代文学学科的教师牵头策划了新西南剧展活动。策划新西南剧展的灵感来源于抗战时期著名的文化活动西南剧展。1944年2月15日至5月19日，在桂林文化城举办了震惊世界的西南第一届戏剧展览会。来自湘、粤、赣、滇、桂五省区的33个单位的1000多名戏剧工作者参加了这次盛会，时间持续长达94天，观众人数超过10万人。西南剧展是现代戏剧史上空前的盛举，影响远至海外。在中国抗战的艰难时期，西南剧展体现的是中国戏剧工作者抗日救亡的文化担当。2014年是纪念西南剧展70周年、2015年是纪念抗日战争胜利70周

年的年份。在这些重要的时间节点上，身处桂林而且从事桂林文化城文学研究的人能做些什么？应该做些什么？是发表一批论文还是写一批专著？论文和专著当然有它不可替代的作用，但这显然不够。对于普通老百姓来说，西南剧展就是一个陌生的词，他们不了解，也没有兴趣了解；对于文学专业的学生来说，西南剧展就是教科书里的一个名词或概念，它被淹没在众多的名词和概念中，被忽视也很正常；对于文学研究者来说，西南剧展是文学史中众多的研究对象之一，可以通过对它的挖掘和研究形成一批成果。这就是曾经辉煌耀目的西南剧展在文学研究中面临的僵硬尴尬的现实局面。新西南剧展的策划正是为了打破这一僵局。

新西南剧展活动是将文学研究与话剧舞台实践相结合，组织文学专业的学生重温历史、研读剧本，并重新排演上个世纪40年代在桂林上演的经典剧目。新西南剧展选择的首批剧目是田汉的《秋声赋》，欧阳予倩的《旧家》《桃花扇》和夏衍的《芳草天涯》。2014年5月16日，新西南剧展在广西师范大学隆重开幕，当晚成功地演出了田汉的话剧《秋声赋》。紧接着《秋声赋》《桃花扇》和《旧家》三台话剧完成了在校内几个校区的巡演。6月中旬，新西南剧展走出校园，在70年前西南剧展的举办地——广西省立艺术馆演出，得到了桂林市民的喜爱和高度赞誉。6月底，新西南剧展走出桂林，参加新青年话剧季暨广西大学生话剧节，在南宁市锦宴剧场演出，并在广西校园戏剧节上获得19项奖励。11月《秋声赋》剧组到上海参加中国校园戏剧节，获得优秀剧目奖、优秀导演奖、优秀组织奖。2015年1月1日、2日，话剧《桃花扇》应邀在广西黄姚古镇的古戏台上上演，受到古镇居民和各地游客的欢迎。黄姚古镇是抗战时期欧阳予倩生活和工作过的重要地点，话剧《桃花扇》的演出勾起了古镇居民对这位戏剧大师的景仰和追忆。2015年上半年，在广西壮族自治区党委宣传部的支持下，“新西南剧展”的主打剧目《秋声赋》拍摄成了话剧电影。10月16日，话剧电影《秋声赋》首映仪式在桂林市鑫海国际影城举行。11月，话剧电影《秋声赋》在广西师范大学各校区以及桂林市鑫海国际影城多次上演，受到观众欢迎。新西南剧展在开幕前后的两年多时间里一直受到媒体的关注，《光明日报》《看天下》《中国艺术报》《中国青年报》《广西日报》《桂林日报》《桂林晚报》

等传统媒体以及新华网、中新网、中国社会科学网、桂林生活网等权威网站刊登了许多新西南剧展的新闻和深度报道。

显然，从文学研究的角度来看，新西南剧展突破了论文和专著的成果形式，把文学研究的精神内涵融注到话剧表演中，通过舞台实践将经典文学活化、立体化，而且得到了市民观众的喜爱，引起了媒体的关注。其影响已经超越相对独立的学术圈，成功介入到现实之中。在新西南剧展活动中，文学研究的过程不再是圈子内的纯理论研究或远离现实的精神探索，而是学术研究与学生、市民、媒体之间的多维互动。

三、介入现实：文学研究新的言说空间、可能性及其意义

新西南剧展活动始于文学研究，又突破了文学研究的小圈子，在文学教育、文化传承和文化导向三个层面都产生了积极的影响。从文学教学的层面来说，课堂加舞台的创新模式能使经典文学立体化，立体化的文学不再是教科书的一个概念或一段文字描述，而是鲜活的舞台形象。学生演员从查阅背景史料、写人物小传和角色分析，到演绎、塑造舞台角色，可以回到当时的历史语境，更深入地理解抗战时期文学的精神、内涵以及抗战文人的风骨与文化担当。观看话剧的学生也可以跟随剧情回到那个激情燃烧的岁月。这是普通课堂教学所无法达到的效果。新西南剧展的总策划黄伟林教授说："话剧演出是现当代文学教学的一种很好的延伸方式，我们想把话剧作为突破口，做些教学方面的改革创新。"[1]

从文化传承的层面来说，话剧展演的方式能更有效地传播和推广优秀的历史文化。与看一篇论文、读一本专著或听一堂课相比，普通市民更愿意接受看一场立体化的舞台表演。而且新西南剧展在剧目选择上有意突出了桂林题材，因为这会让观众产生亲切感。新西南剧展的主打剧目《秋声赋》就是一部桂林之作。这部话剧鲜活地再现了桂林文化城的自然风光、人文环境和市井生活。第一幕的背景是漓江边徐子羽家，美丽的象鼻山推窗可见，漓江船夫的歌声随时入耳。第二幕的背景是环

湖路某旅馆，抗战时期桂林的市井生活依稀可见。第三幕的背景是七星岩，警报之后，市民散去，文人谈论时局与战况。这是当时旅居桂林的文人经历的典型生活场景。第四幕的背景是长沙，但三个女人在谈着桂林，想着桂林，渴望回桂林。第五幕的背景是漓江边徐子羽家，黄叶飘落、竹影横窗，桂林的秋意更浓了。这样的构思和安排显然能吸引桂林的观众并引起强烈的情感共鸣。不少观众在观看《秋声赋》后了解了桂林的抗战文化，了解了西南剧展。《秋声赋》在广西省立艺术馆的演出结束时，亲历过抗战的老人——87岁的朱袭文先生在剧场里拿着自己与欧阳予倩的女儿欧阳镜如的合影诉说那段历史，诉说当年《秋声赋》在桂林演出的盛况，还激动地唱起了《秋声赋》的插曲《落叶之歌》，这真情流露的一幕不仅让学生演员感动，也让不少市民观众感动。新西南剧展把文学研究成果以话剧展演的形式搬上舞台，让它进入公众的视野，让它成为普通市民可以观赏的视觉盛宴，这对于抗战文化普及、推广和传承都具有重要意义。有人指出，在新西南剧展活动中，不同年龄层次的演员、策划者和观众共同促进了桂林抗战文化的传承：“从出生于20年代的老先生，到60年代的黄伟林，再到90年代的大学生演员们，直到00后的小演员，很多人曾经以为西南剧展在1944年5月19日已经永久落幕，其实在这些不同年代的人当中，当年的桂林文化风骨未断，如今借助传承的力量又再重生。”

从文化导向的层面来说，新西南剧展对提升学生和市民观众的审美情趣有积极的作用。大学应该具有高品质的精神文化，在我国，话剧这种高雅的艺术形式从产生到传播都与大学密切相关。在不少年轻大学生沉迷于网络和各种偶像剧的今天，提倡和推广校园戏剧是有益的和必要的。与此同时，在普通市民中推广话剧虽然艰难，但也意义重大。在炮火连天的抗战年代，桂林文化城话剧活动繁荣兴盛，西南剧展轰动世界。而今天，很多市民甚至不知何为话剧。在纪念抗战胜利70周年之际，不少抗战题材的影视作品应运而生。但其中不少作品与其说是在纪念抗战、传承抗战文化精神，不如说是在消费、娱乐抗战。作为文学研究者，在批判各类抗战神剧品味低下、指责观众审美情趣不高的时候应该有怎样的文化担当和学术自觉？新西南剧展重排抗战经典剧目并向市民观众推广显然是值得肯定的方式。广西戏剧家协会主席常剑均认为，新西南剧展展现青年学子的爱国情怀和文化担当，推广话剧这种艺术形式是极其可贵的："70多年过去了，我们的国家、我们的民族、我们的戏剧，都发生了翻天覆地的变化，但不变的是一代一代的青年学子的爱国情怀和文化担当。在戏剧美被严重忽略的今天，我感到广西师大师生的努力尤其可贵。"[2]

新西南剧展是文学研究与艺术实践相结合的成功案例，它充分说明文学研究可以介入现实并有所作为。文学研究与艺术实践的结合将促进文化与艺术的融合，使文化和艺术回归到健康的生态。著名学者朱栋霖在跟记者谈起文学研究者介入评弹改编的问题时特别强调艺术与文化分离的可悲："当下中国的艺术与文化已然分离，你只要看一看国内艺术专业的课程设置，就明白在那里学艺术的可以不必学中国文化、中国文学与美学。这就是当今无法造就杰出人才、艺术大师的一个重要原因。艺术没有文化的底蕴，这样的艺术只是脱水的荷花。"[3]朱栋霖为当下中国的艺术与文化的分离感到悲哀，为艺术因缺少文化而成为脱水的荷花感到悲哀。作为文学研究者有责任和义务推进艺术健康发展，应该努力把自己研究的触角延伸到公众视野，尝试以自己的文学研究介入现实，为脱水的荷花注入源头活水。

| 注释 |

①② 此数据为2017年10月31日统计结果。

| 参考文献 |

[1] 刘昆，张俊显 . 温故"西南剧展"[N]. 光明日报，2014-06-03.

[2] 阳颜 . 新西南剧展——跨越70年的传承 [N]. 桂林晚报，2014-06-19.

[3] 李婷 .《雷雨》的一次华美转身：朱栋霖、盛晓云一席谈 [EB/OL]. 戏剧网 http://www.xijucn.com/pingtan/48521.html.

论广西当代文学批评家群体的构成及其贡献

欧造杰

广西当代文学批评家队伍是逐步成长起来的，早在抗战时期桂林文化城形成时，就有林焕平、周钢鸣等做出成绩，新中国成立后一批具有大专学历的中壮年从事文艺研究的骨干如江建文、丘振声、王敏之、梁超然、黄绍清等活跃在广西文坛上。然而，广西文学批评家队伍的形成，还是从20世纪80年代初开始的。新时期以来，青年批评家陈学璞、杨炳忠、张利群、黄伟林、李建平、张燕玲等投入文学评论与研究。新世纪之后，随着高校的扩招使广西文学批评家的队伍不断扩大，一批更加年轻的文学批评家队伍逐步走到前台并初露锋芒，他们研究的范围越来越广泛，研究成果也成倍增长，广西文坛也更加生动活泼。从年龄结构上看，广西当代的文学批评家可以分为老年、中年、青年三代批评家；从职业分布来看，广西当代的文学批评家主要分为学院派批评家、机构系统批评家、媒介型批评家三个部分。

作者简介

欧造杰（1977—），广西环江人，壮族，广西师范大学文学硕士，现为河池学院文学与传媒学院副教授，著有《边缘地带的活力——广西当代文艺理论与批评的构建与发展》。

作品信息

《广西教育学院学报》2017年第6期。

这些批评家人数众多、梯队整齐而又各具特色，他们相互促进，传承发展，为广西当代的文艺批评事业做出了卓越的贡献。

一、学院派批评家

广西当代的文学批评家队伍，多数是广西高等院校里的教授与学者，它们主要包括广西师范大学、广西民族大学、广西大学、广西师范学院等院校文学院或者中文系的批评团队。他们1995年之后多数人加入了广西文艺理论家协会，并形成了一种团体与合作意识。学院派批评家无疑是广西文艺批评队伍的基础和主干，他们人数最多，研究的内容最深广，成果和收获也最巨大，成为广西文艺批评家的中流砥柱，为广西文学桂军的崛起提供了坚实有力的后盾和理论支撑。

在广西当代学院派批评家中，以广西师范大学、广西民族大学和河池学院三所高校的成就最突出。广西师范大学是广西重点院校，其文学院是教育部国家文科基地中文学科点，文学批评家最多。林焕平教授曾长期在这里任教，成为广西最有影响力的老一代文学理论家，并产生了全国性的影响。新时期以来，以黄伟林为首的当代文学评论团队，则长期关注广西当代文学的发展情况，撰写了大量的文学批评文章，出版了多种文学批评论著，为文学桂军的崛起摇旗呐喊。由于广西师范大学文学院在广西高校中文系中具有龙头的地位，其文学批评家团队多年来取得了重要的研究成果，也获得了许多奖项。例如，黄伟林等都先后获广西文艺铜鼓奖、第八届庄重文文学奖、六届全国少数民族文学骏马奖等。另外有不少的老师获得了广西文艺铜鼓奖、广西哲学社会科学奖等。近年来，广西师范大学文学院积极参与到广西地方的文学建设中来，并成为广西文坛一个重要的批评平台，先后举办过东西、鬼子、盛可以、光盘、周星麟小说研讨会等，取得了良好的效果。

广西民族大学堪称是广西少数民族作家的摇篮，培养出了多位在广西著名的作家。在文学批评领域，形成了由以容本镇、徐治平、陆卓宁、张柱林等为代表人物的文学批评家团队，新时期以来长期活跃在广西文坛上，显示了相思湖批评家的文学批评实绩。广西民族大学的现当代文学批评团队在容本镇、陆卓宁等人的带领下，取得了重要的文学研究成果，产生了重要的影响。他们立足于广西民族文学和艺术，发表了一系列的文学专题研究论文和著作，其批评成果为广西文学的崛起提供了有力的支撑。

河池学院以培养作家而闻名广西区内外，在文学批评上也展开了积极的努力与配合。三十多年来，河池学院举办了一系列其本土作家群和作家作品研讨会，如桂西北作家群、仫佬族文学、河池学院作家群研讨会，东西、凡一平、班源泽作品研讨会等，积极邀请广西区内作家、评论家参加，努力打造和培育地域性的文学创作与批评团队，韦启良、韦秋桐、银建军、温存超、谭为宜等人是重要的代表性人物，他们在文学创作和批评实践两个方面都做出了可喜的成绩。

广西学院派批评家的文学批评成果主要体现在文学理论和文学批评两个方面，其中，文学理论与研究的论著主要有：林焕平的文学理论著作《活的文学》《文学论教程》《文学概论初稿》《文学概论新编》等，张利群的《批评重构》《多维文化视域中的批评转型》，徐治平的《散文美学论》《当代散文艺术论》等著作。文学批评的论著有：林焕平的《抗战文艺评论集》，黄伟林的《文学三维》《转型的解读》《中国当代小说家群论》，徐治平的《散文春秋》，江建文的《诗笔写人生》《美的解读》，容本镇的《文学的感觉与自觉》，杨长勋的《话语的边缘》，温存超的《秘密地带的解读——东西小说论》《追飞机的玉米人——凡一平的生活和创作》，张柱林的《一体化的世界》《小说的边界》等。这些文学理论与批评成果的出版，获得学界和文坛的广泛好评，有力推动了文学理论与批评桂军的崛起。

二、机构系统批评家

广西当代机构系统文学批评家主要包括区党委宣传部和广西文联的领导、社科院和区党委党校的研究机构人员等。代表人物有广西区党委宣传部的潘琦、杨炳忠、唐正柱，广西文联的王敏之，广西区党校的梁超然、陈学璞，广西社会科学院的丘振声、李建平、黄海云等。他们有的专门从事研究工作，有的教学和研究并重，但更多的是领导管理型的批评家。机构系统批评家积极主动，始终引导和关注着广西文学的成长与发展。机构系统批评家的批评论著有潘琦主编的《广西文学艺术六十年》，蓝怀昌主编的《世纪的跨越》，王敏之的《小说品鉴集》《民族文学研究集》，丘振声的《三国演义纵横谈》《水浒传纵横谈》，李建平主编的《广西文学50年》《文学桂军论》，唐正柱的《谈诗》《真与美的握手》等，这些论著既总体上反映了广西当代文学艺术的宏观发展情况，也反映了文学评论的理论总结和研究意义。

改革开放之初，广西社会科学院的丘振声和广西文联的王敏之在文学批评方面取得了重要的成就，他们不仅积极参加广西一些重要作家作品的研讨会，而且还写作和发表了多篇关于广西文艺创作研究和作家作品的评论文章。丘振声以古典文学评论而闻名全国，其《三国演义纵横谈》《水浒传纵横谈》开创了以纵横谈的方式来评论古典文学，对小说做了许多精彩的分析。论著从纵与横的结合上来谈小说，以自由谈的札记形式对文学名著进行评论，无拘无束，挥洒自如，别开生面，显示了作者对札记文学的驾轻就热、挥洒自如和文学评论的才华。其内容丰富，雅俗共赏，享誉学界，深受广大读者喜爱。王敏之长期致力于当代文艺评论的写作，关注本土少数民族作家，涉及诗歌、小说、戏剧等文学体裁，并着力发现广西文学新人。《小说品鉴集》收入王敏之对广西作家所发表的优秀小说26篇的评论文章。从单篇看，是对小说的具体分析、评论，突出小说创作某一特点；从全书整体看，则是全面探讨了长、中、短篇小说创作的经验和要领。王敏之的文学批评具有宏观与微观研究结合的特点。他善于从时代的高度来观察和审视广西文学，从历史发展中把握广西文艺的内在特征和未来局势，因而显得高屋建瓴而又气势恢宏。王敏之还主编出版了《广西少数民族文学评论集丛书》等著作，为繁荣和发展广西民族文艺做了大量的工作。

在机构系统批评家中，以李建平为领军人物的广西社科院批评群体取得了重要的成就。他们研究广西当代文学史、广西抗战文学史、桂林抗战文化城等领域，都取得了重要的成果，出版了一系列的著作。如《广西文学50年》《文学桂军论》《理性的艺术》等。他们还联合广西高校的学院派批评家们共同研究，出版有《广西散文百年》《壮族文学史》《桂林文化城大全》《桂林抗战时期戏剧研究》等著作，突出了广西文学在全国文学史中的独特地位与贡献。

作为文艺的领导者和管理者，机构系统批评家善于对广西文学的创作现象进行整体评论和规划，其文学批评带有明显的政策导向性和媒介影响力。他们既要宣传党和政府的文艺政策，又提出自己的一些理论与批评观点，并发挥了关键性的作用。例如，以潘琦为代表的文艺界领导精心策划，提出了许多广西文学艺术发展的重大战略和具体的发展规划，为广西文学的快速发展提供了有力的保障作用，也为文学批评家队伍的集结整合、研究目标等方面发挥了关键性的作用。唐正柱作为一位领导型的诗人和评论家，他对文学有着较为超脱纯正的审美眼光，撰写了多篇文学与文化评论文章，体现出批判和思想的光芒。他的主要论著有《谈诗》《真与美的握手》等。

机构系统批评家对文艺理论的研究视野比较开阔，能从宏观的角度来看待广西民族文学发展的问题，并提出具有前瞻性的发展思路，为广西文学的发展提供了与时俱进的理论力量。例如，广西区党校的陈学璞早在1992年的文章《论解放和发展文艺产生力》中就提出了“艺术生产力”的概念，在全国生产了较大的反响。他还撰写了多篇广西当代文学艺术发展的评论文章，在全区产生了良好的反响。杨炳忠作为文学批评家，很早就针对广西民族文学问题提出了自己的观点，认为广西作为经济发展相对滞后的少数民族地区，在文学艺术上要超前发展，以实现广西文化软实力的快速发展的战略。

广西文学批评的繁荣发展是和区党委、宣传部、区文联、区作协的正确领导分不开的。机构系统批评家利用他们独特的身份和资源优势，为推动广西文学批评的繁荣局面做出了大量卓有成效的工作。他们的文学批评视野较为开阔，往往能够跳出学院派批评家相对狭窄的文学视角，从整体上把握广西文学艺术发展的状况、特征等。同时，机构系统批评家多忙于政务，其文学评论主要是一些宏观的方针政策，缺乏学院派批评家的纯文学色彩和学术性的研究深度，其文学批评在发挥自己职业长处的同时，也存在相对缺乏学理性和学术性的不足问题。

三、媒介型批评家

媒介型批评家主要包括文学刊物的主编、报社记者和栏目主持人等，特别是新时期改革开放以来，随着广西文艺理论刊物的发展壮大，客观上为媒介批评家提供了一个发表评论文章的舞台。在广西当代文学批评家当中，张燕玲、彭洋、黄祖松、张萍、王迅等人属于这一系列批评家，他们人数相对少，其文学批评活动主要在上世纪90 年代以来，利用自己所办的刊物为平台，运用自己的专业特长，精心策划和办好文艺评论刊物，扩大报刊的发行量和影响力。彭洋、张燕玲先后分别在主编的《南方文坛》、黄祖松在负责的《广西日报》综合副刊都发表了大量有关文学艺术方面的评论与研究文章，为繁荣广西的文艺批评做出了积极的贡献。

张燕玲作为屈指可数的女性批评家之一，她利用自己主编的《南方文坛》作为平台，以敏锐的眼光发现和打造了不少的广西青年作家和批评家，为扩大广西文坛在全国的影响做出了重要的贡献。张燕玲1996年任《南方文坛》主编以来，对刊物进行了改组，开设了《南方百家》《今日批评家》等专栏，邀请全国著名的批评家和学者投稿，不断推荐出全国和广西本土的青年作家和文学批评家。张燕玲努力使《南方文坛》在批评和创作间架起一座沟通的桥梁，最终把刊物打造成为了“中国文坛的批评重镇”，使其成为了全国最有影响力的文学批评刊物之一，多年被评为全国文艺理论专业类核心期刊。

彭洋曾经是《南方文坛》的主编（1991—1995），他擅长于多种艺术，并从事文化产业的产生、管理和经营，还从事文化研究和文学创作。1991年彭洋和杨长勋、黄伟林、张燕玲等人组织成立了广西青年文艺评论学会，在多个艺术领域进行了有组织的评论活动并产生了一定的影响。后来他们逐渐成长为广西文艺批评家的中流砥柱和重要力量。彭洋1995年出版了自己的文艺评论著作《视野与选择》，是他从多维开阔视野进行文艺批评的生动实践和体现。黄祖松以《广西日报》作为平台，开展了一些文学批评活动和文化建设活动，引导广大读者对广西文坛和文化的关注和热爱，具有很强的实效性。他善于从时代的现实和理论的高度上对广西的文艺现象及方针政策进行研究与阐析，提出了广西文艺可能超越经济发展的构想等。

在传媒时代语境中，媒介批评的地位显赫，其刊物汇聚着超强的人气，对整个文坛的影响深远。广西当代的媒介批评家人数不多，但是却有独特的地位和影响。他们的批评具有学院派批评家所没有的文艺批评的时效性、大众性、影响力等长处，同时也难免部分丧失文学批评的思想启示、学术品格、倾向发现等作用。广西媒介型批评家的队伍还需要发展壮大，才能发出自己更响亮的声音。

四、批评家队伍的梯次及其贡献

广西文学批评家具有不同的年龄结构和特点，他们各有优劣，相互促进，传承发展，共同推动了广西当代文学批评的自觉、繁荣和崛起的过程。第一代文学批评家主要是在新中国成立之前接受大学教育的学者，并活跃在广西20世纪五六十年代的文艺批评领域。他们的代表主要有林焕平、周钢鸣、冯振、胡树明、秦似、贺祥麟、王弋丁、林志仪等人。其中最著名的代表是文艺批评家林焕平，他从20世纪30年代开始就从事文艺创作和理论批评活动，一直坚持写作到我国改革开放的90年代。林焕平不仅撰写和主编了数本文学理论教材，还从事鲁迅、茅盾等现当代文学的研究和评论，出版有《林焕平文集》9卷、《林焕平作品选》等，为中国当代文学理论建设和广西文学的振兴奠定了坚实的基础。第一代文学批评家在新中国和新时期历经艰难困苦，却百折不挠，努力开拓广西文艺发展的前进道路。

第二代文学批评家家在新中国成立之前的三四十年代出生，并在新中国成立之初接受大学教育，主要有江建文、丘振声、王敏之、陈学璞、梁超然、杨炳忠、徐治平、陈运祐等、李超鸿、杨绍涛、雷耀发、梁其彦、姚代亮、唐韧、覃伊平、林建华、雷猛发、覃富鑫、胡树琨、韦启良、李果河、韦秋桐等人，他们见证了新中国的成立，目睹了社会主义事业的巨大变化和发展过程，同时也遭受到了不同程度的伤害和挫折。这些批评家的文艺批评活动主要在新时期，随着我国改革开放的深入和思想的解放，广西文学事业的逐步繁荣发展，他们在自己平凡的教学或者研究岗位上默默奉献，为广西文学创作与文学批评队伍的建设，发挥了承前启后的桥梁和衔接作用。

第三代文学批评家多出生于新中国成立初期，在新时期以后受到大学教育，主要有张利群、李建平、张燕玲、黄伟林、唐正柱、彭洋、杨长勋、容本镇、黄祖松、银建军、温存超、王志明等。这是一支高学历、高职称、高素质的理论队伍，他们颇具规模，多在高校里工作，从80年代开始活跃并持续至今。他们不少人成为了文艺学或中国现当代文学学科的带头人，为自己所在高校和学术团队的文艺理论研究做出了杰出的贡献，也为广西文学批评及其文学桂军崛起做出了富有成效的工作。“在他们身上，既可以看到老一辈文艺评论家对他们的影响，又可以看到他们所具有的朝气与活力。”[1]

经过三代文学批评家们的辛勤努力和默默耕耘，使广西的文学理论与批评队伍逐步成熟发展壮大，并在新时期开始对全国文学批评界产生了广泛的影响。进入21世纪后，以黄伟林、张燕玲为代表的广西文学批评队伍不断壮大拓展，逐步形成在全国颇有影响的理论阵地与势头。以李建平为代表的广西社科院学术团队对广西当代文学史及其理论研究，使广西文学史研究和抗战文化史研究的视野进一步从广西推向全国。[2]此外，还有张利群的现代批评理论研究、黄伟林的中国当代文学家群研究、容本镇对少数民族文学和相思湖作家群的研究、温存超和张柱林的东西小说研究、黄晓娟和刘铁群的女性文学批评等均有不错的理论建树，并在学界形成较大的理论反响。广西文学批评家们还积极参与到广西地方文化艺术的研究中，为广西文化事业产业的发展打下坚实的理论基础。

文学批评家们积极总结广西文学批评成果，出版了一系列重要的当代文学批评著作。1996年接力出版社出版了一套广西评论家接力丛书，收入了杨长勋《话语的边缘》、李建平《理性的艺术》、黄伟林《转型的解读》、张燕玲《感觉与立论》、彭洋《视野与选择》和常弼宇《前后都是人》六部评论集。2005年广西人民出版社出版了张燕玲、张萍主编的“南方论丛”系列评论丛书，收入陈祖君的《两岸诗人论》、黄伟林的《文学三维》、江建文的《美的解读》、徐治平的《散文春秋》、张燕玲和张萍选编的《南方批评话语》等八种，大规模显示了广西批评家阵容的文艺批评状况，集体展现了广西文艺理论的成果。张燕玲还主编了论文集《能不忆南方》，收入了《南方文坛》期刊近十年来的年度优秀奖获奖论文，展示了广西文学批评的最新成果。

随着广西当代文学批评的不断繁荣与发展，一批更年轻的文学批评家在广西高校和文联等机构中成长，他们有着良好的教育背景，并积极参与文艺理论研究与批评活动。这些批评家们思想敏锐、视野开阔，发表了众多的文学理论与批评文章，展现出了广西文学批评的锋芒与实力。这一时期涌现出了李仰智、刘铁群、苗军、李琨、董迎春、肖晶、冯艳冰、张萍、王迅、刘春、罗小凤等一批青年批评家，较有代表性的文学批评著作有：刘春的《一个人的诗歌史》(3卷)，苗军的《在混沌的边缘处涌现：中国现代小说喜剧策略研究》，李琨的《本土的声音——世界性视域下桂西北文学的多维解读》，刘铁群的《桂林文化城散文研究》，韩颖琦、王迅合著的《当代广西小说十家》，肖晶的《边缘的崛起——桂军当代女性文学的文化探析》，罗小凤的《新世纪广西诗歌观察》等，都是有分量的文学批评与研究成果。

需要指出的是，广西当代文学批评在20世纪90年代中期之后获得快速发展及其批评家群体的快速成长，和广西文艺理论家协会的成立密切相关，它对广西的文艺理论与批评的发展起到了重要的推动作用。1995年12月6日广西文艺理论家协会成立后，多数文学批评家自觉加入该组织并成为其中的骨干成员，有的还担任重要的领导职务。广西理协将广西各研究机构和高校中的文艺理论与批评家队伍联合起来，形成一股强大的团体力量，显示了广西文学批评的自觉和活力。广西文艺理论家协会成立20年来，他们组织开展了多种形式的文学评论活动，大力促进了广西文学的繁荣发展。在服务文学批评家工作方面，广西文艺理论家协会加强内外交流，沟通信息，开阔视野，为促进文学创作的发展与繁荣，做了许多有益的工作，收到了较大成效，形成了广西梯队式的文学批评家队伍。在文学创作与批评人才培养方面，协会以文艺评奖为契机，激发了广西本土作家、批评家的创作热情，一批批优秀的作家与批评家脱颖而出。广西文艺理论家协会这些活动的开展，对促进文艺创作与批评实践，繁荣广西文学艺术事业产生了积极而深远的影响。

总之，广西当代文学批评家们各具特色、齐心协力，共同创造了广西当代文学批评繁荣发展的景观。广西文学批评家李建平认为："近十多年来，三代批评家共同创造着广西文坛理论的扎实和批评的活跃，为繁荣中国文坛文论建设和打造文学桂军做出了卓著业绩。"[3] 他们不仅大力提高了广西文学批评队伍的素质和质量，也提高了广西当代文学批评在全国的影响力。

| 参考文献 |

[1] 容本镇 . 广西当代文艺理论家丛书·容本镇卷 [M]. 南宁：广西人民出版社，2012：289.

[2] 张利群 . 论广西文学理论批评桂军的崛起及评价机制建设 [J]. 贺州学院学报，2010(11).

[3] 李建平，黄伟林，等 . 文学桂军论 [M]. 北京：中国社会科学出版社，2007：71—72.

主持人语·何为桂派批评

曾　攀

广西文艺以独树一帜的创作风格和鲜明特异的艺术特征，一直享誉全国。然而文艺的繁荣不是单向度的，而是一种杰姆逊说的“多元决定”。正如洪治纲在谈及广西文学时所言：“广西的这种文学格局，犹如长白山的雾凇，是十几种甚至几十种因素合力而成的结果，它们缺一不可。”因而，如今我们提出“桂派批评”的概念，便是要揭示与广西文艺形成“合力”的重要推手——“桂派批评”，其同样具备独特的风格特征，在全国范围内成于一域，自成一脉。

作者简介

曾攀，1984年生于广西玉林，复旦大学中文系博士，苏州大学文学院博士后，曾于苏州大学、广西师范大学等高校任教，现为《南方文坛》编辑部主任。近年在《南方文坛》《文艺争鸣》《现代中文学刊》《文艺报》《中国艺术报》等刊物发表文章近百篇，多篇论文被《人大复印资料》《社会科学文摘》等全文转载。曾获广西文艺花山奖、广西文艺评论年度奖等奖项。桂学研究院“桂籍作家研究”项目首席专家，在期刊主持《桂派批评》《文学桂军点将台》等学术栏目。出版专著《跨文化语境下的晚清小说叙事——以上海及晚近中国现代性的展开为中心》、评论集《人间集——文学与历史的生活世界》、人物传记《面向世界的对话者——乐黛云传》、译著《骑马出走的女人——劳伦斯中短篇小说集》等，参与主编《广西多民族文学经典（1958—2018）》丛书。

作品信息

《贺州学院学报》2019年第1期。

本栏目以批评家为中心，在保留广西文艺批评的地域性的同时，也跳出我们的限定。“桂派批评”既是广西的，也是全国的，其继承了广西本地的文艺与文化资源，同时又创造出新的传统，接续中国文学史、艺术史与批评史的叙述。在叙事形态、艺术肌理、语言技艺等层面，形成了更深厚的素养与更丰富的视野。

需要指出的是，这里所提及的“桂派批评”，主要以文学批评为主，但秉持的是“大批评”的概念，兼及绘画、音乐、书法等领域的批评实践与批评家。而“桂派批评”之所以称为“派”，其所呈现出来的是鲜明的风格特征、独特的价值追求以及显著的话语形态，在当地乃至全国形塑了自身的创造力与影响力。在文学批评领域，如黄伟林所言：“值得特别指出的是，文学桂军中有一个以张燕玲、黄伟林、黄晓娟、张柱林、刘铁群、陈祖君、董迎春、肖晶、王迅、曾攀为代表的评论家团队。多年来，他们以饱满的热情对文学桂军的创作进行了大量的评论，使他们的创作得到了及时的解读和有效的传播。”而综合考察广西文艺批评，具体来说，“桂派批评”存在五个主要特征：

其一是桂派批评与广西文艺的深度互动。以文学批评为例，1997 年 12 月，东西、鬼子、李冯“广西三剑客”作品讨论会在北京举行，《南方文坛》、广西文艺理论家协会与广西师范大学中文系的批评团队起到了关键的推动作用。2015 年 10 月 9 日，在京召开“广西后三剑客作品研讨会”，《南方文坛》杂志社及张燕玲主编的推动同样非常重要，与会专家学者围绕“广西后三剑客”——田耳、朱山坡和光盘的作品展开讨论。2018 年 7 月 7 日，中国作协副主席、上海作协主席王安忆教授主持的复旦大学当代文学创作与批评研究中心创意联合《南方文坛》于复旦大学召开“广西作家与当代文学”学术研讨会，探讨广西作家对当代文学的贡献。可以说，立足本土，放眼全国，成为广西批评推动文艺创作的重要定位。广西的批评家在关注全国性的文艺现象的同时，对广西的文艺现象确实有一种特别的关照，如文学桂学和漓江画派产生影响，固然主要是作家艺术家的自身努力，但评论家的倾情支持，他们的理论支持、作品解读，确实起了很重要的推动作用。广西评论家对广西文艺现象的这种富于乡土情怀的关心，在全国的省区批评家团队中，是非常突出的。

其二是文艺批评阵地的高峰崛起与高原丰隆。《南方文坛》无疑是广西乃至全国文学批评甚至是艺术批评的高峰，在中国文艺界有着“中国文坛的批评重镇”“今日批评家的摇篮”“中国文坛最具影响力的文论园地之一”等美誉，其《南方百家》和《艺术时代》等栏目，长期以来重点关注广西本地的文艺发展，在推动广西艺术与批评发展方面功勋卓著。尤其在改版以来，在杂志主编、著名文学批评家张燕玲的主持下，《南方文坛》以其“人文理想”与“前沿批评”，为广西文坛保存理想之星火，凝聚广西文坛的批评同侪，为中国文艺批评开辟出了一方新的境界。中国文联、中国作协主席铁凝为《南方文坛》题词：“二十年来，为当代文学批评的发展和青年批评家的成长作出了重要贡献。”除此之外，广西重要的批评阵地还有重点推介民族文学与文艺的《广西民族大学学报》（哲学社会科学版），社会科学综合性刊物《广西社会科学》，专注艺术批评的学术刊物《民族艺术》《艺术探索》《美术界》《歌海》，以及包括诸多活跃于广西文艺批评的高校学报如《广西师范大学学报》《贺州学院学报》《广西师范学院学报》《广西民族师范学院学报》等，在专业水准、批评特色、学术含量等方面，都呈现出了不俗的面貌。

其三是构建批评史、艺术史与学术史复杂而清晰的脉络，以及其中的跨专业、跨领域研究实践。黄伟林、刘铁群担任总主编的《广西多民族文学经典（1958—2018）》，对 60 年来当代广西文学的发展进行了梳理与论述；谢麟和孟远烘的《广西美术发展史》，阐释了广西美术的发展历程与艺术特征；张燕玲集文学批评、文学创作与文学编辑于一身；黄伟林团队在其桂林文化城研究中，开创性地进行了新西南剧展，演出田汉的话剧《秋声赋》、白先勇的《花桥荣记》等；刘铁群的史料研究、文学批评与戏剧导演 / 展演的结合；董迎春从诗学研究延及杂技理论、李永强的艺术创作与理论批评、梁冬华文学研究与艺术理论等；都能显现出广西批评的活跃和实绩。不仅如此，这其中还透露出“桂派批评”隐含的民族性与世界性融合的追求，张燕玲主张以文脉沟通世界、《南方文坛》的《译介与研究》栏目、潘琦的桂学研究、黄伟林团队的“抗战桂林文化城”研究、曾攀的海外汉学研究等，其中的国族维度和世界视野，在在提示着广西批评家的涉猎广度及理论深度。

其四是扎实求真、开拓创新、兼具学理性与烟火气的批评风格。桂派批评的一个非常重要的特色，那就是批评实践中的求真、求实与创新，特别是其中的“有人之境”，批评主体的怀抱与胸襟，有人的人间味与烟火气，体现出广西批评的情怀与对文学的独特而透彻的理解。学问之道，可以在于高深，可以是宏阔的理论建构，而学问与批评更在于人间烟火，更应当是及物的批评实践，是热腾腾冒着暖气的有温度的发抒。张燕玲在《有我之境》《批评的本色》等著作中，便已深刻地显露出了她的文学关怀与批评理念，那就是有人、有我、有情。黄伟林曾撰文《有“人气”的批评》，提出文学批评必须有“灵魂的含量”，不可“远离了人”。肖晶、黄晓娟、刘铁群的女性文学研究，同样从自身的切实感知以及作为女性的细腻敏感出发，在学术研究中传达了性别的感思与性灵的发抒。曾攀的评论集《人间集——文学与历史的生活世界》，同样关注的是切实的历史现场与生活实际，以人的生存、性情和灵魂为核心进行文学研究与批评。

其五是不同领域、不同的批评团队及其中批评梯队之间的交互与更迭明显，合作与传承甚为紧密。具体而言，绘画领域有刘新、黄菁、李永强等批评家，音乐领域有王晓宁、李莉等，书法批评则有黎东明、韦渊等。值得一提的是，“桂派批评”代际，而且不同代际之间渊源有自，如来自或源于广西师范大学的批评家张燕玲、黄伟林、张利群、黎东明、肖晶、刘铁群、曾攀等，来自广西民族大学的黄晓娟、张柱林、董迎春等，来自南宁师范大学的李仰智、陈祖君、王俊等，来自广西艺术学院的王晓宁、刘新、黄菁、孟远烘、李永强、黎学锐，等等。不同领域、不同团队及不同梯队之间沟通紧密，形成一种交错而递增的网络，进而构成一种学派，那便是有着自身鲜明特征的“桂派批评”。不仅如此，资历尤深的文学批评家如潘琦、李建平、黄绍清、姚代亮、雷锐、容本镇、王建平等，以及工作与生活于外地的广西籍批评家如蒋述卓等，都应在“桂派批评”的谱系中留下一席之地。

篇辐所限，对批评家的列举不免挂一漏万，但最后不得不说，直至现在，我始终无意为“桂派批评”下一个简明扼要的定义，因为我更愿意将“桂派批评”视为一个具有生长性的概念，其内涵和外延都在批评的具体实践中得以丰富，而且也乐见于新的批评家及其文艺成果的不断涌现。

《桂派批评》栏目的第一期，我们推出的广西批评家是来自广西师范大学文学院的著名批评家黄伟林教授。他 1963 年生于广西桂林，壮族，学者，评论家。现任广西师范大学教授、博士生导师，广西壮族自治区特聘专家，中国作家协会会员，中国文艺评论家协会理事，中国当代文学研究会理事，广西桂学研究会副会长，广西文艺理论家协会副主席。著有《孔子的魅力》《转型的解读》《中国当代小说家群论》《人：小说的聚焦——论新时期三种小说形态中的人》《山水之都》《广西多民族文学的共同发展》《广西当代文艺理论家丛书第一辑：黄伟林卷》《八桂人文与旅游文化》等专著；主编《广西文化符号》、《抗战桂林文化城史料汇编》（共十五卷）、《广西多民族文学经典（1958—2018）》（共十二册），并主持策划大型话剧活动“新西南剧展”。荣获中国作家协会第六届少数民族文学骏马奖、中国作家协会第八届庄重文学奖、广西壮族自治区人民政府第五届文艺创作铜鼓奖、广西壮族自治区人民政府社会科学优秀成果一等奖。

在我的印象中，黄伟林具有标志性的理论与批评文章主要有以下这些。1998年初刊发的《论广西三剑客》，对东西、鬼子、李冯的文学创作进行探析。1999年，北京《民族文学》发表黄伟林《边缘的崛起》一文，展示了20世纪90年代以来，文学桂军的创作实绩。2004年7月1日，《文学报》以整版篇幅发表黄伟林的文章《从花山到榕湖——漫谈近年广西文学创作》，详细表述了90年代以来广西文学的历史演变与最新动向。2007年，《山花》杂志发表黄伟林《全面突围与边缘崛起——论20世纪90年代以来文坛新桂军的小说创作》一文，对广西小说家的创作进行了扫面与论析。2014年，黄伟林发表《卓然独秀南中国》，提出“新广西文学”概念。黄伟林以为，将广西文学置于中国文学的发展脉络，指出广西文学中激情澎湃的海洋文学、敏感婉曲的边疆文学、五彩缤纷的少数民族文学、深邃精致的汉族文学等的发展形态。2018年，他在《人民日报》撰文《边缘崛起的文学桂军》，探讨中国文学的新地理，对广西的文学地理、文学生态与文学前景进行了深入地描述。黄伟林的这些重要文章，包括他一直以来的学术研究和学术实践，往往能够踩中广西文学发展的关键点，为文学桂军把脉与呐喊，显示了一个批评家的敏锐和胸怀。

本专辑的文章，王鹏程教授的《砥柱八桂是此峰——论黄伟林的文学批评》，从黄伟林的文学批评实践切入到他的治学理念、人文关怀和文学理想，尤其通过黄伟林将广西文学推向全国及其中所呈现出来的批评意趣和文学理念，较为深入地探析了他作为一位批评家的襟怀与追求。曾攀、王伟彤的《涉险的灵魂与游历的心——黄伟林和他的文学批评》，从黄伟林充满温度与人气的文学批评，进入他寄寓性灵与才气的文本探险与批评历程，揭示黄伟林文学批评的广度、深度与厚度。黄伟林教授与陈霞老师的对谈，含纳了非常丰富的信息，既有文学现场的点评和论述，同时也深入文学历史的深处，揭示广西乃至中国文学的脉络和走向，激荡出了非常精彩的文学与批评的火花。黄伟林教授的文章《当代广西文学经典化的重要里程碑——〈广西多民族文学经典（1958—2018）〉编选感言》，从编选的意图、意外的发现、入选的作家、珍贵的信息、扎实的导言、虚心的请教、多方的支持、勤勉的团队等方面，披露了当代广西文学经典化过程中鲜为人知的史料信息，也成为堪称广西 60 年文学大系的经典丛书的一个重要注脚。